# Željko Toprek

# VRTAČA

## DRUŠTVO ŽIVIH PESNIKA

Jednom je neki roman izgledao ovako...

# VRTAČA

A place

Lokacija – hvala ti Bože, vrlo dobro znaš zbog čega...

Dok gaziš ulicom dođe mi da ti priđem i kažem – bomba si. Razmišljam tako, prolazi baš neka zgodna žena. Krenuo sam naći se sa likom, koji bi svoje jade da prenese na papir.

U torbi mi kuckalo, više ništa ne činim pod milim Bogom, samo pišem. U gradu sam koji se nekad zvao Karakondžin Panj, danas se tako isto zove, al' samo zbog sjećanja.

Baš me zanima ima li mu priča osnova za neki čitaniji roman od ostalih?

Još ga nema. A mjesto ko mjesto, nastalo od rudničke kapi znoja – stasalo u mnogo lijepo za obitavanje. Kad bi se skrašavao, možda bi' se i ja oprobao ovdje. Tišina je, čak sam i u bircusu sam.

Sedam je ujutro, odavno su svi za svojim rabotama, odavno i ja ne pijem kafu, niti pušim cigarete. Jedno vrijeme sam baš duvao džointe, sada – samo kad pišem. Kanabis me izbacuje iz tijela – ubacuje u dušu. Prsti poslije, tipkaju, tipkaju... Dilbere, DilbEre.

On je to sve valjda spakovao u knjigu, štampao list po list, uvezao preklope žicom. Fotka cjeline na viberu, za ne povjerovati. Kontam tada već da mu kažem – bježi, odi čuvaj ovce, i ja _ da sam to radio bilo bi bolje, vidi me na šta ličim. Gandžijam i lupetam po kompijuteru, zadnjih deset godina. - Žena me ostavila, sa sobom odvela djecu. Kad sam otkrio ko sam i gdje sam – već me spopala ovisnost, prema pisanju.

E da, nije sve tako crno, usput lik vodi firmu export - import, bar mi je tako natuknuo preko prepiske. Dao stečenu imovinu radnicima - koliko djeci i supruzi – toliko svakom ko je bio sa njim – dok je preduzeće dizao na noge. Bogme, za pohvaliti svijest, takva će nam donijeti spas. Balkanu to treba, ja ikada. Jedno sam se vrijeme drogirao, djeca bila mala, poslije me sramota svih čeljadi, da ne bi dužio, razveo sam se sa svima, ali ne sa pisanjem, i travom. Pola života pišem i duvam, pola sam trijezan, i opet pišem. Prevaziš'o sam, i samog sebe.

I tako se ovaj Mladen dočepao mene na fb, hoće da vidi vrijedi li to sve njegovo – pišljiva boba. Kontam, čim me skontao, mora da zna o čemu bih ja htio otvoreno. Negdje je naletio na moje knjige. Već sam prepoznat godinama, šta mi to vrijedi, osim da mi svi smetaju... Ostao sam, samo pišem. Vidiš, ne moram raditi ništa, od tog pisanja imam u nokat svaki dinar. Ne oskudijevam ni u čemu, odijelo je na meni od zlata, to mi je donijela slava. Stidim se i ja ponekih dijelova svog' života, ali šta vrijedi. Ide isti dalje, ne pita _ šta se to tebi ćefilo.

Da, on je to mjestašce preporodio, doveo iz cijelog svijeta one – koji će dalje _ bez ubijanja životinja. Nastala je druga klima, niko nije znao, a ni ja, da taj čovjek zaista voli pisati. Kako da dam sud, kad znam kako drhti srce, čim se opali sto pedes't lajkova za teke poezije, a i ona vrišti od smrada krepalih ljubavi, patetika se natiče na bose noge...

Lupamo nebuloze po papiru – samo da ne poludimo, mora da je i on tako, ako bude, reću mu, neka zna gdje se ne osjeća, ni ukus, ni miris, ni boja, naročito scena. Mora to kako treba _ dovesti do neba, pa onda raspaliti u rasplet. Doduše, ja sam ti pisac koji nije načitan, pročitao svega tri knjige. To što sam postao poznat, brusio sam dar, dok ne izbrusih hit, i evo me sada ovdje. Cepaj Care.

Trebam dočekati Mladena Kazandžiju, napisao biografiju, ima viziju - da bi trebali svi za njegovu istinu čuti. On bi da iza svega ostane anoniman, moje bi bilo da se pripovijetka - doradi. Kad smo se rastali na društvenim mrežama, ništa mi nije bilo jasno - do samog ovog trena. Očekujem biznismena. Ipak drmati tim vodama, nije mala stvar, naročito kad u nekoj struci treba pravedan. Čim pišeš o sebi, imaš dojam da jesi. Ko može iskreno – odvalio je ego iza ušiju.

Zanimljivo, nigdje psa lutalice, kažu već godinama je tako. Iz dana u dan je na fb kačio pjesme, slabo se iko vaćao dignuta prsta. Onda se odlučio oprobati i u širenju istine, tako da on bude skriveno ime toga što ga može stići svaki tren _ smrt – njega čekam.

Inače još ga nema, stiže poruka. „Naruči nešto za pojesti, kasnim zbog udesa na putu" - nije mogao proći, pomaže unesrećenima. Ko je taj čovjek, baš me zanima?! Pomaganje po meni nikom i ne treba, ali kad je paćenik u bolovima, onda barem moraš biti vedar, a ne plakati - da to izgleda kao neki potez nove mode. Zanimljivo, ovaj izgleda ima muda. Zanima me i faca takvog profila. Okrenuo pola regiona na vegetarijanstvo. Osjeti se tu zadah poezije, pročitao sam neke njegove, zaista priča kao da je Isus vaskrsao. Čak ima primjese kad hoće o ljubavi, da je stariji tri dana. Pojma nemam što, pa onda _ mene traži?!

Inače - Roman je sklop priča. Ne može samo jedna, da baš tako odguli, pa ti ostaje uvod, imaš rasplet, imaš svega koliko ti duša želi.

Dok ja imam osjećaj - da on hoće ukazati na nešto više. Ko zna kakav je demon iza svega, ili genije... I to treba dokučiti. Nije isto od gada pročitati nešto, i od dobre duše. Lopuže se znaju utvarati u svašta. A ni sama dobrota nije za onoga ko se lati pera. Zbog toga mu trebam, slavniji sam od njega. Prolupaš usput, mada uživaš, i to je ta neka – kompe'zacija. Dogurati do kraja smjelo. Jeste, baš tako, izađoh na dvoboj u ok neki bircuzzz. Već stasala žena za šankom ne prestaje brisati čaše, i gledati u istu daljinu, koju i ja posmatram. O ljepoti njenoj dalo bi se pričati tri dana. Kosa crna, oči plave, mame da uroniš u bilo kakvo sranje, samo da te gledaju. Zato, ću opis ljepote skratiti. Iću da je upoznam, svejedno čekam. Možda da je pitam kako se zove, ovaj svejedno neće zadugo. „Izvini, smije li se ovdje zapaliti komad?" „Smije, samo ne smijete pušiti ga sa duvanom. Čist je ok, daćeš i meni jedan dim. Drogiranje u našem gradu je dozvoljeno u vrijeme festivala, tad vlast prodaje provjerenu robu. Nema dilera ni sa njima kriminalaca, svi smo do zadnjega isti". „De me ne zezaj". „A koga vi čekate tako nestrpljivo, kad vam se pali"? „Čekam nekog vašeg odavde frajera, piše poeziju, i poneštо šire, pa bi da mu ja pregledam rad, mnogo me za to plaća". „Koliko mnogo"? „Pa toliko da ti to ne zaradiš za godinu dana. Zezam se, za put i za cugu usput, naročito ako ima šta kusnuti kašikom, a da nije sa mesom. Da li bi poslije posla izašla sa mnom na večeru, kažu da je ovo raj za vegetarijance"? „Svašta si ti o nama čuo, a da tako loše govoriš Engleski. Prije da si ti neki naš što je otišao na prvu slavu, zamakeo preko gore, nikad se kući nisi vratio. Zezam se, išla bih, ali ako ćemo se poslije kresnuti kod tebe u autu, jesi to mislio, ili samo da jedemo"? Progutao sam knedlu. „Izvini, evo ti dim, i svako će na svoju stranu". „Ne ljuti se, samo mi je pun kofer takvih priča. Sviđaš se i ti meni malo, ali ti ne dam, crkni za mnom, možda bude jednom. Međutim, ti si isti ko Mladen koga čekaš, svi mu se smiju u kraju. Jest da je donio promjene sa legalizacijom trave, skoliće ga ovi oko prodaje, neko će _ mu prosvirati glavu. Mesnice se povlače iz upotreba, i odatle mu prijeti mrtva tintara. Ma vi što pišete ste svi munjeni, osim _ Mladena".

„Wow, ja recenzije u par iječi, svaka čast, nahvali mi piskaralo koje trebam provjeriti na šta liči - u nekakvog seoskog zavodnika, ipak od te tri knjige koje sam dočitao do kraja, jedna je njegova, o krstavcima, zanima me kako je odgulio čistu prozu. Jesi dobra, ali ne - da bih za tobom odlijepio. Da, rado bi da odemo gladni k'o vukovi do mojih kola, tamo bi se mazili, poslije bi prešli na oblačenje. Međutim, ti si imala vezu sa mojim drugom iz budućnosti, ako primjetim kako ima osnove, možda se odlučim da ga proglasim za najpoznatijeg. U mene je štap čarobni, ja se zovem Bog, barem što se tiče pisanja. Inače sam sve skontao – između redova. Probaj i ti.

Tako da mi se više ne sviđaš, naročito kako dogorijeva komad. Ajde još jedan, šta si se stisla,vidiš da jutros nema posla ništa, a i ovaj, već sad naš – kasni''.

Stiže taksi preko puta, izađe još jedna bomba. „Kod vas je ovdje raj za one koji vole vidjeti lijepe žene. Sad mi jasno kako to da si i ti tako - prekoviše lijepa''. „Džabe pokušavaš doprijeti i preko duvanja, ja i kad sam naduvana mislim isto. Nije ti to do opijata, u njemu nije isti onaj koji je svjestan svoje duše, i onaj koji nije. To me Mladen naučio. Imaj obzira kad budeš čitao sljedeće njegovo djelo, da sam ti ovo napomenula. Tako da, do groba – njegova. To mi je kćerka morončino, stiže sa posla, vožnja joj ostala u genima od djedova, ali se boji sjesti za volan. Vozi se taksijem. Kako te nije sramota, vidi na šta ličiš, sliniš na klinke, ti ćeš suditi Mladenu!?'' „Ne kontam, odakle ti toliko dijete? Ne u smislu, odakle, nego ti izgledaš ko da ti je tek počeo život''. E i to mi je od njega, poslije tog seksa na brzaka sam se odala u alkohol, sve dok se nisam vratila do toga, pa on je pisac – đe ć' njega za brak? Konzumirao je isti – već prije mene – pa i kad smo se mi dočepali njegove limuzine. Nije nam bilo bitno koje su brzine izmijenjane ručicom mjenjača, nismo se danima rastajali. Kad je nestala strast, mi smo se već družili. Više nam nije bilo zanimljivo, ako ne živimo zajedno. I onda se sve zakomplikovalo, patili su svi odreda. Ja sam otišla glavom preko svijeta, trudna, on se vratio u bračne vode, iza prve brane. Onda je on stigao dovde, ja isto, pa čak i ti. Svi smo se tu negdje sastali, da pročitamo mLadenove čarolije iz kuckanja na računalu. Jeste, volio je pisanje više nego sebe, ostavio me ladno. Ostale je isto tako, samo nije stigao da se iskoprca iz svojih nekih drugih nebuloza. Danas kraj sebe imam čovjeka koji je sasvim u redu'' – samo što tad – nije kraj mene, nego u redu romana.

„Ne kontam ja sad ništa, ali ajde, neću ti se više nabacivati. Nego mi kaži, koje je sad doba u svijetu kod vas, da vidim kako ja nisam pobrkao stanicu? Zašto se nije razveo, ako ste se voljeli? Nije ništa loše u tome ako dvoje ne mogu više živjeti zajedno. Vi ko djeca''. „Jeste da, ali je jednog dana sišao ovdje Bog, tvoj neki kolega, rekao kako ćemo dalje, i to na uho Mladenu, otad ne straši se, ni od svoju sjenku. Naše prcanje nije bilo bitno, i za to je bio u pravu, zaledio nas na stotinu godina, evo nas sada, ujedinjujemo svijet. I ja i on, koji kad dođe vidjećeš - da ne liči na onakog, kakvog ti imaš sebi za predstavu. Sjebaćeš se, omdah ti mogu reći, čim sam ti vidjela odijelo, sve mi je bilo jasno. Ne to, voli se i on tako obući, ali kako hoda svaki dan, i kako će danas doći, nećeš ostati neiznađen. Bićeš oplemenjen optimizmom, sve iz Mukija. I da, rado bih se našla s' tobom večeras, ali ne da se poderemo poslije, nego da ti još dodam istine, ako ti bude trebalo za korekciju. Radićemo utroje, poslije nam nađi dobrog lektora, postavi da priča postane poznata, sebe kao autora. To je naša želja, nije ti on do kraja to sve htio ispričati. Koliko ćeš priča dodati u roman, to nije presudno".

Voljeli se puno, ona od njega višlja za glavu, kad se sastanu – samo se gledaju. To su bili oni, mislili su da su odabrani. Kad ono samo ljubavnici, nosili burme na prstu, ona lijeve ruke, on desne. Pisao poslije dugo i naširoko pjesme, ne smije se nikad saznati – ko bješe Mladen. Naravno da je normalno, mi smo ovako htjeli. Ko da ništa ne znamo, a znali legalizovati marihuanu, zabraniti alkohol i cigarete. Mislim, ni to ne branimo, ali van kafane. Idi se roljaj kod kuće, ovdje može voda, i duvka. Obadvoje te košta ako konzumiraš u našem objektu – deset eura. Danas deset mušterija, ima se i za mora, ne moraš raditi za to u Njemačkoj. Nismo ni mi više slijepi, svjetski piššče. Evo ti broj, ne zovi me na viber, tamo ne postojim. Zezam se, ovdje ćemo se naći, radim i popodne u objektu, ne duvam nikad, osim sa izuzeTcima. Eto da znaš i to, čisto da ti lakše razjasnim detalje. Ja sam je čitala, više sam za sretan kraj, nekako kao da mi fali. Ne dogovaraj ikakvu dalju distribuciju, dok se ne pocijepa konec. Ostao je po meni nedorečen, čitala sam i jednu tvoju knjigu, značeš ti to protumačiti, nego, de nam smotaj još jedan. On neće brzo, taj nikome ne pomaže malo, uvijek se raspekmezi. I kad se neko malo ozlijedi.

Zovem se Mirzada, udata sam formalno za lika tu odmah na uglu, ne da mi razvod, imao stan taman za nas, imam još jednu kćerku, samo mi je ona sa njim, onu što si vidjeo maloprije, ona mi je iz veze sa Mladenom. Podvirujemo se jedni drugima pod repove kao psi narajcani za parenja, ni blizu upoznavanja. Tako da, pripremi se, doćiće sa drugaricom, mimo prevodioca, on ću biti ja. Znači – nema fulova, toliko sam mu dužna, iako nismo ostali zajedno. On u stvari nije mogao ni sa kim, što se na kraju samom i pokazalo... To bi Branko sa perom - da pita tebe, da li i to da se napiše, ili da ovako ko što će ti danas predstaviti - ostavi? Da da da, trista puta, ukurac _ i pisanje.

Otišao sam do toaleta, popraviti frizuru, sve je unutra blistalo, kad sam se vratio dočekao me tanjir sa kolačima, unutra je bila jako sama gandža, nisam dodirivao stolicu. Naduva me mala očas posla. Sad' će inspektora da provoda učiteljica kroz učionice. Niko brale ni da pisne. Pokazuje mi kroz prozor teretanu, mrdaju guze, e tu je vidiš bila ta škola u kojoj su se okupljali odbačeni štenci, da smo u Vrtači, ali nismo. Zapisano djelo je našao moj momak, koji je ujedno onaj što je u redu, on ga vam želi pokazati. Sa njim bi trebala stići i moja drugarica, ili će poslije navratiti, ti si joj idol postojanja. Meni nisi nešto. Mislimo da je priča dobro napisana, samo nije završena. Možda jeste on tako to mislio da izgleda, ipak bi nam značio vaš sud. Kontali smo da objavimo to što smo našli. Bilo bi lijepo vidjeti odakle su naši korijeni. Lako je danas, nije bilo jučer u sistemu. On ti je svaki isti, izborili smo se da ne budemo ovisni. Oslobodili straha. Slike se pamte kad je na Balkanu zjapila srušena Jugoslavija, i ona bila dobra, ali samo nekom, nekom bila maćija, naročito onima koji su trpili teror diktature mesne i alkoholne industrije. Duvanske da ne spominjem. Na to sve, marihuanu smatrali za zabranjenu, pođoše trovati mlade nade – lošim heroinom. Neko ko je to napisao, osjećao je zabrinutost za cjelokupnu sigurnost čovječanstva. Nemoj da mi drugarici okreneš mozak, ni slutila nisam da si tako dobar. Sreća ti je što moj Mlađo nije nimalo ljubomoran''. „Pa gdje ste napisano našli? U kući koju smo kupili, htjeli smo se negdje skrasiti, namijenjena za rušenje već mnogo godina. Uzeli je od nekog klinca, malcu treba za privatan posao šuška, a i bio je korektan, jedino što mu mi nismo još rekli, šta smo našli, inače mu je kućerka od djeda. Meni se lično, opasno sviđa stil pisanja, nego mi fali dio prije, i jedan mali osvrt, o svemu – poslije. Pali i taj, momak mi svejedno ne duva nikad, a ni drugarica, tu ćete biti na ratnoj nozi, dosadi joj kad ja počnem širiti vidike, istom nije ni svanulo. Inače cura radi tri posla, dva su direktorske stolice mnogo uspješnih firmi, i to obije iz oblasti drumskog transporta. Ne očekuj laku robu, ni zato što si poznat. O'kle meni djeca, jes' normalan...

Mislio si dočekaće te nekakav dripac sa svojim jadima, ova istina je stara neko vrijeme, imamo orginal nekoga ko ga je uhvatio vjetar usred pisanja djela, odnio ga preko brda. Ili je on to tako htio, i to nam je bitno da prosudite. Kad sam prvi put čitala, išla mi je na nerve tema, međutim kad sam se malo bolje upustila, izvinite, ja se zovem Mirzada, opet ponavljam, inače sam isto dijelom njihove krvi, barem tako kažu, da je taj njegov djeda viđao se sa mojom bakom. Prošlo je od toga dosta, prosudite da li i istinu zbori, možda se i ja skrasim na nekim žilama. Inače, nisam nikad momka prevarila, samo jednom na brzaka se poseksala, ali je to prije naše veze, i iz te nebuloze sa oženjenim na zadnjem sjedištu od njegove supruge kola, imam onu ljepoticu što maloprije stiže taksijem. Eto odakle. Sa ovim sadeee - nemam djece. Al' te vožem.

„Zašto me onda ti nisi kontaktirala, vidim da si mozak operacije''? „Nisam se htjela predstavljati, dok te ne vidim. Sad znam da ćeš biti dostojan zadatka. Nego, misliš li ti motati više, ili ćemo šutjeti dok dođe i - već znaš ko? Dio iz te priče sam ti poslala u poruci, to nije uradio on, nego ja. Od nas ćeš istinu uvijek imati, ne tražimo ništa do da kažete, vrijedi li pokazati javnosti? Možda je prošlo njegovo vrijeme, u tom ga nisu shvatili, možda ne bi ni u današnjem. Jeste, ali u tom i leži zec našeg grma, on ga brani, istom poslije raspada Jugoslavije, tad su ti se najviše ubijale cuke. Kad počne da se kolje i kolje, ne čuje se ništa, a da nije bleket ovce, ili skika svinje. Kobojagi vjerovali u neke bogove, a u stvari sujeverni bez imalo pameti, a sa puno ega, nema brijega đe nismo zapeli. Vrtača mu je bila utočište od svakog bijega, čak je i u vlastitoj knjizi bježao u nju. Niko zapravo ne zna odakle ovo sve mrda, niti dokle će, go prevarant do prevaranta. Lako je sada pričati i pisati romane. Ajd ti odatle čupaj nesvijest i vodi je do vrata raja. Pod cijenu da tebe nema. Da li je taj čovjek kako ga je opisao naš predloženi pisac za vaše usavršavanje njuha - bio probuđena osoba... I to je to, što bi mi od vas, poznati pišče. Postao si slavan, pogledaj neobjavljenu priču iz toga doba – ravna stotinama ispred, tvojom rukom tipkanooo.

Pronašli smo te, rođen si Hriste. He, mada malo prekasno, naišlo je još novije doba poslije ove knjige – mi smo sada ovdje, smijemo duvati u aščinici, samo na čistaka. Bez duvana, kave i rakije – odrekli smo se drugih razvratnih opičancija, trava - kako za djeda, tako i unuka. Ostale eksperimente objavom ove vaše knjige možemo poništiti. Sjećanje vam ne preže do tada, jer još uvijek niste sasvim čisti, cuku hranite piletinom. Odgajaš djecu pogrešno – tjeraš ih da uče je matematiku, je jezike, a ne usmjeravaš ih da se – Bogu nama svima istom – pomole? Zamrzio si crkvu zbog popova, i džamiju zbog hodža, jer tamo se samo broji šuška, na stranom. Ne zamjerimo ti, do to, istina _ znao si koja je. Ako prozreš sa tim šta je pisac htio reći, imaćeš čast da završiš mnogo poznat roman. Pričaće o njemu – dvajest peto koljeno. Imao priliku, nije iskoristio, ti je ravno ovdašnjem shvatanju života. Mi znamo, stigli smo - da ti kažemo sve u facu, grešan gore, nego mnogi drugi. Niko ne zaslužuje vječnu patnju, poslije čitanja – slobodan si – nirvana. Ispred birca prođe Isus, za njim Muhamed sa sijaset žena. Vođe Buda, isto prođe ispred bircuzzza – poče tema druga. Da li si tada nedojebani stvore, imao vida kuda goniš?

Sad vidim da nisam – nije moguće da mi se ovo dešava, je l' više neću biti poznat? Pašće u vodu svi moji lajkovi, a tako sam ih pažljivo skupljao, nikako da odanem dušom. Svaka čast za ideju, pomučiću se dok sve složim u cjelinu, moram opravdati vaš izbor, inače, slava mi ne vrijedi ništa.

Napisao brale dvije knjige, u njih stavio mnoge rime, misli rodila se poezija. He, ne kažem da neće, ali je na samom početku, tek slijedi

7

učenje. Taman misliš evo sve je kako treba, opalio sam kud valja, kad on se - preko puta parkira.

Ja se zovem Mirzada, nova sam Majka Božija. Pružam ti v naručje čedo, do kraja gazi smjelo.

Pa da počnemo!!!

Ne, još nećemo, imamo jednog ostarijeg čiku – prije glavnog dijela, jučer počeo pisati, tačnije prije tri godine, kad je dobio starosnu, pa da čujemo i njega preko vibera, dok čekamo ostatak uredničkog programa.

„Primaknite se teletonu _ Volio sam jednom tako jednu ženu, ili sam mislio da je volim, pa sam sa njom imao djecu, poslije zavolio drugu, ili sam mislio da jesam. Pa sam i sa njom imao djecu, onda zavolio treću, pa sam i sa njom imao djecu, ili sam sve to zajedno, mislio da sam doživio. Kontracepcija je čudo. Rodi nas se dovoljno kol'ko treba, pročita pop hodžin zapis, pa pomisli da istjera iz ovoga đavola, ovaj isto pomisli za njega, otkinu se priču kud ne pripada. Idemo do čitanja sa laganicom. Nećemo odmah praviti klince, to se desi onako kako je to svevišnji zapovidio, svi smo njegovi robovi. Pisac oduvijek poznat po tome da kontrira. Đedo ništa, uči ko da je na megafonu. Hoćemo tehno da se proba u crkvi i džamiji, neka za tu priliku ne bude droge, može bone popola u sebi, deset puta bolje nego sa pečen'com u stomaku, omastio brke - kad je kren'o od kuće. Ide se pobro pričestit'. Pojeo koji sanduk sardine, dao radniku platu, taman da mu može bit' za – ništa. Gazdaaaaa, a je l' mogu žene nastupati za kulturno umjetničko društvo? Naravno da mogu, de pustite žene, sad mi je do rolanja, poslije ćemo o njima. Nije taj koji voli pisanje, zaljubljen u ikoga. On ni sebe nekad ne voli. Čisto da se vidi kako će učinak jednog dijela priče, poništiti onaj iz drugoga, nemaš osjećaj da te ne voza roba. Neka domaća industrija eksera. Zabij muliju bruderu - neka sa krsta ne spadne. Nane nane, nenormalne, jašta drugo, zaslužujemo mi pet puta gore, kakvi smo. Drobine naduvane mesinom, otkad sam se skinuo sa te prehrambene priče, hvala Bože na tom, jedem biljke, jednom u tri mjeseca dođem na partiju, malo izdrmam, poslijeee sa jaranima iz doma penzionera, duvam. Ostavila me baba, ma ja, skontala _ da sam stvarno neki, ni sebi neobjašnjen. Promijenio sam se skroz, nisam mogao poslije nailaska svijesti, kako više ne mogu jesti koku, krečati isto. Ne mogu, pa ne mogu, poslije se otvorila sljedeća stepenica, stigla, cigla u glavu diva, ajd sad ti drugi u zatvor. On otuda izbije rešetke, preko njiva utekne. De zezam se mladi svijete, neće niko nigdje bježati, lagano ćemo, ajmo po jedna pola, do dvije preko pola noći, nemoj da je ko šta više pipnuo, osim vode. Tako se uživa u tehnu, a ne dođeš nateko ko tikva, ne znaš gdje ti je guzica. Poslije još pola, ujutro dva džointa, pa na after, ako nekom zapne baš toliko, neka i kod kuće jedan užgi. De me slušajte dalje i to. Nije droga za svakoga, eto na primjer, ja tako radim otkad znam za sebe, reče mi jedan drug iz doma penzionera. Jest lijepo u njemu, još baba iza uva ne zvoca, puši se trava. Da, jedva dočekamo da svane, iako gazimo sedamdesete, samo bi đuskali... Dao Bog zdravlja, bolesti će nestati kad prestanemo jesti meso, poslije toga najvažnija, rat. Dođemo do spoznaje da može nas biti uvijek nabroj, za ostale žive leševe, nastup besplatno. Dajem ga u prilog nescrtanim. Ja sam na primjer takav, osim kad je duvka u domu penzionera, u pitanju. Tehnaju uradi jedan Mićo, nije vo, on je isto iz neke Vrtače, samo ovako ponekad opičimo. Volimo zvuke te vrste, iako mi šapnu unuk na uvce _ Đedo, i to je turbo. Kakve to ima veze ko šta sluša? - nikakve, i nikad neće biti, to kad se zabavljaš bitno je da nije prećarano. Ko tako zna, može se reći, da je teke - dojeban. Turiti tolike grame u sebe, sjesti poslije da voziš kola, e za to nemam razloga za navlačiti kakav oprost, treba odmah istog razriješiti vozačke. Ali ajd ti uvati sve, kad je jako svaki drugi takav. Može se jasno reći, i taksisti ćute. De uskladi narkomiranje, sa cijenom transporta, pa da usluge prijevoza nesposobnih za to vrše – još bolje obučene osobe, nikad pijane i našmrkane. Pa ja, sve je to pogrešno shvaćeno, al' ajd, onda se drogirati poče, i onaj što se zabavlja uz što se u nas dolj kaže – seljačke. Oro ja volovima tri duluma. Da, svi smo mi jednom bili takvi, nema nas da nismo. Odavno je umrlo naše izvorno biljojedstvo, bili smo se pravo doveli do krvoloka. I tako je sva priča otišla u još gorem smjeru, valja za sve ispostiti dok si živ. Nema ići gore, ako nisi sve račune poplać'o. Ne, sa grobarskom radnjom, sa njom ako nisi u odnosima da platiš, ili neko od tvoje rodbine, ofulo si življenje, dobiješ sanduk od socijalnog – jelov. Mene spalite, donest'e pepeo kraj potoka gdje šetamo ja i moja druga, sama mi je samo, kad sam u domu penzionera. Dnevno, dva sata, onda poslije ja i ona šetamo, dok se ne smrači. Odemo u kućerak stari, nikako nas nije ostavljao do sada. Nema šta nije i baba izdržala, kad sam je varao sa drugom, znala je da ne zna šta činim. Nikad joj nisam priznao tajnu, a eto otišla je. Znao sam, nisam bio nesvjestan, ljuljao sam se kako je Bog zapovijedao, rekao sam joj tada, da odlazim, nije mi dala. Ja je pustio, neka ide, zaista zaslužuje najbolje, sve osobe vezano prisno uz nekoga ko rola cijeli život, nisu tu da mu pametuju. Znam ja kako ću. Imam drugu, došla iz nekog leglja divljeg, do jučer bila vučica. Zavijala u skokaku, rodila je mati, psina napuštena. Eto kakvi smo mi, takvi, i takvima će Bog oprostiti. Ma de man' se te priče, naravno da je bolje –

ak' je šćuko napušten, nego kod gazde, zarobljen. U nekom kavezu, vrišti otud pile, biće sa batacima, upreženih uz kumpijere. Zovem se Nikiford, majka mi je iz okoline Prokletija, ali sa druge strane. Zato sam nastupio ovdje, ćale mi je iz blizine Nove Sadnje, ja se rodio u Vrtači, na sred Zemlje, epicentar, epicentar – epicentar, epicentar, pa sniženim tonom, epicentar, epicentar. Dodaj majstore gas, hoću da se raspada mašina. Klin na remen'ci zakucaj do zadna.

Čajkaš se ori, rodilo se novo selo, idemo sa brda, u ravnicu. Tu ti je predio manje rupav, izađemo iz vrtloga, nekadašnjeg mora, ili rakete sa neba, koja grunu baš tamo gdje treba – među ljude. Ako okine atomska, da raznese sve okolo, njih mi je najmanje žao, sve smo što nas stiglo loše _ zaslužili, naročito odnosom prema životinjama. Pa da, Bog iste u šumu otjer'o, vratimo se korijenima, nas je biljka izdojila do ovakvih klipana, do raka nas dovelo - izjedanje leševa. Fuj, sam se sebi smučim, ćopam jagnjeće za stolom, smrdi na mokraću - napolju parkirana kamiončina. Ima jedna ličina, on je prije vozo šljepere, o njemu je sva ova naša sastanska verzija, ekipno možemo čuda, sam bez rezervne smo niđe. Jedino ako zamolimo onog do ramena, daj poeziju, ona stiže. Svakome, bez mesa – garantujem uspjeh, biće nam bolje, mislim ne bolje, nego teže i teže, i teže, pa niskim tonom harmonikaš, i teže i teže i teže. Mnogo je lakše, kad zagrlimo svakog, nema veze onda, i ako ćemo istog trena nestati, spašenimo smo, ko ga šiša. Piša mudo koljena, bjež'te žene, na njih me loži strast, to što volim sve, nema veze sa seksom. Omatorio sam dovoljno, mogu držati predavanje iz nepoštenja. Nema kakav nisam bio, poslije se dosjetio i onog do ramena. Vjerujte, nije ni za njega, onako zamašćenog bilo kasno. Umrla mu žena s' kojom je živjeo do pred penziju. Došao je ispraćen radnim kolegama iz preduzeća. Kad je ušao sa novim satom na ruci, nije mu bilo ništa jasno. Unuk mu se skinuo sa heroina, mogao je u zasluženu mirovinu. Dobro je prošlo sve, danas su mu svi vegetarijanci, a i kako ne bi, Alberto se spasao. Sad već pet godina - kako je čist, živi u gradu koji je nadomak Čajkaša, u njemu živješe njegovi roditelji. Kćer od Mladena se udala za mehaničara Zoku, bio je sirov za hrkanja ko topče, kad se smrkne ona jadna kraj njega drhti, misli umrijeće. Svjetlana joj bješe ime, mnogo učena djevojka. Došla do vakulteta preko neprespavanih noći, nije preko stranke, to joj je uvijek branio stari, mnogo volio pop't - isto. Nije se prije udavala nikad, iako su svi pričali kako voli žene, i da ju muškarci ne zanimaju. Brat od Ostoje _ ju je istina oženio, ali nisu imali djecu, prije začeća su se razveli, i to se ne broji, ona sada Zoku voli. Ružno rečeno, al' et', začeća nije ni bilo. Znači ni braka, ili bi, nema veze iako se ne doživi reprodukcija, šta smeta, ako su joj više odgovarale istospolne osobe... Tamo ti je brak iskreniji nego do današnjih devedest posto sprovedenih – pred oltarom - crkve – il' džamije. Ovi novi naraštaji teke dumaju, moraš se nekad prikloniti zbog komada kruva, i pod neprijateljsku verandu, tu ko cule čekaš da ti se nešto u tanjir baci, voliš i ženu koju ne bi izabrao za braka. Mlad, bio, i ona tako, zaljubili se, pa dalje nisu znali jedno bez drugog. Eto to je to, poneka porodica sretna zaista, ostale, da sam Bog dragi sačuva. Sprdamo se onom do ramena. Isto kao da on to ne vidi, vidi vidi vidi vidi, violino niže, vidi vidi vidi. Sa hridi se umalo zbog njega baci. Spasi je neki momak iz inogore, oženiše se za papire. Pa onda imaju oni što ih starci naćeraju jedno na drugo, pa oni što zbog međe čine svašta u krevetu, klevetu trpe, i oni preko oglasa. Što ne mora značiti, Mlađo sijedi - je donio u penzionerski dom, i čake, hoće da oživi Brucka Lija. Digoše mu spomenik, i u Karakondžinom Panju. Mi crni, oni bijeli, ovi žuti, ljudi smo, jebem ga, valja se iskašljati. Šmrc škije napunjene gandžom, ode prepelica u tuđi suncokret, isto kao da je on čovjek za let 'tice, svi do zadnjeg, živjela sloboda. Od tog braka, nema ljevšeg. Pa taman on bi sa paščetom čupavim, samo neka je iskreno. Ako se jedno drugom ne sviđamo, voz, trebam mir, pišem roman. Znači, dovinđenja, dovinđenja, dovinđenja, i šargija tajac, dovinđenja, dovinđenja, dovinđenja. Pišem ga da se dignem u visine, ujedno za sobom i druge dižeM, e jebem ga, valja se iskašljati i opet– živjela sloboda. Od tog braka, ne'a zaista ljevšeg. Metafora, i tako ima još jedan pajdo, on malo otišao na živce, prije malo godina, stigla ga pemzija. Sedamdeset eura, ne more mu biti ni za travu, hranu i vodu, zajedno sa krevetom, ima od općine, može i opštine, dobro se razumijemo. Iako ja to zabrazdim sa plugom šestakom, poćeram odjednom osam, ja kad ga na kraj njive – preklopim!

Rižo moja, mladost sam ti dao, samo da bi srao danas – opušćano. Nikog se ne plašim, osim onoga do ramena. Mada sam ti ja kompleksna osoba, odgovara mi svako. Jednom prećera kao jedan od slavnog pisca drug, sa duvanjem, prezupčio na paranoju. Pa je sad isprepadan, mora se popraviti tabletom, svakoga jutra. Šutne demona kojeg je probudio slučajno, nije treb'o sa gandžijanjem pregont'. I trava ti je za dojebane, nije za one koji bi samo da su odvaljeni, a ašov nepoznata imenica. Ma mamice vam poljubim lijene, lako je zaklati živinče. Do sada nabrojani u domu, svi su na neki način vegetarijanci, poneki uvati jaje od slobodne koke, mada i to ne bi trebao. Kad ga pajdo izvadi ispod kočke, sedamn'esti dan kako je jaje pod nju ćurnulo. Tada pilce nema koske, to se tako proprži, svi se tome dive, pa natakne pacova na ražanj, on jednom buvicom donese kugetinu. Pobi jako cijeli ljudski rod. Da, neko je spomenuo, naletjeh u novinama neki dan, da se pričalo u to vrijeme, stigla nas kazna. To je istina, i onda i za vrijeme svjetskih ratova. Dok ne prestanemo sa ubijanjem drugih nosica duša, samo da bi se zaroštiljalo, ti si pogana osoba. Nemaš karaktera reći, ja više neću nikoga ubiti, uzjahati paradajz i papriku, al' valja nažuljati za njih guzicu. Ovako krave same jedu, obogati se država od napuštenih junica, zavede olako masovnije mesožderstvo, e da da da da da, gitara najtiše, da da da, jedino ja naveče odlazim doma, tu me čeka moja vjerna druga, isto se zove Pupi, samo nije muškić ko što je bio kod Mlađe, u mene kujica, igrom slučaja Maltežanska, nisam tražio rasno, ćerka mi ju poklonila, tačnije, uzela sebi, pa kad je otišla da studira, ostavila ju kod mene. Kupili smo je za dvjesta leura, od neke tamo gospodže, gospodže, gospodže, klavir da se istom ne čuje, ali da udara sitno, gospodže, gospodže, gospodže, gospodže. Kožne su joj sve jakne, najviše voli od teleće. E jebem ga, valja se iskijati poslije dobre duvke, reći sam sebi nisi brale normale, ako jedeš meso. Ne trebate pričati nama, znamo sve kako treba. Alberto se izvukao sa horsa, mi ne moramo sa trave. Duvaćemo dok nas noge nose. Zašto ne bi, kad je ok, a kad god se sjetim, neću morati više. Isto kao sa duvanom, jebo sam i njemu nanu, za dvadeset dana, nikad više nisam turio ga bez trave, u usta. Alkohol u domu penzionera, ogleda samo Musa, na Islamu mu bi djeda, sin mu dao svojim nasljednicima, blizancima, imena, Isus i Muhamed. Poništio svo dotašnje vjerovanje. Znao je da su uspjeli, no rakije se nikad nije riješio. Ostalo mu valjda od toga, što toliko bješe zabranjeno. Ništa ne brani, nego kontroliši prodaju i proizvodnju droge, alkohola, cigara i duvana, ostav'te kanabis na miru. Miru miru miru, opleti guslar, ti to izgveda umiješ večevas najbolje, skvoz utišaj i tvubu, e sad nam daj tehnažu, sutradan opet idem kod dvugava u penzionevski dom. Žuvaja bez zuba, čitavu jevtu..

Obrao sam gandžu, eno je u kijeru na sušenju. Tu pored, isto o klinu - okačena šubara, na njoj nije ni kokarda ni polumjesec, niti slovo u, a nit petokraka, nego u crvenom srcu, kućica i pašče. Malo ćukače laje, raduje se druženju. Sa čovjekom, da sa njim, e jebem ga, nikada ne treba šutjeti, uvijek iskašlji to iz grla. Jeb' mamu nenormalnom stvoru, da se više nikad ne porodi. E i to bi bio fašizam, pa da vam objasnim od kakve smo mi fele.

Ma ni ne moram, ja ću vam sada od dede malo nafurati gas višlje, više se ne vozi mercedeS i stojaDinka, nego Tesla. Došlo novo doba, nebitno je ko kakva kola gonja, bitno je - da što manje zagađujemo okolinu. Najbitnije da naučimo gdje odložiti otpad. Štaš tu učiti, e jebem ga, valja reći lakrdiji kad se zna. Ali najgora je nona koja neće poslušati, odupiraće ko june od stranu, naročito onda, kad ga kolju, volu se volje vadi. On živ gleda izvršioca ubistva, ispod vrata curi potok krvi, nikad crveniju niste vidjeli. Koljačka se zove, kad upadne na hlače, četiri dvanestomjesčnice neće da spa'ne, ni kad varaaakinom pereš. Gješ to zaboraviti, onda sam ja kao mali došao kući, htio se objesiti, nisam to učinio, a nije ni Mlađo, za isto ime sam nekad čuo na fakultetu, učio sam kako gajiti krastavce, postao sam profi, naletim na knjigu slavnog pisca, na kraju je živjeo negdje u brdu, niko ga nije mogao naći. Otišao da bistri sudbinu sa životinjama, stao konačno na pravu stranu. Branio malce od srne, branio od zeca, ali i to je fažizam. Ništa ne brani, kako će vuk da živi? Nego se izmakni, i tako mi ostane druga koja voli više nego što me voljela ijedna žena. Ženio sam se petn'est puta, samo sssprvom imam ćerku. I ona mi se više ne javlja, stigle ju obaveze, živi sa druge strane sveMira, dolazi kući, kao što je i Radan na Zemlju _ sa Marsa. Nosao razne droge u džepu, nisu mu djeca imala šta jesti, i eno ih izđipaše kao moja Jovana, nije mi prava, usvojena, kad su joj roditelji i sestra poginuli prilikom podlijetanja pod voz. I ona bi umrijela, izvukao ju na njivu vučijak otkinut sa lanca, taman kuća do prelaza, sutradan, samo što će biti sahrana, ubiše ga lovci kao krivca za tugu. Uvijek su tada bila kriva napuštena paščad, neki ih trovali zatrovanim mesom, neki nišanili sačmaricom. Rodio se novi elan u čovjeku, samo da mu je nekoga ubiti. Pa ubij svinju, pa ubij koku, bibu, ćurku, gusku, na ražanj natakni i jare, samo nemoj sebe. De ba, kad bi se jelo meso od onog što jede isto, e tad bi već i on smatrao kako je to fašizam. Da, osjećam potrebu reći, sjedaj dole, dole dole dole, tiho mucam, dole dole dole, ljebac ti polubim. Pogaču ako ne znaš dovesti iz sjemena preko njive u rernu, uzmi štrik care, pa se besi. I ti mila sele, nema razlike za nikoga. Ljenost seb' izbi iz guz'ce, mati me oplete preko frizure, stari izvuče iz pantalona kaiš. Pa me nalema ko vola u kupusu, e jesu i njih gonili brate i sestro, i danas dani me sramota konjova. E njih me isto kao i volova, udaro ko god stig'o. I onda kad se rodi traktor, više nisu trebali, volovi su ostali samo da prcaju krave, konji _ kobile. Čisto radi reprodukcije mesa, i ostalih zanimacija. Koje se mogu ostvariti sa tim živuljkama. Mi smo došli do tog praga, ma niko bolan ne ćopa leševe. Da, ni ispod sača, ni sa ražnja, naročito ne iz tave. Zašto naročito ne iz nje, nemam pojma. Jedan dan nam je Nikiford rekao pričati o tome. Mlađo na tu temu šuti. Rokao je nemilica, pročitao knjižetinu na tu spiku od nekoga pisca, poslije nikad nije ogledao meso. Uglavnom, Alberto se skinuo sa droge. Danas je dobro, pomogao mu neki tamo Uroš. Isto bio, na heroinu. Sad je majstor na cnc mašini. I on će jedno vrijeme u ovoj knjizi – zboriti. Ali polako, doćemo i do toga, prvo sve trebamo razvrstati, gdje koji dio pripada. Mora biti složena biblioteka, pod konac. Sve domaće zvijezde. Vratili se svi iz inogorstva, nema nigdje ljepše, kao na Zemlji, otišli iznenada - zauvijek ljudi, ostalo zbivanje znate. Mi smo spašeni, ko ga šiša, ne jedemo leševe drugih nosioca duša, znači, vrh smo vrhova, dostigli. Ko ne vjeruje, a nije probao, neka ne priča. Kad izvede period posta, onog osrednjeg pravoSlavnog, što se tiče hrane, što se tiče rada, okrenimo se Islamu. Hrišćanstvo bi samo da živi na tuđoj grbači. Tačnije, to je poo oganstvo, i ono i jeste to teke mase – što je razapelo Hrista. I onda se ljudotinja podijelila na partije i stranke, jebo je ćaKa Čakin. Kud nije ostao na bilju...? He, kud, ima i do ljenosti, i odatle su mnogi fašistički postupci. Kriju se iza mirovnjaka, kupe prilog za nekog smtnika na postelji, odu za Pazarčevo Polje - kupiti droge. Pa se urade, da ne mogu stajati na nogama, podignu se bijelim. Spuste žutim, između se bobaju, i ponekad spidiraju. Sve na račun – smrtnika na postelji. Ko ga šiša kad je smrtnik. Bezveze pričati da je to fašizam, kad je bolest koja se zove – ovisnost. Ne možeš se skinuti. Nije to lako, ova dva lika su za sada uspjela, vidjećemo za the future. Učimo svetrojica Engleski, hoćemo za inogoru na odmor, može se igrom slučaja desiti – da neko ne zna Balkanski. Danas se svi razumijemo, lako je kad je sve legalno, pa i droga. Može se kupit na kiosku, nije se potrebno kriti, ali se svaki tvoj šmrk zna na ekranu. Opali, ali neka se vidi, pa kad sretneš nekoga ko ne bi smio znati da si se nazveko, bona zaista najviše, crno ti se piše sine, a i mila ćero. Opušteno sa prutev'ma, ok je dva tri puta godišnje otići KoD partije, na svakoj pojesti po dve pole, i da ti nikaj ne bude, ne valja sinko – prećerivati, ti onda ne uživaš u muzici, nego mi partijanje vodiš u turbo svedah, zapovijedaj svojoj guzici, znam ja svojoj. Što tuđem djetetu mislim, mislim i svome. Ponekad me zovnE na nevidljivi već sad telefon. Ne pričamo preko slušalica, nego se teleportujemo na određenu lokaciju, samo paunovi pjevaju, isto kao na titnOm gorbu, zajauka jelen. Osta živ ove sezone, crče maršal. Onda mog đedu oćeraše u zatvor, kažu da je činio nevaljale stvari – protiv partije. A i ujedno protiv ostatka svijeta, na jednu stranu propast, na drugu žurka. To ćete da vidite najbolje iz dijela kojeg je započeo taj pisac - od koga sam ja naučio mnogo o gajenju krastavaca. Pričao je sa lozama. Počećemo ubrzo, budite strpljivi, to ćemo svariti lako, samo se lagano zavalite. Idemo do izvan vasione, dobro se držite kad budemo – fulali Zemlju. Imamo novu planetu za živjeti, ali više nikad – NJU. Kru se osušio u rerni, ko papak od gice, više nije bilo nikog, niti se šta više za stolom jelo, ukinula se

14

korita i jasle, svako je brale i sejo, bio potpunac – freee. Nema se dalje šta objašnjavati, miješaćemo boje, dok nastup ne počne, čisto da se malo zagrijemo, pali neko iz mase komad, možeš ispoloviti bonbone, dvije svakom, pa na polovine, dok ne svane, ne smije se uzeti zadnja. Onda može. Pa kad prekrene sedam, after. Zna se, poslije duvaj koji da ne zaspiš u taksiju do sela, u njemu ašov čeka. Opet na zabavu, za pet mjeseci. E ako tako možeš dojebani stvore, opušćano se rokaj. Heroin nikad ne probaj, a i kokain brate i sestro, to ti je zaista – čista glupost, traćenje vremena dragocjenog, neko će reći i trava. Da, i ona, ali onom kome odgovara, ne goni ga u paranoju i u agresivu, pusti ga neka svuče komad dnevno, za dobrobit čovječanstva. Bolje i to, nego da puši cigare, i pije kafu. Kud sa njom sela oživješe, niko više ne ćede, živjeti u betonu, usput i na njemu, nigdje travke i lista drvećke, do u parku. U njemu spomenik stradalim mučenicima, neko prije atomske digao potrovanim cukama, bili kobiva napušteni, ti što su ih trovali i jesu okinuli istu. Najprostije objašnjeno, da može shvatiti svako, a ne zavijaj u crkvi i džamiji, da te niko ništa – ne razumije.

Eto da znate, ovo vam je isto tehnaža od ekipe iz penzionerskog doma, ja samo budem poslije podne kod njih, kad stignem od škole. Unuk sam od jednog tamo, isto đede, pa im dođem motati.

Dobi istina drugo ruho, da počnemo senilci, vama se raspisalo, trpi partija, daj majstore podebljaj sve innnnstrumente, taman sam sa teke vode, progutao polu. Nisam se poslije ubio, doživjeo starost, trijezan. Ponekad zaduvam sa kolegama iz doma penzinera. Jednom u dvije godine, naručimo od primanja – tehnooo. Tako se Bogu molimo, za slavlja ne koljemo žrtvu. Jedemo prije toga, čorbe od mauna, dodatak bijelog luka tako kuvan, možeš u varivo strpati glavicu čitavu, ništa se kad se ljubiš sa osobom koja te dovede na parenje, do zadnjeg sjedišta njenog auta, ne osjeti. Kažem vam, mnogi lomovi su iza mene, ne pričam odande odakle ne znam gradivo, nego okle smijem zazinut'. Brak je jedno veliko sranje. Postao da se ne izjedemo između sebe, da nije toga bilo, ko zna da li bi ikad ušli u neku suru. Onda se ljubav sa bližnjeg samo, proširi na ostatak sveMira, ima ih trista milijardi, i još toliko – Bog te pito ko'lko. Ima mnogo toga prostranstva u onoga što uvijek čuči kraj našeg ramena. Sluša naredbe. Ako činiš naopako, on šuti, ako pravo, grakne da nekaj zapišeš u teku. Evo mi smo sebi umislili da možemo isto dobro rukati, tražili smo od gospoda kraj ramena, neka učestvujemo. Pustite nas da to odradimo kako samo mi znamo, nećemo vam se miješati u ostale dijelove. Nismo ni mi više stari glupi. Duvamo jašta, šta ste mislili da nećemo, oćeš ti pola bone za partije da kupiš, e sine i ćeri, hoće i starac. Nego, de ti sebi zaradi, nije lako veliki biti. Misli onaj što je nakupio dukate na kamaru, sve na svijetu obišao, nije naš'o sreću. E da, onda đuskajte i šutite, rola je naša. Moram vam ispričati i ovo. Kad su se ona i taj Mehaničar Zoka, zaženli... Nisu znali nijedno kuhati, mlaĐino čedo puno učilo, nije imalo kade bistriti kutlače, a Zoka seljačko čedo, odalo po njivama, nije se imalo ni kuruze. Izborio se teke za svoje radione, uvijek nosio u zadnjem džepu, teku dugovanja. Njom se samo gurao ka naprijed, iako nikog nije zvao za dug. Ma manite mi se te priče, novac je stvoren da cirkuliše, da se tako čini, bio bi dobar. Ma šta to, odličan je on i tada bio, nisu za tu priču bili, svi sazreli ljudi. Neki ni probudili. Znam kako to igleda kad ne vidiš dalje od korita, bio sam u jednom životu svinja. Nikiford zmija crnjuga, Mladen vrabac. Po čitav dan on i sad ponekad – cvrkuće. Otišao od kuće konačno. Raduju se dvoje odlasku sina u tuđinu, sad će da se – uzjaše. Nikad providna dana ni za – seksanje. Ma i koji će ti đavo, tek sam vidjeo kad se sprava prestala dizati, e jest lijepo. Ne moraš svoju snagu u tuđu rupu gurat'. Više ti to ništa ne znači, a to znači, dojeban si. Vidiš da je to način reprodukcije, ostalo – zabava. Čista. Nije to simbol neke veličine, to tek vidiš kad svršiš. Išo bi u krpe, samo da se ne gledamo očima. Spavaš i razmišljaš, sutra ću se razvesti. Onda shvatiš da si to učinio već cenera puta, ništa, samo razvod potpišeš. Više nikad u te vode. Do slobode idem, sa kerčetom. Kako to naš narod ima običaj reći, kad isto biće, nabije _ u guzicu nogom. To je odlika tog' doba, a šta ćeš, toliko se znalo o tome, gdje gonimo. Ništa, pa et', i to ti se zove Balkan, u jedno doba sveMirsko. Trajalo dovoljno dugo da se probudimo, mnogi jesu, mi se davili u neznanju i nepoznavanju pravila – ishrane. Ne možeš se najesti teletine ispod, i Bogu se moliti. Baš da mi je vidjeti kakvom se to krstite i klanjate, mora da je onom ispod sača. Znate li ijedan običaj šta kaže? Posebno taj kad zakoljete milijarde svinja i ovaca, u pomen tog vašeg gospoda. Jebo vas on, to se valja uvijek reći, i to takve nenormalne. E sad i ovo ode u fašizam, moram i to otrp't', al' reko sam vam eto u par riječi, šta sam ćeo. Nisam mlogo, koliko sam im'o. To vam je dobra od mene, de se dozovemo pameti, reče taj pisac od krastavaca, i sve se dozva. Nema se vođa da kaže, ajmo za mnom, svi viču juriš, iz pozadinske lože. Okićena kazana, ide Momir kroz selo, koji Momir? - e to će vam se reći iz priče, one kad stvarno počnemo. Još je zagrijavanje na pisti, poleti ono, pa onda idu čuda. Onda će se ona neko vrijeme dešavati, poslije nikome neće biti čudno što se neko loži na isti pol. To me ne zanima, ali uopšte, i to ostavite za sebe, ni ja use ne gledam poslije kad splasne strast, nego kako bi u krpe. Sam negdje daleko od svih, neću da se tripujem, sve je dozvoljeno. Jer svejedno, spašeni smo već, samo ni to – ne znamo. Baš smo opičeni, i to mokrom krpom preko lica. Pisao je taj Mlađo od krastavaca, kako se nije igrao sa drugom djecom, sve je oko njega bilo nategnuto, k'o u fabrici tregera. Sasvim zajebano ludilo njegovog oca, i prosvjetne zadruge, da su se bogdom neke stvari učili od kamiondžija. Kažu jednom babe u selu, ako je jalova krmača, ostavi je kraj ceste, naiće ista ekipa, da, to je istina, skidanje sa te priče, e i to je zajebano, samo bi da naskačeš, kad odjednom nemaš čime. Završiš sa ekipom iz doma penzinera, jedva čekaš kad će jutro svanuti, koliko volim Pupi, da su mi dopustili neka smeta dok igramo karti, satić otučemo sedmice, pa nju tako naduvani - preko livade šetamo. Imamo teke turizma, i u Vrtači, molimo se nekom petom, a taj izmoljeni, zapravo, misli svakom najgore. Samo da je njemu dobro. I onda ti se on tako počne prenemagati u crkvi i džamiji, ode kući, zakolje prase, ovaj drugi jagnje. E da, da to nije tako, ne bi se pripadnici Islama i Hiršćanstva – svađalili. Ovdje nemam šta dodati.

Idu p. materinu, ja l' me raznese, ko da sam odjednom grunuo dvije. Poladžije prošle fešte, strpa tri – Nikiford, jest se razavalio. Ja vičem, Nile nemoj, on oće. Eto ti kad oćeš, udnik nema djecu, pa mu sve svjedno. Uvijek pomenemo to, kakav bi tek Adolf bio, da je imao svoju čeljad sitnu. Mnogi neće skontati šta sam rekao zatrftuljeno, zato ću šutjeti, istrajaću za svu trojicu, oni nisu nikad bili vični, pisanju. Sve viču, de ti za nas. Dajem gas, rokaj ljebac ti poljubi, i opet, naročito kruh. Isto ti dođe, kako god okreneš, zar si i toliko bio jadan, Balkanče sivi, ko kad govoriš konjčetiću u brazdi, pa kad više ne treba konjče, ajde u salamu. I da, jadno li je stiglo doba, kad je tiOva vladavina dobra. Nerado se svako sjeća propasti, ni zamislite ne možete kakva su govna naišla. Umalo cijela planeta izludjela. E ja, tu ima i Bole, on je strikan, svih strikana. Zezno netjaka, privodio se do matičara, dvadeset i tri puta, još jednom su došli on i njegova draga na vrata istog, samo ovaj taj dan nije radio, sutradan se posvađali. Hodali ko nenormalni. Nezvanično _ dvadeset i četiri puta. Samo nek' nije rečenica svezana sa sljedećom. Ovdje sam morao. Ako pratite, mislio sam na _ dodati!!!

Četvrtkom ne duvamo, tad jedemo picu sa paprikama i paradajzom, na ploške odozgora krompir, sa njim salaama, za nas vegetarijance. Evo i mi hoćemo na paradu, i nas prozivaju popovi i hodže, kako smo sektaši. Eto i ja njima velim, naklon samo tako, opiči po ledini bičem, poćeraj zapregu, ti u novom mercu, dok vjernik na probušenom stojadiNki, struno ko vrganj poslije dugih kiša, nije bilo gljivara da osjete njegov miris, naklepa baraba trijest kila, ode proda djetetu za knjige _ čekaj, a mome? Od' Momire na građev'nu, ima samo za one, koji su bliže jaslama, ako nemaš ni razreda škole, jesi brale – nadrljo. Da, tako je to jedno vrijeme bilo na planeti Zemlji, hvala Bogu – više nisu tamo ljudi. Evo ih već poslije Marsa milijarda, sijevaće dvanesti put mejsečnice kad raspalimo godinu, piči se i dalje po stazama od trnja, čisto malo da zagrebe pred sami tunel, i da riječi budu raštrkane. Sad će voz u roru, samo odozdo kobiva izdaleka, ravan, ne daj Bože da te pokupi. Vraćali se kući iz grada, ona i seja, starci došli po njih, mati vozila, stojadinka se ugasila taman na prelazu. Pruge, koja ne bi obezbijeđena. Ne treba nam krivac, de nek se greška popravi. Klizavi put, da ne bude taki niki. Opravi se stomak u krave, ostade trudna, skak'o bičina Mile na nju, ja kolika joj je vagina. Natekla taman da iskoči đikan, e njega ćemo pod sač. Ne daj Bogo nikom, tttttakvog faššššizma, moram mucati kad izgovaram tu riječ. I dalje neke ću govoriti sa e, e na primjer, pišemo roman, da li je istinit, nije ni bitno, svejedno smo spašeni. Evo ga uskoro dolazi na rame doramenac, svi će znati da ga imaju. E, ali će se i znati šta razmišljaju, pa koga nije sramota da kaže, sad ću da ubijem prase, nema veze, tom se ne oprašta niti zamjeri, ostavljaš mu prostora da se sam nauči na grešci. E da, onda se vi takvi odvojte na njivu, e, pa se između sebe izbijte, nemojte da ja ikog uopšte spominjem, u negativnom kontekstu. Smrt mome fašizmu, odatle svaki kreće. EEEEE.

E kamo sreće, da više nikad ne pričamo o mržnji, i tako i bi, svi prestaše ubijati druge žive stvorove _ kako bi dalje? - nebitno, odatle smo spašeni, e ako i tad nije dobro, onda neka nas satare sve, atomska. I bolje da ne postojimo. Ako je normalno ratovati, onda jebiga – druže učitelju, ništa nisi naučio đake, do bitci. Pucaju braća na braću, sestre jauču za izginulima. Pa se koja ubaci u tu priču, posta i ona zlotvor. Da su Eva i Hitler imali djecu, mislite li da bi drugi svjestki rat onako izgledao? Da bi bio, bio bi, sva dešavanja tih vremena bila su slika ljudska. I tad je glavna 'rana bila – meso. Ko danas dani, e sad kako će biti sa druge strane, niko ne zna. Ko zna šta je Bog rekao brkatom čiki... Dođi da ti isti, da bonbona _ ovo je moja cura Evita, mi znate - nemamo potomke.

Kontra Kvoke _ isto, to ti nije piće za mladiće, nego nizašta, i to nam je ono, što netreba. Neka bude zajedno, svejedno je to ne, postalo ne vidljivo. Piše se svakako, jedni drugima zamjere, nepismeno tačnije rečeno, sve u dušu. To mi radimo za koju leuru, ota je moneta koja određuje dva džointa dnevno, komad pogače, i malo rane za pašče. E tu nastaju problemi, i ono jede meso, da, porijeklom takvo, sve nam je još bilo naopakijeee, kad smo životinje počeli pripitomljavati, da od njih imamo roneee. Lovci umjesto strijela uprtiše mitraljeze. Pokosi Tile jelena očas posla. Upade jadna životinja, on se poslije fotka, noga mu na krvavom rogu : po sred srca ga strefio. Obori junačina nejač. Što se mene tiče i ta priča, kao isto što se tiče ostatka društva iz doma penzionera, nepodržavamo akciju, nenamjerno - zajedno. Dajte da se sastanemo što prije, valja mijenjati svete knjige, ne valjaju, ili nevaljaju, svejedno, dušom smo odista nepismeni, ne pismeni, nego dibidus bez svijesti. Nemamo pojma o tom što bistrimo, nanosimo još gore posljedice, ionako stradalom ljudskom rodu, u glavu. Ako se nekom duva, neka zapali u ćošku je pepelnica, još se osjeti miris duvana u zraku, joj kako sam se nasmrdio istog. Jebo mamu svojuuuu, kako da ga izbacim iz komada... Ubi me sama trava. Spali ždrijelo, poslije ne mogu ni paradajz jesti kako treba. Imamo kod doma baštu, tu otkako Pupi ne ostaj(e) sama, zajednički vrtamo rupe, sadimo nove biljke, među njima kanabis... sjećate li se da li je pas muško ili žensko? Učimo se letjeti. Pis mačak, vid kakav si od mlijeka, đes to pos'o kravu? Ma nisam puno, ima jedna još u selu baka, ali joj ne ubija teladi, drži Šarulju u dvorištu. Koje se rodi, ode lagano do šume, tamo te nema ko dočekati, nego vuk. Pa ja, ili lovac, onda ubijaj druže Tile i domaće, šta si se samo okomio na divlje? Ma kokao je taj sve, vidi mu se iz profila, da imade fljesbuk, meni nebi, obavezno skupljenih nogu - bio prijatelj. On i ne bi, ovdje ih raširi, stao na te smjerokaze, jer ako nisi drug, najebo si, ideš na otok koga zovu "Goli", na translate veli – ostrvo - odatle se ne bježi, samo zato što si rekao, seronjo jedan, ubio si lane. Ja ja jarane, i danas dani bi razapeli Isusa, znam svakoga koji bi. I ja sam jednom tako bio isti, isto i Mladen, i Nikiford. Tri druga iz doma penzionera uskočiše u ekipu. Da se ne zbori kako nisu istinu znali, i naši djedovi, poslije vaši, onda poslije vas još neki praunuci stignu, iskreno da bude, ne stidimo se što smo ovakvi, nikog ne mrzimo, cijeli sveMir – obožavamo. Život koji nam dopade rođenjem cijenimo i dajemo svaki put na znanje, kako smo samo – onog do ramena robovi. Ako on kaže, skoči za to u vatru, e tad skači. Ali prvo opet moraš razbistriti - da li je to potrebno. Pričaćeš možda pišče u nastavku o nečemu koje dobro ne vidiš, nego natucaš. E da, jbg, takva ti je ta evolucija za duše, pravi od najprljavije, blistavu. Otu istu šalje na štrik, njome se ponosi, ostalo nanove vraća u bubanj. Vrti centrifuga, oće iskoči iz kupatila, lažemo jedan drugome poslije toga, kako smo se sa nekom kresali – đevojkom, nismo tog opredjeljenja, tačnije seksualnog, nismo više nikakvog, To nam se teke klipe, odavno ne budi. Spava onaj sa kim smo se ponosili, štrik popustio, spao na to teke tla, niko nema pojma, koje planete. Tek ljudi nadjeli imena zvijezdama, umalo zona sumraka. Petokraka poprca kokardu, onda ova nju, i na kraju usja to teke mjeSeca, nikad se Balkan neće zvati, Austrougarska. E ja bih rekao, da nas bogdom porobi Hitler zaprave, prije bi se neke stvari naučili. Onda Nijemci skontaše, pogriješili smo, idemo nazad na druge svete knjige, sad više nećemo nikog kriviti, nego iskoristiti znanje. Jeste da, da ne bi salame iz aldijanića i lidlumovca, bilo bi ok, za njima kaflendijanić oplete po jeftinijima, izobliči se trbu u arijevske rase, e sad da se nadovežem kako nisam uopće fašista, obožavam Švabice. Zadnja žena mi je bila njihova. Odatle mi i tajna koju čuva tajna služba, zove se Mistrija, bolje bi bilo da se zida doma, nego što se isti – sruši raketom. Onda kad na tlo spade atomska, vidjesmo da je Japan, tamo Nikifordov ćale ispao iz pičke majkine. Grane da se malo živi, pane atomale, samo on preživi, i evo ga danas Nile slavi devedesetu. Već se kanabis koristi ko biber, nisi kriminalac ako ga sadiš, nego onaj što peče rakiju, njega u tvorza vodite, manite mi se kako je to stari naš – običaj. Običaj je neđđđe, e, biti i budala, pa je toga dosta - jednom godišnje. Maksimalnoooo, maksimalno, maksimalno, tiše dj još tiše, maksimalno, maksimalno, maksimalno.

E da, vrijeme je da krenemo u suštinu priče, i urednik je ovdje, dalje će on pregledati, muškadija hoće malo da se iskaže kao napaćena, isto kao da je lako biti žena...

Nećemo razvlačiti dalje ovo teke uvoda, siromašno djeluje, ali ne sudite na samom početku, ni na kraju ne donosite zaključke, kako je pisac lupetalo, mnogo nas je u ovoj priči, koju ćemo vam ispričati, po svemu, najbitniji su opanci, i komad zalogaja, pa i ne moraju biti dva. Samo da preguramo do sutra. I tako iz dana u dan, pisaće se nova sveta knjiga, stare su zaglupile. Treba iznova poredati stvari na svoje mjesto. Sloboda svakome, pa da li se nama tuđa sviđala, ili ne, nebitno, ko tebe kamenom, ti njega _ hljebom, ili kruhom. Pomaže onaj do ramena, braćo i sestre, bez razlike, samo mu se obratite, Poželite mir, i on će biti, cirka za jevtu dana.

Ajde da počnemo, ovi starci već veljaju... tataratira, nisam narkoman ako duvam, to dvoje nisu spojeno, od alkohola se ide dalje, od kanabisa se dobije sasvim druga energija, pa ako si lijen budeš još ljenji. Jedino joj to ne valja, ali zato ako si vrijedan od majke rođen, ćale ti ućero strah u kosti, moraš raditi, slušati veću budalu od sebe. Ma neće Momire_ više moći, moraš odložiti batinu, isto kao i Hile, nije ni on svjestan bio šta čini, znači, po svetim knjigama, i starim i novim – oprošteno. Dalje ćemo da vidimo, svi se susrećemo sa zasluženim ovdje u ovoj koži, oni koji ni grijeh ne zarade, idu na nebo kao anđeli. Tako da se mora uzeti u obzir prepadanje djece, nema kako nisu učeni da valja, vidi dokle smo dogurali, jako da se baci atomska koje će raznijeti sve što mrda po površini brda, dođe nova ekipa koja će da poravna sa bagerima prošlost, nastaće budućnost bez ljudi, nekako ih eksplozija uništi do zadnjeg, od svake druge vrste, preživi po pet pari... ja ja, opet jarane odabrani, a neko nema ni za poderane teniske, nego na čas dođe bos, kod kuće ga stari izboksovo, u prostorijama prosvjete _ i naša učionica, ringu kraja nema, nek' nije zategnuto. Cijelo je selo živjelo jako tako, samo su se klale životinje, raspade se ta Jugoslavija, neka hvala Bogu, kažu, raziđe se Balkan svud po svijetu, nema veze, ostali su odabrani. Ostade neko ko se sjeti, veli, uloži na to brdo, tu će da se rode bliznaci, zvaće se Isus i Muhamed, pa drugi, Slobodanka i Mersida, svi iz pizde izlećeli. E da, nemojte se pokrivati po glavi, ja to ne psujem, iako sam onaj koji će da premosti ovo uvoda na ostale dijelove započete knjige, cilj mi je bio, da se malo zezamo, nemojte ništa shvatiti zaozbiljno, to sam sve radio dok sam bio naduvan preko pauza za vrijeme arbajta i komunikacije sa dragim ljudima. Da, jednom se na ovom našem prelijepom zabrđu _ ima dumati prilika, pjevalo mnogo, ja mislim _ da se neće više roditi isti kao ovaj što sam ja, nisam nikog štedio. I Zovem se eGo. Lično u priči nemam ništa, i taj neki slavni koji se pojavi u nastavku, potčinjen mi je. Samo nije lektor i korektor. To meni drug prelista slovce po slovce, ja idem pregledati kamione, od neke crkavice guramo svoje i tuđe pisanje. Rekao bi Mlađo, kad ga uzme komad - netražimoniodkoganišta. Samostalni mediji koji ne zavise od politike, niti od kojeg aparatića države, što veli Jole, polako sa plaćanjem. Ima nešto što hoćemo za džabe da kažemo. Na to oružje je protivnik zaboravio, ili nije znao da ćemo mi svi jednog dana produvati po jedan barem, pa nećešš više niko nikoga, moći zajebavat'. Biće svako svoj, ukinuti brakovi, barem ne postoje kao u današnjem pogledu, tu su oboje, a bolje da ih nema. Onda kad muž dođe kući pijan, pa nalema ženu, kaže se ipak da je bolji domaćin, od onog što zapali komad. Ja bo'me mislim da s' tim nema veze nikakva droga, čovjek je svjestan situacije koju gazi, e sad ako to hoće i voli, pa izvoli, kad si kreten ubij se alkoholom, nemoj posegnuti samo, pa jebem ga, za kanabisom. To nek nam bude največčči opijat, koga prebacuje na paranoju, neka se prije upotrebe riješi u nekoj Vrtači - strahova, igra svejedno ide dalje, barem kažu tako stare svete knjige, vidjećemo šta vele i one – iz daleke daljine. Budućnost prdi, miriše ruža, niko ne jede meso, odmah govno drugačije, pa kad preko njega preleti vjetar, dođe na šupak, merak. Sereš i meditiraš, e da, priliku ne propuštam, na kraju knjige će baš završiti samo žene, muškarci će ko tele u šarena vrata blejati, čeka mali Mića da teke odraste, kad će na ražanj za pečenje, a za te prilike ide kuvan, desi se odjednom, i veselje i smrtno stradanje, ako pecaju rakije, računamo u feštu. I da je smrt majke, samo otaj slučaj. Da, nije lako to sve prevariti pod tim okolnostima. Batina se cijenila, eto zašto je bilo kobiva lijepo. Čim se Tiki sa'rani, raspusti se odred pendreka, osta oružje na raspolaganju, naravno od te države. Onda da se drugi odbrane, kao i ovi prvi, nabaviše tandžare sa druge strane, isto mutna priča, prodaše im ovi, i tako svi pucaše, dok tamo neka Bilja, platno bijeli. Cijela košulja smrdi na lošu spidaru. K'o da je neko u nju turio benzina, u stvari je to kerozin, pa kad te opali takva brzina, moraš poslije da mrziš i rođeno dijete, ma čim se teke u tijelo spustiš. E da, tako su nam se pržili mladi i zdravi, trava bješe zabranjena. Umjesto da se odmalena vjerila duša sa Bogom, nikad ništa više neću okušati, osim marihuane. I to kad budem dojeban, tako sam i ja se dočepao te titule, pišem kako mi onaj do ramena nalaže. Njegov sam rob, ostalima na volju, ko ne zna da se zeza, neka dalje i nečita, ekipnu seražu, ne je spojeno, ne razdvajaj ga od čitanja. Kako god, mi smo postojali, bili smo i bićemo, nećemo nikad odustati, i kad nas _ ne budeeeeeee.

Rekoše nove svete knjige, vratismo se u vampire, jedemo ponovo insekte, pa onda do sjetve, i samo sjetve, ori se cijeli sveMir, ima ih zaista prepuno. U jednom sam živjeo, tamo se samo đuska. E, ali do njega je mustra preturiti trista drugih. Onda neko šapne, a jes' brale ikad probo na Zemlji? Odmah slijedi rađanje, evo nas ovdje. Jebote, jesam se i zezn'o, a mogao sam opušteno negdje lijepo od rođenja do smrti – plesati. Nosi me miris note - kroz polje lavande, ni čaj mi se više ne pije, naročito od kamilice, jer je to topli napitak samo, piči me proliv, vraćam se na vege, he he, nije to samo reći, cijeli sistem ishrane vezane za meso i te tipove patnji drugih, stvoren je na ljenosti. Zakukulj kol'ko itke moš. Da, to je ta osobina kod ljudi, koja kobiva pokreće njihov svijet. Jedva sam se uklopio, i da znate, više ne tražite vanZemaljce, evo me, pokupio sam tijelo ovog piskarala. Može vala šarati danima, još kad mu pokazašeš kanabis, ja sreće moj ti lijepi svevišnji. Jesi li mi tu, trebam pomoć*<<<<<<<<<<? Hoću da se raspričam sa rajom, da vidim kako ona živi. Evo na primjer, prenosićemo vijesti, uživo sa Balkana, godina – neka, ko zna koja, poslije ubijanja božijeg sina. Ništa ni meni nije jasno, još posebno kad mi je hvaljena Juga. Nisam stigao pohvatati, ali ovo sve ugrubo barem _ moramo zapisati. Da li ćemo sve likove oživjeti potpunac, nejam pojma, probaćemo, tek smo stigli na Zemlju, nećemo lako odustati. Pa zaklat' ovna.

Bog reče, kad već ideš opet sine, de to zanavijek vijekova sredi. Ovaj put piši, ne uči ih drugačije. Jer će svakog pisca neshvatanje samo koknuti, neće trebati neko da ga zakuca na krst, ime isto tako isklesano na nišanu, mene spalite, hoću iz pepela da se dignem. Ustajem, više me ne boli ništa, idem ponovo da se rodim. I tako se to sve vrti, od nemila do nedraga, nije mi ni to jasno kako ljudi neee znajuuuu, a mnoge ostale životinje znaju. Da, ovi su jbt mnogo opasni, htjeli su bacati u polje, atomsku. De, ne bi l' vam mozgovi natekli ko bundave, jebo vas zaista, ćale ne no rma lne. Ma ne, sve nam je to od hrane, najlakše poludi onaj koji ne jede meso, gleda svaki dan klanje oko sebe, i tek sad razumije – čega je bio - dio. Ne daj Bože nikom, pa et', post koji je Isus savjetovao - je samo na biljnoj ishrani. Kakvo bolan čuvanje ovaca??? On nije jeo iste, nego je lakrdija od crkve, sa njima papica i popaca, prenijela drugačije, pa se popustilo na mnoge dane, samo se petak i srijeda ne mrse, između ostalog. Imaš neke oko Božića i Uskrsa, ali onda kad se omastiš, to bude sa žrtvom. Isto ti je tako to, i na Islamu, ako je Muhamed bio čoban, poslije klao ovce, bacite i njegove svete knjige, na takve se ispred udruženja za zaštitu životinja – od nasilne ruke čovjeka, isto tako i predobre – popišam. I poserem, ako je takav pisao i Bibliju. Ne shvatite pogrešno, ja to ne bogohulim, nego volim sve odreda, zato ovo kažem, usput kad znate da se samo zezam, moraćete uživati. Polako zakoračite prema tome. Poslušajte mlađe uvijek, prije nego starije. Nije mozak preko pole, više za upotrebu, može dvije tri, i dva tri puta godišnje, ali čim osjetiš da si rokanje drogom sveo na svaki vikend, e moj brale, već si u problemu. Trava to ne kaže, možeš se skinuti kad god hoćeš, nego ja neću, a i tijelo voli, kažeš pišče najslavniji od svih, svi ostali su tebi potčinjeni, e jesi i faca, samo neka ti znaš tajnu, ostali – popušite kitu.

Po mogućnosti Tiletu, poslije dana lovnog, u njemu ostrijeli rogato čudovište. Kad je bilo malo, zvali su ga Bambi. "Mrš u pizdu materinu, i ti i tvoja federacija". Ne ide se u nju batinom, neko je od davnina znao ko ne valja, pa nije sa takvim htio u suru. Ma ja, sigurno ću sa tobom, a ti ideš da zakolješ ovcu. Izvini, ne mogu, tu se rastajemo, niko mi ne može zabraniti ovo da napišem, što ću i dokazati, osim Bog, ako me on nekom metodom prekine prije dovršavanja „Vrtače" znajte, disao sam cijeli život za ovaj momenat. Otkad sam sletio na ovaj svijet. Kad završimo, ako bude bilo još prilike za pisanje, ok daću sve od sebe, ako ne, odo zauvijek, više se ovdje ne vraćam draga Mirzada - ona je mirno glancala čaše i slušala moje opširno izglaganje, a od Mladena ni traga ni glasa, to mi je ujedno dalo povoda da nastavim logoreično u istom ritmu, pa čak i žešće. Ne treba mi više 'vaka škola, položio sam ispit i sad znam da je sloboda ono što treba svakom, sve izvan toga – zove se fašizam ili jugoslovenska nafaka. Čim si pripeo kravče na lanac, da ti služi, i da ju na kraju pojedeš, ma natakneš brleta, on je mali, Hitleri su u nama ti, koji kolju i ubijaju zecove. On kad je čuo da se jedan takav digao protiv njega, ubija jelene po šumi, još više popizdio. Ma mamicu ti partizansku, pojede seljaku kravu, e da, ni on nije ništa bolji, umjesto da uštija, a i ne mora, poslije na scenu dođe traktor, valja za puno čeljadi spremiti dosta mesa, da bi valjala teke - neka od država, jeftinaaaa ljeba, dva tri doma kulture, i tako se slaviše narodni zborovi. Prilika da se ovnovi izbodu. Tu ti se barabe nakrešu, rakije i pive, poslije se zakolju – noževima. Da, nisi imao vikenda bez tuče. I da, onaj ko je nosio minđušu u uvu, njega su zvali peder. Nalome mu se kostiju, ošišaju kose, popišaju u usta. Pusta osta kuća na šljiviku, unuk da se srami đeda. Pa ja, imaš ga kao onoga koji je cijeli život bio na to teke alkohola, ostalo je sve – pregalamio, babu ubijao čekićem u glavu. Uvijek mati govorila, slušaj starijeg, de reko stara, pa ja sam vanzemAljac, ne vjerujem u te priče. Više slušam šta mi psi kažu. Vukovi slažu na kamaru leševe, nagomilalo se napuštene stoke, evo sad više niko nikog ne kolje. Kako ćemo naprijed? Vratiće se meso svojoj zvijeri, ljudi dočekaše spas, ostalo bi u rukama Boga. Kolika je njegova snaga kad povata munje i zaveže u čvor, to se ne opisuje. Nego vidi, ja na primjer vidim nas sve kroz neko vrijeme prosvijetljene. Samo se ostavimo mesa na šest mjeseci, to vam je pola godine, de da vidite kako se dotjera linija, kad nikoga ne ubijaš. Kad te prene snaga duha, a joj ja ljepote.

Pa da ne uveljam kao starci što to znaju uraditi – niđe veze. Al' et'... ajde zaista da otpočnemo, evo ga... Mladene – izvoli!!!

# ČUDA SE VEĆ DEŠAVAJU

Pozdrav, ja sam Mladen, igrom slučaja kao i lik iz djela kojeg smo našli, taman kad podumen't htjedosmo svaliti, sreća nismo. Lik Branka poništavamo, jer nam se može. Čitaću lagano da upijemo svaki momenat, meni se čini kad pročitam na brzinu – da negdje nešto preskačem. Ako vam je lakše, palite sljedeći, ubrzo će i Daja. Ja ću na sekund prezalogajiti, pa ćemo početi.

Ušla je tiho kao srna u šipražje, kraj nje lane, a lovac se šunja, kerina do koljena, s' kim si takav si. Ja sam Dajana, drago mi je što imam priliku da vas upoznam, naročito što je ovakom prigodom. Vi ste mi idol, a i moto moga napretka u poslu, hvala vam puno.

Ostao sam zatečen, više mi zaista ništa nije značilo – to što sam nekad bio slavan. Ekipa je do jaja.

Pade sve u jednom trenu, pa da onda zaista počnemo.

(Prebacio je Mlađo, prvu listinu preko dvije žičane karike) pljas!!!

Čuda se već dešavaju... stvarno!

Obućarska radnja radi kao dragstor, tačnije dragstor radi kao ona. Tražim opanke ispod kreveta, više su pod glavom, nego pod nogama, imaju oba po jednu rupu. Pa kad mi iz bare ulije u priglavke, a one sitan plet, do škole se zaledim tri puta. U torbi uštipak, okoreli, kojeg mi majka spremi, veli – neka ti se nađe, pa lagano pijeve _ četiri kilometra do škole. Većinom sam u tom pravcu putovao usamljen, jer uvijek sam kasnio, pa mi ostali pobjegnu. Svaki put kad tako okasnim, čekala me kanta plava sa pipkom, ići mi je nanijeti vode učiteljici za kupanja, sa izvora. Kad, ona bazdi na pivu, neš je oprat sa sedam isporuka ispod obale, a ta nadomak škole. Ko leš alkoholičara što se raspada u đubretu od ječma, onda me nalema tako usmrđena - što nisam navio sat da me budi. Džabe objašnjavati budali, ja kad se isključim – pravo se isključim. Da nisam koristio te metode ozdravljenja psihoprirode, poludio bih, bi' sigurno. I tako šaren dođem kući, Momir tukao mamu, čini se jadnica na stepenicama betonskim - ko djetlić za duplje, dok je na dvoru. Šarenilo prevladava. Koruga oće trusi, sa ambara. Bez dodavanja.

Prilika i slika oca, približna kao kad se ludilo udvoji, trpiš i ćutiš, moliš da svane neki dan kada će biti malkice bolje. Teško da hoće, živjeo sam u nadi, proće. Alkoholne lude glave nemaju premca među budalama koje samo troše uludo vrijeme, što sebi, što ostalima oko sebe, a naročito trećima. Nije mi bilo nikad loše - toliko bitno, koliko je to već postalo stanje u kojem sam strepio za vlastitu i majčinu sigurnost. Ma jok. Neće da može, zovem se Mladen, od oca Momira i majke Stane. Učiteljica se zvala Jevrosima. Probaću ritam držati do kraja _ kao da pišem mnogo sjeban roman, u stvari, reći ću vam kako se zove zajebancija koja obrće svijet oko svoje ose. Bog postoji u nama, onoliko koliko smo mi spremni oprostiti biču koji nas šiba. Po leđima - masnica do masnice. Tog dana sam dobio samo šamare, kući je bilo teže stanje, ovoga puta ju udario tanjirom punim brašna preko face, pomiješala se crvena i bijela. Sva ulijepljena od suza i mekinja za pogače, sjedi na stepenicama betonskim. Nije da joj je hladno po bubrezima, grije iz nebesa, nego joj jeca duša. Sin njen, sve sluša, kao što i ima priliku vidjeti... Da li da se objesi, ili nastavi živjeti? Niko ne pita, Mladen jeste, a bolje da nije, tako se osjeća. Stana - nadjela joj njena majka ime, djeda nije davo ženskadiji... što? Ni ona jadna nije pojmila pojma. Imala oca, istog svog muža Momira. Sa koljena na koljeno, do moga kad stigoše već me život spremao za đačke klupe, do tad sam samo plakao na prizore, već kao učenik, čupav oko krakova, počeo sam ih obrazumijevati.

Kuća nam je bila na jedan kraj sela, nakrivljena zbog loše građevinske struke na tržištu. Na drugi škola, ispred doma nadomak starog hrasta - posjedovali smo štalu, u njoj kravu, Žujku, i većinom u prosjeku - po petero ovaca, bleka ih stoji. U svinjcu ispod košare, normalno - dve svinje za ugodinu, dvije za slave i ostale gurmanluke - kad naleti od starog ekipa.

Veliki me strefi, ali baš veliki problem, kad jedem meso, međutim, mama nije smjela ni da pisne, a kamoli da spomene kako će nešto ručku napraviti - bez njega, još gore - meni, tačnije, ko i ja – nije znala nego posegnuti za nožem. Sreća, pa smo imali Mometa, on zato mora saljevati. Ubiti neman što ga noćima progoni.

Imala je na lijevoj strani čela crnu fleku ispod kože, isto kao da je đavo jednom nekad tako iz razonode _ htio da ostavi na nekome ožiljak. Ne krstim prste u vidu krsta, moram sve reći iz priče gledane - da smo baš mi u toj ludnici. Ulazim, čujemo se na jednoj od stanica. Neki će dolaziti, a neki ostajati, sve dok život ne stane. Pričati dušom i ne može onaj ko neće da osjeti patnju sa prave strane. Možeš ti jaukati koliko god hoćeš riječima, nećeš dozvati Boga. Dobićeš ga baš onoliko koliko zaslužiš. Mislio sam zaista _ da isti ne postoji, bojao sam se sjenke svoje, noćima su me jurile po brdima tete sa metlama. Ja im se na kraju udvarao, malo bi se vatali, ali one neće, tačnije, samo bi ja. Koliko je dobro dobro, toliko može i loše biti pozitivno, nije baš good da bude oboje negativno. Uboj na uboju, kićura sve čupavija. Kad sjedam ko da imam hemoroide, mislim da sam ih nosao već iz vremena pelena, jeo prženu slaninu zajedno sa flašom punom - od Žujke mlijeka. Tog proljeća otelila muško, zvao sam ga Mića, mnogo veselo tele bio, imao dvije šare iza uva, kao da ih je neko nabacio – zbog nečega. Znao sam da će završiti u rerni ili kazanu, nego sam osjećao kako će njegovo tijelo pojesti skoro sve bližnje komšije - Što se kaže!!!

Nisam uopšte raspoznavao obrise ludila, međutim, bio sam uvjeren kako imam posla sa ludim glavama. Čak šta više da to loše što mi se dešava _ je za neke više ciljeve ljudske populacije. Pa se malo počešeš po glavi, uđeš u sobičak i šutiš. „Šta ti šutiš magarče"? Čujem kako se otvaraju vrata, ne smijem proviriti, izdržaću, ili ću umrijeti, jedno mora biti. Ili će biti jednom oboje tog lijepog dana, kad stignu svi Bogu na istinu. Krenuće ovi, krenuće oni, stići će red i na nas. Nije nimalo lako kad sve to znaš tada, a znaš kako u najbolju ruku, nema šanse da se desi slično nešto - kad ćemo moći ispričati ono malo naše istine.

Zadatak pisca bi trebao da bude sve u nulu sprovedno kroz Zemlju, pa se svi lijepo na njoj razumijemo. Nisam tražio ni taj vid potvrde, nego sam se prebacio u priču, koju bi da Mladen, ako može iz mene da ispriča...

Pričaj Mlađane lijepo moje sunce, tepala mi baka, od Momira loza, zvala se Rosa. Htjela joj njena mama dati ima Smiljka, al' joj se omakelo, sa njene strane ženska čeljad su više pila, ona nikad.

Tras, nije nego bum - noga u glavu. Odahnuo sam kad sam vidio kroz prozor da je izašao, nosio je u ruci komad stare majčine košulje, išao je da glanca kazan za rakiju. Izvukao ga iznad kijera, da je u suncu. Ocvala bašča, biće žuraja do bola, preko mojih i maminih leđa.

Kucao je sat prema naprijed, išao sam ulicom u kojoj više nije živjeo niko, bačena na Zemlju atomska, ustali i mrtvi iz grobova. Oživjelo neko čudno doba, ništa ti ne preostaje, nego da prihvatiš činjenično stanje. Trebao sam za sutra u školu donijeti letvu dužine u milimetar - tačno metar, svaki ovaj manji crticom obilježen, tačnije morao, jer ako ne donesem, onda će me odrati i jedno i drugo ko vola u kupusu. Mića da doživi oračke godine, bio bi zasigurno najsretniji u mom okruženju iz tih dana. Izašao sam vani, nisam smio ni pogledati u majku, nekako znam da je ona imala ime, međutim, ja je nikad nisam oslovio istim. Oca nikad sa tata, uvijek imenom. Nisam ga mrzio, nego jednostavno nisam mogao da prevalim tu riječ preko usta, razumio bih ga da nisam njegov, nego se on kao sa mnom tako ponosio, ako ne daj Bože kažem da je prošao vrabac letom kraj nas kad je pijan, onda budem najponosniji među najšarenijim, zajedno sa maajkom.

Pažljivo sam slušao svaku Mladenovu reč. Mirzeta se zagonetno smeškala. Nema zapleta ni raspleta. Mladen priča i raste, ja ga gledam i srazmerno se smanjujem, jer sam mislio da sam na zadatku, kao dokazani pesnik koji je došao tek po par Mladenovih stihova koje trebam da pohvalim ili pokudim, ali međutim...

Učiteljica je taj dan peglala i Milana, izbila mu bila jedan zub, pa je on morao zaista kući, do kraja nastave se više ni ona nije pojavljivala, mi nismo ni sekund prije smjeli iz škole izaći.Taman na kapiju, kad ono prika Mile - naletio, naceburan ko bačva rakije što nije bila bez napitka trideset punih godina, tukao je pedesetu, stariji od mog starog petnaest, ovaj trideset pet, ja tek desetak, mami trideset dvije, Jevrosimi Bog te pitao. Ta ti je gorila u osamnaest krugova pakla, sagorela ko licna od djedovog osigurača za tranzistor. Umro je od male pčele, tačnije, na mjesto pravo ga ubola, on alergičan... Zvao se David, isto sa Momirove strane, nisam ga ni upamtio, baka ubrzo leže u grob za njim, nju malkice jesam.

Nije mi bilo druge, nego se vratiti u sobičak i čekati da ovaj ode, pričao je kako on isto tako svoju Milku obavezno po jednom dnevno vaspitnom opomene, čisto da ne zaboravi lijepo ponašanje „aj prika uzdravlje, živio ti meni trista godina", zalizao se nakon uzdravljanja, jedan čuperak prepolovio čelo.

Diraš demone, oni se bune, ne daju da kažeš ono što misliš, ma šta ne daju, dobiješ šuteva ako išta zucneš. Saljevali su po šestu kad je mama prošla ispred vrata - prema šupi koja se krila i sama od sebe, sa druge strane kuće, iza nje pušnica u kojoj sušimo meso. V šupi je rakija, jadnica zna da će oni prema njoj zato što će im ubrzo nestati vatrene vode, pa ko biva da se skloni malo dalje, tako malo poniž je šuma, istom iza sušare životinjskih leševa. Ode da sjedi na obronku iste, cijelu je suzama zaliva. Kud god da krene, Momir će je stići, ja nisam smio od učiteljice prditi, a sijeklo me tako kad jedem meso, da me stigne ono kad prducneš manje nego što se usereš, fu, tad sam baš dobio batina. Samo je to u budućim danima, istom kad ću krenuti u neki od sljedećih razreda. Ako letvu milimetrima obilježenu u školu ne donesem, daj Bože da 'oću, vidim nema druge, moraću stvarno da se objesim, samo ne znam gdje ću, ne mogu u taj dio šume, majku će prekinuti živu.

Da barem smanje, međutim prika Mile kad ugleda da ima odakle se naceburati, ceburaće taj do neizmoglosti, pa ga Momir prti u ladu da odveze kući. Džaba se mati micala, upao je od prve flaše, negdje se već nadojić'o, ocvale šljive, narod odriješio kesu iz koje viri đavo. Rokću svinje, bleče ovce, kuva se glava u kazanu miĆina, samo ne vidim jasno kojim povodom.

I to baš ta faca od prike miješa gulaš, k'o fol on je stručnjak, jer od prileta dobije kaže zečetine i srnetine, pa kad zapapriči, možeš uz tanjir litru najjače šljive omanuti, nećeš primjetiti. Osjećam da je i to blizu, ali kao neki drugi razred, neke druge škole, i k'o da malo sipi snijeg. Dobro je, nekako sam neku letvu našao, taman je bio obilježio, kad stari Momo vrli i dragi na vrata od kijera, pa sve njom preko leđa, kaže kako mu je to duga dnopara za nove fučije, tek kad me dernuo triiiput njome preko kičme, malčice popustio. „Nosi magarče, kad nemaš pojma šta je letva, a šta duga dnopara, nikad od tebe neće biti domaćina"

Dalje od mog sela bio sam samo dva puta sa mamom i Momirom, kod tetke - koja je živjela u nekom isto tako selu, samo preko sedam ipppo gora, kad im mi dođemo iz našeg, mnogo se obraduju. To mi je bilo svijeta, pa ga cijeloga nisam stigao ni pitati, je l' to normalno ako te učiteljica i tata tuku?! Da mi neko tuče majku sam znao i bez svjetine, koji i nije nešto odudarao od mog stanja, samo ja to tad nisam znao. Kad bi Momir bubao mamu u glavu pesnicama, uvijek bi govorio da ide sa sestrom, pa nek živi kod njih. Tetak se zvao Dušan, tetka Nevenka, nisu imali djece. Mirni za kinder jaja.

Uranio taman na vrijeme, stiću prije zvona, imam letvu sa milimetrima, pravu hrastovu, kad rakija pocrni od nje, bude mamena. Učiteljica Jervosima toga jutra nije imala ni za cuga, došla nadrndana ko da mi nismo đaci, nego vod pred pogubljenje. Ne kontamo ništa, ali je vrijeme da kontamo kako nas stižu batine.

Nisam tih dana razmišljao, da će me jednog takvog negdje, pronaći božija ruka. Mislio sam, to je to. Tačnije, a ko sam ja, tamo neki Mladen, pa da me spopadne ljubav? Klinička slika - da je svaki dio djeteta nevoljen spreman mrziti – nema veze sa mozgom. Možeš igrati valcEr, možeš moRavac, isto ti je ako si negdje na Zemlji. Neću razvrstavati doba po tome da li se nešto desilo prije ili poslije nekog rata, nego ću koračati ko da ne znam _ prema čemu idem. Pričati samo priču o meni, o tebi, o svima, iako znam kako se zovem, znam i za vaše ime, tatu vlastitog vikam punim. Momir, maMa, Jevrosima, prika Mile... iskrivle se tačke uz kućar!

Nismo bili sami, preko potoka živjeo je Vladimir i njegova majka, nije se nikada ženio, ostao uz nju. Otac mu umro kad je imao dva mjeseca. Nisu se jedan drugom stigli ni obradovati. Kažu često moja mati i njegova dok dokole kavendisanje - kako je zaista dobar čovjek bio. Kad je Stanojka suze lila, molio sam da nemam na svijetu nikog. Ostanem sam, kao što će i on jednog dana kasnije. Stara mu se zvala Anđa, pokojni otac Uroš. Čim Momir majku nalema, ja se onako musav privučem njima, čisto da napaćenu dušu na trenutak odmorim. Nekako sam se osjećao zaštićen kad sam kraj te starice u krilu. Bila je jednom riječju roditelj. Znao je Vlado sin božiji, da ju ne smije ostaviti na milost i nemilost. Usput nije uspio zadržati sebi druga sličnog, pa se predao u vjeru. Vjerovao je da Bog postoji, i da ako ideš u crkvu i moliš se nebesima, siće njegova visost i pomoći nam da riješimo neke bitne probleme u životu. Može, al' jedino da Momir crkne, otac ti je – ne preostaje ništa drugo, no da ga mrziš. Vladika pokraj bukvika nije htio odustati ni tad kad bih ga ja onako uplakan pitao – zašto ne pomogne u mom slučaju? Znao je i on sam - da mi nema pomoći, ipak je vjerovao. Malo se bio više zanio religijom, inače je znao o čemu priča - samo kad je majka uz njega. Nekako se bez nje nije osjećao siguran. Nije ni on volio prika Milu, kaže da ga podsjeća na diregenta orkestru za sahrane. To meni tada nije bilo najjasnije, on je bio stariji puno, pa sam u te dačke dane vjerovao i ja njemu, ako je nije, onda jeste. U boGove nisam mogao do posredno preko nekog, inače, sam u oči sa njima vjerovatno nikad ne bih ostao, da imaju iste. Nije nije to po meni išlo tako, ili se nisam mogao suočiti s' tim da ću biti rob zajedno sa majkom jednoj pijanoj budali, kud da ga još moraš zvati tata. Ne, to ne bih mogao nikako, a i ovo niJje, samo njegova ispovijest, zajedno sa svima, i ja činim dio čovječanstva. Zum, karaZum!!!

Htio sam samo da udarci prestanu, poslije neka mu Bog da što se tiče mene, cijelo more 'ladne pive. Međutim, preladi nekoj nema lijeka, posebno ako se uz upotrebu alkohola preferira nasilje. A i šta ti ta svijest drugo donijeti može. Iskočio bi iz svoje kože već odavno, ali mi bilo žao stare. Svisnula bi od bola. Morao sam se boriti, najbolju ocjenu iz letve sa milimetrima dobiti. Bila bi to potpora za budućnost, posebno onu zdraviju, meni. E, al' Mladen upade u ekipu koja tog dana mora ići na batinjanje. Prošli dan kad smo se vraćali iz škole, mene je od komšije Stojke sin stariji zviznuo kamenom u glavu, tad sam ja igrom slučaja otkinuo tarabu sa drugog komšije ograde, i sve to došlo do jevrosiMinih ušiju. Učestvuju u primanju  udaraca i dvojica drugara iz susjedne palanke, koja su boj naš gledala..'

Kako god okreneš biće peglanja, išli smo za njom kao osuđenici u logoru, kad idu na pogubilište, bila je nabrijana do jaja. A i izgledom je bila više da je muško. Možda bi za Jevrosima bila malo više žensko. Ono na sredini između dvojine. Otključala sobu za posebne namjene, u njoj je prašina preovladavala na svim predmetima, gledao sam u šestar što je čučao u ćošku, gledao, da samo sam ga gledao. Krezavim pogledom, prvo bi' joj sve zube poizbij'o.

„Imam danas za vas četvoricu ratni raspored. Vratićete se do učionice i sve mjerače metara od letvi donijeti ovdje između sada mene i vas. Imate za to pet minuta, ni sekund duže". Naredila nam je rutinski, vojnički, kao pijani zastavnik. E tako... krezavo!!!

Ništa nismo pričali, samo smo ćutali kao zaliveni. Jer ako nešto kažeš, a znaš sa kakvim ludilom imaš posla, možeš ostati bez glave. To je već da ne osjećaš sigurnost za mnoge, i još se preseravaš. Dvije pijane budale upropastiše skoro cijelu generaciju sela. Tačnije, bio je to zaseok, dalje od njega nismo išli, i zvao se za opštu javnost - Vrtača. Nije nikad postala općina. Očigledno je falilo nešto u strukturi ljudi i samoj infrastrukturi, pa i samo ime ne ide za opštinu. Nije nas bilo na velikoj zelenoj karti Jugoslavije u koju smo svi gledali. Stajala je levo do table, na sredini sveže okrečenog zida, tačno ispod Titove slike... izvrč novćanike.

Kad bi' sad izdvajao neko mjesto sa planete na kojoj se zajedno s+ njom vrtimo oko Sunca, otišla bi priča u nedogled, pisanje priče to zahtijeva, a ja i nisam nešto napirlitan na te struke, pa ću napisati zabilješku Mladeonovu, ujedno puštati njega iz mene da progovori – kako mu je bilo. Nije igra paćenika, više su to bile scene iz horora. Čim smo i zadnju spustili pred jevrosimine noge, počela je epizoda. Kad me dernula po desnom ramenu, i to baš mOmirovom dugom, umalo nisam izdaHnuo. Mislim, da sam prokleo dan kad sam se rodio, jebeš priču vlAdimirovu o Bogu i crkvi. Druga me stigla u glavu, još je neko donio dugu, brale moj dudovu, od nje sam samo pao u nekakvo blaženstvo, da mi se zaista žao bilo buditi. Međutim, kad me spucala cipelom pod rebra, probudio sam se iz mrtvih. Morala je stati, stoleTova sinčina, zvao se Pero, inače moj najbolji drug, i inače taj što me opleo kamenom u glavu, pao je baš bio u nesvijest. Poljelava ga je vodom iz kante sa pipkom, da sam je barem donio ladne, na vrijeme to jutro stigao, divno, za čuditi se. Odjednom se zagrcnuo i progledao. Od toga dana mu je desno oko uvijek malo ulijevo. Sad smo prešli i na ćoravo, izbio bi' joj oba.

Đavo ostavlja još jedan trag, poslije mamine fleke na čelu. Ovjereno murom. Pečat ne mora biti v orginalu, moKi pravi od kumpijera, već slušajte dalje, šta će da se zbiva.

Nisam osjećao bol, već sam bio istreniran na takvu vrstu šuteva, jest da me je duga toga dana izbacila malo iz takta, pa poslije više nisam bio nikad u vinklu. Ne, ni to me nije slomilo, a boljelo je vjerujte mi – opasno. Ali šta će jedna obična bol duši koja zna da mora donijeti do kraja života pokorno – tijelo čovjeka. Sjetio sam se svoga druga Miće u štali, kad je stari u obližnjoj kafani na bilijaru, ja pričam sa njim. Donesem knjigu iz koje mu čitam pjesme - koje kradom od sve ekipe – pišem. Jedino je za tajnu znao Pero, čak ni moja Stana, majka sa flekom na čelu – nije. Lažem, znao je i Mića, periNu sudbinu nisam vidjeo, mladog telića znao napamet. Nije prvi koji će iz naše štale otići na klanje. Ni mlijeko nisam mogao od Žujke više piti. Čak mi je i ono upaljivalo hemoroide. Pršću ko novogdišnje prskalice. Pa kad se vratio upola pijan sa kugle, natjerao me da pojedem pola tegle ljutih fafarona. Kaže Momir meni, kako me tako čeliči. Gutao sam i zaglavljivao ljutinu pečenicom, koju ako odbijem, odbio sam sebi bubrege. Poslije takve sraćke nemam pojma kako vratim debelo crijevo na mjesto, i nastavim živjeti. To se zove umjetnost.

Od toga dana lomljenja letvi preko leđa _ više nisam vjerovao u ništa, hodao sam rakočice, pisao zadaće domaće, pio batine za batinama, primicao se odušak, jer se bližio ljetnji raspust. Momir ode da radi na građevinu, preko osam gora _ zaraditi meni, kao za knjiga. Sreća, pa je moje oko lijevo, Pero, bio stariji samo godinu, nema veze što me pogodio kamenom u glavu, i što smo se tukli. To je bila dječačka, a i nismo se lemali za prave, pa mi da svoje, samo ne može sveske.

Umakali čarape u barice proljetnje sa seoskog puta, jedan drugoga u lice mazali - udaraljka blatnjavih helanki. Slušajući Mladenovu priču v glavi su mi proletale scene starih Kusturičinih filmova sa soc realističnom tematikom. "Otac na službenom putu" i "Sećaš li se Dolly Bell" u MlađinoJ izvedbi....

Tih dana zajedno sa Mićom i Žujkom krećem u ispašu. Odvežem Baru, jer Momir je lovac, a lovački ker bide na lancu. Tako je to on govorio, i svi su mu u selu vjerovali. Bio je prijek i van kuće, pa se znao na bilijaru često puta potući sa drugim takvim nagorelim kvrgama bukovog panja. Oplet' sikirom u glavu.

U mene za to vrijeme, obavezna za pojasom oprema, kantica za Jagode. Berem ih mami, Vladimiru i Baki Anđi, iako svi ne vjerujemo u istu priču. Majka je govorila da će biti bolje, i da on kad se sad vrati više neće piti. Baro šeta slobodno. A kad ne pije, onda kao, neće je ni tući. Gledao sam jedan od tih dana u Vladu, sina Anđinog, gledao i pitao. Imaš li abera od tog sa nebesa, 'oće li za mene i majku biti išta bolje? Da koljemo i mi krme? Više sam volio brati jagode, ali stignu trave, ići je Žujki i Mići nakupiti sijena za zime. Pa mi se nekako čini da je bilo bolje, čim Momira i Jevrosime nije bilo u mom životu mjesec dana. Pitao sam ga i to „Jel misliš Viliame od Anđina sina - da njih dvoje nisu normalni, i da sam ja Mladen, tvoj komšija baš pravo najebo u životu, i to Bog te tvoj pitao do kada?" Ne misli Vladimir ništa, vidim mu u očima, ostavila ga draga jednom dok je bio mlađi, i više je nikad nije sreo. Ponekad bi se izlanuo - da ju je mnogo volio, ali da nije mogao ostaviti staru majku, a ni ona posao medicinske setre - negdje preko mnogo gora. Kola je brezveze. Ako ćemo iskreno, samo derem vodu.

Pase Mićo ni ne sluti šta ga čeka, ujedno mi se i to pričinjavalo _ da ni ja ne slutim njegovu sudbinu kao što to dok je Momir obitavao doma, jesam. Čim je otišao, kao da se rodila šansa i za Mićka. Ako negdje usput Mome pogine, nagovoriću mamu da ga ne prodajemo, niti njegovu kevu Žujku. Nećemo je više musti, pustićemo ih sa nama u bašču da žive. Baro ide pod verandu, ona je bila malo prije do kuće od betonskih stepenica. Šta sam puta na njima zatekao mamu u suzama. Tih dana milina, zatvorim Miću i Žujku, pomolim se nebu vladinOm da mi oprosti grijeh i taj, i onaj kad Bari turnem priuzu na vrat. Jednostavno je strah - da Momir može svaki čas rupiti, a on odvezan – u meni živjeo i kad je ovaj negdje daleko preko gora, onda stigne do devete. Tamo je radio preko sezone, govorio je kako mu nije dok je u rijetkim trenutcima bio trijezan – bilo dobro. Puno se rintalo, a malo pilo, mada on svake godine otprilike po svoj priči drži rekord. Dune gajbu pive dnevno, jer u toj tuđini po njemu - niko nema dobre rakije. Mislim, stvarno..!

Od njegove - kad se jedne prilike on, Prile, i Jevrosima _ napiše, i nališe inspektora koji je došao da obiđe našu školu, umalo ne pocrkaše, al' umalo. Pod upitnikom opštinskih institucija, kako je po seoskim školama stanje ako se priča o tome - tuku li učitelji i učiteljice svoje učenike? Bilo je svejedno meni za te baje, a tako i svima u razredu, jer ako kažemo išta, otkri se cijela priča. Ubio bi me neko od njih sigurno. Prika Mile nije bio mnogo nasilan van kuće, to što je tukao Milku - brojalo se u ništa. Niko u selu više nije ni spominjao, da ona i moja mama odaju šarene k'o djetlići. Pa je Momir običnu na nivo prepeke digao, inspektor izgubio tlo pod nogama. Odnijeli ga kod nas u magazu, pošto se do zadnjeg autobusa koji vozi iz Vrtače nije probudio. Nije ni drugi dan, tek sebi došao treći. Zaključio je da nije vidio odavno spremnije ustanove za obrazovanje djece. Nisam ja bio dijete, naročito ne ono koje se dočepalo sjajne ustanove za obrazovanje - nikad. Znao je i Vladimir o čemu pričam, nego nije htio da u meni uništi i zadnji tračak nade, kontao je – proćiće, isto kao i moje uzdanje u to - koje nikako da stigne. Usra se.

Ona je zaista postojala, jer da nije, ne bi ovo sad iz pisca pretačalo se u roman, mnogo brale sjeban, da se Vladimir krstio x puta kad iz šljivika banem plav od modrica. Preko prsta u nokata ruku, tuče Jevrosima, tuče Momir. Živiš da se krvi napije vampir, ni za šta drugo. Da, baš tako, u pravu je bio Vladika, a i bio je stariji. Nekako je djelovao zrelo, isto da zna kako će kad tad zagrliti svoju dragu. Neka ga njene usne cjelivaju, dobro je. Naučio lekciju o ljubavi, nije mi jasno samo bilo kako je vjerovao u popovske priče? Mislim, nisam ja ni tu priču mrzio, nego nisam vjerovao u taj detalj _ da me iko može spasiti od Jevrosime i Momira. Koji će mi onda da izvinete klinac i ljubav, ako mi bal vampira svaki dan crpi baš tu energiju kojom trebam Mići olakšati muke?! Pišem mu pjesmice, jer znam šta mene drži u životu. Ponekad mukne, iako više nije bio tele, već izđikalo june, a takvo se inače pretvara u leš za klope. Kuvaju se čorbe, kuvaju se supe i juhe, na kraju u loncu ostanu lobanje. Nekolicina je je je _ platila tintarom, samo još ne znam kojim povodom. Cijela Vrtača jede Miću. Ili je sprovod, il' se neko ženi... jal je jiu, jal je jau.
Nastavio sam tim putem, samo možda malo nesigurnijim korakom, nisam bio spreman na ishod, eto život mi se desio. Imam ga, a k'o da i nemam, čak šta više, jako i bolje ovo drugo. Oduzmeš življenje tako što sebi presiječeš vene u ruku. Da nisi, mogao si možda spasiti svijet. Pa ja, ako se izvučem iz ovog kruga pakla, mislio sam da mi zaista slijedi poduže odmaranje. Uzimaju se godišnji odmori, ide se na more. Veli prile da njegova kćer i zet žive malo modernije od nas seljaka, čak sebi kupili plac u predgrađu, samo držali koke. Čisto da se ima jaja za prevrate, i koju opet posjeći za čorbe, supe, juhe, kad bude kakve veselice, ja l' sa'rane. Jarane, đes navalio? - daj da vidim pozivnicu, kad ono ti pajdo na svadbi, a treb+o na ukop.
Kako je stizao kraj avgusta, bližio se dan početka još jednog razreda škole _ saaaJevrosimom i Momirom. Ujedno tako i mojoj Stani. Jedino što nju ne lema učiteljica, ostalo, nema šta je ne lema. Više je sa ubojem nego bez rane - da se barem okom ne vidi. Postale su šljive očite ko normalni dijelovi tijela. Te se odvajali od obraza, te od brade. Tog ljeta joj se taman isčistilo lice, nekako joj se i ona mrlja ispod kože - sa čela povukla. Bila je vesela, iako se zadnjih dana već mogao osjetiti njen crni

slut. Slutila je da će je jednog zimskog njegova ruka ubiti, i da će se on nekom drugom oženiti, ja ostati siroče. Bez igdje ikoga. Etot' kobojagi belaja _ Nije nakićena jelka.

To nisam iznosio van zidina bedema u kojem sam živjeo. Mama me više nije mogla gledati u oči, krila je pogled kad bi se sreli, kao da smo samo osjećali, i to je to. Nismo se više ni molili, jer shvatili smo da je uzalud. Nismo smjeli otići ni u miliciju. Ona bi možda Momiru oduzela puške, međutim, ima on jake šake, pa kad dođe istom sa terena, prvih mjesec dana razbija od mišića. Trbu prljav ko kod krmka od masti - prerađene u nekom motoru fapa, da se ne razujede međ' nogama. Onda se glanjca kot'o rakijski, i pije zaostavština od prošle godine. Ako ne rode dva ljeta šljive, bude gadnih neuroza. Majci je biljeg na čelu _ baš iz takve sezone - velikog oca Momira. Što ćaće, što muža. Mene zatim dojti još koji put Jevrosima. Kad me jednom takvog razbijenog vidjeo Vladimir, zaista je htio ići zvati organe reda. Premolio sam ga držeći mu se oko noge da ne ide. Rekao je Momo _ da bi osjekao sjekirom ruku ko bi njega žandarima prijavio, ko zna šta bi učinila Jevra... To nisam mogao dozvoliti da se desi Vladi, jer imao je iza sebe staru majku. Ono što je rekao, čisto sumnjam da Momir to ne bi i učinio, nagovorio bi i nju na budaliještinu. Na kraju je Anđin sin odustao. Ode i magla.

Kad je stigao sa rada iza devet gora, bio je valjda viljamovkom od prika Mile raznesen, a i jesen se primicala. Usput svratio do njega _ kad ga je kombi seoske zadruge istovario u centru Vrtače, odatle do naše kuće - tri kilometra. Prile nam ga dođe na nekom otprilike prvom podioku te i takve podjele. Kad su barabe sjele pod grožđe, nisu ni ustajali dok litru nisu srubili. Glavna tema kraja još jednog ljeta - održale plod šljive. Biće rakije, ajd što će je biti, nego mora biti dobra. Prijan bio pristalica da se vadi 45 stepeni, jer kad je već rodila, neka je i jaka. Momir više pucao na količinu, vidio je otprilike kakve ga živčane piče bez litre, pa nije htio rizikovati. Vidjeće zapravo obojica kad se kupljenje završi. Ove godine Miletu dolaze i unučadi, stasali ko pravi. Jest da malo im baka šepa na lijevu nogu, mada malo manje otkad ima zeta, inače se prije toga Milka znala vući pravo - ko prebijena. Slomio joj jednom ključnu kost - kad ju je vaspitavao nogom u rame. Bio se naložio da je jači od mog vrlog, opet neću reći tate, nego Momira. Nisu čak nešto ni drugovali tih dana, peglao je svako svoju - čim je znao _ i umio. Bekrijane. Podoštrije, da do potoka ne stajem, sam' daj – vodeee.

Napunile se kace, izgledalo je i meni zaista pri kraju kupljenja plavih i bijelih klikera - biće rakija k'o grom. Bojao sam se po sigurnost cijelog sela. Nesmalim, ali nikom nisam smio ništa reći. Više ni Vladimiru, kad popasem masnica i ne idem kod njih, nego kad me rane prođu _ odem i govorim samo - kako je sad mnogo bolje, i da zaista manje pije - nego prije. Činilo mi se suprotno, sve je dobilo na kvalitetu ludila, da ni Jevrosima nije zaostajala, ubila me bila boksovima u glavu - pa sam se na kraju usrao u gaće. Samo je onako iscurilo na pod, cio razred bio nijem, od straha - da i oni ne završe tako. Mutavo sam izašao na vrata, iako me do njih još jednom dnevnikom preko leđa stigla, nisam odustajao. Otišao sam vani do izvora sa kojeg prtim u kantu sa pipkom vodu. Da saperem teke cipelu. Turiću je onako cijelu _ nek joj sutradan kad ne dođem na vrijeme, donesem odatle srče. I kad bih joj donio razmućenu drito sa govnima pred pijenje, ne bi ispijeno razlikovala od ukusa zrele trešnje. Imala je litru od te voćke, rakije. Dok smo stigli na nastavu u pola osam ujutru, već bocu završila. Svršidba se to zove.

Nemam pojma zašto je rasprava o meni počela, pa me otvorila da odgovaram neku lekciju koju učimo tek na kraju godine. Mi istom krenuli, a iz matematike nismo ni radili ništa osim sabiranja i oduzimanja – do pet. Nije ona znala više, samo ja nisam tada znao da je to tako, a i da jesam, kome da to kažem? Achtung - Inspektoru, i to kad Momir se obene na prepeku?! Vidi da može, pa jedan kot'o na kraju sabere patoke za takve račiole. E kad to prepeče. Da, to veli - da bude ono _ što je inspektora ukinulo na koljena. Dan prije je Momir - ispekao žutog, jednog od prasića što smo imali viška, da ne misli neko na drogu slučajno. Moralo se dobro jesti kad je bilo takva uroda, bolje bi ih heroin radio. Nije ni čudo, što sam prolito, čim me prvi put spičila pesnicom po faci, govno je niz nogu prema stopalu krenulo. Smrdilo je ko da sam pojeo daske od klozeta u kojem vršimo nužde. Onda nužno u proljeće iznesemo u Jevrosiminu baštu - da joj govna vlastita stavimo za paradajz i papriku. Voli inače fafarone jesti, isto kao ja što moram kad me Momir čeliči. Mislim da je svojim govnima Momo torio paperke koje su već bile u punom jeku, sprema se po neka zimnica, izgorio bi ko god bi jeo tu hranu - svaki peti dan. Mi smo to činili iz jednog u drugi. Mama više takoreći nije ni jela ništa, bila je kao živi svetac. Hodala, dokazivala _ da se i najgore istrpiti može. Uglavnom, zgazila me pravo, da sam se usr'o u gaće, eh da barem biše duge, pa da stigne tkanina pokupiti izasrano iz mene, i da mi ono ne stigne do stopala. Glava me je boljela dok sam koračao kroz centar Vrtače, onako usran - da mislim _ kako me do tad, nikad ništa nije tako boljelo. Gegao sam se, dok se nisam dogegao do blizu doma - kad mogu čuti kako Momir sabija obručeve, neka mu duga pustila. Imala u sebi crva, nikako nema pojma kako se to njemu starom poznavaocu kačarenja moglo desiti. Inače su spreme ostale od djeda, govorio je da to valja sve održavati. Kako sam primicao, nisam se više gegao. Zategao sam se ko da nisam usran, sličan šlajderu, samo da mi je nekako da dođem do kuće _ pa se dočepam čistih aljina, i kanistera sa vodom. Nismo imali kupatila, zato bih ja to obavio sve iza pomoćnih zgrada, duboko u šumi. Znam ako me vidi usranog _ da ću se još jednom usrati. Taman da prokoračim kraj Mome, kad ga smrad zapani. Pogleda me, pa kao i on bi da zaboravi. Jer kako se ložio na to da od mene nikad neće biti ništa, mislim da mi ne gine mrtva glava. „Jes' se ti to usro, pa da te odmah ubijem? Dolaz' ovamo, da vidim:" Krenuo sam u smjeru prema kući, majka istom iz centra kapije - prema nama sa tacnom, i na njoj šolja sa kafom, rakiju već dotočio, vrli Momir. „Čuješ li ti šta ti ja magarče zborim? Dolazi ovamo istog momenta." Kako sam morao da mu se primičem, tako mi je majčin lik ostao iza leđa. Smrad se širio pod nozdrvama Momirovim kao tamjan dok Vladimir kadi odaje u kojem spavaju on i baka Anđa. Uprđena sopra, pa et.

Nije više htio da utvrđuje ništa, samo je odbrusio kratko i jasno - da ne mrdam dok ne osiječe šibu. Jer ako se mrdnem, osiječe zbog toga meni ruku. Pa ću onda i kad stignem do vc a imati problem _ da sve skinem sa sebe jednom. Veli, ako nisam kadur da budem normalno dijete, onda ću da bidem kako valja nenormalno. Stojao sam nad survalijom samo da se srušim, drži me vjera da može sve biti bolje, iako više uopšte ništa ne osjetim, naročito ne - nadu. Nego stojim i stojim, čekam da se šiba mlade grane sa neke od šljiva iz moMirove bašče osiječe. Pa kad stigne do mene, vjerovatno slijedi sranje, nemam brige više jer svejedno niti imam gdje, niti mogu pobjeći. „Ovako daj mi ruke ispruži." Derao se dok je prste lijeve držao sve skupljene u gomilu, i tako okrenute gore da on odzogora može udarati desnom, svom snagom. Mislim da ko nije dobio tako po jedno pedeset šiba u svaku ruku, nije ni vidio šta sve može bol. Oduzmu se svi mišići, opet govno krenu. Držao sam stisnute guzove više od toga, nego kad je šibom krenuo po njima. Imao sam osjećaj da udarci dopiru u ležište kuka, pa da se odatle sva muka prostire - preko moga tijela. Kad je malo nadošao, dernuo me šamarom, e onda sam malkice prducn'o, i to je sve što je izašlo sljedeći put, mada računajte isto, kao da sam se još jednom usr'''o. Nije to razlika od toga. U pitanju je zaista bio život. Ionako su do tad sve te batine ostavile mrtvi trag kroz koračanje otkad znam za sebe. Ipak, nešto me je držalo. Da li je to Vladimirovo, ima života i poslije smrti, ili zato što je on u tu priču vjerovao, a ja više nisam? Ipak sam poslije tih batina odlučio da moram pod hitno do njega, nije više bilo za durati. Helpiza draga.

Sjeti me se tuga i nevolja. Na Miću više nemam vremena ni da mislim. A i svejedno ga je Momir namijenio pred novu godinu i božiĆne praznike za ražnja. Kaže da nikad nije do sad pek'o vola, oće da se u tom oproba. Pomagaće mu prika Mile, al' on će biti zadužen samo za okretanje. Hoće baš Momir da kaže kako je doživjeo to vrijeme kad je šljiva pravo bila rodila. I da svu rakiju vadi jaku, neće faliti tri godine. Do tad će da se užuti i vrijedjeće na tržištu toliko, da kad proda se koja litra neće Momir ni morati ići na građevinu u sezoni. Moće od toga meni kupiti knjige. Barem, ako ništa drugo, poslije narednog razreda ostaje Jevrosima bez još jedne prešutane generacije. Završavao sam učenije sljedeće školske godine kod nje, mada je već postalo upitno hoću li to doživjeti. Kad se u moju sudbinu mama uplela, međutim, dočekala ju je šolja po sred nosa. Krv je šištala kao iz kabla voda. Sjela je odmah poslije udarca. „Kravetino jedna, trčiš da usranog stvora braniš" potkačio ju je još jednom pod rebra nogom. Nije davala nikakvog znaka života - osim da krv još uvijek curi niz vrat. Što i ne mora značiti da je živa, ako malo bolje razmislite. Disala je, ali mislim - da prvih minut dva nije zaista. Udarac je bio munjevit, i pogodio je tačno sredinu nosa. Grba je ostala očigledna. Mada je krvi čini mi se bilo i iz očiju i usta. Do vrata je već bilo sa svih strana glave po koja kap. Tresnuo je kao da ju je htio ubiti, al' da ju ne usmrti odmah. Pripremao se kako da upleja Miću, htio ga prvo probati udariti među rogove šakom stisnutom - da vidi ima li približno snage za uboriti vola sa nogu rukom. Još je u njoj imao šolju od kafe. Jadnici je tijelo klonulo u sjedeći položaj. Isto kao da je mrtvo, samo ne smije se predati do kraja. Mora ostati živa za dijete, mada sam se ja iskreno molio, ako već pričamo o moljenju, ne kao Vladimir nebesima, nego crnoj zemlji - da nas već jednom oboje uzme. Ja sam se zapravo molio životu i nisam pravio razliku između dobrih ljudi, cveća, drveća i životinja. Molio sam se duhu življenja, a tek kasnije sam saznao da je on jedan od trojice i da ga zovu Sveti. I to tako, neka Momir i Jevrosima žive u bračnoj zajednici. Nikako im dati pristup djeci, ničijoj, pa ni njihovoj, ako ih steknu. Znači - da bih ja trebao biti đavo nad đavolima tako zlostavljan, pa bi se tu odmah izgubila vjera za navjek vijekova, a to nisam smio dozvoliti do onog momenta kad me nešto slično pokosi _ kao što zadesi šolja od kafe u nos mamu. Prodisala je, dobro je, jer curilo mi je niz untrašnjost nogavice najnovije sranje, kad je mene opleo ostatkom escajga za kafendisanje, usr'o sam se opet. Za jedan dan četiri puta, i to u gaće, naravno ako se u sranje može računati ono malo prduckanje. I tad je izletjelo, samo ja to ni vama nisam smio reći. Mora da sam se zabroj'o. Strah je već odavno znate - živjeo sa mnom. Momir i

Jevrosima su mi bili kao brojanice na rukama, što ih imade Vlado. Govorio mi je da i ja probam nositi iste, možda se đavo prepadne krsta. „Mislim ja moj Viliame - da ovi moji ne bi prezali ni od Boga. Zato kad budeš znao da imaš sigurnu priliku prijavi cijeli slučaj miliciji". Samo je slegnuo ramenima, već se i on bojao, a posebno ga je mučilo, što i uvijek, ima staru majku. Nije ju ostavio zbog ljubavi najveće koju je osjećao prema nekoj ženi, da sad odanost upropasti time što će mene štititi. Anđa se sjećala Uroša kao osobe koja zaista ne bi to radila svome djetetu i supruzi, međutim, već sam primjećivao kako je i Vladu obeshrabrivala u nakani da sve ode ispričati u stanicu bezbjednosti. Vrtača nije imala svoju, nego je u tom smjeru podržavala selo opština. Ona ti je bila udaljena nekih dvadeset kilometara. Odatle Momo dođe zadružnim vozilom do našeg sela kad dolazi sa građevine. Odmah po prvom triježnjenju osposobi *žiguli, i više se ne trijezni. Nema se naprosto šta dodati.

Ustao sam tako usran par puta, pa prošao do kapije. Majka je još sjedila, dolazila sebi, kad sam zatvorio vrata sobe, koja je kao bila moja. U njoj samo krevet i stolica. Ni jedno ni drugo u cijelom stanju. Pod - beton, dva stakla na prozoru slupana. Iće on u grad za koji dan, pa će uzeti, do tada je bilo tako. Nije mi to više ništa ni značilo, ko ga šiša, neka se što prije svrši čin priče koja ide zasigurno do toga kad više nećemo biti. Prestajemo u tijelu živjeti, veli Vladimir da nastavljamo dalje dušom. Nije mu to kaže od popa, i ako mu ništa ne vjerujem od tih priča, da ovo obavezno upamtim.

Do večeri istog dana, sve je proticalo u miru. Stana je tada zvanično prestala pričati. Više se niko ne sjeća da je progovorila ijednu riječ. Do kada? Pa do nekada, a još smo na početku priče, kažu ako nije po normama koje se većem prosjeku ljudstva sviđaju, džaba ga i pišeš", reče mi Mladen dok sam se ja spremao za besanu noć, a i džaba sam hotel bukirao kad sam za šankom u društvu njega i Mirzade bio izvan ovog našeg profanog sveta.

Ma švrljao bi' ja svašta, no mi ne da orginalni Mlađo, zato sam zvao tebe preko Mirzade. Ona mi je rekla, da ćeš mi ti ovu istinu najvjerodostojnije saviti u korice. Ajde kaži šta ćeš popiti, i smotaj tu jednu, da podijelimo.

Moje ime je Mladen sin od oca Momira. Kraj prizora samog uvoda u ludilo. Ipak će se zvati – Čuda se dešavaju, iako ladno može i ići za naslov – psihijatrija. Bolnica za otkačene sa baglama. Ma kakvi, ako sastavi Momo dan bez kapi, bude ko da nije taj čovjek. U tom danu milostinje božije, hoda od jednog do drugog koga je uvrijedio nakresan _ i izvinjava se. Kad mu na red dođe Žujka, vidi Miću nekog od mnogih koje je priklao, samo što nijednog do sada nije pekao na ražnju. Dvije sove 'rastove, sjebao jednog cera što je bio namijenjen za duge, pa bi Momir to sve da požere. Nećeš đavle dalje, eto ti prilike za zauzeti čovječije tijelo. Popije dvije, i ko da nikad normalan bio nije. Jednostavno mu svijest pregori kao licna na djedovom tranzistoru. Lemio krdžu od radi''a. Topio kalaj za kazana, nikad nije pio alkohol, život kao nešto mnogo dobro volio. Pravio je kotlove za rakiju. Bio velika majstorina, međutim, prerano umro da bi izveo Momira na pravi put. Pa mu Bog donese smrt, i to da sa neba gleda kako mu je sin totalni ludak kad popije čašu rakije. Čarobni napitak je isto tako upotrebljavala Jevrosima, sa njima i prijan Mile. Sve bekrija do bekrije, samo junac žujKin sin. Mama kako više nije pričala, sve mi se čini da je prestala totalno i jesti. Nekako kad je i jela, stavila bi zalogaj u usta, međutim, nisam vidio - da je gutala. A nit žvakala, i po polju skakala, u tom dođe crni kos, horor se nastavlja.

Baku Rosu sam jedva upamtio, volio bih da jesam i djeda. Međutim, kad skontam šta je poslije zadesilo sve nas, bolje što nisam. Crkao bi, veli Vladimir, da ga samo vidi. „Pa Vilijame, neki dan si rekao kako postoji život i poslije smrti. Kazao si da to znaš mimo priče u kojoj vjeruješ popu i tim zavrzlamama". „Nije fela u tom Mladene. Crkva može biti svetinja, to što se uvukla u nju bagra ne znači da tamo ne trebamo ići. Idem da tebi kažem sine, pa ko zna kome ćeš ti to sve ispričati, i tako će se jednog dana bezbožni i pobožni na jednu gomilu skupiti, pa će ih Bog zauvijek pogasiti". Sve će nas isto, samo neizlječive od alkohola na mnogo ružniji način. Put do ludila je svakim danom pakao, jedino što se svakim sljedećim žar vatre pojačava. Momo svršava u mamu, rodi se ja poslije devet mjeseci. Jednog takvog avgusta hiljadu devesto sedamdeset i pete godine poslije Isusa, u selu Vrtača, koje se nalazilo, Bog te pitao gdje. Momir već odavno tukao po flaši, kažu mještani, posebno oni sa kojima se zakačio, da od djedove smrti nije sastavio jevtu trijezan. Kad sam se rodio otišao je do kafane u susjedne Provalije, odakle je bila moja mama. Pri kraju fešte povodom rađanja mu unuka, išamarao djeda sa Stanine strane. Zvao se Rade, njegove fele, samo ostario, pa ovom nije smio ništa. Čak ni prijaviti u miliciju, jer je rekao Momo _ da će mu isto odfikariti ruku, samo ako pomisli da ide do službe za bezbijednost. Krug moMirovih neprijatelja se odavnina širio, jedino mu ja sin njegov Mladen - nisam ništa zamjerio. Šutio ko zaliven, pisao zadaće, podnosio udarce dok ne počne pecaja. Kom je lagano nadolazio, družba vjerna ludilu trljala ruke. Širio se krug i đavoljih faca na tri već koje poznajem, i sve tri bi trebale u zatvor. Čim Mile nema zeta na vidiku, oplete Milku obranicom preko leđa - da ide nanijeti vode za kupanje. Ni oni nisu imali kupatila, kupali se pod šljivom bjelicom, istom onom pod kojom voli klati prile životinje. I on je volio kad je krme malo masnije, mada nije se radovao kad bude potrbušina sama slanina. Kakva će da bude tek volina od prike Momira po stomaku kad ga oni ispeku. Pričaće se za njih dvojicu širom sela u kojem živjesmo. Svi smo jednom krenuli od nekog, barem prije kad nisu postojali gradovi to smo znali. Momiru je to sve bilo isto od pamtivijeka, pa kad se tako uroka, oda go povazdan kroz baščU. Stid me bilo najviše od svih, mićinih očiju. Kako da mu objasnim zašto nisam tražio pomoć? Jednostavno nisam, jer sam znao ako izađem i kažem da se ne ubije žujKin Mićo, ovo troje će mene sigurno ulemati. Jevrosima se spremala za dvije kile od buta, i tri litre friške. Istom kad se voda u čabru rashladi. Preko trideset gradi prepeka. Kaže Momir jednom tako u šali, da će da je vadi _ samo dok plavim dimom gori. Ima da izgori mozak u sve troga kao licna na tranzistorčetu moga djeda, sa tatine strane. Veli Vladimir kako je David volio muziku, i to one znaš Mladene, zamuca Viliam od Anđe, opere i te ritmove. Gibao bi se kraj prozora, dok Rosa sprema večeru. Sin Momir se igra na podu klikerima. Jest da malo duva kraj vrata. To nije Davida zanimalo, imao ženu za to, on je jednostavno uživao da pravi kazane za rakiju. Zanatlija kojeg će stići kazna za djelo. Pravio ih je ko što niko nije. Ostala je u podrumu djedove kuće tona i po žute od ušura. To je sve poslije Momir stukao. Tukao je sa njim i prika Mile, a tako i Jerva od Sime. Unezvijeri se kad otrese više od litre, pa ti ne znaš je li žensko ili muško. Nije to bilo strašno kad ona ne bi bila pijana, nego takva je bila kao vampir što noćima nam vadi oči dok spavamo, on nas traži, mi bježimo od sljepila... prije tog probaj sa čalama.

I tako sam ja poslije maminog početka šutnje krenuo mjesečariti, došao sam jednom sa priuzom u ruci, na njoj svezan Mićo, do Vlade i bake Anđe. Probudio sam se sreća negdje pred samom njihovom njivom na kojoj je bila smještena stara riglovana kuća. Ko zna kad ju je Uroš sazidao. Bio je ljudina, cijelo selo veli, samo takva. Vratio sam se do štale, pa do kreveta, nisam Momira probudio. Jer da jesam, fuuu... Neka bije, svejedno jednom nešto hoće, i samo sam se po svemu sudeći, tom danu molio. Iako su već i Vladimir i njegova mama gubili na značaju moje vjere prema naprijed, nešto me je držalo u životu. Rekao sam sebi tada, ako ikad budem imao djecu, i ako im napravim ovako nešto, kao što je utjerao strah u moje kosti, Momir, odmah ću se ubiti, dok vidim i osjetim da ima toga, do tad se moram boriti. Odjednom sam dobio ponovo vjeru svoju u sebe. Neću ništa poduzimati, istrpiću sve lijepo do kraja, a zna se da kraj svaki je nekom namijenjen. Jedan od tih biće i moj. Onda se zaista ko što veli Vladimir, neće ništa završiti.

Kako su odmicali dani prema pecaji, tako je prošlo vrijeme u maminoj šutnji, mom mjesečarenju, a Momiru u ostatku koji mu je preostao od prošle godine, bila mršava brat bratu, jedva razvuk'o. Nije nas bio nijedno, niti nas je prozivao. Đeljao je iz zamrzivača slaninu, isto prošlogodišnju. Za ovu godinu pripremio i rezervu. Uzeće od prika Mile trećeg ranjenika, ostala mu kinta neka od mojih knjiga. Kako, ni sam ne zna...

Učio sam lekcije napamet, znao sam skoro svako slovo udžbenika. Nema to veze što sam dobro tubio, jer pošto se, veli Jevrosima, nisam na vrijeme probudio, ona će me malo na šešce... Pa me preko stola i preko đaka kojem je prije izbila zub, izvuče za uvo pred tablu, sve od zadnje klupe me prešuta do prve. Od prve do ploče na kojoj se piše kredom, pljuje po meni. Al' sve hrače. Koliko je Momir manje tukao, toliko je ona više. Kako se rokao svakim danom, tako je to bivalo njegovo hodanje dole gore niz bašču gore od njenih udaraca, barem za mene, ne znam kako je majci bilo?! Jer, i dalje je šutjela, dosljedno od onoga dana kad joj đavo ostavi još jedan biljeg, samo tog puta na nosu.

Čupao je sebi kosu, u trenutcima kad bi se primicao štali. Da li su to bile visinske pripreme pred klanje, nisam znao tačno. Pa je odlučio da nataknu i Miću uz kazan. Neka se sve odradi poslije sedam dana od klanja ranjenika. Tako da se onda isfešta ko čovjek, može biti miran cijelu godinu. Mora negdje da se izduva, to je govorio i Mile. Jevrosima po tom pitanju nije imala komentara. Inače kad i priča, ne znaš da li je žensko ili muško. Kao zalutala između dva tijela. Pa je ona nama tako jednom neku svoju lekciju predavala o takvim slučajevima. Puno je o tome čitala, samo u zadnje vrijeme odustala. I nije htjela bespotrebno komentarisati. Treba se uzeti u obzir ipak da ja ona za priku i Momira bila dama iz prosvjete. Inspektor ove godine rekao da neće navraćati, ali da će sigurno sljedeće. Čim okopne snjegovi. Eto ga da vidi poprište poklanih, ostaviće veli Momir i za njega mesa u frizu. Zalediti ko slaninu, trči niz bašču, mezi, saljeva čašu, pa uz bašču do štale. Mićo većinom mukne kad ovaj počne trgati dlake sa glave. Počinje komunikacija zločinca sa žrtvom.

Plače, eto šta radi, tada kada me izvukla za uvo pred tablu zaista sam drečao, uvrnula mi je ruku do te mjere - da više zaista nije bilo za izdržati. Daj da se sretnemo smrti moja što brže, i ovako je svjedno pakao, ako ne bude - ni poslije crkavanja bolje, onda ko ga šiša i život. Popišaj ga.

Nije se to više moglo nazvati da imaš žive, jeste, ali vampire. Piju krv meni već dvojica. Mama mi je posebna rana, kao Anđa Vladi. Bježao bih negdje preko njiva, nego ne znam gdje bi sa njom. Umro bi svjedno od tuge, da znam kako ju samu u paklu ostavljam. Ubio bih se ako ništa drugo, prije pokušao pronaći nekog spasa. Ali samo da znam neka je dobro. Barem ona. Međutim, spasa nije bilo na vidiku ni za mene i majku, amoli Mići, koji je vagao još malo, pa jako pola tone. Što ostane viška mesine, odnijeće Momir u centar Vrtače, podijeliti cijelom selu. Ko da mi opet ne bi jasno, u nadolazećim slikama, mićina glava kuvana, a u ovoj priča o pečenju. Fu jbt, ipak je sahrana, šarao sam među mještanima kad bi nabuban išao iz škole, ko bi to mogao biti ubrzo mrtav... Čekala me Žujka i Mićo, pa pravac u prikrajke šume. Pasu onu već usahlu ispašu, ja im čitam pjesme. Mićo samo mukne kad koju završim. Komunikacija žrtve sa piscem.

Zaista nije bilo izgleda - da će sve izaći na dobro ni po moju glavu. Fu, dobro je ako sam ja, riješiću se najzad belaja, idem da umrem, kao da će bolje biti poslije. Izdržati mi je sve muke, ali ako neko me mora maketi iz živih, neka miče. Nije me strah takvih nestajanja iz kože, i to od onoga dana kad sam se usro par puta - od škole do kuće.

Majka Stana, crnomanjasta žena, ispod bora se vidjela ljepota koja je do jučer krasila njeno lice, istom kao da je imala preko pedeset, a ne trideset i neku. Upisana u knjigu rođenih 29 februara - na Zemlji _ prijestupne godine. Kako je zaplakala, više od tih dana nije ni prestajala, tukao nju i majku njen otac, pa onda Momir nju i mene. Imala je sestru Nevenku živu, i brata Živka koji je od zaušnjaka sa sedam mjeseci umro. Bio je najmlađi od njih troje. Tih dana kada se razbolio, Rade je pio, inače takve tipove koji tuku supruge i djecu, samo prozivam imenom. Ako bude milicija raspoložena da hapsi, odaću i prezimena. Izdržaću do kraja, pa ako me ima - dobro, a dobro i ako me više nema. Jednog dana nas svejedno neće biti nikog – tako u svetom pismu piše.

Radila je za dva muškarca, ujutro kad ode na njivu, i za vrijeme ručka ne sjeda, poslije njega nikako. Do večere se dovuče kući, Momir dotad salije u sebe litru. Držim mu okorke od cera koga je posjekao za sove, dok on kroz njih probija eksere sedmicu. Za svaku prikovanu tarabu me tresne šamarom, pa nazdravi. Nema ni prika Mile da naiđe, možda bi malo Momir sjašio sa mene. Međutim, ni njega. Ovaj, lema li lema muliju u cerovinu. Kaže, kako je majstorina od malena bio, i da okolac onaj koji on skuje ne provali nijedna svinja. Nisu jadne ni one smjele nigdje, i da izađu svejedno će ih Mome stići. A onda ti valja, ako si još gica koja je utekla iz zatočeništva, živjeti bez bubrega do klanja. Zatvorenici su skičali pritvoreni unutar, mi vani okolac kolili. U njega nabacamo slame, pa ubacimo korito, i onda oni tako jedu naše ostatke pomiješane sa mekinjama i vodom, poslije sječe glava tovljenika, prosušene ih požderemo i iseremo. Ove će godine malo više soli stavljati u pajc, gunđao je namrgođen k'o stršljen, pa me mlatnu svom snagom, nogom u leđa. Puče još jedan bez potrebe u zadnju prikovanu, zali cjelodnevni rad iz novootvorene staklenke. Nestalo nam u kući domaće, donio sam iz trgovine litru loze, kad sam se vraćao iz škole, da se veče Momiru - ljepše smrači. Nekom tako, nekom batine. Čim Stana motiku sa ramena skide, zovnu je da dođe do nas dvojice. Mene je držao za zulufu dignutog od zemlje, barem dvadeset centi. „Vidiš li stoko bezrepa šta si rodila. Nesposobnjakovića koji ne zna udariti čavla u dasku, amoli zaklati ranjenika. Ove godine će bome laznuti krv sa noža, ili ima moja ruka da ga lazne zauvijek. Primakni se bliže." Kad ju je lupio ljevicom u njen desni dio lica, sve su joj bale iz sinusa ispale po garavoj suknji. Sjekla je tupim komadom željeza nasađenim na štap bukve - ostatke od kukuruzovine. Cijeli ubogi dan, bio lijep jesenji, uspjela skupljeno avrlje i popaliti. Vodu što je odnijela sa sobom, svu u kap vratila. Jesti nije imala šta, kad hranu nije ni nosila. U zadnje vrijeme nikada, izašla je to jutro zajedno kad i ja, samo pogledom dala do znanja da me prati. Ja je nisam mogao ni pogledati, strah me bilo da ne shvati - kakoooo je meeeni.

Kakoooo prepoznati - da treba tuda dalje, boriti se da preživiš ne bi li nekad imao sina, ne pogriješio prema njemu, kao što je Momir prema svome? Nije mi za mene više bilo bitno, da mi je samo - da više ne tuče Stanu. Podnio bi batine za drugoga, fu, pa se pitaš odakle ti sve to, ko škljoca fotografskim aparatom iza leđa, Mladenu? Vladimira i da pitam, nemam zaista više vremena, jer otkako su počele pripreme za pecaju, nanosilo se neprestano granje iz šume. Više majka moja prebijena nije imala se gdje smirom ni isplakati. Vukla povazdan ogranke i gutala suze u sebe. Predveče samo - Momir nije štrafao sa nama. Preuzela ga nekakva što mu donio prika Mile. Samo mu dao litru, i okrenuo se prema nazad. Otišao žurno, jer veli da mu je Milka nešto mnogo pogriješila - trljao je ruke uz put kraj cerića koji je bio taman upario moje visine „ radiće obranca". Nije ugrijala, iako je sve nanijela do kapi na ramenu. Šta

44

da se čini, nije ugrijala! On kad je vidio da je ladna voda za kupanja, uzeo posljednju litru iz kredenca, pa donio Momiru, čisto ako popije koju, ubiće je namrtvo. Pred sami kraj zapeh pačorkom i podera opanak, i to onaj na kom je bila manja rupa. Da je bar na onom sa većom, pa ne bih ni žalio, ovako nadrljasmo i ja i mama uz priju. Nije da mi nije prijao momenat susreta moMirovih očiju sa razguljenom kaljačom, nego to boli. Nije poslije suvarke za kazana ni cijepao, svaki je bio uredno prebijen od Stanu i mene. Branila me ko stihija, nije i dalje riječ jedinu progovarala. Branila i primala udarce. Krvava ona, krvav ja, ledena za kupanja priki Mili voda, krvava i Milka. Nema mi sna te večeri na oči, isto ko da sam ja udarao Momira, a ne on mene. Hrkao je k'o tenk, kontao sam da uzmem macolu u ruke, pa ga kresnem u čelo, riješio bi sebe i staru barem udaraca, ako je za to doživotna, neka je, barem nije mati u kavezu. Tako je i Vlado volio Anđu, mislim da svako na svijetu voli svoju majku, Momo je pred smrt baku Rosu do njene kuće prešutao. Poslije ubrzo, nije prošlo mjesec, srce joj otkazalo. Onda je Momir preuzeo ključeve od reze, pa razvezo sa rakijom sve do tih dana o kojima sam se raspričao. Još malo, ko da muče Mićo, samo ne razumijem dobro za koga to sve vrijedi. Razabirem opet kad idem iz škole slomljen od Jevrosime, ko bi to mogao odapeti, pa da se može za Mićka koja kinta uzeti?! U početku kad se otelio, prvo ga je Momir namijenio za nečije sahrane, ako je bude. Jer tad rodbina plaća, ne pita pošto je. Samo da se završi ceremonija, pa idemo na preuzimanje dužnosti. Živiš, a mrtav si.

Dani su prolazili, već se pripremalo malo žešće, prika Mile je svako jutro na šešće, pio fildžan zejtina, kaže da će dok se počne sa pečenjem koma, moći litru do podne, a da mu ne bude ništa. Jedan mu je i doktor rekao kako je to zdravo. Kad je išao izvaditi zub, kod čika zube na opštinu. Naša se zvala Karakondžin Panj. Bila je malo veća od dvjesta duša. Kraj nije rudnik, zatvoren još od povlačenja tuđinskih ratnika. Tu je u blizini baka Rosa imala sestru Stoju, jednom me odvela kod nje, i to je što se sjećam bake, naravno i šutanja, jer to se ne zaboravlja, da ne znam koliko bili mali kad prizor - sin tuče majku – gledamo. Strašno da strašnije ne može. Vladimir je tada držao krst u rukama, nije izlazio iz kuće, niti je dao da na dvor Anđa izađe. Inače su njih dvije bile u zavadi zbog nekog trača, kojeg ni same nisu nikad ustanovile je li od svega toga išta istina. I bolje u jednu ruku, možda bi Momir onda i do njih svratio, ovako ih je imao na svojoj strani „vidiš ti da je stara luda, sa prvom komšinkom ne priča". Ni ona više nije ništa pričala do srčanog, onda je umrla, predala Momiru ključeve od magaze.

Nesta meze, poče priča bezveze, na red stiže klanje ranjenika, prvo ćemo kod prile, pa kod nas. Onda lagano preko dva omanja brda uprtimo spremu, i pravac na početak sveg ljudskog pakla što ga okružuje. E to, možda me baš to održalo u životu, pročitao sam u nekom novinskom članku kog je Momir donio kad je došao sa zadnje građevine, kako je neko negdje preko 'iljadu gora – našao ljubav. Nije meni bilo frka za moj život, nego za majčin, al' to sam već rekao, pa da se Mladen, od Stane i Momira – ne ponavlja. Postaneš dosadan sa patetikom, ofulaš cijelu poeziju. Jednu sam za Miću napisao o najzelenijoj travi koja negdje na nekom oblaku raste, i on i Žujka mukali. Jest da sam imao takvu tremu kad sam recitovao, ali sam se poslije u daleko većem vremenu spavanja riješio mjesečarenja. Počeo sam i budan sanjati, pa sam jedan dan usnio djevojku sa crnim očima kako me ljubi usnama. Ljubila mi je lice, a onda se okrenula i nestala, samo reče na odlasku – čekam te. Uputio sam se ja bio već i prije u njenom pravcu, taj san bi presudan. Zvijezda vodilja, njega prile zakla, istom poslije kad Momir prvog krmka u čelo sjekirom opali. Nasta trka oko toga što se meni izmače njegova noga ispod moje, dok smo mrcinu držali. Pa kad me Momir krvavom zviznu preko uva, upado u blato, nije stezala zima, čak neka kišica rosila. Tijelo je brže na noge nego duša, jer zaista tu i nemaš neke volje za naprijed na raspolaganju. Ostaju tragovi u kaljuži, 'ajde barem mati nije gledala zla očima. Ostala kod kuće da finišira naše pripreme za klanje. Dobio sam bio istom čizme, i ako ih ne sačuvam za sledeće generacije svinja, bome mi je ići zaraditi za nove. Bosu će se kupiti šljive, u opanke je meni veli Momir, bilo džaba ulagati. „Čim kakav pačorak vidi, on isti razguli". Jesam zaista po tom pitanju bio napetan, ali i ne bio, kad sam bio odsutan od života. Stanje mirovanja, živ, a mrtav. Vaskrsnuće jednog dana svi, veli Vladimir jedne prilike, pa čak i oni kao što je Momir. I od Jevrosime ti možeš napraviti svetca, nego eto nikom se ne da zamarati sa tim, a i kad bi neko rekao - da se više ne smiju tući djeca, Momir bi mu osjekao ruku, tako da je najbolje, nek' tu priču zaboravimo. Pijanom inspektoru džaba govoriti, ajd da nije od prepeke, pa da možeš se nadati boljem. „Toliko ti je taj Bog milostiv - da će i njih pomilovati". Fu, dugo sam se češao po glavi - poslije tih njegovih riječi.

Znakovi pored puta ništa ne govore - da nas pegla Momir, jer je to tajna koja se čuva kod kuće. „Da Vladimire, najbolje da nikad nisam prešao preko potoka do vas. Nekako se bojim i za vašu sigurnost." „Ne boj se, rekao sam ti već - da ima života i poslije smrti".

Puče žuč u krmeta, sve usmrdi u stomaku tek oporenom. Izviruju crijeva u kojima je šaka mekinja spavala. Drijemala poslije svoje smrti, u stvari je mekinja umrla prije toga, i to mnogo prije, kad se pšenica prošlu jesen žela. Natovio ga prika Mile - da nije bilo ništa krtine po stomaku. Šutao je kantu u kojoj bi zagašen grumen živog kreča, sva krv prijeđe u bijelu. Nema više krvarenja, niti ima rana, ne boli ništa, ni mene ni mamu. „Za priju molitva", veli Vladimir „i ona je veliki mučenik".

Oko nas jesu drugi postojali, međutim, mi smo se i tu porodično držali samo prika Mile, kod Vlade i Anđe je to sve bilo kradom, ili opušteno kad je Momir na građevini. Slušamo tranzistor od djeda, Vladimir negdje bio u skitnji - zbavio novu licnu.

Za doručak džigerica sa šiša i mudo lijevo od nerasta, kojeg prike nisu stigli uškuljiti, doček'o i on dignute čune klanje ranjenika. Samo tog puta kao zaklani. „Dernu ga prijane momački, šta su ti mlade ruke. I ja sam tako nekad u svoje vrijeme, nego vidi ti kako me stigoše godine, više mi se i moja Milka otima". Mislio je valjda time da stavi do znanja kako više i nije neko muško. Ja sam ga shvatao zaozbiljno, međutim, kad je poslužiiivaoc fruštuka, tako je to Mile imao običaj reći za objed na šešce, njegova Milka, izašla na verandu, e onda sam vidio - da više zaista nema zajebancije. Ovi će nas do zadnjeg pobiti. Bježe tuđinski ratnici glavom bez obzira. Ostale posljedice od kojekakvih ratova, pa sam se pitao na šta li ću ja ličiti, dok malo porastem? Ko zna, mislio sam? To - Ko zna _ da li ću biti živ sekund poslije...? Onda je stigla Jevrosima kroz šljivik komšije sa kojim Mile prika nije pričao od djetinjstva. Učio ga kaže njegov djeda - da se stoci nikad pogriješeno ne zaboravlja. Još će ga, veli, izlemati dok stigne. Valjda ne može od Milke. A ona šarena... Ne znam kako bih vam je opisao, nego ću vam reći da ni ona od toga dana više nije kako treba pričala. Mucala, kad treba reći riječ, udari se u leđa, ne može bez udarca ni progovoriti. Ti su se njeni novonastali problemi javili odmah, i to tako vidno da se jako sama ubila dok je meni i Momiru rekla dobro jutro. Malo je Jevra razveselila, jer stigla je trijezna. Kaže da je vikend dan kad se prosvjetni radnik odmara od stresova. Preuzela je ulogu muška, posebno kad je meni stisnula ruku. Sad smo na klanju, a na njemu smo svi isti koji jedemo leš mrtvoga krmka. Ubaci cijelo mudo, zali sa dvije čaše što je meni Milka donijela soka od zove, rakije. Sirup razmućen sa vodom - niz bašču proli. Gutala je jetra svinje ko da su njena spaljena. Pa je flaša stigla do Momira. Posudio Mile od Sakiba trgovca iz čaršije - petak kanister do pecaje. „Samo je potegni prile". Isturi Momo do zadnje kapi. Nalij Milko novu, i nemoj kojim slučajem da išta prospeš, prosuću ti mozak".

Dok smo drugog izvlačili za uši i noge iz okolca, prvi je već bio raskerečen na vješalima. Prika Mili ih zet dovezao prošli put kad je dolazio kolima sa kćerkom mu i djecom. Tih dana je Milka još pričala bez podupirača, govorila tečno bez udaranja sebe u leđa. Ako je rečenica malo duža, zareda ko dreš snopove u pogon, samo zalaže udarce, nikad izgovoriti. Izvlačili smo ga mic po mic, ovog' je kao malog kupio uštrojenog, pa je bio savladiviji, ipak smo ja i Mile se držali na oprezu, jer ako Momir vidi da smo krmka iz šaka pustili – mogao bi vrlo lako nama čelo rascopati. Ja mislim da bi meni prvom. Borio sam se svim snagama - da ga dovedemo do mjesta na kome će zbog slanine i peke izgubiti glavu. Čuvam tako svoju, i hranim guzicu.

Istog trena me presjeklo. Milka je mucala iza leđa kad je Momo dripče svinjsko u čelo opalio. Da zakolje prika Mile – nema čime. Za to se i jeste plejala Milkica u kičmu, nije mogla bodež da nađe. Stigao ju je pred samom verandom. Od udarca u potiljak motičištem sa kojeg je spao komad željeza, sličan onom sa kojim i moja majka siječe kuruzovinu po njivi, pala je ko ševarka. Usro sam se malo opet, samo sam bio te sreće da Momir nije ništa osjetio. Bio malkice prehlađen. U čaj izljevo rakiju iz bidona. Otro sam se snijegom iza starog kijera. Milka ga donijela u miraz mužu. I za to ju je veli Mile ispeglao. „Nije dovela vola, ili ne daj bože traktor. Dovucarila ruglo". Bogme, meni to ruglo milKino valjade. Pa kad poče šurenje drugog ranjenika, već sam bio spreman za nastavak života. Prija je morala dalje u nove pobjede sa duplim udarcima, i to svaki sama sebi nanijeti. To što je dokači Mile, e to ne smije nikome reći. Nego kaže kako je spala sa lojtri - dok je razvršavala sijeno.

Do podne već raspolovili kanister, Jevrosima se lelujala na jesenjem povjetarcu, nosi kap kiše rasturenu na najsitnije djeliće, a koji su krupni, ona nama to nije znala objasniti. Čim je Slaven iz zadnje klupe, reda do mene, pita – hoćemo to učiti u srednjoj, kad odemo u Karkondžin Panj na školovanje? Ona njemu da ogovori batinom na znanje, isto ko i mene Momir što često, sve preko nokata skupljenih prsta za molitve, šibom. „Nemojte učiteljice, ko Boga vas molim". Džaba se bilo moliti, vidim da je tako kako je, a kako će biti kod kuće kad stignemo Stani - ja i Momir, e to zavisi od Sakibove maksuzije, ako nije za meze kako valja što Milka naprži za ručka, bogme će biti svašta. Mile je sjedio u blatu, nije htio više da ga Momir zove prile, hoće da budu neprijatelji, do samog čina ručka tri puta preskočili zub, prija se nije prestajala udarati u leđa, sve tuče rafalno. Taman kad je Mile zagrizao komad, prozbori – prosula sam so!

„Ljeb ti naš nasušni poljubim Vladimire, gdje ste ti i tvoj Bog u toj situaciji"? „Ništa ne brini, stisni zube i izdrži, svejedno će da bude jednom kraj ovoga, i početak novoga života". „Ja bih za svaki slučaj, Vilijame, da se više ne rađam kao čovjek, sramota me vlastitog oca i isto tako vlastite učiteljice, majkom i Milkom se ponosim, pa ako ja to uradim svom sinu - kad budem ga imao, odmah ću sebi oduzeti život. „Vladimire, ako krene dalje, ja ću morati u miliciju. Znaš da će mi poslije odfikariti ruku". Kad se Mile latio sjekire, mislio sam da će je ubiti ko Momir tog jutra – krmka. Sreća, oplete je po nogama sikirištem, od tada je pomalo i erala u lijevu nogu, prešla sa izgovorom na desnu ruku. Kad je guknula da je istresla i bibera, e onda se zatresla od straha i Jevrosima. Momir ustukno, dva šuta u dupe ju smjestiše na verandu do skorog početka večere. Pa kad je jadna vidjela da nema za istu ništa. Ode da se objesi, stiže je nemoć kraj same košare iz koje blejaše dvije krave i tri ovce, reko, evo žrtve za Mićka, i on će za vlastitu biti isti, šta ti je mržnja nekog morona, ma kakvi to, ishrana mnogih otaca i majki, i da nisi htio jesti meso, morao si. Nekako je to išlo, povraćao sam od jagnjećeg na početku prvog razreda, poslije toga mi na pamet nikad nije palo riganje. Čeličim se malom teglom šilja za nastup kod prika Mile na slavi. Tamo će biti razni prijani iz zone proizvodnje alkohola, i lovne razbibrige, i prile se primio na sačmaru, hoće on i prika, iako su već bili na tom da su vrli neprijatelji - svoju robu nekom uvaliti. Isto kao da ne vide šta njihova njima radi. Pa ti se počne sviđati kalamoča iz korita, u kojeg se cijedi praseća kita, nema jaja, samo ona ostala, pojede ih skoro svake u Vrtači – Jevrosima. Guta muda ko bubrege, „svejedno to sve izađe na rupu" veli kad je jedne neke prilike požderala, pa ti onda ne znaš šta je, da li je đavo, ili postoji nešto još gore od te priče. Brat Sakib, kako ga je volio zvati Momir, se zaista pokazao. Uvečer smo krenuli kući gladni, Jevrosima odbauljala ranije, sve nako razbucano ostalo po njivi. Mile je peglao Milku, jauk se čuo skoro do naše kuće. Ništa Momir sa mnom do tih metara kad se približavamo domu nije prozborio. Stana ko Stana, malo i pospora sama od sebe, inače sve detaljiše, nije ništa pravila večeri, jer je mislila da ćemo objed izvršiti kod Milke i Mile. „Idi reci materi da postavi klopu, dok ja vidim na koliko je nagurao junac. Jebo sam mu majku za petn'est dana, čim porokamo ranjenike, ide kazan, i on na ražanj". Trčim do kuće trkom i plačem za Mićom, da krmcima ima napoja, to se veče pobrinuo Momir, dok sam ja mami saopštavao migovima, ubio je iz dvocijevke koja je visila na šljivi ispred kijera spremna od jučer, svoga kera, a mog Baru – nisam smio žaliti, vukao je jadnika božijeg da zakopa, inače se veli Mome, ne valja plakati za njima, smrtna grešina. Maštao sam o tome – kad će za mnom ne zaplakati. Mama je šutjela i dalje, sjela je na skemliju pored vrata da peruša koku. Njoj je istom osjekla glavu. kad sam joj saopštio da ništa nismo jeli od jutros i teke ručali. A i to jutros sa prženim testisima me izbacilo iz sveopšteg seksa sa postojanjem. Ko zna šta će da bude, može biti, a i ne mora. Tukao ju je pesnicom u glavu dok nije bila skroz do koljena krvava, držao sam se za njenu nogu, pa kad je pala, pali smo zajedno, puklo je i mene nešto po glavi, da mi se čini kako sam od tog trena još većom snagom krenuo ka ljubavi.

Opet je ona tu, ljubi mi usne k'o da nikad nikog nije ljubila. Djevica Marija je podnijela muke ravno ništa, šta to izdrža moja mati od svog „Josipa". Lijepa Mirzada. Mani me se priče Vladimire i o hodži, sve ti je to bejbi program iz poznavanja liturgija posvećenim krastavcima, ajd ne moraju mene, neka nose anđeli nebu - moju mamu, isto k'o da brzo hoće. Onda bi to bila vlastita propast za razmišljanje Momiru, jer morao bi sam sebi platiti junca. Srce kuca njeno i moje, dobro je, ostali smo živi. Do tog dana kad ćemo da koljemo mi naše gude, isčitava se svako jutro poslije doručka - šta nam je gdje, i sa čime raspolažemo. Poslije ručka kao opomena Stani – šamara, ali ona ista što od bala razdvaja sinuse. Mene nije, ali zato me zbog dužeg mog kašnjenja Jevrosima odvojila od svijesti. Usro sam se opet, prošlu noć i upišao u gaće, pa sam zbog toga toliko kasnio, pa sam se zbog toga opet usr'o. Tukla je novim stilom, boksovima u crijeva, izgonila neprijatne miomirise koji se barem jednom dnevno namirišu leša. Jeste da, nije to bilo dobro, šta ćeš - mora se, nekako više ne žalim ni Mićka ni mamu, nikog ne žalim, vidim da nam je svima mjesto gdje i jeste, to što nam je krst taki, to nam je zato što ne vjerujemo popu i hodži, e ta je najjača. Nije Vladimir uopšte bio od tih - da bi nekog tjerao, on to samo veli _ da je doživio, pa bi da ljubav prenese na buduća pokoljenja. „Daj me se Vladimire mani te priče, i ti i Anđa i pop jedete meso". „Jeste, ali ih ne ubijamo". „ Isto je to, odete u varoš do mesnice, i kad kupite isječeno, mislite da niste ubili, jeste, i to tog Isusa kome se vi kao molite". „Da postoji išta od te priče - ne bi i danas dani bilo paćenika ko što bismo mnogi iz Vrtače". „ Vidjećeš", reče Vladimir, i ode kući, sreli smo se kad sam išao iz škole zadnjeg đačkog dana te jevte. „Mi reko sutra koljemo, moli se i za moje grijehe", on itao iz trgovine.

Sutradan je dan osvanuo ko zapeta puška, već je vjetar donio smrz, i preprašio snijega. Biće krvavih biljega na bijeloj plahti svakodnevnice, patiće ponovo nevini. Kako ne postoje, kome su to jadne svinje zgriješile? Mićo gleda kad pase, pa ako mu skakavac uleti kojim slučajem u usta - da ga vrne na ogoljelu ispašu. Nije ni to neko rješenje, barem nije do njega. Pasao je temeljno, ko da brije bicom. Žileti su se koristili za brijanje svinjskog leša. Grobar vlastitom ručku – šta je tamo njemu? Nije mu ništa. Majka je za zagrijavanje nasjekla peke i sira. Šteta, cijelo vrijeme brsti Momir uz prve dvije tri rakije sa nogu, mogli smo i osušiti grudu. „ Nema veze, progovori kraj cerića, moga parosnjaka, Jevrosima. Stigla i ona, iako ju niko nije zvao, prošli put se upišala, pa se prikama prikaza* kako imaju polno općenje šššnjom - mnogo bila zgadila. A rakija domaća, ima i Momo svog aduta, sakrio pletaru u okno sa kuruzom, bilo jeftino žito, na bukaru naletio kad je burlao po djedovom imetku. Inače se sve bilo jako srušilo, poslije bakine smrti, samo sam išao da berem grožđe do te kuće. Imao je David takve loze, da ti se naprosto kad gutaš grozdove, mili što si živ.

„Ajd sad kad je došla, pusti je" srkao je Mile. Isturila je i ona dvije na šešce, i onda dobaci, da bi zaista bio bolji suvi. „ Jesam ti rekao kurvetino jedna, nije neki dan gledaš za Stanojem šoferom, on je pregazio koju god je stigao". „ Nagodinu ne bude li suvog sira za mezu na šešce kad se kolje, kolji se Stano sama". Dobro je, prođosmo bez batina, a mogo nas je žik, sve odjednom, nabavio Momir na pijaci u Karakondžinom Panju, macolu od tri kile. Nema te zvijeri koju ne obara. „Slanina se previše stvara juncu, moraćemo ga što prije utući, pa ako treba i u petak prile" reče Momir poslije treće. Dobro je, neću biti kući, jer dan je za školu. Kako da gledam Mići u oči - dok ga držim za vječnu priuzu?

Dernu Mile prvog ranjenika, kaže nije nijednog odavno, a i mnogo mu se sviđa prikin čekić za tući u čelo osuđenike. Na smrt - zbog nečijeg gurmanluka. Pojela je bila Jevrosima prilikom fruštuka, opet muda od nerasta, ne stigoše prike ni ovog uškuljiti. Dođe još jedan dignute čune na lomaču. Nešto kao recimo, da svinje uživaju kad ih koljemo. Mićo zna šta ga čeka. Ne muče, niti arlauče, niti jadniče hoće da skiči, samo će se predati. Namolio Boga da to bude u petak, jer mene tad neće biti. Dokazivao postojanje ljubavi, i kako treba kao volić do smrti ponosno živjeti. Muknuo je kad je prile strefio drugog, meni se oklizmu na prahu bijelom čizma, pa upado dupetom u krv. Jevrosimi oči zakolutaše, cijelo dvorište poprimi smrad krmećih testisa - od trećeg ubijenog.

Svijet je lijep kada sanjamo, isto kao i kad ljotamo, i kad bi čovjek bio najpopularniji u cijelom svemiru, opet bi bio sam. Šira je mnogo i opsežnija priča o svemu, kako dokazati ljudskom rodu - da i svinjče svoju muku dostojanstveno podnosi?! Ma to krmcima od ljudi – ne smeta, štaš im dokazivati?! Veli Momir da je ponosan što je natrefio na takvu macolu. „Sad bi je prile ubio, pa ona se usrala".

Jevrosima već ujolila ka brdu kraj mog parosnjaka iz vrste hrasta. Cer taman do šiški, odrezao mi ih momir pred klanje, ukoso nalijevo - makazama. Među ekipom kao prikaza koja će nekog povući za sobom. Bilo mi je žao i nje, ova dvojica su dakle izvor svih nedaća, otkopali vatrenu vodu, navukli i uču.

Za ručak se pekao but od ovce Mire. Mnogo sam je zaista voleo, njoj sam napisao jednu o dobroj bleji, blejalo se tako među drugarima, zakla ju Momir pred kraj ljeta i turi u zamrzivač - da se ima - kad se budu tukli ranjenici. Iz rerne vrištala ovčija vuna obojena u plavo. To sam vam zaboravio napomenutu, Jevrosima na klanje stigla ofarbana. Na nogama čizme rudarke, za pojasom bajoneta, mislila i ona da taj dan prikolje krmka, pojela i od prvog kog zakla Momir, muda. Presiječe ju odma' poslije doručka. Do ručka se i usra. Pljuvali su za njom do ceste koja vodi direkt u centar, Vrtača se okreće oko sunca, kad će jutro sljedeće...? Samo da prođe i taj dan, osveta to nije bila moja, niti sam se htio ikad Jevrosimi svetiti, napela se možda - da prdne, pa joj se otelo. Dobro se jadna kutalisa Momira - kad joj se jednog momenta primače sa leđa. Umalo ju nogom zakači, ali i njega stiže rakija iz kuruzne skrivke, samo leže kraj ceste u prah sniježni. Ostavi trag u snijegu - pravi vepar. Krepan, a živ!

Zove nas divljina, obojica su se do večere oblokali - da je sve oko mesa morala sama Stana. Kad je prika krenuo uz brdo, Momir već hrkao na sećiji, primakao ju peći - u koju je nabub'o suve bukovine. Navukla stana ogranaka, samo pršte. Suvarci od mozga, počivaju privremeno. Meni više bilo došlo da je zauvijek, međutim, sutra te probudi nova pomana u školi. Kasnio sam pola debelog sata na čas. Morao sam ujutru rasklanjati od klanja. Ostala korita po bašči pobacana, Stanu zabolio naglo stomak, u kasnu noć. Momir se ne budi. Hrče ko tenk. Odavno je Mićo završio sa ispašom, vrijeme je bilo hladno i dalje, nigdje se nije vidjelo travke. Pa sam njemu dao u jasle sijena, obrisao nam suze obojici. Majka njegova stara, krava Žujka - okrenula glavu na drugu stranu. Istom kad sam ušao u razred, imao sam šta za vidjeti, od nečega je pola boje sa glave Jevrosime palo – valjda na jastuk, ostala ona da šarenije ne bude na kugli zemaljskoj. Ko poskok je igrala oko moje klupe. Čekala da spustim torbu, pa kad me oplela pesnicom po tjemenu, sjeo sam kao neko ko nije živ. Udarala mi je šamare po licu - da ih nisam osjećao, a i kako ćeš poslije udarca prije. Strefio me u mozak, i da nisam trebao sjedati, opet bi' na trenutak ćurn'o, pikanje pljuskama me istom probudilo, kad me Jevra ponovo u tjeme dernu. Glava klonula na klupu, istresla je na mene otprilike litru vode iz kante, ustao sam - da upravčim ka izvoru. O ladno vodo ko te izmisli, da takve đavole kupaš?! Srča je svačija, nije samo jednog živog bića. Pio sam sa istog izvora kao i Jevrosima. Svaki put kad stignem na njega, ulijem lonče puno. Tog jutra sam morao dva, osjetio sam krv iz desni _ kako curi mi niz grlo. Pljuvajući sukrvicu koračao na neki ručak kojeg će krasiti miĆina glava, i na sve to, moraću je jesti. Najradije da i mene Momir zvizne svojom novom mašinom od čekića, neka se rascopa više to što uzalud postojim. Nisam smio odustati, šta li je mati dočekalo kad sam otišao od kuće, vjerovatno se Momir poslije probudio? Završilo klanje ranjenika, stiže pecaja rakije i vola. Treba to sve organizovati, znam da će biti gungule ako Stana išta pogriješi. Ne dao Bog - da na ovo bubanje dobijem još jedne batine. Donio sam vodu, spustio na prag sobička škole u kojem je Jevrosima se i kupala i živjela. Lavor limeni, a lim od aluminijuma, dobar je veli prile - taj, ne može se obiti. Milka kad je otuckala kazan za topiti čvarke – porculanski - tri dana pljucala krv. Da je jadna morala ići Jevrosimi po vode, potrošila bi cijeli izvor na ispiranje usta. Do kraja nastave prestao sam uzdisati, malo sam se opravio, pa upravio ka kući. Usput sretnem Momira kako piči u centar Vrtače, tamo je istureno odjeljenje trgovca Sakiba, ostalo mu zalihe od prošle godine. Žuta ko vosak, dobaci prile Mile. Sretosmo se sve trojica, jedni znamo, drugi ne, treće zaboli uvo. Momir me potegnu za isto, nabi nogom u dupe, pa veli - „reci materi da prestane cmizdriti dok se vratim, inače ću joj ugraditi oluke ispod očiju. Ubiću je."

Kući kad sam taj dan stigao, opet mati na stepenicama betonskim. Šta na njima čini, nego plače. Na bradi posjekotina dužine deset zarezanih linija na metru duge dnopare, koju mi Jevrosima slomi od lijevi kuk. Sve me nešto od tada u tom predejelu vrijeđa, kosa joj kao u spaljene vještice, samo što se ne obruši u vidu pepela, na ramena. Na majčinim, grudve crne ženske dlake, koju joj je dželat u naletu počupao sa glave. Nije imao ni čaše da iskapi, a kamoli litre, koliko je Momiru trebalo dnevno da se smiri, na kraju je drvenom kozom raspalio po glavi... Nisam to znao, slike su mi same iskakale pred oči. Nikad nisam ni prije ni poslije čuo da neko tako plače. Fu, naježio sam se prvi put u životu, nikad se poslije nisam tako naježio. Bio je to onaj osjećaj kad osjećaš miris nečega što ne postoji, voliš je više od sebe, a ne možeš joj pomoći, nego joj na sve to moraš reći, ne plači mati – ubiće te. Mucao sam kao da izgovaram nešto milKinim ustima, malo sam se i ja u leđa klepio kad sam izustio te riječi. Nije to lako za progutati jednom djetetu istom u razvoju. Imaš oca koji tuče i tebe i mamu. Joj, pa ni ja neću garant biti bolji - kad porastem.

Jevrosima nam jednom čitala iz knjige nešto, pa kad je naletjela na to da se zlostavljaju djeca negdje tamo iza neke susjedne gore, stala ko treći što jučer plati glavom u našem dvorištu. Na podrumu odjažena vrata, zjape dva bureta pajca, proširio Momir mezu, ostalo pravo od mojih knjiga. Pero mi ih je uvijek davao, ali to je bilo sramota pričati, i to je bila jedna od naših kućnih tajni. Sad je otprilike bilo sve spremno za dalje, ali Momo nije. Nije imao rakije do petka, pa kad se vratio iz sakiBovog isturenog prodajnog centra sa pola litre, odluke su pale - da se kazan nastavlja na vatru, peće se, i lagano spremati vatran za Miću. Iznosio je čabar sa prikom do samih sati kad je već noć. Stana nije smjela da zaspi prije nego Momir stigne na večeru, jede, i da ona sve iza njega skloni. Ovci Miri završiše i rebra u tavi. Smaza ih Momir čim uleti, sretan i zadovoljan što Mile ode kući bez večere.

„Pa kad se moррончина boji žene, neka ide sad njoj na žderanje mauna, Milka kobila, ništa ne zna spremiti, ja bi ono ubio skroz" mrmljao je dok je glođao zadnje iz tanjira. Otvorio je pivo, pa pustio dnevnik. Javljalo sa ekrana, da će biti duga zima, međutim, Momira nije zanimalo to što imamo manje potaka za kuću, nego nasječenih ogranaka za kotla i Miće. Ne, to ga nije zanimalo, međutim kad je čuo da je nestašica cementa u svijetu, nije odolio da praznu flašu ne razbije od zid, preko cijelog ostalo pjene, istom da se zove pjena, saaa krečeeem. Takav zapjenjen je zaspao na sećiji, četiri željezne noge, odozgo preko svega spužva.

Družba je otpočela orgiju na samo jutro, kad sam se probudio iz sna u kojem mi leprša crna kosa djevojke, oči joj iste kao moje, kao da gledam u svoje dok me ljubi, imao sam za vidjeti dvojicu umazanih ljudi od zadnjeg klanja svinja, kako se već opuštaju uz litru neke brlje. Pajdu od Sakiba skolili - da im proda dvije litre, roba došla iznenada, i ta im može biti dok prvi ne protekne. Već su prvu bili raspolovili kad sam prošao kraj njih. „Paz' mali, pa dobi keca, ima da te šutam pred svima u razredu". „Polako prile, dobar je sinak, samo ti mu ne dade ni neki dan da lazne krv sa noža. Kad oborimo vola, bogme Momire, moraće, taman taj dan – ne iš'o u školu". Jeza me prošla nanove, slagao sam gore - da više nikad nije, sa dna leđa prema vrhu glave. Voliš nekog više od sebe po ko zna koji put, ne možeš mu pomoći. Još moraš laznuti njegovu krv, sa noža koji ga zakolje.

Znači, bolje je bilo da nismo ni dolazili u školu taj dan, ali eto došli smo, pa nam je Jevrosima rekla svima, da tako čitamo sami do podne, poslije toga možemo kući. Ona ima neka kao preča posla, malo će se prošetati po Vrtači. Međutim, prava istina je bila da je Jevrosima bila u nakani navratiti kod moga Mome, 'oće saopštiti saopćenje - kako sam joj dok sam išao na vodu jedno jutro – obio kantu. Rekla mi je to već prošli dan u školi, samo ja na to nisam htio da mislim, ako znaš kako ćeš jednom pasti, zašto sad kad si živ vrli čovječe – ne živiš. Ništa cmizdriti, idemo čitati. Čitali smo priče iz čitanke, ponešto toga dana zaista naučismo. Prošao je ljepše i tačnije kad nije bilo sa nama Jevrosime, eto to bi' ja rekao inspektoru, kako se učiteljica prema nama odnosi. Usput sam razmišljao da mi je taj film, Mića skuvan – nikakav znak kraj puta. Vidiš da će ipak biti pečen, međutim kad znaš da paralelno postoji još jedan Mladen od malih nogu, zeznuto je ako imaš dželata za vratom. Pokraj parosnjaka moga prolazim, vidim majku po ko zna koji put kako sjedi _ na stepenicama betonskim.

Nikad ne bih mijenjao poeziju za život odbjeglog smrtnika od svog života. Bila su to razmišljanja, daj samo da ostanemo živi, ništa stepenice betonske i suze, sjedi, valjda i sama vidi kako je trio stizala sve luđa i luđa, a ona još nije dobila fasungu. Mili prili lače spale do koljena, upišao se u gaće dva puta, i to dok sam ja od cerića do njih. Jevrosima se opet usrala, kad će prestati – nemamo pojma. Momir joj drži bukvicu iz lijepog ponašanja, šiba je po guzici prutom. Na svaki okretaj vrtila košpa u komu - vrisne. Razdvaja se đavo od šljive, uđe u čabrenu cijev, kroz njega samog u kantu. Prvu izvađenu - do pola stukli.

Proteg'o se jauk, jauče skoro cijela Vrtača, samo ne znam još za kime. Mile i Momir ništa ne slute, isto kao i išibana toga dana, bi žrtva do večeri same za Stanu. I tako ti je ona sjedila i sjedila na stepenicama betonskim, dok se Momir ne prodera – večera. Skoči jadna k'o opaljen zec kojeg je kuvala ekipi za proteine, valjda im opane mišićna masa, ali sve u predjelu mozga, svijest nabildana ko Tarzan. Jedina priča mi - toga doba, u kome pričaju životinje, krijem da ih razumijem. Tačnije, isto kao i majka, mimiče da je i njoj zečetina preslana. A kako će reći Momiru, ni to još ne znamo. Ujedno _ jedini film u životu pogledan, koji bona Kusta...

Postavljala na panj, jer po Momiru, u svim propisima za koje je čuo - kad je polagao ispit za sanitarnu higijenu, tako b' trebalo. Ništa astal i te žvake, jer ako si žensko i tako prevrćeš gumu za tocilanje po ustima, odma' te treba prebiti. „Ne ubiješ li na mrtvo takve Jevrosima, meni ćeš odgovarati" – graknu Mile uz prvi zalogaj. Graknu za njim i Momir, pa drugarica od učiteljske struke, bi Stana očas posla bez dva prednja zuba. Oba jedinice. Krezubice, barem nećeš imat' zazubice.

Opet stepenice, opet suze roni mila nana, iako noć pada, nema spavanja dok vatran traje, kad se ekipedirmiji prispava pred samo jutro, osta mati, da vatrane podlaže. Što za kazana, što za Mićia.

Dan poslije tog sljedećeg nekog je petak, onaj kad ću morati da ližem krv sa noža kojim mi je ubijen jedan od najboljih prijatelja, iako taj dan bi' trebao u školu. Nisam više nikom pričao muke, ni Peri ni Vladi, a ni Anđi. Ma ni Žujki, samo njemu, a ne mogu mu pomoći. Ni kad bih pristao da mene Momir umjesto njega rokne novom macolom u čelo. Nema mU spasa. Pustiće zadnjeg glasa, ode još jedan koji je znao istinu. E to im je kad su se probudili iz kratkog sna, bilo nadahnuće za dalje, Stanojka je morala prvo namiriti to stoke za klanja, pa onda dva sata u krpe, doručak ako ne bude na stolu u deset... „ne čekaj me". Zaračežao je Momir kad mu je supruga prolazila od štale do kuće. Režala je i Jevrosima, isto to činio i Mile. Ludilo od iste rakije, kanta prva spirena do dna na samom svitanju drugoga jutra. Fu izvinite, zabrojao sam se, popili su prije nje i dvije flaše od Sakiba. Otprilike – dvan'est litara. Ni Perava ne bi više, a ona može više od naše Žujke.

Zora osvanula sa novim pahuljama snijega. Brijeg komšije Mitra prekriven brezikom, graniči uz našu među, mada Momir kaže kako je to jednom bilo sve naše loze. Isto kao da one ne govore kako sve vide. Motorku je Momo naprtio na rame, pa pravac u naššš dio, gdje je bukovina, istom kad su počeli lokati iz druge sa pipkom. Imali smo i mi istu kantu kao Jevrosima. Kad se vratim iz škole nanijeti mi je Mometu za kupanja, i iznijeti sve on što on nasiječe za mićinoG vatrana, mora se njemu pridati više pažnje, ne može da bude isti za kotla – k'o za tolikog vola. „Ima prile da ga pečemo do nedjelje ako treba". Išao sam u pravcu škole iako sam znao da mi učiteljica u bašči leži usrana. Na prtini tragovi govana. Stana je namirivala stoku za klanje, kad sam kraj cerine silnog zamicao. Ja kakva je to snaga u čovjeku da ga ita dalje.-?! Borba za raj počinje. Kad bi ga neko dao mojoj mami, ja bih pristao na pakao, i to odmah, bez razmišljanja šta će me u budućnosti snaći. Gore od toga stanja nije moglo, stigao sam u školu, kasnim, nema me za to niko da kazni, pa bi neobično, pahulje i dalje vijore, samo ovoga puta sa pogledom iz hladne učionice. Reknem i za majku – ponekad imenom, al' ne što je se plašim, neg prekoviše volim. Tresli smo se na smrzi, niko nije ni pomišljao da domu krene. Shvatiš da je to normalno, pa i ti postaneš nenormalan. Tik da poludiš, vadiš se iz duboka snijega. Prijetilo je da će zarokati, šta me posla čekalo kući kad stignem iz škole, najbolje da mene, prvog zatrpa. Osjećao sam opet bol kuka, a to mi se dešavalo već uveliko kad će da se mijeni vrijeme, dobiješ osjećaj da imaš sto pedeset godina, iako si klinac četvrtog razreda osnovne. Od sljedeće godine, ako Bog da, više me ne uči Jevrosima. I klima će ublažiti studeni.

Zima k'o zima, i ta bješe sa puno puno, snijega, dok sam stigao doma već je napadao do gležnja. Čizme na nogama taze, udobrio se jedne prilike Momir kad je bio tri sata trijezan. Častio cijelu kafanu, prodao dvije, od ovce Mire – sestre - koje ne stiže zaklati i pojesti, poslije se opet napio. Ko bi rek'o...

Meso jedem, jede ono mene, onda počinjem da uživam u slasti, iako znam da će me jednog dana stići zvona sa obližnje crkve, ne vjerujem u vladimiRove priče, a znam da onim što govori kako ima života i poslije smrti tijela, zbori istinu. Ostanu tragovi od jevroSiminog proliva, da izbijaju sve dok snježina ne bude do koljena. Stana je bila bez prednja dva zuba, oba jedinice, krezava u svojim tek početim - četrdesetim. Zna da mi se nasmijati više ne može od stida, ne može ni pomoći. Isto kao i ja njoj što ne mogu, vidim nije na stepenicama betonskim. Dobro je, radiću sve, samo da ona ne lije suze. Tresla se nova od „zlatniH Dukata" na radionu kojeg je kupio, naravno – Momir, nije Bajaga. Otišao na dnevnicu kod Mitra, vlasnika brezika, iako nas je kolonizirao - vrijedilo je prile zbog magnetofona. Vidi samo šta sam uz njega dobio traka, ova nova od „BISera" je do jaja, za njeg ti je bilo, to dvoje isto. Češala se i Jevrosima po svojim, na tren mi se učinilo, kad sam kraj njih proš'o. Nisam jeo, iako sam rekao da jesam, onda sam se uhvatio kante, pa niz kuĆerinu, njivu dugu u pravcu Plandišta, i to sve bješe zemlja Mitrova, nekad naša, dreknu Momir. „Gledaj mali šta čini grundinG, ti sa onim na licnanje od đedusline idi preko potoka, kod ono dvoje skula, pa se naslušajte padavčara, ako kojim slučajem uvučeš minđušu u uvo, ima da ti oba iz glave iššščupam. Odaćeš ko Mladen, bez ušiju".Pičio sam ja tako niz njivu do izvora jedno pet - šest puta, već je prešlo preko prethodne visine snijega, a Momir navaljao trupaca ima tri metra drva brat bratu, i to u sred Strančice, njive do Rastika, to su sve bile – naše. Oko njih sam se ja igrao sa Žujkom i Mićom ispaše, nekad povedemo Miru i njene sestrice, bile otkačene ovce. Sad pokojne.

Zeleni se trava, a u travi Mićo do koljena, momčina od vola koji zna da će biti sutra već kuvan, ja sve nagađam, da će biti pečen, iako je snijeg vani. Jer ako bude ovako – nije za sahrane, za nju se krčka u kazanu masnom - drug moj Mića, oblizao mu krv sa noža, koji ga je zakla. Znam ja da on neće meni zamjeriti, jer vidjeo sam kako veselo mukne kad mu čitam šta sam novo napisao. Jednom ću Mićo izgurati pravdu i za tvoju vrstu, inače, džaba sam se rodio - da budem Mladen. Namijenjen za fešte, omakneš se _ za sahranu.

..Bićeš ti bijen" veli Momir, samo podjebavaj, pa nastavi kurlijati - da zadnji pred prepjecanje ne zagori. Poslije ide ona koja je oborila inspektora. „Ima Mile prile da vratim jednog dana sve što nam je Mitar oteo". Okrenu dva puta, pa za mnom, da mi pokaže kako se na ramenu cjepanica nosi. Zveknu me nekim od ogrnaka iz blizine u rebra, čim sam i zakoračio za prvo deblo. „ Tako se konjino jedan ne nose drva, ko da namjerno hoćeš da mi upropastiš događaj, koji će da bruji cijelom Vrtačom. Vidjeće svako ko je Momir". Pa sam kao i on uprtio na rame, pravac do bašče u kojoj se opet usrala Jevrosima. Nije se više ni govno moglo osjetiti od alkohola, do pola stigla sljedeća kanta. Mile je igrao kola oko čabra, zvao ga Momir – čabreni. Imao je na čelu pramen žuti, isti kao i komšija, međaš do njegove njive, a preko te Jevrosima do njega navrati, govorilo se da je njegov. Kad i Momir kod njih navrne, vidi Milka prija, pravog seksa. Nije se o tome smjelo pričati, jer Jevra je žensko, a njih dvojica muškarci, zajedno ih na okupu putem bocunga drži đavo. Kod njih bješe prešao na kante. „Mora se prile do večeri stući i ova". Ona je onako nanove usrana, štucala ko da nema pojma šta se dešava. Pitala me, da li je ko ložio vatru u školi? Ja samo klimno glavom da jeste. „Udri to ljeb ti poljubim" veli Jevrosimi Momir. „A nije - dolazi kući ko i ti što si danas nam priredila". Ispit položen peticom iz poznavanja higijene. Ne može se peći rakija, a da učiteljica moja smrdi na govna. Nastala sve od gutanja Mire, opet jedva čekala - da oproba MićU. Kiću joj u ždrijelo.

Nosio sam tako, i nosio do same večeri, odjednom se Momir unezvijeri kao vampir, kaže da sjedamo ja i mati u kola, idemo do majčinog ognjišta, da je tamo išamara. Mene nema zašto, samo će Stanu nadrobiti. Sve sam mislio, da se šalaa, put do djeda Rade kuće je takav - da mi nismo nikad išli kod maminih, pa ih ja i ne poznajem - samo sa majčinih slika. Poslije šuteva koje je dobio od Momira, kaže Stana dok je pričala, nije prestajao babu tući, i to sve dok nije od uboja izdanula. Zakopali su je u Prokletijama, nisu zvali ni doktora da procijeni je l' stvarno krepala žena. Stana na stepenicama betonskim, opet plače, Momir je počeo sa pripremama, slomio tri štila za ono komada željeza čim se siječe kuruzovina. Pa sve mama popali, vidim da je u suknji koju nije mogla oprati od krvi, toga dana kada je stigla kući _ kasno iz njive. Možda bi joj bilo bolje barem pet puta, da je u istoj i ostala...

Lada brekće, pored samog hrasta, nas čeka takva uzbrdica, da ako ne budemo izašli iz cuga, odosmo u provaliju, kraj brezika miTrova. Duboko je sigurno pet metara do jendeka, procjenjivao je jednom Mile, a on se razumio veli Momir, ko Mara u krivu čunu. Znači duplo. Ustade na noge Jevrosima, onakva usrana - da ocijeni kojom ćemo brzinom, tresem se kao pred let aviona na kojem ću biti, a znam da neću živ sletjeti. Osjetim smrt u blizini, dolazi po nekoga. Ne znam šta bi prije, da li da obučem još jednu bluzu, neću, bolje ovako, ako se negdje survamo - da barem me ne moraju dugo skidati, kupači tijela. Dva grobara osrednjih godina, miju krepalu kitu. Čujem i narikače kako spremaju najbolju boju jauka. Isto ko da će stradati moja majka. „Ne nju Bože, molim te"... osjetim da više nema pomoći, šta sutra čeka Mića, Stanu će prije stići. Jevri se dopalo da itamo u trećoj, ako ne ide, Momir nek turi, žiGuli u drugu. Da barem jednom posluša prika Milu, ne, nego neće on ni prvom, pa ćemo da se zaletimo od šljive iz koje ne ide rakija, ona samo za džema, grbava ko deva dvogrba. Išaltaće ladu na brzinu, onda nazdravi. Tresao sam se i dalje k'o prut, mi ćemo sjesti na zadnja sjedišta, pošto ti je mašina ruske produkcije rađena, sa pozadi vučom, bolje ćemo izaći na vrh brda iznad cera. On negdje odmah na sredini, pet metara poviš' žuJkine i mićiNe kuće. Koliba od mOmirovog kera, prazna, Barče – laka ti crna zemlja. Njega nisam zaista smio voljeti. Veli Mome ako voliš životinje, peder si. A takvih je on najžedniji, krvi bi im se napio, samo da mu padnu šaka. Ušla je u kola prvo majka, pa sam na desnu stranu zadnjeg sjedišta sjeo, ja. Stjuardesa od jednog do drugog saopštava putnicima da se vežu, živi sletjeti neće. Kroz prozor ladinog bočnog stakla vidim kako Jevrosima priki Mili raskopčava hlače, ali prekasno, i on se usr'o. Kosa masna k'o tepsija u koju kaplje mast, pripremio ju Momir, do pola avlije _ za sutra ispeći Mića. Ima da se umače kapljevina - poslije mog lizanja krvavog noža.

Kreće lada uza stranu, kao da je gorska vila, uprtila gospođa u crnom moju malenu porodicu. Mile okreće - da ne zagori novi kom od karamuta, njega kad prepeku, moće letjeti, Jevrosima sere u gaće po treći put, ista brzina u punom jeku, sad će četrvta.

Nikad nisam želio da imam brata, jer sam znao kakve će ga muke snaći u životu, tad bi dao isti, samo da sam ga imao, posebno kad grunu zadnja brzina žigulia, pomagaj tebra. Taman kad ofula cer, izda, ponese nas ledena stihija u provaliju. Pičiš vlastitu istinu, ko zna ko će da strada još pored Stane, neka nosi i mene Bože, molim te. Ne ostavljaj me živog, ako ona u grob mora leći. Onda smo se tako tumbali, dok nismo zapeli za trešnju, tu negdje, gdje granica između naše i mitroVe šume. Jevrosima i Mile ne mrdaju dupetom. Jer ako samo mrdnu, usraće cio moMirov šljivik. Odmah uz tik naslonjene divlje ašlame na lim, nekakav pačorak iz zemlje kroz staklo, direkt mamu u glavu pogodi. Bila je mrtva, Momir bljuvao krv, živ, naišla je iznenada kroz selo hitna. Spasili mene i Mometa, mrdam nogama i rukama, moj Bajaga. Jest da je on na aparatima, ali biće bolje, ja poteke ugruvan, a kao da me spopala nesvijest đavla, samo bi da bježim, da me više nikad, i nijedan _ demon ne stigne. Treba da se digneš, a ni legao kako treba u grob nisi. Isto kao i da jesi, tako se osjećaš, umjesto da plačeš, smiješ se. Drago mi što je Stana mrtva, riješila se belaja, šta ću ja sad i kuda ću, nemam pojma, sutra se u Vrtači sprema – staNiNa sahrana... pade teret!

Nema brata do meni mene, niti ću više ikad imati nekog ko će mi biti drag. Sve mi se smračilo, ližem nož od krvi, zaklali Miću za maminog pira. Igra vampira na mjesečini, gospodari prstenova nabijeni na marike. Slike se prepliću, gdje ću i šta ću, sada ja? Sve će biti da će oni i mene probati likvidirati, čim skontaju da ja znam zašto se sve to mojoj majci desilo. Bila je samo moja, i ja sam bio njen. Pa se Mometu nesreća kobiva ovak zgodila - kad je uzlijeto uz džadu sa ladom 1500, četvrta izdala, u rikverc nas po uklizinama snijega - smrt dovela do stradanja Stane, žene, Momira iz Vrtače. Kreče vrane, zaista!

Konačno na mjesto pogibije stigla milicija, uzela zapisnik, i odnijela do Karakondžina Panja u kancelariju. Možda tužbu dignu ako se opravi, noć uoči sahrane diže iz mrtvih Bog - Momira. Fali vampira! Čak dva bataljona, kupe sve po redu.

Hoće da ide na sahranu i tačka. Ispaštaš mamuran ko čep za svoju nesvijest, i to brale moj samo zbog tojega, jervokareka si se naroljo rakiješine. Međutim, da l' od šoka, ili od toga što on to nikad tako nije ni gledao, zato nas je i lemao kad god i čim stig'o, Momir ni suzu ne pusti. Na noge ga Bole vazdig'o, polomljena rebra i ključne kosti, nose ga u nosilima kroz čitavu palanku. Oprašta se sa svojom vjenčanom, tri burme je Momir, od dana kad mu Stana pade pod noge – kupio. Dok su je spuštali u zemlju, smijao sam se tako nježno, nešto kao da više nisam živ, komuniciram sa mrtvima. Stoji na jednom od oblačića, iz kojeg sipa grudva snijega. Koto rakijski zapadao do lijevka. Na njega se uljeva košpa sa šljivom, na drugu stranu izađe vatrena voda. Moda došla da se tako mora, koji si ti baja ako nemaš novu od dukata... Bajaga razguli, eto mi starog u žive, ako me zatekne kako te ćutim, tur će mi šupak u grlo.

Momir zabranjuje skroz muziku i televizor u kući. Iako na ovom drugom aparatu se emituje samo Tito, i dnevnik, njegovim stazama revolucije – gulimo. Daljinski sanjamo.

Agonija se nastavlja, sa pola doze psihičkog zdravlja. Ostaje iza mene poprište majčine smrti, o svemu moram šutjeti. Mene je Moki, vratio od tetke Nevenke, čim _se dočep'o civilke, tetak sjedio danima šokiran. Morao sam, nije me niko pitao što je meni bilo ljepše kod njih, iako nisu moji roditelji. Majke nemam, kome da se vraćam, đavlu? Šta da se čini kad se nešto mora, ima da osiječe ruku onome veli Momir - ko kaže da se ne mora... i tako morade da dođe poziv iz suda - nek se Momiren, javi kao optuženi, jer je skrivio nesreću sa tri zarez šest promila alkohola u krvi, rekord cijelog podneblja jevroSiminih naučenija. Da bi slika bila jasnija, mora se kristalno znati šta te čeka. Znao sam i za staninU smrt, pa šta? Miću skuvali u kazanu, poslije kalamari odveli Žujku. Mora se platiti ukop kako svevišnji zapovijeda. Isto kao da ne vidimo istog Boga, nego sasvim neke druge. Odvedoše pruge zadruge ugalj za daleke gore, iz rudnika pokraj same opštine. Uhvati Momira panika, kud će šta će, samo da ne ide dalje odakle se dalje ne može, slijedi provalija. Vodi nas u vodu do ušiju, mi dišemo na usta, a to ti je rupa niže, pa se logično _ ugušimo. Konec, nema više nigdje dalje, nego će kod nekog pajde u svijet, građevina mila majka. Osta ja sam da sjedim na kućerini domovine trule – čuvati stepenice betonske. Spomenik mučenici. Do jučer se u nju kleo, odjednom otišao i inozemstvo izdati, riljat za Švabove. Kažu neki, kako je bradu pustio, ispod litre dnevno nije spuštao, i dalje. Ko bi rek'o opet...

Ugrubo stanje, došao tetak ponovo po mene, odveo me svome domu i tetkinom, nisu imali djece, ko najrođeniji im stigao, da nabijem račun za igračke. Rodio se i ja, vihor vremena proveo mnoge vojske, stasao u mladića, završio metalostrugara, toliko su tetka i tetak imali para, da me guraju. Sam sebi zarađivao za knjige, oni preko dana, u njivama za hranu, naveče sretni ničega večerali, ali smo bili siti.

Meni sedamnaest, sviđa mi se curica sa susjednog salaša. Zvala se Tišina Taša. Tako je i izgledala, dva crna uvojka preko ramena, kad prođe kraj mene umrem šest puta. Gazi blato između atara i atara zemlje, a kao da gazi samo za mene. Stvarno sam se bio zaljubio, mnogo je to lijepo. Pa je tetka spopao rak, da je za jevtu umro, drugu tetka za njim ode _ Bogu na istinu. Od toga dana Bog uvijek pišem velikim slovom. Dobio sam jednom na šešce depešu, da se Vladimir objesio, čim je Anđa umrla. Odnese mi sve, za dvije sedmodnevnice, onda me moja simpatija sa susjednog salaša upita da se vjenčamo, njeni hoće nasljednika, nekom imanje da prepišu, a ona ko anđeo lijepa, reko Bog te, kakva to mene odjednom blagost dotače, ako u miraz uzimaš traktor, nemoj bez brnača? Pita me da se uzmemo, ja sedamnaest, ona malko starija. Iću sa tobom u svemir, kud mlad, kud lud, kud željan brazde. Ljubili smo se tako ja i ona, njeni bili zadovoljni, konačno našli kome će prepisati atare i atare zeMMMlje. Ja i Tišina smišljali planove kako ćemo sebi obezbijediti kućerak od cigle, i čitav život uživati. Nisu nam oni smetali, imali smo mi skrovišta za naša maštanja, kupili sebi na dizel kola, svugdje gdje nam se ćefilo išli. Sloboda živi, isto kao, da nikad neće prestati. Možeš li zamisliti da ti neko daruje takvo biće kraj tebe...? Onda je umrla njena mama, umiranja ko u priči – premudro. Pa umre joj i tata, ja već u svojoj priči, pomalo gluvaram po selu, smišljam način da negdje pobjegnem, ne mogu više izdržati zapomaganje _ da sam ja joj donio nesreću u kuću. Što sam to činio ako sam znao? Ko da jesam, isto kao i za staNinu smrt, sve unaprijed. Sjeo sam na taxi, i naručio adresu Karakondžin Panj, idem vidjeti da me prime u rudnik, došao neko iz vana i otvorio rupu, može da se zaradi, a može i da se koji dinar ušpara.

Bježim Tišino od tebe, postala si mi prebučna.

Pa se zapitaš, šta je ta ljubav, sad jeste, sutra nije?!

Međutim, bile su to mladalačke strasti, danas gorimo jedno za drugim, sutradan se ne pozdravljamo, ona u belaju, ja u belaju. Kroz život to sve proturio, znam na šta će nam ličiti brak za naprijed. Mi se nismo ni vjenčali kako treba, jednostavno me ona spasila. Nije džaba bila Tišina. Na kraju navukao đavla i na nju. Skontao stvarno - da je sve to zbog mene. Beter bez treme.

Primao se u rudnik vozač fapa, na njemu je zamišljena rudarska oprema, kod neke tamo Dijane, see _ zadužuje. Čim me taxi spustio na tlo Karakondžina Panja, tako sam odmah bio, bez cvonjka u džepu. To je ujedno prva osoba, koju sam sreo na ulici rudarskoga grada. Ne da je bila lijepa, nego aj' zdra'o. Gledali smo se dok je prelazila iscufanu zebru na cesti kao da bi jedno drugo pojeli, samo da se dočepamo kauča. Rebra me moja žuljala od sjedišta u stojadinu, a taksista dosadan ko proliv, pa de tamo, pa de vamo. Pitao sam je, gdje uprava rudnika? „ Kreni upravo za mnom, pokazaću ti". Išao sam korak za korakom kao hipnotisan, dao bi joj život samo da me još jednom onako presiječe crnim očima. Izula me iz cipela, to su mi bile jedne od boljih. Mislio sam da poslije Tišine neće više biti nikakve galame u mom životu. Kad me drugi put osjekla od istog, već se smješila. Ako me poljubi – možda i umrem. Nema ako, ja bez nje dalje _ živjeti ne mogu.

Fu, moram se paziti, i to vrlo dobro, kakve sam zaljubljive prirode postao od onako smušenog dječaka, sam se sebe plašim, više nego najgoreg neprijatelja. Bila je toliko ljubazna i učinkovita u svom poslu - da me za deset minuta dovela do osobe koja određuje ko će da bude primljen za vozača u rudniku. Učitelj stari Jovan, on teke zna voziti, pa im treba samo neko mlađi i jači - da kamion od početne do krajnje tačke uhoda. U mene leđa k'o u pokojnog Miće, ipak kuvanog, sve od rada na dnevnicu, po njivama raznoraznih Vrtača. Na stolu ispred diše ispečeno prase, sprema se gozba. Ja bi' najradije Dijanu na ramena, pa preko bijelog svijeta, sve dok ne stignemo do najosamljenijeg kreveta. Ima da gori cijela planeta, čim se ja i ona spojimo. Dok sam koračao za njom govorio sam joj da je prelijepa, ona meni da sam lud. Priznao sam u prvom takvom njenom navratu očima, kako jesam, i da mi je drago što je to zbog nje...

„Jesi li kad vozio kola junače? Možeš li ovladati kamionom? Mi ćemo ti uplatiti polaganje, samo ako si voljan zaraditi pošten komad ljeba, vidiš ti, sve sam ja ovo sa svojih deset prsta stvorio, da nije mene pola Karakondžinog Panja bi bilo gladno“. Piljio sam u njenu guzu – 'ko da sam i dalje hipnotisan. Ja bi' da ja i ona nestanemo, a on bi pare. „Dobro, hoću“. Jer da sam i znao kako ću zarađivati tek toliko da se prehranim i obučem, pristao bi'. Nekako me sve moje njoj vuklo. „Tek je vidim, koji ti je moj Mladene“...? Puko sam se šamarom, čim smo na hodnik izašli. „Ti si još luđa“. „Ništa vi ne znate mladi gospodine, dođite sutra ujutro, da potpišete ugovor“. Izašao sam na ulicu, opet iscufana zebra, na drugu stranu sokak koji vodi do Vrtače. Staću da nekog ustopam, idem rodnoj kući, nemam drugo nigdje.

Stade mljekara, dajčina raspala na njoj plastična kištra, kupuje proizvod od seoske bagre još veća bagra. Sve to meni krivostrani usput ispriča, ispusti me kod momirovoG šljivika. Zaraslo sve do krova, borim se svim silama - da progazim trnje, istom se vatalo inje pred zimu, kad ti na vrata doma majko moja - stigoh.

Nema starice moje mile, ubilo je vrijeme zauvijek, iako sad vidim da vladiMirove riječi piju vodu, ima života i poslije ovog. Ona je sad negdje nečija druga mama, muž je ne tuče, i ona ne tuče njega. Sloga kojom bi se svaki brak trebao ponositi, govorio je moj djeda dok je kovao dno kazana, nekom Srebri, iza trinaest gora, ili barem tako kažu. Ravno mu bilo sve do mora, još samo da je znao za šta će da mu odu svi njegovi ušuri, crko bi ko i licna na njegovom tranzistoru. Bilo mi krivo pravo što ga nisam upamtio. Ubila ga bogoprimka - pred kućom pod grožđem. Momir se već bio odijelio od svojih na njivu, pomalo i pijuckao po selu, a to se djedu nije sviđalo, dok na kraju nisu zaratili za prave.

Onda kad je djed umro, to je onda od kad Momir nije bio, ako u sebi dnevno nije imao litru. Mile prile je neke tako prilike stukao za sat dvije. Umro, ni za grob mu se ne zna. Neznana junakinja Jevrosima, ostala bez noge, a meni sve ruke izderale boce... Onda u dom uđoh. Neko je usput provalio, prespavao i otišao, samo privukao za sobom drvenariju momirOvu. Nijednom ih nije stigao prijeći sandolinom kad ga strefi sud. Pobjegao je glavom bez obzira, da ne bi tetka i tetke, crče Mladen na njivi od gladi i žeđi. Gorio sam od nekakve suve kifle. Uzeo sam flašu u kojoj je bilo crklo pola kile muha, istom za pozobati kad dođem sa vode. Nemam ništa drugo, sletio sa Mjeseca u Karkondžin Panj. Prošao sam kraj početka staze sa koje je Momir zajedno s' nama u jendek odletio. Doza alkohola u krvi premašila - da ubije dva vola, strada sa sinom Mićom _ njegova mama Žujka. Na štali vrata nema, niti se više mogu, vratiti uspomene.

Hu, ne da mogu, nego osjetim jezu kože iz tog' doba. Smrklo se pravo kraj muJkina groba, do izvora. Huči negdje voda, fatamorgana, jer previše sam ižednio. Na vrelu sam pio tako dugo, da sam se napio za tri dana, pa mi kraj bunara, stade Stana, da se malo sa sinom Mladenom razgovori. „E moja Stanojka, ti još ne pričaš? Samo klimaš glavom, sto 'iljada puta sam se pitao što i mene Bog, tog dana ne uze sa tobom?!" Onda je ta fatalna morgana prošla, nisam više bio pravo žedan. Ponio sam  litru da imam za poljevati se po stomaku, kad pojedem prosušene mušice. Hrskaju se ko smoki, a njega malo dijete. Jednom sam ga se sa Tišinom tako prejeo, da umalo nisam crk'o. Tranzistor djedov na prozoru, licna nije pregorila, ovo mora da je djelo ruku Vladimira. Baterije dvije uz njega, ko da malo peckaju kad plus stavim na jezik. Turih u njega oba goriva, granu sudbina planete Zemlje iz radia. Isto da je neka nova savremenija licna unutra, grmi, slično - da je prije zvučnika pojačalo. U ćošku kaseta dukata, kraj nje slupan moMirov grundinG. Kresnuo ga od zid, kad mu je poštar _ uručio poziv za suđenja. Odmah poslije treskanja je nekako i nestao. Ostao jedan od bisera nerazbijen. Pjesma vesela, kad se kupe sijena. Navečer friškog nosim Žujki i Mići. Njih više nema ko i majke Stane, Momir se oženi drugom, osta siroti Mladen - bez igdje ičega. Jebo te đed mraz na nakitu.

U vodi volja jaka - da me pokrene prema naprijed, sutra ću vidjeti Dijanu.

Radovao sam se jutru, a odavno nisam osjetio takav strah, skoro sam bio zaboravio i Momira i Jevrosimu. A i kad svane idem kod nje da potpišem ugovor za posao. Malo mutno je bilo kad sam ustao iz kreveta kraj kojeg je ležala Stana u sanduku. Živ sam se tresao. Morao sam biti tu gdje jesam, više nisam imao izbora nekoga. Samo sam draufao naprijed, svani zoro ko Boga te molim. Zakoračio sam da ustanem, takoreći nisam mogao da stojim, duša mi je spavala. Kad sam ušao u predvorje barake ugledao sam je kako šeta lijevo desno, i to brzo. Kad je ona mene spazila, zacrvenila se od stida, zamalo ne pade kad htjede sjesti za sto - sa pisaćom mašinom na sebi, oko nje hrpa papira. Što na njima slova, što takvih bez. „Stigao si, nisi prespavao"... „ Oka nisam sklopio, molio bih te da mi te papire što prije daš na potpisivanje. Reci mi kad moram doći da obavljam dužnost. Išao bih malo odspavati. Noćna bi mi najbolje pasala". „Zašto noćna, i kako znaš da ti je raditi samo onda kad nije dan"?. „Znam, jer nas vidim kako se svađamo oko toga, zašto nismo više skupa noću". Preblijedila je. „Kako smiješ biti toliko bezobrazan, navodiš na to da ćemo biti ljubavnici, muž i žena, šta već, a oni znaš šta rade? Bezobrazan si se ti meni i jučer učinio". „Možeš da pričaš šta hoćeš, bićeš moja, ili ničija". „Potpiši", gurnula je list išaran podobro. Osjećala se još tipka od mašingevera sa stola. Klecala su mi koljena, kud nenaspavan, kud nas vidim gole kako guramo sve na pod. Fali nam na komadu kacelarijskog namještaja – prostora. Izašao sam leđima prema vani, htio sam da je gledam do zadnjeg sekunda. Zaista je bila lijepa. Noga joj se prostirala do poda. Malo da se zezam, ispašće kako Mladen navija za sebe. Jer ako imaš lijepu ženu pokraj, imaš pojma kako si vrijedno muško. Ma osjećao bi se ja i mlakonja, iako sam izdržao svašta. Bolje je sve, nego da je smjena danjska, ko bi oka ikad sklopio? Prvernuo bih se negdje sa fapčetom, pa eto ti belaja. Najbolje posijeci cijeli bor.

Stigao sam u Vrtaču oko jedanaest, tada ide mljekara po mljeko, navečer ću nazad, kamionom što vuče cjepanicu. Uzrupirala domaća korupcija i mitroVu, i momiRovu šumu. Stao je mljekažija istom pored škole. Jevrosima sjedi sa jednom nogom _ prekršene preko one što nema _ na ćutku od breze. Ispala šajta miTrova, iz zadnje vleke. Prošao sam par koraka, pa sam se vratio isto toliko. „Dobro veče drugarice učiteljice, kako uboji od metra sa milimetrima ocrtanih na letvi hrastovine"? Uprtila je štaku na rame, nije riječ prozborila. Više je izgleda bila rada, da je đavo stigao u Vrtaču, nego što sam se ja vratio. Nije do mene, mislio sam sam u sebi. Jevrosima moja, izgleda da te goni nešto jače. Ja sam ti svejedno oprostio davno, to što ti dobacih za dugu, bilo je zaista slučajno. Krenuo sam dalje do rodnoga kućerka, nema nikoga živa u njemu, bogme ću da se naspavam. Dan je, pa se ne plašim.

Kako pomislih, tako i bi, probudio sam se istom, kad je nadirao zvuk mašine šumskog fapčeta. Rudnički, kojim ću ja da upravljam _ je bio ista klasa grdosije. Vozio sam jedino kad ja i Tišina krenemo do jezera. Tamo odvežemo deku, preko proplanka prostremo tijela, samo se ljubimo. Tako da mi ta vožnja nikad nije predstavljala nešto, nego eto da se ne ide pješke, a i brže se negdje stigne. Kud imaš dizela za dž. Iskočio sam na cestu spremljen za posla, iako nisam od jučer ništa jeo. Večeras će biti klope, gledao sam na spisku restoranske ishrane radnika rudnika - da je taj čin oko jedanaest. Tad većinom idu na spavanje, oni što rade danjsku. Jest mali načitan.

Sjeo sam kraj majstora, išao je sam - za Karakondžin Panj. Malo više _ bazdio na rakiju, međutim, to nije pridonosilo tome, da se nesigurno osjećamo u vožnji, zaista je čiča vladao materijom. „Ja sam novi vozač istog ovakvog, samo što je kiper – u rudniku“! Proderao sam se momački, mada dok on nije progovorio, nisam bio siguran da me čuo. „A ti si taj, znaš li da voziš“? „Vozio sam do sada samo mali auto, jest da je bio dizelaš, to je je l' da slično“? „Ni blizu mali, ni blizu, sjedaj ovamo, da ti ja pokažem zanat“ spao sam sa sjedišta na šajbu, kad je nalegao na kočnicu. Za tren se našao sa druge strane vozila, gurao mene za volan. „E tako, sad lagano razdvoji kvačilom snagu motora od točkova, možeš drugom krenuti, natovaren sam suvim klipama“. Kako reče, tako i bi, krenuo sam da gonim fapa do grada zvanog Karakondžin Panj, i to sa pola puta od Vrtače. Umalo nisam zgazio mače, kraj prvih kuća kad smo naišli. Sreća iš'o prvom, i jedva _ dvadeset na sat. „Ovuda mali kad prolaziš, i ako si naceburan ko stoka, nikad u drugu“. Dalje je sve pičilo, k'o podmazano, tjerao sam stranom, uz nju i niz, i sve tako, dok ne ugledasmo prve barake rudničke opštine. Da joj nije bilo njega, i to teke suvaraka sa sela, daj Bože _ da bi mi ikog zatekli. Majstorina od zanata _ još malo kasnije - zaspao k'o tenk. Jedva ga probudio, kad smo stigli do mog' zbornog mjesta. Odatle vozim rudare i njihovu opremu do jaLove zemlje, tako je to mjesto zvala Jevrosima. Vodila nas na izlet neke prilike _ da vidimo kako je rudarska kora ljeba _ mrka. Ijere sam vam to, zaboravio ispričat'?

Probudio se malo ljutit, neko svirao iza nas svirenom na traktoru. MoraMo se što prije maketi sa druma. Zadnja lijeva guma, ona do doboša vam je prazna, kolega“, mahnuo sam mu jednom rukom, druga sva od znoja. Nasmijao mi se kad smo se rastajali pogledom. „Mali, mali, biće nešto od tebe".

Tek ću da vidim, mislio sam u sebi dok sam stezao ruku starome Jovanu, čekao me sa uputama za fapa. Mjenjač mu je veli nabijen od fulera, džabe kvač'lo stiskat'. U prvu jedino sa kuplungom, ni blizu mašine od brata masnog. U njega je to pičilo, zaista ko podmazano _ negdje mu majstor garant zbavio zf- ov, promrmljao je sebi u brk čika Jovanče - prilikom prvoga _ moga škrganja. Onda sam pedalu sa lijeve strane pritisnuo još nekoliko puta, pa ga rukn'o u brzinu neku. Nemam pojma koju, uglavnom je kretanje nas dvadesetak, najzad krenulo. Kraj mene u kabini instruktor, i šef odjela na kojem se kopa noćas. U njega novo odijelo, kod nas ostalih sve pokrpano. Ja svoje nisam stigao ni oprati otkad sam zadužio, jer da jesam, mimo toga što sad ne bi bile suve aljine, bio bi' nenaspavan, i pitanje da li bi stigao na pos'o... Nije priča da teče vodom upitnika, staviću u po ničega tačku. Pa nastaviti četvrtom, ugažen je put sve do pokraj groblja, u njemu sahranjena od bake sestra. Kontam da je potražim kad sutra završim sa poslom, samo da odbijem nervozu koja me lemala letvom po lijevom kuku, šef na svaki truckaj psovao Bogu majku. Šutio sam k'o zaliven. Kad će da mi se pruži takva prilika, i ona da bude sa tako lijepim očima, čisto sumnjam, mada ajde neka bude da može... Uglavnom, nisam ni imao nešto za bolje iz te kože, prihvatiti je sve što se ponudi, želudac grizli. Gladan medo meda, ljudi od njega napraviše mesoždera. Večera k'o što sam i mislio. Puna svinjetine, i to prije ubacivanja u varivo, dobro spržena na masti. Čisto da tava ne zagori u majstora. Vadio sam komade iz tanjira, ko ga šiša neka me gledaju poprijeko, barem nemam straha, od Momira i Jevrosime. On negdje daleko, ona bez jedne noge - ne može više ni na onu što ima - da hoda. Nego ju prebaci preko one što nema, pa sjedi. Tako sam je zastao kad me jučer mljekara istovari pred starom školom. U njoj više nisu odsjedali đaci. Cijelo selo, sami ja i Jevra. Grmi Bajaga, k'o manijak.

Neko je na putu, kad me već drugi dan izbaci mljekara pred školu - ostavio na nemilost i milost --- malog čupavca. Uši mu majka rodila da bude naljepši pas, kog sam do tada vidjeo. Imao je strah u sebi, nije htio odmah da mi se primakne. U meni srce drhtalo, samo da ga ne pregazi kamionče, što ide u Prokletije za mlijeka. Kroz Vrtaču samo prođe. Jevrosima opet prebacila onu što ima preko one što nema, samo ovoga puta ne sjedi, nego stoji naslonjena na zid išarane, nekada školske ustanove, preko cijeloga - nikada te neću prežaliti _ Matea. To mi je bila prva ljubav, dao sam joj sve gumice što sam imao, kad mi je nestalo zalihe, bila poslije Perina cura, al' me zbog parole – diša odvojia od tijela. Umalo njega nisam zamrzio zbog toga, sreća brzo u tom stigli tetak i tetka po mene. Ni Perice nije bilo u Vrtači, isto tako i njegovih, sve se odselilo za komadom kruva – preko mnogo gora. Onda neki pajdo se nagrabi dukata u svijetu, pa otkupi za neku siću od opštine rudnik. Tih momenata mi to nije smetalo. Cilj i ravnina je samo to po kojem kroči njena noga. Ko bomba je izgledala, samo što ne pukne atomska, nigdje ništa više nema na planeti Zemlji, osim što su mrtvi _ ustali iz groba. Oblije me neka blažena česma hladnom vodom _ u po mjeseca kad se kupe sijena. Njive nepokošene godinama zjape. Skočio sam za malcem, al' se on tako prepao da se skupio u klupko, tek kad sam ga po ušima pomazio, zavrtio je repom. „Diži se mala kamikazo, hoćeš da neko razbije vozilo od tebe. Kakav ćeš ti meni biti drug, samo to ću ti reći“. Pričao sam pseći, iako sam bio čovjek bez jako kore ljeba u džepu. Jest, al' jako - toga puta donese zaborav na bol i patnju. Ostavih kraj noge jevrosimiNe pola francuza. Pola ja i drugar srokašmo do kuće, već dotle je lajao tako veselo _ da sam od sreće plakao. Razmišljam onako u sebi dok hodam, neko imao anđela čuvara, bacio ga na cestu, da ga zgaze točkovi mljekare, il' šticara. Večeras mi je blento moj mali ići na posao ponovo, ti ćeš da nam čuvaš kuću. Dok ne budem doveo nam u nju Dijanu, spavaćeš sa mnom na jastuku, kad i ona dođe, između naših nogu možeš. Ako se ona ne složi, ja i ti ćemo do groba jedan drugome, svoje jade lajati.

Pokušavao je da shvati, koliko to može malo štene, gledao je u moj džep kao da je znao da imam još pola kifle, dobio od Joveta, ljudske sile, veli i on – biće mali, od tebe nešta.

Samo sam klimn'o kad mi je polutku uručio, kao da je i on sam znao kome ću da je sačuvam. Zavrti repom, isto da nikad sretan nije bio do tada. Prije toga mu lovci ubiše majku. Prolazili kraj sela, odnio ju jedan iz Momirove ekipe - da je neko iz karabina rokne. Da bi manje na sebe navukao grijeha, Ljepouška je donio do škole u Vrtaču, a on nije ni iz Prokletija, niti iz Karakondžina Panja. Svaka ti čast na prepričanoj ispovijesti. Sjetih se kako sam recitovao pjesme Mići i Žujki, istom kad smo prolazili kraj štale. Zastao sam da privučem vrata, čisto neka ne zjape, a i dan je, ne plašim se duhova. Kad ono tamo Mićo, prava oračka volina, nema ni jedne jedine noge. Nadrljao gore nego Jevrosima, ni kriv ni dužan. Pritom Žujku odvedoše kalamari preko sela - do mesnice, koja je ujedno pripadala rudarskoj opštini. Zvala se državna, niko nije smio imati svoju privatnu. Koljač je još uvijek od prike Mile brat. Nisam ga spominjao sa početka, jer njih dvojica nisu pričali od malih nogu. Prile je bio tog stava – da ako si stoka, ne treba ti oprostiti nikada, pa da si rod rođeni. Sve od đede pokupio. On se drži da bude prav po svome, nema veze što po njegovom se - ni ne zove pravda. Ova grdosija, što dobi ulogu njegovog brata u mladenOvoj priči, nije ni razmišljala o tome, samo je jedno po jedno bravče pod nož turao. Manje življe ispod govečeta nije htio. Ubijao ih je prije samog čina i toljagom za svinje. Nju je Momir usavršavao pred zadnje dane svoga nastupa na tom području. Mile se sa bratom pomirio tako što mu je prenio mudrosti prikine. Dočepao se takvog udarca, poslije njega Žujka nije imala nikakve šanse. Samo je kleknula, nije zijevnula. Ubiše joj prije par dana sina za sahranu moje majke Stane, onda i nju dokrajči _ isto nama dođe prika, samo preko Mile. Njegova žena Milka bješe od naše loze. Njome se Momir najviše ponosio. Ma kakvi Milkom, nego lozom. Sve zaraslo, na grani malo inja više nego jučer, ispod njega kića grožđa – preživjela jesen. Pojedo i ja nešto taj dan. Dripac mali pocijepao poluoku od najmanje izvedbe kruva u pekari _ na izlazu iz samog Karakondžinog Panja. Tad smo se rastali ja i Jovan - vidjećemo se večeras.

Bacio sam se na krevet kraj kojeg je nekad jednom ležala u sanduku moja majka, isto kao da sam na vodeni legao. Na noge moje Ljepouško, pripremamo se da nam jednog dana u goste ljepotica iz kancelarijskog ureda rudnika – dođe. Možda uspijemo da dobijemo kosti od nekog tamo drugog Miće koji posluži za prehranu radnoj snazi od pajde iz inogorstva. To što nam bude od voća i povrća, pored toga koja kifla, to ti je mali od toga što nam sleduje. Ne zanosi se da ćeš krckati koske ko kod pajde koji te na cestu pod mljekaru donio. Jesi vidio na šta liči ona teta što bez noge bi _ naslonjena na školu pred kojom smo se sreli? To što nema jedne, to je ništa šta ju po noći ganja. Utvara za utvarom šara zidove – jela si nerastova jaja, sad ćemo malo da rokćemo. Skiknuo je kao da ga je neko načepio na šapu. Ostao je da leži tužno, baš na onom mjestu, gdje sanduk mamin bi smješten.

Čuva krevet za nas dvojicu, meni je bilo ubrzo – hvatati se puta. Nailazio je moj prijevoz sa kladama. Bukovina sve na metar, prečnika desetak centimetara. Gradska bagra izvlačila preko seoske i ono iz Prokletija - što je ostalo od šume. Vrtača više nije imala ni drva. Lomiću sutra mOmirove šljive, svejedno su suve, i ne rađaju. Bilo mi je teško dok sam zamicao za prvu krivinu, smetnu me sa misli za Ljepouškom, kolega iza volana. Dreknu nešto za sebe, prikoči, ja opet na šajbu, za tren sa druge strane vozila se nađe. Pregura me za upravljačku spravu, pa ga ja ubaci u prvu - jer ne biše gore suvarci. Cijedi se iz omanjih šajti voda. Ako ćemo prosječno – što se kaže.Tjeraj u pičku mater'nu, izvornjake.

Slabo sam taj dan spavao, umalo me nije zajedno, sa  pravim vozačem kamiona, natovarenim bukovim drvetom _ san savladao. Izdržao sam budan do moje polazne tačke u rad do jutra, odsanjani mi nije izlazio iz glave. Opet neku slut slutim, samo još ne znam ni kakvu, ni kada će se desiti. Držim fige, samo Ljepošuku i Dijani da se ne desi nešto ružno, ostalima  kako bude. Ako može šta da spasi od muka pripadnike te rudarske smjene, neka prvog mene u groblje okrene, u njemu leži moja majka. Ma kakvi, već odavno ja vjerujem u vladiMirovu priču, ima života i poslije smrti tijela. I u tu, da se čuda već dešavaju. Istom sam takav, samo je zatrubio dva puta, kad je šticarskog fapa nagazio u pod, išalta ga na deset metara - do zadnje brzine. Ostao trag crnog dima zajedno sa smradom mješavine, i to nedogorele _ dizela i motornog ulja.

Malo k'o da fapče duva, moram mu to sutradan reći. Jovan veli, da svaki put prije nego što kresnem našeg stroja, moram leći pod njega, možda sa motora  negdje curi. Ako padne kap ulja na zeMlju našu nasušnu, lako možemo ubiti mrava. On je takva sila, da nosi što naša mašina ne može ni zamisliti, amoli ljudi. Mi smo ti postali najslabiji, al' eto, volio bi kad bi' se ja tako potrudio oko rudničke zajednice. „Naravno Jovane, previše sam u životu patio da bih propustio pruženu priliku, čuda se dešavaju - rijetko dva puta ista. I ako se dese, više nisu čudna -- - kao što su bila".

Za ideale takve je jednom možda i moja Stana živjela, ni slutila nije da nosi u sebi nekoga ko će da podijeli i zadnju mrvu sa malenim psićem. Šta malenim, on ti je bio takva pseća duša - da me sutradan sačekao na istom mjestu pored škole, gdje i jučeee... Isto kao da je tu cijelu noć i bio. Vrtio je repom kad me vidjeo _ da sam mislio kako ću umrijeti od sreće. Suze su same lile niz lice, ima Boga, Vladimire. Sada su mi i te tvoje mnogo jasnije, nego tada kad si mi ih zborio. Volio jesam, ali nikada slobodno. Osjećao sam za shodno, da moram i Jevrosimi dati pola porcije mauna. Rudnička hrana zbog krize bez mesa. Meni paše, samo se Ljepouško mršti na kiflu. Ali vidi da nema kuda, mora se, pa zamaha opet kad smo zamicali od škole za prvu krivinu. Sreli smo usput poštara iz moMirovog slavnog doba u Vrtači, kaže kako je čuo, da će se Mome iz svijeta jednoga dana u svoju rodnu grudu vratiti. Kupio je mercedesa, žena mu ima neku manju verziju audija. Filao je marke kola ko da zna gdje nebo spojeno kukama za Zemlju. Nisam obraćao na te njegove riječi pažnju, znao sam - da i ako se vrati, ja idem iz te kuće, dotad me niko iz nje istjerati ne može. Hvala Bogu, Jovan kaže, plati će biti povišice. Nešto sam kontao da kupim sebi frtalj zemlje odmah pored škole, piše – prodaje se, ujedno svejedno moram pomoći Jevrosimi. Ne mogu je ostaviti na nemilost i milost, ako imam šta podijeliti sa onim ko me je do jučer tukao, a ne uradim to, džaba sam u bilo kojeg Boga vjerovao. Da mi nije bilo te vjere - možda ne bi ostao među živima – ni do toga dana. Dok sam parkirao kamion pred firmu, dočekala nas je Dijana sa kovertama. U njima plate, ljubazno smo se jedan po jedan na list potpisivali. Kad bi red na mene, napisao sam pored opisa moga imena, i prezimena Kazandžija – volim te. Pocrvenjela je i preko čela - u njega ću da te ljubim. „Pazi da mi platiš nekad kafu u kantini". Umalo nisam sjeo na dupe od treme koja me spopala. Zato su me Ljepouško i Jevrosima malo duže čekali, nisam došao mljekarom, nego me dijaNiN brat dovezao jako do škole sa svojim benzinceem. Kadet suza, bez traga truljenja pragova. Već sam se uvjerio sa dizelom dok smo ga imali ja i Tišina - da nisu neka kola, zna ih uhvatiti rđa, samo što su benzinski motori dugotrajniji kod opela nego kod lade – šest puta. Privuče te samo jeftinija nafta. Momir svojoj radio generalku na trideset hiljada, šVabo ne mijenja remen na altenatoru prije sto trideset takvih, kilometara. Može i dvjesto tisuća nagurati sa orginalnim svjećicama. Ali smo se rastali ljudski, bili smo kao zet i šura, linija tužna k'o rudarska penzija. Mnogo mi se sviđala zaista. Nema veze što će mi zamjeriti _ ako mu za dupe štipnem sestru. Inak' mi je ona rekla, kako nema sile da me pusti - nek tak' nešto uradim. Crvenjela se opet preko čela, poljubio sam je u njega kad smo se rastali. Mali raspali - stiže usput mljekaru, prebaci se ja na nju, pa ipak stig'o do škole istim kamiončetom kao i jučer, jer je i on – podebelo kasnio. Negdje usput pukla guma, dok je vozač mijenjao točak, ja i Dijana gugutali. Štipkao sam je i za obraze, ne za dupe, koje mrtvo dupe, samo bih je gledao. Nisam vidio da neko može biti tako lijep, barem ne do tada. Sanjam da imamo kćer nježnu ko jesen, iako je već napadalo podobro, inje na cestu. Dok smo stigli, uhvatio sam se sjekire, i oborio najdalju šljivu, isitnio do zadnjeg ivera, naložio vatru, pa ko čovjek zaspao, rekao sam jučer kolegi sa šumskom mrcinom, da trubi dok ne izađem iz kuće. Tako ćemo se mijenjati na smjenu vožnje, neka svako ima mirna sna barem na trenutak. Jadničak je radio još jedan posao, razvozio pogače sa kedijem od pekare, vozio najdalje do jezgra gradića Karakondžin Panj. U stvari to on nije ni bio, ali je ipak opština. Izgubi sat naveče dok sve shoda _ da pokupi prazne gajbe, ujutru opet nanove sa fapom u šumu. Prije toga priveze, to što je razvozio – po gradskom jezgru, onda kedi uzme druga osoba, ona je to radila _ i poslije toga pekla hljebove, usput složi u korpe pogače, pa on ujutru dođe da ih vozi, i sve tako... pajde su moje, biseri rasuti.

Trubio je dugo i jako, onako kako samo svirena sa fapa zna, orginalna i dobro sačuvana se mogla čuti preko mnogo gora. Ispao sam iz kreveta tačno na mjesto gdje je ležao mamin sanduk. Ljepouško se samo okrenuo na drugu stranu. Pojeo je i moj dio ručka, pa mu se ne ustaje do sutra, skočiće na noge veseo da maše repom _ jer sam se vratio sa posla. Dnevnica, komad ljeba namazan pekmezom, onaj što nije - dajem lijepom uvu psećem, Jevrosimi kao i meni. Dao bi' ja i Ljepoušku sa đemom, no on tako svoju kiflu nije volio. Jeo je ispod moMirovog karamuta već dobro promrzle kruške. Iz kuće smo i odlazili, i njoj dolazili – vrata nismo zatvarali. Na štali ih privukao taj neki dan, iste odaje više nisam mislio odjazivati. Muke mi je dosta za tri života, hoću malo da uživam. Posao, Ljepouško, Dijana, čak se ni ne ljuti što je na mjestu poslije malog psića. Plata istom da se preživi, a i koji će nam đavo više... pa kad se sretnemo, nek' se i zalije. Ljubili se u njenog brata kadetu, istom kraj vrbaka, nadomak ulaza u drugu rupu, iz koje se kantama na fapče iznosio ugalj. Cijeli Karakondžin Panj, mirisao na sagorelu trulež, neko tamo drvo progutao plamen peći. Cijepala je žega momirOvu šljivu, dok sam zamicao na sljedeću radnju, pa ću onda na svoj kamion, onda na mljekaru, i eto me opet svome dragom, Ljepoušku. Sanjao je nešto kad sam odlazio, lajao sretno, da mi suze krenuše - ko da je i budan. Dijana je za njega isheklala džemper, kaže da ga obučem kad ostaje, jer vatra se ugasi, može lako da se nahladi. „ Daj ljubavi ne pretjeruj, pa nije on baš tako nejak, lavlja glava je pas zvani Lijepi, i to po ušima. Ima jedna tako naša slika iz tog doba, došla ona kod mene sa bratovom mašinom, zaštitio pragove od hrđe plastobitom, to mu neki tamo predložio, i stvarno je izgledalo - da kadeta neće ništa izgristi – mi kraj njega – zagreljni. Da' l' to što je benzinac, ili šta li? Skidali smo se takvom brzinom, dok je pas veselo mahao preko strane. U proplanku malo lane našlo sebi drugara. Ljepouško ti je mogao sa svakim. Baš sam je tako čvrsto držao za guzu, vrištala od strasti cijela Vrtača. „Samo da nas niko nije čuo, zaista nisi normalna" Ležao sam na krevetu zagrljen sa Dijanom, pored istog jednom ležala u sanduku mrtva – moja mama. Ustala je, pa se vratila do ruba otomana, onako golim grudima prešla mi preko usana. Kadet je ispred, pod šljivom. Htio sam da je vratim nazad, nije se dala nagovoriti, otišla je ispraćena pogledom, dva nova drugara. Ljepouško i Krista, lane je bilo srna. I to zaista mnogo lijepa. Kao moja Dijana. Pritisla je gasa, jer se izvukla na sat sa posla, rekla šefu kako mora u Vrtaču na groblje, odnijeti cvijeće nekoj neznanoj prijateljici, od

Mujke kobili. Poginula u saobraćajnoj nesreći, spala u jendek, dok je vucarla kola za sobom. Ostao živ konj Mladen - da ljubi kobilice, dok mu srce kuca. Trebala se vratiti do jedan, poslije smo spavali, dok opet nije zatrubio moj kolega Masni. To mu već više nije bilo odličje, nego nadimak, volio je i on što je takav, rodio se da rinta, i ništa drugo. Tako sam se i ja sa njime uklopio u masne krpe, zakrpa do zakrpe, od Vrtače do Karakondžinog Panja, sve tako nazad, onda isto tako do neba, pa od njega do Zemlje, volimo se ja i Dijana. Ostala ekipa drijema i vrti repom od sreće. Ni ne slute, šta se do jučer na njivi v kojoj sam stasao – odigravalao. I ja sam sve bio zaboravio, volio sam i Jevrosimu kao što volim ostalu ekipu. Nije više pila, nego samo uzdisala. Na svaki pokušaj da ponovo ne udahne tužno, pusti suzu. Ne brini, biće za sve spasa koji se barem pokaju za svoje greške, griješimo svi, osim ponekih životinja. Ja još ne viđđo' šta su to pogriješile sve koje stradaše samo za moga bivstvovanja u koži Mladena.

Bila je to sreća koju sam tražio, mislim, nisam nikad nešto bio opčinjen njome, sve je tih dana izgledalo savršeno. Isplata na vrijeme, tako isto marenda. Marendamo murmelade i kruva, samo Ljepouško i Krista sa pekmezom neće. Jedu karamutove - opet otišli u divlje kruške, dok sam ja zamakeo na posao. Vidim kad se vratim kako se opala kamara ispod istoimenog stabla – smanjuje. Jednog dana - Krista i Lijepi prijeđoše na jabuke, one su još kao bile pitome. Nisu skroz podivljale, na proljeće ćemo da ih okopamo, pa ćemo i od njih praviti namaze - zaa po ljebu. Tad se na nebo navukla takva bura, padala je kiša danima, nije stajala. Vc je bio negdje na sredini njive, inače je Momir kad popije dvije išao u njega samo za veliku nuždu, malu obavljao sa praga, pišao vragu u rupu gdje do jučer mu bilo oko. Gleda u njega dok ga ovaj zaljeva mokraćom od pive. Prije toga manuo i litru šljive. Tako da poslije i ove dvije - ne piša u klozet, samo kaki.

Dani su prolazili kao u bajci, pošao sam i na grob ići majci, samo kad ostanemo sami, osjetim da nemamo šta reći jedno drugom. Sve smo svoje priče ispričali dok smo bili živi. Dijanini su otišli u inogorstvo, tamo su dobro zarađivali, njoj i bratu školovanje pristojno obezbijedili. Ja nisam imao ništa, volio sam svakim danom sve više i više njene crne lokne, posebno kad prekriju dopola grudi. Redali su se plate, dođo i ja do bratije sa kreditima, kupih sebi onaj komad zemlje, nadomak škole. Al' se zadužih. Jevrosima još živa, idem iz smjene - da okrčim po placu, onu što nema prebacila preko one što ima. Zube klima lijevom rukom, isto kao da desne nema. Nije bitno to što nema noge, nego što je tu što baš nema – preko one što ima _ prebacila. Dugo već nije pila, istom – jedva živa, dahće od žege, ljeto žeže, da je ko nekad, pa da kupe se sijena. U Vrtači samo ja, Jevrosima, Ljepouško i Krista. Kad nam dođe sa kadetom Dijana, gori cijela planeta. Ko više da pita zašto se trava ne kosi, tražio si dobio si, mislio si da ćeš mesožderstvom stići na lice istine čist. Ko je pojeo moga druga Mića, vrlo dobro zna kako mu je dok ovo čita. Šta sam se puta s' njime načudio mojim pjesmama. Valjda je i on, jašta je, kad mu se neka svidi puno, muče ko da priča. Onda meni veli moj Mića da _ nastavim pjesme pisati. Osjetim neki me nemir pernu preko leđa. Vidim mercedes strugnu, znam taj znak još iz dana kad nas je taksista vozio _ do tetkovog i tetkinog raja. Isto kao da Bog zna kako mi za dalje treba pod hitno restauracija. Pa se popraviš tako, da ti poslije bude sve naopako i čudno, posebno to što me štrecne. Kako neće, ako se vratio Momir, moj pakao se nastavlja. Hitao sam doma - da mi ne ubije Ljepouška i Kristu, moraću ja njega ubiti. Zderao sam preko peRine bašče naglavačke, sva koljena zgulio. Krvave ruke od boca kraj puta ispod - komšije sa kojim Momir nikad nije pričao – kuće. Čujem puška puče, niz njivu prema meni _ zajauka Ljepouško. Trčao sam kao sumanut, molim te Bože, ne samo njih dvoje. Sačuvaj ih, život ću ti dati odmah. Mimoišli smo se u trku, pa smo se vratili jedan do drugoga, pa ponovo uz peRinu đedovinu, marševim pravo do škole. Rekao mi je usput lavežom tužnim – Krista je mrtva. K'o da je zagor''la pita.

Probudio me Masni - tako trubeći, da sam mislio kako će fapče izda'nuti, a na njemu drva narokano do vrh štica, vuče se malo teža bukva, uspjela prosjeka. Došli smo do novog puta, kaže - da je brale moj dalje, sve do bukve bukva. San mnogo rasturen – za sklopiti, jedino do podne da pokušam, a da ne pričam kako me ubacio u cipele piskom. Kad je drugi put nalegao na svirenu, već sam kraj puta čekao. Preuzeo kormilo, bogme ni ugalj kad vozim nisam nešto ovako poteg'o. Ko da lamela škljoca, kažu kad ostaneš bez kvačila, šta ćeš kud ćeš onda... Istom to što pomislih, pedala propade - kad sam krenuo da ga prebacim u treću. Kolega iza sna preblijedi. „ Šta ćemo sad, a vid tereta na nama"? Ništa se ti lolo moj ne brini, šaltam ja ovaj tvoj mjenjač i bez kuplunga, u po brda kad će poslije njega peRina kuća, vratim ga u drugu, pa u prvu. Već kad sam ga izvuko na ravninu, ubacio u drugu, i tako skroz do Karakondžina Panja. Pustili neku usput djecu - da prijeđu preko puta, pa ga ja ugasio, ubacio u prvu i zaverglao, taman blaga nizbrdica, a i kad se hoće, odmah sastavi fapče, skroz na istovar - dovezao šajtu. Masni se preznojio dotad tri puta, za tren se sve odmasti, i ja krenu sa svojom ekipom - do površinskog kopa. Otkrio bekrija sa dukatima, kako se lakše do love može. Crni preko kože, nema veze, pošteni smo, i nikog tako nećemo oštetiti. Ako krenu na nas mi ćemo se braniti. Ma jok. Nećemo, jednom smo se složili - da ćemo osvjetlati obraz bakama i djedovima. Ko tebe kamenom, ti njega hljebom, starim, od tri kile, pa sve u glavu.

Dijana je htjela - da što prije imamo bebu. „Znaš li da nemamo nigdje ničega, od čega ćemo živjeti"?.„Ne brini, poslaće nam moji starci, sklepaćemo na brzinu nešto, ako ti nećeš kod mene, ja ću kod tebe, i u Kazandžije". A i brat mi je – sada u Kanadi. Nemoj tamo ko Boga te molim, mislio sam u sebi, jer nisam joj zaista mogao pričati cijelu priču. Možda me ne shvati, a to tada zna biti problem u braku. Ubrzo smo na zadnjem sjedištu njenog brata auta, dočep'o se baraba miraza – do jutra dahtali. Uču nedjelje se ranije našli, počeli sa pripremama za bebu. Bio sam već sposoban za tu misiju fizički, a i sa profilom zrelije osobe - za razliku od veze sa Tišinom. Dijana je nešto drugo, uvijek je bila tu, i kad nisam trebao pomoć. Donijelo je jednostavno nešto u moj život. Ako luksuz odbiješ, mora da si šenuo. Ble iz mene, ble iz nje. Još ju tude, zezam se, čeka papijere...

Umalo nisam pao u nesvijest - kad mi je on javio na pos'o, odvezao sam na porod Dijanu. Porodilište nije imala naša opština, iako je načelnik bio doktor. Rodila živu i zdravu kćerku. E tad sam se već bio smetnuo sa pameti, vrijeme leti, ali da toliko, ne mogu vjerovati. Ja tata, Bojanin, a ni sam još nisam iz pelena izašao. Kad sam bio mali nisam to ni imao. Stana me zamota u jednu deku, drugu ima rezervne, više sam bio dana bez odjeće nego sa njom. Ko od majke rođen idem kupiti šljive. Momir protrči za prikom Milom sa prutem od duda, ubije Boga u njemu, odmah do prvog dola. Tu ga savlada, pa ga pegla ko Miću... to tajo, pobjeda!!! Bajaga utrn'.

Istom sam bio priču oko kuće istjerao do ploče na podrumu, gore sam htio jednu sobu, kupatilo obavezno, međutim dok to stigne, ja sam nama dole osposobio odaju u kojoj se možemo toplo okupati. Dijana ju znala previjati svako pola sata. Do prvog zuba tako se bila osamostalila, dudlala je flašu sa hranom, trgovina najopremljenija rudničke opštine nije imala ništa drugo osim 'ljeba i mesnih prerađevina. Zbog toga se bunila državna mesnica, kažu propadoše samo zbog nelojalne konkurencije, pa se pojavilo na tržištu i kupovnog mlijeka. Prešao i ja sa svima na meso, počelo je malo masnije da se hrani, kako izađošššmo iz podruma na prvi nivo igrice zvane brak, tako krenu udaljavanje jedno od drugoga. Sve sam joj to htio nekako na uvo šapnuti, međutim, ni za to više nije bilo prilike, daljina se osjetila - kao nešto što je skroz blizu nas dvoje. Bojanu smo oboje gledali kao malo vode, nismo po tom pitanju mogli biti ni dva dana, a da se ne preriječimo – ko je to više voli. Primicao se prvi razred škole kćeri naše, mi smo već spavali na razdvojenim stranama kreveta, dva dušeka na bračnom, između fali prezida. Bojana zna sva slova i brojeve. Jednostavno se nismo ni svađali, ali nismo ni skupa živjeli, mislim - jesmo u istom domu, zajedno ne dišemo. Pade mi na pamet da pišem pjesme, možda je meni suđeno da budem tužan, kažu - da se ne valja ni kad je sve dobro. Taman nam krenulo uzbrdo, izda ladu četvrta, upadosmo u jendek, poginu Stana – žena moMirova. Moram joj reći šta mislim da nas je snašlo, ali ne znam kako, jer se Dijana svakim danom povlačila sve više i više. Kome da pišem pisma ljubavna? Bojana se zadala u slova, mi svako u svom zidu. Nešto tumačimo nepostojećem _ da postane. Kao ono je krivo što mi postojimo, a da nas nema. Čim mala lokna njena mnogo zemmmema _ Odnese je tajo u krevet, mada se zbog toga odmah poslije posvađamo. Da li nju probudimo, ne znamo. Uglavnom, tako je u dlaku. Više se i ne ljubimo. Živimo zajedno - što više ne znamo drugačije. Možda bi se i razišli mnogo prije - da u podsvijesti nisam imao, kako će Momir jednog dana doći, i ubiti Kristu. Kao da nisam znao - da su joj to uradili lovci odma' druge zime. Rodila bila taman malo lane, ni ime mu nije uspjela dati – zijevnulo nijednom glavom. Ljepouška pokupio šinteraj, dok sam ja išao za šljunka sa rudničkim fapom. Umalo nisam u jendek sTanin sam sebe otjerao. Podigla me Bojana iz groba, cijelo vrijeme tu bila i Dijana. Osjećam - da sve to ponovo gubim. Još samo da dođe Momir i prebije Jevrosimu. Međutim, ona još živa, prolazim kraj nje na posao. Poslije Dijana kad pravi nešto ručka, baci i njoj mrzovoljno, kao da više nije to ta osoba. Pa lagano postajem i ja takva, samo dobacim - dobro jutro. Tek kad nešto u trgovini za kuće kupim, kupim i za nju. Odnesem joj pored noge one što ima, pa spustim. Glupo mi malo bude što ja znam svu istinu i one što nema, a pravim se da ništa ne znam. Čita Jope, ko da čita bukvar napamet. Nazvao sam je tako - slučajno, i Dijani se poslije toliko vremena nešto moje sviđalo. Zvala ju je i ona Jope. Jopača Bojana, đikala kao da je prava cura, imala u školi dječka koji joj posuđuje gumice. I ako mu ih nestane dok ga voli, prestaće i zavoljeti Nemanju. On je bio sin doktora. Još Karakondžin Panj nije dobio porodilište. Mjesna škola Vrtače ne radi već mnogo godina. Vozim je svaki dan dok idem na posao, Jopče ostavim da uči nauk, idem dalje do firme. U rudniku nabavljam vozila, hodam po gorama na račun preduzeća, vlasnika već mnogih dukata i dukata, tražim strojeve bolje, prodajem lošije. Inače sam postao baš priznat po tome. Kupujem i za druge zadruge, i takve priče o nekakvom biznisu. Krenuo je gradić da se gradi, meni bilo malo područje i preko gora onih gdje je Momir išao na građevinu, zaraditi za mojih knjiga. Isto k'o da ja Peru nisam imao za najboljeg druga. Sreo sam ga jednom u dalekom gradu, pustio bradu i kosu, slikao na platnu naše drumove. Rekao mi je da nikad više neće doći dole. „Živi se Mladene bolje mnogo u svijetu nego kod nas u Vrtači. Vidiš i ti sam, kako odmah bolje stojiš finansijski - otkad si krenuo to da radiš po dalekom svijetu. Gore je i gore neće nikad biti, meni je pasala moja Vrtača, taman plac do škole, mogu dohraniti Jevrosimu, Bojanu naučiti kako da voli cio svijet. Međutim kako? Kako, ako znam da smo se ja i Dijana toliko udaljili, nismo se poljubili ima i godina?! I praznina poljuljana.

Do bojaninog negdje šestog razreda, gradila se kuća. Htjeli su dijaNiNi, da dignemo još jedan sprat, oni će nam pomoći, čisto da se ima komocije kad gosti navrate. Ja više nisam imao nikoga, ono što se kaže _ van kuće. Ni u njoj ništa više od pola, Dijana me više nizaaašta ne zarezuje. Otkad njen tata kesu razveza, dobi sve u našem domu – boju zlata, bili smo k'o ptice željne leta u po sred najskupljeg kaveza. Više se ni Bojana nije smjela igrati s' Nemanjom, doktor iz firme bješe mu tata, nego preko jednog rođendana upoznasmo se sa obiteljima, ono što se kaže – naširoko. Ako kuća nije u vinklu kad se Dijana sa posla vrati, bude belaja, pa bih se trebao svađati, meni se to ne da. Spustim se do lokala u kojem se sastaju vozači kamiona. Već se firme raširile, pa se ne voze fapovi, nego volvote i manovi, dafovi mercedesi, svakojaki marki teretnjaka. Kad se s' njima stopim, naručim vidžan kafe, nutrim kao i oni – kakvo će sutra biti vrijeme. Vratim se do Vrtače, sve se sja, jer imamo rape, ne moramo gasiti vanjske sijalice, žena spava. Više ju i ne oslovljavam sa imenom, kad ju nekom predstavljam, što se kaže – moja je. A ona moja koliko je i od doktora supruga – njegova. Nema pojma, čim sam je vidio, da mi se približava rukom – zove se Ajla – znao sam da će biti dio mog' budućeg neba. Koliko dugo, to tada nijedno nismo znali. Neci uoči šesnaestog rođendana, slavi se petnaesti. Bilo gostiju, što se kaže, nisi imao gdje sjesti. Poslije su na televizoru prebacili od doktora rođaci na vijesti. Pričalo se kako nikad više neće biti u sveMiru rata. To je valjda onda kad bi trebalo da Bojana dobije brata. Jednom smo završili prije nekoliko dana - u kupatilu na veš mašini ja i njena mama. Ostala Dijana trudna. Te ju je poslije prvog tjedna, iliti jevte spičila takva nervoza. Krenula je da ronda kad je pošla na posao, nije završila ni kad se vratila. U noć satima, psovala kuruzu koja me odhranila. „Jesi li išta pametnije mogao smisliti, sad malo kad mogu da uživam, ti mi skrpiš dijete"? Šutio sam kao zaliven. Nisam više bio nijem što me nešto strefilo ružno, nego sam tako htio. Hodao i radio, kući namirnice donosio, volio posao k'o sebe samog. Nisam ni slutio da će se svijet okrenuti ubrzo – naopako. Sve u meni umrlo, do jučer bilo živo. I ako se vrati tata iz daleka svijeta, meni više svejedno. Pa se isto provuklo kroz selo, kojeg je sačinjavala samo naša kuća – naseljena. Džaba od zlata kad je kraj nje srušena škola. Umrla Jevrosima, u goste vele onih što nigdje u Vrtači nema – stiže Momir. U jednoj od učionica oštenila se kujica, rodila petero štenadi. Dijani je bilo kaže dozlogrdilo, lično će pozvati šinteraj da ih sve odnese. „Pored ovakve kuće, da piljim u ničije keruštine". Tih momenata kad su se već gosti razilazili sa slavlja, otišao sam do auta da uzmem džemper, odjednom je nakakav povjetarac unio u dvorište doktorskog doma i privatne ordinacije, svježinu. Taman kad sam se okrenuo od kola, stisnuo daljinski da se vrata zaključaju. Klap, ispred mene ona. Gurnula me nazad, i to svom snagom. Onda me poljubila tako nježno, isto kao da prije toga nije upotrebljaval silu. Osjećao sam kako plačem u maminom krilu, istom me rodila. Digao sam joj suknju visoko do ramena. Već sam joj lijevu sisu skoro cijelu progutao. Opet me je gurnula, ostao sam onako pogužvan kraj auta – kad je nestala. Kapija odjažena širom. Kad sam se vratio, Dijanu je strašno boljela glava. Meni se vrtilo, još kad je ona prošla kraj mene, svijet mi se dotadašnji složio u kamaru pepela. Cepaj Bajaga. Nema još taje. Jebo mi je znanje, kad sam jednom pustio repiće ko ti.

Saznanje da u Vrtaču stiže Momir sa svojom gospodžom, više nije pričao po seoski, obišao je mnoge gradove i gore, pa bi bilo od sramote da se zamuckuje, donijelo je i u moje skute - povjetarac . Kad se fino, što se kaže, može rijeti gospodža. Čim je izašla iz njegovog mercedesa, zaključio sam da još ružnijeg stvora nisam sreo. Što kod nas u kraju, što naširoko. Nisam ja nešto se ni obazirao na inogorke, uvijek sam preferirao naše. Tačnije, svejedno mi je saa kim pijem kafe, da li je to neka žena ili muško. Ružno ili ne, nisam ni ja lijep. Međutim kad me Ajla pecnula, sve se sunovrati u jendek. Samo što Stana ne oživi, fino bi možda bilo bez prike i Jevrosime ... ne bi bilo okupljanja, što se kaže. Joj, sjetih se momenta _ kad ruku pruži ćaći koga ne vidjeh godinama, sve sam mu šljive da prezimim one zime, u fijaker složio. Rasuto, Bisere, rasuto. Oblito karamutom.

Pa je on od moje kuće do njegove nas troje vozio mercom, bazdilo sve na jeftine rumove. Došlo se do zadnjeg, steklo malo penzije, idemo da se isteferičimo - možemo ja i moja gospodža plaćati svaki dan ćevape, da nam se donose iz Karakondžina Panja – Stana sjedi na stepenicama betonskim, vidim je, oni je ne vide, izaće ti Mome svaka žlipa kravlja, na nos – ubrzo, de barem ćuti. Pita me prvi put poslije toliko godina njeeenog muka – voliš li me sine? „Naravno da volim". Pa me ta njegova gospodža zabali balavim nosem po licu. Umalo nisam povratio od smrada izlizanog okovratnika. Isto ko da se nikad nije kupala... Nisam se naginjao plao na nju, mislio sam da nikad neću oprostiti Momiru i Jevrosimi, evo jesam i njima, volim i tebe gospodžo. „Samo se zajedno drž'te". Mislio sam reći _ što dalje, nego neukusno da se u knjizi nađe poslije takvo što o meni. Mladen sam koji bi volio na cilj stići bez mrlje. Kako, kako kad sam već Ajli mnogo puta zadigao suknju do ramena, nismo se razdvajali satima?! Ponekad cijelu doktorovu i Dijaninu smjenu, poruka na vratima od frižidera – kupi džukeletinama iz škole salame, najjeftinije, ne mogu oka sklopiti od ničije gamadi. Htjeli smo, da njih oboje što duže rade, tačnije, već smo se bili podobro – jedno u drugo zaljubili. Dušeci su ispod nas jecali – još, nikad ne prestanite, orasi ispod duška po koji krcnuli, donijela im neka baka uime toga što ju Ajlin muž izliječio. Čučao sam pored nje nemoćan da kažem – ljubavi – volim te. Baki, štimaj tu gitaru, i ne seri.

Kako mi je život uzeo Ljepouška, njemu srnu Kristu, tako je sve i krenulo u sunovrat. Malo poslije staNiNe smrti - odmor kod tetka i tetke, pa onda nanove Mladene, u nove pobjede. Vraćao bi se sa posla satrven, svaka me kost boli. Bojani će uskoro punih šesnaest, ja se ponašam kao balavac. Reći ću Dijani - ne ide ovako dalje, poslije ćemo lijepo da se razvedemo. Onda se veremo jedno po drugome ja i Ajla, ne prestajemo dok doktor ne strugne u garažu. Prije njega istrčim na ulicu, pravac _ da pozdravim komšinicu. Ima zemlju kraj naše u Vrtači, sad će da kaže Dijani. Čim bude dolazila. Nema veze, neka, svejedno ne živimo već odavno zajedno, samo što nas veže Bojana. Za nju oboje skočili u vatru. Nekako je od tada moje i Dijanino udaljavanje i počelo, poslije se sve nadovezalo, iako se ludo voljesmo, završišmo neslavno. Rećiću joj čim dođem kući. „Ne brini za mene" ... natuknula je Ajla kad sam iz doktorske ordinacije za privatno iskočio kroz prozor. Još se naš znoj dvorom osjećao. Dao bi život da se sve ne dešava što se dešava, ali šta ćeš kad je tako. Bolje i da se istina razotkrije, nego da laž ostane skrivena. To i ne može da ne bude, uvijek ispliva na površinu vode to što biti treba. Bila je zaista mnogo lijepa, ne znam kako se doktor kraj nje izgubio. Čim sam doma kasno stigao, čekao me pogled ljute guje. „Gdje si bio do sad, čuješ šta te pitam"? „Bio kod prijatelja". „Čuj kod prijatelja, drugari ti kamiondžije, smrdiš na dizel ko bure iz gazdinske garaže". Imala je jednom riječju pogan jezik. Nije znala - da se suzdrži _ kad je bijes obuzme. Meni bilo više svjedeno, dosadilo mi da lažem dijete, a drugo na putu. Biće puna kuća gladnih usta, i to baš onda kad ja i Dijana ne znamo gdje udaramo. Svako na svoju stranu, moramo krenuti ka naprijed zajedno. Jer inače, same brige oko malog djeteta nisu šala. Dok je Bojana na noge izđikala, nema u šta se nisam utvarao, samo da dovršimo kuću, imamo hranu, plaćene režije, i njoj za škole. Novi posao donio više love, nisam morao raditi kad neću. Sve sam više tako činio, doktor me peglao time - da sam bolestan u kičmu. Nikad mu nisam rekao _ kako su to bolovi - od snošaja sa Ajlom. Prolom oblaka, ljubav se nadjačava sa pameću. Bilo je dobro na početku, međutim nas dvoje više nismo mogli jedno bez drugoga. Imali smo već zajedničkog Boga i zvijezdu na nebu, da kad se isključimo iz svega, pravo se isključimo. Drhtimo dok spuštamo jedno drugom usne na usne, izgovaramo riječi – ljubavi, volim te. U isto vrijeme. Nije bilo mnogo onog kad smo zajedno, a da smo daleko jedno od drugog preko pet centimetara. Stara škola, u njoj Jevrosima - prebija od nas letve sa milimetrima. „Postao si moja istina, znaš li ti to bleso"? „I ti si moja isto". Gnijezdo vrelo, vrela naša tijela, samo što cijelo imanje _ doktoru ne izgori. Oboriiii! U pekoteci nema daske na vc šolji.

Ajla više nije strepila ni – od - čega, davala mi se tako _ da zaista nemam pojma kako nismo napravili šesteeero djece. Mada mi je zadnji put rekla, poslije se nismo vidjeli par dana, sređujem garažu kod kuće, dobio dopust u firmi, kako joj kasni. Jedva sam čekao sutra da je vidim, i poslije ću sve reći Dijani, jer neku večer nisam mogao. Bojanu je nešto bilo iznerviralo u školi, inače ona je samo nervozna kad se mi svađamo. Zatvori se u sobi, i ne izlazi satima. Usput izgubimo pojam o vremenu, grmimo jedno na drugo - do kasno u noć.

Tog jutra sam joj stigao odmah iza muža, u ruci ruža cvjećare na ulazu u Karkondžin Panj. Istom friška stigla iz inogorstva. Neka tamo gora samo gaji cvijeće. Gledali smo se kao da se više nikada nećemo vidjeti. Poljubila me smireno – što se kaže. Onda smo se spustili na koljena, već bez odjeće. Dirao sam joj usnama grudi. Osjećalo se mlijeko kako buja – trudna sam!!! Oko mene se svijet okrenuo. Wow... Kud i šta dalje?! Ajde barem da smo to već prije ozvaničili kao prekide i jedno i drugo. Odjednom nemamo hrabrosti da uništimo Nemanjin i Bojanin život. „Svejedno danas odlazim od kuće, ti kako hoćeš". „Strpi se ako možeš, dok se rodi dijete". „Žao mi je, zaista ne mogu, poludjeću. Iskradam se iz vlastite kuće, idem u tuđu, da volim svoju dragu. Kud mi tvoj muž pegla toliko bolovanje u firmi. Pa mu ja za nagradu napumpam ženu, mislim mislim – stvarno". Nisi ti mene napumpao, i ja sam se". Odvalili smo se od smijeha. Onda od seksa, seksali smo se bilo prošlo vrijeme ručka, kad od doktora auto propiči u garažu. Skočio sam onako sa odijelom u rukama, pa pravac ormar. Uletio je ko poplava, zaboravio knjižice ponijeti na socijalno za ovjeru. Sjetio se bio tada, dotjerao kola kasom. Nadao sam se da će otići, neće reći ništa. „Znaš Ajlice, mogli smo večeras do Mladena i Dijane. U mene srce stade u ormaru. Ljeb ti poljubim, ja sam njemu drag. Malo prije mu isto tako bio u supruzi. Ne bi' izlazio danima. I kad bi stigla zima, nama bi bilo toplo, nismo se pokrivali kad smo zajedno, u stvari jesmo, ali nevidljivom dekicom. Zvali smo jedno drugo – srećice. Mislim da do tad nije ostala u drugom stanju, onda bi - sigurno. Pušćaj i dukatE malo, al' samo na kratko.

I tako sam ja mislio _ kako me strefila ljubav, imao sam pored sebe dvije žene, obije nose moje dijete. Kad se pojavila ona. Koja sad ona - dragi Mladene? He, ona se zvala Vila. Živjela je prije sa bakom, njeni se razveli kad je imala deset godina. Generacija - dvije mlađa od Dijane. Imala je sve na sebi što dosadašnje žene u mom životu – nisu. Kad je Vila počela zastalno raditi kod nas u frimi, nisam oči smetao ššše. Isto kao da ove nisu trudne. Mozak mi se jednostavno okrenuo, više nisam mislio ni na Ljepouška ni na Kristu, Mića i Žujku zaboravio, kako onda da mislim i na svoju djecu... Gorilo je sve u grotlu, htio sam negdje da pobjegnem. Više ne mogu zaista da se nosim, posebno noću dok laju malci iz škole, Dijana prijeti kako će ih do zore - sve poklati. Vratim se do Ajle, ona sva izgubljena, u tome što je trudna. Šta vam je drage žene, idemo dalje, nećemo valjda za to zvati službe reda?! U Vilu se bio zatresk'o Suljo policajac, imao kolegu Marka, sličan priki, od Milke mužu. Kaže da malo draufne dragu iza uva, čisto da se ne zaboravi ko je glavni. Suljo je bio Vilom opčinjen. I ja sam, ali predašnje iskustvo me ubaci u priču. „Nemoj da mi se primičeš, vrlo dobro znam gdje bi završili". Opa" pomislio sam u sebi, do tih smo došli vrata. Otključaću te Vilo moja, ne zvao se Mlađo. Nekako se jedno veče nađoh šnjoome u obližnjem gradu, nije Karakondžin Panj, jest onaj gdje je porodilište. Tamo će se možda u isto vrijeme poroditi Ajla i Dijana. S'' njom je sjed'la njena drugar'ca, imala je isto godina kao i ona, nikad se nisu udale. Nešto kao moja moda prošla kroz sijede, one barem nisu kao ja fulale. Bile su u pravu, kad je Ivana otišla do vc a, Vila mi šapnula na uho, večeras neću da te poljubim. Pa sam ih ja odvezao do stana u kom su stanovale. Tačnije, bila je to soba, samo ja to tada nisam znao. Izašle su sa pozdravom, vidimo se. Usput sam ih pitao – jeste li kad doživjele pravu ljubav? Sveetroje smo ćutili - dok one nisu otpozdravile – čao. Ostao sam još malo da sjedim u mraku, napisao Ajli laku noć, pa krenuo doma -

Dijani i kćeri. Kod Bojane stigla drugarica na spavanje, samo da se ne posvađamo večeras, sutra ću joj reći, svejedno je otišlo sve predaleko. Samo ću još gori biti u kćerkinim očima. Vrtila mi kroz uši rečenica – večeras te neću poljubiti. Kad hoćeš, ne kontam, onda ćemo se mi to stvarno ljubiti kao neko ko zna da to želi? Ljubljenja ima raznih, meni se činilo kad bih joj usne dodirnuo, bio bih gotov sigurno. Međutim, niti da me poljubi. Ušao sam na prstima kao i uvijek, dolazio na opeglano i skuvano, svejedno – meni je negdje nešto na mozak ili dušu, prispjelo. Radio sam više - da bih sve sustigao, doduše bilo je nekog dinara, opet gore otišla plata, pa se guralo. Sutradan sam preskočio Ajlu i njeno ćao. Pitao sam je li dobro? Ona nastavi o markoVim konacima, a ja znam koliko mu drug Suljo zna, zaljubljenik u Vilu. Baš si našao u nju da se zacopaš - kretenčino jedna... Smijao sam se dok sam izlazio iz službenih kola, ne sam sebi, nego tome - da ću je danas sresti, radila je na odjelu koji nije bio smješten u krugu mog sektora, nego sedam kilometara dalje, na drugu stranu Karakondžina Panja, taman na izlazu prema gradu sa porodilištem. Došao sam da se nađem sa njenim nadređenima oko raspodjele posla za ovu godinu. Wow, ostavila si me bez daha, šta to imaš na sebi, ljeb ti poljubim? Bila je napola gola, a opet odjevena odmjereno, gledala me ispod oka – ni danas te neću poljubiti. Pa me je jedno veče poljubila na rastanku, Ivana odmaknula malo od kola. Rekla mi uzdahom kako ima momka, radi kao čuvar u zatvoru. Zato one i stanuju u tom gradu, samo što su vezane za Karakondžin Panj – poslom, inače nikad ne bi u njega svratile. Šta da žensko čeka sudbinu u gradu koji nema porodilište? Inače su njeni bili iz grada u kom delamo sve troje. Je l to radite? – pitala je Ivana sa podsmijehom kao da se šali. Svi praporci što zvoniše tog momenta su stali, uzvratio sam joj, mada ne znam kako. Srce stalo da kuca, sva njena ljepota se pretočila u mene, prazno sam se osjećao dok sam hitao doma. Ajli se nisam javljao danima, rekao sam da ću učiniti sve što mogu – više zaista nismo bili jedno za drugo. Sjetih se - zaboravio dati Bojani pare za izlet, išli su preko nekoliko gora - da se kupaju na jezeru. Nisam joj mogao reći ni to da joj je tata isto jednom davno bio na tom mjestu, ljutila se Dijana i na spomen Tišine, a da ne pričam da kažem kako smo spavali uz cvrkut vrapca, danima. Kola na naftu, kad zaladi preko noći – ugrijemo. I tako žmirimo. Kad smo se našli sljedeće veče, već je Bojana otišla na izlet, Dijana i ja nismo ni od prije pričali, tako da sam odlučio – o svemu ću šutjeti, i dalje. Molio sam Vilu - da ostane još minut, ali joj je dragi dolazio iz druge smjene, pa nismo mogli, jer on provjeri na putu do svoje kuće, jesu li njih dvije unutra. Mala soba – pet sa pet, krevet, dvije čaše, isto toliko kašika i tanjira. Morala je otići iz babine kuće, ujak se bio nešto povampirio, doveo neku sojku iz Prokletija, tamo odakle je moja mama, pa mu sve smetalo. Kad su se njih dvije upoznale na poslu, nikad se više nisu posvađale. „Neka nam Ivana drži fenjer“. „Budalo jedna, mislila sam se sa tobom malo našaliti, vidim voziš rudnička kola, mora da si neka guta, kad ono ti ko nas dvije“. Prigrlila me ispod ruku, omotala svoje iza mojih leđa, onda me od zemlje digla, iako je bila niža za dvadesetak centi, laganija duplo od tog kila. Al' zato sisa, ni na zvizak u mislima.

Ostao sam u kolima, nije mi se išlo kući. Otišla Bojana, pa ćemo se u nedostatku nje ja i Dijana sigurno potući. Nisam mogao izdržati - da je ne opaučim - kad mi iznenada počne čupati kosu sa glave. Kao jastrijeb okomi se na žrtvu i dok ne prokljuca oči – ne odustaje. Prijetila mi je neki dan ako je ostavim – da će me naći ma gdje bio i zaklati. Rekla mi je još usput _ paščad iz škole pokupi i odnesi baciti što dalje. Ako neću, ona će lično zvati lovce - da ih pobiju. Kusta, ja filma za tebe.

Momir otkopao iz dvorišta puške. Sakrio ih kad je pobjegao za inogorstvo. Propala jedna vlast, na čelo došla druga. Zaboravilo se to što se mora odgovarati. Kaže jedne prilike svojoj gospođi - da je on zbog toga pisao tolike žalbe. „Budaletine, popio dvije pive, oni kao našli nekakvih promila, sve to treba pobiti do zadnjeg“. Osjećao se dodir sa ludilom iz gospođinog gospodina, otad mu više nisam otišao na prag. Rekao sam, nek' i on meni ne dolazi, tako da ako to uradi, pobjeću zauvijek sa ovoga svijeta.

Onda je u igru stigla ona i njena drugarica, a priča ne bi bila ništa i nimalo dobra da se u nju ne doveze moj već nazovimo ga tako – prijatelj Stole. Vozio je mene, kad krenemo na daleke pute, i tako smo se nas dvojica jedno veče dovezli do njih, čuvar zatvorske jedinice 136 radio noćnu. U život obična čovjeka stigla aber kutija, na njoj dođe poruka – ako ti neko pošalje. Nazvala me Bojana odmah kad smo se ja i Vila poljubili. Stole se samo onako upoznao, kao sram ga. Zapalio duvan - da razbije brigu, svi smo uzdahnuli kad sam razgovor završio. Vila se zajapurila, otišla do vc i kupatila zajedno, to ćoše ograđeno zidom, kvarilo je postojanje cijele sobe. Dok ne uđeš u klozet ne vidiš gdje si. Pa u šolju sereš i sereš, misliš da si se zaljubio. Nisam, ja sam Vilenu zaista volio od prvog kontakta očima. Prije nego što sam je upoznao, sanjao je noćima. Kad je došla u moje naručje, nisam valjda bio lud - da priliku propustim, jebeš cijelu poljoprivrednu zadrugu. Ni to nisam kontao, ma skoro ništa. Čim se prekinula veza sa Bojanom, ostavio sam kutiju od abera u džep jakne, zvono stavio na off. Znam da će zvati cijelu noć

Dijana, nadam se da neće trebati nešto Ajla. Koliko god bila neugodna situacija, ona je rekla, dijete će zadržati, reće doktoru da je njegovo, ja i ona ćemo jedino istinu znati. Dok se nešto ne promijeni, a kad stigne mijena, onda ćemo svima objelodaniti. Namjeravala se razvesti, govorila je kako se nikad više neće udavati, razumio sam je u potpunosti. Posebno ne, za muškarca. Nije htjela više da omalovažava doktora, i ja joj nisam bio prvi pored njega. Samo eto omaklo se da zatrudni baš sa mnom. Inače je ta veza bila puna strasti, nismo dolazili sebi od kreveta. Liječnika eto u garažu, ja kroz prozor. Poslije te večeri kad je Viluška, naglo nakon moga razgovora sa Bojanom otrčala do vc a i kupatila - nije baš sve bilo isto. Odjednom kao da se udaljila. Odšetali su ispred nas ulicom nekog trećeg grada, pobjegli smo bili od svega. Muklo mi je natuknula, da bi ovo trebali sve zaboraviti. „Ok, slažem se, nećemo se više čuti". Sustigao Ivanu i Stoleta prije nje, pa sam naglo preokrenuo naš izlazak u povratak svojim životima. Stojanu i Ivani nije baš bilo svejedno. Posebno kad se ispostavilo - da i on ima ženu trudnu - doma. Zvala se supruga - Tevsija, odmah nas je u kolu bilo više. Brišem brojeve svih, vratiću se Dijani i nastaviti tamo gdje sam stao. Završiti kuću kako treba, uzeti od njenih pare na zajam, pokrenuti vlastiti biznis. Dosta mi je više i rudnika i Karakondžinog Panja. Otiću negdje preko stotinu gora, odvesti Bojanu, nikom se nikad iz rodna mjesta javiti neću. U Vrtači sam imao još Momira i njegovu gospođu. Strahovao sam uz sve to šta će biti sa Drugarkom i klincima. Bila je crna, a oni svi do jednog bijeli. Ima Vladimire Boga, kako nema. Međutim, i Ajla je trudna, rodiće našu bebu, ja već uveliko sanjam sa Vilicom, samo se još ne natičemo, a možda i nećemo, spavam joj po cio dan u krilu, više i ne zalazim u firmu, imam čitavu godinu pred sobom, istom je realizacija na pomolu. Imao sam i Stojana, a on mogao goniti službena kola po tri dana da ne stane, neka već u inogorstvu zastarjela verzija mercedesa, nas je nosila sa gore na goru bez ikakvog kvara. U dva takva navrata sam donio i sebi i firmi para, bilo je dosta - da završim radnju zvanu pozlaćene roletne, izašao sa Ajlom na kafu, došao do Vile, sa svojm ćerom se nisam ni čuo. Bila joj je ugašena kutija aber, a meni se nije dalo da je proganjam. Već uveliko cura, samo ja to nisam htio priznati, pa sam onda kobojagi skontao šta znači voljeti. Nisam ni sanjao da ću ući u tu priču. Bila je satkana od druženja u kojem smo svi na stolu imali otvorene karte. Stojan i Ivana su znali tako povazdan blejati u jednu tačku. Smijali su se grohotom, i to u naletima, da neko ko ih ne poznaje sa strane – nema pojma kako su skroz normalni – nego se zaljubili. Kod nas je to otpočetka bilo pretjerivanje. Već je smetao meni njen stražar, zvao se Željko, a tako i njoj Dijana. Na Bojanine pozive se nije mrštila. Uveliko mi glava puca. Kaže Ajla - da je sve više nešto u tom dijelu gdje je smještena beba – probada. Doktor izgubljen od sreće. Jedva čeka da postane tata, vratila se njemu njegova draga. Rekao je i to _ da bi volio da bude kćerka. Šelnuč u nebo.

Ja sam onda kad Nemanja ode u školu, kao tajni službenik udbe uskakao u doktorove dvore. Voljeli smo se najviše na njegovoj strani, nema sile da bih mogao uskratiti nekome tu sreću, ništa bolje ne mislim ako mu ne kažem. Ali kao sa time ću se susretati kasnije. Možda sve baš tako treba biti. Ko zna ko će da se rodi iz ovih mojih napuklih ljubavi... Neko ko će spasiti cijeli svemir od propasti, nije ni bitno ko su mu ćaća i mater. Moja Stanojka se i ponijela do kraja tako, nikad nije ustuknula. Lice roba kakvog nije bilo crnjeg – u crnačko doba. David je volio slušati na tranzistoru dugo u noć – njihove raspjevane glasove, onda kad mu pregori licna, opsuje Hitlera. Ko da je ne znam koliko je malo ljeta prošlo od tog doba, a ne tri i kusur milijardi godina. To bi onda bila bajka, ali majka je majka. A dijete je dijete. Iako sam bio otac, u pravom smislu kolac, neke stvari uopšte nisam shvaćao zaozbiljno. Znam da sam imao Bojanu, i dve bebe na puta. Šta fali, radiću, i zaraditi svima hljeba. Omakelo se, a da li je pravo, zdravo, ili sve to u paketu zajedno – nije ni bitno. Nikog ja od njih nisam mrzio, osjećao sam se opet negdje u dubini sebe - kao za nešto krivac. Tjeskoba me svakim danom sve više stiskala. Počeo sam naglo puno pušiti. Prije toga samo ponekad uz kafu. Marihuanu ni za živu glavu. Al' smo se jedno večer dok su Dijana, supruga od Stojana – Tevsija, i Ajla _ odabirale najljepše gegice za novorođenu djecu, tako naduvali... Stojao sam iznad sebe, kraj mene dvije žene u najboljoj dobi, kraj njih Stole. Otišli smo poslije ja i Vila do moga auta, cijelu noć smo samo gledali u našu zvijezdu, pa kroz šiber, nije na auspuh. Nismo mi bili više lice ljubavnika, nego osobe koje ne mogu jedno bez drugoga. Bojana mi poslala poruku.„Tata, mama ne da plače, nego jauče". Hitno sam odvezao Vilju do njene i Ivanine sobice, sačekao deset minuta najnervoznijih u životu - Stojana. Istrčao je na cestu sav izbezumljen. Hitao sam kući, njega ću dovući do njegove, poslije do moje nije daleko, čim iz sToletove palanke kročiš na tlo Vrtače. Đe su Edu stigle prikaze. Škola, u njoj nema djece, da slova uče, nego Drugarka kujica sa svojim bjelanima. Parkirao sam kraj ceste. Prišunjao vlastitom ognju - da se malo ogrijem prije nego nastane živčana. Gdje si bio, i šta si radio? Ja joj kažem da se razvedemo, onda ona raspali vatru svako bi to čuo, da ikog ima u Vrtači. Momirovoj gospodži nije ništa smetalo - do to što je on otkopao oružje. Bila je strane gore list, tako da sam malo razumio, uglavnom, Mome joj se predstavljao kao neko ko voli prirodu. Međutim, to njemu njegovo društvo koje preferira lov zbavilo. Pa kad sve šljive smiri u drvene kace, zakiti se rancem preko leđa, ide da za prika Milu specijalno – ubije zeca. Ostanu od zečice djeca, plaču na mrazu, ujedno se za dušu njegovu mole. Donesi joj spasa, nije znao šta čini. Vidio sam ja da je odnio đavo šalu, neko mi je usput rekao, ko ubije tele, jagnje prase, samo jedanput, više daj Bože da ikad može biti normalan. Momiru se čelo bilo već odavno deformisalo, kao da je davanjem primao udarce macole - Čim je sletio sa gospodžom, primjetio je _ da mu je neko isjekao šljive, ko? - ja nisam imao pojma, osim ako nije Bajaga, rekao je da kad sazna krivca – obe ruke će mu osjeći sjekirom. I ovo je prizor Emire, za tebe. Donio neku stranjsku, koristila se u vrijeme brKe _ da se nejači glave sijeku. Naravno, onima koje ne potuše gasom. Turirao je mercedesa - kad je poslije raspakivanja stvari stigao naručen pečen jagnjeći, i za njim praseći odojak. Gospodža iste spodobe nije vidjela za svoga života. Dok je Momir nije smuvao za papire domovine njene, jeo samo biljke. Međutim, sad je ona na njegovome, svejedno joj ističu zadnji dani. Dobila jaku penziju, a nije kao kod nas, jedva ti može ostati za rizle. To ljeto je Bojana predložila da zajedno odemo na ljetovanje. Ljutila se otvoreno na mamu što se rasipamo kojekakvim roletnama, umjesto da se malo izvučemo iz Vrtače. Odjenom sam se probudio. Ljeb ti poljubim, gdje sam ja bio skoro pola godine, stiže vrijeme kad od firme možemo na izlet gdje ko hoće, gazda časti. Rezultati za ponos, derali smo u regionu sve druge biznise, nije bilo kod nas ni dana zastoja. A i kako bi, imao sam osjećaj kad je mašina dobra. Mislim svaka je, kao i duša, samo koja je na izdavanju snaga... Nije da ne bi uzeo u rad nekog penzionera, nego nisam smio donijeti preduzeću gubitak. Tu sam bio do daske odan, jedino nisam umio sa ženama. Mislio sam tako sve dok u moj život ne uplovi Vila. Bila je to priča za sebe, seks je strast, i ništa je na usporedbi kad se gledamo satima - kao da smo ispušili brdo trave. Nije nama više na svijetu trebalo ništa, to je to, samo da smo zajedno. Tako je to bilo i sa Ivanom i Stoletom, Tevsija ga je zvala trista puta za sat vremena, on sakrije telefon pod krevet, na njemu sjedi s' Ivanom, gledaju se izbezumljeni. Samo se ponekad zakocenu od smijeha. Pa se pakujemo ja i Stojan za daleke staze, krenuli istom po dosad najskuplje kamione. Koje mrtve fapove, njih više ne vozi ni Masni. Strefio ga infrakt nekad posle kad sam ja zadužio službena kola. Taman na ulazu u Karakondžin Panj, umalo sa novim dafom ne uleti u pekaru. Dok su ga dovezli

doktoru, umro. Mrtvačnicu smo imali, samo ne porodilište. Pište Bajag'
nek ide, stari spava, odvrn trokasetaš.

Već je došlo vrijeme kad mi je falio njen glas, te dvije tri što
progovorim sa Bojanom, računam u normalno stanje. Pa se sve to razleti
što Dijana zvaše porodica. Više niko nikog kako treba nije ni
pozdravljao. U vrtači sam odrastao, bio sam ubjeđenja da mi je tu dobro.
Gdje da nađem poziciju da nesvijesti pokažem kako je pas svjesno biće?
Ponovo nisam jeo meso, ostavljao sam jedan za drugim i ostale
proizvode zasnovane na patnji životinja. Drugarka sa svojih pet kučića
je istina. Uskoro će i mali štenci da se razgibaju u velike, kako bude, sve
ih barem volјeću. Odakle mi odjednom ta priča? He, odatle i kreće bit
ove moje. Prodaću ti je Emko, za dž.
I dalje sam se zvao Mladen, međutim ja to više kad sam sa Vilom,
nisam. Nego sam bio njen Željko, čuvar zatvora. Krenula je borba,
osjećala se ljubomora u zraku, kad za nekim opališ, rijetko ne lupiš u
nigdje. Meni se to dešava po ko zna koji put, i stigo gdje stigoh. Otišla je
da mu se udvori, vidi da više nisam svjestan ničega. Doći – ćeeee _ nas
ljubav glave. Ludio sam svakim danom sve više i više, barem sam mislio
kako to činim. U stvari, ja sam se samo iz pakla budio, spremao se za još
veći raj. Nas ljude kad na planeti treba pičiti sjajna priča, bacamo na
nemilost kučiće. Zapravo je sve krenulo od te neispričane, nismo trebali
pripitomljavati životinje, niti im pomagati, dovoljno je bilo da niko
nikome ne pomaže – do sebi. Ja više ni sebi nisam, kad me je presjeklo
preko stomaka. Ovoga puta imam većih problem. Osjećam Vilu kao
osobu koju mogu voljeti isto kao i svoju kćerku. Ono što nekom ružno
mislim, to mislio svojoj Bojani. Izašao sam jedno jutro, krenuo - da se
kući ne vratim, ne vrijedi. Uzeo sam stan na najam u Karakondžinom
Panju, odnio sa sobom u sobičak kofer, nisam imao u njemu ni gaća.
Drugi dan kupio lavor i štrik na rasklapanje, u firmi priteže stanje,
nemam odakle više hodati od nemila do nedraga, na scenu stižu
pametnije i bistrije glave. Mada me je ipak do daha držalo to što sam
zaista volio kurlijati oko kola. Valjda to ona neimaština igrački iz
djetinjstva došla do izražaja. Lajali su drugari iz škole, to jutro tužno,
znaju da će morati na nemilost opet. Nisam se te priče mnogo strašio,
barem sam znao da će Bojana prenijeti istinu, ne smijem je povrijediti
nikako, međutim, ja ono što se kaže – pravo. Željko tako postade čuvar
koji provodi samo posjete do zatvorenika, pa se više nismo mogli viđati
po noći, nego moramo po danu, ja i Viljuška. Više me ni to nije peckalo,
rekao sam – baš me briga, zaljubio sam se, neka sam. Ko da to dosad

nisam uradio trista puta, i opet ništa, na kraju kad se pojede med, ostanu govna. Nema potrebe za tim riječima, ona se samo speru sa svinjskog leša, natiče se na ražanj ta sva naša mnogo tražena istina. Ubiše Bogu, i opet sina, da se dam kao sljedeći – uvijek mogu. I tako čovjek skonta da je nesmalim zaboravio na pisanje pjesama. Jedno veče sam pobjegao od svih, sutradan nisam htio nikome otvoriti, Vila je kucala i odustala, otišla lupom teniske niz stepenice. Imala ih je sa različitim pertlama, tako je gledala isto kao i ja na svijet, da i nismo se sreli – znali bi svejedno _ da smo se nekad i negdje - voljeli. Zapravo, sve je to tako kako i treba, vidiš onoliko koliko se nečemu daš. Osjećao sam da je stiglo vrijeme, pisaću ponovo, u meni još ono malo pobune nije umrlo. Neke stvari jučer nisam vidjeo, danas dok ovo kuckam, kužim zaista, zato sam se i odlučio na mnogo sjeban komad do samog kraja. Na koncu vlada ljubav, jer ona je u svakom pogledu najbolja za još bolju priču, zvanu sloboda. Kad znaš da te napušta patnja tijela, e tek onda se čovječe ljudski _ rađaš. Sve pet, naučio sam neke stvari, kako onda se ne osjećam lagodno kad Vilja odlazi svome čuvaru straže? Pa joj kaže da vode ljubav, ona zanijemi, jer više nas dvoje ne gledamo isto na stvar zvanu seks. To ti je reprodukcija čista postala, ništa zabava i te baje. Sve ozbiljno do koske, pokresao bi se ko saa kime bi stigao. Više u meni nije spavao taj Mladen, nego se probudio jedan sasvim drugi. Vidio je kako ga je cijela firma osudila zato što je pao sa brakom, ima veze sa curama, dijete mu drugo na putu. Niko nije znao za Ajlu, osim naravno mene i nje. Rekao sam i njoj da dijete ne da priznajem javno, nego i pravno i krivično. Ako nečijem mislio loše, neka se meni dogodi. Jaaa poštenja. Ništa Mome, i njegova diploma. Donio iz inogorstva ocko istu, kako je postigao najveću snagu udarca macolom na nekom od vašara strane gore. Okačio je pored Ikone, ponovo krenuo slaviti slavu. Ocapario krmku volje ispod glave, kao da je Momiru dvadeset godina. Mrcina pred smrt došla da isere još malo govana. Mene stiže mojih problema, poče kukati i gospodža. Vila je u Karakondžinom Panju imala brata, mnogo ga voljela, i samo se sa njime nalazila. Kad su joj se roditelji pomirili, stekli njega, zvao se Biroslav. Bio je mlađi dosta od nje, iste godine rođen _ da budu dvije prije nego moja Bojana. Javljali mi se na aber kutiju sve rjeđe i rjeđe. Dijana je zabranila da ju vidim, nije joj dala da ide kod mene u sobicu. Iako nisam ni ja znao kako bih ju doveo u istu, dušek dva tanjira, jastuk dekice, i to nevidljive - opet. Tako smo ih i ja i Vila zvali, jer ih isto nismo imali. Znali smo da se više vidjeti nikada nećemo, dan prije je bacila našu zadnju nadu u vodu. Čim je Stole otišao za inogorstvo, i ja sam se još dublje povukao ka pisanju. Kad jedno jutro pod prozorom naletim na letak, došla neka teta iz inogorstva, kupi po selu kučiće, kaže kod nje u njenoj nekoj Vrtači ili Prokletijama, krvi bi dali - da u krevetu imaju ljubimca. Otišao sam da se nađem i šnjooom. Dijana ju zvala kurvetina, pomalo i Vila. Ajla se ponosila što je sa mnom trudna. Kaže, još samo da rodi muško, pa neka svaku prevari, varale su mnoge i njega, nema pojma da to nekome nešto smeta. Već se priča sredila, odveo sam klince iz škole sa njihovom majkom u bijeli svijet. Dobio sam službeni kedyyyy, išao svejedno svojim poslom, napravio jatu psećem propusnice za inogorstvo, nešto kao nekad ljudsko - što se zvaše – pasoš. Onda smo se ja i ona gore našli, usput se dopisivali. Pa sam tako nastavio se dopisivati sa Dijanom, pa sa Ajlom, pa sa Vilom, Bojanom samo sa ćao. I to je to, više se ne viđamo nikako, niti mi odgovara kad je pitam da se nađemo negdje na kafi. U početku sam dolazio na vrata kad Dijana bude na poslu, svome prijašnjom domu. Mislio sam ništa me iz njega neće dići, otjera me život nanovo iz Vrtače, mati mi bješe iz Prokletija, zvala se Stanojka, više se ne zove - nego spominje. Nisam se sjetio ima tri godine otići joj na grob. Uglavnom, nema potrebe da se mene sjeća iko preko spomenika. Ima da se sretnemo preko laveža pasa. Niko da ih nahrani. Prtim na rame  do kedyyya, jer u inogorstvu je hrana jeftinija. Ali se isto pravi od mesa. Pomogneš jednoj vrsti životinja, šta je sa drugom? Rekao sam već gore, neću da ponavljam, nema nikakvoga pomaganja. Ona je bila žena koja bi zaista dala život ako može nekom pomoći. „Dođi ovdje kod mene, daću ti samo za tebe rudnik, hranićemo svijetom gladne“. Imaš i žedne, pa one bez odjeće, struje. Kod Muje sam se u trgovini snadbjevao. Nekad je i Mujko s' kobilom navraćo. Mnogo je postio za svoju vjeru, tako da je uvijek bilo povrća i ribe. Kaže, valja se ona, al' ne svaki dan. Ko da ja nikad nisam bio Haringa. Mujo je postio jer je bio dobar trgovac, a naučio je to tako zato što nije htio trgovati sa životinjskom mukom. Bog mu dao da se upoznamo prije nego što sam se ja sa njom upoznao. Pa je ona njemu dala zastupništvo za cijelu okolnu regiju hrane za psiće, opet mnogi patiće, Mujidža. Ja kupio kamion, obavljao transport robe. Imao uhodan posao, ali su se minusi nagomilali, još malo što se nisam udavio sa njima. Bio sam već opsjednut dugom. Digao gdje ovdje ondje kredit, čak i šoping kartu slistio. Muki me vedrio i oblačio tih dana. Imao je i on dobro prođu, jer je znao da od mene zavisi veza sa strankinjom. I to čak zna da bi ona dala sve da odem šššnjom i naslijedim njena sva bogatstva. Momirova gospodža je imala nekoliko placeva u elitnom dijelu te njene gore odakle je stizala. Pomalo nerazumljiva, ipak gospodža. Udala se za Momira, pa više nije gospodžica. Nego kad je vidjela da je on otkopao još jednu pušku, sjebala se. Prve prilike, kad me je našao u gradu mrtav pijan, turio u njedra poziv za sud na kome mi ostavlja svu svoju imovinu. Jednostavno nisam ništa tražio, bio sam u gabuli, trebalo mi je pokriće za još jedan kredit, uzeo bi sljedeći kamion. Jer me jedan ne izvadi iz govana. Majka Stana - da je kojim slučajem od budale pobjegla, možda bi danas bila živa. Onog momenta kad smo se počeli na hodniku šamarati ja i Dijana. Rekao sam sebi, pa je l' to što želiš svojoj Bojani?! Ostani tu gdje jesi, stvari će se nekako srediti. Pa smo se ja i Vilica ponovo našli. Cijelu noć se nismo razdvajali očima. Gledali kao izbezumljeni jedno u drugo. Dobila je otkaz na poslu, dan poslije kad se pročula priča o meni i njoj – do direktorskih ušiju. Njegov sin polagao nadu u brak, svaki dan ju zvao po pet puta. Željko se dočepao dijela zatvora koji taman gleda na njen sobičak mali. Ugasili smo svjetlo, ona njemu rekla da mora na spavanje, jedini još on u sve - nije vjerovao, zapale ga opet noćne. Da li ga je posao - sa dragom koštao rasula stanja, ili je to opet sve tako trebalo biti. Nikad ga do tih dana nisam vidjeo, i molio sam se Bogu, da ga ne sretnem. On bi mi bio gori za rukovanja, nego moja kćerka. Odavno je nema, samo mi pošalje račun na koji da joj nakažem džeparac. Stanuje u istom gradu u kojem je Vila. Upisala školu za doktora, nije htjela ni po cijenu svega od struke odustati. A više joj se nije dalo ići do maminih suza. Još koji mjesec do poroda. Moja firma na dva kamiona, uložio sam sve Momirovo kao zalog. Ostalo od kredita bilo, taman kad se porode. Trebaće svega i svačega, a Dijana mi ne da prići bivšoj kući. Oće žena da me ubije. Sa druge strane od Viljje brat prekinuo sve veze sa njom. Vrati se Stole sa dalekih puteva. Nisu se nikome danima javljali on i Ivana. Dotjerao i on kamion za sebe, ima pozadi dva kreveta. Pa su se oni tako parkirali pred neku firmu, navukli zavjese - da se vole. Ko da je voljenje gajba paradajza. Kad trebaju ići kućama, jauču po tri dana. Ni oni više nisu imali sa tim problema, međutim nisu bili zajedno. Jedino kad smo svi na okupu, maštamo o tome da ćemo jednog dana shvatiti šta želimo, i krenuti u tom pravcu. Otkako sam otišao u tom da pišem ponovo pjesme, tako sam uporedo laufao posao, volio gdje god koga stigao, jer samo sam imao pet žena na repertoaru. Volim Bojanu, volim sve majke moje djece, pa i Vilu – doduše nenormalno. Sve je u redu kad se ne vidimo pet dana, ali je šesti kritičan. Priča bi trebala biti na kraju, mi tek počeli. Vodili smo ljubav očima - cijelu ubogu noć. Ja stvarno ne znam šta tad hoće tijela jedno od drugog. Htjela je moja duša da se spoji šššnjom. Govorila mi je cijelo vrijeme – mi smo zbog nečega drugog skupa. Srodne smo duše, a one nikad ne završavaju zajedno. I ja sam se ložio na tu priču pet dana, šesti opet zajedno, cijeli vikend će razvoditi posjete u zatvoru, Željko.

Vila mu prsten vratila. Odjednom sloboda. Dva dana nema javljanja nikom. Bojana zvala trista puta, pa napisala kratko, da je od drugarice za dom posudila. I ako ne vrati do ponedjeljka, ne zna kako će joj na oči. Došao sam sebi. Jer rastanak je svakim danom sve više i više bolio. Hoćemo li ja i ti naći neki zajednički ćošak, živjećemo nekako? Pitao sam je kratko, isto kao da je to ona mene pitala dugo, iznajmili smo stan od Mujinog prijatelja hodže. Imao ga u drugom gradu, čisto da se ne zna u Karakondžinom Panju, a bio isto tamo gdje porodilište i zatvor. Momir je svakim danom sve više i više pio, jedne prilike kad sam ga sreo bio pomodrio, htio mi zapaliti auto. Kao ti se vozaš, al' sa mojim i gospodžinim. Već mi bilo prisjelo - to što sam imanje mu pod garanciju dao za kredit. Imao sam sreća - Muju na ruci, posudi uz kamatu kad god treba. A njegova sreća, pa se stoke životinjske kutalsao, da je i njih prodavao u radnji, već bi to bio čisti pakao, i za mene, i za njega, 'rana za cuke na stranu. Nije udnik ko ni sam ništa znao, osjetih da zaista nekom pripadam. Prebacili smo moje dvije deke nevidljive i dušek, kupio sam sebi i veš mašinu, sto i stolice, kutije tri, pune tanjira. Prvo veče našeg zajedničkog dumanja kroz prostor zvani zajednica. Čovjek je rođen da bude jedinka, međutim treba mu mnogo puta prije toga da se zaljubi. Od početka je sve krenulo kontra. Dijana je prijetila da će mi uzeti imovinu. Kad sam ja rekao da je sve garant moMirova, sjela na beton, sreća nisu bile od njega sačinjene stepenice. Neg' potporni zid. Film je moj, nije na prodaju. Izvini Kusta.

Osjetih se najzad kao Momir svoje djece. Dugo mi to trebalo. Koja je to razlika njegovog odgoja i moga? Kako ja to pokazujem za primjer da treba? Svjestan svega, međutim, ovoga puta – nema Mladene nazad. Ne vidimo se pet dana, šesti i sedmi ne odlazimo jedno od drugoga, samo se gledamo. Skidali bi se, no nam se to više raditi ne da. Shvatili smo kako je seks način reprodukcije, da je bilo drugačije, pali bi odavno. Voljelo smo se kako Bog zapovijeda – što se kaže. Važem, onda sve izvagano na razne kamare slažem, sa Bojanom se nisam čuo danima. Istina je da mi je Dijana jednom kad je malo nadošla na dole rekla, dobro je. Osjećala se daljina između dva prostora, a u njoj treći - za kojeg bi oboje život dali. Ko zna zbog čega smo mi ljudi postali, moj Vladimire...?! Ja i ti patiššmo za majkama, vidi kako nas ta zabranjena ljubav snađe. Onda ti zbog Anđe, ostade bez svoje drage. Daleko je negdje u inogorstvu. Donio mi poštar poštu, stigao porez na pokretnu i nepokretnu imovinu. Fala dragom Bogu ja nisam imao ništa. Sreća što barem toga bido svjestan. Inače bi bio baš pravi Bizon. Obavezno veliki slovom. Zašto tako? Volio sam je i više od toga... jedno veče onako predan pisanju pjesama sjetih se, i opet Miće, riče govedo smotano. Tri pjesme od Bajage, bifla napamet, moje nijedne da se sjeti. Jer sam dobiveno, dao u zalog.

Ljeb ti poljubim, eto odakle meni to čitavo vrijeme gađenje na meso i ostale životinjske patnje koje se ne jedu, nego psihopate i bolesnici u njima uživaju. Izašao život na prkno, kad ono krvavo, proradila svijest crijeva. Oćeš masno, ljuto, stresno, e eto ti ga Mladene. Ko da je mene ko pitao, da li mi se jelo meso ili nije. Oću li ići napasati goveda, po klanju biti faca koja može odnijeti do pušnice najveći but. Onda budem tatin sin, mogu večerati čvaraka. Marka nije u to vrijeme još uvijek bila prežaljenja. Ko da je ostalo od Hitlera u nama nešto što se lako loži na fašizam?! Ne smijem suditi ni njemu, jer i on je neko vrijeme bio ubijeđen da je u pravu. Već kad ga je droga pokosila, bilo je za većinu čovječanstva kasno. Nije to jedan od mojih problema, sve sam te utvare prebolio, ponekad sa društvom kamiondžijske struke pripalim komad, i to je to. Alkohol niti ogledam, ma ni kad je neka najžešća žurka. Ali sam zato u posljednje vrijeme mnogo mnogo dumagijao cigare. Satima dok bi kuckao po mašini koja na papir slova slažu, vucario fildžan bez kafe, nisam volio domaću. Pa kad se prvi bircus otvori, ja se nataknem samo da nisam u četiri zida. Soba u kojoj spavam još uvijek nije prestala biti moja, sve dok se ne spojimo, ja i Vila. Ne možemo više ovako, sve oko sebe gazimo samo da budemo zajedno. Shvatimo najzad šta nas sve dijeli jedno od drugoga, posebno što su tu još moja djeca, pun'ca, punac, žena, ljubavnica druga, mislio sam na Ajlu, neja o tome pojma. Najbolje da cijelu priču zaboravimo... Pa opet počnemo da maštamo kako se vozimo po svijetu u šarenoj ko fol bubi, sve oko sebe volimo. Ništa od nikog nećemo tražiti, samo nas pustite. Jevtina za održavat'. Jeste da, ali ja sam imao ukupno troje djece. Stoleti Tevsija kod kuće tek nosila prvo – što se kaže. Da ne bude kako o svima nešto loše, o sebi ništa. Eto i o meni svega i svačega. Kao i kod Momira – promaja kroz glavu duva. Ali do tada ima još vremena i vremena, tek smo prepolovili jade vrlo sjebanog skeča. Do kraja samog biće tako. Istom na njemu će se ukazati Gospa - između nekih gora. Nosila devet mjeseci sina božijeg, sigurno će se takvom našem jadu objelodaniti. Isus se nasmija Muhamedu, na oblaku zajedno čuvaju ovce. E odatle ide najbitnije. Nismo trebali nikog pripitomljavata, a posebno ne one koje koristimo za svoje neke opaljene epizode u glavi. Shvatih da sam pogriješio što sam Drugarku i njena čeda odnio u inogorstvo. Jedino što će biti, da ću morati sve i da neću, dijeliti koru ljeba sa nejačju - što ga ljudska noga na ulici išuta. Tačnije rečeno, i bolje, jadan je bio ćuko moga Momira. Odvukao sam se snovima ponovo do Miće, jedno veče dok sam još uvijek čekao na preseljenje kod Vile. Raspisao sam se o svačemu, dok ne stigo da moram i o njemu. I tako krenu jednu po jednu, evo me ovdje sa vama, sad, a sada je najbitnije, pa i od svega. Šta će biti sutra, to neka Vladimire, Bog odluči. Prestajem za navijek vijekova ugrožavati drugim živim bićima opstanak. Čim pomogneš jednu vrstu, drugu si unazadio. Svi smo vezani tankom niti, živimo i poslije smrti. E sade i ja znam Vlade, al' tada nisam znao. Krao sam joj riječi iz usta boje meda. Nismo se ljubili već odavno, ali ne što se jedno drugom pogaduckavamo, nego što tako hoćemo. Volimo se kako je nama volja. Ali taman tad' stiže na red bojaNiNa stanarina, pa školarina, izgubi se dojam da postojimo. Čim spomenem još dvoje djece na putu, nije da se smrkne Vila, nego nekako ustukne. Osjeća se kao i ja kriva. Nikako čula brata od onda kad je saznao da se viđa sa mnom. Nije daleko bilo od velike daljine brkinog doba - do toga kad smo se svi našli u pat poziciji. Osjećao sam da tek dolazi val, a ovaj još nije ni prošao. Umalo nisam bez ture ostao, dobio posao Slobo iz palanke - da vozi gore colu, odozgo bi cukama za našu goru hranu. Ista se pravi od mesa Mladene. Šta bulazniš o vegetarijanstvu jadan ne bio? Jeste da, ali ni njih nismo trebali pripitomljavati, danas bi to bio vuk. Ja, ali Kazandžija dragi, tog' bi se nakotilo preko glave, sve bi nas priklali? Šta fali, ako poslije ove priče ide sljedeća?! Pa mi budemo onaj koga smo jeli u prošlom životu. Postaneš sam sebi hrana. Da, mi smo postali od crva, samo nismo svjesni crvotočine koja nas je snašla... e tu je još ono najbitnije od svega, bili smo svjesni baš toga – nećemo moći živjeti zajedno. Mnogo je onoga što nas razdvaja. Ode Emi priča dovraga. Više te ne spominjem, nis' neka mušterija.

Pa je prva polovina svega stigla do kraja. U meni se nešto preokrenulo. Dijana je donijela sa ceste bačeno štene. Unijela ga u naše zajedničko kupatilo iz prošlosti, pa ga okupala. Odnijela ga do doktora za životinje - da mu da što ga sleduje. Kad joj je on rekao da je malac žensko, tačnije kujica, nikakvo čudo. Njih su najviše bacali kod škole. Odatle i Drugarka sa svojom ekipom. Hvala dragom Bogu dobro su. Samo što su mogli biti i ovdje. Jesu, da smo ja i Dijana imali više ijednu zajedničku. Međutim, kolo se otkotrljalo na drugu stranu njive, prijetilo zauvijek da uvede zabranu kupljenja sijena. Neka nema zarobljenih životinja ni po kojem osnovu. Nije se ista ideja sama stvorila, nego probudila. To je naša istina, samo još ljudski rod nije stigao do tog dana. Nazvala ju je Šarena. Satkana od svih mogućih boja pasa Karakondžulina Panja. Ko zna, možda je stigla i iz daljeg grada. Preko mnogih gora su se bacali na nemilost i milost. A samo se nekad prije nisu trebali ni pripitomljavati. Pa bi Šarena bila vučica, na zvijezde noću zavijala. Nas je okupiralo cijelo nebo, više ja i Vila nismo gledali tako, imali smo jednu koja onako baš sija. Vidjela se uvijek kad mi to hoćemo. Bljesne između ostalih da nam kaže odakle smo na Zemlju stigli. Čisto da neko ne pomisli kako je priča mene Mlađe i mojih jada, što oko ljubavi, što oko roditeljstva, smještena negdje na nekoj drugoj planeti, i kraj nekog drugog suNca. Srce moje i njeno kuca kao da je jedno. Odjednom je i kuća u kojoj je ostala Dijana sa još nerođenom bebom dobila na sjaju. Ajla je bila baš zgodna trudnica, mada me više nije privlačila kao neko s' kim bi rado u krevet, nego kao majka moga djeteta. Tako i njenog, samo što to nisam rekao nikom osim što sam natuknuo jedno večer dok smo ja i Vila lajali na zvijezde. Da bogdom nisam, pričao sam vam već kako se malo ko ljuti kad joj pomenem Bojanu, i dijete na putu. Istinu do zadnje nije znala Dijana. Međutim i to, nije više ni ona napadala ispod, nego se nekako ispravila. Da li je Šarena donijela promjene u njen svijet, a znam da joj sa mnom nimalo nije bio lak, jer sam što se kaže, od malih nogu bičem terora spičen... A to kao što se opet kaže, ostavi posljedice. Pa onaj koji nije bio voljen kao dijete, kad poraste mrzi. Nisam ništa smješnije čuo u životu, to je tvrdio dok ja ćurim bez kifle na trgu, neki tamo, sa Balkana poznat pisac. Ma jok bre, da je iz Vrtače, cijeli svijet bi se smijao, ovako ću doživjeti da svi nadođu domu svome, man se 'talije, i građevne. Otjerale nas preko svijeta male plate, za njih se borila unija poslodavaca, predsjednik imao firmu, u njoj četiri stoje robova, plata dvjesta evrova, odatle je Vila – dobila otkaz.

Doduše, kad se uzme sve na vagu, al' potačno, nisam ja mrzio nikog. Zašto se onda osjećam krivim što oko sebe sve volim? Nijedne zamjerke nisam imao s' nikim, osim kad me Dijana iznenada počupa za kosu. Jednostavno ne umijem u tom trenutku da se suzdržim, vratim joj ćušku. Da ne bi bilo bezveze šamaranja, još posebno kad je tu Bojana, riješio sam da iz vlastita doma izađem. Pa je otišla Bojana, i tako osta Dijana sa bebom u stomaku - sama. Stiže joj Šarena iznenada u goste, pa više nije. Mije šape cukeće kao da su njene noge. Osjećaj majčinstva već odavno rođen, samo je obaveze životne kao i mene rasturile. Namet od mame i tate, samo sine da su popeglane zavjese. Pušili smo obadvoje cigare, samo zadnje vrijeme provedeno skupa, strogo na balkonu. Čim jedno uđe da se zgrije ili rashladi, odmah drugo isčepi. Dobro je hvala dragom Bogu Vladimire, šta misliš da smo se nastavili koškati? Dosad bi se poubijali. Kamion radi, biće za sve pogače, ne izlazim iz njega. Otkad sam zadužio momiRove njive, nekako sam ga u najširem krugu zaobilazio. Iako sam znao da ću uspjeti u prijevozu, osjećao sam krivicu. Međutim, tu mi je trebao vozač. I ako ga ne nađem moraću nekog iz druge struke obučiti – kao što mene Jovan. Nisam polag'o državni – kraj Mostara grada. Masni mi je isto pripomogao sa svojim šticama, samo što je uvijek spavao za vrijeme časa. U to doba Stole je bio posjeć često svojim rođakom Đoletom, istom isti položio vozačku. Radio dva tri mjeseca kao vozač kombija u duvanskoj industriji, iako nije pušio ništa, niti pio kafe, većinom su ga viđali kako goni lijevom. Pretiče, rijetko kad koči. Imao je buljave oči, reko bi čovjek taj nikada ne spava. I kad preklopi, to je otvorenih. Rekao mi je za njega u prolazu kad smo se vidjeli u sobičku od Viljuške i Ivane. Potrefio nas isti vikend kod kuće, samo ne svoje. Nego eto te neke naše. Svi smo unutra nutrili kuda i kako dalje. Željni da taj nedjeljni odmor traje što duže i duže, on se samo završi. Stole ode kući, posjeti dragu suprugu Tevsiju i nerođeno dijete. Živjela je sa njegovom majkom. Te kad bješe - Đole ga zamoli _ da i njemu traži kakva posla što se tiče vožnje kamiona, pa mi ga je odmah u ponedjeljak još čvršće preko aber kutije predložio. Nisam ni razmislio, odmah sam ga uzeo. Sad će na svijet ostala djeca, a i tri žene su u opticaju, pa Ivana i Stole, donese Đoleta sama roda. Mogao je da goni kad treba koliko god zakon dozvoljava – bez treptaja. Pitao me da muljamo trake, jer on može mnogo više. Nisam prist'o, htio sam pošteno, iako je to tako od djetinjstva, sjebano, pa et, riješih - da sve oko sebe volim, jesmo doduše jednom zajedno gonili dva vikenda bez stajanja, samo gas. Bojana se školuje, zaboravih na tren _ valja zapeti. Da je razred peti bilo bi lako, međutim, ona će ubrzo da završi srednju, mislila je studirati. Čovjek kad bolje sagleda suštinu i ne može prije da shvati to što ga lomi, nego kad ostari. Stiskale su me godine srednje, niko mi o tome nikad nije pričao. A i ko bi, isto kao što ja pričam svojoj Bojani, ni ne viđamo se više. Piše, tata kraj će mjeseca, ne zaboravi za stan i džeparac. Kud je to već curetak, samo bi se presvlačila. Nemanja očaran čarima njegove neke daljne sestre. Iako nisu blizu krvi srodne, imali su vezu, jer dobiće ubrzo zajedničkog brata ili sestru. Iako je Bojana tvrdila da joj se sviđa kao drug, i da ga tako voli, on je to gledao drugačije. Ponekad bi se našli poslije nastave na kafi, ali bi to završavalo sa razlazom mišljenja za njih dvoje, i njihovu kao neku zajedničku budućnost. Bila je samostalnija već pri zadnjem susretu mene i nje, nekako sam je bio baš puno poželio. Sljedeći vikend kad stignem u Karakondžin Panj, idem drito do njenog grada, ujedno i tamo gdje živi Vila. Samo ću prvo svoju ćeru da pomilujem po glavi. Osjećaj kao da si drugi dan probuđen iz nebuloze. Valja zapeti, povratiti barem komunikaciju između oca i djeteta. Nema veze što je mene Momir nako, nije udnik od pijanstva drugačije umio.

Alkoholna ovisnost je bolest, nema tu više nikakvog uživanja. Postanu noći pune sranja, nikako mirna sna.

Po danu sam gonio kamionče i usput na kutiju sa aberom sklapao nove poslove. Vuklo se svakojako robe, ali samo one koju zakon dozvoljava – što se kaže. Pali ga... Bajagaaa

Momir prestajao nije, dobio je šećer, ali ne u kafi, život mu je svakim danom bio gorči. Tako isto i masnoću, pritisak kao u Miće prije smaknuća. Udario ga je prika Mile macolom od Momira, muža Stani na sahranu dovezla je hitna. Polomio bio rebra i ključne kosti, kad hoće nos obrisati od bala, plače jer svi plaču, spanu mu obadvije do koljena. Ko da šaka nema. Polako se oporavio, sad ga je u penziji stigao uboj, što onaj vanjski, tako i onaj unutrašnji. Dolazio više nisam u Vrtaču, petkom kad stignem sa puta brišem stotine poruka od Dijane, moli, preklinje da se vratim. Tako praznog inboxa svratim do Ajle, doktor je na intervenciji. Zagrlimo se na rastanku, sad više ne čekamo da joj muž uleti sa svojom mašinom u garažu. Prije malo toga iskočim na cestu, pa se uputim ka momentima šutnje. Često je to nikakva konzumacija riječi izgovorenih, mi da se volimo kako niko. Tako je to i bilo, nije išta svjesno toga, opet se nisam našao sa Bojanom, odbila mi poziv. Jedino što mi ponekad Vila na uvo šapne, brat ju neće pozdravi. Kaže kako ga je osramotila. Željkaču više niko i ne viđa u gradu, otkad je stvarno shvatio da je izgubio vjerenicu, samo je radio i sjedio kući. Imao je oca u blizini, ostavio njegovu majku sa mlađom, sa njom stekao sina, pa ga je ova Vilina sudbina sa mnom – pravo dotukla. Nisam ga poznavao lično - do iz priče moje zvijezde, sjala je na nebu jedna samo za nas. Napobaška sve prijašnje, od ove ne može ni Sunce jače. Srce u grudima skače kako se primiče kraj nedjelje, mora se na put krenuti. Rastaje se Ivana od Stoleta, rastajemo se i ja i Vila. Dva dana poslije petka provedemo zajedno. I onda je to što se zove popodne nedjeljom, valja ići zaverglati motor. Brekće na parkingu natovareno magare, idemo preko mnogo gora da vozimo terete, ja i Stole. Ode on prije podne tog dana rastanka, kod svoje kućne žene, samo da se prikaže, i ostavi za namirnice. Skače što prije nazad, ostaje mu malo još da provede sa nama. Zavrzlama koja više ne pita ko je normalan, a ko nije. Jer se sve izokrenulo. Dijana je svakim danom odanija Šarenoj, ponekad mi napiše dok sam na putu – da bi voljela da spasimo brak. Misli da je pogriješila što je mnogo slušala u životu mamu i tatu. Zna da me je to u nigdje otjeralo. Još ako volim Vilu kako bruji cijela palanka i šire, onda je možda kasno. Iako je tako, voljela bi da nam dam još jednu šansu. E sad, ajd ti budi normalan, uz to znaš -

da na put stiže još jedno dijete _ koje moramo izvesti iz trnja i blata. Fu, još imam i sa Ajlom takvu priču, samo ne bračnu, od svega toga ja bi' sa Vilom da šutim. Nismo više ljuti jedno na drugo, donijela Šarena, svima nešto sa sobom. Obećao sam da ću da svratim na šolju topla napitka. Pojačo dozu duvana na dvije pakle. Od kafe sam manje spavao, tako da mi je sve išlo kaj se tiče posla – k'o po loju.

Stigao sam kasno u Karakondžin Panj, preselio sam ono teke stvari, što se opet kaže, kod Vile. Više nisu bile same ona i Ivana. Živjeli smo u troje. I to je tako trajalo dok sa puta ne stigne Stole, jer ja se sam plašim. Pa smo zajedno od večeri do jutra gledali u zvijezde. Ko u bisere rasute.

Krećeš od nule, nisi vidio Bojanu danima, niti joj otišao u školu kao roditelj, niti si obišao Dijanu ni Ajlu. Posao onako, štreca sam za sebe, više minus nego plus. Nikako da isplivam na površinu. Radniku sam platu nekako obezbjeđivao. Nisam kasnio, što se ima običaj blejati. Iako sam sutradan odlučio da odem do Vrtače, posjetiću već uveliko bivšu suprugu. Nismo se bili zvanično razveli. Mada je Vladimir tvrdio kako se crkveno to ni ne može. Uzeo sam burmu sa ruke, bacio za vrata. Vjerovao je narod okolni i hodžama, pa je sve oko nas okruživala džamija, Momir je bio odmalena Srbenda, morao sam i ja. Pa se sve to tako i odigralo. Postao sam neko ko se vjenčao u crkvi, krstio dijete, takoreći – prava Srbenda. Počelo se da koška između svega toga, da trebamo mrziti jedni druge. Od rakije ni ne možeš očekivati svijest širih razmjera. Stigao sam taman kad je vrijeme jutarnje kafe. Poslije ću svratiti do Momira i njegove Gospodže. Više nije priznavao ni svoje, okačio umjesto ikone slave, sliku Hitlera. I to ga našao negdje iz mlađih dana, nije nosio brkove. Ličio na Jevrosimu najviše od svih - koje sam upoznao. Na kraju sam je kao i svoju Bojanu volio. Da li ću ikada moći prema Mometu nešto osjećati? Više nisam imao ništa za uprijeti u njega, što se kaže, pa do veli - volim te tata. Ne osjećam ni ja da me Bojana tako bodri. A Bajaga, šta sad kažeš, više se ne plašim ćaće, smijem te slušati?! Al' te neću više spominjati, k'o i filmadžiju, neš zapjevaš na recku.

Zaključak jedne faze mišljenja o osječččajima bi bio, svi traže da ih neko voli. Pokucao sam. Izašla je Dijana. Bila je slomljena u očima, sedmi mjesec trudnoće. Krenule su mi suze niz lice da toče, i to tako potocima, počeo sam da jecam, kad mi se oko nogu smotala Šarena. Sjeo sam na prag. Donijela mi je žena koja je rodila Bojanu, i uz to nosi još jedno moje dijete, čašu vode. „Znam da ti je trebalo slobode, i da si za njom otišao. Čula sam da mnogo voliš tu novu svoju, Vilu, želim vam sreću svog ovog' svijeta". Trznuo sam se kao najnesrećniji čovjek, šta sam uradio od života svima? I to što ja bjeho pjesnička duša, čekao se samo momenat kada ću u poeziju zagaziti do kraja. Pored kuće protrča Mićo sa svojm mamom. Žujki razbijeno čelo macolom od Momira. Udario ju od prike brat, mesar lake ruke, što se kaže. Do tada sam sumnjao u sudbinu, ili ajmo reći neka se to zove zanat kojeg čovjek treba obavljati dok je živ. Moram spasiti svijet tako što ću za početak poredati stvari oko sebe kako i kuda treba. Međutim, tu je trebalo sukanja rukava. Dolaze na svijet nova djeca. Imam vezu koja se ne raskida, i to sa Vilom. Ona je ta žena koju volim svim srcem, i ta koja ne nosi moje dijete, jer se mi ne krešemo, nego volimo. Prvo poredati samo tu stvar, na sve uzeti, da ja volim i Dijanu i Ajlu. Kako da mrziž majku svoga djeteta? Nisam to nikada ni mogao, nego je kod okoline se tako odrazilo kroz trač. Svako je nečiji život živio, samo ne svoj, što se kaže. Pored škole u koju više niko ne ulazi projurio Mome sa gospodžom, iza krivine sljedeće - nešto je snažno grunulo. Otrčao sam do kola, nisu bila neka, i njih sam na rate otplaćivao. Morao sam polako, da ne završim u nekoj od rupa na cesti. Vozi se trupac nemilica, izrupali teke makadama - šticari. U jednog se takvog Momo zakucao. Na limu od kamiončine sa prednje strane mrtva gospodžina glava. Momir krvav sa lijeve strane lica, ali dolazi sebi. Alkohol se osjećao u toj mjeri, isto kao da je slupao se od luksuznu mečku tovarnjak sa pivom. Više tajo nije rokao ni rakiju, samo vopi preferira, što se kaže. Iza mene čini mi se na sekundu, dotrča Dijana sa Šarenom. Trbu do zubi, nigdje graška znoja. Bila je u kondiciji iako joj se u očima vidjelo da ju je baš sve što se izdešavalo – slomilo. Na prozorima ne vidjeh ni zlatne store, izgleda sve poskidala. Taman prije nego grunu Moki iza krivine, reče kako joj više ne dolaze ni njeni. Jedne prilike, samo su umrli. Brat najzad dobio vizu, odletio neki dan!

Živ je bio Mome, samo gospodža nije. Da li će tako da zove Bojana Vilu? Sljedeći sekund se stvorila milicija, hvala Bogu Vladimire, konačno su stigli. Pa su onako krvavog niz cestu odveli moga biloškog oca, tek tada mi se srce steglo. Bio je i pored udarca ošamućen prevelikom dozom ukisloga ječma. Urlao je na vozača koji je prije zakucavanja stao, i izažao iz kamiona do obližnje njive, ocijenio je da mercedes u naletu ne misli škripat' okruglim nogama. Pritrčao je čim je dernulo, ali se onesvijestio kad je vidio da nema spasa gospodži, mislio je da je i Momir mrtav. Poznavao ga je već sa te dionice, jednom mu sjekirom sasjekao sve gume. Šumari kad su sječu doznačivali, zakačili našeg dijela, što se kaže.

Stigla je i pogrebna sa kolima. Gospodžu strpali u sanduk. Odvezla kola slupana šlep služba. Da otegli oštećenog šticara, došao od Masnog sin. Vladao je mašinom kao sa igračkom. Za tren oka, poprište nezgode koju skrivi alkoholna čizma davnog fašizma. Na slici Adolfu nikli brkovi. Plakao sam opet potocima, aber kutija nije prestajala da zvoni. Mijenjale su se u potrazi Vila i Ajla. Momira su prvo odveli do doktora, pa je za sve saznala Ajla, kako je do Vile stigla informacija, nisam je pitao, samo sam rekao – pusti me! Osjetila je tog momenta da me gubi, strefila me još jedna nedaća u životu. Znala je kakve sam naravi kao niko što nije, popustiću. Cijelo vrijeme mi je govorila da pišem. Bojala se da ponovo ne prestanem sa stihovima, više nego da se nikad u budućnosti do kraja života pri koži dva zaljubljena bića sretnemo. „Može i kao stranci, samo ne prestaj da pišeš“. Okrenuo sam se Dijani i Šarenoj, iza njih je stigla iz grada u kom je zatvor i porodilište – Bojana. Gospođa ostaje do daljnjeg u Karakondžinom Panju, imamo – hvala Bogu - što se kaže, mrtvačnicu. Život na upalom licu Dijane je prozborio – pozdravi tatu. Prišla mi je i pružila ruku. Samo sam oborio glavu. Nisam mogao izustiti – sine izvini. Laganim korakom smo se zajedno vratili do škole, ja se okrenuo i nastavio dalje. Ispratilo me dijaNiNo – navrati. Usput sam stao iza krivine - da vidim ima li gospodžine duše. Sjedjela je na džemperu staNiNom. Kupila ga mila moja majčica, kad je jednom Momir bio pet dana trijezan. Ne zamjerim ti, idi, samo idi, nikad te nisam mrzio. Osjećam se krivim što ti na neki način nisam rekao da si u opasnosti. Međutim, isto nisam ni rođenoj majci, tako da ni ti meni nemaš što zamjeriti. Ostalo, ako imaš nešto što mi ne možeš oprostiti – nosiću se sa tim. Da sam mogao birati, ostavio bi' tebe u životu – ne bi' Momira. Nije to naša sudbina, niti će moći ikad ljudski zadatak biti – nekog ubiti. E sad je li to ubistvo, i ono isto staNiNo, nisam advokat nego pjesnik. Mi to vidimo drugačije, zato nije svačije kraj puta srati. Možeš li mi dati taj džemperak, hoću da imam uspomenu na majku. U stvari, neću, ne treba mi sjećanje, ono me samo odvede do toga da mi se ništa ne sjeća. Sve neke ružne slike kruže oko glave, u njoj mater pere krv sa tek isprobane u vestu sapletene vune. Prve pijane dane okrvavio Stani Momir, i to po novom džemperu. „Šta si ga obukla na sebe, da budeš kurvetina“? Usput juu tresnuo preko bubrega nogom, kad su je presvlačili za sahrane, vidjeo sam da je i tu đavo otisnuo pečat. Na crkvi poslije stanice službe za bezbijednost u Panju, konačno _ oglasio se Karakondža. Ding dong veli sa građevine, koja poticaše iz vremena - ko zna kakvih sistema života ljudskog _ sat. Umjesto da kaže tika tak, stade. Odatle, pa do ovih momenata dok škraba Mladen svoje breme života, vrijeme nije proticalo, niti će ikad više. Barem ne za mene, izvini, ipak ću sam dalje, došao sam po stvari drugi dan od toga kojeg sam iste donio kod Vile u sobičak. Gledala me sa blagom radošću, možda sam pronašao gdje bi se osjećao malo bolje. Vidjela je, da me sve slomilo. Ne odustaj nikada, i kada bude tijelo padalo – poezija je tvoja sudbina. Poljubio sam je u čelo, pa sam se vratio do još neodjavljenog stana, sjeo za mašinu, i do sljedećeg dana pjesme kucao. Tog narednog sam otišao u zatvor, čuvar jedinice 136, Željko, sproveo me do Momira. Trista puta mi se izvinuo dok se nisu otvorile odaje gdje leži razbijene glave – moj ćale. Svetrojica sjeli u ćošak, razgovor nadgleda čuvar. Intima sa starim pred čovjekom koji je htio da ženi Vilu. Mucao sam kao da sam za sve loše na planeti Zemlji ja kriv, pa čak i za zvjerstva – Hitlera. Pustio je bio Mome baš iste kao u njega, samo od prekjuče potjerala - da niče brada. Pa je bio nešto između njega i onoga, dva luda u jednom. Otrijeznio se skroz. Počeo je da plače, kao malo dijete kad će ga učiteljica odvaliti od batina. Istom neki razred početka školovanja, bubrege cijelom razredu odbija Jevrosima. Upišao se bio u gaće. „Mogu li da mu donesem nove, vidite da je sav mokar"? „Ne moraš mi sa vi, odi do porte, reci neka te puste - da sam ja rekao, pa donesi garderobu neka se presvuče. Preko puta dućan drži moja mater, daće ti na odgođeno, ja ću garantovati plaćanje". Nikad me u životu veća sramota nije zadesila, vidio je i on koliko se crvenim, pa me potapša po ramenu. „Ajde, nisi ti kriv, svejedno između nas odavno sve nije funkionisalo kako treba". Izašao sam iz cijelog kruga u kome osuđeni i neosuđeni čekaju slobodu. Na ulazu u trgovinu dočekala me žena, zvala se Zora, odmah mi je dala upakovan paket sa rubljem. „Javio mi je sin, i sve znam, račun ti je u vrećici, pa kad možeš plati". Novi talas srama naleti, pado na koljena pogođen istinom – ja sam ju samo volio, nisam mrzio Željka.„Znam, ne brini, idi sad"!

U cjelini, Karakondžin Panj je bio jako umro grad, održavao se na rudniku. Lola sa dukatima znao za te baje, i to lagano koristio, međutim, ovaj gdje je zatvor i porodilište se sveo na to dvoje. I živjelo se od donacije koja je stizala iz čitavog svijeta za napuštene pse. Svakim danom ih je bilo više. Pa je vlast cijele palanke našla nove šintore da kupe cuke sa ulice, dovodile u logor koji je smješten bio na izlazu iz tog grada prema Karakondžinom Panju. Sebe su zvali Avenija. Podsjećalo na nazive trupa brke, ali o tome ja nisam imao vremena još razmišljati. Morao sam tati nositi gaće - jer se umokrio u one što su ko zna koliko dana već na njemu. Mogao sam samo zamisliti kako se on osjećao. Željko je stvarno bio lijep, i na sve to – dobar momak. Wow, po ko zna koji put, šta sam od svega uradio? Morao sam pod hitno mijenjati stvari. Nije to pravi smisao mlaDenovog postojanja, imam za njega još koje čudo Bog. Vladimire, ne zezaj, pretjeruješ. Svim sam snagama krenuo u pisanje. Samo sam tipkao. U svijet ljudski stiglo računalo sa slovima. Na njemu sam ko - fol računao o biznisu, a u stvari – samo pisao. Posao je laufao, kako je laufao, znao sam samo da moram nastaviti, i jedno i drugo, da činim. Jedno što na svijet stižu nova gladna usta, drugo što i poslije njih sljedeći stižu. Planeta Zemlja ima još duga vijeka otkad ja ovo pišem. Odonda kad je Mladen sve ovo doživio, prošlo tri milijarde. Eva smrdi, ali više ni kao sardina. Istina je u stvari uvijek bila jedna – a to je ljubav. Da ova priča ne bi dobila slikoprikaz snjeguljice sa sapunom, idemo na drugu stranu svega. Malo ćemo da prebiberimo sa čudima. Pričaću opet ja, jer samo Mladen zna kako je sve bilo. Prenos uživo iz Haga, uhvatili nekog zločinca iz rata, pa mu sude jer je bio sličan Hitleru. Isto kao da Momir i prile Mile nisu. Jevorsima u Vrtači za platu držala logor odgoja za malu djecu, samo što se ne zvaše – koncentracioni. Iza njih žmiri Mićo, pojela mu kučka jaja, i to za maminu sahranu. Na kraju ni njih ne mrziš. Ništa, ko ga šiša, priča ide dalje. Ne mogu bez Vile, ne ide. Dođem ja kao sebi, al' to jedan dan, mazimo Dijana i ja Šarenu. Ona u jednom ćošku, u drugom ja, za mjesec će se poroditi i ona i Ajla. Sad već i ona za tu tajnu zna. Vila ništa zvanično, kao ni ja za nju – samo se gledamo. Bratu se njenom sviđa Bojana, više sestru i ne pozdravlja. Popravljam zgužvanu košulju na sebi. Nije ljubav samo svedena da bude između muškraca i žene. Nije nije Vladimire, nego što si cio život spominjao dragu, i da je daleko u inogorstvu? Što barem ovo drugo nisi prešutio, samo je spomeneš kao da je ne poznaješ? A nije kao da nikad niste ni počeli, niti prekinuli. Odjednom se sve vrati nazad. Stole i Ivana, ja i Vila. Šutimo da ne probudimo zvijezde. Spavaju kad trepere, jer to se ne radi po danu. Pokrijemo se sa pravo pravo nevidljivim dekicama, dok svirena ne zatrubi. Voziš malo, onda malo pišeš više, kontaš, one će se poroditi, rodiće se nove osobe koje će da me vole, jer sva djeca ljube svoga tatu. Wow, opet se nisam vidio sa Bojanom, poslala mi je poruku da ne brinem, i da me ljubi. Wow, i opet i opet. Došlo je kad moram na drugu stranu. Odlazim sljedećeg puta kad se vratim sa puta. Ostao je muk u sobi kad sam krenuo na obavljanje rabote koja koru ljeba znači. Oće glad i bez kruha, ali kao kad ti nedostaje neka osoba, lako neće veća. Sjediš i čkomiš, nećeš se javiti. Vila će da sjedi sa pitanjem u ruci, kako ću ja sada dalje? A mora se. Rekao sam joj još to da ću za cijenu istine, jednog dana ispričati iz kože nekog tamo Mladena, zapravo i vladiMirovu priču. Ona je isto slična, čak i u oba slučaja se na kraju voljeni – rastanu. Ostanu na nekoj drugoj strani u kojoj nikog neće povrijediti, do sebe. Ko zna koga hoćeš sve u životu. Rodiće Ajla moje dijete. Rodiće Dijana. Pa su obadvije mjesec pred porod dobile spontani, bebe nisu preživjele. Sad će neko reći, al' lupetaš Mladene. Niakvo si ti muško, samo spontani i to je to. Nije tako, nego, najradije bi da ne pričam o tom krugu pakla, znaju oni koji su doživjeli abortuse u kasnijoj dobi. U početku bješe savjesti i grižnje, poslije je Dijana išla na čišćenje dva puta. Nismo više htjeli imati djece. Pa ju je zadnji pregled isprepadao ginekolog koji je vadio plod iz utrobe njene. Ko da može da spreči rođenje iko osim Boga. On je samo njegova ruka koja obavlja svoju dužnost za platu. Vila je nestala preko noći, sa njom i Ivana. Sjedio sam sam u sobičku, nadomak izlaza iz Karakondžina Panja, nemamo ni koka, sad smo prava gradska raja, aman što se kaže, kaže. Sa Dijanom Bojana, sa Ajlom doktor, koji je ujedno i njen muž. Najradije bi da se roknem, neću više da živim. Pripremio sam špricu punu heroina, pomiješanog sa mišomorom. Prokuvao smjesu u žlici, kraj sebe stavio skalpel.

Brale moj kad jedno jutro ja osvanu kao novi čovjek, šarena je bila noseća. Javila se Dijana porukom na aber kutiju, dođi poslije da je vidiš. Od sloma sa prijevremenim porođajem smo se oporavili nekako, ali kako početi dalje, i da to dalje ima smisla? Skidaš se sa raznih droga, nikad proggglema sotim – što se kaže. I tako je došla loša roba, samo se za ubiti valja. Jedino tako mogu prekinuti život, da za sebe ništa ne znam, i da ne vladam sviješću. Joj, ja vladam onom da su životinje mnogo svjesnija bića od ljudi. Evolucija dodijelila čovjeku moć komunikacije, ali samo sa jezikom. Izgubio se vid ljubavi, zvana gledanje. Šarena je bila ponosno skotna, kao da je nosila nekoga ko će na svijet taj naš jako, pa propali, donijeti spas. Kako će to u to doba moći učiniti pas? Kako neće, prije bi' pitao? Kad sam stao da mooo krim, otkočio se kamion, lupio iza sebe gospođu u bmw u. Lada momiroVa vrijedna njene limuzine žmigavca. Eto u takvim kolima je poginula moja mama, šta ova voza?! Nisam smio reći ništa, kriv sam, ali sam barem nastavio sa poslom. Tražio sam policu osiguranja po kaseti kad je ona progovorila po naški, isto kao da je bila iz Vrtače. Barem da je dolazila kod nekog u posjetu na par dana, čisto da se nauči dijelom vrtački naglasak. „Al' si me štrecnula, odakle ti ovdje"? Bila je prelijepa starija žena, vidjelo se, sa zaista mnogo životnog iskustva, ko zna naprijeko koliko je ona prešla svjetova...? Dobrota joj se osjećala na licu, htjela je da oproba jesam li njene ljepote svjestan. „Takvi kao ti su mi najslađi, još kad se tako zajapure. Imam osjećaj da si mnoge povalio u tom svom sobičku na točkovima". „ Ma pusti me, nije mi do žena više u životu, barem što se tiče zaljubljivanja.

Zadnji puta me to jako u grob otjeralo". Nisam htio spominjati naslutu da ima toga i za gore. Dvije bebe su stigle na svijet – mrtve. Možda to i nije tragedija ako se gleda, da živ ne može nikad umrijeti. Naravno, ako se za tog stvora može reći kako je insan. „Insani su sve životinje, i sa njima kamen, samo mi to nismo Mladene, zovem se Svjetlana, vjeruješ li sad u čuda"? „Nemoj me zezati da si ti vladiMirova ljubav"? „Vrtača je nekad bila i moja istina, koliko sam samo puta u njoj uzdisala. Bila sam spremna umrijeti za Vladimira, na kraju me odvukla karijera. Ajde da je nazoveme tako, jebem li je i ljudsku sudbinu. Izvini što psujem". „ Ništa", turio sam joj u ruku osiguranje. „ Ma daj ne zezaj me, idemo kod mene do stana, htjela bi' da čujem neke stvari. Za Vladimira mi ne pričaj ništa, sve znam. Da je htio da pođe sa mnom možda bi' ja popustila, pa otišla drugi dan nazad, međutim, nisam. Čujem da pišeš Bogu pisma. Neko je stiglo i do mene. Da li bi bio spreman o mom životu napisati priču, ja ću je objaviti pod svoju? Odrekao bi se tako slave i priznanja, ali samo u ljudskom obliku. Za sve ostale slijedile bi nagrade, samo za tebe ne". Gledao sam zbunjen, što se kaže – u najnovije čudo. „ Može da bude svako spašen moj Mladene, samo za tu priču fali volja, jebeš više i ljubav, ako nema nešto što te ka naprijed motiviše. Eto vidiš, Vladimir jednom spomenu svevišnjeg, ti stižeš do mene.####

Paa smo došli do nje. Sjeo sam zabezeknut kad sam ugledao na komodici od nekog skupljeg materijala - fotografiju stradalu vremenom. Na njoj ona i Vladimir, dibidus zaljubljeni. Eh da je barem živ, pa da mu ovo ispričam. Mada ne znam bili mi vjerovao, jer i ja sam se našao u čudu, ko zna kojem po redu u životu. Taman mislio doživjeh teke ljepotu, kad ono iznenađenju nema prestanka. Samo onda kad me steže ljudska sudbina - da budem karma dodijeljena. Ili odabrana Vladimire? Možda mi je suđeno da dođem do ove priče, ispričam je za nekoga ko bi želio posvetu za živa sebe, napisati _ mrtvom već odavno ljubavniku. Nije, nego sam baš to htio, ni na šta se ne bunim, volim život. I to ko zna koji po redu, prošlih se sjećam tek odnedavno, otkad izgubih nerođene sinove i kćeri. Živjeti se mora, ne mora onaj ko se pogne tom koji ga je spopao. Održiš obećanje do zadnje, pa i kad padne tijelo – pjevaš. Ima nade za sve. Pa i za Hitlera, ušao je kožu ljudsku da pokaže dokle smo stigli ratovima. Sve nam je to od jedenja mesa. „Odakle ti mali sve to sazna, mlad si mi, a iskusan? Ja sam dobila dojavu da će mi stići pjesnik u pokušaju na adresu, zato sam ti se u branik zabila. Znači namjerno, kad ono zaista neko ko će znati šta pričam. Imaj na umu da će knjiga biti prikazana mnogim očima, i da će svi znati kako sam u tom poslu neiskusna. Onda kad dodijeli se nagrada meni, ti opuštano iz publike pljeskaj". Aj laj i laj Šarena, dobićeš i ti svoju ulogu. Veću od svih ljubavi. Priča će na kraju reći da možeš voljeti koga hoćeš, najbolje sebe. Postaješ svjestan mnogih trenutaka koji život znače, najradije bi da plačem. Počinjem, snimam na još neku od aber kutija, poslije ću na pauzama prepisati, vikendom do Dijane i Bojane, posjetim u tvorza starog, dobio tri godine robije, gospođu sahranili na bilju. Počeh i nju da volim, zaista je bila stativa koja je dobila zadnju šut u vugla zahvaljujući svome mužu. Zapravo, nije za njega bio ljudina – ko je volio kera. Možeš ga držati na lancu, ali brale moj u kuću, ni pod razno. Domu sam stigao jedne subote rano, sve je mirisalo na još će biti tuge. Osjećam da me spopada, vidim slike koje već zaživljavaju. „Biću tvoja vječno – Vladimire". E moj Vlade kako sam se tada rasplakao, zaista ti treba dati orden. Popustio si kad niko nije, nisi ostavio majku. I ja sam, znaš da sam sjeo tog momenta u ladu, žmirio kad će Stana poginuti. Nije lako kako god okreneš kad imaš susret sa smrću. Taman uzeo u zalogaj od krompira pitu. Viknu Momir – postrojavanje. Ne htjede od prve motor da plane. Granu sa sljedećim verglanjem, znao sam da će negdje omanuti oko sredine, međutim izvuče taman da se pogledamo ja i drvo. E moj Edo, sad si gotov. Otprilike istih godina, možda će on biti jednog dana moja istina, skuje se težak sanduk, piša voda iz rastove duge, pretovar, na vagu – kazna iljada, velika ko tisuća. Vidim i kad sam mrtav ljude koji me sahranjuju. Ovoga puta hoću da bude veselo, nema to sjedi i zanovetaj o tome kako sam bio dobar. Nisam, znao sam da tako isto mogu prenijeti svjetLaninu priču, kao da sam je doživjeo. Zapravo i jesam, međutim, pisati nisam mogao ako nisam bio sam sa sobom. Skidao sa fontela snimke na računar, putem slova – eto kako. Opet kad sam odlazio iz ćelije sad već nekog drugog broja, tajo je plakao. Kao malo dijete, mjesecima bez alkohola. Dijana je posjetila Ajlu. Htjela je da se ispričaju kao dvije žene koje su nosile u isto vrijeme moju djecu. Jedino doktor ništa nije znao. Složili smo se kako je najbolje _ da njemu o svemu šutimo. Prije neko vrijeme je imao manji slom živaca. Ostao bez posla, samo ordinirao kod kuće. Slušati nije mogao kako nikog nema kroz hodnik danima. Dijana dala dio svoga dinara, i pola od moga što sam joj ostavio za bojaNiNo školovanje. Napokon upisala medicinu, opšti smjer, kaže da će joj se dati cijela. Mislio sam sam u sebi, na tatu si sine, iako si mi kćerka. Već pravo velika, i dalje se nije viđala sa nekim, mada sam naču o kako joj je Biroslav drag. I on zbog nje nastavio na studije. Nemanja sin Doktora i Ajle se počeo drogati, od njega mi heroin kad se htjedo ubiti. Mislim da je i to doktora pokosilo. Pa se on iz svega izvukao sam. Kako? Nemam pojma, uglavnom, niko ga više nije do kraja života vidjeo sa težom drogom od marihuane, ko da je ista to. I toooo samo za posebne prilike. Međutim, to to je mnogo dalje, o tome ću kad budem pisao roman lično sebi. Tek taj će da bude sjeban. Očekajte sveobuhvatni kraj. Ovaj je bio naručen, moraću da ga odradim tako – Šarena će spasiti najbitnije od svega, donijeće na svijet štene zvano Aska, bez pjege – bijelo. Kako, a i tatko bi crn? Nemam pojma. Onda sam opet otišao do nje, da snimim sljedeće, nešto je i ona kobiva zapisala, valjaće, što se kaže. Pa opet u kamion, kuckaj po računalu, biće za nagrade priča. Mislim da ni njoj to nije bilo bitno, koliko vladiMirovom sinu. Tek tada sam sjeo od iznenađenja. Vaskrsao Vlade, samo ovoga puta nije Anđin, nego Vladimirov. Suza suzu guta, jecam dok ga u naručje stiskam. Ne mogu se oporaviti od čuda - cijelu turu do inogorstva i nazad. Došao za vikend, zagrlio Bojanu Dijanu i Šarenu, stigao do taje u zatvor. U gradu gdje to sve bi, bila je i bolnica, u sklopu nje, studija koja će moju Bojanu naučiti da bude doktor. Liječiće se što se kaže, prakse opšte. Sve odreda, veli da će se za nešto posebno, tek poslije specijalizirati. Biroslav je u stopu prati. Jedino što mi se srce steže od pomisli na njegovu setru Vilu. Načuo sam od Stoleta - da se nisu više nikom javile. Samo su – nestale. Skidanje ti tako traje dok se sa svega ne skineš, isto kao Neco sa droge, koji će ti, ako smiješ vutre? Trebalo je davno sve legalizovati, pa ni Momir ne bi tištio u sebi to što je bio zagorelo okoreli alkoholičar. Još je na momente plakako kao dijete, iako bez kapi već prođe godina. Pisao sam iz dana u dan. Stajao nisam. Prije je to bilo pjesma, kao priprema za nešto čega ni sam nisam bio svjestan. Slagalo se sve odreda što se kaže, kao cura na kamaru. Momak na njoj, ona na njemu. Nema veze ako je i cura na curi, iliti momak na momku. Svejedno otoje nije ljubav. To je samo seks, način kobojagi reprodukcije, ili ne, nebitno. Da je Bog dao znanje o svijesti prije slabo bi se iko na taj način razmnožavao, i to bi onda bilo prekasno za ljudski rod. Vidiš ti moj Vladimire kako je gospod milostiv, a vidi jadne životinje. Nisu one jadne, mi smo. Pripitomili ih, da nama kao bude lakše. Jedne iskorištavamo za hranu, druge za zapregu, treće za ljubimce. Lakše je to reći nego proživjeti. Volio sam Asku kao svoje dijete. Bio je muškić pravi – što se kaže. Pa smo odlučili da kupimo još dva duluma zemlje pored našeg placa, čisto da se osjećamo komotno. Kad se mali smoto iskače sa svojom mamom, izvrnu se na leđa, šute, da ne probude zvijezde. Danima bi spavali vani, nisu htjeli u kuću. Osjećali vezu sa nebom, moj ti – Vladimire. Kad ti zagrlih sina, e tad je to što me začudilo, nisi to bio ti, nego tvoje vaskrsnuće. Ode ti opet u grob da legneš, nastavio Vilijam. Dala mu ime stranjsko, bojala se da nekad ne skontaš. Kad sam je pitao zašto, samo je trepnula... „He, zašto? To se i ja sada pitam, da sam bila ove pameti, otišla bi mu i rekla, međutim bilo je kasno kad su mi javili da se ubio. Volio je da nosi ovu košulju", izvadila je komad odjeće opran, i pod konac ispeglan. Gledao sam kako nervozno hoda po sobi – ne mogu je ostaviti, ne mogu je ostaviti. Žvaće daska na kućerku kojeg je Uroš za živa sebe sagradio. Prošao je ispod prozora taksi, otišla Svjetlana zauvijek. Poslije sam ja u komšiluku stigao na svijet. Zajedno sa mnom tuga i nevolja, propio se Momir, prile Mile već pio, nadovezala se na glagol Jevrosima. Navukla se kao Nebojša, samo što nije na iglu. Ni on nije, već šmrkao, ali je meni za samoubistvo preporučio - da se ubodem. Za ne daj Bože kraj sebe sam stavio skalpel, što se kaže, da se ne otmem. Ko da se to može, nema dalje, srce staje, svaka ti čast na hrabrosti, Vladimire. Mora da zaista nisi znao kakvog si iza sebe ostavio sinčinu. Popravljao za majkom po kući sve što je mogao od posla. Radio kao profesor na nekim školama, samo se u njima ne uči vjera u Boga. Došlo do toga da se sve zna, tvoja mu je – ima života i poslije smrti – mnogo mila. Kriva mu je u početku bila mama što nije rekla ko mu je otac. Poslije ju je razumio. Mada se vidjelo na licu, da mu nije svejedno, kad za nešto slučajno aNđina sina ime spomenem. Imao je i baku u Vrtači, samo takvog djedu. Njega ni ja nisam upamtio, ako ti je za utjehu dragi Vilijame. Ni svoje se nisam nagledao mame, sve ću to dostojanstveno u knjigu prenijeti. Zauzvrat, spasi mi od propasti firmu, oduzeće moMirovu zemlju. On kad se vrati sa robije, iće mene odrobijati. Boga mi moga - neko nekoga bi od nas dvojice već davno, da onaj dan ne ruknu u šticara. Bio je već glava koja nije vladala sobom. Tačnije, jeste ona, samo duša u čabar rakijski prnula. Došao do toga da se više nije trijeznio nikada. Kad je Neca, sin Ajlin i doktorov, prešao na marihuanu, više nikad nije šmrkao heroin. Da li je to sad dobro ili nije, bitno je da se vratio barem na nedjeljni ručak kod oca i majke. Počeo raditi kod starog u ordinaciji, primao pacijente. Istom i dokotor malkice nadošao, nismo mu zaista htjeli prisjedati sa time, da nije bilo njegovo dijete u utrobi Ajlinoj - kad joj nebesa poslaše spontani porod, ishod mrtva beba.

I opet nisam zakočio mašinu, udario ovoga puta gospodina sa kravatom. Ispod sakoa - bijela košulja, na džepu izvezeno – Mladen. Stade kamion, tek kad odgura njegovu limuzinu dva metra. Od Svjetlane kola nisu bila vrijedna ni žmigavca - njegovih. Viče da je pomagao unesrećenima na cesti, i da žuri nekom, da pokaže šta je našao, u kući koju su on i treba mu kupili. Brekću, iako su udarena – što se kaže, u vugla. Mora da je moja priča skroz odlijepila, pa da sve ne ispadne kao i prije _ sapunica, vrti se nova rola mlaDenovog filma. Krenu firma gore, dobijao sam sve bolje poslove, račun se u banci ispravio, više nisam puno dužan. I to sam morao biti - da bih shvatio šta je sloboda. Nema goreg roba, ko kad je čovjek zbog para. Rinta li rinta, a mogao pisati. Ja, jeste, ali šta, i koliko? Ovako me volan iscijedi, pa kad naveče zalegnem na računalo, do jutra ešćiju ne gasim. Poslije vozim, i to samo meče, acer mi kompijuuter. Jest' brale moj _ mašina. Napisao sam pet zbirki i jako tri romana, samo jednom tipke zamijenio. „Momče, mnogo gaziš brzo, opusti malo nogu, biće dukata jednog dana - da možeš postati vlasnik tri rudnika, roba ti je slika. Svi smo božiji do zadnjeg isti. Čisti nikako, naročito ne ljudi, bezgrješan je samo u gori kamen. Još ostao. E na njemu ćeš da klešeš istinu". Pružih i ovom policu osiguranja u ruke, osta još samo jedan tiket. Sad do kraja života nikom ne smijem ni lupiti nenamjerno u kola. „Neću više, izvinite, osjećao sam da lažem. U stvari, nije namjerno, vidim da me poznajete, recite mi gdje griješim. Vi ste vjerovatno ministar saobrćaja i veza saveznih trupa. Biće Amera i Rusa trista milijardi, samo nas ostalih nigdje tu. Znači, sjaši Kurta da uzjaši Murta. Da li Murta kad sjaši, a uzjaži Kurta? Ne, to ne znam, i ja sam Mladen, pišem po narudžbi za druge romane. Trista dukata, jedna od piščevih istina, još ako je rodom sa Balkana, natakario je na onu stvar, sam svoju sliku. „Daću vam dvjesta da mi ne uzmete policu. Moram nešto ostaviti za spas životinja. Šta da daš od sebe u to sumorno vrijeme? - jeo svako svakog, samo da se ima šta posrati. Pratimo probavu kako diše, a ona jauče od mesa leša. Jagnje u smrt gleda, moMirova mu ruka reže vrat, ja za noge držim. Smrznem se tako moj ti gospodine, samo da izvučem sve na pravi put. Ne da te molim, nego ako ostanem bez vozačke dozvole, ostao sam bez komada kruva. Znam da mi kroz glavu promaja duva, paziću zaista više".

Ošinuše takve kiše, više mi se nije pisalo, nego sam razgovore između mene i vladiMirove ljubavi - preslušavao, htio sam da uđem u najtanje pore zaljubljenog kadra. Samo za njih dvoje scena. Onda se sjetim nje, odlutam kao pluta po rijeci. Neko pokraj otvorio bocu crnog vina. Sve štima, iako ništa ne štima, ima istina ta i ta, a ima i ova. Satkan život od snova, takoreći, i ne spavam, poslije danima pišem. Živim trokrako, što više to bolje, pa se u svemu zarobiš, samo rintaš. Ostane i za bojaNiNog školovanja koja kinta, opet uzjašio Kurta, nije Murta. Ija, kočijo moja da zaradimo koru kruva, ljeba ćemo poslije. Nikad nijedne kao pogače. Dijana pravi kolače od višanja. Ajla samo posne. Slike sve manje i manje jasne, više ih osjećam. Višeeeta se ne gledamo očima, ona je negdje preko nekoliko gora. Ponosni član inogorstva. Ost'o ja na domaćem, što se kaže. Sve se samo u roman slaže. Hoće neke stvari da promijeni. Išla bi kao tužavati sad ona njega mrtva za alimentaciju. Valjda prezubči, šta li? Vidim ti ja da taj film sa njom ne bi uspio, vratim se do sapunja i cvijeća. Tu bi bila i naša sreća, od iste bi izludili. Jednom smo se gledali dva dana. Niti šta jeli, niti šta pili. Kad nebo prebaci firange, promijeni se tema razgovora između mene i nje. Pričala mi je tiho kako su se rastali to veče. Morao sam i ja da plačem, shvatio sam kuda to mene vodi moja karma. Za šta li sam namijenjen, neću valjda da budem bijedno piskaralo i vozač kamion zajedno cijeli život? Doće penzija, pa ako mi na krilo budu sjedali unuci, možda neću nijedno. Svejedno, nastavljam. Upalio je natuknuti stroj gospodin sa kravatom, i nestao bez imalo traga, garant za njega neću nikad više čuti... Čak bi se i Ivica i Marica izgubili. Njih dvoje se vječito gube. Odvedeš djecu u šumu, ostaviš ih da ne jedu naše. Još gore, Momir svu sreću svijeta popi, zakuca se u šticara sa svojom gospođom. Ona osta mrtva na mjestu, njega u bolnicu prebaciše. Liju i dalje kiše, pare se psi po žbunju, biće štenadi. Izgleda da će se svako svakim prestati baviti. Smiriće se i kod nas u Karakondžinom Panju, ja bih da selim u Vrtaču. Više nisam znao gdje živim, uglavnom, Vrtača za vratom. Samo čeka grumen iz nečije ruke, obrušavanje moga tijela. Živjela je Vladimire, znam da jeste, i to ko zna koliko života. Ja sam došao kao boljka stota na prvom zubu. Nisi mogao da se ne smakneš. Pisao bi Vlade moj dragi, i da mi tvoja ljubav ne ponudi finasijsku potporu. Koja je bila više od trista dukata. To sam slagao, da me ona ne pogura, oduzeže moMirovove međe. Vrisnu Vrtača od bola, ču se do Karakondžina Panja. Nagledao sam se tog inogorstva, da mi je nešta na kašiku, domaće, što se kaže. Curi čorba satkana od povrća _ niz ostariju bradu, najviše se diči prisustvom – mrkva.

Dok je dan odmicao za danom, sve sam više pisao, manje slušao, nego se pretvorio u Vladimira i Svjetlanu zajedno. Saznao sam da Dijana nije bila trudna sa mnom kad smo se slučajno trefili. Nego sa nekim likom iz inogorstva, dobro se nisu ni razumjeli. Dogorio joj fitilj, jer ja sam noćima okrećao leđa. Vrijeđa sopstvena sjena svu ovu moju priču, ako kaže sad, odustaću.

Nikada se ne smijemo predati, jer eto vidite za šta sve možemo biti namijenjeni, do jučer pisali stihove teletu za klanje, i to ga zaklaše za požderati povodom staNine sahrane. Bilo svijeta, što se kaže. Radionu našeg doma izgorjela licna, Momir nije dao da se nebuloza iz te kutije sluša, ako nije predstava – dukata. Jesu kaže izdali novi album, samo se promijenio šargijaš. Lakrdijaš i ja _ to ti je isto. Sreća ne pominjem više Bajagu i Kustu. Ništa zaozbiljno shvatiti pisca. Još ako otaj upravlja teškim kolima, valja gaće skidati, kad ono mojoj supruzi drugi dijete napravi, samo što ne objavi na fb. Što je to Mladene? Koje je doba te priče, niđe se ne spominje mržnja na nacionalnom osnovu?? Kako da se spominje, spasio je tamo neki pjesnik od tih jada cijeli svijet, svako je svakog volio, samo nije to kako treba znao iskazati... Postati možeš kad god hoćeš čist, samo opet za to treba imati testise. K'o Bjelašnica i Treskavica, vodila se ljuta bitka između njihovih i naših, otkačio bio zub i Švabo, da ne budu uvijek za sve krivi Balkanci. Znači, ajde da sve ovo što sam vam do sada ispričao - zaboravimo, počnemo nešto novo da gradimo. Pa smo ja i Dijana počeli zajedno kupus da sadimo. Zaboravljamo kako smo jučer bili neprijatelji. Zapravo, nisam ja nju nikad mrzio, a i kako bi sve ovo mogao napisati da ne volim majku moje kćeri. Jednostavno dosta toga otišlo sa Vilom. Ni ne slutim šta. Gutali smo knedle - kad smo se ponovo upoznavali, razićemo se kad se Bojana uda, do tada ćemo ono što se kaže – zajedno. Nismo se mrzili, al' nismo ni voljeli, ono što se kaže, pravo. Svako u svom filmu, a i u kakvom da budem, šta funkcija obavljam, samo što ne popucam, moram glum't' normalnog... Pa opet, nisam zakočio kako treba parkirnom, najbolje da se tako ne kaže, nego da Vlade nanovo spoji licnu na djedovom tranzistoru, planu iz ničega – klasika, kad već važiš za nekog ko je napisao za nagradu priču, onda je ispričaj brale do jaja, poslije budi baja koji iz publike plješće, fu već me preovladava luda, taj puta – nikog ne lupi'. Rodila je Miću krava Žujka, nju Momir dade zabadava, al' malo sutra, oćerali je za dva bidona kruške prepeke, čist karamut, sve to Mome smlati, dok od mene ne pobježe. Ostah kao siroče na dijelu između Prokletija i Kurjakova, to odma' bilo selo do toga, na drugu stranu od Karakondžina Panja, najbolje da se tako ne kaže. Nego da to Bog Vladimire sve odvaže na kamaru i da svakome jednak dio sa nje. Eto kakav je on, ja ti jedva povjerovao. Pa sam opet na noge stao, okotila Šarena i štenca zvanog Pupi. Bio je tako meden, da sam zaboravio i za najcrnje tragove mesožderstva, Dijana ga je još jela tako sa vremena na vrijeme, samo nije prženo. Većinom kao saft od istog, u prilog sirotinja kusa iz praznog. Što manje masne hrane za vrijeme posta, onda kad pop Vladimire ocijeni da je oprošteno, može da stigne na astal mrsno. Prso bi da ne stigoše Aska i Pupi, kud Šarena se razboli i umre, kud Dijanu spopade kostobolja, odamo ja i Đole od mora do mora, taremo točkovima kamiona jako cijelo kopno. Sa Svjetlanom sam on line preko vibera. Šta to kažeš Mladene, koje je doba priča? „Zezam se, odavno se već više ne sjeća niko brke, Momiru spale sa jedne strane, ostalo pola Adolfa. Samo da mu je da se dokopa  slobode, osjeće ruku onom iz

Šticara. Za sve je kriva njegova brzina, čini mu se da je bila šesta. Doduše jeste da nikad nije šaltao od četvrte dalje, još mi na to veli, samo se sudaraš magarče. U meni nešto puče. Izađem do auta, smotam dim trave da se smirim, nisam odavno, i nije mi dobro morao sam, htio sam da ga lupim u po čela. Nemam pojma kako sam se suzdržao. Samo u sjedište kamiona sjeo, vozio i vozio. Na pauzama prepisavao između mene i vladiMirove ljubavi, Svjetlane, razgovore - pretočene preko drenovog kolca, u malenu zdjelicu.

Dijana počela opet da zvoca što sam cijelo vrijeme odsutan, ili sam zarovljen u računalo, što se kaže, ili sam pod kamionom, najviše napušen, e jbg suprugo, ako ti se ne sviđa, slobodno ti polje. U baštu jedva stignem. Gradim ime transportne firme uz ime pisca. I to čak, da ću za drugoga pisati romane. Teško je to izvaditi iz mnogih, zato i jesam cijelu priču preokrenuo na Mladena, jer Mlađo je đavo od momka, može i najcrnje da pretoči u ljubav. Da mi nije njega, đavla bi iko o meni bolju priču napisao. Ja sam njoj rekao da ne ide tako, ok, odlučili smo da živimo zajedno, to ne znači da ćemo sad jedno drugo terorisati. Moram da dam svoj maksimum, ako ti ne paše, pod cijenu da i Bojana kaže kako sam loš roditelj, odlazim. Znači, kad se isključim prema pisanju ili kamionu, u licnu me ne diraj. Dosta mi je ćuljenja na tranzistor šta je Svjetlana rekla za Vladimira. Je li bio dobar u krevetu, ili ne. Nije to ljubav, nego seks. A meni više do njega nije. Odlenulo mi, što se kaže. Vratolomija do vratolomije, još bi da se gledam sa Vilom. Ali nje više nema, nema ni Ajle ni Dijane, nesta i Tišine, ostade samo moja kćerka. Više na žene ne gledam kao na objekte za snošaj. Odjednom se eto prevrnulo i to u Mladenu.

Živjeli smo dalje malo kao bolje, ali ni to nije bilo ništa, da mi nije bilo kerčadi. Po vas cijeli dan gledaju u mene, kao da me kuže njenim očima. Sjetih se, da u priču treba pojačati dozer sa podatcima kako je šinteraj ubijao cuke. Jedni su mi tako odnijeli Ljepouška. Bio je jako strašljivo biće, da pojma nemam kako je smrtna situacija izgledala. Poslije ga spalili na lokalnoj deponiji Karakondžina Panja. Umalo nisam otišao da ubijem izvršitelja. Pa sam se sjetio opet priče vladiMirove, ima i poslije smrti tijela – nešta. Šta nešta? Ima svašta, kao u božijoj bašti. Imali smo mi sve, samo moj Vladimire - ne duše. Izgubio čovjek u odrastanju gaće, ostao na vjetropirini – gole guzice. Ako ovaj mjesec ne zaradim za rate, ode moMirova zemlja. Kad on izađe iz ćelije biće neurozan, otiće sljuštriti litru brlje, neko nekoga će smaketi. Zato mi se ne da dalje opušteno živjeti - dok te zavrzlame ne sredim, ne znam koji mi je đavo bio, da se uopšte bakćem sa tim vražijim parama. Ili me je

Bog odredio da ispatim svaki dukat koji od drugog otmem. Na kraju se odreknem svega, dam na raspolaganje radnicima koji su zajedno sa mnom doprinijeli da ostanemo na tržištu. Za sada smo bili ja i Đole, Stole poslije Ivane više nije ni izlazio iz kamiona. Ostavio trudnu Tevsiju - do zubi trbuha, ali to splasnu, kad dobi Milana, sina nasljednika, za njim i Aleksandra.

Jovanove stigoše na red. Samo dobro održavaj dijete kamion, i on će te služiti Bog te pit'o, Švabo što napravi, to ti je mašina. Isto kao da za takav njihov precizan projekat zvani gerManska kola nije zaslužan Hitler. Maunu bi oni otišli naprijed - da od brkova nisu imali odriješene ruke. Međutim, baš tad se pamet otme, poludiš. Ne možeš biti veći od Boga. Je l' tako Vladimire, jesam dobro savladao lekciju? Vidiš šta radim od štiva, rasturam. Pa sam onda otišao kod Momira u zatvor, tri dana odgađao posjetu, prije samog čina, opet zapalio džoint. Nisam mogao normalan sa njim razgovarati, a i već sam duboko zagazio u pisanje - da se pravim kako ništa ne znam i ne vidim. Rekao sam mu da izgleda kao momak, i da mu dobro stoje brkovi. Još kad je obrijao bradu, krajeve linija ispod nosa štucao. Samo što ne otpozdravlja. Osušila mu se ruka desna od moždanog udara, poslije toga slabo vidi. Kad mi je Dijana javila na aber kutiju - da ga je pogodio, cijelo inogorstvo sam zgazio punim gasom. Htio sam da ga zagrlim prije smrti, i hvala Bogu nije umro. Danas više mu ja kao Mladen čovjeku ništa ne zamjerim, samo se ne možemo lagati da se nešto dogodilo nije. Opet je počeo plakati, svaljivati krivicu na sina od Masnog. Više nije alternativa djelovala na stanje, planuo sam. „Alo, pa ti si vozio mrtav pijan, čovječe to ti je drugi put“! Istrčim takav na ulicu, naletim na bivšu konkurenciju. Željko krenuo na doručak, svratim u lokal koji je njega ugostio. Sjeo sam za sto pored. „Je li ti se ikad javila“? Upitao me sa pravom knedlom u grlu, a ne onu od glumaca na dnevnicu. Daj dva dukata glumiću Hitlera. Ne mogu i Bog, ali zato mogu o svemu napisati na svojstven način sličan karanju. Prevedeno sa nekog inogorskog, plakanju, čisto da do samog kraja izgleda mnogo sjebana rola. „Nije... je li tebi“? „Nije, samo znam da ima sa nekim dijete, ali nisam siguran da su u braku. On joj pomaže oko klinca, ali ne žive zajedno. Upoznali se odmah po njenom stizanju, ubrzo sklepali bebu, i eto, život se nastavlja. Ja idem čuvati tvoga tatu u zatvor, ti ode pisati za nekog ljubavnu priču. I to iz ugla nekoga ko više mazi psa nego suprugu“. Pa u tome i leži kvaka, nije bitno to što kao trebaju muškarac i žena u zajednicu, biće srećnija porodica i te baje, nego eto vidiš od svih žena na svijetu, Mladen na kraju mazi kerče. Da istinu zna Momir, povampirio bi se. „Čuvaj ga dobro“. Mislio sam u sebi - da ga iz tvorza do zadnjega dana ne ispušta. Kad izađe na slobodu nećeš više njime moći ovladati. Džabe od sve silne paruštine i dukata gospodžinih, završi u rupi, ko sa Evom - Hiki. U drugoj sobi doktor sa otopinom u supenoj žlici. Može da bude i kašika, ali ne mora. Rekao sam sebi neću droge i ta ostala sranja, nego kod Momira zaista ne mogu čist. Nisam mu spominjao kako mi Pupi na jastuku spava, Aska pod nogama. Morao bi se onda vratiti do priče sa Mićom, ali to se ne valja, što se kaže. Ne treba se vraćati u prošlost, ako ne mora. Bogme mora, pa se zakačismo tada toga, i ja mu odbrusi na tihi način. Čovječe sve što si stigao ubio si. Tukli ste me ti i Jevrosima nemilica, ti na to još, mater Stanu. Na kraju ko i gospodža završi, koja odlijepi skoro na samom startu. Sreća sa njom ne imade dijete, bio bi baš Adolf bez brkova. Kad je on počeo da čupa kose sa glave, turao u njedra, a na njemu opet potkošulja iz preko puta prodavnice. Mama od Željuna dala na oček, što se kaže. Morao sam kupiti i gume i novi računar, stari se već izliz'o. Svjetlanina histerija je rasla, htjela je u knjigu da ubacim i njen abortus prvi, koji je mogao koštati dalje ploda. Znači zbog njega umalo nisam ostala bez Vilijama. Ko bi rekao da je njegov sin... Sve sam to trpio i mljeo, trpio i mljeo, samo da iznjedrim priču za svjetsku nagradu. Ona je sad u mnogo toga glavna, pa će joj priznanje morati dodijeliti. Ili neće biti književnosti – što se kaže. Izbrisaće sve pjesnike sa lica zemlje, pa će krenuti krvoproliće. Nekako više nisam znao je li ga voljela, ili mrzila. Jednom nervozna zvala djevera, brata od pokojnog muža koji je priznao Vilijama, njoj ostavio svo bogatstvo svijeta. Vladimiru je to bila njegova mama, shvatih tada, pa se odlučih, da priču nikom ne prodam, kad nisam Emiru, neka je nek stoji, u fijociii. Odradiću posao sa više kamiona, usput steći novu braću, na kraju njima ostaviti preduzeće, što se kažeeee. Jebalo te ono. Je l' tako, Momčilo?!

Momir poče i druge prilike _ kad me poznati čuvar sproveo do njega, plakati. Dodijelili Željkači - samo takve igrače, imao je dušu. I moja se napokon raskopča, puče suza niz mladeNovo lice. Okrenuh se prema ćošku - da me ne vidi. Počeo sam brojati sve njegove grijehe, i to onako iz kuta _ u facu moMirovu. Onda on klonu na koljena da moli milost za mene. Da, u pravu je bio, trebala mi je, vidio sam njegove, nisam svoje greške. Saznanje da čovjek nema pojma kakva ga sve čuda mogu zadesiti – nešto je neopisivo. Plakali smo i dalje, kad je Željko rekao da vrijeme posjete za minut prestaje, grlili smo se. Dobio i ja svoga tatu. Najzad. Ništa više Momir od toga dana nije govorio – do _ sine izvini. Što se mene tiče nije trebao, ja sam njemu davno sve oprostio, samo više nisam htio da se lažemo. Uhvatio me mir nekakav kad sam na ulicu van zatvora kročio. Karakondžin Panj mi je pravac, odatle do kuće u Vrtači, tamo me čekaju moji. Obradova me najzad nešto, nisam sam. Ako ništa, mahaće kerče repom. Rekao sam da ću pustiti bradu, probosti nos zihericom, nemoj slučajno da mu padne na pamet – pobuna. To što je on htio tako, i tako svakog oko sebe povrijedio, nije isto kao kad neko odraste u potpunoj slobodi. Bio sam rob, a to i jeste bit našeg ludila, svi smo božiji. I to do zadnjeg isti. Prije nego što sam se uputio na zadanu maršutu, ušao sam u radnju - od žEljunove mame, da platim sve što sam dužan, idem da zapnem, očistiti nered đedovine. Idi sine, i ne okreći se za mnom, bile su posljednje moMirove riječi. Kad su moga tatu spakovali u sanduk, niz sokak do groblja od rodne kuće, sviraše trube braća - Romi... Jašta, nego je to, nemirne smo duše kao i oni, ovdje zapisujem, i to po nekima će važiti za svete knjige, ništa popovi i hodže, meni za sarane može tri dj a. Neka se roka, nisam ovisan od nikakvih poroka, hvala Bogu, čist, mogu u grob i ja kad god hoću leći. Onda se ti nadaj svojoj nekoj sreći, mrka ljudino. Još ako mi ko u sprovod dođe u crnom, ima da ga se javno za vaskrsnuće – odreknem. Pisaću najzad opušteno, pjesme. Stvoren sam da stihom dišem, drugačije ne umijem. Ili ne smijem, prije bi' rekao, za poeziju treba mnogo hrabrosti. Uzimajući za primjer - da tako pomažem cijelom sveMiru, složiću se da se odreknem grijeha. Može se, kako ne može, stići čist kad god hoćeš, samo ti to ljudinice moja slatka _ nećeš. Uzela je novac, pa mi pola vratila u džep od jakne. To ti je od mene, neka ti se nađe, kao da je znala kako već sutra – Momir umrijeće. Porastao mu šećer, joj, pa to je zbog mene, iako je prošlo još mnogo dana dok su se odvijale naše posjete – u zatvor, sin ocu, on je na neki njegov stari način, zauvijek umro. Rodio se drugi čovjek, i to iz onakve mržnje. Padoše sa lica moga tate brci. Adolf ubi sebe i Evu. Doktora uhapsiše. Kod njega su se u zapisima našli i gore stvari od heroina, poslije te ovisnosti kažu nema teže priče od pušenja. Što se mene tiče izgurao sam najzad bez svega. Umrla je davno, Jevrosima, a što tako davno _ nemam pojma... sapraše se govna s' ceste, nikako da speru iz istorije ljudskog roda najveću ljagu od svih, a to je rat. Neka nas bude sramota, zaista smo bili stoka. Šta ona, pa ona i jeste najveći paćenik, pade Mići glava, pa njegovoj mami _ Žujki. Oprostiše i oni svojim koljačima. Možeš ti misliti na šta ti život liči kad si u nekom svinja?! Sjediš u svinjcu punom govana, čekaš da te ljudi ubiju macolom i pojedu. Dotle doseže naša svetost. Na Zemlju za ove stvare silazi lično Bog. Nikakvog razračunavanja neće biti, sve ružno će u nama otkazati, a kad si dobar, naravno da te je sramota što prije toga nisi bio. Nego si se otkačio u nekoj kafani kraj puta. Pojeo dva buta od jagnjeta, smaz'o gajbu pive. E jesi i momčina brate moj mili i dragi. Hodamo po tankoj špagi, koja samo što ne pukne. Ma kakvi toje, mi mislimo da od nas nema na bijelom svijetu pravijih. Jeste, ali kad bi se igrali ćorćika i bliže. Nisam mogao sa Mićom ni sAAndokana jer je imao papke. Pa kad on mene, ne mogu u školu po tri dana. Pa kad se četvrtog pojavim, zezne mi znanje Jevrosima, Ubije vola u meni.

Stani kreni, kreni stani, upoznah još jednog borca željnog volana i hljeba, istog kakav sam bio i ja, a i sa nama Đole. Zvao se Radan, mislio samo da skupi za raketu, pa kad sam ga zadužio skelevijom, nakrivljenom, ko da je imala samo tri gibnja, radovao se kao da je pokojnu babu oživjeo. Ništa zračnih jastuka, još se to kod naših kamiona na Balkanu nije ugrađivalo, i da ne bi Njemačke i Nijemaca, maunu bi mi imali prijevoznog sredstva. Sreća pa u ovo doba to više nije ni bitno, duša nebu – bez točkova putuje. Bilo je jašta, nego strašno u svim ratovima, jer nema ga dobrog, niti malo boljeg. Za onoga koji strada taj što ga poništava je najgori. Možda je u prošlom bio ubica. Koji je isto tako nekog ubio. Pa se to sve izmiješa, i čovjek poludi. Misli da je najmudriji, upravljao bi svijetom. „Isto Vladimire moj _ kao da Boga nema". Ima, i to čak ima i ona tvoja priča. Ima života i poslije padanja tijela. Svašta ima – k'o u božijoj bašti, samo mi od svega toga _ veselimo se eksplozijom. Bacamo petarde kao najmanijakalniji retardi, nastali spontanim porodom, Evaniji od Hitlera. Kakva bi njihova bila beba? To ne mora da znači, možda bi baš bio taj koji će da spasi - čovječanstvo od propasti. A to može tako samo ako prestane sa istom operacijom. Ništa pomaganje i spašavanje _ bi bilo bolje, nego ove naše današnje humanitarke. Pomaže neko nekome, jer ne može sebi pomoći. U redu, dodaj mi ruku kad upadnem, ali šta ti odlučuješ sa kim ću ja da steknem dijete... Da. Nisam bio kriv zbog toga, bio bi im svima na neki način dobar roditelj. Da nisam, da li bi moja Bojana onoliko bubala knjige? Mene i redoslijed jedne do druge rečenice – zbuni, a jako iste. Još malo pa ona i Biroslav postaju doktori. Ja se potajno nadam kćerkinoj svadbi, mogao bih napokon vidjeti Vilu. Tih nekih nekoliko sati će mi značiti da izguram priču do završnice. Do tada će još malo biti kao da je istina ovoga romana mnogo sjebana, a u stvari nije. Rekao sam joj jednom da ću napisati priču o nama svima, pokušavam da izguram obećanje do kraja. Ne zanima me više ni lova, sve što imam poslije moje smrti nikom ne ostavljam. Ili ne, dajem sviračima, neka se drma Vrtača cijela. Može poslije tehna i koja truba, onda recitacija, pa svako sebi, jer neć' imat za gozbe od tri dana. Idem malo da odmorim. Poslije ću da se vrnem na Zemlju sa sljedećim čudima. Pusti sad neko kolo.

Kad sam jedno jutro ustao, taman stigao do ovih redova. Sanjao sam nešto neobično, samo ne mogu da se sjetim čega. Pa sam sa kamiondžijskom ekipom prebio koju. Ispričah im da sam kao mali izgubio u saobraćajnoj nesreći majku. Čim sam se vratio prema Vrtači, Dijana, Aska i Pupi vrte repom. Konačno smo sretni gledano iz nekog ugla, što se kaže. Pa smo svi takvi odlučili da malo prošetamo po selu, vratili smo se u Vrtaču. Kad na vrata Bojana, sva u suzama, drugarica stigla u rodni grad sa sestrom, kući se vraćali sa roditeljima u autu, mama vozila, direkt pod voz. Bilo malo klizavo prije prijelaza, sve otišlo preko glave, sestra joj bila u komi, ona i roditelji mrtvi. Davala je znake života do grada u kojem je bilo i naše porodilište, za pomoć zvala vozača kamiona koji je sve gledao. Čovjek još kažu, čupa kose sa glave. Sjedi kraj puta, Boga moli da i njega uzme. Šokirao sam se momentalno, ali načisto. Odmah sam prozvao Radana i Đorđu, da vidim je l' sve ok sa našim voznim jedinicama. Presjeklo me ispod stomaka, ravno sam otišao do vc na povraćanje. Jeo taman sendvič bez salame, ispadaju komadi paradajza kao da je avgust. Bješe april, i to dvanesti, godine gospodnje neke, sjedio sam u danu kako odavno nisam – bez pjesme. Nisam imao snage za pisanje. Kad su javili da je sestra progledala, sjetio sam se šta sam sanjao. Pozdravlja me šura kraj njega taze astra, na njemu crno odijelo, na glavi još crnja kapa, znam da je on, ali mu lice ne vidim. Gospodin od gospođe zvane Smrt me derno direkt – čelom u čelo. Izbi me iz kože, osjetih moć nečega nepoznatog, barem meni nejesnog i nestvarnog. Probudih se da popijem kap vode, bijaše vrijeme kad se nezgoda dogodila. Jecala je Bojana i sa njom Dijana. Keranisime ¬¬_ Aska i Pupi - mahale repom, da nas razvesele. Više se ni ja nisam mogao suzdržati. Imali su tako dobro društvo, spremni uvijek za naprijed, da sam vidjeo kako nisam pogriješio u odgoju. A i kako bi, nisam ja nikog mrzio. To što sam u isto vrijeme bio sa više žena, to je ono što me pokosilo. A u stvari je nebitno, seks može da bude kao igra. Ćorćika i bližeeeee, još mi se trenutno ne piše.

Nisam mogao da ostanem nedirnut situacijom. Shvatio sam da se čuda nastavljaju, i ja sam dio svakog koje me zadesi. Jednom sam tako sjeo u kola koja se sudaraju sa gospodinom u crnom, ništa gospođa. I ona je tako umrla. Strašno, ali kad te zadesi gubitak najbližnjeg, e onda si stvarno upao u mašinu. Mrvi bol kosti, da se sjećaš samo situacije kad se za sprovod majke smiješ. Laknulo ti, biće joj bolje mrtvoj. Valjalo je to pregrmiti, oprostiti Momiru, onda čuješ za ovako nešto, najradije bi odustao i od pisanja. Međutim, ovi tako to i hoće, isto kao što bi Ceca, od

Vladimira ljubav _ željela, samo da sin anĐin plati alimentaciju. Kao da su djeca roba. Pa kad jalija vidi da od cuke nema mlijeka i jaja, dovuče ga u staru školu. Izašao sam vani da prošetam Pupi i Asku. Culencad - malih dimenzija, naletješmo usput na Pir'la. Samo što ne vata repom munje, kao što je to činio naš djeda Tesla. Da mi nije njega u podsvijesti, odustao bih davno. Planu trafo kod zadruge u Karakondžinom Panju, izgore do košćura električar. Sve samo pogibije _ gdje baš Kristinu nađe? Nisam umio da je utješim, nema u šta se nisam utvarao toga dana. Pa sam se na kraju i ja srokao na koljena. Pokosilo i Mlađu najzad. Boli kad kćer za nekim plače. Jeca nad ljudskom sudbinom. Šta je malena zgriješila, ili njeni roditelji? Ništa, šta će zgriješiti, obična porodica - što se bori za komad pogače?! „Ima li ga Vladimire, mislim na života poslije smrti? Ili nema ništa, uzalud zazivamo pomoć. Odnijeće nas sve jednog dana gospOn u crnom, predati svojoj gopspodži. Možda će raj nastupiti tada, pakao je dok smo živi, zasad sigurica. Znam Vlade, ne smijem te više zvati Vilijam, jer ti ime takvo nosi sin. Bićeš Vladika, što se okači na konopče poslije anđiNe smrti. Treći dan je otišla na sahranu, poslije nje smo se čuli ćešće preko aber kutije. Nije u to vrijeme bilo mobitela, i to prije njih na sto godina, Nidžolina iste predvidio. Osjećao sam kako plače dok tipka, padale su suze na displej. Viberom odleti poruka. Ej Mlađo, znaš li koje je doba dana? Što se kaže. Ma kakvi vidovit, neg' osjećajan.

Pa se nastavilo vrijeme trke za novcem, nije - ko više nije među živima. Vidjeo sam iz razgovora sa Bojanom - da više nije bila ni ona ista. Prvi put se susrela sa gubitkom osobe iz njenog svijeta. Bodrio ju je Biroslav. Tako do jučer mene bodrila njegova sestra.

Nastavljao sam do kraja odakle sam i krenuo. Umrijeću, pa kada umrem idem na istinu, pa onda u novu kožu. Najjače od svega je to - što oblačimo od onih većinom koje smo u prošlom ubili. Što radi mesa, što radi razonode i sporta. Skupi svu snagu ruka šinterska, drugom zabode iglu u šapu. Zaspa Ljepouško ni kriv ni dužan. Osim što je čvrsto na bedemu stajao, vagao dane kad će prevagnuti. Pa bih se ja trebao stidjeti onih što kučiće kod škole bacaju. Dvije setrice istom neko izbacio kad sam Bojanu ispratio na autobus. Ponijela je toga puta više stvari. Možda će se udati? Joj, kad pomislim da je neko stradao ko se istom počeo radovati životu, iz kože iskočim. Isto kao u snu kad me dijaNiN brat odvali u čelo svojom glavom sa prednje strane. Srce stane, gotovo je, nema više. Dio, i nezaobilazni u svakom životu je onaj koji nas zaustavlja zauvijek u postojanju kože nekog živog stvora. E sad - da li ćeš biti kerče kraj puta o kome niko ne brine, to ćeš da vidiš u sljedećem. Gdje li si sine, Vladimire? Skrio si se negdje, ili te nema nigdje - samo zbog toga što si ostao zauvijek na nebu. Bilo ti je dosta ljubavi i kojekakve priče popove, ti si se za primjer kako ne treba, okačio. I ja bi isto, ali znao sam da imam ćerku, ti nisi znao za sina. Nema sile da bi odustao od onakvog momčine. Ni kad bi Bog htio da siđe na Zemlju, ne vidim šta može popraviti. Ono što moraju činiti, to bi trebali ljudi, ništa zapomaganje za nekim životom budućim. Najbolje bi bilo da se zasluži _ više nema rađanja, inače do tada, uvijek je neki novi krug. Magnetofon vrti traku. Zanat, premotavanje nazad.

Poslije ravno sedmicu, naglo pozli Jeleni, umre i sestra. Nije joj se od porodice kako treba ni humka slegla. Najbolje da se ne kaže nikada. Uglavnom je nestala. Ali je život priča širih razmjera, nije bitno što izgleda sve namrgođeno. Znate kakav mi je zadatak, šta se onda čudite?! Kraj će da preokrene sve na bolje, volim te majčice. Stana ti bješe ime. Moje Mladen, ostale ste upoznali, nije im lako u obimu djelovanja moga pera. Nije ni meni, i sve me čeka kao i njih, bol, i samo bol, ali i to je sastavni dio _ života. Bila bi kao ljepota - da nije umiranja, ja mislim da znam kako jeste suprotno. Poslije padanja tijela slijedi potpuna fridoma. Onda mora - da je gore na nebu sa KristiNom. Biće im dobro, za utjehu rekao sam Bojani, znaš da te volim više od sebe. To što tata ponekad pretjera u nečemu, to mi je tik od pisanja, preletim, pa uskočim u film tuđi, odem za nečijim biciklom, što se kaže. Kusta potvrdi!

Odnijelo je to teke zeMlje naše postojanje, pa se rodim kao Kinez u nekom njihovom Karakondžinom Panju. Jeste da, ali taj gradić nema porodilište, niti ima zatvor. Morao sam se stvoriti u mjestu gdje mi tata robova robiju. Ili se kaže robijaše, onda skače po krugu kao opaljen zec. Što sam alkohol pio? Za neke bude prekasno, za neke prerano. Šta ako je i Momir samo dio ove moje priče o čudima, nadrljo jadnik _ ni kriv ni dužan?! Iskočio da men' pripremi tliju. Znači, kad mu ne bi oprostio, džaba bi bilo svako slovo romana kojim će Svjetlana, ljubav vladiMirova – osvojiti prestižnu nagradu. Ja, ja brale moj, do tih visina se to peglalo, nije bitno što bi ti svejedno pisao, da l' ti ko platio, ili ne. Nadrljao kao i svako što jeste _ ni kriv ni dužan. Samo što postoji jedna začkoljica svega, roditi se ne mora više među ljudske paćenike onaj ko postane toga svjestan dok je mrdao kao mali čovječuljak. Ništa nije trebao činiti – do voljeti sve kao svoju djecu. Mislim da se ta ljubav rijetko poredi sa kojom, naravno, dok ne stignu unuci. Znači, pusti šta snob priča, veli Vladimir, on je za mene odavno Bog, iako se objesio. Nije znao šta čini jer je bio u ljudskom tijelu. Duša kad ga napusti, ne ostaje ništa _ do hrana crvima

Ustala je među prvima iz mrtvih, svi će jednog dana vaskrsnuti. Moće se sjećati prošlih života, kao različitih uloga. Sad si čovjek, sad si malo štene bačeno kraj puta. Luta tako od nemila do nedraga, pjesnička. Pa kad natunta na poziciju pisca, razvaljuje.

Nije više Mlađi našem to bilo bitno. Otišao je u tišini kamionskog kreveta nastaviti do kraja roman, koji je l' da i nije više tako sjeban? Kod kuće Dijana vodi računa o Pupi i Aski, i još par kera iz naselja zvanom Vrtača, niko u njemu više nije živjeo osim njih troga, što se kaže. Bili bi najjači zajedno, i nikog ne bi bilo ko bi sa nama mogao u par - volova. Ovako smo ništa, mali ljudi – nesvjesni čuda. A ona se dešavaju neprestano. Uvučeš se u odore Mladena iz Vrtače, pa opleti. Pregršt stihova stvori knjigu za nagrade. Kontao sam u glavi kako da me jednog dana preko vladiMirove ljubavi pozdravi doktor 'aus, pa da Bojanu upoznam sa njim. Jedina serijska filma koji se dao uvatiti na tv ekranu, a da iz mrtvih ne dižu nikako - osim preko struje, domaće priče – ko šiša. Naš Nikola u ruke vatao munje, na kraju možda bio i dobro pogladan. Posebno što se tiče njegovog Balkana. Nestalo na njemu i partizana, i četnika i ustaša, sad je baš baš _ uzjašio Kurtu Murta, i to ono _ što se kaže – pravo. Žeže tehno, pri spuštanju sanduka u raku oplete roMska truba, iliti ljudska. Pa me za doručak pojede šaka crva, pravo se nagoste.

Moram dalje, niko me ne pita, pa da ne bude kao ono što se kaže, pravo zajebana priča, malo ćemo tenzije o tome ko je kriv za šta - spustiti. Bićemo smrtnici koji svakog trena trebaju poći. Uzmi me Bože na tren, hoću da se vidim sa Vladimirom. Želim da i on bude svjestan čina moga momkovanja dok sam u braku bio. Izgubio se među ženama, a one sve lijepe, dao bi im dušu kad god se sjetim. I tako sam se davao od jedne do druge, dok me ne dade saznanju, nijednu ženu ne voljeh ko majku i kćerku. Za Bojanu sam zaista drhtao. Volio bih puno da imam unuka, ako ga bude, neka mu daju ime – Albertinjo. Znao sam da je u rukama Biroslava, v dobrim. Nije to pravilo, mada kad sam ga prvi put upoznao, osjetio sam da me stišće Vila. Na drugu stranu ja i Dijana, sa nama Pupi, i još mnogo na našem brdu – popuštanih kera. I treba da budu napušteni, slobodni do vučijeg zova. Kad krenu da fijuču iz škole, osjetim se i ja u svom domu sretan. Jbg, tako je kako biti mora. Kad se pije alkohola nikako za volan, tako isto ako se slučajem oproba kakva droga _ ništa. I kad je klizavog kolovoza, dvije brzine manje. Isto je mene učio Jovanče – tjerati mašinu. Pa smo se skupili ja i Đole oko raDanove rakete, ode na mjesec. Niko ponosniji na drumu, do našega dafa. Stvoren za otvorenog puta, samo paziš da ne zgaziš koga. Taj te ne ostavlja na cjedilu do zadnje, a Nizozemac. Može ladno milionče, kupovao sam taman negdje oko sredine konjče, malo ga uhranim, sa njime u brazdu. Pustimo i njih na slobodu, životinje sve trebaju biti bez ulara. oDe Radonjče - do vaSione

I tako poče sve izgledati kako nema dalje. Ajla i doktor se odseliše da žive na more. Poslije se do svadbe u kojem se udaje naša kćerka, s' nikim nismo družili. Mislim, svima smo mi mislili dobro, samo se nismo davali u priču, baci kraj puta kerče, zgazi autom, ubij iz puške, može i - otruj. To ti sve dođe od toga što smo u dvorištu imali lovačka udruženja. Horda zvana - otpiši zauvijek. Jeste da, ali da ne bi njih, bili ikad spoznali šta znače patnje? Boli nas briga za druge, samo da je udobno našoj guzici. Znači, kad ljudi shvate da nema klope od leša, biće sretnija budućnost. Nije sretnija, ali je lagodnija. Onoga dana kad dođe strašni sud, neka se kaže kako znam da sam ubijao druge žive stvorove koji duše nose isto kao i mi ljudi, samo što sam se davio paprikašem od zeca. Da ne pričam svinja i ovaca, biću predosadan, pa se više neće ništa desiti, amoli čudo i te baje. Traje sve dokle traje, ja dalje ne mogu, ako moram jesti i koristiti tuđe muke. Nije to lako, i priča tek onda postaje sjebana, ono što se kaže, pravo takva. Do samog kraja, a kraja nikad neće nestati, biće i dolaziće novi životi, sve dok se skroz ne probudimo. Tad idemo za prave dalje. Sviraće tako svirači do kasno. Onda svako sebi, umriće i Mladen. Ko da je on bitan, i ja i mnogi drugi. Svi smo podjednačke dio čuda. Pa valjda nam ne treba većeg što imamo prilike, š'o se kaže _ dumati. Dumagijati sam prestao naskroz, nema veće prevare od duvanske industrije. I pet puta bi bilo bolje reče Indijanac čiste krvi našem djedu kad je slijetao na tlo Omerike, da nisi ni polijetao. Znam, tvoji te tamo u to vrijeme isto nisu shvatili. A i kako će, pretrlo ih silno ratovanje. Samo što oni to rade kod svoje kuće, nikog vani ne napadaju, svima smetaju. Idi ti u tri Karakondžina Panja, bjelosvjetski predstavniče, znam kako svakoj gori zeleni se list. Što od smreke, što od tek stasale bukve. I njih razlikujem, jer kako da ne znaš te stvari, ako si imao priliku biti stanovnik neke od svojih Vrtača. Svi smo mi jedni drugima sestre i braća. Do nekih ovih vremena kažu i trebala je crkva i džamija, međutim, za dalje nam više neće iskati pozornost. A i nije to više ona što je bila u vrijeme Vladimira, danas ti je to smotra skupocjenih kola. Ništa audi od dvadeset godina, samo taze, što se kaže, a najbolje da se ne spominje _ posebno kad je u pitanju religija. Lice Boga ima naličja milijarde i milijarde. Pa će neko da daje nagrade, za mlaDenove romane. Ali zato hoće da iz ruke javnosti pruži ceCina ruka, sad malo u narodnjake, čisto da se istehniramo pravo – što se kaže. Dj skupio teke opreme u koferče, na groblje ćemo cijelo proširiti zabavu - do aftera. Gdje si krenuo, sad će da roka, aman što se kaže...?

Kad su Ce cine kroz svjetinju počele da važe, dobio i Vladimir status živog, i ne mora plaćati alimentaciju. Posebno ne iz maminog rupca. U njemu svezana svota, ostala od Uroša, da se nađe, što se kaže. Onda neka bude dosta toga _ što se kaže, idemo sa pričom naprijed. Sad će nagrada za životno djelo. Pa slijedi pljeskanje iz publike. Doći će još neko među žive. Ko? Ostaće tajna do samog svršetka. Poslije toga ajmo stvarno negdje zapartijati do jutra, poslije do aftera. On na drugom kraju grada, hodamo slobodni od svega. Dosta mi je ta, što dobih od Boga aber, preneso kroz kutiju do mnogih ušiju ljudskih. I onda to bude sve kako je svevišnji i zamislio, doživiš ono što se od tebe traži. Budeš crv, zvani Mile, nimalo muškarac koji sanja Milu. Sve se nešto zameljalo, što veli jedan moj dobar frend, uvelja. Pa onda velja li velja, dok skroz ne svelja. Kako onda možeš biti normalan? Pitao sam se dok sam koračao do toga _ kad će biti neko buduće, i sretnije? 'oće k, i tako nikada. Ništa nam ne treba, eto sve sam imao, još malo pa će mi se udati kćer, reče ne znam kojeg datuma. Ja im to nisam savjetovao, sami su izabrali. Ili ti sredina nametne ponašanje za tvoga života, nije bitno što sutra možeš podletjeti pod fapa. Ni njega više nema. Sad bez dafa nema stroja, jeftiin za održavanje, oće vući ko pravo magare, dok isto pod kruškom odmara. Ko da se njemu jadnom dalo hodati za čobanima. Nije ga se ništa pitalo, isto kao ni ovaca. Kad pristari, da se ne baca, i on se prikolje. Nema šta mi ne bi proćerali kroz dupe. Eto dokle seže naša ljubav. I man' me balade Bajaga.

Komšija što je našao stradale, otišao do njihove kuće, zatekao psa Žuću kako grebe po vrata, na peći mlaka posna sarma. U njoj riža sjedila, čekala sretnu porodicu da je pojede. Međutim, Žući i njoj ne stiže niko. Običan objed par zadovoljnih životom bića završi sa pirom. Na kraju svi ranama podlegoše. Neko iz njihove Vrtače, odvede Žuću na lancu. Priveza ga na priuzu neki novi Momir. Još popi za sprovoda poluoku šljive. Niko se ne sjeti da je putna služba trebala upozoriti ljude na iznenada sklisku cestu, taman bilo osušilo uoči uSkrsa – što se kaže. Postio je i Isus i Muhamed, samo mi ne znamo kako. Ko da bi neko mogao reći za sebe da je sin božiji, a jede leševe mrtvih bića. Malo je to i do ljenosti, neka nam Bog oprosti grijehe. Kako će, ako ne znamo osnovno. Pa je jalija od stare škole napravila bunjište. Tu je sad svako bacao smeće. Gradska deponija Karakondžina Panja, snadbijeva se sa dva kontejnera, eto gdje živimo, nije nam bitna ničija životna misija kao naša sopstvena. Potrudimo se onda da nam se barem više ovakve stvari ne dešavaju, eto kako će nas nagraditi sa putevima u neke dalje daljine. Svi moramo znati istinu, ona se ponekad može zvati _ ljubav. Naučimo i druge voljeti, barem ne zamjerim otoje što vi jedete meso, a ja ga ne jedem. Nego bi vam objasnio šta nas sutra sve čeka. Ili nema nikuda iz ovih govana. Bićemo obični smrtnici zaista, imali život _ nisu ga shvatili. Ja kad se u kolo sa najvećom svjetskom facom uhvati Svjetlana. Meni niko – ko moja kćer. Pa mi Dijana javi da je ponovo trudna, već češće se srećemo na mašini za veš. Drndamo centrifugu. Rekao doktor u gradu gdje mi završi stari skroz. Dovezoše ga u sanduku, nigdje traga popu, ja ga nisam mogao zvati. Izvinite, zvao sam ga. Rekao sam mu da može da dođe, ali za džabe, ako mu se tako ne dolazi, neka ne mora. Sjedi kod kuće gdje i jesi, idemo mi dalje. Živim da se preduhitrim, svejedno ću jednom umrijeti, drka mi se i za komunizam i za kapitalizam, ja sam svoj do svoga. Volim svakoga. Svo zlo protiv dobra. Pitao sam ga da li želi ako prije mene umre, popovsko pjevanje? Rekao ja da želi, samo ako je besplatno. Krv u venama ledi hladnoća dalekih mora. Srce puca na komade. Dobiću dječka. Na svijet stigao Andrija, jedan od apostola, tako isto i ti sine meni. Znači, želim prvo tehno, onda truba, niz sokače momče poćeraj kočije. Za nama neka idu naše duše - Volimo se. Da bude po redu, i da više niko na klizavom kolovozu ne strada, a znate da onda kad kiša prva pada, bude gore nego da je poledilo. Cesta masna od ulja i gareži, pomiješa se sa nebeskom vodom. Osvanemo razapeti. I to na krstu. Vidjećete šta će reći popovi na ove moje priče, da ne pričam hodže. Svagdje ima i loših i dobrih, iskoristimo moć crkve i džamije, povedimo vjernike do božijeg mira. Svima sloboda besplatno, kakvo plaćanje. Imao sam i ja svog strica, nisam mu ni znao ime, Momir nije htio da mu se taj gad u kući spominje. Davno pobjegao u inogorstvo, nikad ga ni upoznao. Naletjeh na njega igrom slučaja što se kaže. Povjerih mu svoje sve najmračnije tajne, znao sam da ima muda za dalje. Pravi se sahrana Mladenu, nigdje nikoga na vidiku za pare, osim dvije narikače pride. Brale moj, ostaće Dijana trudna. Kad je na svijet stigao Andrija, već se spremala njegovoj sestri svadba. Skontao, da sam već ostario. Žena, još malo baba, kotrlja preko njiva. Pa mi na um padne Vila, da li će doći na svadbu bratu? Opet žega teke tehna, samo da nije kao u narodnjaka.

Jeste da, ali da je žvaka za seljaka, nego je onda kad je najražvakanija, tvrda ko cigla, da mi je samo dva žvakogriza da je poljubim. Ili je to bilo onda, vrijeme kad ću da dobijem unuku. Umalo nisam crkao od dragosti. Međutim, nije još vrijeme te sreće, malo ćemo da veljamo. Opet truba zatrubi, sahranu održaŠŠŠmo mome starom, što se kaže – dobar bio i Momir.

Umre Tito, vrati se kapitalizam. A on ti je – zguli radniku leđa, da odeš jašiti kamile po pustinji. Na grivi trag bijelog snijega, čisto da se ne velja. Pa se prti na rame torba, u svijet ti je jarane. Međutim, ja nisam htio više iz Vrtače nigdje, onda, i samo onda sam ostao tu gdje jesam, sa mnom može ko hoće, samo ne treba bacati smeće iza sebe kud prođe, pa ja preko strica upoznah strinu, zvala se Rozi. Pričala mi je ona na tečnom Njemačkom, da je pred početak rata drugog na svjetskom nivou, bila Germaniyyya puna smeća. Odjednom se to pojavi duž rute kojom gonim kamion. Pritisnem gas da zarže raaaGela, nastupam za opštinu, iliti općinu _ Karakondžin Panj. Nešto kao gospodar bez prsta, stiže ga najzad carstvo sa prstenovima. Puno ih je sa neprocjenjivim biserima, pa je puno i to što se izda najrođeniji, ostavi da umre na prtini. Ma kakvi, to me očeličilo da stignem dovdekareka, a otoje Federacija i Republika Srpska. Čista glupost svih Balkanskih naroda, snosimo odgovornost što smo rastjerani po svijetu. Prekinute ljubavi u nevrem doba dana - nisu razlog _ da noći ne dođu. Svima će na vrata da zakuca jedno drugo popče, ništa za ukopa ne naplaćuje. Niti je više važno što neko urliče, razapni sektaša, za to ovaj u mantiji ili onaj iz džamije prde, oprošteno im je, jer nisu znali šta čine. Jbg, tako ti to dođe na kraju, dopustiš sebi da psuješ – jer si kočijaš. Ma kakvi i to, tu sam se tek očeličio i upoznao prave ljude. Spremni brale moj poginuti za volan. Neka se kurlija i kurlija, nešto poput dobre partije, samo se tako otisneš u svijet, bitno je da se točkovi okreću. Bacim se u razmišljanje, naveče kad je pauze – ne prestajem pisati. Uskoro će i unuče, vrijeme je vladiMirovu priču završavati. Posvećena je svim dobrim ljudim – volimo se, kad nemamo šta drugo – ljubimo se. Meni se to ne radi. Nego bi naradije išao u baštu sijati krompir. Odi onda, šta se stidiš, za vikend jedan farbao sam u Karakondžinom Panju kiosk, pomogli mi Radan i Đole, trebalo nam za raketu goriva, nismo imali bogatog đeda, nego onog što je babu tuku, a i gazda u kreditu, pa ne znaš je l' valja farba. Najviše je ubijao – u glavu, lepak. Da, ta priča je skoro uvijek poduprijeta alkoholom i drogom, nikad travom, bistroj glavi prije svane... Znači, što se tiče dijela moje u startu propale firme – prepisujem je i na njih, kao i na svoju djecu. Zezam se, to je samo preduzeće od kojeg ćemo pošteno da živimo u mnogo zajebanom svijetu. Znači, i za popče neka bude koji dinar, čisto džabe da ne mlati krstom. To ti je tako, i tako valjda mora biti, međutim, na moj sanduk neće da sleti grumen, ako ne umrem. Umrijeće tijelo, a to se je l' da Vladimire, za pravu bit ne broji? – jako smo na kraju ovog dijela priče. Samo što se ne rodi unuka. Moram da im malo pripomognem, jer rođenje se slavi, a smrti na ružnu stvar gleda. Slično, samo do kraja izdrži – Mladene. Oćeš testis Marjanov, još ako si kao i ja od nedođije. Ništa ti jasno pod milim Bogom nije. Laprdaš okole, ko da je ne znam šta je u eteru, a ono ništa, bacaju se kučići, baca i smeće. Valjda ima jače nešto i od naše neimaštine svijesti. Pa se oni tu hrane. Prikupljam nedjeljom, ubacujem u kontejner koga Vrtača još nema. Nego tušim u kante od jupola, neki dan sam kod jednog pajde krečio, skonta da mu se znam sa ženom, i to od ne znam kada i koliko prije. A i šta fali, jednom se neko poznavao i sa Dijanom i Vilom, da ne pričam Ajlom. Jašta sam, takav sam kakav jesam, nije mi strano to što griješimo iz neznanja. Stiglo vrijeme da se malo podsjetimo na našu namjenu. A ona postala ravna mesožderstvu, ko da više ništa ne umijemo, i to od asiluka. Lakše je zaklati ranjenika ili ostariju kravu. Tako se ne moraš patiti u njivi, samo odeš u trgov'nu. Kupiš salamu da nabacaš u sendvič, odavno je počeo vakat vječnog posta. Nema zinuti ružno na živinu. Pa se iz tog straha isto rodi Hitler, samo u toj priči ne poznaje Evu, niti se drogira. Sve mu od Boga dato. On pokrenu rat svjetskih razmjera, dođe na tlo Balkana komenizam. Stigla sa njima i fabrika sa još lošijom gudrom, napravi se za najokorelije goli otok. Kad se raspusti, krenu ota ista najebana strana da se osveti. Na tlu bješe kao državna armija Juge, sjebaće Njemačku kad god se sjeti. Ovi se zainatiše, pa napraviše mnogo jaku industriju, plate na vrijeme, ali zato država im dade aldijaniće. Brdo salama i i kisela hljeba, za sitne pare. Znači, i po guzici se maži. Umjesto da oporavimo privredu, malo se bacimo u poljoprivredu, ostajemo ovdje. Branimo boje Vrtače. Kad na svijet dođe moje unuče. Fu, i do tada je još malo. Ko zna koliko će vremena proći, ni ja ne znam, zna samo Mladen. Daklem, Mlađo, izvoli pokaži publici šta umiješ.

Istina istinu krije, ko volio nije, nije ni živjeo. E to uopšte ne mora da bide, možeš voljeti sebe – biće dovoljno. A to se i ne zove neka ljubav, šta sam sebi radio, dobro sam iteke normalan. Nego sam eto neki tamo Mlađo, čekam da mi se rodi unuče. Pa će mi srce da pukne na komade, hranićemo zajedno napuštene pse u staroj školi. Ostali samo zidovi i dio krova, pod njim se oni kriju. Ako bude žensko, rekli su Bojana i Biroslav – zvaće se Milica, a ako Muško – Mir. Svijetom će zavladati vječni, niko se više sa mržnjom neće sjećati ni Hitlera. Kao i ja svoga tate. Kakva mu bi sudbina, samo da moja bude ovakva. Crna, da crnja ne može biti – nekako se živi. Bili smo blizu istine, samo trebali okrenuti prekidač na on. Odjednom na dekinom tranzistoru nova licna, prži kraj škole Lea. Ona mi je uzdanica, postala je popularna veoma, pitaću je da se pokaže i u Karakondžinom Panju. Pa je meni obećala da će doći, kad je to i uradila, buknula je naglo balKanska privreda. I više niko nije htio da ode iz svoje Vrtače. Odnekud zaškevrija pašče, više ga niko ne šutaše. Odatle je bio Mlađo, sa teritorije raspadnute Juge. 45 ti gromova otišlo u vražiju mater. Pa kad se to sve iseksa, shvati se da nikog ne voliš kao sebe. Takve smo mi fele, ne stidimo se tecCCChna, mix od thc a. Ja se svoga ne crvenim. Više se ne drogiram, jer za te stvari postoji trava, i nju više slabo, otkad nema Momira. Do tada se bojim svoga postojanja, kao da će me sutra zadesiti vrijeme brke. Čim osjetih da mu crv poče grizti dlake ispod nosa, poskočih i ja. Osjetila se sloboda, nema više tih što su me tukli. Do zadnjeg sam ih hranio. Tačnije, ovo bi bilo ništa za ispričati, da priča do samog kraja ne mora biti sjebana. Mozak laufa od abera do abera, u duši je kutija. Bez nje nam nema nikuda, jeste vidjeli šta izvodi Mlađo?! Roka, kao da je za aftera. Mnogo volim zvukove koji me lože na ovakve priče. Biće to novi stil pisanja, čak će me preporučiti za usluge i Ceca. Površina naše estrade su zapravo lica kojih ne brine umjetnost kao dio našeg napretka, nego da se selfiramo na isuSovom grobu. I to sve preko tuđih leđa. Nije to istina, vrijedni smo mi radnici, samo nas malo plaćaju za to. Porobio nas Švebo opet, ovoga puta sa tehnologijom, razlikuje li se to od toga doba, ili smo nesvjesni – najnovije tipe _ brkova, krkanskih?!

Postao sam dio toga preko noći, znao sam šta će donijeti priča, morao sam da preduhitrim vladiMirovu dragu, nisam priznao alimentaciju kad smo se oko prodaje dogovarali. To sam obezbijedio vožnjom kamiona. Bojana sedmi mjesec. Negdje sam načuo da će im u goste doći Vila. Pravo sam se sjeb'o, ono što se kaže _ pravo. Ne znam šta bih rekao, a da prećutim kako je nikada nisam zaboravio. A i što bi, sve je to bilo lijepo, samo nismo znali i mogli drugačije _ konzumirati sviđanje. Bilo nam je kako je, meni moja sudbina, da neko istinu o nekom Mlađi pročita. Umalo ne bi ceCina. Da ne pričam za Vladimira i Željuna, Biroslava i Bojanu. Sve je to tako moralo da bude, samo se brale moj nije trebalo istresati u rijeku smeće. To je i opet do komunalnih preduzetnika, neće u lopatu da ulože, nego samo u metlu, guraju pod tepih - to što nas tišti.

A muči nas bogme svašta. Tako odluta od Mlađe našeg mašta u tri p materine. I ode do toga - da zaista psujem k'o kočijaš. Što kaže jedan lik sa estrade u to vrijeme – svi smo mi stigli iz neke Vrtače. Jedne prilike sam igrom slučaju uz Cecinu preporuku pogledao njegov nastup. Bilo je to veče sa ogromno puno poezije, naklon do poda. Sjetio sam se da i ja trebam krenuti dalje. Dobar znak, a i veoma vidljiv, na kraju nastupa su se vrtili kao ražnjevi na vatri, a na njima što prasetina, što jagnjetina. Klavirsvirdžija je bio Mićo. Oteo mi nastup, ali šta ćeš, morao sam na turu kad je rokala ta vrsta inspiracije. Strpljen spašen veli David, pa ga u zid utače. Ne mora više samo na goriva, može i na struju, baterije uvijek pune. Nije nam više ni do dukata ni do njihovog najnovijeg izdanja, nego se naplaćuju kotizacije za učestvovanje u zbornicima. Pomalo se i u tu sferu ulaže, narod je željan umjetnosti. Međutim, on se nije spuštao do tog nivoa. Jedne prilike ću i njega dovesti pred publiku Karakondžina Panja, čisto da se vidi kako smo maleni, a tako veliki kad to hoćemo postati. Što se tiče pisanja, takvi ne postoje, nego se uče. Iako posjeduju dar, moraju Boga slušati. Ako se ta nit izgubi – jbš takvog techna. Nije ni za veljanja.

Pa sam lagano počistio od kuca govna sa ceste, umoče noge lovci u njih, iako na istim imaju čizme, prijete da će pobiti nejač što u školi uči. E to bome nećete moći preko mene živa. Dajem se previše, zato me to tako ponese za ženama. Zaista su naša _ ljepša polovina. Da ti Mladene slučajno ne pišeš ovaj roman – čisto nekom za divljenje, ili je zaista sve ovo – samo tvoja priča? Kako god, kapa dole, nagrade uručite Ceci. Ona je faca, ja samo jedem govna, kad nema kurlijanja. To što sam jednom u kamernom teatru, grada koji ima sve, gledao Ramba, to ti je, jer karta nije bila skupa.

Više se ne molim Vladimire nikome - do sebi. Jer meni je odgovarati za počinjene greške, kad jednom dođe vrijeme padanja kože u rupu. Ne mogu da uprljam obraz Mladenu. Znači, iako griješimo, nije istina da ne možemo barem za početak ne ponavljati iste. Onoga dana kad sve životinje budu napuštene – tek slijedi pakao. Ovako kako je, i dobro je. Reče koju riječ za naše napaćene kere i Lea, pa se mladost primi ljubavi. Nije ni to više bio bauk, već sam sretao mlade koji vole trista nauka, samo bi učili. No nemaju od koga. Ajd ti otiđi svakih sedam dana do kamernog teatra, i to do grada koji ima sve, samo je iza mnogo gora. Potrošiš goriva, još ako si na benzinu, trista nečiji gladnih guzica, da je tiket džabe, ni tad jeftinoća. Posadimo svi u njivi baštu, čisto da se nečim zanimamo. Jest na tuđoj zemlji, neka je – ako mu je pusta. Znači, sve svima oduzimaj. To će morati reći Svjetlana, kad bude Vladimira pod konto uzimala. Voljela ga je kao Boga. Čak za dobrobit njegove majke – u svijet bijeli pobjegla. Tako i moja Vila, isto se ne vrati. Završio se nastup oko ponoći, počeo u dvadeset. Uživao sam.

Počeše da otkucavaju zadnji sati, ali otprilike trideset dana prije stizanja na svijet mojim unucima. Na njega ih donosi moja kćerka, otac od Viljuške brat. Ja ni ne slutim čuda. Ko da bi meni više na pamet pala Ajla. Otkad su otišli, više se nisu javili. Ni ona, ni doktor, ni Neca. Nemanja se stvarno prošao sranja droge, i to loše. Zauvijek, pa se sjetih da nisam zapalio ni džoint, otkad tata moj krepa. Jednom ću i ja tako, ne želim na sahrani – što se tiče mene nikog ko bi da za opijelo naplaćuje. Jedino narikače dolaze u obzir. Za njih ću da ostavim dukata u šteku. Samo da se steknu veliki dobitci, i eto ti preduzeća. Međutim, gdje su u toj priči Radan i Đole, đeee raketa, đe gorivo, đe sa trebom za cugu, nego krademo od njene stare zveku, iz zimskog kaputa, idemo vanka, e to je drugi par opanaka. Onako je kako se prema kamionima odnosimo. Volimo ih više od bilo koje žene. To ti je istina onoga koji piše, i vozi. Poseksaju se te mnogobrojne poezije, rodiće se novi nasljednici. Ni ne slutimo sve – koji. Poštujmo se ako ne znamo zagrliti drugog. Možda mi neko ne miriše u tom trenutku, šta ja trebam da ga ližem?! Uzmem pa poližem govno, nema u njemu traga nečije muke i patnje. Ali je to školovanje na višem nivou, i možeš na njega, samo ako dobro platiš. Odlučio sam se na izučavanje bez peneza. Kako bude, a ako je dobra namjera, nešto će. Ako je loša, najbolje da ne bude ništa. Vidi ti opet Bože, imaš Cecu, i sa njom popričaj.

Krunska slika vrhunca romana koji je čitavo vrijeme trebao da izgleda sjeban. Je ta, ja nikakav. Osjećam da neću još dugo, mada se to ne osjeća, nego samo presiječe, a tad kad po koljenima osiječe, bude većinom kasno. Možda će me strefiti moždani, ili tako nešto, mnogo je Mlađo ostario. Vidjelo se u ogledalu dok polazim u arbajt sate, na faci Dijane Pupi i Aske, bez zareza. Sasvim zaboravio na nekog tamo drugog Mladena, radim u krevetu od jutra do kasno u podne, al' samo od ponedjeljka do petka. Vozačima je tada kakvog šoping centra za uzimanja klope, pa u obilazak grada. Kad sam tako jednom otišao na turu sa Đoletom, zaglavili u japaNskom restoranu, mislili da je kineski. I kako ja nisam jeo meso, uzeo samo neke biljke, dodao crvene paprike, al' jaPanske, nije kiNeske. Pa kad sam zagrizao prvi zalogaj, sjetih se svakog dana moga školovanja sa Jevrosimom, bolje da sam se toliko godina drogirao najlošijom robom, bio bi malkice normalniji. Ništa to, lako je biti pzd, da izvinete žene, muškarci su svi svejedno jednom bili -

u duši kamiondžije. Odatle, smo, pa ako hoćete da nas volite, volite i naše nebuloze. Pokraj vode šetamo ja Aska i Pupi. Kad odjenom strani turisti. Čude se kako u našem rudničkom hotelu nema mjesta za kućne ljubimce, Pir'lo odnekud iskoči. To što se mi nemamo čime dovesti u situaciju za šetanje sa psima pored potoka, to nikome ništa. Kad hoću da natočim vode, pop veli, prođite ispred, ja ne žurim. To mu ga dođe valjda isto ko kad sam drugi zalogaj zagriz'o. Reko, ko zna koliko će naplatiti, a i hrana se ne baca... Progovorio na prkno. Umalo se nisam usro za stolom. Ja, ja, traje sjebano, takav ti je techno. Još ako je poslije cijele noći - negdje dobrog aftera, to je onda kad se zove _ ROKA. Za otoje ti ne treba droga, dovoljna je vutra. Još jedna od onih kad se kaže da pričam nebuloze. Ovoga puta ne griješim, niti ću da odustajem. Naučio me dim te biljke, kako da samom sebi neke stvari oprostim. U tom je ležao zec, nadrljao kao i svi zbog kao neke sudbine. Niko se ne sjeti, ej ti Mladene, pa ti si to sve doživio, daj da ti barem damo penziju. Ko ga šiša, ne treba mi ništa, svejedno jednog dana u krpe bez ičega polazim. Kad se naveče zavučem u krevet, držim prste preko jedan drugog, zamišljam da me drži još ona mladost. A ona prošla, više se ne valja ponavljati greške. Pa sam naučio da je to što trebam zapisati, zapravo od Boga. Toliko o sebi, koliko si spreman neke svoje najmračnije tajne priznati. Sjetimo se odakle dolazimo, odmah vidimo da smo dobri. Znači, neke stvari idu na bolje, samo mi ih do jučer nismo bili svjesni. Ujediniće se zaista Balkan na raznoraznim scenama, Amadeusa će sebi priuštiti, i u Vrtači sića. Ja mu se divim.

Kad sam zadnji turio u usta, pojeo sam od Đorđa sve iz tanjira, pa popio i njegov i svoj sok, obadvije voćne rakije. Onda je došla ona, nije Kineskinja, nego Japanka, ko med slatka. Lizao bih joj leđa ispod plećke, čisto da mogu sa strane virnuti na grudi. Odvela me iza da isperem usta, pa me sočno zajašila. Ljubila se kao da je nju hrana spržila, za to sve vrijeme Đole za stolom, Radan tankao raketu. Olagano je kroz nas prošao dašak savršenstva, oboje smo ga zajedno doživjeli. Brate, ljut im jelovnik, mada, iskreno, pojeo bi' cijeli kazan otrova, samo da je još jendare'' imam. Kasno sam opet shvatio - da nisam trebao. Nego se to tako samo desilo, i tako neka ostane. Nećemo to više spominjati, dolazi mi na svijet unuci. Moram se povući iz tog dijela. Inače neću moći - daaaa odolim svakojakim ženama. Prekoviše su ženstvene.

Pa ja, ali Mlađo sine, nije to sve što ti pričaš – ljubav! Znam, koji vam je klinac, ja se samo zezam, pišem priče za druge, da bi opstala na tržištu – malena transportna firma. Ima nas u njoj par komada radnika, svako svojih jada. I tako ti je ta naša federativna Juga, rasturena na sto komada. Pobijedio najzad Švaba. Mora se priznati – što se kaže. Žene im brale ko princeze – izlazile ne bi sa graška. Iako žulja, dahću. Staću, neću, hoću prestaću – moram, na svijet mi dolazi unuče.

I onda se čuda zainate, pa neće da se dese. Nego svi isčekujemo. Ko da će se pokazati gdje nebo sa Zemljom – kukama spojeno.

Ha, valja završavati, Ceci je malo nervozna, hoće u eter sa knjigom za nagradu, a i vakat je da se pravo razveselimo, što se kaže. Inače bi imao ja još toga za dodati. To ću u sljedećoj priči, nju pišem samo za sebe. Pa kad ju naškrabam _ deletiram. Bez popravke. Ni zarez dodati, niti oduzeti. Jer na to se mnogo gleda. Posebno kad se dodjeljuje nagrada, još ako je svjetska, e onda si ga Vladimire, okin'o i u čabar. Posebno ako si ostavio ljubljenu zbog majke. Šta sam ja sve čino zbog svoje, ni ne čudim ti se. Kad sam u život dobio lice kćerke, mnogo sam je volio. Inače, kad sam uspio zavoljeti face od Jevrosime i Momira, za prika Milu me ne čudi. Još kad je u moj život stigla Vila, Japanka se mogla desiti samo u snovima, i u Kini. Više mi nije bilo stalo do žena u tom smislu. Mislim, nije nikad, samo ja to nisam znao urediti kako treba. Ili me palilo to što je nesređeno, čisto da izbauljam na pravac. I tako opet, stigoh dovde. A ovde se nema više šta za reći negativno. Neka bide sapunica, nagradu neka primi Svjetlana. Al' se Vladimir obradova, ko da ju on 'vata, trznu se iz rupe, duboke, dvije letve kojim Jevra, tuče preko leđa, obilježen u milimetar tačno, može za Švicarsko tržište, velikim neka se piše, jervokareka smo – Balkanske ovce, imamo sve, bježimo odavde. Mladena ne zanima ništa, spasio je, preduzeće.

Laufa sve pod konac. Konačno u iglu uvučen. Ćorav ja, ali nisam nagluh. Rodila se i Milica i Mira. Bojana je donijela na svijet blizance. Morao sam da plačem. Priznajem, nije lako kad se postaje djeda. Veselje se razvuklo danima. Pa je neko rekao, stiže na babine Vila. Mora brata i snajku obići – aj ono što se kaže!!!

Kad je ukoračila, za njom je to isto učinila i djevojčica, taman toliko godina joj koliko ne vidjeh sestru od zeta. Bila je čupava ko mečka, tako i buckasta. Presjekla me pogledom, ista majka, predstavila ju je Vilja, sade iz Kovilja _ ovo mi je kćerka, zove se Ajla. Imala ja oči Bojanine, i poguren hod, nisu blizanci ličili jedan na drugoga, koliko je Ajla na nju. Ista, k'o da se gledaju u ogledalu. Nisam se pomjerio sa mjesta, Dijana je izašla bez pozdrava. Onda kad se makela kafa, Bojana otišla u sobu da podoji unuke moje – što se kaže, reče mi _ tvoja je, a nije, nisi me po pizdi – ni dodirnuo! Zagrcnuh se, al' ono pravo, a joj joj – što se kaže. „Zašto mi nisi rekla do sada ništa, zašto se nisi javila"? „Pa da se odlučiš za mene zbog nje, niko ti neće vjerovati, da sam začela bez kurca. Nisam zbog toga htjela, ovako imaš neki svoj život, tako i ja svoj. Djeca svejedno odlaze od nas, a i sam znaš – tako je najbolje. Najbolje je i da roditeljima ne zmajerimo ništa"! „Znam, naučio sam to sa svojim ocem, zvao se Momir, kao što i sama znaš. Nisam mogao sve prežvakati, mnogo smo druge vrijeđali. Da bar ne bi Bojane i Biroslava, pa da i bude sapunica. Ovako nek Ceca ovjekovječi priču o njenoj i vladiMirovoj ljubavi, još za to neka uzme neku nagradu. Uglavnom, nisam odustao od pisanja. Znala si i tad da je to jedna od najvećih mi strasti, pa čak i ovisnosti, slabo koja poredba ženskog poljupca može biti ravna. Da sam bio u nekom drugom životu, ili barem neko drugi, nikad te ne bi pustio, pa i kad mi ne bi rodila dijete – ono što se kod nas u svakoj Vrtači kaže". „Mogu li da dobijem vaš broj, čika Mladene"? „Možeš, daću ti život ako treba, samo pošalji abera. Kćeri!

Dijana drugi dan nahranila hrpu napuštenjaka. Pupi ih postrojava za večeru, laju svi odreda na Asku, smazala najdeblji komad, a nemaš je šta vidjeti. Na kraju svega smo zatvorili vrata, valjalo nam je čekati smrt zajednički – lele što se kaže.

Eto ga, nije baš da je neka sreća, al' nije ni sjebanija. Valja se pročitati po koji redak poslije napornog tjedna, jevta prođe u trci za komadom hljeba. Što ostane, ide za zakrpe na opancima...

Treći dan poslije čitanja i čuđenja. A vid sada kaki je, i još će se iznenada _ jednom – kobacnuti, to ti je škobalj, pun košćura.

Više se nismo čudili ništa, poznati pisac sa početka priče _ jeee shvatio - ko je on _ napokon. Ime mu nećemo objaviti, da ne bude toliko providno, kako se videla budućnost – nekima na dlanu, dozvolimo takvima da nas vode do slobode. Da, ma nisu to oni nama i meni s' vama, nego se borim objeručke, pozivam u pomoć sve dobre ljude Balkanske puti, ujedinimo se. Koji vam je, mi smo svi braća i sestre, od lošeg oca, i još gore majke... Nemojte nam od nasljednika praviti neradnike, završi fakultet, diploma kad je u padže, onda si svoj čovjek. Moj ti, bio ti meni uvijek tako poznat, onda kreće borba do konačnog usavršavanja. Duša ako nije sita – moš je da izvineš, nabiti u guzicu. Ni to ne smijemo, ako ćemo preko pravog Boga, moramo svakog pokušati pomaziti, jer ako se zauzvrati neko motikom ili ne daj Bože vatrenim oružjem, lakše će vam biti prihvatiti tu što dolazi – nema kome neće. Pokucaće u neko doba, idemo – kočija već rondaaa na leru.

Ovim se pismom iz nekog doba sa Balkana javljam cijelom SVEMIRU, stanje se izmiče kontroli. Yessss, da nije ključ glavnih vrata kod – pjesnika.

Tipa, furao se na tehno, doveo ga ritam do nebesa. Mene jeste zaista, na partiju sam najviše volio otići sa dva tri džointa. Još ako je neka poskakulja, nema sile da te ne vrati selu. Kopaćemo i orati od sreće, samo da dođemo na red – vratiti se rodnoj grudi.

Još uvijek sam tu, u Vrtači, ne idem nigdje od Daje – kaže producent, režiser se nešto drnda oko uloge Mladenove, nakrivo mu previše, ocapario neko šiške, otiće zaista djelo u horor. Tako čovjek naprosto poludi, pa postane pisac, pojma nema da je na samom početku jedne veoma veoma opširne misije, odam toliko _ da ispričam šta sam znao i umio, jbg nisam završio nike škole, zaratilo se _ morao sam dalje preko volana. Što se tiče romana, moj ga žulj sponzorira, objaviti ga ima pravo svako za dž, ali da se na licu korica nalazi - DŽP.

Od mene toliko unuci – piše đedo... ne bi' da se otkrivam imenom i prezimenom, a i nema potrebe, svako se imao naći u podosta situacija. Tako je odrasla jedna cijela generacija, novih Balkanaca, ne zamjere čak ni starijima. A trebao sam – zašto ste me natjerali u rat? Morao sam, kud i ako ne odem, svejedno neću imati šta jesti, crknuću od gladi, hrani me tetka, hrani strina od tate, da zaradiš – možeš samo batine od lokalnih vlasnika vlasti. Odbrambeni mehanizam se u čovjeku obatalio, došao do toga bio, nije jadan smio iznijeti van sebe _ ni kako treba svoju istinu, amoli tuđu. Moj je jedan dobar drug to učinio, sredio za cifru priču o nekom strancu, live biografija, ja mislim da je ni dotična osoba nije takvom sanjala. Ne brinite za njega, on nije poznat, ali je profi – pokazaće vam kako se može osjetiti iza pisane riječi i boja, i okus, i scena, pa da sve glima – onda se to zove knjiga, a ona koja je najgora, to je ona, ako ne pokušaš. Sredina je bila zauskakanje, pa me on naveo na to da fali nešto što će sve da posaže gdje treba. I evo nas danas, pripremamo neki po redu od zbornika. On i njegov kolega tehničke pripreme, ja finansije, i ostale zadatke koje svevišnji nam zada na tom putu. Iza leđa mi je još uvijek pas, oni su me naučili odakle treba krenuti _ kad se treba problem riješiti. Čućemo se u narednom periodu više kroz stih – oće duša na punjač...!!!

Pa se tako puni i puni, dimiš po koji dim trave, narkoman si. Hm, da li si? Ovisan svakako, još ako je dimiš sa duvanom, ovisan budeš i o nikotinu. Ali to ti više neće predstavljati problem _ kad zakoračiš na stazu ljubavi. Sve droge se mogu poništiti, ti znaš put za dalje – kakav treba biti, živjeće ljudi i poslije smrti, samo neće biti to što su u koži ljudotinje, nego duša, ista kao i pseća, tako isto od pileta, kog' kerče smaže u slast. Iako mi ne jedemo meso, imamo drugare kojima to treba. Ili druga fela bez kornera, možeš zavesti loptu za svoj go – slobodno, nećeš izgubiti napad, samo izlažeš odbranu govnima, stignu te dva protivnička igrača, spas ovisi o tvom driblanju. Možda smo mi ti Vanzemaljci, jeste li mislili o tome, stigli sa Marsa, jer je zaladilo puno? Tamo smo živjeli prije Zemlje, i ne zove se ona tako, nego Ljubavna planeta, najljepša od ovih svjetova ovdje, ima i drugih – oko sljedećeg Sunca, al' kao ovih ima malo dalje. Moraš se baš posvetiti miru i slobodi. Gledati što se kaže – da nikog ne učepiš. Pišeš o drugima, a ti si. Nije to lako, još kad za to nemaš neke nagrade u zlatu, samo koji lajk – na fejsbuku. Bješe jednom i to doba, iz njega se izrodila priča vremena, koju pisac, još ako je poznat naširoko i nadaleko, mora znati ispričati. Ma to može svako, niko neka ne čita druge knjige, dok ne napiše neku svoju. Tako će samo pisanje – biti orginal. Živi u svom svijetu, e onda kreni lagano u druge. Poredaj sve nobelovce, pa natenane. Šta je sa onima koji nisu imala za izdavača? Sjedili kraj kompa od trijest leura, kupili ga iz polovnjaka? Doveli kući na tuširanje i čišćenje od buva. Uzdamo se u Boga, da i mi kakvu knjigicu izdamo. Ne mora to biti roman, može zbirka pjesama. Uvijek sam ih imao poredane u teku, ko da samo čekaju tih famoznih dvije iljade leura. Plata ni pola tisuće, da ostaneš živ – treba ti jedna. He da, onda kontaš, kad bi ja tu dinamitnu dobio, sve bi izgledalo drugačije, ne bi imao mira, to bi vrilo nad glavom. Ovako, pišem i uživam. Slobodan. Svima želim ovakav dan da doživite, i da dobijete od svakog lajk. Tačnije, već ga imate, čim zakoračite u ljubav. Iz nje se ne vraća lako, nikako tačnije nije, osim kad se poludi. Ko to mjeri, pa da kaže kako neko nije normalan? Neko ko je imao štelu ili rapu da objavi roman, pa za njega dobije – sve nagrade. Nema ko mu ne dodijeli aplauz. Onom što ne imade kinte – rugali se – popuc'o. Isto kao i za Nikolu što su pričali, izludio – vatao munje. Svi smo određeni da budemo budni prije prelaska na sljedeći nivo, padaš u isti, ako nisi ni probao život voljeti. Mirisati cvijeće u proljeće, negdje na travi mladoj, ljubiti dragu. Nije samo to ona, ona je širi pojam od ljubakanja dvoje, to je parenje, i služi za dalje razmnožavanje. Da nije bilo seksa, ne bi se dalo ikom đecu praviti. Nismo to činili planski, nego na o ruk, pokreše ko koga stigne, i na koga se čuna digne, isto kao da žene služe za istresanje. Jeste da, ajd ti to svati u to neko vrijeme davno tako. Nije ništa drugo bilo za zabave, osim droge droge droge... Čitav svijet je o nečemu ovisio. Imao sam drugare i drugarice, koji bi se samo ganjali. Što bi rekla jedna tamo baka od kolege pisca, i on je isto iz Vrtače, piči kamione preko bijela svijeta _ upalili se krmci. Vriska je u okolcu. Djeca dvoje drže na okupu, dosta je toga bilo – prenešeno sa koljena na koljeno. A on pogrešno shvaćen od neuka smrtnika, digla mu se dva puta kita, odmah bi se ženio. To žene znaju, samo eto se udvoravaju nama, da nas pomaknu sa mrtve tačke. Postali smo debla koja samo doziraju doping, i nešto bi da krljaju. Ko krmad koju jedu. Pa ja, neće se nama neka bitna stvar promijeniti, znao sam, nego nebitna. Ispadosmo na kraju samom – veprovi. Kakvi bolan Marsovci, mi smo govna od njihovog goveceta - Služimo - da razlažemo otpad. Pa ja, ja da budem neki poznat pisac, i da prodajem mnoge knjige, sve bi se šume isjekle zbog toga. Samo štampaj, ovako ćemo preko interneta, rek'o _ da se i ja priključim na društvenu mrežu. I tako ti ja jedno veče naletjeh na društvo, koje se formira – prijavi se kod admina na fejsbuk, daj mail, i na njega stigne priključenje. Možda nije baš tako, ne zamjerite, toliko sam se ja tada u tu spravu razumio. Bio sam istom, izašao iz Vrtače do Karakondžina Panja, prvi put, malo da prošetam. Rad svijeta, oženih se mlad, neiživljen. E da, to nije Mlađu mučilo, nego ono što je osjećao ponovo, zaljubio se kraj rođene žene, u drugu. I nazvao oto isto – ljubav. Isto k'o da se poslije neće vezati za psa, kao za nikoga do tada. Možeš za ljubav odabrati svinju, bolje u svakom slučaju nego da je pojedeš, ili je nemoj uzgajati više u okolcu, pa neće ni biti naglih pucanja. Ožive vampiri, a mogli biti genijalci. Svi u sebi nosimo legije demona, odvisi kojegaa probudimo. Možeš ti pisati dobro, a biti babojebac. Obožavati one, preko pedesete. Najbolje oko pedeset pete, e te su se Mlađi svidjele, otišao i Od Vile, i od Dijane, popravljao udov'činim muževima vijence po groblju. Poslije sebi kupio stanovanje u jednom Karakondžinom Panju, supruzi u drugom. I tako se više na kraju svog života, sa nikim nije viđao, osim sa malim psićom. Bijela boja svuda, mati mu crna, otac Žućko, Mršo, Garo, Sima, Lugonja i ostala kucanja. Nikakav grijeh nije preljuba, to je danguba popova i hodžina. Šta ako ti se neko tamo puno sviđa, a brak ti zapao u krizu? Pa bolje se razvodi, nego da se pred djecom svađaš. E, al' ajd ti to joguncama dokaži. Sunovratilo bi se svako muško za kratkom suknjom!!! Ma ne bi, a i ako bi, šta fali, možda se tako probudi. Pa misli da je to ljubav, počne pisati pjesme, onda vidi da je – svijet veoma raznolik i šaren. Mamen oda kitonja preko brijega, vraća se ko fol sa službena puta, a on direkt iz kabine, tamo se naduvao, pa nije htio ići kući, sramota bi bilo za cijelu Vrtaču _ kad bi se to saznalo. Sebi ponio kucaljku mašinu, povazdan šorao slova, govorio kako vozi. Uzdao se u prodaju velikog tiraža, jedva stigao po tri ture baciti, kad mu počne i kora ljeba život značiti, misliće da je cijelo vrijeme bio lud. Da, i onaj najnormalniji, samo ako sredina pomisli da smo pobudalili. Moraš se non - stop zatezati preko struka, kratka bluza, isto tako hlače. Odjeća za prvi razred osnovne, upisujem peti. Jer tako ti je to bilo Mlađi kad je bio mali. Pojaviće se još jedan u ostatku priče, ali će taj biti bitan nekom drugom. Spasiće ga od propasti. I tako postojimo mnogi, svako svoju priču priča, pa da počnemo sa ozbiljnijim punjenjem, predjećemo mu ime u Miladin. Voljeli se dvoje mladih, kraj vrbaka, onda kad su bili djed i baka, nisu se više seksali. Ko tad tu koga voli, ima li ikakve zajedničke discipline? Ima sine, zamo zaradi sebi – barem za opanke. Nemoj sa tajine grbače, nego sa državne. Lijepo se zaposli preko stranke, nije bitno što ništa ne vidiš dušom. Ili vidiš, pa te ista dovede na mjesto gdje i trebaš biti. Tako je to zamišljeno po Bogu, ali tadašnja politika, ne imade sluha za cuke. Čujem jauke djece, klanje je počelo, to ti je sve ljudski rode, što si ubijao svnjeću i ovčiju. Volio si se naklopati, a ne biti kažnjen. Moraš ispostiti, ili sebi oprostiti, drugoga nema, osim ludila. I tako su jednog dana svi bili u bolu do guše, sjetiše se, ajd da pišemo pjesme. Po jednu ćemo, pa ako dalje nikuda ne ide, odustaćemo. Međutim, kad zavoliš pisanje, to ti je golem problem, još ako si na volanu kao Mlađo, nemaš vremena disati, amoli ovo. Čisto da se ne rimuje, razvlačim tehnažu prema vrhuncu. Izdavač mi je, ujedno i bviši dj. Rokao sa tvrđave Petrovaradinske, na samom početku osnivanja – te igranke. Poslije je popularnost stekla omladina, nisi mogao biti predddsjednik države - preko četerest pete, neđe, oko krize srednjih godina, smio si na sastanku – jednom sedmično, produvati komad. Sve lijepo sagledamo sa druge strane, mora da je moglo i bolje. Mislim da nije, jer da Mlađi nije bilo pisanja, otisnuo bi se u neku od droga, već je pomalo puškarao, problema mnogih sa ženama strašnim, pa i one srcu drage – izblijediše. Odnese ih daljina do tačke, kad ih više ne osjetite. Nego se ni fotke ne sjećaš, zagrljeni pored puta ka visokoj gori koja se dizaše iznad grada sa porodilištem, povukli dva dima trave, otišli u svoj svijet. Nema veze što on i Stole imaju djecu kod kuće... Doduše, Stokijeva se gospođa nije još tada bila - porodila, od Radana lećela raketom. Nosila u trbuvu klinca, kako da ga tajo ostavi? Ode svejedno na Mjesec raditi, ostane po tri decinje na Marsu. Radan kad kući dođe, primakne se snaši, odmah joj ga - pristavi. I tako tasla - dok ne svrši. Pršti preko cijele pizde, sad će neki novi pisac da se rodi, ili mehaničar za srce, pa se seks vidi kao igra, a ne kao lenta sa jebačkim profilom. Fejsbuk k'o novogodišnja jelka, a kod kuće svinjac vrišti. Doduše, jest da je izakuće, odmah poviš' košnjaka, iznad njega štala, ubija se vikendom hrana, to ti je sve što muče, skiči, bleči, pa i kukuriče. Iz njega se jaja iscijede, svi smo mi prijani Mile, i njegov drug Momir, samo što sebe – ne vidimo. Niti se hoćemo pogledati, naročito kad smo na rakiji. Od te tuge, po viđenju Mlađe, nije bilo goreg zla. Hoda utvara od njegovog ćaće po Vrtači, traži njega i majku, hoće da ih satare. Oživio demon koji je mogao biti genijalac u svojoj praksi, ali kad dodirne flaše, ne zna šta radi, da li se tako isto može na travi? Ko zna, možda u nastavku priče saznamo, koga bude zanimala dalja dešavanje, hoće. A i to znači da smo pisanije digle na visine zavida, naročito izdavačkih kuća. Mogu i ja sebi za stotinjak leura, skockati roman. Pa kad tim putem dočepam se slave, opet ću vas voljeti kao i danas. Jer ovoga dana može to svako otpočeti, kreni sa pisanjem, nemoj poslije reći, nisam imao za objaviti, ako nemaš, javi se u DŽP. Izaće ekipa na teren, da vidi koliko si uštijao, ako si fizčki sposoban. Ako nisi tako, idemo dalje, doživotno imaš objavljivanje. Kad neEEEstane kad neEEstane, ja odo kod Stane, ja odo kod Stane. Malo sad rokam izvornjake, pa ću opet techno, jer sav moj bol je ostao u roku, rolalo se svašta. Pa ti ja ne znam više – o čemu nisam bio ovisan. Jedno vrijeme gledao kamione po stranicam za te fele, nisam se mogao nadiviti mlaDenovoj slobodi. To ti je garant, samo vrijeme za sebe, i po koji kolega dnevno, ako progovori domaći. Ne znaš strani nijedan, da bi krug frendova širio. Imamo mi i dvojezična izdanja, uskoro ćemo imati u ponudi sve jezike. Pa si poznat – i u Palestinskoj. To ti je opet jedno mjesto, nadomak Vrtače. Posvuda u selu raste drača, kad procvjeta na proljeće, ne smiješ glavu od pčele dignuti, naročito ako si na ubod iste – alergičan. Pričaš djeci film, ne vjeruju ti, nego ga sa tobom žive. Kakav budeš roditelj, mnogo će im u životu značiti. Naravno da mogu stradati, ako ih se pijan – nalemam. Čim ožive strahovi – popucaće. Trebaju ih se osloboditi. Ne bojati se smrti, nego je prihvatati kao novo rođenje. Zaslužiti je lako bolje, samo sebe središ, ne moraš okolo nikog'. Košta to unuka, grizu kiselo grožđe, djeca se stresaju. Odoše desni gore, prođe nikotin dalje, mislim da je i ta zabluda, veliko sranje, fuj znači. Mlađo dragi, kako si mogao pisati i dumagijati? A da, to te je prenijelo na travu, i ispade vidiš dobro, sa njom si se prebacivao u pisanje, parkiraš kamionče, navučeš store, malo večeraš, pa gas na disanje kucaljkom. Imao si zapravo mali računalnik, bio si povezan sa svijetom - internetom. Vodio si ljubav - sa kojom si htio. Kad si to otkrio, više se nisi zaljubljivao u žene. One su ti odnosile energiju. Znam te Mlađo – ko krnjavu paru. Samo da ti je pisati, a ono ti sve za vratom. Morao si samo lagano sve to – staviti na stranu. Nije ni bitno kako si završio, dao si nam nadu za dalje, iako se nije objavilo tvoje djelo, vidiš da te unuci nađoše. Možda i ovu našu zajedničku zbirku priča nađe neko, pa nadogradi. E tad smo već dalje od svega, u mjestu bez dimenzija, nebitno je da li si iz Vrtače, ili iz Karakondžina Panja. Bilo postalo ko je odakle – bitno. Pa ti je onaj što je u gradu, ograđen od seljoberizma, a onaj na selu nije mogao naprijed. Pobrkano mišljenje od prevelikog razmišljanja, a i nametnuta sa koljena na kolena, nikakva istina. Tačnije laž, Nebitno je čak, jesi li mrav ili čovjek. Tačnije, sve do zadnje trunke, božije je djelo, i taman je svega kako zaslužujemo. Do tada smo kad nećemo šire more – u akavrijumu. Jedemo pri postu ribu. Ni nju više ne mogu. Neka hvala pope, nemam ovaj puta dvadeset leura, dao sam za vutru, pa ti sad vidi hoćeš li bacati vodicu. Imam iscijepati drva iza, ili poraviti komp, to ti mogu – pošteno platiti. Znači, it oooo, ne vidamo, nismo vidoviti, mi smo ti umjetnici. Et', da ne razvlačim dalje, šta ja hoću sa ovim pisanjem da dam mladeNovoj priči. ZajebancijU, nekako neugodne situacije objasniti kao Bogom dane. Iskoristimo sve, pa i ludilo. Da, neki su to uradili kao bivši ovisnici od svega. Skine se drug sa horsa, ali sa tri jezika inogorstva. Širi li neko svijest i preko droge, i to ćemo do kraja probati objelodaniti, nismo ni mi više glupi da se igramo laži. Otvorimo se jedan drugome, samo tako možemo, biti ponekad – spašeni. Sve je za upotrebu, demon je živ i vodi tijelo, onaj kog odaberemo. Dajte se što prije ujedinite kad je u pitanju štijanje bašte, ostale organizacije poslije te, neće biti bitne, posijmo uz to još i pšenice, i ostalo voće i povrće, onda napolje pustite sve životinje, pa šta nam Bog dadne. Eto ga, ispunili smo zadatak. Kako umremo umremo, uglavnom više nikog ne ubijamo. Nije lako dosegnuti svemir, na sred neba zlatna beba, poziv prije sat vremena od završetka u ludnici, napadaju nas, vikao bi svako na sav glas – u slušalicu. Okidač je u ladici, samo treba revorler napuniti, i eto te među onima gore. Ovaj dole pao, znači da je onaj što je otišao ubica. Ili ako tijelo baš nije funkcionisalo da ne može nanijeti sebi štetu, ionako je bilo već odvojeno stanje, ovoga od onoga. I tako si prebačen u drugu dimeziju, skelet po bašči varniči. Te bi klao vola, te bi peko rakiju.. Oštri tajo predveče i mistriju, čisti njome fanglu, ljut što mu ne ide oko sviranja šargije. Mislio je da nauči, pa kad Momiru priđe Mile, bude fešte. U njoj se skrka galon, dvije gajbe, dva puta piš prasećeg, pomiješan sa potrbušinom i rebarcima, jede se i papak, sve se oglođe, do krmeće gujice. Niste vi braćo svijeta Hrišćani i oni na Islamu, nego pogani, samo bi da turite nešto u volje. Pa i kad nema ništa, neka se nađe batak, od koke, ako ti nećeš, može malo kerče. Dalje nema, koga ćemo odrediti za to, eto onda neka postoje lovci. Luk i strijela u vatrogasnoj stanici, duži ključeve, starina Jovanče. U njega je poštenje svo stalo, ostalo se dalo u kriminal. Daj šta imaš više - da se zapiše u knjige. Čitaće neko razna stanja pisaca. Možda neko natrefi i na naš, pa kaže, evo lajk, ja sam uživao čitajući. He, aj ti to kad se traže finese, dese se promjene u glavi, i ako izgori licna, nisi više za upotrebu, a srce kuca, i svi traže grešku pravopisa. Oće još, moraš na punjač, pa se vrati u normalno korištenje. Idemo dalje, pa kako bude. Ono što nam je Bog namijenio, svakim danom sam uvjereniji, da ne možemo izbjeći. Desiće se uvijek nešto da nas sunovrati, treba ostati vjeran istini. Pa kako bude, i ako poludim, barem će neko reći, dok je bio normalan, baš je bio. Ne valja ni tako pretjerivati, ni mi nismo jučer nekih stvari bili svjesni, a njima griješili prema najmilijima. Ni sam više ne znaš kako da odgajaš djecu, kad si se ti jučer drogirao. Nisi znao uprijet bez opijata na pravac. Za to ti je bila dovoljna trava, nikako heroini i kokaini. Ok kao lijek, i za to neka se odredi pravac, ali dajte onda da dileraj ozvaničimo, vozio bi i Mlađo robu, po skuplje pare, sastajo se na žurkama sa trgovcima žutog i bijelog, po džepu prevrtao tablete za smirenje. Ne može se ludilo više ničim ubiti. Tijelo hoće da poludi. Borim se, tražim spas, tako je i mene pronašlo pisanje. Kao i svakog što hoće, svi će napisati barem po jednu pjesmu, pa i oni što to neće nikad priznati javno. Šta je sa tim ljudima? Za njih ko šiša Mitra, i njegov brezik, stavlja na zid fotku Hitlera mladenoV tajo, skida ikonu. Način života ne mijenja, i dalje kolje đe stigne, on i Mile kad sretnu Jevrosimu, nauči cijelo selo nove lekcije. Iz poznavanja odnosa u društvu, a naročito – roditeljskom i učiteljskom. Onda hoće neko da kaže kako je tiTo i partija bila ok, jeste, ali na nižim nivoima svijesti. Fašizam je ubiti jelena iz puške, u njegovo vrijeme dozvoljen, i sa zida učionice na kojoj ispod bješe tabla, da se smiješ ufotkan u zlodjelu, od nju drugu uča, otrese đaku tintaru. Stoji frajer sa nogom na glavi – mrtve muške srne. Sjećate li se kako to biće izgleda kao lane? E jebo si Bambi sam sebi mater, što si se takav sladak rodio. Sad će tebi tiTo muke da prekrati. On će vladati do smrti, pa kad se ona odalji, već poče koškanje, ostalo sve sredi ekipa iza vučije, krila ovisnost o alkoholu ko zmija noge, pa kad se ote ono iz njih šire, ode polje da se utopi u krvi. Pobiše svoju djecu, zajedno sa komšijssskom. Ako misliš kerčetu loše, misliš i svome djetetu, jest da ćeš na kraju biti grešan kako god okreneš, moraćeš od lovca kupiti malo divljeg vepra, ali koji bude na samom crkavanju, prekrati mu muke strijelom, pa da svi budemo zločinci, jednom proglašeni, a ne oni koji se diče spasom zasluženim. Ako ga bude, sigurno takav nije. Ima uvijek nešto što ne vidimo, i tako svaki dan do smrti tijela, to ti je samo učionica, hram ti je uz rame, na njemu Bog sjedi, ispunjava želje i pozdrave. Preko radio stanice javlja se napad, komandujem _ povlačenje. Što smo ratovali ratovali, dalje se ložimo na pozitivu, rećemo svima istinu, ratovi su nam od jedenja leševa. Koliko ih pojedemo, toliko ih je, ako ne jedemo, sukobi se svedu samo na cuke. Ni kod njih to nema, zna se ko je stariji, pa mi nismo oni, mi smo dušom tuplji, u nas bi bilo bolje mnogo da je kontra, pa da hranu dijele djeca, ona do šest godina. Svakom bi dali, jer tada si još uvijek nevin. Nema biti takav do kraja života, inače si slijep kod očiju. Moraš odrasti u stasala momka i djevojku, ali šta kad shvatiš zaprave, šta je život? Obična fešta, gurmanluka i pijanki, za sve to moraš odraditi šihte i šihte, neki od plate ne mogoše mjesečno kupiti ni opanke, amoli da se drogiraju. I maleni bi smrtnik se nekad prebacio u treće dimenzije. Pa pričao sa svemircima priče, nosio šešir tuđi na glavi.

Niko nije veći prijatelj nekome _ nego sam sebi, isto tako i neprijatelj. Postaneš o nečemu ovisan, protračiš život, na primjer, pišući. Moraćete nam pojasniti slavni pišče, da i nama običnim malcima bude jasno, šta je Mladen tada pokušavao, razradimo djelo, pa da to bude filmina, jednom za navijek – vijekova. Odbio je svejedno Kustu. Nemojte nas žaliti, samo nas povedite – putem vašeg viđenja. Neka tehnaža ide, ali bez droge, više ne ide ovako, poprži se omladina na spidu, kokainu, heroinu, za njima na alkoholu i cigarama, da ne bude kako hvalim vutru, znajte grlo mi kreči, i kvrče mi crijeva. Nema mesa danima, zvijer iz nas araluče. Da li da izdržimo, ili da odustanemo, neko reče hoćemo, i tako bi. Budite vi taj koji će nas prosvijetliti, spremni smo, ima nas preko milijardu... Ajmo ko nema, sebi sa ulice kerče, ono neka jede što lovac stigne strijelom, dišimo prvi put za nekoga drugog, više nego za sebe, otvoreno pojasnite šta vas muči. Mesarima dajmo sve pare, kad su bili paćenici tog kruga, neka barem do groba imaju bez rada sve. Ne osuditi, nego nagraditi. Ostali su svi bili iza stola, nisu klali i ubijali, ali isto kao da jesu. Zaboravimo jednostavno na ovu priču, hoćemo jak nastavak. Ja vas volim sve kao i moju Pupi, djecu da ne pričam, svu na svijetu, pa i pasiju, mačiju, ovčiju – praseću naravno, njih smo, a ikog poklali. Idemo na post, reče Bog, prema daljnjem nema prekidanja. Samo ishranu korigujemo, do groba smjelo. Ne plašite se, svi smo spašeni, pa i mi grešnici, naravno ako ne budemo prekidali post – hranom. Od toga je svo ludilo i počelo, čim se gomile ubijašeeee puškama, ništa luk, nego rafalno, dade Bog tako i rata, i eto ga gdje smo stigli – treba nam vođa. Neka to bude volja božija, daće nam još jednog - Isusa i Muhameda, biće blizanci, šta ćete onda? Igra imena pada u vodu, il se zvao Mujo, ili Slobodan, To su ti jučer sve bilaaa - braća i sestre, nema ko se sa kim nije ženio - opušteno, to je lijepo. Iskoristimo momenat, zaustavimo jedenje mesa na godinu, vidjećete učinak. Možeš postat' genije – očas posla, a moš ostat lud – tupeći zube!!! Povedi stari svate kolo, poslije ćemo za sopru - posno. Nije - slavimo slavu, u sobi šmrkanje. Tot je droga namjenski stvorena za tehnaže, na drugom svemu - samo budališ džabe. Još se na to nategneš, ne znaš sići sa kobile. Lijepo ti, dok drugi pate. Nismo dani da uživamo. Neka životinje cepaju o svom trošku, mi ćemo kako smo u početku i bili zamišljeni - vege. Da nam je na – spasenje, kreveljenje. Nikad mi nije bilo ljepše trijeznom. Obožavam takav biti, ponekad dunem koji dim vutre, ništa pretjerano, de to legalizujte _ da se prestanemo igrati dilera zbog komada. Opušteno, onaj ko voli techno jednom godišnje, smije dvije bobe, ali da to bude kako Bog zapovijeda, a ne da se djeca poprebacuju ko vilenjaci, ne mogu se skinuti sa igrice. Mogao bi da si živio na svojoj grbači. Nego je tebi bilo do filozofiranja, nisi htio dignuti plate radnicima. U Mlađinoj firmi samo jedan radnik radi za manju od njegove, ali je i rad opušten. Kad njemu nagura ko i svoju, imovinu - svu dade njima i djeci, neka podijele sa ostalima. Do zadnjega, isti dio. Svi smo od jednog postali, malenog spermića. Drugari i ja znamo da je priča proširena do jaja, de onda malo utrn'te politiku. Imamo i mi iz privrede nešto za reći, nismo pisci, svidjelo nam se ovo od Mlađe, nadgradite to kako valja. Da nas se baš unuci ne stide!!! Možeš kupiti na trafici džoint, čisto da ne vučeš po džepovima svu spremu. Mini prijedlog, sutra će doći u goste Bog, ostalo na trenutak zaboravimo, idemo do groba opijeni, maximalno travom. Neka se pored tamjana usadi i ta baklja, pa kad se to pomiješa, svi će voljeti drugog, više nego sebe. Ni ne slutiš da takav možeš postati uz psa, samo za godinu dana. Druga priča, voliš čitav svijet, obožavaš što si se rodio. Imaš djecu kojoj trebaš ovakve stvari objasniti. Nije lako doći kući - što se kaže - nadrogiran, a oni sutra možda nemaju za kifle u školi. Čim stari uleti sa posla, burlanje po džepovima, čulo se nešto zvecka, kad je lače skinuo pa natakeo na čiviluk. Valja se ušunjati smjelo, operacija mojtezaštapito. On se sinoć nalijo rakije, pet puta bolje da se naduv'o. Ja ne vidim da ti rade probleme, nego ostala ekipa. Ovi čak prestaju piti kafu, cigare, nikog ne diraju, pomažu gdje mogu. Igram za jedan klub, i on ne mora imati slogu, ako nam je loša namjena. Nije ni to dobra strana, kad ne treba - mada sve valja probati, osim što drugar kaže - heroin. Ne zamjerim njegovu upotrebu, nego objašnjavam, dajte posao narko industriji, neka se bavljenje gandžom - dozvoli skroz. Uz nju ni pive. Ma koje veselje bilo. Nije _ isto se pravi svako veče, za svako - gurikne svinjče. Sve sam ja to prošao, da nisam kako bih ti sad znao ispričati o svemu, nego ne znam kako da pomognem drugima, da ne lutaju bezveze, otkine se to naše gurmaničenje, i odemo samo u salo, otrmboljimo ko da smo u devedestim, a ne ni na pola. Momčina od četrdeset i kusur, još mogu otići na partiju jednom dva puta godišnje, a da se kaže - kako nisam narkoman. Dosta toga sam probao, osim heroina. Imao sam sreću što sretoh druga koji vam poručuje, ma nikad, ni za čiji rođendan. Da, čovjek koji je poslije prvog šmrka - otišao tamo gdje ne valja, kazao je isto i to, da dok je duvao travu nije mislio da posegne za heroinom, ali kad je došlo vrijeme bijelog, okupio i on bijedu na Balkanu, pa ti vidiš šta si propustio _ Ne možeš se oteti dobru. Uvijek se sjetite - da nismo zbog tog rođeni, ode život uzalud, da l' ćeš ikad više imati priliku biti čovjek... hoćeš i sa žutim, samo šest mjeseci, ostalo si bolestan, dok se ne izliječiš. A liječenje traje, i po dvadeset godina, da, pričao mi je kako je upoznao lika, zvao se Urke, on mu bio mentor, korijeni mu sa naših brdo, dole od Doboja, ono ima porodilište, Teslić nema, ni okolna sela, joj kako će nas tek manjak radne snage ujediniti, ni ne slutite šta trebate ispričati javno. Možda vas neko smakne za glavu, voljeli bi da nam pokažete kako tako da se raspojasamo. Prvo nađeš posao koji voliš, onda za njim dalje šoraj, što ti dopadne, samo neka se okreće kugla, u selu tuče disko. Petn'est kilometara pješke, i toliko nazad, samo da bi mahnuo tamo nekoj Marici, nikad je više nisam vidjeo. Sreo njenog brata Ivicu, oženio Smilju _ Šemsinu. Imaju sina Miloša i Murata. Ne kontam, u čemu je fora? Ništa mi nismo ni bolji ni slabiji, svi smo zajedno po pitanju smrti, a i po rođenju, sjetite se priča naših roditelja, kažu - bila dobra Juga, jest, zato što su se na selu rokalo, i previše rakije, pa jadniku iz brazde, najviše paše gutljaj piva. Imao sam sreću što sam se stvarno na alkohol uvijek gadio, njega sam zaista uzimao kad nisam mogao gledati rat. A nisi imao čim drugim se ubaciti u vanka. Da, time mi otjeramo omladinu - tamo gdje ne valja, ili preko svijeta. Pa neka gore opušteno, uz možda džoint, postanu genijalci, ne tupe zube džabe. Da, kukate na Nijemce, ja bih im samo zamjerio - prekomjerno krkanje iz aldijanića. Bio sam i ja gore, pa kad se sa običnim smrtnikom navučem na salame, ne odanem dušom. Dok sam u tom svijetu, to mi dođe raj, sad da mi je nekako – nek' se selo moje - ponovo probudi. Probaj to pišče slavni, jedino nas to može spasiti, znamo i mi, samo nađi način da nas povežeš. Sve te ljude koji su se drogirali, i to godinama - srećem u javnosti kao poznate. Nosilo ih viđenje budućnosti, sa onim odakle stižemo. Odredi te Bog da budeš broj jedan, a ti na bini zatrokiraš. Ispušio prije toga roru. Vc zaključan, obija Sveti Pele vrata, ajde kaže umij se, fantastičan si. I onda se čita stih, svi žive za taj momenat. Naravno, ali kao da je bilo prije televizora, to nam je uzelo dobar dio života, onda su na njega stigle i farme, dičilo smo se time što smo do dna propali. Opušteno, idemo dalje, sutra će da se živi i izvan mobitela. Posluži ti da na njemu nadrobiš travu i teicke duvana, samo da se osjeti nikotin. Mamicu mu nataknem, ja kakav je to prebačaj. Al' to nam uvalili Indijanci, zato što smo ih jako do zadnjeg - pobili. Da, ti vrli Evropljani, i sa njima ostali. Pravi Ameri su pušili lulu mira. Znači, objašnjavaćemo se u komuni, i tako i bi, našli su se odmah po njegovom stizanju. Tamo su rekli da idu spasiti ostale. To ti prenosim iz viđenja mladih, pustimo starce šta laprdaju, to je sve istraumirano. Pa i time - da je trava droga. Izvinite, onda je sve ostalo za komune. Čim jedeš meso, ko da si i na heroinu, samo odloženo. Tiha bolest, tek kad se susrećeš sa smrću, postaješ je svjestan. Pa onda biraj šta ćeš da budeš u budućem životu, evo imaš priliku, šta bi ti da pokažeš? Takvi nam fale pisci, a ne oni - što šaraju za leure. To i dukate zaboravite kad ste došli do toga da znate kako trebate dalje zbog svih nas, obojiti nebo savjetima. Ništa igra crvenih slova i svetaca, a poslije napucati kerče u dupe. Desiće se još jedne promjene koje će promijeniti naša staništa. Svi će prijeći na ishranu sačinjenu bez leševa, onda će sve životinje biti napuštene, he, ni ne slutimo šta nas čeka, u toj igri ničega. Nisu to predskazanja, to ti je vidno na oko, samo ga otvori, ali će oživjeti sela. Hoće biti hordi zvijeri, biće i nas ljudi. Sprovedimo svoju ulogu kako treba, ali kako, kako ja znam da je ovo pravo, i da ne griješim? - nama pored nekog ko će ovo dovesti do savršenog čina pisanjem - treba i mudonja. Nije još napolju vedro, nego je oblačno. Kad će samo stati život? pa ja - prepadneš se smrti pravo. I tako jednom naduvan skontam, pa jbt, ja sam ovdje da se učim, isto kao i drugi, do jučer sa mamom i tatom šurio krmka, danas se toga ne stidim, nego kažnjavam. Bolestan sam bio u početku, sada znam put za dalje, sa drugarima je dijelim. To ubaci. Neka lice sudbine izlapi, diši na diple, turi ih u nos, al' prebaci poslije _ na tehnažu. U garaži imam biciklić - sa njim ću do kuće, do rodne od one u kojoj živim, ima tisuće kilometara. Odnese potražnja za boljim svijet sa Balkana, nije uvidio isti da ga u sebi ima, i da je ta politika, zapravo i njegovo nezalaganje. Ali ne radi profiterstva, nego da se duša da do daske, gas pun u život, bez droge. Ja kako je lijepo, duneš sa drugarima preko vikenda, ostalo se svira, ili pjeva. Pišem svaki slobodan momenat. Ali niko ne čita to što pišem. Reci ljudima da počnu biskati domaće pisce, a ne da nam kojekuda umiru gladni svetci. Nije to radi njega, nego radi nas, čim mrzimo psa, mrzimo i čovjeka. Nema razlike, vama tad uvijek neko smeta. I prati vas loša vibra. Računaj i na to da ima ljudi koji sebe ne daju za životinju, ili za to ispitivanje granica. Ma to te odmah usisa, onda zavisi od vas, hoćete li za dobrim, ili ostajete krkos. Kome smeta kerče ne trotoaru? To kod nas na selu nije moglo, čak sad vidim koliko je to naše odrastanje bilo strašno, prebije te prutom - ko god te stigne. Tuče jači slabijeg, nije često kontra. Samo - očekujte ovih dana još jednu opomenu od Boga, napisaće preko neba - stižem. Doće Vanzemaljci, tako bi ja to opisao, zanima me jesam li dobro? Ako bi smio slavni pišče - da ja opletem po mikseti, ajte ti i Daja malo do zadnjeg sjedišta tvoga auta. Kreda je u banci, kamata dvadeset posto, samo što nije - na dnevnom nivou. Eto, pokori nas Švabo – i bez zrna baruta. Kad je govorio da su bolji, mi im se smijali. Ispade tako, de neka sad oni vode dalje svijet, samo neka storniraju na kasi meso. To stiže za Balkan, kod nas je duh, i ovdje će da se rode Isus i Muhamed, prvi blizanci takvi. Baš me zanima u koji ćemo bircus na popravku? - ja poslije idem u baštu. Proizvodim svu spremu za ručak, isto što se kaže, ne ložim se više na seksaže, osim što moram sa suprugom. Kad nas natjera strast na polni odnos, odemo, pa se kresnemo. Možete i to učiniti, nikom neću reći, mada ne kontam, ako već drugačije ne možete, što se lijepo ne razvedete, niste valjda spali na to? Sve su to nuspo od braka, i njegovog preozbiljnog shvatanja, podbac granja, lijepo ćemo spavati. De i to bogati, već se ionako bezveze gurkamo oko toga, neka smije svako pušiti travu, a ne da u ormaru moram imati bunker. Ubili nas u pojam, to je droga, alkohol je dobar. Eto nas gdje i jesmo. Ovdje, divanimo, čekamo smak svijeta, ne popuštamo kad je izjedanje leševa. Samo opušćano, što više masne rane, naranimo svinje preko korita. Preko obora ovce i krave. I eto malo veća plata, šta ćeš nego se drogirati. Pa ja, ne razumijem, ništa drugo ne nudite ni vi slavni, osim što priču svaljujete na svoj mlin. Dj, za ekipu spomenar. Neka se svako u njemu nađe. Pa i Mlađo, i Momir, sa njima prika Mile, sve su to potomci nekih genija. Čudna je putanja ova, tako da ne mislite - kako ćemo baciti djelo djeda. Ne, njegovo se mora nastaviti, prenesi na drugo koljeno, samo neka se zove priča – sloboda. Za svakoga stvora. Takvoga tražimo. A ne nekog što priča zbrda zdola, wahahahahaha!

Ja na primjer imam malo vremena da budem slavan, svi hoće svoje, pa djeca naginju prema naprijed, dok ne skontaju ko im je stari, do jučer ga se stidjeli naduvana, a vid sad broj jedan u svijetu. Ti to sagledaj sa poznate strane, ali imaj na umu da znamo o čemu pričaš. Piši djelo da uživamo, nema poslije kritičarenja. Ili jesi ili nisi, nikad se svima nećeš svidjeti, i to ne bi ni bilo savršeno, jedan barem nek ostane cvjetak, njega bi da osvajam, milimetar po milimetar. Gram po gram, eto ga narkoman, znamo mi i to kako izgleda. Kuda dalje? Sigurni li ste da je sve travom rješivo? - ukinućemo mi sve to, ali bez liječenja džaba. Ako je dejstvo komuna samo dvan'est posto prijavljenih, ima li priča smisla? Ili bezveze smo ovo našli, čisto nas Bog hoće da upozna. Najbolje da prekinemo dešavanje, svako sebi u ćošak. Tamo nutrimo, tračimo život. Da nas ne shvatite pogrešno. Dosegli smo i taj nivo, vidimo i dalje od mesožderstva, pere mašina veš, ali ga ne skidamo, niti mijenjamo modu. Onda bi to bilo monotono. I onda bi opet otišao neko za opijatom. Trava zelena, lovačko na momku odijelo, i to znamo da se dešava. Kako spriječiti tit'ne metode, a da se ne odrazi na drugo ludilo? Ganjaju se oko pozdrava. Bila jednom takva vladavina prava, na samom pragu demokratije. Još se jelo meso, i vikalo – došli smo do spasa. De nacrtaj, i to liniju kolika je stola, onda kad se potegne jedna takva bijelog, druga žutog, ode mast u propast. Više nema povratka. Ali uzmi u obzir, da je sva ta moda iz šou biznisa mazala lice kremom, koja ih je na kraju na najružniji način ubila. Ništa se ne uči u školama o tom, enga iz Jugera, dva i dva je pet. Ako nisi i opet u partiji, možeš okačiti mačku oddd rep, ikakvu diplomu, svjesni smo i toga, da mi neke stvari nismo ispoštovali, ali to nam je do učitelja. Ljubavi se uči, i nikad nije kasno početi, možeš i sekund prije smrti. To što pričaju slavni pisci kako nevoljeni u malom dobu - nemaju kapacitet voljeti kad narastu - je čista glupost, recite to pred svima, neuke kurčine. Nije pizde, to žensko ne bi reklo. Oto isto one vole da čuju, i uzmu za savjeta, jer nemaju ni pozorišta ni kina. Umrla je na Balkanu jako svaka nada – da će živjeti nanove Vrtača. Rekao nam je doušnik za dilera, pristala je ekipa da se bavi gandžom, odsad takve biramo, one koji su provjereni koliko će nam djeci dati droge, a ne lakrdija na svakom koraku – kojim putem i ja moram doći do trave. Ona me prebaci, i ne smijem je previše, mada bi volio da je dozvoljeno i u nas dole odakle smo stigli ja i moja supruga, jako se volimo, mada ona ima još jednog muškarca, idu vikendom na more. Dolj skroz niže - im ja obezbijedim jahte. O tom bi pisao, smišljao svašta, ali znam da će me proglasiti ludim, rečenice se ne poklapaju. Pa to radim samo za sebe, ako mi se gdje okači, okačim, ako ne, onda deletiram. Sviram u okrestru gitaru, pričam šest jezika, tečno. To ti je na Balkanu – jedno vrijeme bilo - opušteno. E da, tog mi se manite, i dajte vratite vojsku, tamo ćemo se obučavati štijanju bašte, sađenju voćki. Kopanju i obradi privrede koja nikog neće ugnjetavati. Pustite na pašu božije jadnike, kog lovac stigne strijelom, a da je dva sekunda od smrti ionako, neka ubije. Ni tada ne smije, psi će na kraju i biti svi – napušteni. Postaše tako divlji na našem brdu, nisi ga mogao pomaziti. Nije što bi bili dobri, nego nas neće pitati sudbina. Ima ona jedan plan na globalnom nivou. Predajemo priču na mnogo poznat konkurs. Znam i to da ne treba pisati za nagrade, ako hoćemo da pokažemo kako je to davno počelo, a kao da je bilo jučer.

Vidiš kod vas se smije duvati, a kod nas ne smije. Odakle smo ja i moja druga. Tamo se isto još ubijaju cuke, iako je dvadeset i prvi vijek poslije ko zna kojeg razapetog Isusa, pa sljedbenik puca na Muhamedovog. To nema veze sa njima dvojicom. Nego sa Hitlerovim protivnicima. Poslije njega ni vijek - došli bili do razine - da itnemo ponovo atomsku. Poručujemo, dabogda se naitali, nema sada brke, ali kad odemo iza vrata ove pripovijetke, tamo ne možemo jesti meso, i to razjasni – zašto. Oslobodi straha svakog... ja l' se napriča stranac u prolazu, pijan garant. Vid' ga kako gega.

Ok, okupiću ekipu, nastaviću priču odjaženih vrata, svi će da vide gdje dumamo, ti ćeš Brančilo - završiti, ostavljam ti u svoje ime, i ime Mladena – da opleteš za kraj, aftericu kakvu Bog zapovijeda. Oživljavamo lika sa početka štiva. Ništa droga, maksimalno gandža - od opijata. Mada to jednog dana neće biti ta priča, nego prva biljka – uz bosiok. Krstiš li se sa tri prsta, cijelom šakom, il klanjaš – to je nebitno, životinje takve razlike ne poznaju. Pa će znati kad nas sretnu – kakvi smo. Mada ćemo sresti i one koji ne vjeruju nikom, nema veze, pekmezićemo još, kad otpočnemo prangiju. Ništa mi ne treba da đuskam, naročito ne ta spika, kad te na kraju iste – dočeka heroin. Ni ne osjetiš kako ti se uvuče pod kožu. Imao sve od staraca moj jedan drug, otišao za vragom, Mlađu peglali k'o konja u brazdi, ko god stigo, i mati je mislila iljade puta, što ga rodi, ova ovoga samo tetošila, otac sa službena puta – donosio banana. Nije htio da mu sin bude vozač kamiona, znao kakav je to život iz prve ruke, ovaj drugi to postade, a u stvari bješe – pisac. Da, ništa ne brini, ima ljudi i previše, reče drugi moj drug – koji završi na psihijatriji, nikad više od džointa, ovaj sedmi se skide sa žutog, još pamentiji. Ne kontam, znam ovaj mi reče što ga preboli, nikad ne probaj to govno, nije mene naučilo pameti ono, nego patnja. Šta reći, nego pokazati mladima iz iskustva ličnih primjera – šta je dobro, a šta nije. Dobro je ovo za heroin, ima ih koji uživaju, ali nema ih koji to na njemu čine – više od šest mjeseci, poslije se dobro opali samo metadonom, i ničim više, njime jednom, dalje isto ovisan. Naći spas nije lako. Moj prvi sagovornik biće lik koga je spasio bivši narkoman, odveo ga u komunu, on tamo spasio jednog klinca od osamnaest godina, duša me zaboli kad pomislim na svoje dijete. Imam ih dvoje, i oko njih stotine malih kučića. Biće izgibija, lovci potežu puške, neki truju, neki ni ne slute gdje gone. Drugi je spašavao male šarene ljubimce, od tate, i njegove lovačke ekipe. Stari mu klao nemilica, on nikoga nije mrzio, čak je jeo meso što ga ćaki - napirlija iza ušiju, ako nećeš slanine i čvaraka, marš u ćošak. Najviše mu se sviđala trava, imao je psihičkih problema od malena, tačnije varničila duša, sijevalo svuda, spojila se sa vragom. Nije tačno, al' et, neki kažu da oni što su nadrljali od mali nona, niko ih nije pomazio dok su puzali, nego ih i tada – pendrečili po gujci – krivi za manjak ljubavi. Krivci su svuda, mi smo nepogrešivi, ali kad jedemo meso, kad ne – naučimo se brzo biti sasvim ok, po standardima tim nekim koračajmo, i tako odeš za masom – upičkumaternu. Jest vala baš ćemo, da i to ću pojasniti, čisto da se unuci, još više ponose. Nijemci treba da vode, čim svi priječemo u vegetarijance, u njih su uvijek sve uzorane njive, idemo do Germany po upute. Nećemo više slušati seljačke priče, daj Maro malo p, to ćeš ti Brane – dokrljati. Pa neka bude kako spada. A pada vlada, i to ubrzo, u cijelom svijetu. Više niko neđe biti tup toliko, da vjeruje u – politiku. Kup' seb zabavnik, pa se zabavljaj.

Ništa ne brini Brankane, dobićeš i ti svoju priliku, rećeš kroz riječi napisane kako ti to sve vidiš, ja ću nastaviti, ti ćeš završiti, idem da okupim drugare, a svi mislili _ gotov si. Znam provjerene ljude na ovu temu. Nema odakle nas neć biti u knjizi zvanoj – VRTAČA.

Vraćam se sa punilca (autosaved)
... ja bi' na primjer dodao toga dosta, neću vam donijeti istinu doživljenu, nego neku tamo mlaDenovu, samo ću je bolje dočarati, ipak sam ja poznat, a ne on, mada mi se dopao način cjelokupnog pisanja, samo je zatajio - kad je trebalo pokazati koliko voli Vilu. Tu se nije smio opustiti, zastajkivati, mucati, lagati kojekakve susrete. Oni su ti tada bili u nekom restoranu po službenoj dužnosti firme, ispijali kafu, ništa zborili, samo jedno u drugo gledili.
Sjećate li se kad ste zaljubljeni do ušiju, pa od nemira proradi proliv? - šta sam se i tu puta usr'o, na kraju skontao šta znači ljubav, nije uopšte to, jednom joj je rekao - da kad postane popularan u cijelom svijetu - preko vibera će joj se javiti, ajd ti u to vrijeme znaj za njega, nema za lijeka net. Mislim - tu ništa ne bi ispao papak, da je na primjer tooo spomenuo, nego se baš tad okrenuo, kad je publika htjela svršiti. Pa bih još predložio - da vam ispričam ja – kako je to izgledalo, ostavio štivo da prenoći, ustao probuđen.
„Naravno da volim Viljuškuu, kao i svaku ženu što volim na cijelom svijetu, prevazišao sam reprodukciju, sexam se preko masingera, to je nova fora kod nas što nemamo vremena za njega - u stvarnosti, a i poslije našeg gledanja - to ne izgleda kako treba, jednostavno se slomilo koplje,

palo na pola... i ja guram ko zna koji život, vrijeme mi je da se prosvijetlim do varnice, hoće srce iskočiti od slasti, samo bi jedno po drugom – da pužemo ko puževi golaći, čim se smrači – sve do ujutru. To je bila njihova istina prava, i to mi se ne sviđa kod Mladena, bila ova ona, na kraju on ko pacov, u rupi – čagura po pisaćoj mašini – ko fol je samo gledio. Nije ni spomenuo kako ju je te noći čekao da se vrati sa posla, radila po mraku u kafani, danju u krojačnici, sve, samo da ga ljubi – kada je počeo ponovo pisati, ostavio pero čim se dočepao komada kruva. Nema gdje te ne može odvesti nesvijest, pa i u dobro, ako se njemu moliš. Usrao se taman kad nije trebalo, mada je to sa Ajlom odradio savršeno, čak mi se čini kako je nju najviše dizao u nebo. Kao da je htio da sakrije pravo lice, putem tamo neke neznanke. Gaće su joj same spadale, čim doktor zamakne za krivinu. Nije to samo bio dobar seks, nego golema prangija. Ko zna, možda je i Neca nešto slutio, pa se odao u drogu. Ma jok, bre, to ti je Mladen sve prošao, samo ćuti opet ko pička, pošmrkao svu tatinu ušteđevinu, nema koga jedno vrijeme nije bio zategao, onda se travom dozivao iz nesvijesti, smjelo bi rekao legalizujte marihuanu, ali da njega ne udare po gujci, jest, da je ovo neko skontao u to doba, pa objavio, to bi nas prije osvijestilo. Ma jok, moj ti je drugar napisao takvu romančinu, kad se nisam usro čitajući, prodao spise za kiriju. I priča dođe do vrhunca, njih dvoje, jezero sa strane, pada kiša – nigdje kišobrana, šta ih briga – ljube se. Zaklinju se na vjernost do groba, nikada jedno drugo neće ostaviti. Iako on kod kuće ima suprugu i djecu, ona doma – zaručnika. Slika i prilika svakog od nas – neko preko svačega mora doći do spoznaje da je pisac, pa i preko zabranjenih kobiva ljubavi, ma to ti je bezveze, i nema veze sa ovim što ću reći dalje, u nastavku priče bez kraja, ako je ona – život se ponavlja, nađemo se na prijemu kod Hitlera, pa ja, eto do kog smo kijera dotjerali ubijanjem svinja i ovaca, poslije bude moderniji, obrije brke, vrati se na zid pristojnija ikona. Malo se zataška, ajmo opet – biće mira. Oće kurac, ako koljemo. Možda je to nekom sjajno, meni vala nije, nisam za dž popularan. Koristim priliku _ da nam se svima najebem keve. Ono što se kaže, volim tehnaže, isto kao i Mladen, samo nikad više od dve bobe, i nikad više od dva puta godišnje. Odatle crpim energiju za projekte koji svima znače i značiće – drugi vele – narkoman. Ako je tako – neka sam. Duvam kad ja hoću, drago mi je da sam u jednoj tako sređenoj sredini. Divim se ujedinjenom Balkanu. Da, moji odavde vuku korijenje, sletio sam samo da vidim šta to toliko zanimljivo iz prošlosti - neko piše. Međutim, da i ja sad ne rastežem puno – sjetio sam se svega. Pojačaj Dugmiće, pa bijEle, moronu!

Evo ga – nastavak.

Drugi dan su već u kamionu, pravi Mlađo vikend pauzu, odmah do Memijne radnje, odatle vozi ograde, isto za Njemačku, skontao usput, pa poveo Vilu da mu pravi društvo, cijelim se drumom drže za ruku, ne razdvajaju se. Misle da su na Titaniku, sad će potonuti, pa kobiva – ne mrdaj jedno od drugog – kad je naveče devetka, tuče se do ujutro, nikad razdvajanje. Ljulja se kabina na vjetru, otkide u naletu neki – pola retrovizora, sutradan se moraše ogledati na suvozačevom, tačnije sa strane na kojoj sjedi Vila, kopilot i ljubljena - u isto vrijeme. Đurđevdan je.

Ne možeš takvima zamjeriti, to stanje je jače od svakog opijata, nisam doduše nikad probao heorin, niti bi, i ovako ne znam kuda ću sa informacijama iz budućnosti, tačnije, samo duvam dok pišem, ostalo se trijeznim, vodim firmu iz kreveta. Lako ti je tako, ajd rintaj. Ma ajd - ja ću da ti kažem šta je rintanje. Mladen je imao sreće, ne može se reći nezasluženе, dobro je opisao našu ovisnost o mesu. Lovna udruženja su krasila gradove, sa drugi kraj – groblja. Naročito iz ratova, sve masovna do masovne – grobnice, nije ljubavi. Ko da ja ne znam šta je Mladen tada htio reći, razumijem ga, nije smio, ne bi' ni ja. Nego bi poruku adresirao na budućnost. Imaće i Mlađo unuke, nikad više neće sresti Vilu. E sad da li je to stvarno, samo će njih dvoje znati. Bojim se na to i pomisliti, mislim da bi sve nastavilo tamo gdje je stalo, jednostavno joj se više nije javio, plakali su iz dana u dan. Telefon nije prestajao da zvoni, ni njoj ni njemu. Da ne skrenem temu, jesu se bili zaljubili, ali, to nije ljubav, mora to biti upečatljivije, nije čak ni začinio sa tim - postaću mnogo poznat u sveMiru, samo da ti skinem zvijezDu. Od samog početka, u pravom smislu riječi – imali su svoju. Nije se njih ništa pitalo, a i kako bi, pa to onda nema veze sa zaljubljenošću. Naveče kad bi trebalo da zaspu, gledaju u nebesa, usput se sutradan drže za ruke, on samo što ne trepne, u jendek odvede i sebe i nju, zato je stao, nije on ovo bezveze prestao pisati, došao u nekom sljedećem životu - da istinu poveže sa narednim koljenom. I u Adolfu se mogao probuditi Hrist, on je bio slika našeg zvjerstva, i tada smo klali i ubijali životinje – nemilica. Nema mira dok se ne ukinuše lovačka udruženja, ajd ti to onda doguraj dokle treba, možda se on borio protiv nas, krvoloka, još se uz to zacopaš. Ko zna zašto je to dobro, obećaš tako izbezumljen, postaću poznat među spisateljima, aman što se kaže. I dalje se ložim na tehnaže, pa da nastavimo rolati. Dogovorili su seb' - da on to smije dva puta godišnje, i nikada više od dvije bobe. Heroin ko proba, dotiče grob prije prosvjetljenja. Trava je dobra za prebacivanje sijena, ako to ne načinimo, spari se. Taman mi je kao što treba biti. Ne bi se miješao da me ispričano nije dojmilo. Za sam da dovršimo djelo kako treba. Valja se Mlađi pokazati pred dragom. Ipak je Dijana ta – saaa kojom je ostao. Ili je nju volio, samo nema pojma. Teško ti je to razaznati dok ne skontaš, prevazišao sam repordukciju, možemo se čuti preko medija. Pričaću ti iz dnevnika, nikad više neće biti rata. Ajla mu se jednom javila, laže da se nisu ponovo našli, čak su cijelu noć proveli na – zadnjem sjedištu njegovog auta. Kakav te bolan snašao audi a3, pa to nema pojma, bješe mečka, jako punoljetna, počeo se bio upuštati sa svakojakim curama, samo da se seksa. Ništa on to, ćuti ko p. Ne bi više da psujem, dosta je, možda se djeci naredi u školeee čitanje i vake lektire, pa kud smo onda prispjeli?... Šta misli Mlađo - da neko donese štivo njegovoj Bojani u srednjoj? Ona roka medicinu, sve petica do petice, tajo se naduvo – piše romane. Ma de, niđe veze, nije jadan smio, eto zašta me zadužio, znači, znao je on to kako treba, samo nije smio. Još se u njemu osjećao strah – sredina proguta obična smrtnika kroz mašinu – pa ga ubijedi - da mora raditi za platu od dvije stoje eura. Iz tog je on vremena, mislim da datira i starije. Znači, ima milijarda, vidi kako se sad trava smije pušiti, a ne smije ići u lov na srne i zečeve, te hapsi milicija, ali da je to rekao, niko ga ne bi podržao, sve oko njega je klalo. Džaba što on nije, kad svi ostali jesu. Nije bio još jedan u njegovom mjestu - koji nije na mesu. Mora eskalirati, kad tad. Ne očekuj dobra – sve dok u ime rođenja božijeg sina, zakolješ milijardu i po svinja, ovce preferiramo kad je Muhamed u pitanju... Tako hodža kaže, pop odvaže šta je za njega dobro, jebe se njemu za sirotinju. Nije vjerovao nijednom, samo ni to nije smio iskazati kako treba, možeš postati popularan, a obećao pomiriti Balkan, sa njim cijeli svijet, pa ne uspiješ _ da ti se na kraju smije i takva ološ! Moraš odvaliti, ili nemoj pisati. Ma ni to nije tačno, nekad je dobro i podbaciti, dovedete novo saznanje do odbačene priče, onda podereš drugu polu. Četiri takve za noć. Za after tri džointa. Ljulja se diskoteka ispod hotela, nema ga, a da nije nadrogiran. Ništa, na tu temu, čak je sakrio i to da se okušao u takvoj istini, drugima su se sviđale, on se sam sebe stidio. Eto odakle rikverc. Prepadamo djecu svačim, onda oni svoju tako, prepadanju sa koljena na kljeno – nikad kraja. Ima nas kojima je profesija pero i teka, a ne bi bolje opisali neke scene. Dobro je to, nego je falio završetak. Da, bolji, istina je morala izaći na vidjelo. Okrenuo je na to da se sve povoljno završilo, i po Mladena i po ostale učesnike romana, niti se zna koja je glava po redu, niti za broj stranica, samo rokaj, nikad ne prekidaj. Mnogo prije nestanka, priča je završena, njih dvoje su zajedno – zauvijek otputovali nebu, onda su se tako rađali životima skupa. Znali su oni to, samo što je on opet imao djecu, ona zaručniku vratila burmu.

Oko njega cijelu noć zgodna riba, miješa kukovima, nisu se stvarno poseksali, ali i bolje, jer nije bilo dalje. Top roba, izvlačio se iz podruma dva dana, slagao i Vilu. Samo što ni to nije smio reći, pa čak ni njoj, bio je taman godina kad je mogao eksperimentisati sa takvim stvarima. Počela ga da nosi luda, htio je da zataška bol koju nosi u sebi. Kad se probudi iz sna vidi kako su djeca još uvijek malena. Neće shvatiti u to doba - da ti ništa ružno ne činiš time što si se zaljubio u drugu ženu. Samo ti obaveze svoje ponesi sa sobom, što se tiče, odmah može rastava, kćerka mu se nije zvala Bojana, nego Duška, sina mlađeg, VukašinA. Kad su počeli živjeti zajedno – počela je i velika gungula u selu, spaljena je na očigled svih - vještica. Za svačije oči kurva, njemu jedina. Nije se bilo lako rastati. Neuka kova, a malo se dočepao para, svijest se proširila čitanjem stripova, eto te u ovisnosti. Poznati su po tome mnogi, čak biše poznatiji od Mlađe. Prebaci ga to veče komad od Daje, to ti je bio njihov diler sa lokacije, iza doma zdravlja, nije porodilišta, u zgradi ispod stan, živjeo od Željka tata, sa drugom svojom ženom, i sa njom imao sina. Njega se jedino - nisu stidjeli.

Istina je da ga je Željkača vodio do starca sa dostojnim ponašanjem – Isusa. Ni trepnuo nije da bi rekao – čovjek ga mrzi. Jok, sve aljine za taju strašnog zadužio kod njegove mame, više se nije nikad – udavala.

U tom grmu leži zec, to ti je bila postala institucija - dva prstena. Gospodaru ludila se molimo – ženimo se i udajemo – volimo treće. Ko te pita kad ne znaš. Nemaš pojma, niti te ko hoće navesti na pravi trag. Nije više ni Ajli bio nešto posebno drag, mada je ostala strast na nivou. Vabila ga je među none _ k'o lovac patku pred cijev. Nije baš isto, poslije je došao u dodir sa nekom rospijom – muž joj se slikao za profilne sa ubijenom divljom svinjom. Nemam pojma kako je na nju leg'o. Otišlo bijelo za crnim, mnogo je patio. Čak se sedam dana u to doba, nikom nije javljao, samo drugaru koji zausuka rukave. Pomože mu da ne odvali skroz. Mnoge nije spomenuo, tu mu se osjeti ego, a to nije dobro za osrednjeg pisca, amoli za najpopularnijeg. Mora biti začešljan i lijep, nikako naduvan i sa bradom, u to doba je svašta bilo za očekivati, nemojte se čuditi, momak je malo prijek na jezik, ofuri psovati ko da kočija. Istina izbija, mada to nema veze sa grijehom, bolje da vodimo ljubav – nego rat. Treba to svako shvatiti, ako je tako – ne pitaj za ishod. Gorilo jedna, al' hrčeš.

Ti si sav moj bol, ti sav moj bol, bol... ma jesi maunu, zašto bi to radio za nekom ženom, znači to mi se ne sviđa, iz pogleda modernijeg pisanja, a ne onog, nije poezija ako nije patetika... e jb, ga! Na nju se naloži plastika, pa sisurina do poda, pizda gola, samo nije pjesma. Rima okupirala cijelu priču, pojma ni on sam ne zna šta je htio reći. E odatle kreće Mladen, u ovoj knjizi već koja bijaše ujedno i njegova biografija, ofarbana egotonovim bojama, a istina je prava da je u prvoj pisao neznam. Jedva mu neki lik objasnio, da tako ne treba, jer netreba isto ne treba pisati spojeno. Ma on to nije imao pojma, nego je iskočio momenat koji kaže bićeš poznat jednog dana, samo se uvati pera. E sad da li za miljardu godina, to je nebitno, bitno je da pobijedi sloboda. Ne mijenjajte je nikada, ni za kakvo zlo. Jednostavno se desilo, a i od strane nametnuto, moraš stati pred popa sa drugom polovinom svojom. Dođe mi to ko da vodim mladu njemu – prvu bračnu noć. Svi vide tuđa zvjerstva – ne vide svoja. Na kraju se pokazalo da je bio u pravu, lole su uzrupirali crkve, pokupovali sebi limuzine nove, samo šestica, ima prostora, a motor joj sila. Nikoja k'o mečka, prevario sam sve žene svijeta sa kolima, da mu nije bilo to teke prijevoznog sredstva u to vrijeme, ma maunu bi se on i Vilja imali gdje viđati. Nema veze, jedna žena je kod kuće, sa drugom će da se kreše, sve opeglano i oprano, zadio belegiju za pojas, pa po selu oštri kose. Kad trebade zapjevati, samo nareda laži. E tu sam ja podbacio, iako sam za današnjicu popularan, u to vrijeme se ne bi čulo za mene, gore nego za njega – trista puta, sad vidim kako ja ništa ne znam osim razdvojiti neznam, ipak je i on - došao do istine. Neke poteze pisanja iz ove priče koju ste mi predočili, niko ni danas nije doveo do savršenstva, vidim silu pokreta, četkica boji ćoškove... he, ali onda taj molDe stigne, pritisnu obaveze oko firme, djece, žene, ljubavnice, Ajle, smiri se bonom, prebaci se u drugu dimenziju, ko ga šiša – biće nekako. Da, hoće, ali da mu je neko imao reći – samo trava, ovako mu je priča kao čista u nulu, a on kad mu izvadiše krv iz vene nakon nekog manjeg udesa, bijaše nadrogiran. Divio Vilu sa pričama, ona jadna nije ništa kontala, Nikad bez deset boba u džepu, čim se doza smanji, idu do Daje, rekne joj da kupuje travu, poslije zadime, međutim, on u kupatilu grune polu. Nije volio nikog, on je jednostavno bio pisac, samo to nije znao, zato mu je priča ispala tako kako je, stradali su oboje zajedno, imalu su priliku da se vole, znači, pusti te priče zabranjene ljubavi, ko danas može ikom išta spriječiti da učini...? Još kad izgubi glavu za nekim, ma džabe mu stojiš na putu. Pregaziće te kao fap žabu. Tu mi se pokazao isto kvalitetno, učio je nove naraštaje radu. Znači, nema tipa – joj nigdje posla, zausuči rukave, posij krompir. Svako će ti dati sjemena, samo da zeMlja ne ostade pusta. Pozatvarašššmo u torove životinje, pa ih natovisssmo koncetratom, jesmo se najeli zdrave rooone. Jesmo, dobro će nam doći bolešćura, one jedva čekaju da mi kajt slanine zagrizemo. Ostajemo ono što u stvari i jesmo odavnina – pogani. Stojimo na strani đavola, ko fol, palimo svijeće, bogu se nekakvom molimo. On je u nama, nema pokazivanja božanstva pred našim očima, sve dok ubijamo životinje. Šta ćeš kad ti starci poture na tanjir pečenje, niđe ništa drugo, hoćeš umrijeti od gladi... Posebno što nam je u krvi već, ovisnost o lešu. Da, kajem se za svoje grijehe nanešene životinjama, prihvatam kaznu. Pisaću do groba, ako treba, samo o tom. Mjau.

Gdje ti je Vila sada? E to vam ne smijem reći, ili smijem, reći ću vam, udata je za nekog momka, mnogo lijep dečko, nosi bradu, iako se ona još uvijek loži na moju umjetnost - vladanja njenom dušom. Barem tako mislim. Narcis je na Maltii.

U tom dijelu priče, Mladen je naslutio šta će biti, jednog dana su njih dvoje kradom krenuli u nabavku kamiona za njegovu firmu, djeca mu još bila klinci, prema svima je pokazao kako će dalje, ostao dužan njoj objašnjenje, ipak je odlučio ostati sa Dijanom. Kakvi bona izginuli. Vila je cijelim putem plakala, on na svakom odmaranju progutao pola. Nikako da bol smanji, malcu obećao bicikl, već je bio u minusu dvije plate, i nikako da se sredi, a znao je da mora, pisanje ga odvuče vidite dokle iz priloženog. Morao je da mora – tj mora - stati na loptu. Sve će ostaviti – samo dok sleti u sobičak. Rekao je Dijani, nek' ga samo pusti, da ode kod Daje u drugi grad – po vutru. Ko zna kako će biti bez tehnaže? Navuče se bezveze na doping, umjesto da ga je koristio dva puta godišnje. Odatle skrivanje istine, bojao se da je i ta dva puta – pogrešno. Jer tada je bilo moderno biti ovisan o otvaraču apetita, svijet skroz bio zglajzao. Ulij nam još po jednu. Pa natrun vegete.

A sada - da bih ja zadivio Dajanu, ova nije diler, čak je direktor u dvije firme, poslije posla obrađuje baštu, ništa plastenik, ako nije zima, ništa gnjojiva, i ništa prskanje – otkriću pravu istinu, samo na meni poznat način, ipak ja vučem korijene od Mladena, danas se zovem Jasmin, nisam mijenjao vjeru od tih dana, i sad sam vjeran istom Bogu, nego znam da je Dajana sve moje žene u jednoj, po redu ću vam ih opisati... nema veze bitnost, sve su se trebale desiti da bi postao od onih koji se zovu – dosexani. Ubačen sam na ovaj žur, k'o rezervni dj. Ne nosi me više strast – nigdje do kreveta. A i reprodukcija se danas odvija drugačije, i zna se tačno – koliko nas može biti rođenih, nema ni po babu ni po stričevima, svi smo isti, bio prosjak, ili knez. Slobodno ti mlati perikom glavnog, svejedno se pita druge priče. Politika već odavno ne postoji. Umrla je i zadnja nada da će se povratiti, eto vidite kako i umiranje nekad može biti rađanje. Tačnije, tako je uvijek, umre Jasmin, rodi se Željko, on će tek razguliti, zadiviti neku svoju dragu, možda i dragog, šta ti ja znam, svejedno ljubav nije jebanje. To ti je složenije, i mnogo osebujno za neznalca. Mladen se osjećao tako, svršio bi čim Dijana promiješa, Ajla ga vodila u prostore bez zvijezda, samo malkice duva promaja, sa Vilom savršeno. Opa Mlađo, imaš čombe djecu, nema zajebancije, Dijana će da brine o njima, ti ćeš se po selu kucati. Probudila se u njoj strah - da će joj ga i napušteni psi oteti. Hranio je nesretnike, moleći da progledamo, nije isto Kurjak, što mali Pupi i Aska. I da, ti su ti peseki bili kujice, nije ih Mladen pustija – da se pare. Znači, pogrešno, to se osjeti u pisanju, problem nije riješen, još nije kako treba – prosvijetljen. Rođen da buden boGom dan, samo nije smio, uz to nije neke stvari znao, to mu se treba nadodati u ocjene – posebno kad je spomenuo u jednom dijelu, ali predhodnog romana, njegovog prvenca, pun grešaka pravopisnih, podbacio lektor. Sa njim izdavač, ma ko da je to bitno, mi smo nešto načinili od ovoga svijeta, to što smo zaboravili pravopis krampajući – opušteno, sad ćemo naučiti. Naša ljenost će nam donijeti fine radnje, postakelO se poslije mLadenove egzibicije – na kraju je sve ostavio radnicima koji su sa njime gradili firmu. Gurao je da dođe do priče – plate dvije iljade eura, ili se neće baviti biznisom, dao sebi plan – tri godine, ova poruka koju vi imate u rukama je dvije prije. Da je dočekao krajnje korake živ, završio bi on možda ovo, i bolje od mene. Iako za mene zna cijeli svijet, za njega niko.

Vratio se Radan saMarsa, išao tamo delati, ima papire za stalno, nema više ni na Balkanu napuštenih pasa, vozi kamion po sredini, ni lijevo ni desno. To je djeco - mnogo teško, da ne kažem – zajebano. Jašta je, sudaraš se sa svakakvom nesviješću, ali se uvijek moraš sjetiti, jučer si isti bio. Čim si jeo meso, nemaš mi šta pričati, već te vidim kako kolješ jagnje, u najbolju ruku _ držiš ga za nogu – dok dželati vade ždrijelo ispod vrata, do koljena krv. Moj Momčilo.

Nije više Mlađo mogao ni slušati bleket stare majke, uši začepio, ali samo dok je pisanje na tapetu. Nije imao svo vrijeme svijeta, kao ja danas. Meni ti je ništa izduvati deset komada, čitav ubogi smišljati priče. On jedva ponekad za dim, odrekao se rakije i pive, nije više pušio ni cigare. Čim se njene crne kose otišle za strane vode da drže kormilo, otišao je i on Dijani. Prćasti nos Viljuškaa širi, suze joj - niz pjege na licu, kao kiša sa prozora - piče. Daj mi Ajla malo pizde, samo da se vratim u kondiciju. Ne, nije više konzumirao sex van bračnog kreveta, i to kad ga spopadne strasna mušica, tri poteza – gotov. Eto na šta ti se sve to bilo svelo, dobro je on išta i napisao. Ja bih kad sad iz ove tačke pogledam sve, odustao. Ili bi barem predahnuo. Ima još jedna kvaka koju treba uzeti u obzir, možda se drogirao ko i njegov tajo, samo to krio ko lisica trag – repom. Jednom je zgazio dva paščeta kraj puta, nije se ni okrenuo. Eto vidite da od našeg brleta iz sela Vrtače, bi nešta, do jučer držao i prase kad se kolje, jedno je ubio lično. Ponosan na sebe nije mogao biti, a pri kraju staze nije ni znao da sve zaista laufa i potlje. Jeste od Vlade, samo nije vjerovao do jaja, sekund da razvali, odustade zbog neukosti dušom. Ne, vi ste našli samo dio priče, to je nepoznati čovjek koji je napisao novu svetu knjigu, ko zna ko stoji iza svega? Slutite li ikako na Boga, jeste vidjeli da sve vidim?!!! Nađem pogodnog za piskaranje, sve u eter turim. Pomogne mu drugar, roman mu je do jaja, fali se njime neki deka, kupio bi od pazara – kravljeg mlijeka, nebitno što će joj dijete biti zaklano. Ma jok, on to sa svojom babom sve poćopa, kurac za doručak, ali opet samo njegov _ prestao se dizati. Smrt fažizmu dođe sama od sebe, poređeno sa sexom. Mada se to dvoje ne porede, ne mogu da vodim sa nekim ljubav, ako mu bar malene tajne ne poznajem. Ako nema takvih u blizini – drkanje. Poslije kad i to stane, samo ostane – pišanje.

Bila je kao plavi kamen, crne boje, čas je vaki, čas je naki, naučila me kako istini pogledati u oči. Već ti vidim u njima, poznajemo se, samo treba da se konektujemo. Može usb, pa da kod kuće natenane te razbistrim. To što si toliko zgodna, da ne kažem prelijepa tijela, ništa ti ne znači, ako mi samo podmećeš sise. Nije meni dijete – više do toga. Najbliži sam groba, samo što ne pandrknem. Crkne govno, ne usereš se, ostane onako da visi. Pomiriši draga ružu, samo sam je za tebe ubrao. Bi karinu da goeče nije njivu otorilo. Jednom tako – sve pozatvarali u torove, u oborima za đubre – gajili smrt za cijelo čovječanstvo. Oboljeli smo bili do zadnjega, pitanje je bilo – ko će samo – sekund prije. Neizvjesno za pisanje svakako, tu se Mlađi – opet mora dati naklon, samo je likove mršavo opisao, ali ne sikiraj se rode, sredićemo sve za pare. Imamo sad sve kamione svijeta. I Radan više neće ići na Mars, ne treba mu više ni raketa, niti za nju gorivo, glupo mu letjeti, dok ovdje sve miriše – ali na cjelokupan požar, samo što ne izgorimo, u džepu kartica od benzinske pumpe, može i crpke, moj maternji je i Hrvatski, i Japanski, nema koji jezik nije, do jučer i to pisao rastavljeno – ni je išao kući, samo je sa Vilom provodio vrijeme, djecu vidio ili ne – svejednomuuuuu. Što je spojeno.

Hoćeš li ići pravim putevima ili ne, ne zavisi samo od duše, nego i od tijela, svijest ne kroji mozak, on samo oblikuje ćoškove, pamti metode, i tako dalje – oko memorije. Naučili smo - da nije dobro gledati stalno među ženske noge, naročito ako si onakav – kao što piše Maki, popašan na istu. Još mlad, u naletu razvoja, samo da ti je sexa. Dijani preko glave, otkad je rodila dijete nije više bila ona. Hrpa hormona poćerala sitnu ženicu, jedva šezdesetak kila. Momir je pričao priče – da nije dobra, ako nema oko stoje, birao je po njegovom nahođenju, samo da mu napakosti. Bog da mu dušu oprosti, ako dosad nije, on je isto mojih korijena, ako je Mlađo, onda mora da smo svi odreda – familija. Krvna srodstva, malo udaljenija, spremna za parenja. Da nije bilo strasti - ne bi opstali. Bitna isto kao i ljubav, znači – ničega previše, piše ti se – piši – ne prekidaj, iako prijeti – svijet će cijeli ovaj – izgorjeti. Ćito nedozvana.

Lagano se privikavao kad je otišla, opravio se od njenih kovrdža lakše nego što je mislio, međutim, da ga neko drugi drži za ruku, osim sam sebe, više nije mogao. Voljeti – ide stepenicu dalje. Prenese nas strast do nje, može i obratno, uglavnom, što se sukoba bračni' tiče, oto je čista glupost. Mlađo je duvao danima, uspio se riješiti boba i spidure, i to ti je bilo jednom potrovalo cijele generacije, samo što nisu znali po dvije, i po dva puta godišnje. Naletio Stole iz svoje neke zagone, gonio i on za sebe kamione, dozvao ga pameti travkom, kao i Radana, jebo više i rakete, i gorivu. Naletio na malu, kad je ćero turu za Tiranu.

Znači – pusti one koji ti kažu – nemoj ići dva puta na partiju u godini, i ne _ moj po četiri pole opaliti za noć, ujutru na after sa tri džointa. Ti vam nežele ni spojeno dobro, i da su iza Isusova lika. Pa valjda ja pored toliko ispušenih plastova znam šta pričam, mijenjam svijest generacije. Sulfašapti mi iza leđa – svevišnji. Eto oče vidi – kakvi smo, ni po babu – ni po stričevima, a ne on se drogira – gonite ga u tvorza. Šta tebe briga šta ja radim od svog tijela, naročito ako se uklapam, pa i u tu tvoju skučenost... Dobro mi je, to što je samo dva puta godišnje, neka je, nije malo tad ni boba. To bi trebala prodavati apoteka, a ne andole, naročito što nema trave kad god mi se piše, mijenjam doktora, više mi za to ne treba diler. Države vam eto, živite od svoga truda. Odatle spidura među opijatima, naročito ona na Balkanu, e tu nam je đavo jb nanu. Međutim, kako da kupiš drogu u apoteci, a da nisi sa receptom? Neću da se krijem bre – zato što nekad izduvam, jebite se i vi i vaši zakoni, čisto da vidite stanje tada, i sada _ poslije milijardu godina.

Da, bila je to istina skoro svih Vrtača i Prokletija. Balkan, kao i cijeli svijet na Zemlji – bio okovan fašizmom. Čudili se otkud Hitler, nismo vidjeli sebe dok koljemo jagnje ili prase, izgleda nikad... Onda se stepenica svijesti pomjeri nogostup nazad. Nije ljudskom rodu bilo nigdje – dok je druge nosioce duša ubijao. Naročito zeku, njega ko rokne – nema razlike od Adolfa, ni sekunde. Iste jade muče zečije oke, trese se srce, za ne opisati – u grudima, jesam savlad'o predavanje? Sišlo mu u šape, oplete niz bukvik, stiže ga pseća njuška. Kuja se odrodila – navikla na gazdine naredbe – skrenula kao i on. Sa druge strane, a na njoj je rastik – štekće drugi pas, samo je ovaj sa mudima. Nije ga dao lovac uštrojiti, kad ne budu oboje mogli rađati nove keriće, baciće ih lola pored puta. U nekoj staroj školi drežde jedno kraj drugoga, više nema djece u njima, sve se odselilo na zapad. Da, za to je trebalo imati jaja, govorio je javno preko fejsbuka, svi ga tada praviše ludim. Sreća naleti na gandžimira, on ga dovede da gude ko violina, gudalo je satire, od strasti pucaju žice, biće novo nastaje, isto jedno tako umire. To će morati Bog, on to i radi, samo nisu tada ni mladi ni stari mogli skontati – kakvo ih zlo okružuje, tačnije, sami bili izvor istog. Lako je na drugog bacati kamen, ajd primaj udarce. Nije Mlađo više htio biti golman, međutim, iako je vidjeo da više nikad neće moći biti sa nekom ženom, držalo ga je na strani pripadanja – odgajanje klinaca, nije ih smio napustiti, još su bili mali. I tako se priča okrenula na drugi kolosijek. Vila je bila kao srna, gipka ko struna, mada ni Dijana ni Ajla nisu zaostajale, odjednom tri žene drže svijeću kraj tabuka. Jeste da, i to je Mlađo uspio dovesti u red, ispričaću vam kako, isto mu to nedostaje u romanu, da bude a klase. Merc, dao je na osnivanju prevozničkog obrta, sve što stekne - koliko sebi i djeci, toliko radnicima, samo su po neki otpočetka znali istinu, bili su odabrani, trebali su donijeti ono što je on učio - do evo – današnjih dana, nema se ništa. Vidite i sami da je uspio, duvamo opušćano, ako nam se ide na tehno – gremo Fant, nikako više od dva puta godišnje, i nikade više od dvije bobe, sve preko je uživanje u droGi, ne u muzici, i to mi je malo mršavo, da ne obećam, pa slažem, probaću i to usput nadograditi, čisto da krivulja može reći svoje, neka bude ispisano ime moje i tvoje na vjenčanici, iako ćemo poslije. Moraš se oženiti i udati, ne daj bože da ostaneš curetak i momče – pod stare dane. E vidite, danas i to ne morate, možete kad ostarite da izaberete opciju, samo tehnaža, dvije godine po jedna boba svaki dan, eto me među prosvijetljenima. Za to sve ti je dovoljna trava, kad nema zvukova sa drugog svijeta, sami ih proizvodimo.

Idem da me čuje cijeli svemir, toliko mi se piše. Pa se usere ko grlica, kad sat na kuli – otkuca ponoć. Znam ja šta se traži od pisca da postane poznat, ali kad se stavim u njegovu poziciju tada življenja, naježim se. Mada mislim da bih ja ipak ovako, opleo bi to sve po guzci kako treba, naročito sebe. I tako se prođeš zaljubljivanja šire, ostaneš vjeran njima desetak, ostale poštuješ, diviš se sličnim društvima. Udruženja će dignuti svijet nagore, razdruženja isto. Nekad nije dobro, ni da smo zajedno. Zato i kažem, nema bića, a da ga ne poštujem kao svoju djecu. Do toga doći može svako, vrlo lako, samo se prebacimo na vege ishranu, sve se zaboravi za godinu, idemo u druge misije. Stižu raznorazne nove bolesti – bili smo samo – pokusni kunići. Cijedi li Bog i na takav način najbolje od pisaca? Ma ne, to ne mora, ja bi' sada pisao o nekoj drugoj zabranjenoj ljubavi, nema gdje ih nije bilo. Nije čovjek imao druge razonode, osim da se pari. Teke ga droga progledala kroz nebo, inače da se pitalo crkve i džamije, ne bi vidjeli ništa osim parmačenja. Oni su se zalagali da se množimo, umjesto da dovedemo u red, koliko nas treba biti na planeti. Nisu znali – oprošteno, jeste da, ali kad su greške ispravili, tad bješe već kasno, Mlađun bi to doveo olako ured, samo da je znao tajnu vremena, slažem se za nema kondoma, al' onda neka i bolnicu ukinu. Pravilo ne postoji, to smo mi ljudi sebi stvorili tako – raznorazne nebuloze. Pa smo se zaklinjali jedni drugima, na vjernost do groba, ok je sa onima koji to rade od srca, ali gdje su svi ostali... Svako je sebi najvjerniji, ostalo je sve ništa, dok ne dobiješ djecu, nije Mlađo ni slutio – unuke. Više mu od igre sa njima, dva dima prije pisanja, ništa nije trebalo, štijao je – bješe sedamdeseta kad je umro. Spakovao se u odijelo kupljeno od Kineza, samo je tada njihovo – jedino bilo – markirano, ma pust kraju čip, ipak sam pogriješio. Taji kupovao na veresiju, njegove pare založio u firmu, zeMMMlju moMetovu dao pod hipoteku, htio da oživi privredu. Na Balkanu je to tada bila nezamisliva misija. Ovo sada što nas pegla – dobrota, sve je to od njega. Nesvjesno je napisao jedan za svoju neku dragu, ko zna kako joj je ime, nikad nije htio da ga izgovori u cjelosti, samo joj je nadijevao nadimke. Te je sad bila Vila, te Ajla, te Dijana, te Japanka u restoranu, od toga istina da su mu usta izgorela od ljute hrane, balio na njene sise dok je utovarao na tanjir – šta da mu sprži. Pa kad je prvi zalogaj kusnuo, oduzeo mu se kitober tri naredne godine. Nije imao na šta pišati, drkati da ne pričam. Otpali višci noktiju zanavijek, više ih nikad nije morao sjeći. Grickalicu okačio o klin. Već to nije majmun.

Čin završetka se mora bolje opisati, Dijana i Vila, sa njima Ajla, bile su žene mnogo slična kova, nisu se puno razlikovale, čim su kuburile sa jednim muškarcem, zvanim Mladen – morale su imati nešto zajedničko. Čopor nas vukao prvobitnom stanju, na svijet stigla tehnologija, usput uznapredovala takvom brzinom, da se više nisu na Zemlji – koristili _ dizelaši i benzinci, svi su vozili mercedesa, jer to su kola, ostalo – prijevozna sredstva. Kad ti njega uzmeš punoljetnog, pa ga se navozaš. Balkan se u to vrijeme dičio fabrikom fiPaata, i rupama na cesti. Nisi mogao da ne uskočiš u koju, čim si omašio Sloveniju i Hrvatsku. Polako je sve odlazilo na zapad, odjednom ja na tlu odakle je Mlađo sve to našarao, zavrućilo. Nikom više nije bilo bitno je li Musliman, Srbin, ili Hrvat, svi su tražili ladovine. Pa zar je dotle bauljala ljudska nesvijest? Jeste, jeste, njih ti ne može ništa skupiti na gomilu – ko nesreća. Čim se ima za razbacivanja – otpočni ratovanja – previše nas je. Ne bi bilo da se uvede red za rađanje, tačno se zna koliko treba biti kojih. Najtačnije, prepustimo sve Bogu, sa lanca pustimo životinje, stidjećemo se ubrzo – vlastitog fažizma, nadrljali i zbog sterilizacije, tek stasale kujice. Svi u sebi nosimo, i Isusa i Htilera, stanje zavisi od toga – šta jedemo. Ako ubijaš životinje, rastu ti samo brci, hihi, pa Hiki je bio isto vege, ako biljke – sijeda brada, stigla tada iznenada - Spasenija Zvizdić, Mlađo se džointom – roknuo u venu. I to ti je što trebaš, ako se baš drogiraš, nećeš stići ni do kakvog prosviiiijetljenja, samo će ti stradati živci. Naročito od spidure, radi je ko stigne, samo što nisu počele vrane sa neba bacati bone, umrite da vas pokljucamo. Jedan puta godišnje – smije svako, ali da to bude provjerena roba, nije – uzmem boba, nikada se više ne probudim normalan. Posao stalan, al' mala plata. Rata za kredit, na nju 16 posto kamata, godišnji nivo se gleda, pa za deset godina vratiš više od duplo, koliko si povukao od MMF a, nije do njega, nego do domaćih izdajnika, viknu Gavrilo, spusti cijev sa Ferdinanda, osta domovina, zauvijek porobljena. Krivim ga zato što nije pisao, ubistvom jesmo skinuli jaram, samo nismo kako treba, sad smo okovani u lancima, opet delamo za strance, plate dvije stoje eura, penzija - ni jedna cijela, smrt te gleda iz kašike. Misliš, ako sad nešto ne pregrizeš, umireš, dolazio je na vrata ćaćinoj strini, onih dana kad nestade Momira, sa uzvikom, došao na kafu kod bake Anđe, a ustvari, čeka da ga ponudi sa jelom, tri dvadeset četvorke - nije ogledao krušne mrve, i narednih toliko nema ništa, ako sad ne lazne – laznuće u grob, počinje koma. Komiran od bona, ne može ustati, djeca ni za kifle - kod kuće. Vidjeo je da je to bezveze, mnogo rano, dočepao se džointa, pa razvezao. Nije ni to trebao kriti, ali imajte obzira kako je sve napisano – kad je to još uvijek bilo krivično djelo. Imaš džoint kod sebe, možeš u ćuzu na godinu dana, k'o od šale. Pravile budale pamet, najbolje oslikano. Tv ekran prekriven snimcima iz rata, oni se spremaše za treći, svjetski su nivoi, nema ispod. Ludilo mesoždesrtva i lova – dolazi do izražaja, valjalo je tada – muda podmetnuti. Jebeš isuSove muke. Nego, lako je bilo ubiti sirotinjskog sina, od mene, spremam ekipu, odabranih – oni koji se smrti ne plaše. Znaju kuda idu poslije, čak i to – da mogu ustati iz mrtvi'. Svi ćemo to jednog dana moći, naročito da doživimo neki novi život, ali u ulozi zeke. Srnu bilo mušku ili žensku – ko ubije, sigurno poteže na čovjeka. Svijest ti je u njega, ko vode na prašnjavoj cesti, kad oprže avgustovske vrućine. Na kraju je jednom godišnje sa kćerkinim drugaricama išao na partiju, to ti se održavalo na tvrđava, iz vremena Turaka. Dosta nam je nameta, sa bilo koje strane, a naročito domaće produkcije, lole i barabe, snimaju nove dukate. Perfekcija poda sere po publici, eto šta ti je to, svako se našao u politici, samo da dobije posao na budžetu. Šta će jadan Mlađo, nego zadužiti svojih djedova imanje, nije tuđe htio, ovima obećao kupiti prezimenu Kazandžija – vječnost. Evo ga, došlo i to na red, bitno je predati zahtjev za dobrotom, ostalo se piše samo, roman nastao povodom ovakve situacije, postaje zajeban, okupljam sve u grupu, pisalo se, pa objavljivalo na nekoj, i tako ti je moj drugar se sjetio da nas okupi u žive, i danas smo isti, prošla milijarda, postojimo uime ljubavi, drugačije ne znamo. Takvi smo mi trebali biti Balkanci, a ne oni što samo kolju, i roštiljaju. On je to okrenuo na priču prema širini, ne samo da se stvori slika, ubijalo se – mora se razjasniti odakle nam to, kazna i ujedno ružna navika - od lova, naši djedovi ne znaše kako će dalje, pa posegnuše za lukom i strijelom, odatle stigosmo do atomskih bombi. Ma ja, u mišijoj rupi, sjedi brLe. On ti više nije strašan ništa, ima luđih iljadama puta, pristaje i tisućama, samo da bi malo veća plata, pa bi sebi nakupovali mesa za roštilja, i piva. Nikada sa gandžom, odustao od tih sportova, vrlo lako, susreo se sa – mariuanom. Na kraju mu nije ni to trebalo, samo se jednom osvijestio skroz. Nastavio sprovoditi u djela – napisano, usput stigao završiti i drugi dio priče. Sprem Principče _ štoljpi zauvijek.

Taj ne liči na to što smo mi napravili od ovog, dobio poštom, adresirano na moje ime, poslano prije milijardu godina. Odatle kreće alhemija, dalje se ne može normalno – kako tada prćije od država – nalagaše. Zemlja je svih, pa i od crva. E mi smo ti zbog njih postali, jedna je od poruka iz tog komada. On će za mnoge i dalje ostati tajna, pročitajte još neka njegova djela. Drugar iz društva ti je podigao izdavaštvo na besplatno, samo za crkavicu, njemu i još jednom bratu. Po noći su kuckali i sređivali štivo, po danu radili u štampariji. Časno zarađivali komad pogače, u čemu su god bili, gledali su da daju maximum. Razlika je u tome – ko sve kako vidi, i nije isto biti drogiran meni, i nekom nedojebanom klincu. Znači, može eksperimetisanje, sa po kojom bobom, i travom, ali kad ofulaš 40, redovno ispunjavaš svoje zadatke. Minus kod banke ne smije biti veći od energije koju smo proizveli, ostalo - šta veli svevišnji. Moj zadatak nije slučajan, upoznajem Dajanu, ona je ostatak moga života. Konačno kolega sa kamionom, ovaj ode u potok s' raketom, srete ženu svog života, ostavi se kafane i pića, dozva se sa dva dima. Ljubav je najbitnija, čisto da se zna, ne mora biti samo između muškarca i žene, i ne mora isto tako - ni između ljudi, volim ja i životinje, jednostavno više tako niko nikog neće mrziti, svi će ljubiti život. Odatle stupa – ozdravljenje, idemo dimenziju dalje, normalno je već odavno – duvanje, jednom u godini – bobanje. Ali da to bude provjereno, nije, opet ponavljam, uzmeš coku, nikada se ne probudiš više normalan. Mislim da tada ljudstvo – droga bi zaista bolje vodila, nego na primjer što bi dozvoljeno ubijanje životinja, dođi dođi Ile, natiču te ovoga puta, mesari i lovci. Imaju tu čast, sramiće ih se unuci – vijekovima. Još kad stiže vrijeme odricanja svega materijalnoga, joj – jauka. Odričem se tijela, prihvatam se neba i poršea, jebeš starog merca, dam ga na otpad za hii iljadarku, kad god se sjetim, kupim sebi lapaatu, opletem sa kucanjem, evo me ovdje sada, probudio sam se ponovo, od ove knjige dalje, sasvim ću drugačije – živjeti. Biću svoj. Ni slutiti nisam mogao da će baš ovako izgledati, zadovoljan sam i izborom lokacije. Lokal u kome nema alkohola i cigara, a smije se duvati, toplo preporučujem svima, taman smo do omladinskog doma, on je u varoši - najpopularniji. Mlađo se osjeti moćan, dobio platu, ima za teniske, nije ga to obrlatilo. Čim se malo okopitio, uložio neki dinar da mi danas kaže, ne objavljuj moju završnicu, do smrti oželi - bez dlake na jeziku. Budi duh sam kad trebaš zboriti istinu, spoji se sa tijelom kad trebaš pokrenuti prste. Sopstvena hipnoza, daj još polu, i idemo orgijat'. Kraj će biti zanimljiv, samo će da ide na par strana, da, znao je Mlađo i tada kuda će ga dovesti to sa ženama, jednog dana kad mu se više ne digne. Naročito kad pored znaka stop – posprejano – zauvijek. Pored stoji curetak, njegova unuka – našla sebi momka. Djeda se više nije krio sa džointom, nego mu seja motala.

Nastavlja se reprodukcija, ali do kada? Evo do sada, pa smo danas svi svjesni sopstvenog fažizma, ne nastupamo više naglo. Nego i lovcu objašnjavamo da ne bude to što jeste. Imate priliku sami uvidjeti kako je Mlađo bio na dobrom putu. Međutim, tada nije smio reći – da je takav vjernik. Prvi bi ga pop osudio, jer je svoje dao radnicima u preduzeću, kojeg je osnovao – i doveo do savršenstva. Svještenstvo bi tom prilikom moralo audija prodati, pa pretvoriti u zveku, vratiti narodu. Ni on ti nije bio bolji u to vrijeme ništa. Čudila se svjetinja Hitleru, nije se izjasnila da je prije molitve Hristu, zaklala prase. Da, Mladena su progonile kletve djedova. Morao je neko ispostiti za sve, taj većinom bude pogubljen – pred publikom koja samo ocjenjuje smradove. Da, takav budeš vlastitom ocu – ako voliš pse. Kreće rehabilitacija... uči Mlađo staroga u tvorza, nemoj jesti životinje. Ovome ništa jasno, misli sin poludio, ili se drogira. Komšinica Mira, zeca uhvatila, a ja malu vjevericu, i ljubio komšinicu, nagni iz čokanja, napuni pušku, pa pravac na istog, nema veze što je on najstrašljivije biće Zemlje – u to doba. Poslije se zeLe dočepao demokratije, pa ko ubije njega – u zatvor, ne onog što duva. U to vrijeme mlaDenovo, puanje je bilo krivično djelo. Odvedu te cijeli dan do zatvora, pofotkaju, popišu, i objave u novinama, poslije do suđenja, braniš se - ko fol sa slobode. Međutim, istina prava je da mi jedno mislimo, a u stvari, sasvim je nešto drugo, i široka je to tema, to ti je roman bez kraja, naš će se završiti nekako, još ne zna niko kaako, osim Boga. Dotakao svoga ljubavlju. Latio se onoga šta je tada mislio - da će najbolje donijeti svima. Pisanja, hvala Bogu, da ne bi njega, ne bi ja danas bio popularan. Ali nema veze, ja sam se svejedno ionako svoje slave odrekao, titula kneza se mijenja svaki mjesec. Nema ko ne dobije priliku šepuriti se u odorama, malo ko da uživa poeziju. Tada, da ne pričam, jer nije ti to bilo na izvolte kao danas, lako je sad duvati opušteno u lokalu, a da ti ispod nogu drijema pas. Jednom su mu drugari priredili druženje uz čašicu vina, dva dima, gorio Dunav i Sava, dijelila braću Drina, toliko o našim svjesnim dušama. Kitimo grobove krstovima i nišanima, a u biti, gori od pagana. Oni se toga, barem ne stide. Zadatak svještenog lica, nađi sebi posao koji će hraniti usta po tvojoj odgovornosti, pa poslije podne u crkvu, il' džamiju, Bogu se moli. To će ti ubrzo poslije mlaDenovih spisa postati stvarnost, i više neće popovi i hodže imati novog audija, nego biciklo. I oto je ono što pedala svijest, ne kićenje ikona. Odrali bi ga živa, ne bi čekali naticanje na slovo t, dodaj doglavak, slavili oružje kojim smo ubili Hrista. Da, ubijanje životinja nam je kao bilo naređeno od Boga. Kakve on ima veze? - e u to se upustio pisac. Odlučio učiti, jednom kad dođe na red za pravu istinu, samo će čisti – biti spremni. Takvi ne postoje, ali postoji čistilište. Ko dolaufa zaista bez greške, ne mora se više rađati, može otići u bolji svijet, u njemu neće biti rata, Radan više nije morao bježati od kuće da zaradi ljeba, i ne bude prebačen drogom – da se zaljubi. Pred veče sjede u kafanče, poslije – cijelu noć krevet ljulja, on i njegova mala, pomjeraju granice zemljotresa, samo se cupkaju, odrasla djeca – otišla u svijet, više po tom pitanju – ne smetaju.

Svašta bi' ja dodao, pa ako ima mjesta u pismu iz tog doba, turi Milijana, i kilu orasa, neka mu se digne na Švabice... heee, ma njih je Mlađo najviše obožavao, samo je vatao strane, naučio teke jezika, može da se prca sa drugim nacijama i rasama žena. To što je bilo odviše geyeva, njega to nije zanimalo, čak se molio da sve one - ostanu njemu.

Kako se riješiti predrasuda, naročito onih za koje mislimo da su dobre, a ono loše, ko da nema lošijih megdana. Sujeverni smo, podvirujemo se pod sto, neko je nešto nagatao, meni se sviđa komšinica, ima dobre. Čupave nogice, baš je prava mina, cijelu noć joj držim bradavice – međ' zubima. I tako se klima cijelo susjedstvo, svi se varaju, a prave pošteni, još na to, kao vjeruje u nekog Boga, itaj se kamenom na ćuku. Isa, ne silazi više u mene tako ti Oca, i svetog duha. Jebeš to, treba imat' muda, pa izađi pred lovce i mesare, sa parolom – dalje ćemo vege. Oćemo Hriste, samo da te prikucamo. Jebaćemo ti poslije i nanu, ko zna koje koljeno će pamtiti tvoje muke.

E da, ali da sam ja naivan toliko, rekao je Mladen, pa započeo Vrtaču. Tačnije, uskočio u to malo selo, da brani otadžbinu. Najpreciznije, volio je on to, a i kako nećeš, pa pisati tada ovo, bilo je senzacija. Učitelj djecu uči kako da pucaju iz puške, baka bacanje papira i ostalog otpada, po prirodi. Riječni tokovi biše ko novogodišnje jelke okićeni, poslije narodnog veselja kod svetoga hrama, niko da pokupi pobacano. Da, baš tako, svještenstvo toga doba je i roknulo Isusa, Sve sam više u pravu da je brkajla nosila u početku dobra. Nego nije mogao gledati zla očima, vegetarijanstvo te izludi, ako živiš u vrijeme kad se samo kolje. Oćeš da rokaš svinje i ovce, što se onda čudiš koncentracionim logorima?! Nema čuđenja, ubijanje bilo kojeg stvora što dušu nosi – je ubistvo. Jebemu miša, kako ništa ne znate, naročito na psovskom dijalektu. Zaslužili smo mi ratove, svaki do zadnjeg, i da se na vrijeme ne riješišmo zauvijek lova, kao sporta i razonode, nego kao kriminala, i danas bi se krili – neđe sa džointom. Paz paz, eto milicije. Spasi me Bože ludila, bolje da sam narkoman, nego lovac. Ali vremenu toga zbivanja, bi droga i marihuana, a alkohol, kava i cigare nisu... ne znam kako bih vam to najbolje opisao, probaću i to dodati u detaljnije. Vila je imala samo takvo dupe, kod Ajlice ono nešto nije, al' sise otkidaju, Dijani je falilo oboga, zato je bila lijepa, samo što je po njemu ostarila. Kad se riješio džiberluka, otišao da krka salatu, nije se nakanjivao više na pečenje. Griješio jeste, i za to neka ga stignu kazne. Ništa se ne bi _ rekao biii čovjek, promijenilo, šta je on naspram ostatka svijeta... Riječ jedna može donijeti spas. Gas daj, da se nagasamo, ali jednom prema pravom cilju... ne prema ljubavi ograničenoj na muškarca i ženu, nego mnogo šire. Ako ljubavnicima paše, neka se tapšaju po dupetu, jb mi se kome, ili ničemu, se daju, najbolje je uopšte ne pripadati, biti odan sebi, i Bogu koji te pokreće. Moj je danas mlaDenov iz tog doba, knjiga čovjeku okrene život, dok je nije pročitao, mislio je da zna zašto živi. Čim jeste, jučer se svoga – stidio, vidio sutra – kako neće biti takav. Ne, pogan nikad više, od tada možeš reći kako si dotakao Hrista. Muhamed je priča ista k'o i ova, samo je način koljena različit. Volio je to Mlađo sa svim vjerama, njemu ti žene nemaju razlike, samo da se dočapaju kreveta. Pa kad mu se jednog dana kita nije digla, sjeo, podobro razmislio. Šta će i kuda dalje, šalje dimne signale vrač, spasi nas svevišnji ludila, bolje da sam narkoman, nego lovac. Pa ja, kad je trava droga, neka sam narkomančina, uživam da se bodem džointima, samo da situaciju objasnim miliciji. I to je Mlađo uradio za živa sebe, samo ga bilo strah otkriti ime žene, koju je zaista volio svim srcem. Po njegovoj zapovijesti, i dalje će za javnost biti tajna, to što se namijenjao žena, neka je, i one su njega. Sex ti je igra, preozbiljno shvaćena, pa ti je to način života, nikako razonoda između dvoje ili više, koji se jedno na drugo lože. Ništa nije loše učinio time što je prekidao veze, da i ja svoju nisam, danas ne bi sreo vas. Mlada damo...

Mene se ne sreće, Dijana sam iz nekog drugog filma, to da li ću te voljeti – od mnogo čega zavisi. Ako ne voliš kuhati, i to još bez mesa, kako ćemo se tek seksati, mislim - nikako... Tak mi je prvo, da te znam od ranije – ne bi mi smetalo.

Lijepo si ti to sve ispričao, ali mi još nedostaju opisi tih žena. Govoriš i ti i on, ali ne govorite, nego slinite među nogama, samo bi se kresali. Znate li osvojiti žensko srce? Ne kažem za one rospije što povazdan bez ručka, ma ne drugima, nego sebi, prevlače preko aber kutije - masnice. Maste se prsti od bureka – satojak glavni – kravlje vime, izmuženo do zadnje kapi. Mlađo je sanjao čorbicu. Otišao je za onom koja bolje kuha... sigurno će ga gladan kao vuk trpati. 'Oće. Samo što će da mu krče crijeva.

Odolijevao je bolovima tokom razvoda, mnogo ga boljela dječija suza. Da, jednog dana on i Dijana se više nisu poznavali, svako na svoj pravac, ta dva – ni blizu zajedno. To jutro je samo izašao, od bijesa ga je bijesna stigla pesnicom preko čela, istom kad mu kćer proviri na vrata sobe, sin u krevetu jecao. Mnogo je boljelo našeg Mlađu, otišao da živi sa drugom... tek tad je počelo, ni slutio nije šta će da ga stigne, više nije vodio ljubav ni sa jednom, povazdan bi bauljao naduvan, nosilo ga to –

želi svima najbolje – ako hoćeš sebi. Spoznao je jedno veče Boga, dok mu draga plesaše oko šipke, uzima mušterijama dvadeset maraka za noć, promoviše pivo lokalne pivare, samo da ju od njega ne rastave. I to je tek početak, još ne znaju ni njeni, ni vjereni, boliće sve, samo da Mlađo propiše. Nećeš Kazandžija uteći, stićemo te u nekom sljedećem. Poveza se licna, možemo početi Vlado sa slušanjem radio stanice, zbog neplaćanja računa – gasi se zadnji na Balkanu, i to on jedini nešto vrijedi, ostaje mrak, palim baklju mira, volim cijeli sveMir – veli Mladen, pa se zagrcnu, uvijek se sjeti - da si stepenicu niže - od samo sutra, da ne pričam šta bi on danas pisao, rokao bi takvu tehnažu, da ti za nju – ne trebaju bobe... sjeti se tako kako se sa kolegama dočepao takve robe, umalo nije svisnuo tada, pojeo ih deset, poslije se krio od pauka, veličine te jebene Bosne, oćete se naratiti više oko nje, te matica, te dijaspora, najviše se hvali bauštelac, kad se vrati u svoju opštinu, u kojoj se ubijaše za to vrijeme cuke, saaa mora. Drže teke koka on i žena, jest da je to po komunalnom zabranjeno, stepenicu smo niže – od kamena doba, do sada smo trebali letjeti preko sveMira, kad ono jedva da vas digo sa ispričanim – u nebesa.

E sad ćete da vidite šta slijedi iza tih dešavanja, sjedi ti tako on, i čita kako je neki lik tamo negdje preko bare, zapisao u teku hipnoze mušterija, pričala iz njega neka žena, ubili je Nijemci na prtini... štaš to je onda bilo normalno, ko kod Mlađe što se ubijaše životinje, borio se upravo protiv fašizma. Na prste ruke nisu mogle stati vrste koje smo rokali, što iz sporta i razonode, te zbog klope. Poklopao nas Bog, umislili - kako smo mi to dobri, dobijamo raj – zašto ne, zasluži ga, prestani ubijati životinje, ostalo prepustite svevišnjem. Više bi znali da smo učili dušom, nego što smo kojekakve gluposti – napamet bubali. Kako da postaneš poznat, a da veze nemaš sa književnošću. Ma to nema reze na kijeru, rokati može svako, bio najgluplje tele. Šta meni pričaš, da mi nije dobra bilo, maunu bi ovo tipkalo iz mene, nego ono neko prošlo, pola toga se stidim šta sam rekao, ne zbog toga što je to rečeno – ružno, nego naivnošću pisca... Još onoga koji ne smije prenijeti ljubav na papir, kako valja, nego se špara i špara, samo da mu je para, on bi za njih kupio Dijani novu peć, ona kad istu vidi – preporodi kolač, svršavaš dok ga jedeš. To ti je ta sitna ženica, pomalo ostarjela lica, za susreta oko svađa, umalo se nisu klali... doma kad se vrati Mlađo, dočeka ga djevojče skupljeno glavom u krilo, roni suze, saznala joj mama da je zbog njega otišla od kuće, to ti je istina, i brat se na nju naljutio, baš ih briga, oni su se voljeli. Takva ti je ta zaljubljenost, ali prođe, nekad se desi nekome opet, a i ne mora, Mlađi se to počelo sviđati na jeben način, znao je ako nastavi sa

Vilom – poludjeće. Danima je motao komad za komadom. Sreća od Boga, šta mislite takvu dobrotu odvesti na bobe, i bobe, i bobe, i bobe... Da mi je znat' bi l' se ikad naj'o?!

Da, na to dno je spao Maki, pomakljao cijeli paket, vrećica sa petneskom, nije došao sebi sedam dana, samo ždero sladoled sa limunom. Mislio je da na svijetu ništa ljepše nema od toga, što se njih dvoje gledaju, ko da niko oko njih ne postoji. Kako da zamjeriš, kad je Mlađo tako jučer bio lud – za Dijanom? - ma joj, on je pizdio i za Ajlom. E da, jeste, nije to on ništa kontra, mislio je da je ljubav - mozgom ograničena – na _žensko muško. Kćeri nabavio malu kujicu, zvala se Pupi, Aska i Pir'lo su susjede kere. To ti je tek duša, o njoj ću vam par strana, da nije nje, ne bi bilo ni ovog današnjeg romana, polako ga guramo kraju, donosimo spas, ne vejrujemo u tu priču, nego je pokazujemo. Da, svašta sam radio kao i Mlađo, da bih stigao među poznatije od poznatih faca što se tiče pisanja, morao sam se odreći svega, usput utvarat spiku u svašta. Ali to nije moja škola, to je već Mlađin nastavak priče, ja sam ga uzeo pod svoje, sad ćemo ovako da se zna gdje treba biti šta, dva boba rezerve, za aftera, roka se do podne, poslije podne kod druga u sobu. Tu se nalemamo spidure, ne znamo kud hodamo. Samo da bi pobjegli od stvarnosti, donosimo grijeh, da za njega Bog oprosti, e vala baš oće za dvajest eura? Svaka mu čast, da sam znao da je pop bio takva ljudina, po kilu bi dnevno. Ma to ne zna stati šmrkati, samo ga uvlači, kuće dvije, u jednoj ga čeka djevojče, u drugoj bivša sa djecom. Dijana na rubu nervnog sloma, djeca zatvorena u sobu, Pupi izađe vani, ali samo na pet minuta, stigla ih neukost u ophođenju prema kućnom ljubimcu. Dolazio bi do djece u stan kad je Dijana na poslu, do tad bi im Viljuška poslije svoje rabote u krojačnici – spremala po dvoje naoko, dva tri krila piletine, niđe veze sa vegetarijanstvom. Bez njega nema dalje, to sada znamo, oni nisu. Mladen se upuštao u borbu nesvjesno, nije znao da mu povratka nema, počinje bitka između – zla i dobra. Da, svako može biti savršen, dovoljno je da u jevti pet šest komada izduva. Ne bi bilo nigdje mirnije Bosne, u trista sveMira, možda bi se tad, smirio i Balkan. Unija naroda i narodnosti, na čelu sa knezom, Cigančetom iz Šabbbca, tamo ga isto neka skidala, bila je mrka, da mrkije nema. Pobrkalo se sve odreda, samo bi neko nekoga da poprca. Zgadi ti se ko poslije gledanja pornića danima, bez drugara, Mara došla kod svojih da kupi sijeno, baba joj rano zaspala, njih dvoje otišli u njivu pod grožđe, prostrijeli sebi deku, pa se goli poskidali. Legli jedno na drugo, ništa ne znaju, a najviše ne smiju, bub, osta trudna nevjesta, trbu joj do zubi, nikad svadba. Ma kakvi, ostavi ga draga, ode sa drugim, on kod kuće isto imao ženu i djecu, šprdačina od bračnih zajednica, ali eto, na kraju su Mladenu pisale i pisale, neke slale gole fotke, pa su tako svršavali miševima, prstima po tastaturi. Najviše volim krdesanje, ako je tač, nisam više za tipkanja, samo bi da upirem šta ćeš da mi radiš, i tako se daješ u reprodukciju. Nikad ne spava, vreba priliku, iz svakog se može roditi Isus, a i Hitler, odvisi samo kojim putem okreneš u rješavanje problema, da su imali pravo, imalu su obojica. Nije valjalo, moralo se nešto poduzeti, e sad odvisi kojem se dileru javiš. Smrsko grumen bijelog, vučeš četvrti dan – ne pomišljaš kući. Ništa loše za onoga ko hoće da se ubije, kad si stoka, eto ti, nije ti dovoljno svijesti, dva puta godišnje, i dva boba, ostalo duvaj ko sav normalan svijet, ko to ne voli, nisam mu neprijatelj, pozdravljam svačiji način, osim grubijanski, naravno ako ne zaslužim, jednom sam i ja, da ne ispane samo Mlađo ljakse, svirnuo iza nekog lika, koji ništa nije uradio pogrešno. Istog trena je sa nekom trebom, zove se Medena, krenuo u rikverc, ali kasno, izašla su tačnije dva lika, i to svaki ko od brda odvaljen. Šta sviraš, niđe trebe ? Mladen u meni ostade zapanjen od straha za svoju guzicu – đe su prava životinja, počinješ bitku protiv mesara i lovaca, jedni satare, drugi karabine... Trče za svinjom, jedni za divljom, drugi za domaćom.

Čuli su se usput, on se već vratio Dijani i djeci, nastavio do te večeri, samo pisati. Prvu pjesmu nazvao moMenat, poslije je napisao desetak romana, ovo što vi imate, to je on lično svojoj nekoj dragoj, čisto da ostanu u kontaktu, jer se još uvijek – za nešto trebaju. Tačnije, samo njih dvoje znaju tajnu, odakle je niknulo danas sve ovo iz mene. Dotakeo se teme, nema šta, odvalio u drugom dijelu sa Ajlom. Sviđa mi se priča koja nas ravna mesožderstvom i lovom sa brkinim postupcima. Čak činimo gore stvari, dnevno svi ostali osim Hitlera, rokamo milijarde živih stvorova, guzica zinula na ćevape. E moj brate, jest sramota. Da, ima mnogo toga svako iza sebe – koje ne bi želio da mu se ponovi, to nije ništa strašno, svi smo grešni do zadnjeg. Ne puštajmo druge da odlučuju uime nas, iako ih boli. Niko nikog ne može posjedovati. Vila je na trenutak – pomislila. Tu je stigao kraj, uhvatio ju je da mu dribla aber kutiju, htio imati privatnost – to uvijek. Ujutru samo otišao, još jednom navratila, nisu pričali, pa je ona niz stepenice, u teniskama odlupala. Pa je kraj, početka, kreće zaplet svega, istina je šireg opsega od drogeraja, duvam ponekad i sad, ali sam mnogo stariji, i imam pravo da kažem šta valja, a šta ne. Znači, mani se svih poroka osim trave, dva puta godišnje po dva boba – nema ništa ljepše od života, kad znaš da i to – imaš opušteno. Pa ja, onda ti se to više ne radi, nije zanimljivo, svi duvaju, gledam da budem što više bez, ali puno i ne zaostajem u rolanju. Tehnaju organizujem sa dva džointa, i sa dva eksera, šiljata ko mulije koje Momir kovaše u tarabu, usput šamara Mlađu. Žmirka, na udarce nije još obikao, osim kad se oduzme tijelo, pa se usere, do tada ne osjeća ništa. E da je tad još pola, najebao bi mu se nane, ali onda si isti. Ovako nisi, kad prestaneš sa upotrebom mesa i mesnih prerađevina, suza govečeta i svinje, ovce, patke, koke, bibe, jes'. Džiberi nego šta, lijena guzica, posijati kumpijera. E da, to je to. Krenuo je u kontra pravac, ostavio dragu, da ima za kim patiti, kad ga spopadnu dani patetike - dok piše. Ne, samo je pisanje volio više. Vila je to znala, ostavila ga u njegovom paklu, počela gasiti svoj. Iznenada Ivana dobila posao u inozemstvu, otišla da se uda - za nekog inogorca, smor ti je moj, najgori smor, tačnije, i on se obatalio, kao radaNova raketa. Mnogo ružan, aj jest fuj, gadan, krkančina, koliko je Mlađo njoj bio lijep. Nestalo je sve u nepovrat, osim da joj je obećao - kako će jednog dana postati poznat, pa kad se sretnu u drugom nekom životu, istinu će objelodaniti. Da li bi ti Dajana se udala za mene, iako sam u prošlom pedesetom od tebe uzimao bobe? - vidi ti danas direktorke, i to u dva preduzeća, oba transport. Gdje te nađoh, i nije neka sreća? Kad se uzme, barem se danas može opuštano duvati. Bili su to lijepi momenti, za nekog mnogo bolni. Ne čini preljubu, osim ako nije nužno, a ako to nužno preraste u veliku ljubav, jbg onda se snalazite, ili ne idite dalje od svoje roše. Golfajte u dvorišnu, na zadnjem sjedištu – jako raspale mečke. Ma kakvi itoje, tiToje bio krmak. Pa ja, gori od Momira, vidio mu ja fotku kako nogom pritišće mrtva jelena, njome otirali dupe, dok smo osmice vukli, crtali po dva bijela kruga, spojeno. Vučemo sa dvije cijevi, nekad kad proradi karabinjerka, otrgne se iscuga. Roka se tehnaža kod Miće u bašči, na sred Subotića, drogira se i staro i mlado. Da ne bude ko naš pajdo sa scene vrištećih pramena, to ti je sve prezime iz Vrtače, imaju i Markovići, imaju i Dakići, pa Stjepanovići, ma nema kakvih nema, al' više u Vrtači – ne bi nikoga... Otišlo sve za većim minimalcem, samo neka se ima za kifle i salame, i neka je to kao sigurno, čitav naredni mjesec, marljivo ću štediti, od toga poludjeti. Pare su da se troše, samo ne više od onoga što zaradiš, ali da minamalno se ne spominje ispod hiljade maraka, tada konvertibilnih, jebo i' onaj koji smisli tako, naročito kad za primanje nema ni pola stoje, jedva za račune, moraš držati june ako hoćeš preživjeti. Ne, nego ako hoćeš biti do kraja života volina, ali ona bez svrhe i namjene. Jedeš kravlje tele, nju kačiš sretnu na etiketu tetra paka gnoja. Da, njega smo davali djeci, odatle mi tikovi, iako sam poznat, malo muknem kad se zanesem. To mi je u jednu ruku i od neprovjerene robe, nema ko nije _ štancao bobe. Nikome do Kuste, nikome do Bajage.

Nije on imao vremena za provoda, pisanja nikako, već odavno, morao se manuti svega, u to teke Karakondžina Panja, sjatiše se trovači pasa, prije toga, u rodnoj Vrtači, lovci pobiše do zadnjeg. Kao, to je – različito od postupaka, Brke. Za njega nije bilo, ali nije bilo ni povratak u zagaženo. To teke pjesama napisanih, dva romana u pokušaju, samo mu otvoriše oči. Morao je sve reći u javnost, samo sitnije detalje prenijeti u priču za buduća pokoljenja, neka se zna, kakvi ne trebamo biti nikada, pa ni tada kad crkavamo od gladi. Što bi to radio, osim ako si ljenguza? - pusti životinje svojim putem, uhvati se oranja i štijanja, samo sij, pa ćeš da vidiš koliko to Zemlja može dati roda, do tada kad ćemo da je prenaselimo - ide sedma epizoda, ovo je tek prva bila. Da, razvalio bi on sigurno, samo da je imao vremena, mene moje titule poznatog, sad pravo sramota. Ništa nisam bolji od tebe, mila moja sele. Kad bi' rekao da mi se ne sviđaš, lagao bi, drago mi je što si me pozvala u šetnju, kako ti je tamo, čujem da su dobre plate, gdje ti je brat? - ne smijem ni sresti kćer, razveli su se, on otišao sa drugom. Žive negdje daleko, preko mnogo gora, utekli komplet od prošlosti. Niko od nje uteći ne može, istina je da smo svi lažljivci, naročito pisci, oni što pišu poezije, iBože pomozi. Samo piče tehnažu. Pa ja, dovukla ga mariuana do oltara, sjedila baka sa dvije viljuške, kašike ni za lijeka, teka kraj nje, veli da ne trepće, kad vid stvarno to ne radi. Samo gleda. Pegla pegla, u vugla Darinka, samo da se vrati Radan sa puta, ima da te oplete pet šest puta preko sofe, odmah će poslije - u cure. Tako se i ja i ti upoznasmo, jedno vrijeme sam mislio – da bogdom nismo. Međutim, ono pismo što nam napisah iz prošlosti, stiže sada. Pa ćemo se sad ovako za ruke, voditi dok ne umremo. Znaš me da ja nisam za te priče, morao sam završiti započeto, tačnije, ništa nisam tako vjerno volio – kao pisanje. Neka su se razveli, mnogo su se svađali. Isto kao i mi, Vrtača ti je to, tu ti svako sjedi za vratom. Ništa se nisi promijenila, uvijek ista, spremna za akciju. Rijetko se rađaš u koži čovjeka, vrlo lako umireš - spreman za stepenicu nazad, naprijed zakoračiše tada rijetki. Nisam mogao ostaviti pse na milost i nemilost, a i svi ste odjednom nekuda pobjegli, ostao sam pod jabukom kraj bašte, čekajući hajku na Isusa. Pa ja, ništa nisam ni ja bio bolji od Hitlera, šta sam se u tom životu najeo prasetine i jagnjetine, samo o tom ćutio kao zaliven, znam, tu sam pogriješio najviše, osuđivao druge, sam nisam ništa činio, volio sam te, ali ne kao što to bješe, muškarac ženu, nego kao duha koji može da ne ovisi od mene, kad se

166

sretnemo, niko nas ne razdvoji. Eto, ajd ti meni sad reci dok čitaš one riječi, kako si se osjećala? Je l da da si sumnjala u vječnu ljubav? I ona nije samo ograničena na jedno, možeš da voliš svakog podjednako, ako see prigrliš, drugima ne činiš – što ne bi sebi.

Jesi neki, ajd se samo jednom kresnemo, onako kao nekad, pa kad oboje zajedno svršimo neka se rodi još jedan – koji će nas povezati. Ne moramo imati djecu, da bi bili zajedno, možemo to raditi sa nekim drugim, a u ljubavi uživati sa petim. Jeste da, ali samo ako tako shvataš voljenje. Šta na primjer, ako volim pse više od ljudi, i jednog dana stanem ti ja na njihovu stranu, šta da sam popustio posesivnosti, jer niko nikog ne voli – više od sebe?! I svako gleda, samo da mu je lakše gujici, nju kad natovi, naročito mesinom, bude Momir. Rodi se Mladen, pa on dobije sina, i tako milijarde božije djece, niko nikog ne voli, jer ga goni duh iz mesožderskih dana. Danas smo korak do prosvjetljenja iz kojeg se niko ne vraća natrag, moja si nirVana, samo me čvrsto drži nogama, sise su ti ko dva oblaka, jedan bijeli, drugi se namrčio, oćeš da ti ga još dam, a on jadan jako, pa gotov, samo što nije ute suno. Bježi tamo, ne da mi se sada to, htio sam te baš vidjeti, gledati kao niko nikoga, pa ni onda kad smo se izbezumljeno posmatrali, ni Ivana ni Stole ne biše bolji. Omak'lo im se kontroli, Radan kraj crknute rakete – izvaljen. Naš Mlađo na bonama, prejeo se jednog dana sa njih trijest, zakoračio na drugu stranu. Tamo su ga čekali svi prošli životi – ispočetka, ili – zauvijek predaja.

Seljakluka je uvijek bilo, i uvijek će ga biti, kad ga ne bude, doće sam od sebe smak svijeta, idemo u drugi, tamo samo plutamo. To je nama, za još jedan korak. U njemu opraštamo brki, budemo lično njegova žrtva, ispeče nas neka teta u gasnoj komori, tačnije rečeno, prvo napuni gasom. Odamo tako mrtvi dalje, ona ostaje živa. Možete li da zamilite šta nju čeka? Ne, ona misli da je u pravu. I ja sam tako isto, kad sam rokao meso. Normalno je bilo ubit dva krmka za ugodinu, naslijedio zanata, i ja od svoga taje. Pet puta bi mi bolje bilo, da uopšte nisam imao roditelje, to me odvuklo djeci. Nisam htio da gledaju svađe između mene i Dijane, usput, eto sada vidite svi, nisam silazio ni sa Ajle. Nosila me požuda, ona se umočila u strasne krpe, svaka koja mahhhhne suknjom, meni je prilika, ništa te ne zanima osim sexa. Ništa to i nije pogrešno, on ti je samo igra iz kojeg nastanu djeca, ako ne koristimo kondom, ili neko drugo pomagalo u tu stranu.

Mirzada kako ti zatrudni? Ma šut, opalio me Miloš u šumarku, njegovu Jeku – Mujo. Više niko ne gleda koje je nacije, onaj koji mu širi noge, samo da se tehna, tehna se i tako se rodi partija, nije komunista, nego muzike od struje. Da ne bi Nikola sin od popa, da li bi došao do Amerike? Naravno da bi, na kraju je sve svjedno dao golubovima, ljudima će tek za stojanku. To ti je dana puno, dotad se nisu prestale ubijati životinje. I to ti je neko vrijeme Mirzada iz tog doba. Nego de mi reci, koji si mjesec? I ako te nije sramota Boga, koliko ste se puta?

Kad bi moja Mirza znala brojati, ni Miloš ne bi bolji, nisu se razumjeli u nauke, samo voljeli, dobiće još jednog božijeg sina – ljudi. I šta onda, ako je milijarde gorih od Adolfa, i to hiljade puta... Oda kik bokser, ko fol bivši, mlati palicom susjede. Odi na mene da ti zabijem ključ za otvaranje sardine, i to u po čela. Momir se jednom podekao u vozu kad se vraćao sa rada na građevini, pajdu givitom dernuo u glavu, niko ne zna – kako ga nije ubio. Imao je on epizode, samo Mlađu bilo sramota tate. Treba sad svi da znate njegovo djetinjstvo, Radan opet ode za inogorostvo, jugom pedeset, nije vrijedno spominjanja, eto kakva je to bila agonija, smrt fašizmu preko mesnice, daj dvije roštiljskih kobasica, kad svega ima, a nema njih, jebeš prvi maj, ja praznika budala. Nije nije, otkazao mu gazda ture, osto je još mjesec da klapće u mjestu. Tu je negdje na nekoj preslici, nečija crnu prede. Biće kraja svakoj mesnici, oživjeće srce u bijede. Nema se skloniti od noža, jer sutra je Božić, a možda i Bajram. Nemam pojma, nisam već odavno pogan, bježim od leša, ko đavo od krsta, tri prsta zaprtim, idem se dusati time, na grob ću ipak ljiljane, domovine nema bez jedinstvenog Balkana, onda svijeta cijelog, zatim – sveMira. Kad sljedeći put Rale bude išao na Mars – privremena bauštela, diže se vidikovac, oće svako da baci pogled ka Zemlji. Nije za povjerovati kako nisko može pasti energija discipline – nerada. Pa ti se ne da ni to, samo bi partijanje. Malo je Mlađo došao do para, kupila se bijela roba, mazalo se po mudima, svršavalo u čaše za vina, gutala se istina ko od kokosa mlijeko. Prešao na sojino, za njim otišao sa sireva i kajmaka. Pustio krave na miru. Jer i one su nečije majke, volovi nek odaju po dvoru, torite zemlju – već odavno jalovu. Gdje god uštijaš, mrkva ko u kobile rep. Ima sedam kila. Zdrava ko košćura. Niđe oštećenja. Koljena polupana gurajući se sam niz brdo – u kariolama. Mislila je tada politika, kako je glavna, međutim – o tom nema pojma. Ubrzo je propala ko jaja kroz poderane gaće, naročite olimpijske igre seljakluka. Došlo i dukatima vakta. Istekao zadnji trenutak, sad će da se otvori paljba. Da moja Mirzada, nova majko sina božijeg. Samo da se skinu neke muke sa Marije, dosta su je jašali - bjelosvjetski nedojebanci, i samo takva podjela postoji. Sad sam ti kriv što si takav, nisam, kao i ti što meni nisi. Ja sam za sve poturio svoja i ćaćina guza, nisam ukrao od sirotinje. Bogati me ne zanimaju, nego oni što pare koriste za plaćanje računa. Svako od auta ima Teslu, nije ono statusni simbol, nego prijevozno sredstvo, sa njim merdžo i pokoji audi, ostalo ništi. Yeah, al' me spiči bobulja, usred mulja bara do nogara koje su na tom mjestu označene koljenima, boli me još uvijek lijevo – voljena. Nema kako te nisam volio, ni sad ne mogu da vjerujem kako sam toliko bio lud za tobom, Ko mirzada za Milošem, možda i gore. Danas sutra si ti negdje daleko u svijetu, ne vidim djecu, svaku petu. Sjećam se svega svaki dan. Možda bi se ukupno moglo sabrati tri mjeseca. Ma to ti je tik do socijalnog, ni direktor istog nije razveden, ima za provoda – švalerku. Jest u momka kita, prešla koljena. Nikada te tako nisam želio, osim kad se najedem bijelog luka. Muka tri dana, ali nije fizička, nego psihička, samo bi se vratio u Vrtaču, kud pobjego, jako u pičku materinu. De ti psuj Mladene, nećeš nikad u škole. Onda su se učile pjesmice o psovanju, na panju ja nju natežem. Koga Mladene? Kad se on prenu, ne zna s' kim je imao vlažne snove, uglavnom je svršio, taze gaće iz šivaone u kojoj si radila, ili si mi rekla da je to od brata ti ostalo, ja u toj ulozi Mladena, godinama ih nisam skidao – dok spavam sa suprugom, mora da je preko njih ti ušlo... Parimo se s boka, ili kako stignemo, koristimo zamjenu za kondome, vadi na vrijeme, inače, opet bi mogao na svijet neki neželjeni. Htio sam reći, Momir nije bio svjestan svršavanja, rokao je račiole taman da ne zna kako pravi Isusa, zamišlja majstoriju brke brkana, našeg omiljenog krkana, a ono krakan u glavi, ko da je vasiona dukata, sa izvornim pjesmama. Ok je to za vriske i skake, ali nije mi to ono što dovodi do svijesti neke, naročito ako uz to se zalije sa vučijom rakije, i ako je ona prepeka, eto ti inspektora mrtvila. Primakni se na službu, klekni ispod mantije. Da se mene lično pita, ja bi pobio svu paščad, sreća pa sam direktor škole, u njoj djecu uče zanatima, jedan od njih je svakom – ljubav, pa i prema teletu, jest da se poslije ne oblokašmo u lokalu, vrućeg ispod sača, cijedi se brada smradom ludila, koje svakom slijedi, buđenje _ tona i po – bola. Škola vampira – prevedeno na mnogaje jezičine, i čini mi se _ ispravno.

A onda je došao još jedan crni dan za pse u Vrtači, naišli su opet lovci u jutarnje sate, taman iza šest, opleli po svemu – što mrda repom. Cuke ti to rade _ da ti kažu koliko se raduju, pa i kad u njih uperiš cijev, poslije su ih pokupili u niVu, još se osjećao uticaj Tita, slika školska kod Jevrosime, odmah iznad table za pisanje. Maršal stoji čizmom, na glavi mrtvog jelena. Mijena gadna, tog smo mi gada dizali u nebesa, nema duša svjesna, a ubila jučer – srnu. Mamicu mu njegovu, ko god to uradi, ok, smotaj od lijeske luk, od iste građe spravi strijelu, ono što tako ustrijeliš, Bog ti na poklon daje... Umjesto da tandžare držaše pod ključem kod odgovornih osoba, biše u kućama kod loklanih pijandura, i oni tako sa koljena na koljeno, viču slušaj đedu, on babu izubija, boksovima. Što ti je najgore, taki misle da su u pravu. Kravu kad deru na vješalu, viču – svevišnji pomozi. Oće oće, očekaj samo dok prođe govečetu četeresnica, pa kad iz groba rikne pjesma mučenika, prepadni se tad smrti – svoje. Bijedniče, nikad Zemlja nije vidjela većeg od čovjeka, spržila ga gradirana voda, iz nje kao bljuje vatra, a zaljevaš u grlo tečnost. Ni sekund prije stajanja tijela nije kasno za kajanje, može bonnnnnaa svako, biti savršen, nije zato _ što je jogunca. Ne miruje rakija ni u buretu, smrt fašizmu, sloboda svakom živom stvoru, osim ljudini, on to još nije zaslužio, ostaće na kraju sam, svi će otići, pa ćeš onda da vidiš kako je kad nemaš koga priklati za ručak. Moraš se od nečega drugog prehraniti. Ma mi smo ti tada bili ni blizu istine, kovali zavjere Bogu – moleći mu se _ da nam oprosti grijehe, nikako prestati griješiti.

A onda je došao još jedan takav, u Karakondžin Panj je neko bacio otrov, sve se cuke i mace potrovali, namjera je bilo napuštene potamaniti, nije se sa njima mogla nositi opština, sve leura do leura, sa aber kutijom ko televizor. Pojeli su mnogi, njegov mali Pupi nije, i par onih koje je on hranio i mazio pored napuštenih hala, i to sve bi – pilećim mesom. Tu je nekad bila i radiona, majstora zvanog Pošteni, pored placa veliki Rundo svezan lancem, njega pripeo gazda cijelog kruga, ili ga je tu zatekao, uglavnom, nadali smo se boljem. Ukupno pet odraslih, i jedna novostasala kujica – sa dva kučeta. Šareni kao cvijeće u proljeće, mama žuta. Nijedno na nju, došla skotna, da ne kažem - vlasnik ju bacio. Niko ih nije vidio u travi, zaraslo sve od trnja i boca, dovela je vlast do propasti jako cijeli region. Nikako nije bilo lijepo živjeti, tamo gdje se raspade Jugoslavija. To ti je bio projekat vrh, samo se na čelo u samom početku – postavila vucibatina. Mislila na silu će da spoji one - što misliše da su različiti. Ništa pametnije od brkine ideje, sve u gasnu komoru, osim ako nemaš za to goli otok. Moj ti je Momir, ako sam ja Mladen – gori od njih dvojice – hiljade puta. Luta duša od nemila do nedraga, samo piči, dokle će stići, malen je broj tada znao, tačnije, isto kao i ja danas što ne znam taj zadnji korak, pa da budem ko snijeg bijeli. Vrh piramide, obruši se kad urola cenera, nije droga za svakoga ista, koja ti ne paše, mijenjaj dilera. Otoje nema veze, svijest je najbitnija, volim tijelo, tako i ono mene, kad krenem od njega, ostaće riječ zapisana. Evo ovdje, piše se nova istorija, osniva se ubrzo poslije – Balkanska Unija. Narod nije više mogao gledati zla očima, naputrio vladajuće, dozvolio da bude svako knez, ali jedan mjesec, i ništa te se ne pita, nego onih koji ne jedu meso. Vodili su hrabro u prostor bez sira i kajmaka, napokon muknu – sretna krava. Nije ona što se smijala sa litre tetra paka iz rafe, ostalo joj dijete u tanjiru kod gazdinih unučadi. Učio deka svoje malce, a on znao toliko, da je najbolje – da nije ništa činio u pogledu prosvjete, baba od dvadeset osme – ima sve u vilici – socijalne i to se računa u dobro, barem joj je račun za čika zubu priznao u kućni trošak. Učitelj je život, to nije znala Jevra. Ona ti je to ugonila u učenike – pesnicama. I od toga ti se neko preladi na ranu, pobije poslije cijelu planetu, baci atomsku. Ma baci je, da ne gledamo više zaista – zla očima. Onda svi na drugu stranu, da vas malo pitam kuda je trebala duša...? Pičila drumom spoznaja, ono ti se mislilo da bez mozga nema nikuda. Da nema, ali bez duha nema ništa. Možeš biti različit, niko ti ne brani, tako i treba, dok se tijelo svakom – ne sa'rani. A kad se zagrne to teke nas u jamu, odozdo ništa neće vrisnuti, vaskrsne samo magla, a ona ti je očas posla prolazna. Samo se javi Mlađo - da ode, e tad ja cepam. Sad ću da vam se najebem mame seljoberske, i za njega. Misliš ako si natakeo opanke i namuzao mlijeka – to je zgoditak. Nisi ništa ni ti bolji, čekao si u sobi sa šoljom. Pregonio na traci crtaće. Znači, nije ih tada bilo takvih, istom se Mladen upoznao sa mnogima, pa shvatio kako je to glupost tupih. Od njih ti ne očekuj ništa za trista života. Ma od svakog možeš svega dobrog, samo da se zaljubi vječno. Poslije takvog nema odljubljivanja, voliš jednu dragu – do groba. E sad koja je, to ne mora niko znati – osim ona, i da tu neđ bude - šćććuko. A ni ona ne mora, neka osjeti u zoru dok lovci ubijaju džukele, kako joj mrsi kosu – negdje u autu, na zadnjem sjedištu. Uzdišu, kao da su im to – zadnji uzdisaji. Imaš ljubavi trista milijardi, rješenje je veoma dobar potez, prestan' bit' jogunca!

He, da, poslije toga Mladen više nije bio svoj, šmrkao je iz dana u dan, nije prestajao, non - stop se dizao, dizao, dizao, dizao, ali uspijevao nije zatrti bol, sve je pobijeno, nema više živog stvora – osim čovjeka. Odavde dalje ide roba sumnjivog porijekla, i da braćo i sestre, ona je žuta. Zato smo ovol'ko izvozali krivine, da se ne zna gdje smo bili, zamećemo trag.

Ova priča je ustvari ispovijest jednog mog brata, ovih je dana stigao iz komune. Imamo i brata Gregora, pa brata Željka, i tako da ne nabrajam, naročito koliko imamo – sestara. Puna bara žaba, on je iz susjedne Vrtače, odakle sam ja i moji. Svi su očekivali biće bis, pisac će pisati lijepo i sniježno, pa će svima biti toplo. Kad ono mećava oduva ljepotu, stigo Urke iz komune. Da, nemate pojma koliko mi je drago, još samo da nam Mlađo dođe, vratiće se i Radan, ali ovaj puta sa Mjeseca, donio zeca u šemširu, dao djeci da se igraju saa njime, ali da ga ne pojedu, znaš kakvu raketu dočero, život nikad ljepši, jesen žuto lišće raznosi po tastaturi, ja se pitam – ljubavi – gdje si? Da ne bude kako ne znamo patetike, za nauk unucima, koji deka tuče baku, odmah prijaviti na miliciju. To mu je ljubavi što je imao, da je se svoje držao, možda ni Htiler ne bi bio to što jeste. Šta očekujete od paščeta kog' šutate i ne date mu jesti, nego da te sutra ugrize, i to ravno za dupe, dupe, dupe, dupe... krute Baja i Tomo, pod šadorom zajedno. Tuku komenističke.

Sutra počinjemo, predložiću mu plan kako da nastupimo, on će odabrati scenu i likovne uratke. Mora to biti kulturica, priča je iz okolca nikla, znači, za sve seljake, računajući i mene, čim sam jeo svinje, bio sam sličaan Adolfu. Tako ćemo ja i Ure sprovesti priču Mlađinu – kroz heroin. Šta ako je brko bio - na pravoj strani???????????? A mi nismo...

Dovde vako, od sutra drugačije, priče iz ničeg prelaze u svašta, mašta više nije bitna, sve nam je san, sanjamo koliko god hoćemo, šta volimo to nam se priviđa. Vidim diva kako kolje svinju, samo to nije krme, nego čovjek. Voli nešto da ga pogura, dizao se Mlađo, dizao i dizao, samo nikako da se riješi boli. Uroš nije bio takav, on ti je potekao od porodice koja se jednom odseli iz susjednog sela od Vrtače, nisu ni Prokletije, nego Čečenijska. Tamo su bili napredniji kuruzi, kad je radiacija stigla iz Černobilske, šljive ko tikve, rakije nikad bolje. I Isus je bio prenagal, zar nije šutao dileraj iz crkve? Nikom ne smiješ ništa zamjeriti. Stari otac Petar, vozač kamiona. Kao što bi i Mlađo _ jedno takvo stvorenje, imam i ja sina, pa se učim od njih, kako da ga pošaljem u svijet – bez opijata. Ja sam evo ovisan o travi, jest da donosi sve dobro, ipak sam ovisnik. Bio sam i na alkoholu, na spiduri i koki, bobama, nisam nešto, otprilike stotinjak partija, ali nikad prećerano – što narkoman ima običaj reći. Vutrom sam se skinuo sa svega, upoznao pisanje preko druga, on je sada daleko u insotranstvu, puno ga ovom prilikom pozdravljam, ma jes malo mauna. Taksira u Čačku, da da, puno većem gradu od Teslića. Da mi je znat' 'oće li i u Dobuju ukin't' porodilište, razdvaja zadnji žicu od druge, gola mrakača. Da mi nije bilo njega u datom momentu, nikad prva pjesma ne bi nastala, šta mislite da jedno jutro – ne svane, kaže neko iz mase, jbt, pa Brkan je bio vege, veoma dobar element rasprave, da bi dalje mogao neko nešta reći Adolfu, mora se prvo očistiti od grijeha prema životinjama, poslije toga slijedi promaja, možda ga niste ni prije tol'ko godina – kontali, ili kolo vode drugi, željni slave, stideći se opanaka... Opušćano bolan raja, samo se uhodajte da ne budete jogunasti, i učite, učite, učite, svaki dan neka vam bude predavanje, nema škole i te baje, dovoljno je da volimo, ukinimo za nečim trčanje, pošalji mi dvije glavce kupusa autobusom, nema ga ko domaćeg. Ha, bilo ih je i prije takvih, samo sam na te priče zaboravio, trovao se mladež i u Jugeru – lošim heroinom. Od' ga mene otruj, mamice ti tvoje, ili da sam radije na njemu, nego na mesu... Čekajte, ko je sad lud, a ko normalan, ako sam ja, de me dođite i odvedite u ludaru, tamo me navucite na vaše bobulje, dvajes' četri marke mjesečno, dobar za ništa. Neka ova naša zajednička ostane na spomen svim stradalim psima Balkana, to ti je bilo doba nevremena, međutim Bog je svake godine, sve više i više ložio oganj. Da, on je taj koji upravlja i paklom. Sam ga sebi stvaraš od života, nije da onaj gore na nebesima ne postoji, nego drma iz tebe. Svaki čovječe. Tako i iz Šabana, jaran aaa.

Pobjegneš iz južne Vrtače, u neku zapadniju, ali da isto ima Karakondžin Panj, samo sređen, Tamo niko ne ubija cuke, imaju ih kao zaštitnike doma. Kerberu moj lijepi, zagrizi otrova, ja se moram nadati dobru, što se ne kaže da kerče neće piletine. Toliko sam pogan, da ni ne slutiš. Da, spreman sam bio otrovati psa. To ti je ona naša težačka, mora se dobro jesti, radi se težak pos'o. Tek vidiš kako je teško kad si na horsu, ja ne znam, pomoćiće mi neke stvari opisati, moj brat Urke, reće nam šta on misli, kako to boli kad roditelj vidi - da mu je klincu teško. Koliko bi mati brkina suze lila, isto kao i Isusova, svi su bili ubijeđeni, da su u pravu... Šta je dobio Isus što je nudio ljubav, nego smrt na najgori način, isto kao i Adolf? Razlika je u tome što se Hiki sam makeo, mi smo brata Hrista. I ko mi može potvrditi da su ovi podatci tačni, vidiš da se laže, na sav božiji glas...

Krista iz Markovića se kresnula sa Antom, sad da l' će biti Šokčića, ili Srpčića – više, to se nikad ne zna... Da, uvijek svi kod nas ratuju, jer je kobiva njima nas žao, nikako da sjaši kuRta, moj Gavrilo, da barem uzjaši Murta, pa ni gorem kraja. Kreće borba za boljitak svih, nije više bitno, što ću ja nadrljati. Popoloviću muke sa drugarima, biće nam svima lakše, ako se na nekim stazama udružimo, svi zajedno zasijemo baštu. Očekujem od ekipe - kad postanemo svi slavni, pravac selendra, idemo se igrati razlaza iz zatrovanih gradova. Pričati samo o cmakanju može svako, danas ti napiše knjigu nobelovac, za kiriju, eto na šta se svela ta nagrada. Nisam protiv nagrađivanja, isto nisam ni za, samo po zasluzi, ni po babu, ni po stričevima. Počinje ubrzo istina sa druge strane, kad si dan il' dva od uginuća. Ma to nije ništa strašno. Brašno je jedino, i ono žuto. Kakvi će biti kolačići, nego bez njega - danima sa prolivom. Nama su to tako predstavljali u školama, Jevrosima ubila Boga u Mladenu, on nije probao drogu, za sve sam se zezo, zato jeste neki njegov nasljednik, koji može biti i Urke, ali neće, on će biti sufler. Samo ne onaj iza zavjese, nego vidni. Tačnije – kolega u firmi, pomaže mi u sklapanju cijele – Vrtače. Drače se spremaju za đavolje kolje, nabijaće se svaki sam, to je na kraju ono što sve čeka. Dočeka svako raj, da ne možeš vjerovati. Aha, dočeka dočeka, samo je priča o raju daleka priča, mi smo tek na pragu prosvjetljenja. Valja onda takav kroz pakao do smrti. E to je tehnaža, od toga je sve krenulo. Uživao sam u zvucima, dok me noala boba. Pričam ti ja tako jednom sa milim boGom, veli on, ajd ti se mali prebaci na travu - ako hoćeš da ti nešto poslije saopštim. I tako ti ja to uradim, kad ono tamo – nirvana. Posija Mlađo i baštu sa ženom, rodila je utroba Zemlje, samo se još ne zna, koja je sa njime bila... To je najbitnije kod svakog trača, draž za dalje. Pozdrave šaljem zadnji put sa ovoga svijeta, od sutra je žuja maršuta. Bud' Sinana.

Pozdrav i za one koji me ne znaju, zovem se Uroš, otac mi Mitar nije Petar, davno otišao na rad u inogorstvo. Tu sam se ja i rodio, a i odrastao, stari jedno vrijeme radio na baušteli, sve je znao svojim rukama, nešto poput Momira, samo precizniji. Volio sam provod od kad znam za sebe. Malca sam upoznao u komuni, već sa stažom godina bio sam mu mentor, čekao je punoljetstvo pred vratima spasenja, ili gubilišta. Majka mu slagala u komšiluku - da ga vodi jedno vrijeme na Havaje. Otac – Mladenov sin. Otkud mu sin – nejamo pojma...? Vidiš kako ti je svijet mali, nikada nikom ne bi preporučio – ni probati. Znači, žuti – nikada. Nema razlike ni koksara, ona ti sprži mozak, al' zauvijek, trava može uvijek, dok sam bio na njoj nije me vukao hors. Pa sam počeo vikendima po koju pivu, trošio cigare, pušio od šestog razreda, i sve bi bilo dobro - da sam ostao na njima, nego malo po malo nozdrva se naduri nad liniju, sprovede novčanica u tijelo – blagostanje, šta će biti sa dušom kad droga popusti, nisam bio svjestan. He, heroin ti je nešto drugo, sasvim nešto drugo, nema hoću i neću, nego si njegov, on ti je i majka i otac, brat i sestra – cijeli život. Samo za njega postojiš, i više nisi ista osoba od prije, novi vojnik drugog svijeta. U njemu nema granice ni ograničenja, ljepotu sam sebi štimaš, pa kad pođu trnci sa nožnih prsta da se prostiru preko cijelog tijela – svršavam dva sata. Ljepota od seksa, nikom nisam blizu. Budim se – treba mi šut, samo da nestanem iz pakla.

Pa opet, ali to je poslije, idemo od početka...

Tata je još uvijek jaukao za cukama, iako već prebolio selo u kom je rođen, tamo je ipak započeo vikendicu, doveo više nje u bazen kišnicu, filtere ugradio - uvijek ima vode za kupanje. Napredovalo se, ali samo kroz tehnologiju, duhovno zaostaliji od pračovjeka. I dinosauri su bili suosjećajniji. Najgori od sve djece. Da, brKo je za neke poteze možda bio u pravu, ispostavilo se ti što njega srokaše, izgledaju strašnije, da ne pričam šta zla načiniše - na samom kraju drugog svjetskog rata – prema Nijemcima... U pravu si pišče, narod je dobar, politika je kara. Ma to ti je sve strahota droge, brLe se rokao horsom, ali to se u to vrijeme miksalo sa svačim, i takav kapacitet dobra slikara iz njega, pretočiš u napad, e sad ću vam se najebati nane. Da, i to je fašizam, mada ga krivim zbog toga što je isto razdvajanje radio preko pripadnosti narodima, svi smo do zadnjega bili takvi, ti se napirio grašine sa slaninom, pa bi sutra kad budeš vege, rokao po svakom ko to radi. Znači, lagano, učenije vam predajem. Ovo je sasvim nešto drugo, kad te pokupi odlaziš u svijet u kojem ne postoje granice, sve je onako kako mi naštimamo. Uživamo da ne uživamo, i to se odmah stvori, ne budeš jogunca tri mjeseca bez mesa, i eto ga prosvjetljenje, poslije što se tiče mene i Boga, slobodno koljite, jer više nećete moći, dolazi spasenje. Odatle dovde, tri miljarde godina – odajući za tom istom politikom, naročito balkanSkom, iz tog nekog momenta. Boje su druge, dimenzije ne predstavljaju zapreke, nego nivoe po kojima pičimo do drugog. Samo bi da uspijemo, moj stari isto, bio je tipa Mlađo. Kad je Mitar došao u inogorstvo, nije imao šta drugo, do sjesti za volan, građevina bješe slabije plaćena, i ja sam bio običan klinac, žudio jednog dana - da ko tajo sjedem za kormilo, nekad ću usput ispričati, kako su u meni roditelji – tu želju utušili. Šafjor. Majka mi se zove Jelena, ona isto sa krajeva odakle je Mladenova mama, ja sam ti se na heroin nateg'o, dobrom zaslugom alkoholu. Kad smo se ja i malac našli oči u oči, još je bio unutra, kud ništa ne zna, niti gdje je stigao, osamnaest, i možda tri dana. Četiri godine aktivno, vene – nema je da nije izbodena. Prodao od djede u Vrtači imanje za desetak grama, nikad nije otišao da ga upozna. Nije imao kada, a ni jezik od oca nije htio učiti, samo je po'vatao osnovno. Mlađo ga ionako ne bi razumio, sina od'ranio i vaspitao kako treba, dobi za unuka, narkomana. To ti je drugi tip osobe, i svaki je isti, ovisi samo na kojoj je droggggi. Zagovoravao sam da se na koks ne može navući, znam vrlo dobro da ga ti još uvijek potežeš, znači smanji, jer čim si svaki vikend na nečemu jačem od trave, imaš prednost u nalaženju vrata komune. I to nema u nju ako nisi zdrav, imaš sidu ili hepatitis, usput si se kresao se dečkima za dvije hiljadarke, rokalo te pet njih. Fu, sreća to nisam morao, snalazio sam se na drugi način za svoju potrošnju, onda sam prodavao, jedno vrijeme po kile heroina, koksa, pedeset tisuća u šteku, vuku se crte žutog, nikog ne zanima bijelo.

Drugar sa mnom, samo jednom smo bili dok smo unutra, sedam dana čisti, i on je danas u komuni. Kako će meni biti, tek sam izašao.? Nemam pojma. Uglavnom, ne gledam više svijet onako, kao kad sam ušao, sve ti to prebacivanje možeš postići travom, a i ne treba ti ništa, kad imaš opušćano dva boba godišnje, i tako dva puta za istu dvanestomjesečnicu. Nisu u njoj bili samo ovisnici o horsu, nego o svačemu. Sjećam se kad jedan lik izlazi, nakon dva sata zvoni telefon, kaže jednom od mentora - sa druge strane glas, znate li tog i tog, on je iz Rumunije? Znamo, šta je uradio, maloprije je izašao? Više neće ništa, ovjerio se. Da, bio sam običan klinac, obišao i Liku i Grbavu – vozeći se kroz mnoge Vrtače, i Karakondžine Panjeve. Sve ti je to – od zla oca, i od gore majke. Rokalo se meso, morao se roditi đavo, e sad kako je to, ne mora biti ovako kako je predstavljeno, možda je drugačije, uvijek postoje dvije strane medalje. Šta ako barem Hitler nije ništa lošiji - od ovih današnjih – što njega makeše?????? Mislim ja da to nema veze ko je – neko se mora pretvoriti u vraga, dok žderemo mesa. Sreća danas evo vidiš ne moraš, pa ti na primjer ga ne jedeš. Svijesti se možeš dozvati trijezan, za sve ono što bi volio doživjeti opijatom. Travu možeš kresati godinama, za sedam dana skinuti se. A i proizvodi pozitivniju energiju, da sam na njoj ostao, nikad ne bi takeo eroin. Njega dopelja alkohol i bijelo, i naravno - cijenjena država. Pogrešno protumačena spika, da, i ti si bio narkomančina. Čim si znao godišnje po par puta, pa tako onda po tri dana – izuvanje iz kože. Pojede se po stotinu eksera. E to je već početak kraja, ako tad ne staneš, vikneš idem nazad... Najebo si, stiže ti sve manje dobra, sve više pakla. Pa se jednog dana iskradaš iz stana, imaš trideset i neku, živiš sa roditeljima. Direkt niz oluk, tamo me na uglu čeka pajdo sa robom, živim za momenat kad ću da se zviznem. Samo ga probao, i to je to, znači – ni okušati. Pa opet uz oluk, pa u sobu, samo da sam njegov. Dok je stari vozio, snimao sam svaki pogled, onda kad sam i ja htio da postanem šofer, on se ne složi. Nije to posao za tebe... možda je bio u pravu, da sam se dočepao priče sa drogom u tom fahu, prodavao bi' širom svijeta. Kad trebaš doći do sledovanja, ne biraš način, kao što ti je metadon para za državu, prodaju legalno žuto, pakovano u tablete, vitamiskog naziva. Tačnije peru, samo sa jednog na drugi račun prebace. Ali da mi o tome ne zborimo, jer smo ovdje da prosvijetlimo mlade, zašto ne – nikad heroin i alkohol, ni koks, od godišnje jedne linije, dvije bobe za tehno, ništa više laznuti. Međutim, kad oprobaš heroin, možda završiš sa takvom pričom, oko sebe si sve uvalio u govna, nema kome nisi dužan, nadizao kredita u svakoj banci kojoj sam mogao, i koliko sam uspio na poštarsku platu. Znaš ti to pišče kako izgleda, i sam si bio narkomančina, samo nisi htio priznati, i ko zna da li bi išta napisao, da ti nije trave. Ne bi ti ja ovu priču ni pričao da ne znam šta hoćeš reći. Znači, heroin ni probati, osim ako baš nećeš da se na taj način ubiješ, ak' neko ima volju, ili ne može bolove izdržati, neka se obrati državi – po šaku metadona. Vidiš ti pišče da se ja i danas znojim kad ti o ovome pričam. Da, preporučio bi' travu _ da se oslobodi od skrivanja, i da država kontroliše bone. Ostalo na crno ko išta proizvede – ide u komunu na odvikavanje od para. Jer to ti je samo platežno sredstvo, zarađuješ gaaa dovoljno, radiš ono što voliš, stvar riješena.

Jbg Urke, ti nisi sreo na vrijeme Stoleta, on je mene vratio do trave. Odatle još ne mičem, a evo pa sam već poznat širom svijeta. Uradi društvo zbornik na dva jezika, jedan je Balkanski – drugi kako kažu svjetski – Jengleski. Nemam ništa protiv nikoga, zašto je na njih Hićo hitao... Možda je vidjeo da imate još u posjedima robove. Otkud ja sad da znam da nije ispričana priča pobjednika... Pomrli svjedoci. Ostalo možda zapisano partijskim i stranačkim novinarima. Demokratija ni do koljena. Komunizam obukao odore careva, šmrče sad i Pero _ pored mosta Pejina.

Za to je sve znala Mirzada, nosila Miloševa sina, rekla kako nije oplođena, nego joj Bog poslao u utrobu dijete. E tako, sad Mirzada sjedi i uživaj, nema više raspinjanja. Kad sam pao prvi put, osjetio sam se raspet, i to svojom rukom, doživjeo muke neviđene, jer od samog dodira prvog – više nisam mogao bez heroina. Izuzmite onih sedam dana, toliko smo ja i drugar izdržali, poslije smo opet rokali, po desetak grama koke, petaka boba, rikverc – žuto.

Znate li kakva tuga slijedi poslije? – ne znate. Zna vrli pisac, inače u svijetu poznat, neka kaže nervoze sa samo pet boba za noć, da ne pričam za koks, a da ne dodajem hors, on to sreća - nije probao. Iskusniji bio.

Zato će sa Urketom i Stole da mi pomogne. On nije nikad otišao dalje od trave, dva tri puta se napio, i to je to, a na drugu stranu Uroš, sin Mitrov i Jelenin, neću vam reći kako se preziva. Pa pišče, naša namjera je da objasnimo odakle djeca u heroinu, kažem vam na samom početku - jednom probao, nikad prestao do komune, samo na sedam dana, i to kad sam se sa roditeljima vraćao iz rodne grude njihove, već naručio nakon – pišljive granice. Svijet između sebe postavljao žice. Moj lijepi Bože, al' šta ćeš, to me još više privuklo zvuku žutog, tog tamo nema. A ovamo šargija asiluk, mažemo se ispod pazuha _ od krmeta slaninom. Malac se zvao Alberto, mislim i sad se zove, samo tak' kažem. Pričaćemo, jašta ćemo moj vrli pišče, piši da više niko u heroin ne darne. Znaš kako Urke, ja bi' volio probati pred samu smrt, ako se na primjer zna da ću umrijeti za dva dana, daj mi pet grama, da se bezgraničnog sa tijelom – nauživam. Šta ti misliš Stole za to? Pitaj i Jorgovanku.

Ja mislim da ni tada ga ne kušaj, i Jorga isto misli, sve što ti treba da doletiš do neba, to ti je dim dva gandže. Kud si navro za saznanjem kako je kad se umre, polako, za to ćeš imati priliku, de uživaj malo u ovozeMaljskom životu. Opusti se bez brige, duneš duneš i duneš, odeš na tren v nebeske pašnjake, možda i pjesmu napišeš.

Mislim, ja se ne bi zvao Uroš - da ne znam lagati. Da, bio sam drugi čovjek, on ti je u svakom narkomanu isti, i takav na kraju postaneš, samo bi da si drogiran. Takav si i kad pušiš travu, jeste da, ali kad ista dosadi, za par dana se skineš, odeš da živiš opušteno. Dok sa malim nije tako, njega kad obuzme kriza. Dolazi doza, a joj, nema koga ne bi sjebao, pa i rođenu majku. Da, krao sam joj pare, zlato, samo da sam unutra. Ne vidi se izlaz nigdje, ko da svijet nikad nije ni trebao biti trijezan. Padao sam dan za danom, nisam ni osjetio, još kad sam počeo raditi sa robom, nisam oskudijevao, ali ni uuuu čemu. Imalo se od bijelog do žutog, boba šakama, zaljevaj pivom. Poslije samo vikendom - tako pola godine – spreman si odavno za komune, samo to ne znaš, a nema ti u datom momentu ko to reći.

Sjedi i razmisli, to ti je uvijek Stojan govorio, dobro, pa si ga poslušao, iako se ne znamo, a sudjelujemo u romanu, čak se možda nikad nećemo sresti. Svijet se sveo sav, na jednu aber kutiju, za auto ima Teslu, nema više ostalih marki. Svako ima istu platu, radi ono što voli. Prema takvim dimenzijama možemo bez heroina i kokaina, dovoljna je trava, ništa alkohola, može dvije bobe godišnje. Prestanemo jesti meso, eto ga svetac. Masovna proizvodnja anđeLa. I to ima veze sa fašizmom, da ne spominjem gora ljudska nedjela, na stranu Hitler, narašće mu krila gavrana. De da vidim ostale kakvi su, koliko su za života pojeli leševa... Samo se krijemo iza maski, u stvari smo sasvim drugi. Njoj si vjerniji, droga voli nekom drugom niti, sve nastranu – alkohol i heroin – ne razdvajam. Kokain i ima prostora da prođe kod dobro svjesne osobe, tačnije – dojebane, ostalo samo gandžijaj. Ne gasi dvije godine, ima da te vidimo u drugom ruhu ljudinice, od ovog gore ne možeš. I danas dani truješ i ubijaš iz puške - pse. I to one miroljubive, male štence bacaš u rijeku, iako je ko zna koliko milijardi od Jesenjina. Sina Božjeg su tako raspinjali i raspinjali, dok se ne dočepa čovječanstvo – vegetarijanstva. Lov, luk i strijela, pa ko stigne jelena na samrti, neka mu prekrati muke, ako je kakva bolest. Ništa jesti, zakopati. I to, ako je do zora došlo, ostalo – na izmirenje, drugi pult sa lijeve strane, skalpel. To mi je baš baš kad zakrizi. Nikad ne ostajem bez njega, već je dva mjeseca. Isto kao ti sad pišče bez trave, ne viđam te kad šoraš neki roman, a da nisi napušen, iskoristi te Bog na vrlo lukav način, sreća pa si naletio na Stoleta. Kakav bolan nož, prešo sam te boLe, volim sadeee žene. Samo ti duni.

Ne razumijem šta će vam šta više, opustite se za par dimova, i u nove radne pobjede. Nema predaje, idemo ukorak sa sudbinom, sjetite se, robovi smo, čim ti je dobro, opali se bičeeeem. Urošu je droga pomjerila i tu granicu, razumijem, uživancija je to, no šta onda kad ti takav način života dosadi, da ništa drugo, a ti ne možeš bez njega, nikako? Sa travom to učiniš za par dana.

Za malca ti treba deset godina, za mene sigurno još tri. Četiri znači ni u kom slučaju nisu dovoljne. Izašao sam iz komune ima dva mjeseca. I tri dana, dva sata, četerest pet minuta...

Čovjek obično nije onaj za kog se predstavlja, daćemo malo predaha momcima, pa nastavljamo, do tada _ reklame. Pileća pašteta, crijeva su u njoj, ne brinite, samljevena mu je i guzica, ništa se nije bacilo. Inače je isto uhranjeno ureom. To ti je umjetno gnjojjjjivo, ima i ono što se zove 3 puta 15. Ako se vratite na sami start proizvodnje kokaina, vidjećete kakvu i čiju muku šmrčete. Niste dorasli da smijete reći, jesmo - živi smo, već unutra. Hors klinca vodi od 14 godina. Da, dopao je Urošu, morao je da stražari kraj njega 24 sata, nije ga smio ispustiti iz vida. Dok je malca prizivao - i sam je sebe vraćao na stazu spasa. Ne pušta lako, godina bi prošla, tek je Urke bio svjestan šta se desilo. Onda su počele da stižu kletve, tačnije savjest – nema kome nije šta ružno načinio. Krao od staraca, prodavao šta je stigao, pa da ne da guzice, otisnu se u dilanje. I tako je radio, cijela njiva inogorstva bi sa njim zadovoljna, došao do soma somova, imalo se za gudru koliko ti duša želi, gotovo je bilo sa kočnicom, para ti je prokleta stvarka, još ako se uz ljubljenu preferira bijelo i alkohol, sto posto si za 6 mjeseci zglajzao, tad je već trebalo da staneš, inače ako se to odvuče na godinu il' dvije – komuna nikom ne gine. I tako ti je naš Ure se spremao za prvo odvikavanje, ali tad je bilo za sve kasno zaista, skinuo se, ali kao da i nije, samo se vratio nakon mučnih sedam dana, ovoga puta se ubo, i tako jedno pet šest puta, više nije, od nožnih prsta trnci sve do vrha glave, ko da svršavaš, i tako dva sata. Ispred ravnina, nema nigdje međe, niti carine jebene, naročito vojske. Sve se sjedinilo, i postalo jednako, level ljepote štimamo mislima, a njih ne posjedujemo, nego iznajmimo. Plaćamo litar viskija, pet puta većim cehom od nečije plate, još ako imaš iza sebe djecu, jadna li im je majka. Ti si ih pišče imao, a znaš kroz kakvu si narkomančinu prošao.

Da li si spreman objasniti nejači, kako dalje bez kokaina i spida? Ja za heroin jesam, Stole brani odstupnicu od svega, osim od trave, crkva i džamija ostaju pri svome – razapni onog ko se drogira, il' ga zvekni lopatom u glavu. Niko ne spominje da si bolestan. Samo ga jednom probao. Jesam li ja mogao protiv nekih stvari? Ne Uroše, nisi. Dobro sam naletio na tebe, i ti na mene, a dobro je i da je tu Stole. Njega viđam pod jabukom, priča mi o svojim izumima. Izumio je brisač za prozore, nešto ko što imaju auta, u kamionu toplota između oca i sina, napolju rominja kiša. Lokalna prodavačica nevjerovatnih snova kuca na prozor, Mitre Mitre, stari ne može da je odbije, samo je marška. Onda sam ja postao malo veća kita od malog Uroša, skontao sam kako na brzinu uzeti lovu. Međutim, nisam kontao - da svaka sljedeća upotreba koksa i žutog - utiče na moj zdrav razum. Ko zna šta sam radio, kažu da su me srećali, nisam poznavao najbliže drugare. Oči mutne kao rijeka kad ponese pijesak, i to nizvodno, mrzim ovaj svijet, i sve njegovo, hoću da sam žut, pustite me. E tad treba pomoć prijatelja, ko je nema, rokne se. Ode Bogu na ispovijest, drogiran. I to dozom koja je veća od mjere što mu može tijelo podnijeti. Izore orač njivu, ali volovima. Znači, pusti to – jest vrijedna ljudina. Mani se iskorištavanja drugoga, ima za to traktor. Ali je on na naftu, eto ti opet sranja. Zagadili bili planetu Zemlju do tih granica, nije se moglo disati serbez. Meni je to izgledalo sve tako surovo i sumorno dok nisam stigao do Alberta. Malena lika, pojela ga i iznutra i okolo – dama u žutom. Ima kaput, ispod bijeli podšiv, paketi naredani, na meni je šest kila. Uzimam čistih pedeset somova. E onda se rokalo, iznajmili smo kod druga pojačalo i dj a, vukla cijela – moja Vrtača, iako sam ja susjedno selo, od tvojih staraca, uvaženo piskaralo. Kriješ se iza Mladena, ko da mi ne znamo, da si od početka, ti tvorac svega, zbog toga se i ja – navuko...

Ne, meni nije bilo izlaza, sve sam dublje tonuo, samo to tada nisam znao, čak sam i sam zagovarao, da od koksa ne možeš postati ovisan, opet ponavljam. To što se izrokam vikendom, nije to ništa, može se. Međutim, to teke mozga se prži, dušu ne spominjem, ona se sprema za ovisnost, patiće bez svega, samo da se uradi, i da je unutra. Jednom probaš za rođendan hors, nikad više do komune ne prestaneš, preko sedam dana. Ode u nepovrat. Mlađo je bio tek začetak svega, bojao se i bojao, odgojio sina u tom strahu – nemoj se drogirati, i on tako ode trbuhom za kruhom, taman u inogoru, gdje življeše majka od Alberta. Zvala se Jani, upoznao sam ih neki dan sve. Plakali smo kao mala djeca, prošao je pored svih, i zagrlio me. Istina, da mi nije bilo njega, ne bi izdržao. Međutim, ja nisam znao da je to taktika starijih mentora, samo sam stao na startnu crtu. Moram drugima pomagati da se skinu sa svega, osim sa trave. Nju dopuštam kol'ko 'oćete, kad kome dosadi – neka ne sili, nego istu nek samo baci, ja jb ga sjeb'o, ne smijem ni nju. Ugasi ćik, ode za nečijom guzom. Da, žene su baš ženstvene. Nisam imao seksualni odnos – otkako sam se baš baš ubacio u drugi svijet, bio sam unutra, nisam uopšte za vani. Novac je otišao nekontrolisano, dizao sam kredit za kreditom, onda kad ima 20 grama sigurnih, e to je tek pravo. Danas digao dvajest iljadarki, vratio za tri dana, i ostalo meni toliko, legla roba, legla naplata, sad ćemo da se drogiramo. Dok to ne stučemo, nema ići nikuda, oko nas je brdo žena, ne zna se koja je ljepša, svi vuku na naš račun, što bijelo – što žuto. I ne znam koliko ih je prvi put poteglo – bilo koje. Samo čuješ poslije – ovjerio se. Mada su se ovjeravali i koji se nisu drogirali, nema tu pravila, osim da nemaš sigurno druga – u datom trenutku.

...uTrku sam vodio, tako sam barem mislio, najbolje sam vidjeo kroz naše prijateljstvo, njega dozivao u komunu, sebe držao čistog. I tako je to trajalo, kad sam nadošao na to kako vadim cijelu platu mami Jeleni, iz torbe, bilo me sramota. Nije to ona obična, godina bez horsa, dolazi savjest sa računima. On za to i ne zna, počeo se drogirati sa 14, tako pune četiri godine, sve heroinom, dopuna alkohol i kokain. Spržen i mozak, i ostatak tijela, jedva je hodao kad su ga majka i otac doveli. Bi to Mlađin sin, samo takva ljudina, vozao kamion, ko i moj stari, nisu nas imali kada – nadgledati. Niti da nam ko kaže, jednom ćeš probati, nećeš moći prestati. Stani prije na loptu, nego kad dočekaš ubijen svaki vikend. Deset petn'est piva, dva tri grama bijelog, produva se čisto, da se poslije zaspi. Nema sile da ne osteneš trajno oštećen za moždane vijuge, niko ti ih više ne nadoknadi. Znači, samo trava, i dve bobe godišnje. Ostalo ukidaj, ukinuće nas sve dobra roba. Naletimo na čistaka, pa kad se odgulimo – srce kvrc. Ne kuca više. Stani zemljače mnogo prije, heroin ne probaj nikad. Ništa ti on neće donijeti što u budućnosti nećeš doživjeti, još te i laže, uzima ti zdravlje. E da je Bože nama svima po dim trave. Da, Stole je ostao samo na njoj, nikad drugo ništa nije probao. A svem' se čini da lagi.

Znam, i ja sumnjam da guta još nekaj, zato i jes saradnik broj dva – zajedno sa bratom Urketom – na ovom romanu. Sad će svi postati slavni – i neće biti niko manje bitan. Od danas se volimo, poštujemo, na to se zaklinjemo sve do groba. Ko bi sve to vidio da ne bi i tebe Stojane, a i tebe Uroše? Uglavnom, po svijesti ne vidim razlike, samo što Stojana možeš pržiti, vrelog ulja se ne boji, kaže može i na roštilj, otac mu pije alkohol, isto kao i moj što je. I tako je to bilo unazad koje koljeno, odjednom se pojavio hors, ipak se mora priznati, sa oslaskom Tile. Vrtači stizalo veče jesenje, kad sam ga prvi put probao, otišao sam da berem ruže, sam bez igdje ikog, kad uberem čeka me draga, ona nije naga, jer me ne pali tako, vodimo ljubav iako ona ne postoji, niti ne daj Bože da mi je – ljubav zabranjena. Nisam ja imao tih problema, a ni novčanih. Barem sam tako mislio, dok se nisam suočio sa cifrom svoga duga ostalog poslije mog nestanka u komunu. Prvu godinu nisam mogao vidjeti ni roditelje.

He, tako to krene moj pišče, misliš nećeš se navući na koks, kad ono ti na heroinu, imao si sreću što si sreo Stojana na vrijeme, pa ti on rekao za travu, ja sam eto htio, samo da probam kako je, čim jesam, znao sam da mi nema nazad, i on ti je drugar do jaja. Kad se izgubi osjećaj za prostor i vrijeme, a sve inače teče oko tebe – neprocjenjivo svakom narkomanu.

Fu, jebm li je i travu, znaš da skonta saa vama, kako sam i ja još uvijek narkomančina, ili nisam, sad sam isti Urke kao i ti, samo pušim travu kao Stole,, jesam se drogirao kako stoka, sreća ne imado prilike da se požutim. Da, to je samo bila igra sreće. Jer da bi negdje, a ja na dvajest boba i pet gram bijelog, vjerovatno se više ne bi skinuo do komune, kao i ti. Samo eto imado nafake, naleti na Stojana, on samo kaže – trava. Nije mi komuna padala na pamet, treba reći ženi i djeci. He, davno smo se razveli, i to kad sam ja derao koks svaki vikend, pa po pet partija godišnje, mislio sam nije to ništa, dok ne stiže jednom – pet dana bez prestanka, više se ne zna koliko je kokaina u meni, bobe sam brojao do pedeset. Jedem ih ko pez, samo da se svijest za tancanje probudi. Igraš od miline, iako u nogama nema više ničega osim droge, da ih pokreće. E kad se sa toga trebaš spustiti, onda je golem problem. Mnogi posegnu za heroinom i iz tog razloga. On ih razloži za sna. Sreća ja i tu travu natrefi. Moj Uroše, nije zato što sam poznat, nego stvarno ti se divim, ja da sam bio na tvojim žilama, ko zna da li bi izdrž'o. Ono kad se nacrta prva crta, ne može se mjeriti ni sa master cardom. Da, dolazi Radan, ovaj puta pun ko brod, neće taj više odavde, i jebe mu se za raketom. Ministre potpiši.

Sve je krenulo ne tako davno, rodio sam se kao jedino dijete – Mitrovo i Jelenino. Bolnica bješe u inogorstvu, imade porodilište i Vrtača, u koju su se smjestili bjegstvom sjjuga. Bila je nekad na Balkanu Juga, sreća pa se raspala, jer da je onako ostala još pedeset godina, tek bi sranje bilo, iako nije ko fol bilo heroina. I da, nije fino što to narod tih godina uradi ratom. Otpor je bio između Jugoslovena, i onih koji to više nisu htjeli biti. Međutim, oni su ti krivci što opali puška - ko te pitao hoćeš li je uzeti u ruke, nego moraš, braniš folom otadžbinu, raspada ti se deset puta povoljnija za dalje, nego ona što te čeka pucanjem – jebena sudbina, aman što se kaže kaže. Sranje je zahvatilo i moje predjele, dok sam bio baš mali Urke, mnogo sam provodio vremena kod babe. A tamo ti žive Muslimani Srbi i Hrvati– opuštano. Da se njih pitalo, ne bi se zaratilo, nego nahuška braću, jedne na druge, neka tamo fukara sa strane. I tako sam se ja osjećao da sam odozdora, nisam odavle iz inogorstva. Rodio se kao Slovenac, osjećao da me nešto veže sa tom nemirnom Bosnom. Balkan je uvijek bure baruta, moš ga kresnuti kad ti se sjeti. Jeste da, samo umjerena klima nacionalističkih boja može srušiti svijet. Da da, i to je Hitler tvrdio, da smo mi Srbi najveća govna. Rođen kao Pravoslavac, ali ja tada ni to ne znado šta je. Krstili me mati i tajo, meni što se tiče vjere il nevjere – bješe svejedno. Malo drugačiji je, kaže mi jednom Alberto, bio njegovog tate djed. Momir se zvao. Umjesto ikone, držao na zidu fotku – Adolfa. Krsna slava, pa zakolji svinju, znam ja o čemu ti piše slavni hoćeš, ali ne smiješ naglo, niko nikoga ne konta, nije se igrati ćiribu ćiriba. Teško je odjednom preklopiti, mada to tako svejedno i bude. Poželi dobro, imaćeš ga za sekundu, Bog je konektovan non - stop uz nas, samo mu se obratite. Htio si da pišeš, danas ne znaš kud' ćeš sa tolikim slovima. Da li vjerujem u njega? Ne, ja to pokazujem da znam – dan za danom. Imaš osjećaj da se rađaš svaki probuđeni, izađeš ispod deke k'o iz majčine utrobe, odmah se uvatiš pjesme. Poezija je ono što se traži od nas. Gas, upod. Sanjao sam dok smo selili neke Makedonce do njihovog Skoplja. Napuštaju zapad, kažu spas je na istoku i jugu. Tugu ni tad niko nije mogao kako treba opisati. Tačnije, nije ni smio, jer bi završio na golom otoku, tamo te pošalju titolovci, dok glavni kapo propasti zatucanog boljševizma oda po lovu. Ubija srne. Ista priča ko i žuti, samo se navuc. Moj se Mitar nikad nije slagao sa tim da je Broz manji zločinac od Hiće. Tačnije, svi smo, pa i koji smo samo jeli meso. Od toga nam je glavni prebačaj, znam piše šta hoćeš reći, samo opleti po toj aber kutiji, malo širih razmjera viđenja stvari. Da, svi smo tada u to vrijeme stradanja – zaslužili svjetski rat. Da nismo ne bi ga ni bilo, Bog sa tim nema ništa. Kad budemo htjeli dobro, imaćemo ga. Do kraja osnovne je kod mene bila samo trava, i da, nikad se bolje nisam u životu osjećao. Da sam ostao na njoj samo, bio bi do danas – rahat nirvana. Ovako sam prošao kroz pakao, manje više od heroina, koliko zbog neshvatanja sredine – šta se dešava. Isto kao da niko nema dijete, sad ćete da vidite šta je žuki žule, proliv treći dan u stanici milicije, ne odajem ljude sa kojim sam radio. Nije da sam hrabar, nego ne smijem, ako zucnem, nema mi vrćanja u Vrtaču. Pa čak ni u Karakondžin Panj.

Bježati nekuda, kao neko ko je unutra – bolje se odmah ubiti. Tako sam i razmišljao, ako me iscijede, poslije toga slijedi završetak, zauvijek u koži Urketa. Kad si i dovde dogurao Uroše, neka ti je. Nisam ti ja tako prije par godina od toga, klinja duva i uživa sa drugarima, ni sanjao da ću se dočepati vraga. Da, baš sam se ga naivno dočepao. Mada se to tako ne može u nulu reći. Glavni i vodeći do njega je alkohol. On ti je taj koji dovodi stanje i tijela i duha u govna. Pa se počne bježati od stvarnosti. Trava to ne radi – nego prosvjetljava. E sad ćete vidjeti kroz ova moja pričanja kako sam ja izvukao najbolje što se moglo izvući sa žutog. Tačnije, naivni na njemu i završe. Misle evo ga savršenstvo, ni ne slute da je to samo nekih par mjeseci, i tooo, privida. Ostalo je samo popravljanje. To isto nema u trave, kod nje možeš uvijek uživati. Ono kad drugi dan bez doze počneš litati, ne mjeri se sa nikakvim zahtjevom. Samo reci šta da činim, da ovoliko ne serem. Izaće iz mene sve, ostati samo koža. Ništa više nije ni bilo. Zatvorska ćelija i ja, uhapsili me tog dana, dok mama i tata biše u domovini, već se ona ocijepila od moje, sad već i njihove, ostavio sam ključ ispod otirača, jedva sam to uspio _ namoliti čiku u plavoj odori. Smijao mi se u facu, svaku stepenicu do parkinga ispred obilježio sa – narkomančino. Vozili smo se iz Vrtače do Karakondžina Panja, mene je već hvatala kriza, bio je u pravu, stroga ološ, taman sam se mislio popraviti, kad uletiše. Nisu ni zvonili, ja prije toga otključao poštaru. Donio presude suda, dužan sam banci pedeset hiljadarki, ne znaju mi starci da sam na poslu dobio otkaz. Potrošio penzionerima iz kvarta do našeg, primanja - za taj mjesec. Uložio dio u robu za preprodati, dio sebi kupio dnevne dopinge, isto ti je tako bio i Hićo, dokazi postoje šta je uzimao, na žutilu ti baš ošale, nemaš pojma. Lijepo jeste, ali uvrh glave – šest mjesci, iako je jako džaba, i za njega moraš imat' kintu, još ponekad – nekaj proždrt, ostalo si ovisan, slobodno ti pišče njega pripali, meni ne smeta. Znači na to moje stanje, još se ulije mišomora. Od toga su postupci ss divizije. Niko o tome ne priča. Mada ti se brKo borio baš protiv ovih svih što danas svijetu gaće kroje. Nikad nije bilo gore, ko da je stao opet neki što se proširio – širom planete. Da, u pravu si, neka se zaori pjesma, fašizam ne živi samo u nacionalnim bojama, bilo ga je i u komunizmu. Nego, jedni od drugih nisu ništa bili bolji, samo smo se podijelili na pobjednike i gubitnike. Pa ko je jači, taj povijest piše, da smo kod tate dole u njegovoj Vrtači, Prokletiji, Čečenskoj i ČeRnobilskoj, bilo bi istorija, pa se jedno vrijeme nekom naduvala kita, dodao ispred H, kao Adolf, bješe i historija. Smijati se možeš na Balkanu u to vrijeme koliko hoćeš, na raznorazne jezike, ništa nije bilo ni u svijetu bolje, svi su se ljubili, meni je i tako fuj.

Pomislio sam treći dan ne silazeći sa vc šolje, to je to, de samo da završim sa nastupom. Prva pertla, objesiću se. I tako je to teke što je ostalo govneta u meni, niz keramiku teklo, odlazilo u rijeku – ribama. Došao do toga - da se sam sebi gadim. Ne vidim korak dalje. Zašto bi ustajao, da, sad bi se stvarno ubio, samo nemam čim'... Pod hitno ti treba pomoć prijatelja. Ni ne slutiš da ga samo trebaš poželiti. Razmišljam onako, sve bi sad Bože učinio, samo da se vratim u vrijeme kad maksimalno izduvam džoint dnevno, to ti je tako lijepo, da samo o tome čovjek može sanjati. Kud ti ona svakog prirodi vrati, ne zove se džaba trava. Niti te od nje boli glava, niti ti se ne spava. Tek ću da upoznam šta to znači – ne sklopiti oka mjesecima. Kad na vrata ćelije, pajdo iz osnovne. Sjede sa pogledom tužnim, kaže da će da me drže bez metadona, sve dok ne propjevam. Pogledao sam ga još tužnije, ako odam brate dileraj, ne smijem se vratiti u Vrtaču, pregaziće me noć, to onda bolje neka odmah poprijeko crknem, ne daj Bože samo da poludim. Toliko se njemu molim, tebi više nemam šta reći - drugar stari, nego da te i dalje onako volim. Bili smo zaista dobri - dok se on nije odselio u metropolu od Karakondžina Panja, nema koja ustanova više i u njemu ne postoji. Tako da su to već bili inspektori što me rešetaše, nisu obični žandari. Na kraju su poslušali druga, pustili me vanka, ali predali papire javnom tužiocu. Slijedile su me goleme nedoumice hoće li mi mama i tata dati jesti, jer sad više nemam nikog, kud su mi oduzeli svu robu. Djeda mi je uvijek govorio, zaroži sine Uroše džepove, od tog trena sam se osjećao kao da pripadam dole, iako dole nisam rođen, nego gore – nemaš pojma da su sve Vrtače, otprilike iste. Još ako se dočepaš horsa, onda si isti kao i takav Japanac, Kinez, Amerikanac, Švabo. Pa kad se brko navukao na svašta, to nam je ujedno bila kazna što smo mnogo klali i ubijali životinje. Dok to ne stane, nema prekida ratnih sukoba. Naročito dok se diči selo i grad – lovačkim udruženjima. Pa ti oni onda izađu sa puškama, pobiju napuštene cuke. To se mome tati zgadilo gledati dole, pa se preselio sa Jelenom, gore. I tako sam se ja rodio u ovoj Vrtači, oni u onoj. Ja više volio njihovu, oni više moju. Ništa ti tu nije jasno, ali se i ne trudiš da saznaš. Sve je počelo na rođendanu druga, samo ću povući jednu horsa, i nikad više neću. He, desilo se to da nisam bio vani - više od sedam dana – punih deset godina. U početku sam to dobro krio, dvije godine nije znao niko, osim dilera od kojih zbavljam robu. Pa sam ti i ja postao jedan od njih, odjednom se pojavio višak para, dukata kol'ko ti duša želi, džaba sve, prošla ljepota, samo se popravljam... stari Mitar mi poslije pričao kako sam jedno jutro za doručkom zasp'o – negdje taman da kašika u usta uleti. Spomenik Urketa – mrtva priroda, duša otišla tamo gdje dospiju mrtvi. Što bi to radio dok imaš priliku živjeti? He, to heroin ne dozvoljava da ikoga pitate. Sad ste vi sa druge strane, drugima nudite svoje zlo. Još najbolje kad postanu ovisni do te mjere - da dolaze po dozu sa djecom u naručju. Jednoj sam mušteriji rekao, da s' klincom više ne primiče. Neka ga ostavi u autu sa nekim, inače od mene više neće kupiti ni cigare. Samo su tada bitne pare za dvadesetak grama, to ti je rezerva kakve malo koji narkoman ima. Ja sam eto tako dolazio do platežnog sredstva, sreća nisam dao dupeta nikom, inače zaista poznam drugara koji su to uradili za dvjesta iljadarki, iliti tisuća - sa petoricom odjednom. De ti Bajaga, ipak baladu.

He, Bog, on sa tim nema ništa, to je sve do nas. U igri je ubrzo šira svijest o svemu. Krenu nizbrdo dvokolica bez zaprege, odavno su sve životinje slobodne. Nema više robovanja nikome, osim ljudima Bogu. On ti je tu odmah do ramena, samo se ti sjeti dobroga, eto poezije. Ostalo je život, težak i mukotrpan, urađen sam bio po cijele dane, vikendom zakupimo vilu na Jadranu, samo ja i drug, i deset ljepotica, niko se ne pipa tijelom, samo mislima, vuku svi na naš račun – besplatno, bol jača od jevroSimine batine. Meni je poslije hapšenja stigao novi anđeO, prethodni crk'o na pilani - zalažući dasku za desetak leura. Ne možeš sebi kupiti ni opanke, nema se odakle. Postale cijevi duže u dušmana, šta ćemo raja onda kad zlo okine? Ajd ti u to vrijeme znaj šta svijet pokreće. Ljubavi, niakve bona sreće, od iste stigne samo nesreća, od slobode nema veće. Niko tada ne bi bio nesrećan, svi do kraja života bili sretni. Eto rješenja zagonetke, bješe kasno. Ni ogledao više nisam koksa, to mi je bilo mnogo bezveze, trošiti pare na treniranje psihe. Sve to možeš sa travom, a i bez ičega, pa ko kako voli od tog dvoga – neka izvoli. Ostali opijati, sa njima lovačke puške, mesarski i kuhinjski noževi, više se ne nabada na viljušku pečenje. Sexamo ubijeno voće i povrće. Sa njima već odavno šopamo skakavce, donosimo drekavce u džepovima djeci, ma ta se više ničega ne boje. Jer je odavno već stigla i do zadnje Vrtače – istina. Da, nisam bio osim prodavanja droge u drugim stvarima takav. Trudio sam se da ne jedem meso, ali pišče nikako ne uspjedo' - da izađem iz te priče, samo sam bio ubjeđeniji, doće odnekuda spas, već kad su me držali treći dan bez metadona u istražnom Karakondžina Panja, htio sam da sebi _ oduzmem dah. Da, znao sam kako to mogu, ako me primoraju da ocinkam ostale. Nisam bio pička ni po cijenu skidanja. To mi je tada palo na pamet, ha, sad bi da se izbavim iz sranja, neću više da budem ovisan o heroinu i kokainu. Krenuo sam odmah poslije puštanja na metadonsku terapiju, doktori trljaše ruke. Jednog lijepog dana sjedio sam u bašti kafanice u kojoj sam krio drogu dok sam dilao, kad Miladin iz naselja, i on je sa strane mojih roditelja, njega donijeli ko klinca u inogorstvo, isto heroin, bio je čist već deset ljeta. Šta je Urke? Sjebo si se, nisi znao jeldeee šta je hors, pa te evo pred ćuzom, ili komuna, ili tvorza... Hoćeš li da izađeš vani? Ko da me ogrijalo Sunce, nama sam rekao da hoću. Slušaj me mali, jesi li za da izađeš iz tog pakla? Jesam, više me ne pitaj, nego me vodi do spasa, ili do krampa, sam ću sebe zakopati živa. Ne mogu više ovako, sve sam sjebao, protjerao 'pare od dilaeraja, spizdio tri kredita. Ostala Mitru penzija za volanom. Ko mu je kriv kad me nije pustio da kurlijam, ja se u to vrijeme nisam vidio ni u čemu drugom. Eto kako to bude, možda serem, pa bi isto bilo, možda i gore. Kako god da je, sad je ispaštati. Vidim da nemam dalje nikuda, osim u grob, ili izaći van iz začaranog kruga popravljanja, samo me poslije dernulo pet puta kako valja, kad sam se šibnuo u venu. Pa je bilo svršavanja bez ikakvog kontakta. Sami ste sa sobom, seksate se bez pomicanja. E da, poslije tih par puta u krvnu žilu, samo me okrenuo prvi metadon. E to ti je tek perana. Čisto da ti ništa ne ostane od mozga. Možeš kako hoćeš, ali protiv Boga ne možeš, onako ti je kako se moliš svome pokraj ramena. Ako mislite drugima dobro, vama se dogodi zajedno sa njima. Vadi me Mićko vani, ako Boga znaš. Uzimaj dokumente, pa da pođemo, doćemo do prve stepenice za naprijed. Vozili smo se, dok sam još bio friško na metadonu, dole već kad smo stigli bješe more, mnogo toplije, znojio sam se hladnim znojem. Vrijeme da se krene po sljedeću dozu. Bilježila je cura od nekih dvadeset i kusur podatke, sve unijela u kompijuuuter, jedva sam je vidio od znoja. Da ljudi znaju kako im je sve kako drugi misli, tek bi se sjebali. Pitala me samo kratko – jesi li za da ideš vanka? Rekao sam _ da. E može, dolaziš na red za mjesec, do tada čistak, nema ući u komunu kao narkoman, prije nego što zakoračiš naprijed moraš se očistiti mjesec bez ičega. Kad sam se vratio do svog doktora, reče – ma gdje ćeš sad sa metadona, da li si normalan, ostajem bez mušterije... Samo što tako nije izrek'o, nego na drugi način. Rekoooo, idem pokušati, pa ako i to ne uspije – ovjeravam se prve prilike, kad se dočepam čiste robe. Plenuću se zadnji puta, jer se ovo više ne može gledati očima. Ok, kako ću dokazati to?. Svaki drug dan na kliniku tu i tu, po uzorak svega potrebnog, da vidimo da li ste kojim slučajem dunuli dim trave. Znači, kad si nesibetan, sad više nećeš smjeti ni duvati. Moćeš samo kad ti je rođendan, i to za dvajes' godina. Na kasete više – ne dere ni Persa.

Ok, pristajem, vozio nas je Miladin nazad, sa mnom na zadnjoj klupi gazdarica lokala u kojem sam krio po tri kile heroina, kokaina sam uvijek imao petaka. Sve sam ja to izdrogirao. Isto ko i ti pišče što si djecu zapostavljao, nisi ih viđao danima, samo da se izrokaš na nekoj partiji, slažeš da si na službenom putu. Jesi, ali sa nekom djevojkom, ne poznaš je uopšte, samo je – seee _ odnekuda sjećaš. Obuzme te nekakva milina, kao Mlađu za Viljjjom. Blizina muška i ženska, kad je vrijeme parenja stiglo, nikako nije dobro za srce, ali šta ćeš, moje bješe široko kao Rusija, nikada ne bi' odbio neku Amerikanku. Vidiš ti na kom sam ja stepenu razvoja. Boli me briga koje je nacije, ako je u pitanju neka žena. To ti je seljakluk muškaraca, manje gospoja. Mada ja i te volim, još se više otimaju. Neće odgovore na viber po mjesec, tvrde pazar. Ko ja sada sa tobom što pričam o onome što je mene spopalo. Tačnije, svi smo mi na nečemu, samo što ih ima i na biberu. Ako bi' morao na njemu, onda radije na heroinu. Isto govorim za rat, isto za mržnju. Znači ako moram u to, opet ću na hors. Odjednom ti pišče sa sinom na stadionu, postavljaju se stolice za navijače. Ubijen si _ ko majka, vodiš tog istog klinca na vikend. Ni njega ne bi čist. Bio bi, da si se barem sjetio ranije duvati. Ali nije ti ni kasnije manje pomoglo. Najviše je doprinijelo ozdravljenju, bacanje alkohola na drugu stranu. Za njim ništa kokain, ništa ni boba. Samo vutra, neka se gruva. Pa ćete da vidite raja nasmijanog. I to tako traje do zadnjeg komada. Aj sad ti načitani reci koju. Pljesak za Rukija. Daska daska"

Nervoza je za glupe, ja se ne nerviram, duvam kad god stignem, Nekad mi paše ovako, nekad onako. Jesam ovisan, ali o dobroti. Za seks da ne pričam, preporučujem ga svima, shvatite ga kao igru, a ne kao statusni simbol kite i pice, to se Urketu ne smije spominjati, on je još uvijek u celibatu. Je l' tako Uroše brate? Jeste da, mada mi se sviđa jedna mala iz ovoga kraja, svašta bi joj dao, samo da je poljubim. Radi dole u kavani, ima oči ko poskok, najotrovniji - takvog bi do groba ljubio. Sise ko dvije jabuke. Moj lijepi boŽe _ ja ljepote. Dobro je Urke, sve ti se moje cure sviđaju. De ti pišče, ti si oženjen, bježi tamo, dok sam ja ovdje, i dok nastupam u romanu, ima da su sve iz ovog Karakondžina Panja, žene - moje ljubavi. One koje ne uspijem poljubiti, ostavljam tebi. E sad ako ti je bolje da se ljubiš sa muškom, to meni ne smeta, više žena slobodnih. I da, nisu to bile one koje nemaju nikog, nego one koje nosiše zaručnički prsten, na po svadbe njime gađaše djeca goluba na kijeru. Ode Radan preko svijeta, i opet raketom, samo ovoga puta – bez goriva. Ostavi za sobom sa bivšom suprugom – četiri sina. Sve je jedan drugome do uva. Pa kad prođe zaljubljenost ostaje istina. Ako su se tako stvarno voljeli, ne kontam što im neko brani? Znam, to ti je zabluda crkve i džamije, sreća stiće i njihov kraj. Jedno vrijeme su trebali, jer bi se pojeli - da se nečega nismo bojali. Mada mi nismo prezali od ničega, čim se pekla pečenica u spomen Isusa, a u hikanje na brKu – ništa. Okrenu se priča. E to ti je taj fašizam, i kod Srba, Muslimana i Hrvata, sasvim isti kao i kod Švaba. Svi smo mi spremni na sve, čim jedemo meso. Tako je Šemso.

Znam za to, ali se moj doktor i dalje na mene derao, kao volino, gdje ćeš sa metadona... E onda mi je pukao film. Mrššš mrcino jedna inoGorska, porijeklom sam odozdo, ili odozgo, može kako hoćeš... Sve ti je to isto, samo negdje zaglađenije, pa mesnice i lovačka udruženja ličiše na novogodišnje jelke, vazda okićenje. Da, opet radije na heroin, nego da sam mesar. Moje viđenje stvari pri ulasku. Bližio se dan kad odlazim iz Vrtače. Paravac komunate, tamo ću probati - ozdraviti. Više nije u pitanju bila zeza, postao sam bolestan. Prijetilo mi je već otkazivanje po kojeg organa, ne bi prošla ni godina. Nisam mogao, a da ne pišam, barem na svaka dva sata. Tih mjesec dana sam najviše spavao, sanjao pakao koji se otelio, zaklali mu iz naselja čike dijete, odnijeli da nabiju na ražanj, sad će ga peći, unosiće se poslije vragovi u svačiju guz'cu. Pa lagano postajemo sve krvožedniji. Budio sam se svaki put u znoju, sad već više nije bio hladan, mijenjalo se stanje, morao sam se obući, iako gorim. Duks ne skidam, dere sa mene znoj ko voda niz vodopad. Sreća nisam bolovao ni od čega drugo, opasno, kao od stanja narkomanije. Isto ti je za svakog, da li bio Amer ili Rus, iliti neko sa Balkana. Sve ti je to ista osoba u njemu, samo nisu isti uslovi skidanja. Da, to su mi napomenuli, kad uđem zaboraviću tu podjelu. Unutra ćemo biti – svi bivši, i narkomani u pokušaju skidanja. Jedva sam čekao da se sklonem, svaki dan sam se čuo sa Miladinom, on mi je bio drugar za poziva u pomoć. Može i u ponoć. Još ako dobiješ onoga koji te sam nađe, povede naprijed bez drogiranja. E tog Bog lično šalje. Maloprije sam vas navodio na to, zamolio sam ga da me usmjeri ka putu bez opijata. Cigar dva svaka tri sata, ostalo mi iz duvanja. I opet ću nekada, ali za mnogo godina. Do tada, čisti celibat, samo ako me mala iz lokala, pogleda. Jest slatka, ko bona na afteru, smazo bi je, ne bi se okrenuo. Uplovio u međunožje bez alata, zamrla stativa, tol'ko je bila dobra. Tad sam se manuo seksa. Do današnjeg dana nisam imao odnos takav. Jesam, zezam se, kad sam dobio pravo na svoju aber kutiju, nisam se skidao sa pornića. Gledam i svršavam, ne mrdam ničim, pa ni mislima. Eto to je tako, u početku sve dobro i slatko, poslije ti sve to dosadi. I tako se rastajaše mladi, jučer zaključili brak. On ti je glupost ako se ne želi. Znači, ok ko tako voli, nego mi se manite spike, ne gubite vrijeme, sklapajte ga. Pa se tako uzmu dvoje, ne mogu se gledati očima. Ako seks ne pomaže, raziđite se, nemojte stvarati negativnu energiju. Svako na sebe obavezu prema djeci dok se ne iškoluju, dalje me nije briga, odlazim na selo. Hoću da ja i ti napravimo komunu, ali ne za odvikavanje, neg' za navikavanje na dobro. To donese svima bolje, poslije kol'ko hoćeš, u gandži uživaj. Ako ti se to ne radi, onda ne moraš ništa, i tako možeš do prosvjetljenja. Droga je jedan od načina, rijetko koji njome progledaju. Mada ne smijem dušu griješiti, ima ih. Neki to iskoriste najbolje. Nisam ni slutio šta me čeka. Došao je i taj dan. I opet sa mnom Miladin i gazdarica lokala, u drugom redu – pozadi _ kraj mene starci, ovi naprijed. Kako smo se približavali, ugledao sam ogroman vinograd, nisam ni sanjao da toliki može biti, iznad u brdu konji vrani po livadi skaču, ostalo je tišina. Mašina se nije osjećala, parcela komune je bila zaista ogromna, to sam poslije vidio na fotkama, rađene iz raDanovog stroja, a zna se i koji je, znači bruka duluma. Prava komuna, nije zeza. To sam vidio isto i kad se miladiNov auto zaustavio. Stao sam, nema nazad, naprijed ću za koji minut. Dočekao me Mario, on je već 25 godina unutra, ostao _ da drugima pomaže. Niko nije pričao mojim jezikom, ja natucao Engleski, što sam ga znao, to je sa filmova. Nikada se nisam dao dovoljno dosta, pa da ga usavršim. Previše pratio Emira, i njegov rad. Nije se od drogiranja mnogo toga šta stiglo. Nije mi se ni kukalo, ali se bilo veoma teško sporazumiti. Ni to nije najgora, ostali su skoro svi pričali neki drugi. Taj je bio u običaju gdje se komuna nalazila. Državica, susjedna Balkanu, ja ćifur odozdo sa juga Jugoslavije, iako sam rođen gore na vrh iste. Volio sam tatino rodno mjesto, više nego svoje. Dole sam se osjećao kako spada, da se osjeća slobodno duša. Gore se nisu ubijale cuke, ali jesu druge životinje. Tatu nije dočekalo ništa bolje, samo kvalitetnije zategnuto. Dušu niko ne sredi do ti sam, to sam saznao mnogo kasnije, uvodilo se dugo u roman, pročitaće ga rijetki do kraja, trudićemo se - da seee mnogi pronađu. Ja jesam, i jedva sam se od svog zla izvukao. Da, osjećao sam se zaista mnogo loše taj mjesec, nikom poželio ne bi'. Neću da opisujem jer može nekom život da se zgadi, ovjeriće se nečim drugim. Bolje i heroinom, nego puškom. Ako je baš dotle došlo, a znam da nije, uvijek ima nade, samo se cimnite do kolege - kraj ramen u vas. Podebljaj korner – Ronaldo.

Mario me poslije mog pozdravljanja sa najmilijima, upoznao sa dvojicom, zajedno sa njima odlazim na rad oko konja. Znači, sve što spada - da bi jedno atče moglo ijati veselo. Ostalo nisam ništa razumio, nego sam u sebi pomislio, ako se ovdje Uroše skineš sa heroina, e onda si 'eroj. Krenuli smo laganim korakom zajedno smo bili i u sobi. Oni su već pričali domaći, ja ni beknuti. Ništa ne razumijem šta granaju. Ni ne trudim se za početak išta razumjeti, prvo bi da se smjestim, nađem tuš, lije znoj i dalje sa mene, džaba što Miladin odvrnu klimu na najjače. Čim se smračilo ja sam htio u krpe, mislio sam – sad ću da se barem naspavam. Taman zaspa, mislih prođe cijela noć - kad ono samo jedna ura. Od tada, puna tri mjeseca nisam sklopio oka na duže od sat dnevno. Nema o čemu nisam razmišljao. Oni spavaju, ja sjedim na krevetu. Nije to samo skinuti se, i eto ga čist, valja iskijati svaki šmrk, ponijeti dostojno svoj krst – bez opijata. Pustite travu kraju, ona nije ta sorta – nego služi ko čarobni napitak, rokaj ako hoćeš dnevno dvjesta džointa, ja bih ti kao stara narkomančina – preporučio tri. Ujutru, popodne, i pred spavanje. Toliko i obroka, može marenda oko štiri ure poslije dvan'est. Jest jest, ja sam odatle, moji su iz te ratom obuzete „Bosne". Da izvinite _ zaboli me koji ste, ja sam narkoman, sada već mogu reći kako se primičem bivšem. Tada je to bilo tek buđenje, i to nespavanjem puna tri mjeseca. Držao sam riječnik domaćeg jezika i mog, sve dok se oni ne probude. Pa kad Bolek i Lolek iz neke inostrane Vrtače se prenu, i ja za njima krećem na doručak. Koristim fond riječi Engleskog. On je siromašan, kud sam najviše gledao filmove sa Balkana, pa ti se više Njemačkog i Ruskog - zaturilo u mozak. Kusta moj ja jauka. A odatle nijednog sa nama. Sve iz prćija, koje nosiše do zapadnih vrlina – tranzicija. Prošao je prvi nekako, kad je počeo drugi, tek se tad odužilo moje skidanje sa heroina. Na kokain nisam više razmišljao, sa njega se više neću skidati nikada, da, baš tako, neću ga ni probati – gadi mi se. Treniranje svijesti koje možeš obaviti travom, sasvim bezbjednije. Istinu krije delija u rovu, moli se u sebi za mir. Ne, nazad ne idem, rekao sam sebi – Uroše, pa šta je to za tebe, bez droge si sila nebeska, vidiš da već ih sve razumiješ. Go narkoman do narkomana, nas 250 - cirka deset gore dole. Vole komunistički.

Mario me vodio iskreno. Tog čovjeka do smrti ne mogu zaboraviti. Objasnio mi je mimikom i bojama, da ako on kaže kako je nešto bijelo, onda je tako, taman to bilo crno. Krenuo sam dalje, ali to dalje je bilo jedva dvije jevte, i dalje nisam spavao duže od sata u komadu. Samo skočim za nečim, međutim ništa ne postoji. I sve je dalje. Kroji vrijeme svaka sekunda, nema odstupanja od ljubavi, pa i kad vas raspinju. He gdje su žrtve svih tih velikana, ne imaj idola, pa bio to Adolf, Tito, ili koljač svinja... Isusa neću spominjati, njega ste dosta razapinjali, ovaj put je mudriji. I tako ćemo moj ti poznati pišče napisati ovu priču, neka je Bilja objavi. Kao neka od tvojih skrivenih ljubavi, samo si se i ti sakrio iza laži. Kad pišeš – ne štedi nikog, pa ni sebe, jašta si, i ti si bio narkomančina, štaš meni pričati, nije te boljelo ništa što najbliže vrijeđaš, samo si gazio za linijom. Požutila svijest, i onda više nekih zbivanja nisi svjestan. Nisam imao pojma šta je život, dok nisam pružio ruku Mariu. Fuu, treći mjesec pri koncu stigao sam ustati na prve korake bez droge. A joj, jbt, šta mi je sve slijedilo, nisam ni slutio. Taman se digao, kad Mare postrojava, doveo nekog lika koji priča mojim maternjim, pa će da me pita imam li kakve primjedbe na postojeće stanje... Progovorio sam na njegovom jeziku, pa na Engleskom, dobro jutro drug, tvoj sam, ali mi smeta što ova dvojica mene nazivaju ćifurom Balkanskim, dole se lupao, došao jesti i piti vaše, ovaj drugi je tebe ogovarao, neću reći šta. Slika se zaledila, Mario se izgubio. Okrenuo se prema Bobeku i Loleku, pokazao pogledom staju, u njoj vrištaše nova dva mala ždrijebeta. Komuna im je rasplod planirala. Poslije te priče iz dana kad sam mislio da sam već čist, ni slutio nisam duljinu puta. Sjeo sam na krevet i pomolio se Bogu, onako bez zalijeganja i mlaćenja rukama, posebno krštenja preko grudi, moj lijepi Oče, čudna li asiluka. Neka to budu običaji stari, i na to stavljam tačku, svaki narkoman sazna kad tad svoje zaboravljene grijehe, ali ni tom ja nisam bio blizu. Još uvijek nesvjestan situacije. Osjećao sam da mogu i hoću izaći iz svijeta i heroina i kokaina, zauvijek, i ti si to uspio, samo na neki svoj način, duvaš, to ti niko ne može zamjeriti, niti smije, jer to je izbor i Božiji, a njegov se pika, na nas neću ni da računam. Ostali smo njegovi, neka hvala Bogu pišče. Da te nije, trebalo bi te izmisliti, i tako svevišnji pošalje na Zemlju, odrede svoje djece, na kraju to svi postanu, samo se obrate onom kraj ramena. Hitler je na kraju sreo Boga. Zamislite da ste na heroinu, iskopali sebi i curi rupu duboku dvadeset metara, dole je proširilu u tri sobe, jedna za vas dvoje, druga za doktora koji u hors meće mišomora – he he, pitao bih vas ja, vani se roka svjetski rat, jedni kažu zbog vas, drugi tvrde drugačije, treća soba nemam pojma zašta je. Umislio sebi Švabo da je najpametniji. Joj joj joj, pa Balkan je tek za pedeset došao do tih godina kad je proizveo domaći fašizam. Potukla se braća na domaćem terenu. Derbi budala sa puškama i litrom rakije. Da se duvalo, ne bi ga bilo, smirila bi se ta jebena Bosna, sa njom ostali širom svijeta, rodilo se sretno dijete svakome, bez da će ga stići kletva, poslije nje dolazi nesreća. Neće ako se obratiš ramedžiji, ali iskreno, sve dok griješimo prema životinjama, činićemo to i prema ljudima. Ne pričam o dugu dvajest leura, to neka svako svakome zaboravi, niko nikome neće ostati dužan. Iza toga stoji kapitalizam, i on nije pogrešan, ali kad bi se koristio u komunizmu. Iznad table u učionici Mlađe moMirovog, Titik pritisnuo nogom mrtvoj srni glavu, otoječ je ubio, našmrkao se, pa ajde - da krkanijadi predstavim lov. Neka bude popularno ubijanje – Bambija. Kakve to ima veze sa dugom od cvaje?

Moj se brojao na hiljade, sve ostalo na tati da vrati bankama. I ja sam onda isti kao Hitler, prije toga ubio jednom kreju kad sam bio kod bake, imao djeda pušku, pa je tata ostavio za uspomenu, nikad iz nje nije opalio, žegaj tehno budalo - kad ti se hoće, možeš gandžijati opušteno, a danas ti mlađarija sadi svašta, na dva dima preskačeš cijelu noć. I da, ne sviđa mi se dio kad Mlađo spominje nekonzumiranje mesa. Nije to objasnio do kraja. Komuna ga je nabavljala od mesnica iz grada. Ali ga je bilo u skroz malim količinama. I tako bi' ja prešao na vege ishranu, nisam više za jesti patnje nikoga. Ponekad jaje da ukradem, ali od slobodne kokoške, i od strane ljudske ruke – zaštićene. Djecu joj ne smijemo ubijati, koliko ih bude viška, Bog će o tom, nemojte se vaditi na to, pa jedu ih cuke, samo da je mudrovati, i onda će ostalo ubijanje prestati ili ne, to vama nije dalje bitno. Idem ukorak sa istinom, nema više opijata u meni. Ne shvati me pogrešno, opet ponavljam, kanabis je sasvim nešto drugo, on ti je ustvari umjesto tamjana, samo ga lakrdija predrugovačila, isto kao i post. Prešao sam na pravoSlavni. Mrsno riba. Nije ni ona nikom jadna ništa kriva, al' šta ćeš, takav ti je život, ima Boga, a u stvari nema, nego drijemaš dok kraj tebe protiče rijeka, voda odlazi, slično kao vrijeme. Da, zaustaviš ga dok si na heroinu, i to je ono za čim žudiš da se popraviš, samo što nakon par mjeseci izlapi zadovoljstvo, ostane bolest. Konzumiraš ga na kraju sa svačim, pa je u tebi dnevno deset grama kokaina, i tri žutila, pojeo sam boba dvajest komada, po dva dana korač'o. Takav sam na kraju bio. Napuštao lagano tijelo. Umjesto da budem pravi božiji rob, ja se svidio na lijepo. E zato slijedi ispaštanje. Ne možeš zamjeriti nekom dok duva po komad dnevno, sije baštu, ne ubija životinje, osim onoliko da ima za njegovog šćuku. I ružnije su ih zvali, ti si se pišče navukao na tu priču da ih spasiš, ne širi je dalje. Psi će svjedno naći način da nas preobrate u bolje ljude, pa ćeš i za njih naći priču, put do raja, kome dopre riječ iz ovih mojih nekada lažljivih usta. Posudio sam od cijele rodbine, što šire što uže, po neku kintu, zadnja kreda trideset i sedam tisuća, leura. Dobio sam zadatak tek oko petog mjeseca, i on mi je bio da kupim potpise za stop drogama, imali smo štand, ako bi neko dao dobrovoljan prilog, donijeli bi svaki dukat komuni. Onda se lik iz nekog grada domaćeg _ komunate city, nategao na pazar, pa potrošio dvanest iljadarki, i to sve na drogu, počeo na kraju smijati se mentorima u facu, pa je sam izašao, otišao ponovo na hors svakodnevno, i onda opet skontao da je pogriješio, završio u drugoj ustanovi, sličnoj našoj. Već sam Engleski rasturao, govorio sam ga k'o Englez pravi. Vidiš ti tog posla, oni bježe iz Jevrope, mi prema njoj hrlimo, to ti je vrijeme kad se treba obratiti i isToku za pomoć, sredina je centar svega. Taman ovdje negdje odakle pišemo pozdrav cijeloj planeti – ne heroin, nikada, ni probati, za njim i alkohol, onda i kokain, ostavite sebi dve tri bobe, godišnje da imate za partije, ali to kupiš u apoteci, ne skrivajući se po šumarcima. K'o da sam kriminalac, a nije onaj što u tačkama vuče gajbu piva. He, znamo i ja i ti jedan bračni par koji je non - stop pio, djecu odgojili samo takvu, niko od njih nije čuo ništa ružno. U grijehe prema životinjama još ne možemo zaći, morate se probuditi tri mejseca bez peke i slanine, pa mi onda recite. Ide tijelo na dvije paprike, po vas cijeli dan, još pretiče naderanog jagnjetinom, onog sa prasetinom prepiša kad se sjeti. Ostavite lov za prilike kad sretnete zvijeri, sve će ih biti više, i sve će životinje podivljati, samo će pas ostati naš - najbolji jaran.

Ti ga imaš, pa to znaš, ja sam tako upoznao konje, zakleo sam se da kad budem morao jesti nekog, odo opet na hors. Zavolio sam te životinje, samo što mi je to komuna tako predstavila. Nisu ih prodavali za klanje, kako koji umre, zakopaju bez popa i hodže. Tako smo i mi bili jednaki, ma koje vjere, ipak si nakroman, pa ti ne moraš meni vjerovati, svrati, uvijek su ti otvorena vrata za pogledati, naravno da ne smiješ smetati kombinatu i argeli, da dišu plućima spasa. Okolo je hiljadu duluma vinograda. U modi je vino, poslije ili prije jela nemam pojma, bitno je da se veze sitno, i što je u tebi droga. Još uvijek sam je osjećao u tijelu, prošla pola - od dvanest mjeseci. Pričao sam sve tečnije i tečnije domaći, pa me na ulicama njihovih gradova nisu mogli zamijeniti sa strancem, svi su mislili da sam odatle. I na kraju svi putevi vode _ u Rim. E tamo sam na štandu upoznao mnoge svjetske face, iz svijeta prosvjete i rasvjete, pregorile dvije lampe u ulici, totalni mrak. Pao mi na oči, ni topova trista neće ti pomoći. Oće kako neće, nema koji nije imao istih problema. Mada me jedan izbacio iz takta, rekao sam da proširimo temu. Tvrdio je da ga je droga izbavila iz raka, danas ne jede meso, i da neće potpisati stop, ali će nam dati neki dinar za komunu, tu priču podržava, kaže da smo pogorili bezveze, jer smo bili nedojebani za situacije koja nas je snašla. Ne možeš porediti Momira i mene na primjer, ja sam ti i na heroinu bio bolji. Jedini grijeh je što sam ga prodavao. Lanac šteta ne spominjem, i trijezni ih prave, i to pesto puta gore, sva vika na narkomane. A oni najpoznatiji u svijetu. Ne kontam, pričao sam sa ljudima, imaju kuća pedesetak širom svijeta, hodaju tako gdje im se ćefi. Na računu i milijardu, ti bi zapeo i dalje za dvadeset leura. Evo ti ih, više me novci svjedno ne zanimaju kao prije. Hoću naći sebi posao, ići da rukam maltu kod pajde iz tatine Čečenijeske, il' bi Černobilske. Poslaće nam njegova nana iz kraja, orasa i suvih šljiva...

Rekao mi je Mario da se pripremam, poslije godine provedene kao čist, dobiću učenika, pa ako se pokažem da mogu, onda ću opet sprovesti u komunu sljedećeg, upoznati ga sa onim koje je tebe spasilo, ispostavilo se da je to i moje ozdravljenje, samo su oni bili iskusniji, ja nisam ni slutio kakva me nauka čeka. Klinac koji je od 14 do 18 svaki dan jahao na horsu. Nimalo lak zadatak. Koji meni nije bio ni blizu. Još mi je dodao, da kad počnem njemu vjerovati, pregurao sam prvu stepenicu. Jedan dan mi natukno, da pripazim na kolegu sa lijevog štanda, drugi je sve ostavio, viđali ga neki poslije, opet na heroinu, spava u kutiji od kartona, zona grada – malo kome poznata. Ne ćuti se baJka, TRomson zabranjen. Zauvijek bitka – okončana.

Biće mnogih koji će odustati sa čitanjem na prvih par stranica, niko neće ni naslutiti dokle ćemo stići, to su ti sve usponi i padovi, zavisi koga imaš za druga u datom trenutku, pa još ako se konektuješ sa onim do ramena, mora uroditi plodom. Već sam inogorska dva jezika pričao savršeno, e sad se moglo upustiti u život, tačnije, uživanje bez droge, do godine je u tijelu, cirkulira, traži pogodan momenat da nas sruši. Dve tri linije, nema povratka dok neko to zaista ne zaželi. Onaj do ramena uvijek ima rješenje, samo mu se obratite. Živite živite živite, ako se hoćete opiti, i prosvijetliti usput, i to na najbezbolniji način – smotajte iglicu, ne morate komadinu. I kome paše da se odvali sam u sobi, još ako je uz kucanje romana, pa naravno da se dozvoljava, i to uporaba u neograničenim količinama, ako se vidi da smeta, neka se odmah duvanja ostavi, to ti je skidanje od jevtu, poslije ne zapališ deset godina, onda opet duvaš, pa se skineš kad hoćeš, bez posljedica, najduža terapija – šecet dana. Barem ih ti pišče nemaš, a ispušio si onoliko koliko Balkan proizvede danas sijena. Samo si vario jedan na drugi, spomeni i to, i da ti je to pomoglo oživjeti dar. Založi se malo više, opiši nas kao djelatanike mira. Jesmo bili narkomančine, sada više nismo. Heroin nikako ne bi preporučio, poslije šest mjeseci upotrebe više nisam uživao u njemu, nego se popravljao. Samo da mogu funkcionisati, a i to ti je bilo, zajebi koga stigneš, samo da dođeš do grama. Ne pada ti više na pamet da radiš za platu, treba ti sreće malo. Namjerno najjeftiniji. Pa jbg, šta vam to govori, ožeži po svakome, i bogatom zanimljiva socijala. Nema odakle nas nije bilo i po tim nivoima. Jedan naslijedio od bake – tri kuće u gradu na vodi, vrijede ukupno sedam milijardi. Bili smo svi isti, narkomani, samo se razlikovalo koje više, a ko manje u komuni. U njoj su bili ljudi, žitelji neke Vrtače, Prokletija, Čečenske i Černobilske. Nateko nam mozak od bombardovanja. Pobi se Nijemaca i Japanaca do kraja rata, preko nekol'ko. Ima li to razlike od ss zločina, pa i titinA –

goni na goli otok?! Za njegovo vrijeme ti je selo držalo državu, partijaši jašili na snaši, i to njih sedmorica, samo da joj mužu odobre kredita. To ti je elita svijeta, kita rutava ko i ja, vukla se po gajbi. Vidjela negdje nešta, pa bi da pametari. I tako postaneš poznat ako hoćeš ganjati maka po koncu, nema metadona, ide morfij. Potruj gamad narkomansku, isto da to nije bolest, nego nastup fašizma. Vidiš li razliku između tebe pišče i Hitlera? On je krenuo u boj za narod svoj, jebala nas đedova, prenesi sa koljena na koljeno, na mač za otadžninu. Svi smo isti, Zemljani, ali ni ja to nisam najbolje shvatao. Kad sam dočekao punu dvanestomjesečnu rentu, već sam bio iskusan igrač. Vodio sam razgovore sa estradom i sportom Balkana, ma nema ga da nije povuk'o, barem liniju bijelog. I onda to meni priča i soli pamet, al' et, odvisi mnogo i to, čime si se prije bavio, nego si postao narkoman. Zaboravio da imam brata. Sjećam se kako sam mu čitao lekciju za kokain, a ja na horsu, on za to ne zna. I to zaprave. Mislio je da sam i ja na bijelom. E moj bratane moj, sad nadođo. To ti je ono mučko kod žutog, najmilije izgubiš, k'o da ih nikad nisi imao. Valjda se za njih najviše bojiš, pa bježiš što dalje, da ne gledaju u kakvom si paklu. To ti kod trave nema, rijetkost kod nekoga, za tu priliku daj ovamo mineralnu, zvaćemo je kisela. Dodaš malo vina. Gemišta poslije ručka preko godine, dvadeset puta. Odmah se možeš svrstati za neku od komuna. Samo ti to ne znaš. Proizvodnju alkohola prepustite bivšim narkomanima. Koliko ga oni daju svijetu, toliko može, enemeree nikap.

Ostalo samo kao aperitiv kad se ženi, il' udaje neko, i to će se zaboraviti. Više neće ljudi živjeti u braku, nego svako za sebe. Moćeš sa kim god hoćeš izaći na kafu, neće te kod kuće muž opaučiti po ušima. Ima mnogih istina, ja ih znam samo milijardu. Ojha, e sada valja dalje preko godine – suočiti se sa savjesti, ima ona toga nabilježenog cijelu jednu teku. Počinje sa, mami Jeleni drpio cijelu platu, Mitru nisam smio, burazu prodao prsten, čak mislim da neće ni znati dok ovo ne pročita, pa dalje i dalje, nije lako progutati odjedanput toliko knedla. Da ne pričam kako trudnici guram u džep dva grama, a već se ježim, duguje mi za prošlu isporuku, nisam više ni ja u prilici da se razbacujem. Moram se stegnuti, jer lako bi' mogao ostati bez doze. Na kraju se desilo, još pod optužbom da sam prodavao i maloljetnicima. Od Boga spas, samo takav, idi na skidanje u komunu, vrati dugove koje si napravio, nađi sebi posao, i lagano poslije desetak čistih, može poneka gandžija. Duvaj do mile volje. Ozdravio si. Znači, i ja sam sad poslije četiri godine i nekoliko mjeseci, tek oko sredine. I opet na kraju treba umrijeti. Valja stegnuti zube, koristim dušu bez granica. Mogu da volim neprijatelja, pa makar to bio i Hićo. I moji su stradali ratom, niko ga nije izbjegao, niti se to može, više mu ne zamjerim ništa. Nije moje da mu sudim, tako ni Tiletu. Po meni teletu, koje se našlo prikladno za upravljati sankama po suvom. Pa ti moj stari ne dobi kredit dok je dole živjeo u Vrtači, već kad dođe u inogorstvo, za rad pošten mu dadoše sve, pa i do bicikla od dvije iljade. Auta se voze samo takva, niko ni ne sluti, da više neće biti ni merCa, samo Tesla. Eto ga, dva nula za domaće. Nema đe nas đedo neće odvesti. Jeste da, ali da li bi Nidžo bio to što jeste, da mu tajo ne bi pop? Nema to veze s' njim, ima sa njegovim ocem. Grijesi i zasluge su posebno za svakog. A i tad svještena lica se nisu bavla lopovlukom. Tako da, skidam mu kapu, naročito za hranjenje golubova. Bio je i Mlađo tamo neki koji je hranio cukove, jes vidio kakav je roman počeo? Čista ljubav, jest da je prema više žena, ali nema veze to, bolje i na heroin, nego da budem ovisan svakodnevno o seksu. Ne valja ništa pretjerano. Svi smo o nečemu ovisni. Probajte se samo skinuti sa kafe i cigara, u alkohol neću ni da zalazim, a da ne pričam o kladionicama i lovačkim udruženjima. Pa mesnicama i pekotekama, apotekama umjesto bibliotekama. Preko cijelog ekrana miksa dj kolo, ja i neka baka tancamo. Jebem ti majku, i petardu. Ostari se brzo moj ti lijepi pišče. Vidiš da su i Urketa pritisle godine, tražio bih sebi neke ženice, malo bi se ljubio. Ne znam baš da l' bi bio za braka, ali bi' razmislio o svemu - čim svršimo. Ma zezam se, nego, eto tako ti ja provodim dane, upoznajem se čist sa okolinom, hoću da nađem ono što volim, a da ne moram bježati od rodne grude. Dojadilo kukanje onih što po svijetu pobjegoše, samo pričaju kako je tamo bolje, ne silaze sa foruma bivšeg Karakondžinog Panja. On je kao odatle, samo gore živi, pa se njegova neđe pika. Gdje? Boga pitajte, nemojte mene. Isto je to bilo i u domovini mojoj rodnoj, a tati kao izbjeglici novo stanište, samo malo ljepše upakovano. To je slagano skroz, ja sam se kod dobra poasio. Imao sam sve, samo ne da vozim kamion. Već mi se u vrijeme punog drogiranja zgadio taj zanat, nisam više želio da budem ko tata. Biću svoj, dere me još uvijek pubertet. Ali to nije lako za dijete, ili jeste, nego dalje slijedi čeličenje. Poslije se svidiš na tatine i mamine jasle, ostaneš bez posla, nemaš za kiriju i ostale dažbine. Svako pomalo, živjelo se zaista novčano sigurno. Međutim, tih je bilo najviše, nije se Mlađo imao kad drogirati, nego živjeo u nesređenoj Vrtači, morao sam zasukati rukave. Dočepaj se slave, a da si dijete neke sirotinje. I to danas možeš, ne trebaju ti pare za udžbenike. Naročito one – titoVim stazama revolucije, on se ufotkao sa mrtvim jelenom. Nije ni čudo što je Momir bio onakav, tačnije – Mome je kad je prešao u mrtve - proglašen za dobricu. Nije pio u zatvoru nekoliko godina, isto skidanje kao i meni sa heroina. Nema razlike, osim što je on baš prećerdao i tih prvi šest mjeseci... ako moram alkohol ponovo, opet radije heroin, prepuni dozu, ostavljam bakšiš. Hašiš! – o''kle ti?

Prava istina je, da je Mitra u njegovoj rodnoj Vrtači, Prokletiji, il' kojem selu već, moj djeda, a njegov tata _ ispisao iz škole, u osmom osnovne se zaljubio, pa pričao o ljubavi. E sad ćeš ti mali da vidiš kako je izmišljati marKove konake. Onda on jedno veče sjede na motorče djedovo, zalego đedo - od rakije _ u kijer, babu prebio na mrtvo ime. Otišao kod tetka Nenada, da mu traži nekog spasa – u inogorstvu. Tamo je stigao, nije bio punoljetan. Prvo se smjestio odmah do granice, poslije se otisnuo dublje. Pa upoznao mamu, pa su se zaljubili. Nije lako živjeti sa vozačem kamiona. Zato je on mene od toga i odgovarao. Nije džabe, međutim, trebao me pustiti da ga niz cestu oturim, zažmirim k'o Miško, vozim bez vida o stanju na cesti. Kad je klizavo, a to zna biti i kad je otoječ bila vrelina, sad tresnuo pljusak. Nema ti ko u datom momentu reći istinu. Pržiš ti neku, al' kakvu? Goniš mašinu u jendek, možeš mi reći da ne valja droga koliko god hoćeš, ako ja ne želim van iz nje, nema mi spasa. Neka se čuje moga glasa, nikad heroin, a brate ni koks. Može dvije bobe, za partije, ali da ti ih propiše doca, pa pravac apoteka. Ma jok, tad se moralo kod strašnog dilera – i za trave. Ono što kanabis proizvede pušenjem, rijetko kome ostavi ikakve posljedice. Eto ti pišče duvaš, pa postao poznat. Reci i drugima, neka samo duvaju, riješiće se đavla. I duvanje u medicinske postupke, nek liječi u čovjeku mržnju, e sad da li klanjaju, ili se za oltarom krste, ako su smakeli malo prije kerče, isti su. Ne opra ih ništa, dok se ne pokaju. A tad, tad više nema klanja, masakr umre zauvijek. Ode Hitler spavati, dođe na scenu Isus. On će propovijedati, samo neće Stole, Radan ko Radan, obuzet raketom. Dobio si ga, već k'o pravi apostol, širi svima priču istu – ljubav. Ili vam je to baš dobra trava, ili ste se prosvijetlili. Ja sam bio na heroinu, još neću ni vutru. Dok ne napunim - barem deset čisti'. Poslije može koji komad preko jevte. Do tada mi prvo slijedi polaganje vozačkog ispita, poslije idem sebi tražiti posao, jučer sam ga imao, bio u gradu poštar, omanja Vrtačica, ista i gore i dole. Jer drogeraj ne vidi razliku, on se samo razvlači u liniju. Bio sam na heroinu, punih deset godina. Jednom su me prije dobili umalo, na stanici željeznice prilikom primopredaje paketa, uhvatila me za rame policajka. Takvom sam je silinom mlatn'o, pala žena preko pruge. Poslije su me tražili danima, Ajla me krila u podrumu, samo to nije život nekog tamo Mladena. I ja se osjećam kao da sam i odozdo i odavde gore, jesam uspio se izvući, ali zato što sam se obratio, onom do ramena. Stijena iza koje je smrt, još gora - tvorza. E ta ti je istina, mnogo zajebana, Sjećaš li se pišče kad išamarate guštera u vojsci, samo zato što

198

vam nije – dao svoga hljeba..? E da, tad ga niste trebali dirati, iako vam prije toga nije dao pogače, imao u kaseti pet podobrih štruca. Isto da ste na ljetovanju, nije rat koji bjesni između braće. Alkohol vam dolio snagu, počeli ste se već obračunavati sa bližnjim. Sad lijepo se izvini za to, saaa _ ostalima opraštam, meni ne morate. Svejedno Bog u meni zna šta sam i ko sam, a tako i tebi, pa isto Stoletu, Mladenu, i td, i tako svim ženama svijeta, neka je Radanu njegova raketa. Volimo i životinje. Ima trista čuda miljardi, načina kako nekog možete voljeti, ne morate prisvajati srcu, tako ćete sveukupnu situaciju iz najboljih namjera, pretvoriti u silu koja nekom nanosi bol. Da, kažeš mi pišče isto da sam ja Inogorac, a dobro znaš da sam odavde. Odakle i vučem korijene, osjećam se kao da sam sa druge planete. Ne razmišljam danas, kao kad sam ušao u komunu. I tamo ti se sve svede na pare. Trebaš ih za život, i za priču dalje, meni su pomogli, i na tom im naklon. Usvaršio sam za par godina dva inogorska jezika, sudija me osudio, na uvjetnu kad izađem iz komune, i ako izađem čist, inače – od pet do sedam godina tucanja kamena za ispod šina. Odlučio sam se riješiti tih sranja. I da, više ti na gudri nije dobro, nego ti je ona lijek, ovisnik si, prevedeno _ bolestan. Treba ti pomoć, ja sam je dobio u vidu Miladina. Otkrio tebe kao pisca, sad ćemo svima objasniti – zašto ne droga. Za taj podvig sam od Arapske garde, dobijao pet iljadarki, od Sareee Jesice Parker – trista dolara. Mnogo mi je tih zvijezda svjetskih prišlo sa šapatom – i ja sam imao tih problema. Nema ko se ne drogira i uživa u alkoholu, isto da si navučen na peršun, umjesto kad ti treba da se otkineš sa lanca, naduvaš se lijepo k'o čovjek, pa lunjaj po zvijezdama, pazi da te njihov sjaj ne sprži. Ostaneš neko ko sjedi za kucaćom mašinom, izanđijala se sva slova. Nema za novu i kiriju, nego ti lijepo napiše sve – tesarskom olovkom. Jeste da, pitate se za nekog takvog pisca, što je došao do horsa... Nije mogao gledati zla očima. U njemu ti nisu ljudi koji nekog mrze, to ako ih prebaci, je nus pojava. Hemija je opasna. Kad je metadon legalan, i pare uzima država sebi za proizvodnju i upotrebu, onda ajde da sve legalizujemo. Samo prodaju trgovci koji imaju licence, i oni se bore, da na tržište dolazi čisto provjerena roba. Ispitana od doktora sa svih strana. Pa kome je do toga da bude urokan ljakser, neka oplete. Ali će se znati kako je dirnuo mečku. Da, ali alarmirajte na alkoholu već, on je okidač, poslije prvog piva, već si na kokainu. Nije to dvadeset i prvi vijek, sad ti je trista milijardi poslije. Vidiš da se smije opušteno duvati, i onaj ko u heroin svrati samo jednom, može sutra biti ovisan. Ja poslije prvog uzimanja, pa čini mi se do zadnjih pet mjeseci, nisam nikad o tome ni razmišljao. Samo ja i drugar jednom sedam dana nismo od obijesa, više

199

nego što smo se htjeli skinuti. Vidjeli šta nas dere i piči, poslije se vratili priči prodaja, pa nam jedno vrijeme bilo mrsko izlaziti mušterijama, rekli im da dolaze do stana u kojem smo ja i on sa robom, u drugoj sobi od druga mama leži, na krevetu nepokretna. I on je u komuni. Kaže da se drži, i da više ne misli isto, ko kad je stigao do trunke nade za spas, mama mu u snu umrla, kaže se, zaslužila. Naravno da postoji, samo se drži božijih zapovijesti. Ako kaže ne ubij, ti nemoj ni zeca. Onda čiko mlatne jelena, svi mu plješću – jer je Tito. Lijevo mudo labudovo, isto kao što smo i ja i ti – pišče. Stojana u to ne ubrajajte, njega je dotukao komad. Sad će on nama reći šta u određenim situacijam smijemo, a šta ne smijemo. Isto ko da ja nisam bio na heroinu. Jeste, ali niko ne zna sve, svijesti možeš doprijeti - da ne trebaš se drogirati i piti alkohol, samo ako produvaš koju godinu bez ičega od toga. Ni piva. Glava živa, samo što nije mrtva. Eto to ostane od svega, ovo što sada duma. Poslije padanja maski slijedi pravo življenje, ovo se zove lažno. To što završimo na heroinu i kokainu, nije ni čudo, ko je sve robu prodavao. Krenem od sebe, mada sam ja svaku prije dalje isporuke, probao, nisam htio svašta davati majkama sa bebama u naručju, dok im dijete drečaše u gepeku, mi razmjenjujemo ispod šalova face, sad je pakao, sad je raj. Čisto da se ne vidi kako je samo - ništa. Poslije ode kuće da ga podoji, sreća božija da imade četiri zida, mada je to bila stara napuštena škola, zauzela sebi ćošak, ispred parkirala kršinu. Malo u četiri zida, malo u to teke kola. Ja joj podvukao da po dozu ne dolazi sa bebom. Ne mogu se toliko otrgnuti od dobra, radije ću se ubiti. Ako i to moram na heroinu, ili se vadim na čisto, ili slijedi prevelika doza dobroga, ode i tako sve u klinac. Čim si namjerno učinio da padne tijelo koje vozaš, izgubila se veza sa onim do ramena. Ajd ti dozovi nekoga koji nema vremena da razmišlja kad ga hvata kriza, da ti je da se pukneš, pa neka odmah stane sijanje. I tako jednom svačija padne sa neba. Nisi više diler pun robe i para, nego osuđenik na klupi. Ajd to što si prodavao heroin, oprošteno – to što si udario ženu, nećemo uzeti obzir da je iz milicije, e to ćeš da snosiš pred Bogom. Pitaćemo svako toliko u komunu da li si ostao na nogama, ili si pao, ako si otres'o, potjernica, pa hapšenje, pa tvorza. Opet ti slijedi skidanje. Tako ti se Momir skinuo sa rakije, istom pred smrt, sretoše se on i njegov Mlađo, zagrliše se, pa ovaj umre, ovom ostanu brda i dolovi, da bi mu ja za učenika, dobio unuka. Alberta. Sa pet mjeseci sam rekao da može početi sa rehabilitacijom. Došao je sebi, i hvala onom do ramena, do danas ostao svjestan sa kakvim je đavlom imao posla. Sa četrnaest počeo, na vratima komune čekao punoljetsvo. Majka mu slagala u naselju da ide na odmor. A tamo samo kupanje i đuskanje. Da, ma sad' nema đe nema bijelog i žutog, nije bitno što je Vrtača. Jeste da, to ti je isto kad bi moj Mitar zaboravio tetku Jasminku, pomogla mu puno uz tetka. I ona ti je danas dio tvorevine Mlađine, zalago se za mir vječni, prije trista milijardi godina. Tek sada doakala istina. Nije Mitar imao nekih pretjeranih želja, dobije dva tri sina ili kćerke, ozida sebi vikendice, i kupi stanče. Ostalo šta se ima. Ali kad furaš po vas cijeli dan kamione, nemaš vremena nadgledati klince. I kad ih vidiš non - stop, opet ti se mogu iskrasti. Svako može pasti u iskušenje, ispaštaćeš koliko se za svako traži. Ima za sve cijena, pakla ili raja ti je baš onoliko koliko si zaslužio. Možeš ti svaki dan zaklati pile za ručak. Ali si onda ubica, nisi dušica kakvom se predstavljaš, nego gladna guzzzčetina. Lijena iznijeti paketić od grama do šumarka, navučeš sam sebi muriju za vrat. Poslije sam izašao iz podruma, došao kući, starci otišli do rodne Vrtače, tetka dobila unuka. Tata ju poštovao kao majku. Da ne bi nje i tetka, ostade do groba čuvati ovce. Eto danas više niko ne jede meso, znaš kakav bi to onda bio, promašaj od života. Manite se toga kako Isus nije bio vege, da, i Adolf strašni isto, samo Hrist duvaše, ovaj se kresao horsom i mišomorom, pa lagano, ko tebe kamenom, ti njega kolcooom. Govori li vam išta do sada ova priča? Ma nema veze, i ne mora, malo smo se zezali, ako ništa. I da, nema dijela ovih spleta ispovijesti mene, tebe, petog desetog, život ne bira narkomana, ovaj ga sam izabere. Kao nekad što su birači birali sebi vođu, pa ih proda za dva grama. Nema veze, birali ste, niste vi za vući. Pri čemu se maže po jajima bijeli, seka mu od tamo neke kume, puši. I to za tih dvadeset leura. Do prve bolje popravke. Šta ćeš, ne možeš obavljati ozbiljnije rabote. I nemaš više kada, želiš da si uvijek nadrogiran. Da, to je na heroinu prvih šest mjeseci, barem meni bilo, ostalo je bila borba za opstanak. Nisam znao način kako da se izvučem. Metadon me tek razvalio, pukao me ko sveti Ilija, gromovnik u kalendaru. Baka zacrtala kad je vodila krava, ja kod njih odrastao. Buraz i nije toliko, stari i stara svraćali, samo kad su morali. Uvijek mu je ostalo krivo što ga djed ispisao iz škole, ali ni on mene ne pusti da vozim kamion... Uvijek neko prema nekom pogriješi, kad je to iz dobre namjere, onda ti ne znaš kud bi okren'o. Gotovo je kasno, kad si uzjašio hors, budeš zalijepljen na muholovku. Viđaš demone, kraj tebe sjedi đavo. I to onaj najcrnji, dotakao si dno preko noći. Iako je period dug, do prvih šest mjeseci sam došao brzo. Poslije sam radio u firmi svaki dan u prosjeku pet grama žutog, za marendu pio pivo. Vozio na biciklu poštu. Obožavale su me mušterije, naročito žene udate. Čim im čo'ek skoči do posla, odmah zovu, i tako ih ja jedno vrijeme nakupi' pet. Pa tvrdim pazar, kažem da moram ići danas raditi na fuš, treba mi lova.

Najupornija zove ponovo, daće mi ona koliko ću zaraditi poslije redovne plate. I onda ti ja dvije debele zategnem, po dva sata se taslačimo, onaj njen kaže, brzo svrši. Prži mi poslije jaja na oko, ponekad prevratu, pa se opet vrati pod deku, ja u kupatilu se popravim sa još dvije, odradim čitavu dnevnicu. Poslije sam dva dana miran, dala mi dvjesta leura, jer sam posao odradio kako treba. Zvaće me opet, sljedeći mjesec, taj radi petne'st petn'est, pa je od utorka na odmoru. Valja i njoj durati, al' šta ćeš, takav je život. Prekosutra sam već na drugoj, ne treba se odreći sigurne zarade, tako se isto prenosi, sa koljena na koljeno. Kud su to cifre za pozdraviti. Meni stoja dosta dnevno. A teb' Bajaga?

Prolazim kroz crveno, znam da nemam položeno, i da sam se malo prije ispravio sa tri, neka me satrla, pa mi dala kola da odem do sobe. Do nje se izvrnem pored mosta, ispod njega potok, jer nije to neka gradina, nego mala Vrtača. Par iljadarki stanovnika, skoro svako se drogira. Stigla Zemlja u tu tranziciju, riješila se jarma, neće te više niko oćerati na goli otok, ako kažeš da ni tiTik nije valj'o. Da, kad se sjetiš, na zidu našeg Mlađe, iznad table u školi _ pored za katedrom Jevra, fotografija slavnog lika - ubio je jeLana. Ništa on nije bolji od Hitlera, niti smo ja i ti, ako smo jeli meso, tad sigurno ničim nismo dumali, osim dupetom. Daj samo da se našopam, pa ako moram opet na klanje, radije ću na drogu. E da, ne ide jedan krkanluk bez drugoga, počne se sa pivom, meziš pečenicu uz nju, kažu - više se može popiti, pa onda dostigneš gajbu, svaki vikend po tri, nema sile poslije šest mjeseci tako, da bijelom odoliš, kud ga šora svako, i eto ti prilikice da se dočepaš žutog. Rođendanska žurka, ode sve od jednog šmrka u drugom smjeru, ili je i to – od čovjeka do čovjeka? Ne znam, niti se više trudim da saznam, znam samo da je sve to uludo bacanje dragocjenih trenutaka. Posebno što brzo prestane uživanje, to nema kod trave, do zadnjeg dima – nirvana.

E da, tu smo, bilo je to lijepo vrijeme za neke, za neke nije, Momir i prile Mile su čisti primjer polovine populacije iz te socijalističke i federativne Jugerke. Malo koji da nije rokao ženu boksovima, i malo koja učiteljica nije u školi imala pruta. Pisni protiv tiTa _ ako smiješ. Ima li to razlike od hitlerOvih postupaka? Naravno da nema, nemojte onda da vas vrijeđa ova naša zajednička spika. Tu je i Uroš i Stojan, znaju da nikome loše ne želim. Znači, zaboravite na na na nas, ako ćete takvu zajednicu na Balkanu praviti. Nego svako za sebe, na nivoima koji trebaju biti zajednički, tu ćemo složno. Jer bratstvo i jedinstvo teško ostane održivo ako je dvosobno stanovanje. Najbolje da svi se strpaju što ima rodbine u trin'est kvadrata, a neka pole kupi novog audija, napredovaće parohija. Ija, samo sam se nakratko ubacio, pisao je Mlađo i tome – kako su jedne prilike u Karakondžinom Panju, potrovani psi, ali ga zbog toga – povukoše za čunu. Nije ga bilo više u javnosti, sačuvao je glavu, ne i bubrege. Otad i on više nije pričao, šutio do umrla. Čekao _ da se najzad - sretne sa Viljuškom. Okren' ploču Feride.

Voleeeo je on nju mnogo, samo što je bio oženjen već, i imao djecu, a to selo nije trpilo, sve ih survalo u jedan džak. Onda su se samo rastali, ali joj je obećao da će jednog dana biti poznat, i tako će njegova poruka u kojoj piše, da mu u neke dane fali, doprijeti do njene duše. Oće oće, nema šta ne može ljubav. Jača je od svake sile, pa i nebeske - one koje se bojimo, strepimo od munje. Nikola je hranio golubove do zadnjeg dana, uču smrtnog se obukao u novo odijelo, najavio se kod recepcije hotela, ujutru bez doručka. Takav bi i ja volio biti, iskreno, nema pojma da sam poznat, i zbog toga ne pišem, nego zato što je to moj način da prebrodim dječije bolesti naše zajednice, usput koga osvijestim – mnogo good. Uspijem li bar na jednom liku ostaviti trag, Bogu ću biti drag. On ne voli one što ubijaju cuke. Da, ni ja, a ni Stole i Uroš, pa ni Miladin. Sa njima ćemo prijeći na vege, ostaviti pse da se povukodlače. Ono što ostane od stvorova koji mrdaju osim nas - Neka čine šta im Bog veli. He, da, dalje idu svi, pa u novi krug, sve dok se ne probudimo zaprave. Otad traje život, prije toga je tuga. Da bi je ubio, potegneš za opijatom. E da, ja zbog toga ne duvam, nego što uživam u sreći. Da budem takav što sam živ, povučem poslije još dim dva, oduprem nogom niz palučak. Na dnu njega zajazim branu, u vodu posijem ribi sitnu, čekam da narastu šarani ko ranjenici. Jauču šljivici iza glasa, zaljeva se račiolom duša palog krmka. O klinu na vratima pušnice – dvocijevka. Ajd stisni muda, pa kaži neku protiv gazde gozbe. Tope se čvarci, radujemo se – pomoće nam Bole sa nebesa. Hoće hoće, kako neće. Viče i Baki, Tomo zasp'o.

E da, pišče, ali na Balkan stigoše novi ljudi, oni stari odoše u domovinu brka. Volješe Njemačku više nego tiTa, i splačine poslije njega. Isto sve, samo da se sluša riječ partije, modernije – stranke. Da, to ni heroin ne trpi, njime ubijaš sebe, patiš okolo druge, ali to je zbog njih, međutim, ako se zaposliš preko političke organizacije, onda pišče ne vidiš šta iskoristiti, pa pokazati da i mi imamo najbolje, dođoše Arapi, donesoše sve pare kod nas, jebo vas vaš zapad, ovdje će da se baca Versačči.

I onda ti jedno jutro sTevinca oplete muža Peru po glavi, poslije kad njega sahrani, uda se za Muju, zajedno uživaše njegovu penziju. Svašta spaja i razdvaja ljude, ali kao pare, rijetko šta. Zbog njih se u to vrijeme okretaše svijet. U početku na paket, pa na dvajest trijest grama, ima se za koliko hoćeš droge. Ide se dalje. Nisam više gledao u djevojke, usput su me šamarale i tukle, zato što sam im slagao obećano. Pričale su nekim čudnim jezikom, shvatio sam kojim kad sam sletio u komunu. One su isto dolazile kod svoje bake, samo živješe baš u ovom inogorstvu. Sa godinu sam zadužio štand, i sa njime obilazio domovinu osnivača komunate. Srce zbivanja. Papa prdi isto kroz guzicu. Ja mu uzvraćam, iako sam ušao u nju kao čist, računajte da je to samo bio mjesec, poslije zadnje linije. Sad se naježim, osjetim je još u sebi. Međutim, neću reći da nikad neću produvati, il' uz roštilj popiti pivo, slažem se pišče da bude na njemu paprika i padlidžan, za mene bananu. I tako jednog lijepog dana, već godina kako nisam drogiran, Mario kaže da idem obići ostale štandove. Već sam u ovoj upoznao mnoge svjestke face, nema ko nije mrsa okusio, samo se sve pravilo fino, oblačilo u zlatne odore, kupio se danak od sirotinje, i preko ikona. U džepu imam 650 leura, prvi put sam. Idem, a nemam pojma gdje. Iza drugog ćoška najstariji zanat, kaže mi da je pušenje samo dvadeset, aj reko ne seri, mogu i namaketi, reću da sam sljedeći prilog dobio manji. Hoću neću, hoću neću, ma neću, to je isti pakao kao i droga. Nisam više željan bola. Ispaštao sam mnogo već, mada i ne - kolika sam bio stoka. Nisam imao mjere, dernem deset grama koksa, poslije pet boba, onda heroin. Jer tako se spuštam. Travu više i ne pušim. Vidiš kako tebe ona izvadi iz govana. I ti si bio na „dobrom" putu. Ništa mi ne pričaj. Ali i ja sam, sve se tako odigralo samo kad sam poželio od onogo kraj ramena – bolje. Srce je odmah znalo za šta kuca. Desio se zaokret, naišao Miladin i Ajla, odveli me do komune. To mi ni starci nisu mogli srediti. Tačnije, nisu znali, trebala mi je pomoć prijatelja koji vide gdje štrucam. Mitar i Jelena - nisu do zadnjeg kontali - da sam baš na heroinu. Stari je mislio da sam naduvan, jer on nije vidio ni kako je tako, samo se poenkad rakijom namako, mnogo volio pit _ stopove. I ja sam, ovih dana me ocko pelja kod druga, položiću i ja za kola, naći sebi nečiji šljivik, oženiti curu babu, samo neka ima dijete. Jer mi ga više nećemo moći napraviti, bićemo izanđijane kobile, u stvari ja konj stari, ona još u sebi - nosi ždrebicu. Da, nikad više droga. To ni pod cijenu da sam poslije mrtav, ne pristajem ni na kakvu ucjenu, osim da će doprinijeti nekom cjelokupnom ozdravljenju. Ali to se može i sa travom, duvaj do mile volje, i zasij baštu. Sve si ti to pišče dobro skontao, jes vidio kad Stojana neki dan raspali, drmnu ga ko da ga sastavi voz, skroz omlitavi. Poče držati predavanje, a nema koju nije prevalio. I neka je, dosta smo se igrali rata, ajmo malo pravljenja beba. Shvatiš seks kao igru, živiš bez iste, čuna u ormaru kupi prašinu. Onda kad sretneš nekoga ko te nosi do tih voda, i da time ne vrijeđaš drugoga, opet bi najradije udate. E te su me izdržavale, na kraju kad više niko od mene nije htio kupiti ni duvan, a kamoli drogu, išao sam da ih timarim čim im muževi odu kamionom preko bijela svijeta. Prvo se natežemo oko dvjesta ili trista leura, odradim svaki dan po jednu, imam za dalje. Taman skupio i uložio za robu, milicija u stanovanje upade. Sve ću reći kakvi sam bio. Ništa neću sakriti, osim nekih sitnica. Ne bi nikog da prozivam, sam sam sebi kriv za svaki korak. Tačnije, ja sam to u početku htio tako, poslije je to preraslo u bolest. Nisam ni slutio šta znači biti ovisan. Čak sam zagovarao da se na bijelom to ne može ni biti. Ne može fizički, ali kad ne možeš otići do grada na sok sa drugom, a da se ne trzne koja, već ne valja. Polako vučemo godine staža, pomogli su mi da se izliječim, ipak sam do izlaska bio odan. Njima njhovo, men' moje, koje? - pa ja sam ušao sa dugovima do guše, stali su uz mene kad me sud mogao poslati u zatvor, na pet do sedam godina. Istina, isto sam tako vraćao, dobijao sam od Arapskih sirotana po petsto, dok i najjače zvijezde ne prelaziše trista. Leura i leura, i to se na kraju svede sve zbog para, iz dana u dan skupljaš, mada se mora skinuti kapa, i radimo, i ne tražimo od sirotinje, samo od bogatih, koji će im, to stavljamo za otvaranje novih komuna. Sa tim sam se slagao, ali mi se gadio okus para. Mirisale su na zlo, heroin i koks, jedan dio na bobe i ostale škrobe, kamo sreće - da samo duvasmo. Lakše bi prošli kroz sve što nas snađe u životu. Kad si najžešće razrajcan, zapali komad, biće bolje. Nemoj da kolješ svinjče bravče, kako ti kažeš pišče, onda će se smiriti i Balkan. Za njim cijeli svijet, pa će da rukne kometa. Ali mi tad već znamo da nema kraja, ne postoji raja ništa izvan ovoga – što se tiče tijela, poslije ostajemo baš kakvi jesmo. Vidi se sve što smo sakrili. Ne vidi za šta smo se pokajali, ili činili iz neznanja. Razna stanja strefe svakoga kroz koračanje zvano čovjek, počni novi život, nikad više narkoman. Znam da to nije pravi put do raja, sličan - dovoljan je kanabis. Pa čak ni pivo, za slavu se skrka nekoliko gajbi, pojedu se dva omanja krmka, to bude svrha svakom osrednjem građaninu Vrtača i Prokletija, Čečenijski i Černobilski, svi se pokrili po ušima od sramote, pokoljemo godišnje milijarde duša, radujemo se svome spasenju. U pravu si pišče, sad moram ići i u komunu koja se bavi ovim problemom, tamo ćemo se skidati sa mesa, kao sa droge. I za to će doći vrijeme, znam - moram da učim. Nešto ti znaš, nešto ja, a nešto i Stole, i tako ćemo osnovati škole u kojima će đaci smjeti izduvati na odmorima, što malim što velikim. Film je baš za Kustu. Nevjerovatni prizori. A i šteta kadra.

Mislim sad zaista drugačije, a i osjećam se jače nego ikad, mogu reći da više neću nikad – drogu probati. Jednom smo tako da bi došli do para za robu, krali auta, vozili ih poslije do lika koji je rasklapao šklopociju na komade, ili smo rezali iz istih airbeeege, dobro se plaćalo ako su u paru. Treba ga znati otkopčati, ja nisam smio, pa sam samo stražu čuvao, drugar ih čupao tako spretno, nijedan nije aktivirao. Onda je makeo limuzinu kakvu nisam ni sanjao, stroj od jedno stotinu tisuća leura, sve u koži do ručice mjenjača, ona imala na sebi – automatik. Opiči bik niz bašču, ote se jedne prilike Momiru i priki, on' za njim toljagom i dvocijevkom, ulemali ga u kraju, odmah do škole, dotukli ga nulom duplom. I tu ga jedva stigoše. Padoše oči junčeve, žao mu bi matere, što ostade u štali, Jevra smaza jaja, ko karamelu. Nije lako kad ti sina na oči kolju, ne – to nije lako gledati nikome. Pa iako si krava za koju kažu, kanta mlijeka, kad se izlaufa dobro – valja za kurbana. Jadna mu i nana, pa et' biće i njena mrtva glava. Ali krava više nikad, to će biti njen ubica, slikan za lične. Kad umre za tog života, u sljedećm mu je gledati kako mu čereče dijete dvije lokalne pijandure, odmah pored škole, Jevra tužna, već ko mali uštrojen, nema dva puta istom volu uživati iz tanjura testise, pa da si i iz prosvjete, ni kad navrati inspektor, njemu je neke prilike nasuo litar – Momir, presvijetlom mozak zauvijek pregorio, završio u ludnici, kao najnapredniji. Nije bilo budalastijeg u kraju, više se Mlađo nije javljao u pobunu, šutio čitav život, pa kad mu Bog i dade dara, bojaše se – šta će Vrtača reći. Osudiće ga što voli mlađu, i što je napustio djecu. Nikog on nije posjedovao, niti je išao za boljim, to je sve tako se moralo desiti, da bi on propisao. Mnogi su upali u bol, pa vidjeli šta znači imati spasenje, baciti ga u jendek ko smeće. Svi su plakali na sve strane, djeci nije mogao gledati u oči, čak i kad je opisivao štivo sa strane, ni natuknuo šta mu je uradila bol za klincima. Pičio je cestom kamionom, valjao iza sebe dugove, kad se zaljubio, nadizao kredita ko i ti Uroše, morao se nekim govnetom spasiti. Onda je počeo pomalo piti ko i njegov Momir, da je bogdom duvao. I tako je umro bez drage kraj sebe, umrla mu i suđena, iako nije bila previše voljena, ostade do kraja sa njim. I onda on nestade sa lica zemlje, pojavi mu se unuče niotkuda, baš da mu ti mentorišeš. Reci nam još koju riječ o toj misiji. Ti štimaj tam' _ kontrabas.

Lako je reći, pokloniću tijelo mesiji, ajd ti učini da onaj kraj tebe ozdravi bez heroina. Fu fu, mnogo zajebana čistina, briše vjetar sa svih strana, mali ništa ne zna, kud ga je dobro spržilo. Odnio mozak žuti u najveće požare, paklom se hvale, i to iz svih krugova. Poznaju i Hitlera, nije ga Bog poništio, nego ponovo vratio među žive, vaskrso, ovaj puta je ko zna ko, i možda je dobar svojoj majci, nije naredio nikog da ubiju vojnici. Baš me zanima ima li ko podatak da je on lično izvršio poništavanje nečijeg života... Mislim, ono baš smakeo. Ako ima ko neka se dopiše negdje gdje vidi prvi puta ovu priču sa Balkana, gledano od sveštenika u civilu, ne uzimaju sa ikona ništa, osim ako ne ukradu popu kad im zatreba za grama – heroina ne mora, nek bude za kokaina, jer je on mnogo skuplji, a i bijeli je, nije govnast.

Paz' paz', pokupiće te, vodio sam ga iz dana u dan, dvadeset četiri sata, nema prekida i kad spavamo, jer nikad ne znaš kad će posrnuti. Znam kako sam se ja osjećao kad sam stigao u odaje lječilišta. Dok sam nad njim bdio već sam usavršio Jengliju, i jezik domaćina, pričao sam od onog dana kad na tečnom njihovom odado tajne drugare, a ujedno svima bitna ispovijest i škola, nikad ne misli drugom – što sebi ne misliš, vrati ti se kad misliš da nijemi ne može progovoriti. I to na perfektnom, rekao je da si ti mentore šupak, ja Balkanski ćifur, drogirao se dole, došao jesti naše, i o našem se trošku liječiti od ovosnosti o heroinu. E neće da može, i tako sam ja objelodanio društvo iz staje, stekao povjerenje mariOvo, nisam podlegao ni ponudi najstarijeg zanata. Ništa. Pitao me kad sam se vratio, kuda sam prošao? Ja mu sve ispričao, drugi dan me dočekao glas iz jame. Alberto je zaista bio u zapuštenom stanju, rokao se baš krvnički. Ništa nije znao kad je stigao, pogubljen, kakav i ja nisam bio, računajte da sam od njega stariji cc petnestak. Sklopila inogorka sa mlaDenovim sinom brak, dobi unuka, baš kad na postelju leže mrtav. Ćerka se nije udavala, lagao je za nju i Biroslava, ostala je sama, da bude stara cura. Jer je tvrdila da je brak, profulan projekat, naročito kao što je bio od njenih staraca. He, ni sam ne znam kako sam uspio, ali neki mjesec poslije, rekao sam da Alberto može sam. I da, zaista je krenuo dalje čvršćim korakom. Polako se trijeznio od zadnjeg dopinga, ni slutio nije - da ga do tada nije pustilo. Krisni Gavro.

Ja sam krenuo dalje, kupio pare od bogatih donosio svaki dinar u komunu, od njih sve imao, samo trebao sebi zbaviti odjeću i obuću. U posjetu su mi ubrzo stizali roditelji, i suđenje me čekalo poslije toga. Karakondžin Panj, vrhovno tužilaštvo – optužen za stavljanje u promet raznih opojnih sredstava, usput udario milicajku. Dobila potres mozga. Imala kod kuće bebu od godinu i nekoliko mjeseci, šta misliš pišče da sam je kojim slučajem usmrtio?! I sebi bi presudio, ovako mi i to olakšavajuća okolnost. Advokatica Ivana, mi je rekla _ da mogu izvući uvjet. Drugarica joj sudinica. Izašao sam ispred porte, sve sam priznao. Bio sam bolestan, da nisam, ne bi sigurno to učinio. Sad sam u komuni, bili mi neki dan starci u posjeti. Godina i po, kako nisam unutra. Pa ako mi nova porodica kaže za crno, bijelo, onda je bijelo. I to mora da bude smjelo, kažem vam, ako možete dajte mi još jednu šansu. Probaću se popraviti, I evo me danas ovdje, uspio sam, ali mi je dosta toga išlo na ruku otkad se obratih onom pokraj ramena. Sad ga više nema, odmara, ja malo uživam u ljepotama svijeta – trijezan. Kako je tek biti postan bez mesa u tanjiru, probaću od tebe pišče naučiti. Inače, povrće ne ogledam. Polako, tek sam sišao sa droga koje šire glad, samo da ti je najbolje. I meso je isto takvo, još ako je svaki dan u tanjiru kao meni, e onda ti špagete dođu glave. Da, komuna ga je imala u malim količinama, i samo dva puta u jevti. Ostalo su makraoni i špagete, na razne načine, pica bješe vege, ali je bomba, ponekad neka sa salamom, ali nikako konjskom. Vodili smo dorate na pašnjake, tamo bi se njicali do mile volje, imali su ispred sebe, hiljadu duluma samo za skake. Sve se slagalo kako treba, dočepao sam se i ja neba, ali tek kad okrenu druga dvanestomjesečnica. Krenu priča ka pravom ozdravljenju, metadon ti je para za državu. Tako operu milijarde. Kad istog nestane, daj ovisnicima morfij, rodiće se ubrzo novi Adolfi, ako je nako kako tvrdite. On se dobro razlaže sa mozgom. Poslije njega je tek skidanje sa droge. Tri puta veće nervoze nego poslije heroina. Medicina u šakama đavla. Ali trava nudi i dalje spas, opušteno zaćilibarite, od nje ti ništa neće naškoditi, osim što će ti uvijek frižider morati biti pun k'o šipak, i od njega marmelada. Odozdo pogača vruća, kora diše. Pišeš li pišče, nemoj da te slava pokvari? Ja ništa ne krijem, a znam ni Stole. Njemu tajo alkoholičar kao i tvoj, samo što su obojica špajzaši. Zato vi niste nikad otišli dalje. Još ste naletjeli na gandžu u dobrim godinama, potisak kanabisa iskoristili, i zbog toga mislite da ste grešni, ma kakvi, pusti šta selo priča, za njih ti je i dim dva droga, ko da je stonoga erava u jednu nogu. Stigli bi do zvijezda očas posla vaši očevi, samo da ste im po jedan umotali, sakrijte im liću. Nego ste ih optuživali za šljokanje, niste im ni nudili trave. Od nje bude sasvim malo prebačaja, ili je i tu bitna duša. Ako ti je bila zaprljana, lako te prebaci na to – postaješ pravedan prema svakome. Prema sebi okrećeš cijev. Pojavi ti se u pravom trnutku drug samo takav, inače bi pucao. Bilo je došlo do toga, mislio sam se ubiti. Čak smo se jednom ja i ti sreli, rekao si mi potraži pomoć. Rekao sam da hoću, ali nisam nikuda dalje stigao od metadona. Da ne bi Miladina, moga jarana, isto sada vozača kamiona, i ujedno motora, obilazi takve skupove, jedan dan će naići dole kroz naš kraj, svratićemo na upoznavanje – odmah na ulazu u Vrtaču. To ti je sada središte svih zbivanja, oživio i Balkan – konačno. Tačno bi u pravu, samo da smo se tada riješili alkohola i mesa, do sada bi imali i završnicu. Ovako nam je proći kroz još jedan krug. Bilo bi prepopularno, pa bi svako rekao, odo se drogirati, po spas ću u komunu. Ja više ne bi, iako sam tamo upoznao sebe. Koštalo me dosta toga, i računajte da možda u budućnosti – strefe me kojekakve bolesti od unošenja horsa. Šmrkao sam ga pet grama dnevno, punih osam godina, dvije malo manje. Nije to nimalo lako. Sad bi sjeo i plakao do zore, samo da jednu suzu majčinu uskratim. Njoj sam uzeo dvije decenije života. Mitru nije bilo svjedno, i to sam vidjeo, njemu barem deset ljeta. Ima l' Šabane koja, na tu temu?

I tako kad sve to prođe kako jeste, evo nas ovdje gdje smo sada, razgovaramo, ti i Stojan, pa ja i ti, i onda sve trojica, tri različita tipa, svjesni sada šta možemo načiniti. Ali tada navrati pecaroš komšija sa pecanja, upeca tri klena, donio da ih ja očistim, koristim komad romana da iskoristim položaj iz koga mogu reći glasno – volimo se nek je svima jasno – najbolje to činimo bez gudre, i bez sardine. Odvuče te jedno pod svoje, svi se boje nečega, narkoman da se vrati na dno na kojem je bio, riba na suvo. E da, to je mene povuklo da se skinem. Osjetio sam potrebu da mogu, nisam zamjerio više komši što baca u po bijela dana vatromete, ali sam mu jebao mater trista puta, ko i ti pišče – kad mi prepadne psa. Ko da ja alav za eksplozijom nijesam odo. Moj i burazov uginuo, nikad ga nisam prebolio. Volio sam ga iskreno. E ali kad prepade tvoga, ti mu stvarno nakera kevu, i to pred po svog komšiluka, tu su i djeca, on baca petarde, retard, juče mu svaka kuća bila javna, samo nije njegova. Lova do krova, od tog se kupi roba, ako ostane za prodati koji paket, moglo bi se okrenuti neka tura, pa da se ima sigurno za mjesec. Isto kao i para, jer kad imaš dozu hrane i adrenalina za naprijed, možeš tandrkati po svijetu ko Mara Landara, imala dara za pisanje isto, sjebala je patoka. Imaš obrok ako imaš gram, petaka da se naspavam ko čovjek, hodam u poštarskom odijelu, a više nisam poštar, nego bivši, potrošio na robu sve penzije iz kraja. Kupio koku, kupio žuto. Kad sam dobio otkaz, dobio i tužbu, i za to su me na sudu oslobodili, Mitar i dan danas vraća dug. Viče, samo da mi se Ure oženi. Cijeni mene kao i brata, za njega kaže da je hašišar, više voli gandžu, nego ženu. Ti opet pišče je l' da nisi takav, odradićemo priču onako kako Bog zapovidi, isam znaš da tako sve laufa. Klupa usred parka, na njoj nema nikog, do jučer Mlađo i Vila sjedili. Zaljubljeni, cvrkuću jedno drugom – zuvijek, pa i poslije smrti. Postaće on jednog dana poznat, pa će ispričati ispovijest jedne narkomančine, koja će da dotakne mnoga srca, čak i njeno. Ne može se sakriti istina. Uvijek ispliva, pa ako tajno ljubiš nekoga, dođe do toga da smo evo sada – korak do raja. Ujedno i do kraja, još koja listina, možda pedesetak komada, ali ima da se roka. Koka i hors, više nikada u tijelo Uroša. Pošta nek' izvini, prve zarađene usmjeravam prema vama. Radiću iz dan u dan, samo da dočekam kad više nikom nisam kratak. Metak bi slijedio u po čela, samo da ne obratih se doramnedžiji. On ti je zaista uvijek tu, kad god zamisliš dobro, odmah će pomoći. Za loše ne treba, ima čovjeka dosta u tome, tako da je svejedno hoće li biti proglema. Sviđa mi se jedna razvedena. Ima dijete deset godina, taman ne moramo praviti. Samo ćemo nastaviti klinca odgajati dok on ne pronađe sebi puta. Al' ako ona baš navali, napravićemo još jednog da se ima brata ili seka, nije bitna čuka ni limuzina, bitno je da su čale – Armani.

Da, to postane posesivnost, pa muž ima ženu, ona ima njega, i to se tako proteglo sa koljena na koljeno, brak spas. Jeste za muškarce, žene jadne u njega navalile, u skoro svakom – donje, peglaju i kuvaju, dok se muški negdje oblokavaju pivom, gledajući borce, kako trče za loptom. Non - stop je njima dosadno, samo da im se igrati, ko djeca, e moje žene svijeta, jeste ga i našle s' kim ćete ganjati odgoj djece. He, ali i u njima vladaše posesivnost, iako su nadrljale do bola koske, voljele su nekog imati, u koga mogu uprijeti prstom – nema ići gledati utakmicu, lokat pivu. Tu se muško odupre, ja nisam imao u to vrijeme drogiranja – ni sastanka normalnog. Sve je to bilo, uzjaši i sjaši. Znale su me cure na mjestu dogovorenom čekati – dok ja sa drugom smirujem litru, negdje iza ćoška. Usput povuko dvije žutog, prije njih dvije bijelog. Nisam bio živo tijelo kad sam se pojavio u lokalu. Milica me tako dernula, pred svima dvjema šamarama. Ništa to meni nije značilo, još sam u sebi mislio, kako je glupa. Pa smo se cimali do jutra, nikad joj se više nisam javio, tako ni ona meni. Mlađo, đedo Albertov, kako si mi pročitao, Dajana mi je bolje pojasnila, naklon prelijepoj dami _ krivo mi je pravo što ti se sviđa pisac, bio je izgubljen. Zaljubljen u drugu, s' prošlom ljubavi takvom – imao djecu. I nekako mu je sa Vilom sve štimalo. Ja pregorijevanja... Jeste, dok se nisu sreli za tanjirom. Ljubili se danima, zakasnili par puta na posao, onda onako zaljubljeni ostali bez njega, više nije bilo hrane u izobilju. Para ni na zvizak, njegov biznis u helać, prije nego što će otići u inogorstvo, radila je Vila sve što joj ponudiš. Dijana stiskala, ostala bez dragog – otišao joj muž za drugom. Međutim, on je u stvari pobjegao od svega, samo to tada još najbolje nije vidio. Suđeno mu da bude pisac, ostalo je sve otimanje dana sa komadom. Nije mi ni hljeb trebao, heroin mi je bio i on. Ubijao glad tako smjelo, sa njim tijelo, za koje se nije moglo reći da je od bijelog, mada je ostalo posljedica i od njega. Podmukla je to droga, misliš nisi ovisan, kad odjednom ne možeš na pivu bez da zategneš deset centi. Duga crta, onda ona bude linija, i sudbina. Jebe ti se i za pisanje, i za življenje. Digne te u visine, a tijelo utrne. Pa trnci putuju svemirom cijelim, svakog usput ljube. Ne gubi se nijedan momenat, da takav ti je koks, oduzme mozak skroz, na oduzimanju ga prži na ulju, prerađenom u kamionskom motoru. Vozili se dizelaši, da začade baštu, džaba bilo više i ne prskati svoju, kad je oko nje svo zemljište bile zagađeno – pesticidima. Svako dobro, ima svoje loše, samo ono ćuti iza, kroji se, vuče tajne kao kofere, ne zna sam sebi čovjek oprostiti, kako će drugom? Nikako, samo se tako kaže, pa se zaprte svi na Hadž, da bi za života postali hadžije, jeste, niko vam ne brani, vidite li sad kolike smo demokrate. Pokušaćemo razjasniti nas trojica o čemu se ovdje zapravo radi, Bilja će to ipak sve složiti u knjigu, objaviti pod svojim imenom, osvojiti sve svjetske nagrade. Pa ćete oboje biti poznati, kud kroz mnoge živote dojebani. Sad bi se moglo reći da ste za braka. Kud ste oboje i slobodni, iako svako od vas ima po psa. Ti imaš Lusi, ona Putina. I tako se kresnu Amerika i Rusija, mi ostali, i opet pušagijamo. Ako uspijemo doćerati roman dok se ne zarati za prave, uspjeli smo. Imaćete priliku uglavnom, u nekom ambijentu sa nama uživati. Vjerujte da nam je bilo lijepo, kud se i ja skinuo sa heroina, istina će izaći na vidjelo. Nijednog od nas ne zanima više ništa, osim dvije tri marke dnevno za hranu, posadi sebi svako teke vutre, i idemo do slobode za svakoga. Nema živog stvora koji ga ne zaslužuje. Od naše strane tako, ostalo ti Bože odredi kako će biti, da li ćeš nas spržiti kao dinosaure, to je nebitno, uglavnom, bili smo živi, jedno neko tamo vrijeme, i evo trudili smo se da ga zabilježimo. Objavili smo i zbornik na inogorskom, pa će se naše pjesme sa Balkana čuti preko inetrneta i ti' fela, skoro do zvijezda koje ni ne slutite da postoje. Ima svjetova, a joj kad bi vam o tome raspregli temu, e to bi tek bila duvka. Opušteno, koji vam je klinac, rođeni smo u tijelu čovjeka, moramo ga poštovati kao svoj hram, u njega ne prinositi žrtve Bogu, naročito od braće i setara – životinja. Najedimo se bilja, pa onda prdimo kako bi da se smirimo u vječnoj slobodi od pušaka i bombi, petardi posebno. Tvoj se pas pišče i danas dani trese od stresova pušakaranja, za Božić i Bajram. I ti si takav bio, tata ti je mnogo pio, isto krilo ko lovac. Od Stojana isto, sreća Božija obojici što nalećešte na kanabis. Mene otreso alkohol, on je okidač za sve. Iz njega krećeš ka svemu, ne iz trave. Na njoj samoj nećeš učiniti nikom ništa nažao, pa da ti je tata bio Adolf. Da li bi isto bilo stanje u svijetu za vrijeme drugog svjetskog rata, da on i Eva imaše dijete, ko zna, možda bi tu svoju zamisao – žešće branio? Jeste li ikada o tome razmišljali? U igri je bio na neki način hors, to čim se on lupao sve, nije u Historiji zapamćeno, još njih dvoje u svom svijetu, u rupi dubokoj dvadeset metara, dole sobičci za njih i doktora, ni ne slutite šta vas čeka, biće lijeka za svakoga, de se samo vratite prvobitnoj ishrani. Ljudi su biljojedi, od jedenja mesa i tih vrsta patnji su svi problemi koji sve muče. Nema na Zemlji spašenog. Hadžija si poslije smrti, ili se vraćaš na ponovno življenje... prosvjetljenje se ne vidi niti predviđa, nego zasluži. Budeš dobar, pa te stari i stara – neće tući prutem, nego šuteeeem u dupe, mrš na spavanje bez večere. Nije što je ljuta, nego što mora tako žena, muž cijelu platu popio, jednu zadužio još, nju prokock'o. Mi smo ti išli na te priče, jer je tamo bilo besplatnog alkohola, ubacimo pedeset leura u obrt za zaradu kartom, popijemo trista. Dok nas nisu skontali, nisu ljudi odavno vidjeli veće pipure. Nadrobljeni svime, alkohol nas samo popravlja. I tako se Hile dozirao, svakim danom pokazivao Evi, kako je u pravu. Da li je ona to vidjela, ipak ljubav nema granica, da ga je voljela – voljela je, ili nije smjela pobjeći od ss a. Stiće je negdje ko i Momir svoje teke žene. Izbiće joj zube, odlomiti dva tri rebra, onda će ona, i opet biti njegova ženka, pa ga neće više na zlo nagovarat'. Ma ta rupa mu je bila kazna, živ se krio, a da nije ni bio svjestan pakla, u početku je to možda bila dobra namjera, nema dobra ni u boljševizmu, a ni brate u kapitalizmu. Moramo se riješiti mesožderstva, onda ćemo biti svi iste nacije, nestaće fašizam, zauvijek, i iz švaBa, i iz parTizana. Ostaće od svega _samo tračak papira _ na kojem ne piše ništa. Osim _ Brena, je svatki Grijeh.

Reci i ti Stole koju. Jašta ću, vi ste bolan ljenčuge, navikle na tatine i majkine jasle, još vas žale, a vi se prangijali kokainom i heroinom. Mislite, Stole ne zna uživati, otkrili ste mu žicu, ni ne slutite kako izgleda kad svevišnji uzme mozak, a da duši da diše, niste drogirani, samo povukli koji dim trave. Puši se na prozor mečke, dizelka joj mašina, najbolje djelo Hitlera, da ne bi njega, Nijemci nikad ne bi imali toliko odriješene ruke, vidješe da mogu, pa će pokušati se igrati Boga. Onda dođu na ideju, de pobi ostale, naročito one što jedu meso. Polako, lako je naprijeko, i sa drogom, ali šta ako ne doživiš prosvjetljenje, pojela te ista do skeleta, i pisca i Uroša. Plašite se svoje sjenke, ovaj se plaši stršljena, ovaj ose. Puna torba tableta protiv takvih napada. Ma vi ste pičke ako mislite da niste govna. Štaš meni pričati... Imam takav slučaj, gazda kod kojeg radim, pije i kocka, usput spava sa puno žena, post'o sami vrag. Oto mu se svede isto, i još gore nego kad te zahvate more, nema više droge, valja naprijed trijezan. Ja ne moram, mogu opušteno duvati, vi – bolje da i to zaboravite. Ne znate dnevno dva tri, nego po pedeset. Isto ko da pušite cigare. Smanjite malo, mora sve umjereno.

Svako će doći na to da ne treba jesti meso, ne smiješ prenaglo, izbićemo se i zbog toga. Znam da po istini moraš pišče, ali onda to i čini. Ukidaj sve opijate, osim trave, mesožderstvo smanjimo na nulu preko postova, počnite jedan bez prestanka, eto oporavka svima. Znam ja to, no nije se lako skinuti ni sa te vrste opijuma. Hrana obuzima oko čune, skače što će mu gazda šorati pečenje, ujutro se raspane od hemoroida, ne mora se taj dan raditi, praznik. Ali se mora naraditi na mladu nedjelju, il' na neki drugi svetac. Na vlasti su sade komunjare, poslije njih dođu te iste barabe, samo se presvukli u demokratiju. Mistriju mu djeda nosa kroz sokače, unuče šmrče bijelo. Mora. Đavo dođe po svoje stigo, i kad je pošteno. Ne osamostaljuju nas roditelji, dižu nam za fakultete kredite, mora se to nažuljati u brazdi, gazdi donijet' profit, jer će mu pasti na pamet drugi gurmanluci, povuče se bijelog, ide priča dalje, jebeš alkohol i pečenje, to se onda može uvijek, da bi se na kraju spustio na čistinu, malo zaspao, opališ po žutom. Ko da ja ne znam kako si posrnuo, bio sam milion puta nad provalijom, to mi ne treba da budem prosvijetljen. Sijam ko reflektor od iljadu vati, može i tisuća. Svačiji je Nikola Tesla. Ko da je njega njegov tajo nešto kontao, bio pop, mogao ga otisnuti u svijet. Kako će Mlađu njegov stari? Zamislite kakva bi to bila sila od pisca, za pet godina doveo struju kroz vazduh... Dovršio ono što je djed počeo, sve nas je gonila pohlepa, ako ne direktno, onda preko rodbine, ali samo one bližnje, dalje se dijeli na jednine, jer smo svi za sebe, drugima da pomognemo kad god treba, a ne da nabijemo na ražanj. Znam ja to sve, polako vas dvojica, vi i dalje da vas nisam vidjeo ni naduvane. Alkohol ne ogledajte. Ma joj, šta ja vama pričam, pijem kafu i pušim cigare... E da, tu ti pišče skidam kapu. Od ta dva otrova, i nema goreg, ne možeš se skinuti sa te priče, ko sa horsa. Patiš godinama, još uvijek osjećaš šut u drugi svijet, i to za pišljivih cenera leura. Ja seb' za tol'ko kupim trave, pa još jednom tako, i prođe jevta, nisam naduvan što moram biti, nego što volim, još više obožavam živjeti, goni me budalica da sve ljubim, pa se tako svako malo zaljubim. Mladen se bio isto, šta vijećate, proradio pjesnik u čovjeku, spoznao da ima kraj sebe nekog ko ga voli više od sebe. Odriče se života zbog njega. Ide stazama trnja, samo da bi ga voljela, i tako druga, i tako treća, dok mu ne odraste kćerka, onda ga svega bude sramota, najradije bi sve knjige otkazao. Znao je on to, samo je htio nekako sakriti, ostavio mnoge iza sebe žene, nijednu nije kako treba volio, nije smio od njih, bojao se i jedne i druge, onda se skrio u pisanje, i tako su te pisanije nastale. Sredićete to vas dvojica, ja ću nadzirati, onda će Daja sa društvom priču objaviti, sve ćemo pare od zarade dati da se asfaltiraju putevi, ali domaćinski, ne kao pred izbore.

Pa poslije rupa na rupi, ne možeš proći da ne sjebeš gumu, u tačaka. Ma jok bre, ministru je bio u najmanju ruku audi, isto tako popu, a za njima mečka, predddsjedniku. Njemu ćemo vjerovati, i njegovim lopovima. Sreli se Mrile i Vuki jedne prilike, jedan drugome pomaže, a iza njih miljarde – prevarenih. Oni nemaju pojma u stvari, zašto su se sastali. Rokaj ti po svome, neka vide unuci, od kakvih smo betera dobijali po ušima. Uzmi me kad misliš da trebaš Bože, to neka je u tvojim rukama. Sve što mi se desi u životu, tražiću način da prihvatim, pa ko tebe kamenom - ti njega hljebom. Onda si spoznao Boga, toga je bilo jedno vrijeme na svijetu ove planete, veoma malo, počeo sam da se osjećam brkato, iako sam žensko, umjesto pice, nikla čuna. Ovo malo na fore Ramba, koga ja mnogo cijenim kao umjetnika. Ljutio sam se na njega samo, što i u naše selo nije – svratio. I rekao da duvanje je brezveze. On na to poslije dvadest godina dumagijanja kaže tako popu, ovaj ništa ne konta. Poslije toga ja zapalim još jedan, pa opet pustim snimak na Jutrubi, svira za ustanak, idemo gore ruke, cijeli Balkan, za njim čitav svijet, dok ne svrši sveMir, rodiće nam još jednu Zemlju, ali moramo biti dobri, nikako nezadovoljni. Kad budemo zadnji zalogaj dali golubu, onda da ti je tata bio Hiki – ti si Božiji. Nemaš veze sa predakom, osim po Mriletovom, i Vučkovom. Morao sam ih spomenuti, zbog pjevanja na zboru u pomen Petru Kočiću. Ne dozvoljavam da kojekavi dripavci ikad više prodaju maglu svijetu. Ma neš srat Stoletu, ja sam malo više otišao, ni ti pišče, a i Rambo, ne možete mi osoliti. Možeš popiti par doza od horsa i mišomora, ali na venu, pa to radi svaki dan, jer ne možeš gledati kako neko ita smeće pored puta, dođe ti da ga zaburiš u kazan pun vrele masti, još ti on na to veli, nek' kupi ko baca, ja neću. Znači, smiješno, ali se ne smiješ žaliti, u stvari smiješ, kad je u pitanju itanje smeća u rijeku, osijeci mu obe ruke. E to ti je fašizam, ima ga u raznim oblicima. Cima od krompira ako nije stradala od baja namijenjenih za tamanjenje iste. Biće rane, pa i za utrapiti. Krtini se dijete raduje, isto k'o i prosvjetljenju. Tajo malo nasiječe potrbušine, pa se doda sarma, na kraju razglavi krmku glava, kažu na sve to, jest bila dobra slava. Da, vepru najljepša. Košnica pčela crče, za njom ostale, i odatle krenu svijet da umire. Nema dalje. Sve staje, izlazimo iz kože živi. Gledamo kako vene sve do cipela. U njoj peta vrda, krenula bi naprijed. Ali ni njega nema. Stvarno umreš, ne mrdaš ničim, osim što duša otresa bale, skida govna sa sebe, više se ne misli vraćati nazad, dostigla je vrhunac, slijedi nirvana. Ne možeš se okretati šta je bilo iza, kad nemaš pojma šta nosi sutra. Budi tu gdje jesi svakog doživljenog dana, i pomalo duvaj. Sad ćete vi meni reći kako ste spoznali više sile mudrosti, to što ste vukli bijelo i žuto. Pa ja to znam sa dva dima, i čak i to, samo sam rob. Nisam ja nikakv borac za ljudska prava, nego za svoje. Imam isto da mislim kako mogu srediti svijet. Tom ga ispitu učim, nemam kad za drogiranje. Ti pišče moraš zbog pisanja, jer ne možeš se prebaciti bez toga na pričanje. To se isto može i od trave, poslije nadrljo frižider. I niko drugi, sve ostalo što ti se desi, tako treba biti, i to prihvati, pa i ako je nekada ružno, i ono je bitno na tvom putu, jedni su učitelji, drugi učenici, i tako svako svakome, mora ostati toliko dobrote u vama, da kad se sretnete - ne pljunete jedan na drugoga, ostalo je lako, i ne morate se voljeti.

Stole, sve si u pravu, vidiš da smo na tvojoj strani obojica, ne drogiramo se više, Uroš ni ne duva, samo sok od jabuke, il' grožđa, oduzimanje – kolom. To mu je od opijata, uz - cigara i kava, pa ćete da se skinete sa toga – obojica. Nema ni pušenja, ni kavendisanja, samo može trava, ko ne voli nju, može popit tri piva sedmično, jer sve više je ovisnost. A ona je bolest, želim vam zdravlje. Izbacujemo iz komada nikotin, ostavljamo da se dimi sudbina, na čistaka. Nisam prevario Boga, nego mu još više vjerujem. Živim i dušom i tijelom, jedno za drugim ne zastajkuje, niti koje srlja naprijed. Danas je to što imamo, pitanje je da li ćemo uživati u sutra. Nikad ne znaš koje ti je zadnje jutro, možda to i ne osvaneš. Pa i ne umreš skroz, nego samo tijelom, duša nastavi sa novim zadatkom, ako si ovaj nivo prešao, ne moraš se više rađati, izlaziš iz pakla, stižeš konačno u taj cijenjeni raj. Meni je bez tih sranja zaista lijepo. Ne kupujem paket cigara za petaka, nego pola šibe. Kad baš moram ćilibariti, daj onda da ujedinim selo, idemo dovesti iz brda vode, neće više niko obranicu na rame, hvataj je u cijev, ona nek prolazi kroz čabar, vataj u kantu, vatrenu srču, poslije ćemo glasati – za koga hoćete. Znači, ništa preko stranke, nego preko zasluge, Bog ima čudne pute da dođe do istine, samo iz tebe zine na sav glas – nije dobro, ono te za to razapnu na krst, Hitler se sam ubi. Vidite li razlike, šta dobra i loša priča učine od ljudi – koji kad su bili mali, bili su nevini? Mislim da ni Adolf sa šest godina nije nikog mrzio. Učili smo i manje da dižu ta tri prsta, drugi klanjati, treći jedan sklanjali, pa ostala dva, eto to ti je taj Balkan, tako bi' ga ja opisao. Međutim, nije to sve lako, vidite da su me zvali pod hitno, morao sam okupiti ekipu, za završiti priču. Hoćemo Mlađi – osvjetlati obraz. Sad će opet Urke da urola, on je zadnji, stigao iz komune. Mi nigdje nećemo ići, sićemo dolje niže kuće u bašču, da se ispričamo, nismo se vidjeli životima, sastala se dobra ekipa, sad ćemo malčice o Vrtačama. Kako je u kojoj, od toga mljeti sistem na stihove, poštovati boGove do ramena, željeti samo dobro. E tad zlo prestaje, nastaje harmonija cjeline. Spajamo se sa bićem iz svemira, rađamo ili smo ćale – nekom novom, ono odleti prvi mjesec – dalekom prostranstvu, postaješ mi neprijatelj ako jedeš meso, eto ga Adolf, on je to tako vidio, pa vi razmislite. Dalje se plovi, pluta ko gljivov čep po rijeci, neko za njim itnuo i bocu, pijan ko ljesa. To se ne zove kultura, nego opleti po džepu, naš ti svijet u to doba nisi mogao drugačije naučiti, ali to nije bio problem na tom nivou, zakazivale su komunalne službe, sve nas je bilo više. Puže zec niza stranu, stigao ga metak, ja da se žalim nije mi dobro, njega ko šiša. I onda ga stigne natreniran cuko, za njim vlasnik, sila nebeska, u rancu litra i po, najglavniji je u ekipi. Ota se zove društvo, i ono je legalno, e jebem ga onda, ajde da se naduvamo možda, pa da se razbistri magla svakome. Bojite li se mene? Nemate potrebe, ja nikog ne mrzim, slobodno uživajte opušteno, nisam političar, niti ću to kada biti, samo kažem kad mi nešto smeta. Idemo dalje da se šigicamo, opet dole u bašči, život jedan drugom pričamo, više se ne drogiramo, neki bivši narkomani, neki nisu nikada ni bili na drogama, samo ponekad povukli iz lule mira. Svira muzika u sred šljivika, pisca slavnog _ sahranjuju.

Znate kako, uglavnom nikada heroin i koks, to ti je sve poslije alkohola, znači, ni njega, ni džointa danas dvadeset, i tako deset godina. Po dva dima dnevno, dovoljno, kome je malo – može četiri, žmiri istina. Tako svi na kraju ostajemo bez tijela, isto kao i sa heroinom. Ako je neka gadna bolešćuga, pustite čovjeka neka se lakše upozna sa licem pravde, nije mu možda lako. Ili nas tu evolucija voda, hoće još pokornijeg roba, ovaj joj se oteo, počeo ratovati, izmišljati bajke kad se našmrče. Isto to možeš od trave, poslije barem nisi – mamuran. Kad je odmor od dnevnog rada, i čas poezije, motaj, po dva dima dnevno, ili kome je premalo, može četiri, neka se baš k'o čovjek ugruva. Eto kako se ja zezam, a uvatilo me od vrata prema zubima, ne popušta, ako ne završim roman, uradiće to drugar iz društva. On je nebeska sila, ima nas takvih trista milijardi, samo poneki čovjek, ostalo – životinje, uglavnom, svi su biljojedi, mesožderi idu ponovo na priliku, bićeš svinjče ili jagnje, nikom ništa ne skriviš osim biljki, onda te pobožni urokaju macolom, sve dok se ponovo ne probudiš kao čovjek, e onda se mora vratiti svojoj prirodi ishrane, zdravlje će se na cjelokupnom nivou popraviti za šest mjeseci. Ićemo dalje britki ko čigre, samo bi da se vrtimo, kad stane, neka niko ne zabija krstove i nišane, meni ne daj Bože. Ni cvijeće, bacite tijelo u vatru, pa u rijeku prvu - ribama pepeo, njih sam jeo, i danas ponekad. Od ovog trena više nikad neću, prestajem to raditi, od toga me spičio išijas, neće i on svaki put od promaje, što veli i brat Stole. Droga stop, sva, pa i alkohol, ostavite u vrtiću priliku, možda se neko lati kanabisa. Ranije će da propjeva, ako je pjevač. To ti je medikament. Njega je Isus duvao, samo lakrdija to sa travom, pogrešno prenijela. Indijanci tajnu čuvali do kraja, došljaci svjesni – sve ih do zadnjeg pobili. Ostao koji _ ako se skrio živ pod zemljom. Ne želim imati šanse da mogu oživjeti, oću da vaskrsnem ko čovjek. Vama dajem na znanje, sad se svega odričem, više mi ništa ne treba, osim komad neba, idem da plutam niz rijeku, barem nisam smeće, i to neiskoristivo, a sve to možeš u reciklažu... Ispod nas je sljedeći svijet, ne u vasioni. Možeš ti zamisliti na šta je to ličilo, i dobar je Mlađo? Zvona zvone ne prestaju, on kuca o ljubavi, dok mu u ulici pijani lovci šoraju pse. Poranili, jutro pola šest, sve ih pobijene potrpaše u gepeke, i odoše u brda. Odatle se ne vraćaju danima, šta gore rade niko ne zna osim njih. I nije, kažu policajci – pametno ni ići provjeravati. Zaštiti se sam, pa kad te neko napadne ti ga ubij, e za to si u to vrijeme išao u zatvor. Neka, ako si bio svjestan u tom momentu, ali ako se zaključi da nisi, i da si bio mrtav pijan. Odgovaraš samo kafu advokatu. A nije da ti hoštapleri okolo uzmu kožu, i na kraju te izdaju, pa dok izađeš iz tvorza, oduzmu ti i kuću, corsa zahrđala, sjedi na klocnama, prodao unuk za drogu, i rezervnu gumu, otac mu je ubio čovjeka u nejasnim okolnostima, nije on zgazio Gospodžu, njoj ništa nije smio reći, zacopo se u rugobu, mrzio iz dna duše mladenOvu mamu. Prava ljepotica u svoje vrijeme, niko ne može da zamijeni zagrljajem majku, ona kad zagrli, stisne uz sebe, plak'o bi od miline mjesec. Kad kući dođe Mome, ubije Boga u njoj, samo sjedi na betonskim stepenicama. Znao sam odakle išijas, navuka reumu od njih, dok me nosila u stomaku. Već kao mnogo mali dobio sam dobre preporuke za patnju od kostobolje, imao sam bolove u lijevom kuku. Ubijaj đavla u korijenu, da se ne proširi preko cijele strane, pa se nećeš više okupati naveče pred spavanje, a ne osušiti kosu, i sva okna očepiti, leći na sred propihe. Od tog je tebi to jarane, ne svaljuj na druge priče, nego i ti reci kako je bilo. Nije se samo Urke drogir'o, vidite da ima pet puta gorih.

Nisam se seksao za pare sa muškarcima, sa ženama jesam, otkad sam otišao u komunu, više nisam. Tražim sebi ljubav, hoću da se zaljubim, otračim to sve ko i ostali, pa da se izgubim sa piscem i pisaćom mašinom - pod jabuku.

Imam jednu u gepeku rezerve, nisam ubio iz puške psa, ali jesam zgazio prebrzom vožnjom, uz to ubistvo, ima još trista svinja, i sa njima toliko jagnjadi, sedam teladi, trista tone ribe, smrdim na lešinu. Došao sam na istinu, od danas čisti vegan. Ne dodirujem nečiju patnju da mi bude ručak, osim ako to biće već nije u drugoj dimenziji. Mi cvijeće vidimo, ali da se osjećamo kao ono, trebamo doživjeti prosvjetljenje. To se samo desi, nema testa sa granicom dokle trebaš stići, možda to bude predzadnji sekund prije stajanja srca... Tijelo upadne u rupu, pod zemljom oživi. Imaš priliku živjeti, tvoji te najmiliji zakopali. Ako su me ubili, de neka je zastvarno. Znači kad padne tijelo, i da se ne budi treći dan, spali, vidimo se odmah potlje, pod jabukom pod jabukom. Tamo ćemo paliti novi komad, jebeš sahrane, one će biti samo za budale, koje se baš ne mogu riješiti strahova. Od čega se bojiš, rješavaš se đavla? Nisi ga uspio upregnuti, pusti neka samre. Dotle – piši. Djeco sva svijeta volite se, od vas na kraju naprave monstrume, pljujete najbližeg. Nikog ne mrzite, to što se sa nekim ne slažete za mišljenje, oto je normalno. I treba da bude tako, ali bez sukoba. Klopaj vrganj, nemoj krmka, pa ćeš da vidiš razlike, a nije odeš u gljive - sve od otpada iza žderanja usput – baciš u prelijepu Dubravu. To nije Vrtača, u njoj žive životinje. Čekaju ih na čekama pijandure sa puškama, kao drže eko sistem pod broj. Ako i jeste tako, odakle tebi to na rakiji? - ajd da si duvao, pa došao do tog, ja se ne bi čudio. Nego de ti još jedan Stole pripali, ovaj prošli te baš bio opaučio. Ne, ova Dubrava bješe slobodna, u njoj je svaka životinja imala mir, niko na nju nije pucao, niti letio nožem. Ono što je dalje između njih bilo, to nije do nas, onda je Bog na sceni. Rola baja do jutra, mi samo po komad pod rukom. Rukujemo se sa dj om, on načelnik opštine. Ništa ne poduzima, istina je – nerad je naša disciplina, i ona nas drži u životu. Da nije sunčanja guzice jednom godišnje na moru, ne bi ni živio. Mlađo o tom nije imao pojma, nije se smio ići igrati sa rodicom i rođakom. Pero mu nekad samo došutne loptu u školi, i to je to. Ako mislite da takav odgoj može dovesti dijete da ne može voljeti, griješite, takav je bio Isus, podnio muke rad' naših guzzzčetina, ali nas za to baš briga. Koljemo mu uču rođendana na dva dana, takozvana tučnica, _ Milijarde svinja. Mora istina isplivati, tako će nam biti – kakvi smo - Hoćeš u okolac ko krmak, eto ti ga, sad si ti taj, a onaj što je u prošlom bio gica – ti, pa ćeš da vidiš kako je. Ni poslije dvije godine bez mesnih prerađevina, osim po koje jaje od slobodne koke, i upecane ribe. Ni to mi više ne ide niz grlo, tjera me na povraćanje. Svijest ima dodira i sa ukusom, kod nas ti je to sve navučeno na rakiju i pivu, a to aperitivi za dobar tek, ko da si nategnut na tekunje. Nije bilo vegete, ko podravKine. Za nju se davala kila čokolade, a znate da ona nije jeftina. I nju sam znao srokati cijelu, cirka 250 grama. O svemu ti možeš biti ovisan, i da ti od toga bude loše, nemojte misliti kako je to samo od droge, može se umrijeti od kole, ako je rokaš svaki dan dva litra. Eto da ne bude neke zabune, mi što o ovome pričamo, to je zbog cjelokupne teme romana. U početku mi je Bog postavio zadatak, ja nisam ni znao šta trebam, Nego je on otpočeo, pa me drug napomenuo da to nije dobro, pa me druga sestra navela na to, da tu fali opisa, sreo mene i Stojana, nemoj pišče da omaneš, Radana ponekad spomeni, imao je i on jednom raketu. Imaš to paščence kraj sebe, vid' kakvo je slatko, rudlavo ko pudla. Nije zapetljano ko maltezer bačen na ulicu. I on je nekad bio slobodan cule, onda ga svi sebi prisvojiše. Piše im se ime preko zida cijelo. Volite se poslije, de završimo započeto. Obećali smo Mladenu kad smo pošli u ovaj život. Rek'o je da pozdravimo javno Vilu, ona je sad u svijetu prošlosti, i danas se je Mlađo – rado sjeća. Otišao bi za njom istog trena, sad više nije strahovao za klince, napustiše oni njega, jer odoše za svojim nekim ljubavima. I Dijana skonta da joj život prođe uzalud pored pisca koji samo onak misli da može, ustvari ga tuše strahovi. Našla sebi drugoga, ostao Mladen za kucaćom mašinom - zakucan. Nije mu se više dizao krvni pritisak. Crkla pumpa. Sve imamo za džabe, na to se samo bunimo. Moraš kad imas vlast. Čim se to spominje, odmah si na pragu problema, dalje se fašizam odvija u luku mržnje. Počinješ svima tražiti dlaku u jajetu. Smrt njemu, sloboda narodu, i nije nešto obećavajuće. Imaš ga svakakvog, 'oće ubije kerče, pa ti njega ne strpaj u logor. E da, takve trpaj u zatvor, odatle kreni sa nadzorom dalje, a ne sa onima što duvaju _ da sprdate tračeve. E za tim me najviše bolee kita. Kad mi se duva, motam, i nazovem Stoleta. Jer se moja supruga gnusa gandžije, ne gadi joj se cigara i kava. Kaže, boli je puno glava, a mene baš prestane kad dodirnem rizlu. Isto ti je to, samo što je kanabis medikament, ono ostalo nije, i ako je opasno po zdravlje, kad se heroinom i kokainom prosvjetljuješ, dočekaćeš bolesne bubrege, ili ne daj bože pankreasa, jetre, želudca, sve napada bolest, samo se ti obrati onom do ramena - Daj deset grama, evo ti, sve poliž' za noć, uz to smlati karton limene, na to dvije linije na jutro horsa, mirna Bosna _ sigurno od takvih, nije zbog seljačina. Naročito onih koji pjevaše predsjedničkim tijelom, pod šatorom - kraj kojeg je pisala poeziju – korida. Borba bikova, hej, o čemu pričaš? - naravno da sam radije na heroinu, nego da moram krčiti boce kad dođem kući, proširujem stado. Joj jaro, pa ti si već vege, znaš o čemu pričam. Biti čoban gledano iz tvog ugla _ ti je isto kao da si narkoman. Pa bez toga ne možeš. Kad okreneš fotku naopako, skontaš kako je u stvari. I da je tako zamišljeno, kad smo krenuli u ove živote. Jučer smo bili Mladen, Ajla, Vila, Dijana, danas ja i ti, Stole ponekad naleti pod stablo, duvamo koju sa strane u vjetar, skrećemo pažnju da treba pod hitno legalizovati upotrebu kanabisa. Svakako, neka se neko predozira, da vidimo nus pojave, istražimo lijek budućnosti, on će nas izliječiti od svega. Više nećemo biti bolesni nikada, i to je ta strana koja nas vodi do raja, i do Dubrave za životinje. Neka sam u Vrtači do groba, samo mi daj motiku i ašov, plug ako ima, ostalo se ne brini. Kad je Mlađo ugledao motokultivator u prikinoj garaži, otišao stari u instranstvo, nije ni to sineku dao. Neka - da se sačuva dok on dođe, nije bitno što će dite preživjeti maloljetan – ratne bitke. To mu je suđeno. Isto to napravi čovjeka lakog na udarce. Svako bi da zaboravi bol, samo ne zna pravi recept. Duvaj brate, i ja to sad znam, samo sam još frišak od horsa, iako će ubrzo pet godina bez njega, ne želim ništa da me iznenadi. Guraću tako do godina deset, pa ako mi onda bude stalo do te priče, produvaću i ja. Do tada ću motati škiju, i poneku kavu od komšinice. Uz to dva tri reda čokolade, ali da je bez miljeka, samo kakao i voda, tu je ta srž problema. Ne pretjeruj ni u čemu – crkotino. Budi muško, pa priznaj – žene su hrabrije. Zato ih je Mlađo imao mnogo, bojao se. Pa i kad je volio, to je bilo polovično, Viljuški se potpunac dao, to je samo pogrešno viđeno, da jeste stvarno, ne bi ostao kraj djece.

Ali da ne odemo dalje, a ne utvrdimo koliko je i pušenje trave na duže staze štetno. Ja na primjer sam pušio je kad sam bio mlađan momak. Jedno veče uz dva dima u nekom lokalu, ispio sam čašu crna vina, izletio kroz rulju vani, skljokao se na pijesak promjera tri centa otprilike, svo čelo razbio. Mislio sam da ću umrijeti. I onda k'o i svako piskaralo, ono se boji svega, samo je u svojim knjigama jako i stabilno, nisam duvao osam punih godina, djeca stasala za igru, ponekad se napijem. I to onda kada nalažu običaji, što vjerski, što nevjerski. Pa sam se zaposlio kao vozač kamiona, isto kao i Mlađo,, naletio na neku svoju Vilu, raspao mi se brak. U svaki treba ulagati, da bi opstao. Nikom se više ne da dati cijelog sebe, ako ta ljubav nije zabranjena. Dočepao se problema, pa reko, da koji zapalim. I tako smo ti ja i kolega se dočepali zemljEE cvijEća, u njoj opuštano, dopušteno gandžijanje. Dok nas je vozio taksi do centra tog predivnog CvjEtograda, usput sam vidio lokaciju na koju ćemo se par minuta kasnije pojaviti. I tako smo stigli za pult, na njemu poredani cvjetovi, smiješ slobodno dumagijati kanabis, neće ti policija ništa. Reko, šta je najbolje? On veli, ispod crne kože, oči ko dva klikera sjaju _ dinamit. Reko, de nam za dvadeset leura. Ostalo od zarade nismo smjeli trošiti, i to nam je bilo od bakšiša, odnijeli nekoj baki stolice saa kamiona, do njenog stana. Pa reko, kad sam sve rekao, de nam i smotaj, ne znam njegovu jezičinu, ali mašem rukama, pa smo otišli do podruma, ista postava kao i za naša vjerska i nevjerska slavlja. Na astalu čaša vode. Za drugim stolom neki klinci sjede, kad smo stigli –

bješe crni. Čim sam povukao drugi dim, već sam i znao zbog čega. Obijeli i u kolege glava, trava proradi. Ali u kratkim eksplozijama, dižemo u vazduh neprijatelja, svome se jadu dobrom nadamo. Potrčao sam uz stepenice uz povike, bacaj to iz ruku, sad će milicija. Ostali strahovi u nama, kao da hoće sad baš da izađu. I tako ti se ja obrati duhu, sad već ni on više nije crn. Nego blijede kože kao papir... izlaz? Ispred tebe je, progovorio je na nekom još stranijom jeziku, mada sam ga razumio. Otvorio sam dvore prema vani, izašao iz pušnice. Samo se tamo ne suši meso, mada bi moglo. Trčao sam tako, kolega me jedva stizao. Vikao je da se ne plašim, ali džaba. Od sebe sam stvorio ludaka, očas posla. Reko opet nešto, ako je ovako biti lud, i ako tako non - stop traje, daj odmah da se ovjerim. Ponesi žutog. Upo sam u nedođiju, pitanje veliko, hoće li me komad pustiti... I onda sam ja tako zaustavljao taksi, on prođe ko da me kraj ceste nema. Nigdje nikog drugoga, taksista, i pokoji biciklista. Pista duga kilometar, il' dva, ide drugi. Kad ono isti onaj što je prošao, onda sam na trećeg takvog izletio sa tijelom na sred kolovoza, jedva ukočio. Kolega mi otvorio vrata, nećemo mu spominjati imena, krije od tate da duva, pa ćemo šutjeti, i moj se ponekad zna ljutiti. Barem da smanjim, govori, ali ja pišem puno, pa ne mogu. Ušli smo lagano, posjedali, onda me napade novi strah, ne znamo gdje smo ostavili kamion. U njemu ćemo spavati, djeca sa bivšom, ja već sebi, nabavio novu. Kad me to sve počelo mljeti, nisam ni stigao izustiti – gotov sam. Vozač spustio sve prozore, dao gas za grupom pedaldžija. Ja pojma nemam kako nijednog nije zgazio. Ujutru sam se probudio presretan. Normalan kao i prije, i tako je od tada pušim mnogo godina. Nisam više griješio, pa da budem lud. Ali sreća pa sam pisao, dobro mi nije moglo dokundisati. Zbližio sam se sa djecom, dragih imam trista, još malo samo, pa će biti miliona. Milijardi je previše i za mene, obožavam žene, naročito kad ne dudlim kanabis, par dana. Išo bi se opet ženiti, dovesti pedeset sedmu. Tako da se radi jednu generaciju, sve bi to bilo normalno za oko posmatrača, pa i uživaoca strasti. Nema to veze sa ljubavlju. Prije koju godinu upoznao sam Stojana, njegovi još jeli meso, stari na nagovor njega okačio pušku o klin, inače prije toga, cukove po selu ubijao, isto kao i moj stari, a tako i Mlađin. Tvoj to Ure nije mogao gledati očima, otišao preko tetka do same granice inogorstva, nikad se više nije vratio na svoje. Iako si rođen gore. Ti si Uroše odozdo. Otac mu je pijuckao otkad za sebe zna, to je Stoleta tištilo i tištilo, evo ga jutros Ure moj, on nije sa nama. U ludari je, morali smo ga jučer smjestiti u nju poslije komada ispušene trave. Primijetio sam ja neki dan na njemu čudan simptom, samo sam mislio da se utripov"o. Međutim, sinoć ga ne pusti, proradili strahovi, i uboji pasa. Otvorila se rana, prepuklo mu. Odnio je iz kuće sve pare i zlato, niz cestu blatnjavu prema bolnici, u čarapama, mi se zezali, oni se primili, izbor nije bio, nismo ga mogli smiriti. I poslije duvke mislili da se zeza. Odvez'o ga drugi kolega na spavanje. Čim je zamakeo, ovaj se otrgo. Usput oteo nekom liku auto, dovezao se do hitne. Kad se smjestio na stolicu kod doce, noga igrala desna, kolo bez prestanka. Ko da je nabobirana, čim je doktor otišao po slušalke - da ga posluša kroz pluća, on iskočio kroz okno. Tamo dole gdje je spao, skinuo sve sa sebe. Otrčao u gaćama u obližnju kafanu. Sreća tamo osjedale kamiondžije, znale da nešto nije u redu sa njim, pa ga lagano doštrafašaše ponovo na stolicu kod dr, i više ga ne ispustiše iz vida, dok bijela mantija ne donese crijevo – za duvanje guma. Ništa mu ne bi bolje, danas je dole u podrumu, samo što nije svezan. Kaže da mu oca, ne dovodimo na oči. Vidi đavola sa puškom kako hodi, oće da ubije malo štene. Stojan ih je spašavao od malena. Kad nekog uspije od starog i njegove ekipe sakriti, poslije mu traži – po selu doma. I tako je to trajalo i trajalo, okačio je stari pušku o klin, ali je povećao dozu alkohola, i sa njome klanja. Pa se za ugodinu plealo po pet svinja, malo su četiri, amoli jedna. Kako je on to podebljao, tako je i Stole štiklao komad. Nije isto pušiti jedan dnevno, i deset. Još kad ga on nadigne ko kolac, pušimo po jevtu, ne gasimo. Samo nama pametuje. Usput se zatrefio tamo gdje se vode borbe izmeđ ovnova. Popio pola piva, nećeš vjerovati Uroše, sinoć je baš – izgledao lud. Đe neš bit, kad te Brega pokro..?

Rekao sam ti ja neki dan kad smo radili zajednički, djelovao mi je paranoičan. Ja sam bio dosta puta takav, pa znam šta ga goni, sreća je sreo vas dvojicu, priznao da mu treba pomoć. Inače bi se – ubio iz prvog oružja. Ni ne sluti - da nam još treba. I isto to ne zna kako je veoma bitan za buduća pokoljena. Izdrži kolega, uz tebe smo. Ne slušaj šta selo veli. I Sake je šmrko.

Poslije posjete drugu na psihijatriji više ništa nije isto. Nebitno je sve, zdravlje je bitan faktor. Nije ni slično kad si ispravan, i kad nisi. Gospodu se pomolimo za njega – prestanimo jesti meso, oni njega navukli na bone. Jednu generaciju smanjimo na pola, sljedeća je vege, usput se nećemo ni drogirati. Neće se ništa promijeniti na globalnom nivou, osim što će više biti divljih životinja, jedna će drugu jesti, i mi sa time nemamo ništa. Propovijedao je u zaseoku dobro, ljubav, i poštenje. Usput je imao tik, trava ga digne na stepenicu više. Pa se umjesto na uživanje, film prebaci na horor. Gledaš kao svinja kako se prži slanina. Pitaš se čija li je to istina, i kako je jednom gicku bilo stići do klanja?

Nimalo lako, to ti je da vam ne obećam hoću li uspjeti opisati kako treba. Ovo što sam vam dosad, nacrtao i obojio, to je tek početak prelaska. Idemo u drugu dimenziju života, ova se briše, stidjećemo se svojih predaka, i ja se svojih tak ne ponosim. Da, manite mi se klanja odojaka na pomen kakvog svetog, da vas ja ne manem. Pa kaže Bog, ja sam najstariji, ne poznajem širinu ni visinu. Oni koji hoće, imaju bilje, pa neka navrate u raj, ostalima nije pakao, nego ponovno rođenje – vođe. Eto odakle smo mi tu, polažemo mali ispit, treba da vidimo kako do groba barem bez izjedanja leševa drugih nosioca duša – doći. Mislite li vi sade da je Stojan lud, ili da smo mi popucali ko dinje? A one zrele, sa okusom ananasa. Tako miriše mušku, dojka prilikom seksa, strast je jedno vrijeme pičila svijetom, mislili ljudi – to je ljubav. Jeste, ali mauna od pruća, ocvala bagremovina, miriše cvat, nema slađe užine, i onda djeca probaše picu. Na nju se natrpa raznoraznih gurmanluka, od junca koke krmeta ovce, i sve tako njihovih guzica – mljevenih, poslije voženja ostatka na trg, kao prvoklasna odojčetina se nudee. Nikakve primjese smrti nema u tom jelu. Čim si na mlijeku od ko fol sretne kraviiice, ma znam o čemu pričamo. I ja sam doskora to radio, poznajem ishod takvog objedovanja. Nije te dojila mamina sisa dovoljno, krv ti nečasnu posisam za ručak. Reče vampir, opičio bi atomsku bombu. Ako ne preživimo ove napade što spremaju svjetske sile, i ako neko nađe ove nove svete knjige, neka se više nikad ne igra rata. To vam Stole poručuje iz ludare, nikakve droge, i on više ne smije ni trave. Prebaci ga na loše, a on već tugu i bol nosi u sebi. Ne zna je nikom ispričati, i eto ti progggglema. Zatvorena osoba ti je ona što par dana poslije – visi na konopcu, ubi Boga u ocu, sin se nadrogir'o. Međutim, nije tako, narkoman nikoga nema, samo mu je droga bitna. Ostalog šta bude, i ako ništa nema osim žutila, e onda je to to. Došao si ondje gdje treba. Do neba, nema dalje, ali si ovisan o heroinu, tj bolestan – lijek postoji, dosegni ga sam, vrati dušu u tijelo, i onda si tek na početku. Sve dok ne prestaneš jesti leđa sa krletke košćura, i to je polovično. Evolucija ima stotinu likova, ja jedva vladam sa pet šest, nije što mi nije natekao mozak, nego što sam bio grešan. I to prema drugima, samo da mi je sita guzica. Mrcina koja jede krave. Eto odakle dolazim, iz štale, rekao bi Mlađo, međutim, poslije posjete Stoletu na psihijatriju, ništa nije isto. Molimo se za dobro njegovo, a ni naše nije kako treba. Brega Brega.

Strah te je pišče jer duvaš, misliš Stojana je baš gandža prebacila na to. Moguće, ali nije glavni razlog, To je onaj zbog kojeg je bio u njoj kad god je imao prilike. Otkud baš tu? Pa ne možeš gledati zla očima, Stojan je mnogo dobra osoba, svakom bi pomogla, ni cenera nikad ne zatraži u zajam. Sve što je neku večer iznio iz kuće, do dinara vratio, rđa je ko ne da. Imao je čaršav zamotan preko glave, kad smo ga našli. Naježio sam se Uroše, nije to lako bilo gledati. Ma znam pišče, štaš mi pričati, ja sam kroz to prošao, samo što sam imao sreću, malo veću. Možda je i ovo njegova, neka nova nada, ali šta ako napadi ostanu trajni? E to nas sve muči, izgubićemo druga za druženje, nego gremo na druženje jedno drugo, kroz posjete na psihijatriju. I tamo su do jučer oni što su mogli vladati tijelom. Stižu svaki dan oni što zla očima ne mogu gledati, što tuđeg, što vlastitog. Pogodi te ogromna energija, odjednom si svjestan kakvo si govno, ti i sva ta okruženje kroz koja prolaziš u životu. I ja ti se moj Uroše brate, bojim za sveopštu sigurnost, samo što ne okine atomska. Mlađo, i meni trebaš, veli čitalac, pa prijeđe prstom preko ničega, okrenu se novi list. Ide novo poglavlje, skrhani smo od tuge. Da li se čovjek može preokrenuti na staro, ako je jučer ručao sa roditeljima doma, sutradan se zatekao sa dvije babe, u sobi broj sedam. Bolnica ista u kojoj se rodiše MlađinA djeca, tamo je živjela i Vila, odatle isto jednog dana, iz bolnice vadiše Radana, došao sa puta nekog, tri dana vozio raketu, ubacio mu Bokica u žlicu, malo svojih steroida, na to zapalio komad, pa kad ga je prenijelo na tugu i umor, morao se rastati od drage, jer njeni tako htjeli. Ja moj lijepi brate, kakvo stanje svijesti, postojaše brakovi koji se kleše na ljubav do groba, takvih je bilo sedam od sto, broj stoJanove sobe. I tamo se veli drug u posjeti jučer, neki u neku – zaljubio. Oni više nisu mogli biti luđi, mislite li da ih ljubav može spasiti? Ja mislim da može, nije da sam bezveze ovdje, nego koristim za dobrobit cijelog čovječanstva. Objašnjavam sam sebi – od čega sam imao problema u životu. Sve su to naša korijenja, nismo ruža, pa da cvjetamo iz trnja. Ili možda jesmo, baš to, trebamo kroz svo zlo proći do kraja, pa da se na kraju kaže – cvjetaj. I tad kad uveneš, postaneš dio tla kao materija, kao ono što duma cijelim putem, to ti niko ne može uzeti, jer se to ne posjeduje, dio je božanstva. Koliko si imao toga za izvagati dragi Radane, jes vidio zmajeve tu noć? Mlađo ga jutrom izvukao na svoju knjižicu, rekao je da je lud, umjesto njega, jer je Radan kod kuće imo sitnu djecu, svi će reći – drogir'o se. A on nema sa tim veze, Stojan ništa nije konzumirao osim trave, jednom probao kokain, i eto poslije toga sve ukupno od otrova – tri piva. Ali mu stari uz rakiju promijeni način življenja, pa kad u goste neko stigne okupa se svako karamutom, jer ocko ne žali kad je gozba. Ista priča kao i Mlađina. Mislite li da i on ne bi bio na psihijatriji da nije pisao? Našao ventil, Stoleta preduhitrila svijest. Kad je saznao ko smo i šta smo, prepao se. I tako ostao prepadnut, jučer kad sam ga vidjeo bilo mi je sve jasno, i zašto smo ovdje, i gdje idemo.

Samo što me nije strah, pad atomske može biti spas, ko zna šta Bog smjera... Možda budemo sutra svi odreda mrtvi?! Ni tada se neće – naživjeti životinje. Hoće neke, ali te neće stanovati _ U ovoj orbiti. Ne možeš nikoga spasiti, ali da mu možeš biti prilika za dalje u datom trenutku, e to možeš. Sreo nas je savim slučajno, tu se okupimo pod jabukom, zapalimo vikendom komad. Možda dva tri sedmično kad se ima viška neka kinta. Stojan ladovina, samo takva. Mislili smo njemu neće doakati ništa, i nikad'. Kud nije pio alkohol, kud se nije drogirao. Ovo sa travom, obična ništarija. Znao sam ih koji puše po dvadeset džointa skanka dnevno, ni da trepnu, za dva mjeseca bez - budu kao violine. Idu skijati do smrti... Niđe veze, al' et, tako isto sa Stoletom. Prebaci ga odjednom. Tačnije nije tako, prije mjesec mi se otvorio, dobro je, naučio je neke stvari, sam u sebi sam mislio. Međutim, izgleda da je predugo patio, i svašta vidio, mati mu i stari vjerovaše usput gatari i hodži. To ti je za njih bio prijeki lijek. Riješiti se strahova, ali kako kad ti kraj nogu tata ubija ljubimca? I to iz puške, ej brale, namjerno, naravno da ćeš imati psihički problema... Još ako to nemaš kome povjeriti u datom momentu, odmah si kao stvoren za štrika. On bi se roknuo da ga nismo sreli taj dan, Piconije i ja. Već kad smo ga pitali jesi dobro... On nasrnuo da ga vodimo doktoru. Mi mislili od trave je, de reko Stole odi kući odspavaj. Kad onda probudi uzbuna, Stojan uletio u komšijina kola, pravac bolnica, nije mu bilo dobro, znao je da treba pomoć. Ali se do hitne stanje pogoršalo, pa je iskočio kroz prozorče, skinuo sve do gaća, pa uskočio u lokalnu kafanu, gdje osjedaju kamiondžije. Znaju ti oni ko je prezupčio. Međutim doktori ne znaše, ajd što mi ne znamo, ja pisac, Pidžon tuneldžija, ali kako za doktora da kažem – ne zna. Vrati nam Bože Stoleta, vikali smo uglas. Međutim, napad se nije mogao smiriti bez sedativa. Odvela ga je kasnije dva tri sata hitna, jer mi u našoj Vrtači, pored porodilišta, nemamo ni psihijatriju. Tamo su ga smjestili u prostorije koje izgleda nikom ništa ne znače, kreveti gori od lega pasa lutalica, ima buva da kru kaže. On ne zna pričati, ali da je lebac – znao bi. Isto k'o da i jedno i drugo nisu pogača. Jesam i ja lud, jašta sam, samo dobro prikrivam tikove. Smradove pakujem u role, poslije se njima gudram. Pušim vazdan. Ništa više ne osjećam, imun sam na travu. Koristim je samo za pisanje. Prebacim se lakše iz jednog u drugi kolosijek. Vidim vijek ispred sebe, ne bojim se sudbine. Nego ispravljam krive Drine, zašto da ne, kad se mogu ispraviti...?! Svi će za ovo naše zajedničko djelo reći svašta, prekasno – prvi smo. Objavili smo još i zbornik. Sam da smo 'adžije.

Ne pišem već drugu iz društva podugo, okupirao me ovaj roman, i stanje sa Stoletom. I ja imam isti problem pored, ganjam kamion golem preko aber kutije, prosjačim opanke i komad pogače, ovi hoće bace – atomsku. Podijeliše braća Balkan, možda je tako i bolje, neka se vidi svako za sebe – kakav je. Pustite sa lanca kerove, Tito je to zamislio batinom i prutom, a i šta da očekuješ od nekoga ko se diči time, ubio jelena... Hitler je l' da bješe vegetarijanac?!. E da, tako dobar poludi, i nanese zlo svima oko sebe, osim kao njegovoj naciji, mislio da su rođeni, biće prvi u svijetu, dokaza se da su poslije toliko godina, bili u pravu. Samo što vodeći nije imao u rukama travu, nego heroin miksan sa mišomorom. E da, a vidi našeg Stoleta oplete gandžija samo. Nije to sve od opijata, ima podloga koja bilježi stresove, priječeš u crveno, tijelo drhti, ali ne svršava, nego se pati u paklu. Za sve grešne, grijeh preuzme na sebe. Ja mislim da je Stole bio takav, jučer pojede ćevape, nije svjestan znači da je propovijedao kroz selo, neka se ne jede meso. Već se priča kako je bio u nekoj sekti. Kud se i ja isto družim sa njim, ne šopam živinče. Naravno da ćeš se bojati ostatka nesvijesti. Razapeće nas. Pomagajte. Onaj koji kolje tele, kolje i čovjeka. Onaj što puca na srnu, ubija i čovjeka. Ne zanima njega je l' taj Bogu stvarno nešto dužan. Tito je bio dio boljševizma. Našao se k'o junak poslije neke bitke, pravio se važan, dok su mog djeda roknuli partizani, rekao neko da je bio u četnicima. On od ženine suknje nije smio dalje, pa znaš kad nije smio ni u partizane, tamo je bila većina. Jednostavno čovjek nije volio rat. Na kraju nekog novijeg izgubi sina i unuka, nebitna bitka, čisto radi šelnučenja. Pogodi oba sa druge strane nišandžija. Nikad baba ne reče, idi sine mrzi Muslimane, ili neke druge. Šutjela je u sebi do smrti, nije poludilaaa. Stoleta trefilo saznanje ko je on u stvari, kako će biti sa Radanom, kad bude svjestan da je dalje – bez rakete, isto svakog strefi, pa ako do sada nije, evo ga spasenje. Bacite meso lagano iz upotrebe, ne naglo, pokosiće vas strahovi od vaših ubistava. Počinje terapija skidanje na bilje. Lagana, ajd sad druga, tako tulancaj, jopet jedeš jaja od koke, i ponekad ribu. To je ok, ako je kokoška slobodna, i ako riba nije tovljena. Mora se osjetiti zvuk tambure, pa da i to misliš kako je normalno. Polako, ne smijem opširnije, poludjeću skroz - za mnom _ čitatelji. Meni se to više ne da, postao sam zvijezda, baš me briga, kupiću sebi novog merca, jebe mi se više i za Teslu. Lako je njemu bilo, imao kraj sebe golubove, oni slobodno lete, ne mora ih šetati. Preuzmi na sebe da si rob i sluga, ali samo Bogu, nikada čovjeku. Jbg, on je bio zaista zaslužan za neka moja viđenja svijeta, iako sam se ko mali bojao munje i groma, naročito kad starci tele, u bašči kolju. Poslije ne spavam danima, i onda se pitate kako je Stojan odlijepio...?! Ej breee, Šemso. Stiže Boškić Džakanov.

Stigla i vutra svuda, drugačiji pogledi, a živiš sa generacijom pedeset ispred. Dobili u kasne godine ga, ganjali sina. Ima Stojčin i dvije sestre, one su daleko preko mnogo gora. Moramo ja i Pidžonije otići i danas, u ekipi imamo doktora, samo što je zubar. Uzdamo se u medicinu grada koji nije Karakondžin Panj, ovaj je onaj gdje ima porodilište, rodiše se na odjeljenju više, poslije kad te stignu neke srednje godine mladosti, odeš na najniži. Ružnim slovima piše – psihijatrija. I ja sam lud, samo što umijem vladati tikovima. Ili je to od Boga tako dano pišče. Ne igraj se sa nečim, čega nisi svjestan. Ali kako da saznamo šta se krije iza? Moramo li pružiti ruku prijatelju? Naravno da moramo svakom, naročito ako sa tim pajdom barem jednom sedmično zaduvaš. Još ako ne pušiš travu sa još više od dva čovjeka, onda si određen da moraš ići u poosjetu, barem jednom dnevno, šta je pet leura za gorivo, na današnje stanje. Bolnica psihijatrijsko odjeljenje, alarmantno. Dušeci iz drugog svjetskog rata, napolju prijeti treći. Đe nećeš poludjeti, još kad se dočepaš takve energije, i stanja svijesti, kod kuće opet ćaća naroljan kolje svinju, ma jebo bi majku cijelom svijetu. Opičiš po svemu, kako ima običaj reći svetinja – kud ne treba. A treba ga oplesti po guzici prutom, svakog ko jede meso. Generacije su tukli učitelji zato što nisu znali napamet – pjesmicu o Titu. On na zidu preko fotke okačen, slikao se sa ubijenim jelenom. Mislim, o čemu pričamo? Ok je to dva mejseca tako, poslije neka dođe drugi knez. Zaostali smo u razvoju. Namjerno retardirani od neuke osobe, ni ta nije bila u vinklu. Čim se svako dočepa dva dima, neće biti više straha da ne smiješ duvati, i više niko neće poludjeti što ne voli. Ako je zbog trave, jesam je volio, pa neka i ja idem kud je sve krenulo. Samo da ta atomska koja će uništiti do zadnjeg čovjeka, ostavi životinje, i ja bih razmišljao da okinem, dok nisam imao djecu. Oni dođu, valja ih nahraniti, a ti na mesu, sve se više kolje i za podanike, da ti dijete više ne može gledati zla očima, ode u drugi svijet. Živ, a mrtav. Na momente dobar, na momente k'o da se naduv'o, ako se igramo žmirke. Niko se od nikog – ne krije. Imao je gadne traume, vidio sam mu na licu, nije mi se dalje zalazilo. Krio istinu u sebi, iako je izgledao ladniji od špricera. Napad uvez KiceljA.

Na muci se poznaju junaci, i ne pobjeđuju iz kornera, odatle je prebačen na psihijatriju, tu su ga morali svezati, Stole nije nikad ništa probao osim vutre, to što je povukao liniju koksa, ssse ne broji. Postoji granica, vamo si lud, tamo nisi, ali nju normalni ne vide, nego kad ih ščepa bolest, samo se bore za ozdravljenje. Mi onak' slijedili upute, i tamo se dočepali dušeka, na kojim do jučer spavaše napušteni psi, Stole ti si normalan, pusti šta priča selo, i Radan bi opet mogao namaketi za nekog stroja, bolja je i penzija, kad ništa nema – drugo na vidiku. Iljadama puta pokisli, moraju opet na divljanje. To kod Stolete mi je skroz zanimljivo, ima li uopšte današnja medicina preparata za ovakav iznenadan napad? Desilo se odjednom, oni njega krkaju narkozom, usta razvaljena ko nekome na bobama. On nikada nije htio ništa osim trave. Alkohol iz dna duše mrzio, jer mu je otac pio rakiju, kao i Mladenov. Isto preferir'o krmeće gurmanluke, za poziv otadžbine, ubija cuke, mislio tako valja. Da, ali je to na sveopštoj slici nebitno, Stojan je osoba za sebe. U zadnje vrijeme govorio kako će i on prijeći na biljke. Svjestan je da ubija hraneći se mesom, volio bi' da bude dobar. Koliko se može, nikad nikog nije odmogao, moramo mu pomoći. Ne daj Bože nikom, pa et. Samo ga odjednom prebaci, mi rekosmo Stole, oćeš doktoru, jesi dobro? Kako mi to, on odmah hoću, sirota bi se do večeri smakeo, samo da ga mi ne upitasmo nakvog naduvanog, ma nije povuk'o dva dima, kao da se prepao, šta će reći selo. Odvedemo ga kući, ajd reko od trave je, međutim, on stvarno povukao samo dva dima domaćice. I kad je stigao, blijed. Bio je na izletu sa radnim kolegom, tu nije pio ništa osim gutljaj piva, niti je palio džoint. Ovnovi se tukli, nije mogao od prepasti, aj ti znaj da je mrcina, progutala sličicu.

Pa ti sad budi i pametan. Šta da mi drugari uradimo, ima li spasa onom ili ovom, ili nema nikom, nego te samo tako nešto pokupi, drugi se oko tebe pate, ne znaju kako da ti pomognu...?! Izgori licna na tranzistoru, treba neko zalemiti staru, ili pribaviti novu. Nešto nam se desilo Urke sa drugom, šta nam je činiti? Ti si bio deset godina na horsu, kokain da ne spominjem, dodajem bobe i skank, isto ovu domaćicu što je Stole bio pičio – neću spominjati. Neznatno na tvoje trovanje. Ja sam se ubijao, ali ni daana ukupno koliko ti. Voljeli bi mu nekako pomoći, ni sami ne znamo kako, mislimo svakako da nije od trave. Stojana još nešto muči, samo da nam ozdravi. Pomozi Bože, iako sam niakav vjernik, kad meni bude trebalo, i zapelo za umiranje, odmah me pokosi, tek je počeo živjeti, pusti šta se čuje u selu. Stariji od moje kćerke pet godina. Tuga, pa et. Nije mi do pisanja, a moram nastavljati. Usput ćemo Urke, ja i ti dovršiti tvoje predavanje. U pauzama izvještaj od Stoleta. Danas mu ja i par dugara idemo – ponovo u posjetu. Jebe nam se šta kaže selo. Ma ni na kraj pameti za hofMana.

E da, o tome ti nisam mnogo ni pričao, tako je to kod svakog, ako nemaš u datom momentu pajdu kraj sebe, okačen si. Ja sam imao zaista sreće, bio sam skroz odlijepio, više nisam mogao razaznati do jučer znance, odnekud naleti Miladin, spasi on mene, ja Alberta, sve nas obuze čudna energija. Bolja za sekund od droge, znači, najbolja, usput dva tri dima trave ne bi trebalo biti presudno. Da, ja sam se zaista ubijao, tako sam živjeo iz dana u dan, zaspim nad tanjirom sa kašikom u ruci, pun čokolešnika, trideseta gazi Uroša, u džepu mi dvadeset grama, toliko mi treba za pet dana. Već ja nemam pojma gdje sam, a kamoli odakle mi pare za robu. Uključene su sve kombinacije, Stole nikom nije dužan pišljive leure. Znači, povedite računa da nije nešto drugo, pa ako nema bolnica sredstava za preglede, ko što nema za dušeke, vodite ga dalje, jer u takvim ustanovama samo šopaju, ko nas ovisnike o horsu, metadonima, je l'' tabletama. Paše im da ima i ludih. Iako si ti možda normalan, piči te neka druga bolest, koja manifestuje takve napade, ili ti što selo ne misli, nije ništa. Sve ti je to doktor preko stranke, i kome tata imade para za školovanje, da nije, bili bi novi dušeci. Ili možda griješim, stanje je alarmantno, ali to doktor mora reći, ne bivši narkomani, i kamiondžije, en pisci, kurci palci. Vi ste tu da pomognete, i ako izrazi kakve želje koje su bezbijedne za podneblje naše, i vaše, i njegovo – ispunite. Ozdraviće, ako je bilo koja neman napala tijelo, samo joj može – pomoći ljubav. Ili doktor. Znači Bog, pa ovaj. Ali ajd ti znaj, i od koga je pitanje to što zna – naučio. Možda je neka idiotina pisala knjige kad se naduva, ko sada ti. Da se Stojan nije primio te spike, pa ga skljokala svijest o tome ko je do jučer bio? I ti si se susreo sa tim kad si prelazio na vege. Priča se po selu i to, misle da je bio u sekti, traže ko mu je dao zadnji džoint. A on ga dobio od Radana, donio nam on iz Amsterdama, kad je stizao sa Marsa. Dobra trava, provjereno, Stole se ubijajo od smijeha, nikad nikakva agresiva, ni na momenat. Niti ga ko takvog poznaje, nikad se nije ložio na rakete. Znači jašta nego morate pomoći drugu u nevolji, tako je mene spasio Miladin. Energija se obrće, isto kao leure, od ruke do ruke, što zaradiš potrošiš. Nije na poslu bio prijavljen, knjižica nesređena, trebaće i za to para dati. Pripremite šta možete, i on bi za vas, samo da nam svima Stole ozdravi. To želim i ja, sada već mogu reći, kao bivša narkomančina. Mojoj bolesti je bilo lijeka, samo sam trebao biti uporan, za Stojana je neizvjesno. Dakako pišče, ićemo dalje sa predavanjem, usput ćeš nas izvještavati _ šta se dešava na terenu. Mrcina strpala cijelu, a Hanka, šta veliš?

Nekom dobro dođe i heroin, a nekome ni trava ne pomogne, nego mu kažu napravi takve probleme, de da smaknemo dilera. E da, to je to, ako se ne znaš otvoriti, popucaš, dođeš u dodir sa sveMircima. Više nema pomoći, pregorela licna. Mislim, ima, samo je treba zalemiti. Budi Vladimira iz mrtvih, on je znao kako to hoda, koliko je puta Mladenovog djeda tranzistor, pustio u pogon. Mene je spasio moj Miladin, bio načitan po mjeri, taman kad je meni trebalo, sjedio sam pred lokalom u Vrtači, čekao da se otvori, ispod sam u podrumu kod gazdarice nekad krio robu, pa nema, više ni za grama. Milicija mi sve oduzela, čeka me tužba za raznorazna sranja, od toga jedno, mogao sam ubiti policajca. Da, heroin nije više bio dobar, ni kad se uživa, ajd kad si prevelio, pa odnijelo odnijelo, nego ništa, i još si unutra. Misliš sa pet mjeseci bez linije ičega, čist si. Nisi ni svjestan da droga još kroz tijelo – cirkulira. Ali kad počinješ, dok te nosi bijelo preko gora i planina, ma ne zaustavi te tada niko, kad mi neko kaže što to radiš, ja pomislim glupana. Htio sam da budem unutra, sad bi vani, godina – tek droga ode izvan utrobe. Dalje je igra psihe. I ako nisi pokupio usput hepatitis ili sidu, onda je bolje. Sreća nisam morao davati dupe za dozu, inače mi je drug primio pet zaredom metaka, od onih koji se ne drogiraše, i biše normalni, samo što su imali pare da plate. Mene ne zatrefi to, ali jeste, kad prodajem paketiće majci sa djetetom. Da se još jednom pojavila sa njim u naručju, ili bi nju, il' sebi slistio preko glave. Prorade strahovi u nama, desi se dilema, u njoj nema problema, ako ih sam sebi ne stvoriš. Sve je u glavi što pravi pometnje, dobro je u to teke duše, i ona se ne koristi. Skoro pa ništa, kad se probudiš, oko tebe razjarcana gomila sa puškama ubija cuke, naravno da od tog prizora možeš poludjeti. Ne spasi te nijedna ustanova za dobrobit zdravlja. Moja to i ne bi zaprave, primali su samo osobe koje nisu bile bolesne od nabrojanih i sličnih nepogoda, i morao si mjesec prije ulazka u komunu – biti čist. Stizao si skinut sa heroina, a i sa metadona, plakao je doca dok sam odlazio sa zadnje terapije, ode mu lova iz džepa. Garant je radio na postotak. Čim će sve Stoleta klepati u podrumu kod Džeke, mogu samo zamisliti... Tamo su ti oni koji su profulali sve kladionice, ostala u džepu drvena olovka. Piše na njoj HB, pogodna za prvi razred osnovne. Korleone _ čisti tačke, mis'im _ kariole. Jer vrijeme je za jazz.

Sve je to za ljude, i komuna, i psihijatrija, oboje za bolesne. Uspjeh ustanove u kojoj sam se ja skinuo sa heroina je bila dvanest procentov, padali su na razne načine, jedan od drugara nije ni sjeo u voz kako treba, ovjerio se u hodniku ispred kupea. Tu je stigao od vc a, dalje nije nigdje. Mario mi je tada rekao, vidiš dvije si godine vani, a još si unutra. Robert čist 6 godinaaaa, mislio je da je to to, više neće nikad. Ne obiđi mješalac, oribaj ga ko sebi.

Moj spasitelj, a ujedno i učitelj, već je tu bistrio sa narkomančinama punih dvadeset ljeta, lile su kiše, taj dan nismo sakupljali potpis protiv droge. Odemo autom do glavne ulice, u njoj sve poznate face, imaju zlato i dukate, jučer džankisali, nisu disali trijezni. Pa mi na uvo šaptali, i mi smo bili na tvojim stazama. Čisti smo već nekoliko godina, nismo ni slutili kakav potencijal ima duša i tijelo – bez opijata. Da nisam stigao do ovisnosti o heroinu, nikad ne bi upoznao ove ljude, mislio bi' oni su poznati, nikad nisu imali kojekakve brige i probleme, kad oni se cepali heroinom. Pa ti sad vidi. Mogao bi čovjek oduzimati i sabirati, ali nikad ne bi bio načisto, zašto je posegnuo za drogom. Isto ko da je to tako trebalo biti. Teško je to natenane odlučiti, ja sam ga jednom probao, nikad više prestao, preporučio bi po ko zna koji put kroz ovu priču – ni probati, naročito pušiti koks. Joj šta čovjek sve ne čini samo, da ga nešto iz groba digne, radije bi i mrtav da je, samo nek' se nešto dešava. Opijat je ok za dojebana stvora, šta sam ja znao? Ništa, čak sam htio da budem nazoban, još bi se ljutio na onoga koji mi kaže, stani malo na loptu. Okrećao sam se sa pozdravom, svako svojim putem – šta ti znaš majmune... Međutim, kad sam u zatvor bez robe zaglavio, sve oduzela milicija, još složila pregršt prijava, svaka krivična _ nisam više tako mislio, prebirao sam u glavi ko bi mi mogao pomoći, jer ubrzo ću upasti u krizu, neću moći vladati sobom. Inspektor mi nije dao ni metadonsku terapiju, dok ne priznam za koga sam radio. Ponavljao sam po stoti put, da to neću nikad reći, jer onda se nemam potrebe više vraćati u Vrtaču, a i nikad nisam bio drukara. Iovako sam napravio belaja ocu i majci, braco usput dobio upalu mozga, pojma nemam kako su ostali pribrani. Tad kad nema nikog, oni su tu. Brat se svaki stidi drugog, i ja sam takav bio, nikom se nisam otvarao, dok nisam bio urađen. Sve mi je bezveze izgledalo trijeznom. Usrao sam petttsto puta za noć čučavac u tvorza, ujutru me drug iz škole spasi, rekao im da me mogu ubiti, nikad neću propiskat', poznam lika odavno. I onda su me prebacili na dogovor sa doktorom o uzimanju metadončine, nisam se skidao njime nikada, sad moram, ili zatvor. Ovako bi na slobodi čekao suđenje. Ostao sam u banci dužan sumu kredita, nema rodbine da nisam makeo barem stojanku, to je tada bilo za drogu, one prihode na ulici komune sam skupljao za stop. Jedan me lik baš iznapadao, kaže kako mu je heroin dao snagu da preživi rak. Spoznao tako Boga, pravo me izgrdio, ali je na kraju dao cenera. Složio se – nije droga za svakoga, naročito za nedojebane. E reko to brate, vidiš da se znamo, podebljaj tetka za još pedesetak, treba mi jedna knjiga stručna, odmah do dilera po desetku, miran sam dva dana. Ali više odavno ne uživam, nego se samo ispravljam da mogu funkcionisati. Tek kad me meli opali, osjetio sam onu istu draž, kao i prvi puta – heroin. Otišao sam kući, starci nisu bili stigli iz Čečenijske i Černobilske. Buraz se skljokao, sjedio je u ćošku, dimio komad trave. Reko brate, nemoj ti barem, sad kad si se izvukao iz svega, malo ozdravio, pobrini se da starci ne polude, oni ni ne slute da sam na žutom. Pa kad ti nisi znao, mada sam načuo da si sumnjao. Jbg, evo došlo sve na vidjelo. Vjerovatno ću i ako ostanem pri sebi – u zatvor. Rado bi' nazad na pravi put, samo ne znam da li ću imati snage. Odatle sam otišao do kafane u kojoj me čekala gazdarica, da mi preda ostatak robe. To nisu našli murjaci, molila me da nosim đavla što dalje, bojala se za sigurnost, a i ako joj zatvore bircus, čim će samohrana majka hraniti malca. Meni to ništa nije značilo do tog jutra, vidjeo sam je satrvenu. Reko Špelana Ajla, ne brini ništa, izvuću se. Otišao sam do prvog kontejnera, sve u njega bacio, sjeo pokraj, i ko dijete plakao. I tako sam raznesen osjećajima proveo tri mjeseca, već metadon šetao pod svoje. Nisam bio vani, samo legalan. O meni se brinuo novi dileraj – država. Preote mi posao, i to sad oni meni prodavaju. Knjižica bješe potvrđena. Ali četvrti mjesec bolovanja kad je završio, i kao da bi mogao teke raditi, dobi otkaz jer sam i tamo klepio neki zlatnik. I onda jedno jutro pošto ne mogu spavati, otisnem se opet pred lokal, čekajući da se otvori, naiđe moj spasitelj. Istom što sam se obratio onom do ramena. Pomozi mi. Kad ono sleti Mile moj, on je tačnije po baki rodom iz Arabijske, poznamo se preko Mirnesa. U njega kesa nikad nije bila ispod kile, lik zaista lud. Ničega se taj nije bojao, sve dok mu se rođena ćerka ne navuče na robu. Kaže mi laganim glasom, Ure mili, baš si se sjeb'o. Hoćeš li da se skineš sa svega? - i tako je tekla priča dalje. Detalje opisivati bilo bi neesejski, nego želja za što više stranica romana. Postajem sve sigurniji, iako sam još uvijek može se reći, narkoman, približavam se da budem bivši. Alberto je dobar, spao je u onih dvan'est posto. Mada sam ja to vidio odmah poslije trice. Mjesec taj kako bi čist, i meni se dionica skidanja završi. Dobio od njega energiju za dalje, jedan drugoga smo vadili. E već kad sam došao do toga da sam dužio prilog, nikad nije falilo ništa, tad sam se okuražio. Naučio i iNogorski glavni, i njihov domaći. Pričao svoj, tako isto ćaćin i materin. Imao sam cilj, da se riješim i te priče, rekao sam Mariu da neću još, on meni – pametno mali. I tako sam ostao jako punih petak, ljeta su prolazila, evo stigoh ovdje da ja i ti i ostala ekipa damo doprinos nekom škrabanju. Mada je sve na tebi pišče, mi smo ostali sufleri. De mi reci – kako je Stole? Gostuje li Halid? Iđe... đe đe đe, bona?

Dobro je, ide nabolje, pogodili su mu terapiju, i sad misle da će biti ok, čeka usput skidanje glave sa baglama, pa ako bude u redu, vratiće mu tijelo na upotrebu. I onda će ići vani, trošiće lijekove neko vrijeme, a ako bude trebalo – i zauvijek. Uglavnom, stao je sa tripom. Već ga je dugo nosilo, dim trave okinuo suzu. Čekao je momenat da nekom kaže – vodite me doktoru. Sreća ja i Pidžan sretosmo ga, možda bi se ubio. Mislim, ne bi to Stole uradio, otkači se tijelo, pa se duša mora povući u drugo rođenje, džabe šta kaže selo. Život čovjeka je oboje, ili ništa ne vrijedi. Duša je za sebe, ona može i bez njega, a može da putuje svjetovima, ko Radan kad ode raditi. Drži pedalu u podu, samo da se što prije vrati – ženi i djeci. Svaki put kad stigne kući, po jedno gospoji uturi. Pajdo je na to strpo dvije bobe, i povuk'o tri linije spida.

Nisam pričao sa nekom djevojkom nasamo, ima šest godina, prije toga nisam moga dignuti glavu od žena. Onda kad me stigao umor od dileraja, spavao sam sa udatim tetama, jesam li vam to pričao? Pa kad ona mene zove na pos'o, ja tvrdim pazar, moram poslije fušati, treba mi lova? Plati troduplo, ali ne silazimo jedno sa drugoga, sve dok joj muž vožnju ne odgonja, da pričao sam vam. Bio vozač motorina, kurvao se kobiva po svijetu. Tako ti je to sve moj pišče - nedojebano. Meni bilo dobro tri dana, kupio petnest grama da ne gledam zla očima, ostalo uzeo koke. Moram imati i robe, da on stoji gore. Prije svake runde, po jednu zategnem. Useremo se od prcanja. Sad se sve svelo na to teke drkanja, i to je sramota pričati, jer ako te čuje pop ili hodža, obro si zelen bostan, otićeš u nji'ov zatvor. Još te za to proglase za vješticu, onda te spale na, lomači", time se ponose oni što su razapeli i Isusa. Hitler se za mnogaja nedjela, ubi sam. Opušćano, ovoga ubiše ko da je čitav svijet popalio. Razlika u vremenskoj zoni, a ona moj ti lijepi bože – nikakva ne postoji. Sad sam ovdje, sutra ko zna gdje. Nisam ti ja načisto, jest da sam bio na heroinu kao i on, samo što je njemu dodavan mišomor, ja sam peglao kokainom, crni dan. Ponekad se malo ispravim, pa se rokaj jedno pola godine metadonima. Samo mi je trebalo vodstvo, poludio, a vidio šta sve muči. Znači ljudi, da to su zvijeri što jedu druge. I Isus i Adolf ne jedoše u to vrijeme leševe. Tu leži razlika. Moraš pustiti svakoga da tumara kako misli, nikom ne sudi – da ti ne sude. Sin Božiji prihvati sve grijehe, jedan drugi se razbjesni, pobi pola planete. Pa jbt, on se borio protiv boljševizma. Ali se na drogama teško rasudi šta je ispravno. Omaneš glavom ustranu, pobije ti vojska pedeset hiljadarki djece, kolje lola ko na takmičenju, a možda ja prosvijetljen, jebe se njemu, jer sam ciGo, bacaj me u vatru živog. E da, to nam je od ubijanja životinja. Neka se one kolju između sebe, mi možemo do vječnog mira. Ubijaj mene, pa mi glavu stavi u kacu na kiseljenje, poslije sve snimi kamerom, hvali se po selu. Ništa mi ne možeš, evo opet sam vaskrsao, jebe mi se šta to ono za mnom sumira. Da, rodio sam se ponovo pišče, čim sam se skinuo sa horsa. Jest da pet godina čist nije ništa, padali su ponovo i sa dvadeset. Jesu ljeba mi moga, to ti je doca smislio, pa se ti šišaj, okušaš jednom među poslije koje nema ograničenja, niko se ne dijeli od ničega, niti šta boli, širina do đedove kačare, unuka Mlađe. Spasi ja njegovog, on spasi mene. Da, mnogo dobra disciplina koju sam naučio od Maria.

Nisam danas stigao do Stoleta, a i ti si bio umoran, sutra ćemo ako Bog da, samo da nam do kraja ozdravi. Misliš li kad popiti više alkohola, ili produvati komad? Onomad Joko.

Ne, ne mislim, mada ne kažem da neću nekad, sad sam i stariji i ozbiljniji, popiti dve tri pive, povući dim trave. Mada tad uz mene moraju biti pouzdani ljudi, jer ne znam kakav ću banut na dvor, da me ne prebaci kao Stoleta. Njega je trava spasila, jer da nije bio utripan, ne bi se dozvao pomoći. Ovako ga vi upitali je li dobro, i on se odmah dao u to – zovi doktora – nisam. Povoljno se ipak sve završilo, zato kažem, mogu sa tobom i par ljudi da se zarokam, ali i to preko par ljeta – jednom. Jednostavno, ne bi' više volio biti u toj priči. Mnogo je boljelo i mene, i okolo sve druge kojima sam bio na neki način pripisan. Najteže ćaći i materi. Ja ne znam kako nisu svisnuli. Joj šuti, kako je bilo tati i mami od Stojana, misle nema spasa, baca sve sa sebe, u gaćama sjedi, kafana gdje osjedaju kamiondžije. Sreća opet stručni ljudi, pa mu znadoše dijagnozu, rekoše dežurnom doktoru, šaljite ga za bolnicu koja ima psihijatriju, ista ima i porodilište, on se rodio u Karakondžinom Panju, stigao i tamo poroditelj, pa se više ne moraš truckati po ovdašnjim rupama, da bi iz sebe izbacio dijete. To ti je to rođenje, ispaneš iz pizde, prije devet mjeseci iz kitobera. I onda mi seremo kako smo dani da budemo spasitelji, dok se ne dojebemo kako valja, uvijek bulaznimo da je ljubav ovo ili ono. Kad nas strast prođe, vidiš gdje si, već si ostario, ništa nisi stekooo. Da, to je ono što treba ukinuti sa koljeno na koljeno, i još štošta toga, droga je droga, a trava je trava. Ali šta ako te otkači nekad k'o Stojana? I bolje, koliko je bio stidljiv, ubio bi se. Nosio se danima sa nesvješću, sat prije zvao sa obližnje koride miliciju, našao zlatnu bebu, nije pušio ništa, osim škije, nazdravio pive gutljaj. I dodao tajno, još po fotke. E ako je od toga, neću se miješati, kad je povukao dim trave, odavno već nije bio dobar. Stigao je oznojen, znači – da nije zateg'o ćilibar – rokno bi se ubrzo. Već ga je noalo kud ne treba. Vidio je ono što će sve stići, izašao iz kolosijeka.

E onda nisi normalan, to sam vidio po Stojanu, mađa doktori drugi dan priznaše – nije od marihuane, ona je samo bila okidač, i u tom momentu Stoletu – spas. Čim smo spomenuli ljekara, on je znao da samo treba zakoračiti prema njemu. Stigao je do dobroga, sad je ok, nek' nam ovih dana izađe. Izvuko iz padže crvenku, da ne kažu javno _ na čemu je.

Sastaćemo se ispod tvoje jabuke pišče, mi ćemo motati, jer nismo više ni za gandže. Trandže mašu, mašemo i mi njima. Sa gejovima zagrljeni, idemo u cure.

Pregonili ste, treba sve umjereno, i to što si naduvan, iskoristiti u svrhe koje će drugima pomoći da bude bolje. Vikendom duvaj samo za sebe, naročito nedjeljom kad sav svijet krene u crkvu, petkom kad u džamiju, motaj dva, ostaše žene kod kuće. Pa mi se onda sviđaju Kineskinje, eto sa koje smo mi kugle. Ni blizu Zemlje, a broji se da smo na planeti – ljubavi. Ništa dalje od teke prcaže, to nema veze ni sa zaljubljivanjem, a kamoli kad voliš drugu sortu. Na primjer psa. Više nego ijednu ženu, samo ona koja me takvog prihvati, može stajati pokraj, dok završavam ovaj roman. Kosta je sa Kurtom, Murta ispušija.

Ostavi još koju stranicu za kraj, dok Stojan izađe, i ja grem za inogorstvo, čeka me gore stari, idem kod njegovog kolege da naučim letjeti. Vozaću male rakete, nikad se više neću drogirati, pa ni probati. Osim ako mi zafali u medicinske svrhe. Dosta je, što jest jest, deceniju provesti na horsu, izvući živu i bistru glavu, usavršiti dva strana jezika, pa ko Bogu ne bi bio zahvalan, još se pored toga buraz izvukao živ od meningitisa, bio mu uvatio mozak, umalo nije svisnuo... Samo on, u našem slučaju se baš tako pokazalo, obratili smo se svi zajedno – tom do ramena.

Imaš druga, ponekad – imaš na dohvat ruke Boga. Zato smo ovdje i sada, udružiti hoćemo Balkan. Kad je u pitanju poezija, poslije ćemo se širiti u druge njive. Pa ko koliko želi i voli – neka piše. I kad oskudijevaš u odjeći i hrani, prigrli ono što ljubiš. Ugrijaće te, i zasititi. Neće ti biti bitno – gdje je Vila, možeš je nositi u sebi. Ako ju voliš iskreno, i nije ti do nje bilo stalo – samo zbog seksa. Ništa to nije štetno, ako se dvoje i ne vole, a slažu se u krevetu. Ne moraju praviti djecu, a mogu, ako im se ćefi. Ništa tu nema razlike, svako je za sebe, i ako je dijete odraslo uz pucanje puške – može voljeti, cijenjeni vraže, a ne kobiva poznati pišče. Moš misliti kakvi su oni, što te čitaju... Poznat sam i ja kad mi se digne, svako može voljeti. Nek' prestane meso jesti, već je zakoračio ka tome. Poslije ide voljenje svih vrsta kao sebe, to dalje je smiješno opisivati, a ne dijeliti savjete neuka kurčino. Ništa ti nisi drugo, nemoj da me prebacuje, naću te, moraćeš povući izjavu.

Ma zaboli me za tvoje lude mućke u glavi, ja ne pišem ozbiljno, nego da se zabavimo. Idemo dalje, gonimo niz njivu frezu, punu slame, prevozimo poslije vršaja ja i ekipa, nisi se imao kad drogirati. Još kad dođeš kući, pijan te stari odguli od batina, mama te zalijepi šamarčinom, pa ne prodaj glupu mašinu. Što nisi ocu ćutio? Naravno da sam ih volio, iako mi nisu do osmog razreda – kupili tačan broj obuće. Onda sam volio žena trista, danas volim i životinje. Ne mrzim ni te što ubijaju, niti im sudim, i sam sam bio takav. Sad sam se odrekao svega, neka bude kako hoće, volim pisanje, i to je ono što me ispunjuje do kraja, ostalo je sve – popola. Krš'na od kola, nema veze, neka ima hrane za cuke. I opet će ih neko otrovati, zli seljak, a ne dobri, i vrli građanin sa njime, samo nešto mute, koga će zaklati, pa bace drob na sred njive, mame lovci lisice, ako ne nanjuše, onda rane zore kroz selo – pobiju sve kere.

E da, Uroše moj, ispade na kraju, da si ti sve to pošmrk'o i proćero kroz venu, vidio svijeta što se kaže, kako voli reći Mladen u svome mini izdanju. Nadovezasmo se i previše, Stole strada od trave, tako Vrtača priča. Spalila mu kažu mozak, niko ne veli da mu je spasila život. He, daleko je naša istina od pravoga puta. Milijardu smo godina – od prosvjetljenja. Ali šta ako griješim i ja, možda smo stvoreni da budemo ono što i jesmo – paraziti?! Pa smo u svom bivstvovanju najbolji. Nema nas na svijetu jačih. Ima da znači kako niko ne zna pravu namjenu. Niti je onako ko što mi ovo vidimo, sasvim je drugačije, pa je gore pušiti marihuanu, nego se rokati heroinom. Neću više da zalazim u takva razmišljanja. Čim završimo ovaj roman, zajedničkim snagama, idem dalje bez opijata, pa ni trava, iako je blagorodna, jedno vrijeme neće biti u mojoj blizini, samo smola, ispod jezika. Pridružujem ti se, pa i sa mnom Stole, on će do kraja života možda, ovisiti o terapiji. Čak se bojim na šta će ovo sve izaći, ali neću više ni da se plašim, znadem kuda dalje. Bez mesa svakako, ne mogu ubiti živog stvora, taman crkao od gladi. Ja šta čini Marko sa miksetom.

„Jednom tako sam bio tri dana bez komada hljeba (to je Mladen zaboravio napomenuti), pa pretrčim preko potoka dok Vladimir dela po selu arbajt, do njegove nane. Ona mi ubije troje jaja, zaturi komad sira kraj tog, svršavam – ne jedem". Moj Milanče, man se žuje.

Da, kad se vratio u rodnu Vrtaču nije bilo nikog, samo Jevrosima, a i ona ko srp, te tanka, te uska, još na to i stara. Dijelili su komad on i njegov, iz djetinjstva – džhelat. Sve moraš voljeti, ne smiješ nikog mrziti.

Nikome se ne svetim, sve sam sa vama i ja – loše zaslužio. Nisi smio šutiti, iako možda ne govoriš pravo. Riječ napisana ne poznaje vrijeme, evo mene i moje ekipe, vidi milju dvanestomjesečnica – dalje. Pozdrave šaljemo iz budućnosti. Niko nas ne konta. Ni njega tada isto, svi vikali – poludio, pa i u gradu u kojem bješe porodilište. Prepao se i sam predskazanja, poplaviće bujica, on će tik par dana iz njega – zauvijek izaći. Vrati se u sobičak Karakondžina Panja, tamo po svu noć, nije gasia džointa. Da, smogao je hrabrosti, ovo što ste vi našli, i nije neko djelo, nego je on poslije toga mnogo svašta napisao, nije se bojao nikog – osim Boga. Gleda on odozgora, pa nas prži time, sve što smo zaslužili. Mislim da smo mi ti koji trebamo preuzeti grijehe životinja na sebe. To što će nekog da oduva ili prosvira vjetar, to nije u našoj moći. U stvari jeste, šta si mislio bacati rakete na ovo teke Zemlje, a poslije toga ne imati zemljotrese i uragane? Na kraju će ih imati svi, molićemo se za dane bez vjetra. Životinjama je ionako suđeno da stradaju, nema onog na koga čovjek nije dizao ruku. Kad se sjetim kljove od slona, kako je zadivljeno gledam, nosi ga lovac preko ramena, nikad nisam poželio u sebi zlo nekome, sem tada. Nisam, da, to sam mislio. Drago mi je što sam na ovom sklapanju nečega – koje je neko ubacio u savršenu uvertiru za ono što ću pisati u budućnosti. Ja ću biti niko i ništa, čim prvi pročita ovo djelo. Mnogi će reći, odlijepio, pukla narkomančina. Izgorila mu surla od bijelog. Svi za Stoleta tako od njegovih viču. Čovjek možda ispušio petsto džointa domaćice. Nije skanka užgio dva puta. Jedna linija kokaina, samo da proba. E, a na drugu stranu Uroš, koji je pošmrkao heroina i kokaina, mogao je imati pola Vrtače za sebe, od tih para – priča sasvim normalno, Stoleta prebacilo, ovogo ništa. Čovjek spika već tri inogorska jezika – tečno, ko maternji, natuca još pet, ovoga na travi moraju vezati. Jbg, ko sad koga zajebava? Stojan nije zgazio mrava, ovaj nadrogiran plaća najstariji zanat, hiljadama leura, ne izlazi iz javne kuće, danima. Time se dičio taj naš novi kapitalizam, bilo slobodno i opušteno našmrkati se, pa u kurve, nije više udarala batina. Utvorila se mrcina, baš onakva kakva je. Ma da iko spomenu, sve nam je to od jedenja mesa, pa niko. Pusti travu i opijate, da nisam progledao u tom smjeru, poludio bih, ili bi završio u komuni. Na Sirovini Lolo. Naletjeo na Stojana, on mi savjetovao pušenje, i drago mi je što me je nagovorio, taman i ja morao u ludnicu, ili kod Urketa. Kud mi je mentor bio ovih dana, skontao sam i ja – neću više da budem narkoman. Hoću da iskoristim kapacitet za dobrobit svih. Nisam više kukavica ni ljenčuga, idem do groba smjelo, istinu furam. Ali tek onda kad za nju imam dokaz. Evo da ne bude kako sam znao, a šutio. Nisam, znam da će biti jednom zagrljen Balkan, sa njim cijela planeta, više niko ne jede leševe. Ajmo probati tri godine, toliko i ja jedem samo biljke, i poneko jaje, al' od slobodne kokoši. Ima takvih domaćina, koje mu odnese lisica, sa njom se svađa. I onda takva dobričina kupi sebi pušku, usput upadne u ekipu lošu koja je na alkoholu, postane Adolf, obrije brkove ko i on, umjesto ikone na zid okači ss diviziju, fotkala se prije nastupa u nekoj omanjoj Vrtači, pobili đake u školi, striktno maljem, a bija vegetarijanac, sam nije na ljude tupija zube, krute, zgubireda. Da ne pričam kakav pakao može izaći iz onoga, imaš državetinu koja se drži na preradi kravljeg mesa. Ma nema dalje, sve je to klepa preko sječke za košćure, sad bi dodali ovi puti Ruske, pa eto – tu je Tile valjao, sam ga Eva nije ćela. Znači, najebali smo, nismo čak ni zaljubljeni kako treba, varamo bračne drugove – ko fol, samo jer to tako voli sredina, a da je to normalno, svi bi šutjeli od zavisti. Ko zna tačno šta je to dobro i pravo, neka se javi za sljedeći. Na ovom ne stajemo, pišem sve dok onaj odozgora ne kaže stop. Ništa to nije od mene, ja sam samo kucalo. Čisto da se zna za šta pisac na vrhuncu bude slavan. Koristi se sveopštim dobrom, da bi sebi nakucao što više lajkova. Oni što se domognu kojekakvih nagrada, ne poznaju više rodnu Vrtaču. Samo dolaze u obzir za nastup - gradići u kojima se mogu opuštano poroditi žene. Ne moraju zvati taksi, pa trčati niza stranu zajedno sa mužićeem. Ma maunu, on je na gradilištu, prči mu svako nanu, jer nije mogao završiti škole. Od tog mu nije išlo nikako u glavu da će zaraditi slavu i velike novce ako ubije jelena. Na zidu slika titinNa, nogom pritišće mrtvoj srni – glavu. Onda i branilac od lisisca sebi takvu istu kupi. Reko on – živjelo selo. I živješe, pokla se gdje šta stiže. Naravnoučenije podržaše i popovi i hodže, sa njima škola, da ne bi slučajno zaostala. Uvedoše se vjeronauke, uče se djeca kako krstiti i klanjati. Oni ostali koji ne dobiše popularno prezime i ime, skakaše u bezdan bez pozdrava. Krava rodi Mićú, zaklaše joj dijete kad gazdarica plati glavom u saobraćajci. Odvedoše i nju preko njive kalamari, pobježe na kraju preko bijela svijete i Mome. Ostade nedonošče, da se prehrani i snađe – što se kaže. To ga nauči dobru i radu, znači, uopšte nije istina da dijete nevoljeno od malena – ne može naučiti voljeti. Isto ko da za to treba sabirati i oduzimati, čitati takve budaletine. Ali šta ćeš. Moraš svima progutati, bome takvima neću. Ne seri tamo gdje ti nije mjesto, ima vc, izmišljen je odavno, ne moraš sa praga pišati ispred kuće, pa da si mi otac trista puta. Život je ovaj naš nauka o kakvoj ni ne sanjamo, vidjećemo detalje kad se domognemo vegetarijanstva. Ajde onda da to ne rastavljamo na još neke nebuloze, strogo vege, osim jajeta slobodne koke. Ako ne stanu svi ratovi za dva mejseca _ pljunite me svi odreda, u moja usta lažljiva. Poslije dva ljeta se nađemo neđđđe ne Balkanu, zapartijamo uz – maksimalno bobu. Dvije pole za noć je čisto ok. Nemoj ti da se navučeš na takve derivate ako te ne loži tehnaža. Šta uopšte potežeš u tom smjeru? - kokain je za seljačine. Da, stanje svijesti – nedojebano. Za njim te poroka heroin. Uroš nije htio ni gledati u spid, ako ga nema, barem dvajest deka. Čovjek je bio gola narkomančina do zadnjeg dana skidanja, pa i sada je iz tog svijeta, nikad ga nisi čuo da nekog mrzi. Osim što bi biljke uopšte da ne jede. Učim ga lagano, bojim se da se nisam ogriješio od Stoleta. Pričao sam istinu, sad koliko se njegov organizam mogao nositi sa strahovima – ne znam. Uglavnom, nije mu to od trave što ga snašlo. Znao sam i tada. Ali dok je dobro sa tabletom neke medicinske droge, i ako mu ona ne oduzima naprijeko organe, šta ćeš, moraš svejedno do groba dumati, barem su ti bobe jevtine, imaš popust preko knjižice. Bilo bi lijepo da stignemo do njega, a da nikog ne moramo za glavu smaketi. Još ljepše kad ne moramo sebe, i ne moramo više ubijati životinje. Tek stižemo na prave čistine, nema naprijed dok se od truleži ne očistiš. Više i kad prdiš, ne smrdi, nego mirišu prerađene paprike, unutra sir od biljke, nije istekao na kravlje sise. Bi konačno slobodna od nas, rodiše se novi – vukovi. I tako to Bog za dalje ima dobre planove, riješiće nas tog belaja, ali kad se mi riješimo i zadnjeg ljubimca. Svi će biti napušteni, pa i kere. I tako će odjednom Zemlju da ponese jedan veliki veliki vjetar, odnijeće nas u svijet gdje je ljubav za prave, a ne ovako kako mi to vidimo. Samo da nam se dignu čune, odmah upiremo za objektom. Jedno vrijeme je i to trebalo, da se ne pokresaše Mome i njegova prva žena, ne bi bilo ni ovoga danas romana. Ili bi bio, ali bi to sve drugačije izgledalo. Svako je priča za sebe, i za svoje opanke. Primicaćemo egiju kraju, još imamo za srediti neke dijelove, vraćam se nazad za koji dan da uljepšam uvod. I onda ćemo svršiti. Ako usput Stole izađe vani dok je još u našim nedođijama Urke, njih dvojica će motati, ja furlijati. Izmicati ih iz dima. Štima klima svakome, samo de je navi ne srednje. Neća da može ovoga puta, ili jesi, ili nisi. Nemoj da mi se petljaš u zanat, i ovo je viđenje mnogih nas. Nisam ustao protiv nepravde u svoje ime. Drogiraj se slobodno u sebe, nemoj za mene, legalizuj sve, ionako se kupuje tipa heroin i kokain – kraj svake pekare. Igramo se dilera, i preko kifle. Fino država oporezuje te što to rade. I ima kvalitet opijata – barem da se uljudi brašno. Kupili smo ja i Urke jedne prilike u našem Karakondžinom Panju spidaru, ljeb ti poljubim, sami kerozin. Ma samo pomirili, đeš to u sebe. Izgore i duša i grlo. Znam, i mene peče gandžijanje, al' štaš, opet se drogiram – što kaže selo, od toga je i Stole poludio, a nije zbog – što se prenakupio strahova.

Skontao gdje je jučer bio. Prosvijetlio se, a život mu teče sa starcima, mama saljeva strave drugima, ni ne sluti gdje one završavaju. Tu u vlastitom domu, otac pomalo pijucka da zataška stvarnost, neđeljom u lov. Isto kao i moj tajo, pa i Mlađin, Urketov pobježe sa ovih prostora, samo zbog takvih stvari. Doduše, to su tek bili prvi otkucaji, rađali su se svjesniji da smo u govnima, pa bježali glavom bez obzira. Ni oni ne slute da je gore u toj nekoj Vrtači, istina baš zataškana time, ubijaju se životinje kulturnije, zabode se igla u venu. Pa se brkati dočepa uz hors i mišomora. Posta mu mora borba za čiste. Takvi ne postoje. Svako je za sebe prljav, ili laže selo, tako da imam pravo tvrditi drugačije. Postoje, kako ne postoje. Kome zec išta skrivi do svoje smrti. Osim to teke trave. E da, ima ima spašenih, samo je nevidljiva barka nova, i nemate pojma šta trebate činiti. Mislite da za groba treba imati dosta para, niko da napiše roman iz duše, jebe mi se za kojekakve nagrade. Živim svejedno predobro – koliko radim. Tako da ja odavde, ne idem nigdje. Od staraca ne tražim ništa. Mogu gladan biti čitavu jevtu. Jest da onda otimam ljeba, ni tada neću meso. Natrenirana kuca. Nema šta ne zna, moja jede piletinu. Moram joj za to otići kupiti iste u mesnicu. I da, dok sam i ja bio krkan što se kaže van ove planete, naučio sam na te i opet krkanluke van ove planete – djecu. Da, polako im objašnjavam kako tajo nije bio u pravu, bolje da je jeo govna – nego što vas je savjetovao time. Bićete zdrava, de prasetine, pa de jagnjetine. Tek sad vidim odakle nam sve propast od života. Od neznanja, i od straha da kažemo kad nešto ne valja, pa i ako smo mi tu grešku načinili. Neka smo, oprošteno nam, čim je uvidimo. Eto tako to biva, ko ponavlja svjestan griješenja, taj je za ludnice, a ne Stole. He, jest da se sa mesožderstva lako skinuti, poslije heroina i cigara – mora da ne postoji gora mora, dodajem alkohol i kokain, spidara ludara sigurno, nije bolan Stoletu to od trave. Oživjele strave, ne može ih niko saliti. I to su čiste gluposti koje samo drže kazan nad vatrom. Ugasi ga kad ne treba, šta si ko sivonja na gandžijanje navalio. Nije isto, ma de bolan kako nije. Urke je pušio dvadeset dnevno džointa i to od osnovne. E sad da li je od toga prešao na heroin, ne zavisi od moje procjene, uglavnom nije popucao. Pribraniji nego neko ko nikad nije bio narkoman. Ali da se ne zavarate, sad ćemo otić na rokanje jedno desetak godina, poslije dvije tri godine komuna, evo ga kao i Uroš. Uzalud bacaš cenera dvanestomjesečnica, znaš kol'ko je to? He, ali ako gledaš kako se svaki dan kolje oko tebe, to ti dođe kao raj. I ne sporim ja to, ali ko da zausuče rukave? Ja i Stole, dok se Urke roka? Aha... Naravno da ga ne žalim, on je uživao dok sam se ja budio smrznut sa lopatom u rukama. Prehraniti ti je kući nejač, e sada mogu malo odahnuti. Taman dojeban, dva tri dima dnevno kad je pisanje, ostalo idem da delam za firmu. Knjige ne prodajem za leure, oću malo dolare. Onda kad to sve skupim na kamaru, lijepo ću u kontejner baciti. Neka se nađe svijetu. Korak je do takve ishrane, sjedi za koritom prebire melo, sutra će ga na pomen Isusa, priklati – krmeći snovi. Ostaću živ, drugog će, na primjer – do mene batu. Sram nas i stid bilo, ali to sad nije razlog da poludimo, nego da učimo druge volji za životom. Posjetim Uroša kako krče crijeva, vidi i on da je od jedenja mesa. Kad prdne ko da je za ručak klop'o, daske od klozeta. Na sred njive četiri kolca, između njih iskopana rupa, okolo smb deka. Ostala od JNA. Pobismo se vlastitim oružjem. Odakle nam? - od Tite, on je time ućerivo strah u kosti, ne samo srnama, jebo sam mu nanu, samo da sam bio jelen. Ali on nije takav, oprašta ubici. Neka mu je slava na čast – domaćih izdajnika. Nego se on tu našao kao borac protiv fašizma, na kraju poslije toga dopala mu značka partije, pa ko biva prije pola vijeka bili ste robovi, valja vam za vođe i ovaj. Direktiva iz Moskve, borio se protiv toga Hitler. Pa ja, onda Ameri vidješe kako su pojeli govno, odlučiše za modernije poteze, pustiše baJu na Balkan, braća se između sebe pobi. Za ove navijaše Rusi, za one Švabe, uglavnom – Balkanci su ginuli. I onda oni titiNi presvukoše dresove, ista jalija nastavi. Samo kradi. Ako nisi u stranci – na poso ne dolazi – jer ga nemaš. I ako ga na neku sreću teke kobiva imaš, nije plata veća od dvjesta leura. Kao u Jugi je bila, jeste, samo što sam za prvi razred kao što je rekao Mlađo u svom romanu, kupovao odjeću i obuću, par brojeva veću, gore u cipelu natušim papira, do četvrtog mi je pomalo ga vaditi. Držimo sve od stoke, imamo i koke i svinje, doduše – nije se gladnu, al' mora se upolju raditi, tajo nije htio u partiju, išao na delo, isto u inogorstvo. Samo nije mogao odavle za stalno, te ovi vole Tita, te ovi ove druge, a to da neko za nas ostale pita neki klinac... Ma jok, šuti – šta ti znaš, ne znaš piše spojeno. E da, nepismenost  duše je mnogo opasnija. Kakve smo imali učitelje za te dobre i lijepe Jugerke, dobro znamo dva slova, A i B. Jevrosima ubija klipom u glavu, Mlađo za njom ponavlja. Poslije su na red došle letve, kud je ne ubi ekipno razred. Ali bi to onda u selu bio veliki zločin, svi bi rekli đeca se nadrogirala, izboli učiteljicu šestarom. I da, ne bi Mlađo, i ko zna ko još od njegovih kolega dosegao do prosvjetljenja kao bistra i vrla ljudina – aman što se kaže, pa da zna i selo. Da, baš mi je drago što ponekad ovako – nisam normalan. Jebe mi se da izvinete šta će ko reći za Mlađino, bitno je da je moje dobro. U globalu već smo zaključili otoječ, tako je, svako svoje neka ljepša. Pa ću poslije napisanih stranica, krenuti u korekciju, možda sam neđe prećero. Kalem bier, nakalem kriglu. Ma ja, uz sliku ipo i doping drugom drogom, svuk'o za sedam dana četiri gajbe Jelena, klipare.

Nisi nigdje prispio pišče. Pa da i ja svoje izlaganje završim. Danas mogu reći da sam čist, šta će da me dočeka još od heroina, kokaina, boba preko kile, i teke spidure, da ne spominjem alkohol, nemam pojma. Može tresnuti hiljadu bolesti, dok sam se drogirao, o tom nisam ni razmišljao. Nađeš se sa ekipom, kao nisi dugo, uz krisku i igru, završim na heroinu. Da, ja nisam volio zabavu zbog muzike i društva, nego zato što sam jedva čekao – da budem drogiran. Sad bi znao kad treba stati. Probaću drugima napominjati – dok god budem imao priliku. Heroin ne bi preporučio --- nikad. Ni za kokain ne mislite kako ne poseže za vama kao ovisniku o njemu. E da, ja sam to tvrdio da nema pojma. Dok se jedno jutro nisam probudio, nisam mogao bez linije bjeline, i onda rođendan drugu, povuko jednu i žutog, evo me sada poslije nepunih pet godine čistine – vidim koliki sam tupan bio. Nisam znao dalje – od nosa. Trava nema veze sa ovom pričom, ako i ostavlja neke posljedice, to je – jbg, od nečega se mora umrijeti. Ali ako te to prebaci na dobru priču, nije prodaješ heroin majci sa bebom u naručju, nego ko ti pišče, siješ baštu, po koji dim iz lule mira, pišeš po tuđim pričama, a po svom viđenju – romane. Da, to nije isto, i moje drogiranje. Ja sam postao na kokainu i horsu, veoma pogano biće. Nema koga ne bi zajebao – za crtu smirenja. Volio sam tatino rodno mjesto, kao da je moje. U stvari, ti si ono što jesi, nema veze pod kojom si se zastavom rodio. Narkomani nemaju te granice, svaki je isti na jedinstven način, samo da je zviznut. I onda ti dođe ono područje epohe zvane život – bolestan si – jer ne možeš bez heroina, kokain više ne preferiraš. Glup ti je, čak ti i na žutom nema ništa, osim ispravka sa koljena, povraćaš pet dana, na čučavcu toči proliv, pucaju kosti u odjelu kukova, joj samo da mi je da sam ponovo čist. Ču taj do ramena, eto ti moga Miladina sa spasom. Imao istih problema, skinuo se putem metadonske terapije, da ne bude kako ne može. Popljuvaću državu, da ko fol odbranim narkomane. Većinu nije natjero niko, nego – de samo za rođus. I on ti izađe na muke, ušao na nozdrvu. Da, to je taj modus drogerajske usluge, dižeš kredite, isto da ti ih ćale neće vraćati, da si barem pokušao nešto učiniti, na primjer nahraniti cuke dok se oni prebacivaše u divlje, vukove. Odatle je sve krenulo po ljude naopako, rođeni smo kao biljojedi. Znaju to ovi što puštaju žujana u publiku, dobijaju ekipu zla – potpuniju. I mlade talente prže na hemijskoj spravi, izbrišu granice, nema dalje. Nekome bude muka, da misli kako ga nikad više neće probati, više zapravo nikad nisam prekidao, do tih dana kad će da me hapse, uvijek u padže – pet grama. Dnevna nabavka mira, ili slijedi drhtanje u klozetu, prvog kojeg natrefim. Ne biram, jer bez linije ko dvije strane astala za ručak, nisam nekad počinjao zabavu. Sad, evo, pa ne smijem pogledati u pivu, ne znam gdje će me odvesti. Travu smijem, samo neću, dok ne prevalim deceniju – ičega, osim duvana, kava ponekad, kola – otkidanje. Najjače sredstvo za omamu smiju biti to što sam nabrojao, ti slobodno duvaj pišče. Znao si umjereno, ko je nama kriv – što smo glupsoni. (Niko nam nije objasnio za šta je droga stvorena. Da, nije da se više od dvije bobe – uzmi uz tehnažu, to što se ti nalipaš spida, koksa i herdže, to nema veze sa elektronikom. Koljeno moje ne miruje uz zvuke daljine, ni uz džoint. Uzmem jednu polu oko ponoći, držim se do jutra, ako ima aftera, dodam drugu, usput još jedan spalim, poslije se svalim u krevet). E da, mene nije to nosilo nikad, volio sam da se opalim uz narodnu glazbu, turiranje je počelo, cijelu noć vriska – zove se ista – folkoteka. E jbg, nije više bitna ni muzika, tipa, tehno, tu je bijelo, cajka, piva, nego je opijat u svakom pogledu, svima dostupan, a ko fol – nije legalan. Trebaš imati policajca kraj svakoga ko se plea malo više, taj je svaki spreman prodati ćaćin bubreg, samo da se bubne. Ali kad dođe red na njegov, ako nema u tom momentu druga, istog onog kraj ramena, samo ovaj sa druge strane, sa prve Bog. Isto ti je to, nema razlike, tad se ubiješ, ne vidiš da iko cima za rukavče, nego okreneš na konopac. Ili ako imaš stoju leura, ovjeriš se. E da, može heroin, ali kad stignu teške muke neke bolesti – bolesnika u postelji. Umire, pa da se ne pati, i onaj što prvo rame podupire – kaže – mere. Eto, sve je trebalo biti među nama, a zna se i zašto, samo što mi ljudi – još ne znamo – takoreći – nič. Nema kako ne znam pričati. Komuna mi je pomogla da svarim još dva inogorska jezika. Tek kad sam progovorio sa stranim narkomančinama tečnije, vidjeo sam šta mogu bez drogiranja. Umalo država ne ubi još nekog, i to onog što zna istinu. Naletim tako na ekipu pišče tvoju, sad ćemo sa mladim naraštajem da odradimo posao za dobrobit svih nas koji nosimo duše, prvo životinje da napustimo sa iskorištavnjem, ostalo ćemo lako, tako nestaju ratni sukobi, i lovac konačno okači o klin – cjevčuge. Bude sloboda za svakoga, ali opet ne za životinje, one će da se jedu među sobom, mi nećemo ništa što je svjesno. Nego nesvjesno iza leđa naletimo sa kosom, oborimo travku. Bereš papriku, ali stabljiku puštaš neka umre, ne sijeci je prije nego ¹klone, ni motikom. Naročito nemoj tući suprugu bukovim motičištem, ako ste već ukoračili u nešto, pa ne ide, razvedite se. Bolje i na heroin, nego cijelo vrijeme probijati djeci mozak, sa time – potukli se tajo i maja. On nju ubio ko zeca, samo nije iz puške, nego od stola nogom, sve u vugla, razbio joj sedam tanjira u naletu od leđa, krvava sjedi, na stepenicama betonskim. He da, roditelj u najboljoj namjeri – pogriješi prema djetetu, ni ne sluti, koristi direktive društva, ne shvata da je gluplji, od svog potomka. O pa _ Breno. Ja saksofona.

Pa da mi stari ne razvlačimo pitu kako ne treba, neka bude s tikvom, nemoj bona sa sirom, jer će zbog toga, zaklati nečije dijete. Bolje se smreke najedi ljudino, nego mesa. Kajmak da prolitaš, raspo se dabogda. Vičem ti ja tako sebi, skidanje završeno, e onda ostaje psiha, i njenih hiljadu vidika, samo jedan je – da nije droga.

Rokaj, rokaj, al' baš rokaj – sad je doba da se podignemo na noge, i kažemo, smrt fašizmu, al' za prave, do zadnjeg. Pa ne bi ostala tri čovjeka, svi podigli sud na Hitlera. On iz nas nikao, dovela mesna industrija stanje – do usijanja. I dana kad je Mlađo ganj'o kamione, u Njemčiji se klalo, odakle hrana za pse i mace? Sve ti je to tako uvezano. Ako moraju ostati psi najbolji drugari čovjeku, on će na tren morati biti ubica. Jer vukovi su mesojedi. Ako ih prebacimo na bilje, biće isto kao i sa nama na mesu. Klaće se među sobom, i više se neće znati – ko je stariji. Nema malcu zagrizti mesine, ako je kuja odbila štene, nego ako pipne, zarije mu jako zube – pod kožu. Svi smo mi grešnici, Isus bi morao stati i ispred Adolfa. Ta priča tako kaže, njegovo učenje ne dijeli ljude ni po čemu. Svi smo do zadnjeg isti, i svi bitni za dalje, da li bili dobri, ili loši. Očas posla društvo misli drugačije, i više nije isto ništa, nego sasvim peto. Pa je normalno ako duvaš, a nije ako piješ rakiju. Tučeš ženu dok se vuče već prebijena s njive, jebeš joj na sav glas – raspalu majku. Da, to je od te strane, još ako dodaš koksane i herdže, ode u tri pizde materine, preko reda. Da, ima ih koji takvi nisu bili, nego su mislili, mogu se nositi da drogom do groba, nikog neće vrijeđati, imaju dukata dovoljno za čike iz Dilerajske, eto odakle smo. Iako će se priča i završiti kao Vrtača. Svakom glib do ramena, samo što se ne zaglibimo skroz. Uprti komad kuruze, i dodaj slanine, jer su rekli robovlasnici, ako ne dođeš rano na pos'o, jebo si i maci mamu. Pa si mačak koga treba utepati, zgaziti kolima dok juri za slobodom, plaćenu leurama. E ta je najbolja od svih, ona i dovede do žutog. Misliš da si Bog. Jesi, samo nikom do ramena. Nego samom sebi divljače ljudski, kad ne znaš samo probati, u gudru ne diraj. Nije to supstanca za nedojebane. Moraš biti čvršći i kod najbolje robe, samo tako možeš čist da postaneš. Travu u narkotike ne svrstavajte, jest štetna i izaziva ovisnost, ali to nam je dar – od onoga kraj ramena. Kaže i on, da ponekad duva... Pust još malo dugmlće.

Krenimo, dobro došli na otvaranje festivala, sela će da ožive bivši narkomani, a ne političari, naročito ne ovi balKanski, oni će dodavati žuto u opticaj, da potruju mladež koja zna šta je ispravno. Pusti mu to i zadrugu, pa ti se šigicaj u folkoteci. Budeš li iteke ispravan, dolaze ti kući. Znači, samo šmrči, i za to se zaduži kod belajnog gazde. Ima silne leure, drži radnike za samo dvjesta, pri tom rade cijeli mjesec bez slobodna dana, hrana od kućee. Zađe po selu milicija, isiječe stabiljke, mladež preko grane na crno, uvozi pušu. Mamice nam nenormalne spalim, da, ako i ja tako mislim, pred svima me pljunite. E te narkomančine će najviše da ožive Balkan, cijeli će jedno nedjeljno popodne – biti drogiran džointom. Svi ćemo se ubosti u venu. Ne bi policajcu jasno kad ga oduze od kamiondžije, opet oni pišu pravila. Niko ništa ne zna, Mlađo iz fapa, zasuka rukave. I evo nas danas ovdje. Postojimo, svjedočimo da smo našli spas, kako ja od droge, tako ti pišče za sve nas ekipno, duševni. Svi ćemo jednom biti biljojedi – opet, životinje sve napuštene... Onda trujte i ubijajte cuke, ovoga puta, mamice vam nenormalne. Ja to ne činim, izvinite me, slušam tehno, i uživam, nikad više od dvije bobe, ostalo kad mi se digne da se drogiram, duvam. Duvajte i vi sa omladinom, biće vam pametnije, nego što flašu za sobom štrafate, gledate gdje ćete šmrknuti. Moderniji zlostavljači u braku. Koriste tu instituciju samo kad bi da budu teke – normalni. Štite se time, ne tuku ženu i djecu više, jer su prosvijetljeni na neki svoj način, valjda narkomanski. I opet, ako nisi za drogiranje normalno, ostrani se u njivu do puta. Tamo parkiraj jalovu krmaču, naiće šoferi, oplodiće je. E da, to sve pada u vodu, Mlađo je Vilu volio na neki sasvim drugačiji način, obećao joj da će je naći kad jednom bude poznat, eto i ona ime promijenila – u Dajana. Ota igra pade u jendek zauvijek, dobi se forma romana, ali da razvališ do jaja, treba dobar završetak. Ajde mali – poćeraj kolo, sad će after, ostavio sam polu. Cox je na ekranu.

# ZZZ Čakija Norise

Znate odakle Heroin? - pa od države, njime ona drži pametne na povodcu, prži mlade talente. Da, i metadoni su njihovi, kao da malo speru ljage pred Bogom, pa se tuširaju pod toplom vodom, dok neko kreči pred dilerom, samo za gram. Nema više nijedan, sjediš u zatvoru, slijedi potop, opališ se par puta koksom, svidi ti se to, upadneš u priču da prodaješ, jer nemaš za tolike pare sponzora. Čim zakorači u punoljetstvo, opali liniju žutog. Sa društvom, neću više nikad, čak muka tri dana, poslije nema dućana kojeg nije obio, samo za - gram. Nije mu se više drogiralo, ali zajebi tu priču – moraš. Nema nećeš, stasao momak za djevojku, lijep ko slika, dočepa se preko alkohola, kokaina, i heroina. Probao baja, nema veze što je punoljetan, kez od uva do uva. Sutradan viče na sav glas, prestani, kad te molim. Obratiti se moraš Bogu. Onom što je do ramena, dopala me ta čast - da slavnom piscu budem završetak romana, o tome – nikad heroin, zajebi državu. Duvaj travu, i uživaj, dvije bone u godini možeš kad god hoćeš otpartijati, pa i kad si na umrlu. Nego de ti budi glup, pa vuci liniju širine stola, nije droga – iskreno rečeno, za krkane, moraš za nju biti dojeban, onda znaš da ti heroin neće nikad dobrovoljno. Šta bi ti to meni rekao na žutom, a da ja ne mogu doživjeti mirisanjem nanovijeg bosioka – na tržištu. Ne ljutite se popovi, što ljubim i hodže. Nema koga ne ljubim, nastup mi je prepustio Branko, otišao i on sa svojom dragom, na zadnje sjedište – njenog auta. Vidjećete samo _ šta će selo reći.

Mrcine ga spremaju, da potruju mladež, sa ove strane sam, dobar, ko melem na ranu, Ne jedem meso, jer nije ijo ni moj stari, jebaće vam sve po spisku, samo ako se penkala uvati. Pisao i brisao, ja ga nagovarao da barem turi na fejsbuk, on nije ćeo. Sad eto ovo drugo vrijeme, očas posla svako tvoje djelo pročita. Možeš biti slavan pisac jedino tamo gdje se mnogo čita. Nije Ćita, nego Čakija. Norise gub' mi se iz vida, idi vidi je l' gotov ručak, i pitaj gospodičnu za šporetom, šta mu je...? Nije ništa, šta će mu biti, niti je zagorio, niti je kuvan, šta si odma' navalio? Odvalio sam zato što se mnogo ložim na tehno, isto k'o kad bi Mlađo – na momirovu šargiju. Pa ja, došlo je vrijeme kad nam više ne mogu ništa, mi znamo istinu, prešli smo već jednu generaciju bez mesa, sve cvjeta, i sve je na svom mjestu. Zuje motori, polijećem, idem da se sretnem sa dragom, odavno se nismo – kresnuli. Ciguli, ciguli, onda nadođe miguli, da se prostorija prozrači, hodaju rakočice smarači, smaraju prolaznike. Predsjednik potpiše amnestiju proizvođaču, zađu po selu milicajci, svu počupaju _ gandžu – ljeb ti poljubim, ne hapse one što prodaju heroin, jer ne smiju, useru se kad nekog treba likvidirati, poturiti mu pola kile žuje, pa u čelo metak, otimo se dabogda. Prava je ona što sa tobom ostane u govnima, jest to, ali kad imaš više kandidata, kako sve dati da studiraju, pa poslije da ništa ne rade, nego planduju za dobru platu, dok drugi traće talenat za volanom... Ništa to nije tako, nego ti tajo sa nebesa postavi zadatak, čisto da vidi kakav si – na sitnicama. Naročito oko toga, kako te to mučilo kad nemaš para. Pa nije plata bila ima četiri mjeseca, i dalje putujem pješke, na delo. Delo delo, šmrčem bijelo, za njim ću ubrzo i žuto, samo to mislim da neću. Tačnije, ni ne trebam, jedan sam od onih koji znaju, dosta dvije bobe godišnje, i jedna partija pored te - dvije linije bijelog, ali od majstora, a ne od svakakve miješalice, pa kad se rajica navuče, miksa mišomor ko god stigne. Može da se rodi novi Hitler, kad god hoćeš, što ne mora značiti da nije bio za neke stvari u pravu. Jašta smo nego pogan, čim ubijamo životinje, on bio vege, jebem li ga, još ako je kako ovi kažu iz crkve i džamije, Isus i Muhamed čuvali ovce, onda nije ni čudo što je ovako. Ko fol odbranili nas od fašizma, a mi još u većim govnima poslije vladavine tih sranja. Proslavi se leura u nekoj bitci, ostade do života predsjednik. Ajd' k'o vele, svejedno su vođe doskora živjeli robovi. Tesali pragove za ćirinu prugu, odvozili poslije tim putem rudu. Dobili smo i mi neku kintu, sa njom jedva uspjeli, nabaviti pšenice za pogaču. Malo smo razvukli kuruzom, i eto je, smiri se i ta Bosna. Za njom još nemirniji Balkan, dosegnu miris od atomske iz Japana, žalosna nam nana, ako se time ponosimo. Pa ja, znao je možda brKo sa kim ima posla, nego se usput navukao na doktora slaba. Ovaj ga više nije mogao dizati iz mrtvih, i tako kad nije, bolest je hujala. Postaješ narkoman, taj je, ili genije, ili ludak. Nema sredine. Ili ima, pa božijeg sina zakujemo na stub srama. Ne, Hrist je u nama, možete nam se napušiti, niko ga ne može ubiti. On nije ni Srbin, Ni Musliman, Ni Hrvat. Muhamed mu je _ brat kao i vi. Svi smo božija djeca, ne recite onda kako Momir nema ulogu u Mladeonovom životu. Vidite gdje nas dovede mržnja iz malih nogu. Nikog ne mrzim, pa ni Hitlera. Ni tvorce strašnog konja zvanog žuti, jebe mi se za vaše mikseve, rolam domaće. Opa, malo tehnaže iz Vrtače i susjednih sela, idemo tako pješke, stazom dajca. Ništa češkanje jajaca, nego se uhvati ašova. Moja Nina.

Posija deda mrkvu, kada naraste, pozvaće babu da je isčupaju, onda oni ne mogoše ju izvaditi iz zemlje, pozvaše iz šume medu, pa vuka, pa ostalu ekipu životinjsku, i tako - nasta šargarepa u tanjiru. Preko Save u tanjiru, preko Drine u lavoru, peru se noge gospodžama stranim, varaju se supruge. To nema veze sa ovom pričom, niti sa tom verzijom ljubljenja. Voljeti možeš psa više nego sebe, ako mom šta od mene zatreba, pa i ako je to život, nema veze, volim životinje, rekao mi tata. Njega je njegov šopao leševima četvoronožaca, i po kojeg s''' krilima. Sreća u to vrijeme propuši se trava, pa ju je svako duvao, a i ona je brzo bila prevaziđena, više ljudi nisu imali problema sa prebacivanjem u hibernaciju. Sjediš kao video kamera u ormaru, snimaš klijentu disanje iz tog kuta, rekli bi preko Drine, ugla. Ovdje se kaže – nedođije. Niko nije blizu tebe, a trebaš spas, daj miraz punac, štas se stiso, odo ga spiskati na ljetovanja, a to što si se ti za njega ko pašteta od patke, šćućurio, štaćutja, štos jeo meso... Znači ni to mi ne treba, vrati pun'e sebi na konto sve, i moje prodaj, zadrogiraj, samo nemoj da zakolješ prase. Podliji su ti meni koji se šopaju nečijom patnjom, nego oni što su drogiraju. To rade sebi, i ponekom bližnjem, ali šta ja tu da važem na kamare, kad pore vepra, meni se sve smuči, ko poslije prvi puta – heroin. To ti je baš tako smeće, ne vidim kako ljudi mogu da se lože na te fore, al' aj' ti znaj šta ćeš, kad si na dvadeset boba, i pet grama bijelog, popio uz to sedamn'est piva, džoint umjesto cigare. Kome bi on, spasi se, kome ne bi – komunate. I tako brat Urke razvali i tamo, dođe sa dva nova inogorska jezika, pet godina bez ženska, nije lako, ako ima koja da bi se udala, on bi se ženio. Klipan izđikao kao krakan, malo otrmboljio stomak, digao čelo do pola glave. Nekad bi šmeker, danas se cijelo mu tatino rodno mjesto, poudalo i poženilo, otišao svako za komadom hljeba – preko bijela svijeta. Krua krua!!! Ovdje će da bude centar, baš u sred Vrtače, pa ćemo slavlje preseliti u Čečenijsku i Černobilsku, pa odnijeti štafetu do mjesta na kom piše, nije marihuana droga. Niti se smatram ovisan o njoj, pušim je kad hoću, nije kad me svrbi koža, ali jedva čekam, samo da ne vozim. Pa sa svojima besjedim naduvan. Isto i stari, smijemo se uz gitaru. Sjeća li se toga iko? Bilo je to sretno doba, iako je vani – viorio svjetski rat. Sutra te dođu klati, ili ubijati macolom, ti sa drugarima danas – igraš bliže. Odnesem tri žvake, dvije vratim, da možemo nastaviti. Neću da ostanem bez kompanjona, a neću ni bez ikakvog dobitka, čisto da bude zanimacije. Onda to priječe u te vode, ne možeš bez droga profeštati ni izbore. U ime svega se vuče, samo se motaju novčanice, drugi spremaju šprice, boj se stršljena, boj se ose. Ma to je smrt ok, kako je kad ga dočekaš sa otkazivanjem organa, obijaš zadrugu za popravku... De ba, o čemu pričamo, samo se ti satari, neka prekrenu loši... Niko neće osvojiti pobjedu, ali će biti duvanje slobodno, ovo ostalo - pod ključ doktoru. Ako vidimo drugačije bez recepta, tada _ evo vam mauna, odlazim, spržite se, kad ste tako popašni. Strašni sami sebi, pa et'. I jest i nije mrak, nastavljamo rokanje do jutarnjih sati, onda afterica, pa svako sebi u baštu. Otkrij zemlju od ostatka sjetve, pripremaj tlo za nove vojnike. Opet ćemo da imamo cijelo ljeto – svježe povrće, niti čim prskano, niti dopingovano. Paradajz ko da je za snove smišljen, a ne za uz vrelu pogačicu. U lončiću pasulj se krčka, ali bez gujcanovih rebara. Žlica Mlađu ne vara, osim što je dala drugom da ima šššnjim potomke, i tako ti to bude do groba, voliš keru. Malu bijelu, a može i šarenu, žutu, crnu, sivu, i onog od svakog ćaće. Pa imade na sebi pruge, ko da je zebra u dugu pretvorena. Crvena žuta zelena, narandžasta plava, modra, i ljubičasta. Eto ga moj neki spektar svega, može se do prosvjetljenja i bez opijata. Naravno da se slobodno duva trava, a da se zabrane bašče, naročito vješala za gude, osjećam se – sarkastično, čak nemam pojma šta znači ta riječ. Još malo do dna, ali onda sinu munja sa neba, vaskrsnu golub, koga je Nikola Tesla – hranio. Da, spoznao je roba božjeg u sebi, nije se ni trenutka žalio. Do kraja smjelo, vidjelo se ono što je Bog dopustio, više moglo nije, danas evo jedva, pa da znamo o čemu je pričao, dok se prije nekoliko milja, nije to umjelo uopće. Nego se mislilo, puca, Ilija. Skicira radar Radana, žuri od male – ženi. Na izdisaju raketa. Dojadila mu ova, a i raširila se roša, nećemo više bliže, ajmo klikera.

I da, palim jedan na drugi, ne bojim se duvati, nego piti alkohol, joj to je strašno, isto ko da se navučeš na rižu, poslije bi malo gore, pa šmrkneš bijelo, onda probaš žuto, ko zna _ sviditi se, odeš u komunu, izađeš iz nje – u jednoj Vrtači dobiješ trista leura socijalne pomoći, u drugoj – prezime, lud. Isto k'o da ovaj što se skinuo sa igle ne zna o čemu priča. Naravno da trebate poslušati Urketa, nikad heroin. On baš takve vreba, de jednom. Eto ti jednom, pa se više nikad ne svuče sa njega, deset godina. Nije što je neka cifra vremena prošla,, nego što nije bilo dobro, poslije šest mjeseci – redovna terapija, ako je nemaš, usraćeš se na uši. Puši kol'ko oćeš, nećeš naškoditi osim grlu, a i umrijeti je od nečega. Ako neko od toga stvora mora klonuti, moj neka bude trava. Uživam dok je duvam, kad ne budem, dalje neću, ali ne kroz komunu, nego kroz povrtaljku, odradim dvije tri tehnaže pisanjem – godišnje, za pet, najpoznatiji u selu. Rokam jašta, ne daje se prilika milijardu puta, opraštam sebi – grijehove. Puštam smijehove, kao prdač tihomire, jedino ime koje pišem malim, lažem, i zvnoko isto, pa ima drpljavi, onaj što kolje za oči, tj vidavi, ma imaš apostola po ovoj skretnici, koliko ti ga Bog pit'o. Ulito te Radan dabogda, prejede se jednom boba, pa dok ne dođe kući da oproba i bijelo, za noć svuče petaka žutog, ode raketa upičkumaterinu, jašta se – neg drogir'o. Nije više ni dolazio, ostavio ženu sa još naknadno devetero čeljadi, isto jedno drugom do uva, on na horsu. Ko da je na konju koji pobjeđuje, a ne – sto procentov – gubi. Malo učim stranski, što se kaže za veoma sličan jezik, na Balkanu. Tamo ti jebu nanu očas posla, samo ako kažeš, da bi bio pisac. Mladen, inače prevoznik iz tog doba, udario je temelje, sa njim neki osobenjak iz Čavačanske metropole, tamo Švabe za naše žene, govoriše kurve. Ako se iskreno okreneš zidu na kojem si ti, i vani izlaneš đe goniš, e tad ti znaš jesi li govno, ili nisi. Pisci su blentave lude koje bolje da šute, gledaju svoga posla. Ostaneš bez glave, kud si onda prispio. Nije samo sebe gledao, potajno je spremao iznenađenje, pa kad pokrenu teke jače kotače drumskih mrcina, sve podijeli sa radnicima. Koliko njegovoj djeci, toliko svakom uposleniku. Kontao je i ako propadne, knjiga će mu ova poboljšati rejting. Čast mi je što prisutvujem kao mladi dj pisac, nastavljam korijenima đede. Međede ne jedi med, uništićeš svijet, jer ako pčela ukine let, moš se posrat na milione. Kod kone slažu drva, umro joj muž lani, našla sebi pred zimu – ljubav. Preko potake, poslije umače penkalo u mastilo, samo je predvečerje, njoj djeca nisu kod kuće, sad će malo da pregone što je ostalo iza pokojnika. Dika ti je moja čuna, primi je susjeda. I tako to nema međa ako se dvoje hoće, niko to ne spriječi. Misija je naša da odlučimo u datom momentu, kad stati. I sa kim produžiti dalje... Pozdrave šalje Radan sa zadnje planete. Tamo se smjestiše oni kojih bi sramota samih njih, i takvih poput piskarala. Otupe pričajući osjećaje, na kraju za prave – budale. E za to ja na primjer lupam rime kad se nalipam trave, ko damjanOv Zelenko, konjina od tone, preskoči bukvu od tri godine. To se najviše izvozilo iz Balkanske krčevine, uvozile stolice. Sreća nisu hrastove, inače ne bi imali popusta - to je bila građa inogorstva. Mi smo naše sasjekli, za briketa. Moram pocijepati i Bibliju, smisliti novu priču mirniju od mača, samo siječem hljeb, sa njim kruh. Sluh mi kaže, jesi li dobar ili nisi, čim se uhvatiš bataka koke, znam koliko jesi. Tačnije, golem vidik populacije krika potiče od našeg neznanja, onda od straha, da neće reći neko, eno ga u sekti. Peti ili deseti, nebitno, samo da se piše, i tako neko natrefi na ovu našu zajedničku knjigu, od mnogo zajebane ekipe, ni mrava ne bi zgazili. Trudimo se naučiti, samo, i samo – voljeti. Idemo za ljubav – sljedeću rolu. Kontrolu carina – popišaj šćukOOO.

Voljeli se dvoje, al' kako su se voljeli kad su jeli krmetinu za ručak, samo oni znaju... Vjerovatno igrati se nerasta i mlade. Krade uzdahe onaj što drži za lanac ženku, krade i onaj što masira testise vepru. Samo da uvati, inače ako ne uspije, nećemo se ganjati oko doktora, je l' krmača plodna ili ne. Vrati pare, zagondžijo, nek ti gujcan dođe po spermu. Isto da se to baš pitalo nas, pa na sav glas, de da se rodim. E da, to je to, tako to bude, odabereš odore, pa u svijet, pokazati kako si zaista – čovjek. A ne smrad koji se kiti perjem dobrote, iza ćoška crkve il džamije, ošuri ovcu. Šutaj Isuse preko mene, budi sufler, učiniću šta god hoćeš. Što da im to ne kažem? Ubiće me, ma de, pa buraz, nismo djeca, što si ti onda izašao na stub sram, jako sam?! Vodili su te čisto radi reda. Jedva si čekao da odeš iz pakla, vidio si odavno da je džaba pričati, kud reče neke naslute apostolima. Oni to što znaše, pogubiše bježeći od krvnika. Ubij do zadnjega, tog ostavi na pustom otoku, more je oko ostrva, nikoga nema danima. I on doživi dublje starosti, aman što se rastura. Tako se radi da valja, inače veselje u selu bude dosadno, priča se o tome ko je koga da izvinete natakeo, pa i trač partijom – šuruju lica iz milicije. Izudara te pajdo za džoint, samo da se pokaže pred ženkom za parenje. Smrde na spermu, neokupanu sa tijela mjesecima. Ko krmaDi, iz očiju im vire, kurac i pička. Ma je l' to, da vas ja sve išamaram, psujete, mamicu vam nenormalnu, jebo vas ćaća koji vas je tako naučio... Po redu svu familiju, onda rod i porod. Svađaju se, šatra veselja od svadbe _ zamiče niz Kućerinu, njiva na kojoj se rodi Isus, a može i Hitler, odvisi dosta toga - od dilera. Na primjer ako genije okine samo po heroinu, i ako ga on loži na to da može pokazati nešto što ostali smrtnici ne, biće genije, samo će umrijeti u najvećim mukama. Ostali dio njega, kad genije spava, raspada se. Onda se momče sa svojom Evicom sastade u rupi, otprilike balKanski' bunara za vodu, dolje u jednoj sobi njih dvoje miče, u drugoj doca sprema koktel. Treća se ne spominje. Pa kad ubode oboje u venu, pršti sve od novih ideja, treća idalje - tajna. Moramo se osloboditi ostatka svijeta, samo smo mi Nijemci – čisti. Arijevci. Ko zna, možda i jesu, jer kad pogledam ostatak svijeta, nije mnogo bolji od njegovih riječi, do sebe samog mislim, jer sam i ja do jučer – ijo mesa i tih prerađevina, od nečije muke, ni krivo ni dužno dade život prase, na pomen Isusa. Pa sad ti reci kako onaj brkati nije bio u pravu. Čuj ti smiješ ošuriti prase, a ovaj ne smije ugušiti nejač u gasnoj komori. Viknu neko smeđe - Nije smio djecu. Ovo ostalo preko za naučiti, sa nekol'ko godina – rokaj... poteke brle, ne ćuti ludaka, al' džaba bi. Jer on još kaže, ako klinac do tog doba nije voljen, možeš ga da izvineš – popišati. Kao cuki dok čita od druga – poruke sa vibera. Njuši šipraž i sad, i prije dok je bio vuk. Ne kontam, kako ništa ne kontate? Zemlja, evo nas konačno na njoj, digla se na muci krava. Pustili ih preko pašnjaka, ovi se namnožili do te mjere, da se samo trebalo prodati špore, šoraj biftekte, teku rijeke koje možeš šibicom zapaliti, plane vodotok – od izvora do ušća. Germanija svuda zaklana svinja, ko i u braće i sestara – Balkanac. Eto odakle nam ratni sukobi, poludjeli od ubijanja za spomen Boga, i njegovog sina, kojeg smo isto ubili. Razepeli na kolac. Hitler se barem sam ubi. Dopaneš li zvijeri koja se moli nebesima, e obro si bostan. Ti ne praštaju nikome, osim što laprdaju na sva zvona _ Voda se tubi naprijed. A ono k'o da smo sunovrat tražili, nije što nas je stiglo za prave. Pizda smrdi na kurac, fuj ja l' mi se pomisao na seks zgadila. Posebno kad se sjetim, trebam se pred nekim skinuti, dignuti, ili raširiti spolovče, onda dahtati dok ne svršiš. Pušiš poslije cigaru, kao to je ono što se traži. Jebač, kao statusni simboli. Niko od tog stila, ne razumije, šta to bješe ljubav. Ili oboje, pa uživaju u igri. Ko ga šiša, jednom se živi, aman što se rastura, škripa kreveta u jeku, kad ono komšo sa kamenom u bubregu štema suprugu, joj ja l' se osramoti, veš - mašina. Kona ju naložila do daske, skače k'o da tri puta odjednom,,, doživi vrhunac.

Da, pas je i dalje čovjekov najbolji jaran, iako ga ovaj što se zove ljudotinja, kurjaka domaćeg – ubija. Isto to čini i ostalim životinjama, zapometnuše kavgu lovci. Moj ti lijepi sveti, on' su ti strah i trepet, doće i tebe ubiti. Pustiš ti na primjer drugarka da se iskače, i on se sastane sa još nekom odbjeglom kucom, nalete čike sa dvije cijevi, plejaju koga god stignu. Da li tu biše djeca, ni ne pitaju se, onda poslije pokupe leševe, bace na dječije igralište. Zamislite, ni ne zakopaju. Da, to je normala, nemoj da ja sad cijepam jaja cijelom Balkanu, i to toljagom, žene močagom preko glave. Šta ste šutjele kad ste znale da muškarci nemaju veze sa mozgom? I vama se poslije prijebalo, i tako je to održalo reprodukciju. Stvorovi neki znaju skroz svoju obavezu oko toga, i daju sve od sebe da to bude kako Bog zapovijeda. Ko na primjer nagovara lava da spopadne zebru? - nemam pojma, tačnije, to je nebitno, ima jedna priča poslije, nije ovakva, nego potpunac suprotna, pa je ono što je dobro – loše, i tako obrnuto. Hitler umjesto Isusa. Nije se dao. Da, šta mi to imamo od toga što se ubio sam, ko će to dokazati žrtvama? Ni ne mora, sačekaše ga oni sa druge strane. Šta je bilo dalje, i da l' je njemu Bog grijehe oprostio, zapitajte se nekad, da ga nam nije poslao?! Hoćete ubiti moga sina, kao što hoćete i kerče, e eto vam ga sada broj jedan. On će vam pokazati ko ste. Ne, ni blizu on nije još dio potpune osvete, to je tek za jednog brata, đe su ostali, samo što to ne doživi čovjek, on ispade u prvom krugu, nije priznavao kako je biljojed... Pojela ga ljenost do koske. Čovjek koji je vege, a neko otoječ spomenu da je Adolf Hitler bio neko ko nije jeo meso, mislio da su takvi samo čisti, pa pokrenuo rat protiv onih što ne jedu. Objasnite to javnosti kako izgleda, a ne da se krijemo iza međa pripadnosti. Danas kad bi ja na primjer kao mladi pisac, i pomalo đuskam, rekao da ne jedem meso, ništa ne bi bilo čudno, čuj ne jedeš, pa ne jedemo već životima, vid sade đesmo, garant bi mi docrtali brčiće. Pjevamo pjesme iz prošlosti, sebi u budućnost. Kad se svako probudi skroz, rokaće tehnaža, i poteke jazz. Pazz šta vam pričam, idemo ritaam podesiti na ljuljanje. Imamo banane na kile, i po dvije bobe na noć. Ništa ti od nje neće biti, osim što si godišnje ako možeš i hoćeš, čisto navučen. Obožavam biti takav narkoman, ostale dane kad mi se piše, i živi bez te vrste tehnaže, duvam, provodim vrijeme sa dragim osobama, a nijedne nemam da nije takva. Pa i ako je neprijatelj polupao na vrata, sa komadom ljeba izlazim, u zadnjem džepu kru, dva prednja, od bjelca kuruza. Sitno samljevena. Motaj sljedeći, poprječi deder klupu u školi, viči na sav glas preko megafona, kolji partizane, jer oni ne brane domove, nego partiju, nabijem je i Rusiji 'oćel' jednom doći, svi dolaze, pa odu, nikako da razbiju ritam balKanski, jer tu je duh... SVETI!!! Ovdje je Isus, ako ga tražite, dođite da mu poližete, šupak. Ubite ga sada opet, ako možete, smradovi jedni, ni ne slutite šta vam sprema. Opleti po ljubavi, ko tu energiju osjeti sa svakim bićem, vjerujte, njemu je odavno oprošteno, i to što ga god stigne od nedaća, grli kao dobro. Moj pobro moj, ništa ti ne znaš, a da se ne ubiješ ko stoka, men' dva dima dnevno sasvim taman, kad to sve spojim u jedan dan, cijeli budennn nadrogiran, aman što se rastura kroz masu. Laž popa i hodže, nije crkve i džamije, tako da se svako odgradi od mene, ja ću sam kroz dumena da ripnem, bojati se ništa ne vrijedi. Samo sjedi, i opleti, ne guta se svaki dan prilika postati slavan, rokam ko da nikada ovo neće niko pročitati, iako znam da hoće, da, znam mnoge koji će da uzmu u ruku roman. Ekipa na okupu, Vrtačani, ostale sami nabrojite, postojite ovdje isto kao i ja, da bi voljeti spoznali. Al' do kraja, nije samo do jaja i vagine. Čunu pojeo škomrak, dočekaš stare godine, više se ne diže ništa, niti ima generacije ni blizu, koju bi kobiva trebao gledati. Ljubav ne vidi vrijeme, niti ikakve razlike, ne drži da međe uopće trebaju, ne daj Bogo da kažem – uopšte. Isti klinac, samo da se ne zove kurčina. Isto k'o da ništa ne znamo, slušamo učiteljicu koja ako trepnemo, stvori se sa bičem. Pa jebem ti da izvineš sve po spisku, ko je tebe turio da vodiš ovakvu državu? Da, živjelo se teke u gradu, kako je bilo na selu, to se moglo opisati prvim dijelom priče. Više od polovina ih je koji su tako deverali dan za danom. Ako kažem, e jebem ti Tita, eto ekipna elita - da ta napegla, ako i dalje nastaviš, obr'o si bostan, zeleni. Da, pogrešna misija sto procentov, samo da se zataška prodaja oružja, jebem vas glupe, bore se za naše podneblje, uvijek je to bio dobar poligon za njihove filmove, što američkE, što ruSke, ajd nije to toliko do tih država, koliko je to bilo u našim glavama. Fašizam očigledan, al' et'. Nećemo o tome, nego ćemo o ovome, vođe se rodiše blizanci, dobiše imena, Isus i Muhamed, svijet se skroz okrenu u drugom smjeru. Nisi više iša u hram božiji da urličeš i zavijaš, pomozi svevišnji, nego na dogovor, kako ostalima pomoći. Ljudi neka budu najnebitniji, a tek to će da bude shvaćeno ozbiljno, onda kad prestanemo jesti meso. Istina ide u tom smjeru, ne pika te što se otimaju, samo ih melje, zaljubljuje ih u svašta, odraste mašta kao slon velika, dva vojnika kolo vode, različite nacije, od koje je jedna – Hićina. Da, straši li vas istina nekih kasnijih dana? – skontate - da ste u svijetu koga motiviše rat, ma da si mi brat – nisi tačan. Al' et' i to, doživi i čovjek koji ne jede meso, da krene protiv ostatka svijeta, koji je kobiva kršćen i osunećen. E da, to ne radi prosvjeta više motikom, završavaćemo roman polako, tako - dok svako ne svrši. Jednom za navijek vijekova, došla na svijet sloboda. Od tog osjećaja, nema ljevšeg, jebeš sve duvke. Drogiranje ti je način manipulacije pametnim umovima, duh ubiju horsom i kokom, što time ne dokuče, ovjere alkoholom. Ono teke prepadnutih, pije kafu i puši cigare. Nema o čemu ne možeš biti ovisan, ali ajd ti objasni ćaletu iz devedeset tri, da trava nije droga. Opušteno, ćalac mi duva već ko zna koji roman po redu, isto piše mnogo, pored toga je stolar. Pravi pinoKia, on će da se rodi kao nosat, ali će ostati takav _ samo kad laže.

Vraže mali dokle si doguro, isfur'o sam se kad sam vidio šta radiš, neka sam te upoznao sa idejom da ti prepustim životnu priliku, znaj da je i meni bilo stalo, opletem u djelu zajedno sa najboljim. Onaj do ramena je tu... vidim, pa rasturi do kraja, i nemoj žuriti, još imamo po polu...

Ajde pišče idemo, poslije cimanja naše ekipe po sjedištima auta, dolazi nam Urke i Stole da urolaju, njih dvojica ne smiju ni duvati, nisu imali mjere u mnogo čemu, ovaj u drogiranju, ovaj u strahu od svojih, šta će reći nego, da je i džoint droga. Stari roka zeca iz puške, naravno da će dignuti ruku, i na svoje dijete. To ti je tako, pa ti se tornjaj, gonjaj dvoje niz duar, samo da izgonjaš trećeg. Klinac se nikad ne rodi, a volješe se puno. Jbg, ko da to veze ima sa mozgom, al' ajd i to, samo da ne popusti. Neće, ne brini, samo opleti po istini. Ke ma le.

Ok ok, hoću, hvala starci što me gurate da nastavim, nadam se - kako se sviđa i ostalima. Da ne bude - samo mi uživamo, a ono oko nas miljarde pisaca, pet puta boljih i od onog kraj ramena, pa niko ih ne spominje. Jer nije sadeee popularan, biće za mnogaja ljeta, iako će ga živa - proglasiti za vraga. Znači, nije moje da sudim ni Adolfu, ima za to stručanaja osobaja, nije drogirana, osim što je naduvana dnevno po šest puta. Dimi se vutra, navel'ko. I neka je tako, samo kadi. Daj žigi da živi, dj malo poćeraj ovce preko brijega, sa ove strane, samo povrtaljka.

Umjesto ikone, na zidu fotka _ gredice luka. E sad odavde znamo sve. Idemo dalje ko ljudi koji neće nikog ubiti, poslije krenu sve u drugom smjeru, i možda ne bi ispravno. Stoji tačka na kraju, čim kažeš ubij, sudiš. E tu gubim kontakt sa svima, samo sebi vjerujem, ostalim dajem na znanje, nikog se ne plašim osim Boga. Zgriješio sam mnogo toga, čak dosta nije za javnost. Da se nekom ne zgadi tehnaža, kad smo baš raspregli, oženi lolo, Mara digla noge, turio je i Pobro, samo što je tad već međunožje, obrijala. Kara mala, al' uturi. I bi, ti na primjer, jebem ga, što onda ne budeš ljudina, a ne mrcina koja ćopa ćevapa, krava plače za teletom, dijete za majkom isto, poprište zločina postade navika, pa to više nikoga ne vrijeđa, naročito ljudova. Šta njega briga za volovsku struku, on još nije dosegao ni svoje do pete. Misli se da je sveti onaj, kog' proglasi poznat po lajkovima na fejsu, onda kad otkri instagram, opet svrši. Dobar način za pokazati odakle smo, ne samo riječima, nego i fotografijom... Ali opušteno, ne brojiš popularnost, nego bilježiš svoja viđenja staništa. Zbog čega si ovdje. To niko da kaže, pa nema nigdje bolje, a ni jeftinije tehnaže, samo da rata ne bude, ludila među ljudima, svi vulkani neka se probude, samo da rata ne bude, oženi. Cmokanje. Ljubim žene, besplatno, yeah, nek sam doživio i to, čuli su se preko gora iljadu, kaže da je živa, udala se Žlica, sad joj bivši dragi mastan, pod kamionom, propalo mu pisanje u pičku mater'nu, rasturio familiji, aman kako se rastura. Struktura moga ludila nije ni slična tom dobu, zato što je đedo, udario temelje, damlo, ja ja, Bog te pit'o kolko.. Volko se smije, i ništa više od dvije tri partije godišnje, ne bi' strane robe, jebale te koje su, ne biraj, nego zvizgaj da te dune. Rasturanje, aman što se kaže, reglaže se trapova igramo, baš mi se sviđaš mnogo, kupio sam sebi nove tene i jaknu, ćale mi na budžetu, i to neki belajni ministar, bori se za privredu na Balkanu, al' nije lako, nije bilo ostalo na njemu jako – nikog. Sve pobjeglo Hitleru, ko vele, zagrli nas brKo u svoje krilo. Nikom nije žao neg' je nam, samo da je vako svaki dan, taram, da malo zamiksamo, oćete seljačke ili narodne, imam od dukata novu, smiješanu u kašu... Našmrko te bog tamburom u glavu, iščaši rame svirajući violinu. Čudo od djeteta, genije na toj spravi, zarobiše ga izvornjaci. To ti je dio naše tradicije, nije da se dičimo nekom kulturom, nema koga nismo zaklali, pa i kojeg među sobom. Nabijali na kolja, bacali u rijeku štenad, e od toga nam je, nedostatka svijesti. Ništa ne umijemo obrazumiti pod miliom Bogom, pod nogom tepih iz kojeg viri prašina. Čeka da je pošmrkaš. Niti žuta, niti bijela, nego od vlastitih govana, malo prosušena, malo nadimljena. Krema na cipelama, totalna mast za podmazivanje traktora što oru samo za zadrugu. Ona sije gandžu, i za nju je zadužena raja iz dileraja. Neka niko ne strada, prelazimo na novi nivo, ko je sjeo, sjeo je, ostali samo upadajte. Trajte dok sve ovo traje, poslije idemo doma. Svi za njega spremni, voz sa praga ako nećeš da te volim, nosi zalogaj koji sam trebao zagristi, daj djeci, što mislim svojoj, to mislim i drugoj, tako je to mene moj tajo učio. Kako ću to uspjeti, poslušajte. E jesu se i voljeli - Žlicaja i Mlađina. Kurčina od balade. Rade umro, šargiju i loptu _ naslijedilo socijalno.

Cimajte cimajte, ajmo svi u glas, jedinstven je Balkan, ponovo je na sceni poezija, pjevajte, tako – nikom zlo ne mislite. Niti sudite, pa ni Hitleru, ni ubicama Isusa, oprašta Bog svakom neznanje, ali šta je sa znanjem? Oto trebamo sami sebi oprostiti, jest da prije toga treba naučiti, nikada to više ne činiti, posebno ako si probao kokain. Njega odmah poslije jedne dvije upotrebe, stavi na stranu, tu je početak skidanja. Svidi li ti se roba, nadrljo si, žuto ti ne gine, i ako ne bude njega, ovisnost te o bijelom čeka. Uroš je bivši narkoman, već pet godina čist, danas baksuz ne smije – ni džoint. Što ti to treba? - do neba gori baklja, sijeva ludnica od mušterija, samo se pržite, kad ste nenormalni, naročito, spidarom sa Balkana, tamo to miksa ko stigne, pravi se da te samo digne, nije bitno čime, treći dan se rastaješ sa dušom, demoni došli na sa'ranu, sad se vidi ko je kakav, onda se još više prepadneš, pa padneš u paranoju, da ti se ubiti. To care ne bi poželio nikom, ni poslije dvije bobe nije lako, jeste, ako su samo one. Nemoj ništa više od toga, i koji džoint, i sve to da te ne prebacuje na loše. Ako uživaš plešući uz ritmove silne ljubavi, samo udri, ništa nisi zgriješio, pa ni ono – nisi godišnje nijednom, otišao u džamiju, il' crkvu. To će povratiti religiju među ljude, sveta lica će da zarade sebi i nejakom, neće više živjeti od milostinje. Onda će isto da krene, nabolje. Više neće niko da kolje životinje, ili nam je oštriti nož za živinče, ili prijeći na biljke, vratili se insekti, biće dobra ručka, mačka više, miša ne hvata. Ubijamo ih točkovima gdje stignemo, tako bi i ljude, pa ti sad vidi, ako ubijaš nekog od živih stvorova koji duše nose, za mene nema tu razlike, između kako se ima običaj navesti – Hitlera, kao najgoreg, nama je on i najjadnije stiglo preko mesožderstva, da li mislite kako to nije bila božija osveta, ubili smo mu sina, i sa njima milijarde silne, da ne nabrajam kol'ke – nedužnih bića. Barem ga se stidite, ako mene ne, jer ja sam isti kao i vi, korijeni su mi bili ubice. Danas smo teke, evo ima peto koljeno, dozvali se pameti, ako sebe ništim tako što uživam duvajući, onda nema veze, neću pretjerano, dva dima dnevno, vintam kolo naprijed – smjelije. Niti se bojim kad sam trijezan, jedino mi fali pisanje. Stavljam tijelo na spavanje, ostavi mi nadu, da ću odmah kao mlad postati poznat, napisaću do petog osnovne, tri romančine, opširne, da ne mogu veće, jako iljadarka stranica, izuo iz cipela, i najupornije. Nema ovdje mjesta za to, sve je rečeno, do kraja ćemo, samo ljubav. Nalaze se Žlicojka i Mlađo, zajedno sa Dijanom i Željunom na kafi, ali na nebu, gore ti je bez kofeina, ne budi ovisan o toj nebulozi, naćeš se za života sa mnogima. Razjasniti, kako ste vi pisac, a ne tesar ili kamiondžija, ni ne moraš više. Radiš trista poslova, samo da objaviš knjigu, sanjaš da si poznat mnogo, ne gledaš da što više napišeš. Mladi ne imaše nade, stariji misle prošli su vozovi, još matoriji nisu izašli iz drugog svjetskog. To je jedno vrijeme na Zemlji, bio golem problem. Dio nje, zvan Balkan, prdio u diple, niti je imao vođe, niti dušom pismenog, sve se dalo u lektorisanje, niko ne zna odakle je šupalj. Pa da izvinete, u kurac mačkov, tu ne dirajte, rodi maca mačiće, održaše nas bez bolesti. Hvataše one koje trebaše, i onda kad se platno zabijeli, mlada nije nevina. Ljeba ti poljubim toga, ko da je to bitno. Seks je igra, nije statusni simbol, ako se nekome sa nekim ide, pa tebra i sele, možete opuštano. Porodica nije ograda oko kuće, nego zaseok neogrešen. Malo se bilo neke stvari pogrešno shvatile, trebao vođa da drekne, skidajte gaće mlade, ide svekrva sa baterijom, odhranila jebača na uloške, ako nije nadrogiran nečime, ne zna živjeti, taj će da te voli, al' kad mu pregori kompijuter, tako isto i pisac, on ti ljubi cijeli svijet, kako njemu baš, u ruke da padneš...? Kad mu je čitav život priča, uloga dodijeljena, kakva je takva je, trudite se u njegovom domenu, biti dobri. Jašta ćemo nego biti najbolji, legalizujte marihuanu, ukidaj alkohol i ostalu gudru, ostavi svakom po dvije bobe, za dve tri tehnaže – godišnje. Ostalo hapsi, pa vodi kod brke na skidanje sa droge. Rokajte, šta ste se stisli, za sve ima rješenje, pare od proizvodnje trave, dajte bivšim mesarima i lovcima, sjetite se da smo koristili njihove usluge, pa za pet leura dobiješ kilu od buta jelena, kog ubi Titoja, iz društva za zaštitu te vrste nosioca duše, proglašavam vođu Jugoslavije, pederom, ak se smije kazti, samo je jednom bila takva, zbog njega smo je izgubili, silio na ljubav, a tako se to ne radi, baš me briga na koga ti se diže. Znači, sjedaj dole, u klupu sa Jevrosimom, i čitaj. Ne umire se nikada, to je isto rođenje, dobijaš novu ulogu, rijetko se rađamo ko ljudi, ne propustite to teke života, pa da taj nivo svijesti nikad više nemate potrebe usavršiti. Budeš u sebi Bog, on svima pomaže. Koliko si dobar, vidi se iz priloženog, samo sjedi sa gospodom za ručak. Narolja se na oval tri vrste pečen'ce, ajd ti zabrani djetetu da to radi, a ti ga naučio, loš primjer, drugačije se nije znalo, sad kad umijemo, a opet isto griješimo, onda koga šiša, sve smo zaslužili. Stižemo do vrha, ne poslije prelaska na hranjenje biljkom, to je sami početak, tek poslije, slijedi učenje. Otvaraju se nove knjige, romana na izobilje, tako isto ako si onaj ko se fura na kamione, ja sam na primjer mlad, i pisac sam već mnogo popularan - imam kvake za novi žanr, rokam slovima tehnažu, obožavam teškaše. Pa se oni smisliše na struju, crče i zadnja benzinska pumpa, sve prijeđe na konto kod Tesle. I svi vikaše _ naš je, a taj naš od pravoslavNog popa sin. Pitanje se nameće - kako je Mlađo mogao da postane poznat pisac, kad je imao taman za kifle sebi, i ono voljenih da pregrizu neki klinac - što ga okružuju? - a tajo mu bio lovac, jašta je nego mogao, svako je za sebe, roditelji su nam prijelazna stepenica. O čemu vi bulaznite, pa tog bi vlastiti ćaća razapeo, da je beknuo kako ne treba ubijati krmke, tek kad se ovaj dočepao zatvora, malo zalaufao, strah je čudna biljka, nju najviše treba klopati... Ništa se ne straši, pa ni stršljena, on ti je mnogo dobra stvarka, u narodu poznat, kao ubica. Ne radi to on, nego tako treba biti, smije ubiti, mi ne smijemo, ne trebamo ga dirati, ali da i njemu ostavimo koju jabuku, neka ga nek živi i on, i njegova dječica, imao ih dvadeset izvan matičnog braka. Stršljenke mlade, i mladi stršnjaci, kače se na sijalicu, dolazi zima, treba preživjeti, đe oni kad stignu studi, pojma nemam, niti se pitam... Učim djecu kako trebaju razmišljati svojiM timee što imaju, ako je mozak, ajd nek' bude on, mada je to samo farsa, sasvim je sve – drugačije, ništa nije kako se vidjelo u mlaĐino vrijeme, potpuno razumijem one koji ne smiju reći, obratiš se onom do ramena, on te ukori - da ti je to što si napisao, ništa, i da možeš bolje, onda naletiš na žemmmsku - koja te probudi u svakom pogledu, odavno se već i ne masturbira, ma ja, muški šovinizam izvire ko vrelo. Napiše se osrednja knjiga, sad će na stalažu. I tako jedne godine davne, osvoji nagradicu za pisanu biografiju nekog iz mase, niko nije ni slutio da piše, ulovi sve svjetske nagrade, to je taj poznati pisac, ujedno i glumac što tumači Mladena, obožava mnogo žene. To kad bi bio još u prošlo vrijeme, danas samo piše, preuzelo ga skroz, svako u sebi nosi demona, odvisi kojeg budiš. Pa naravno da ćeš biti genije, ako se usput nađeš i u struci. Možeš ih obavljati pregršt, samo dva dima dnevno duni, ubaci se u kolosijek ljubavi, nikog ne mrzi. O parama ne pričaj, na tu pripovijetku već se ne misli koljenima, otkako se prešlo na vegetarijanstvo, danas svako voli Boga, njemu se ne mole za pomoć, ni kada je najgore. Samo viču, hvala ti. To je baš ono – što sam i zaslužio. Otvorilo mi se onoliko – koliko sam u sve vjerovao. Nisam zatvorio oči kad je trebalo, a baš mi se spavalo, stigao sam ovdje da odradimo after kako spada, neka se trese Zemlja cijela, ostala u džepu pola. Niko se ne mora skidati sa ničega, ako duva kad mu se ćefi, ali ne pretjerano, dva dima dovoljno dnevno, i po dva boba na dve tri partije godišnje, ostalo u sošku, inače ćete ispaštati, svako ko se zajebava _ a aaa, jes vidio što rasturam, vako mlad, a već popularan... He, da, ni to nekad nije loša furka, nemojte misliti kako pohlepa za slavom ne može probuditi pisca. Ma joj, svašta može, i zgažena žaba na cesti, njih niko ne žali, i ne sudi ubicama. Da, nemamo pojma kakav stroj opslužujemo. Stigli smo zajedno saaaa Radanom s''' Marsa, jedne prilike, zakačili se na njegov kofer, vid nas sad koliko je, istjeraćemo pravdu, ali ne na silu. Da mu raketa ide - ide. Samo pisanje može da spasi svijet. Pored ručka knjiga, svako za života, nek' po jednu napiše, čisto da bude siguran, ima li u njema piskarala, ili nema. Ma to je tema za opširno razmatranje, mislim da je svako za svoju ulogu, već prije rađanja, namijenjen. Svi ćemo poslije biti goli, ko od majke rođeni, nemamo tijelo, nego smo tek u sumrak, magla. Odlazimo plutati svemirom, ima ih milijardi, trista, cifra je ogromna, ne da mi se širiti dumanje, ko je i onako u to vrijeme razumio, usisao ga način života u borbu za komadom hljeba, iliti kruha, i opanaka. Oni se isto kažu. Kad sebe pokažeš, bude svakom jasno, e odatle smo svi, nema ko nije bio sa sela. Znači, od davnina teče ova rijeka, mislio čovjek kako će je zaustaviti. Da, ovo je najzanimljivija kombinacija, koji vam  je, daj se probudite, pogledajte gdje smo došli, da zbog par idiota koji nose na ramenu puške, u sebi litru rakije, dudlamo vodovodnu cijev, i to presušenu, pred zadnje veće za'lađenje, nisam protiv sela, neg' za njega, već mi pun kofer – seljačina. I ako treba postojati udruženje za zaštitu od zvijeri, neka oružje bude pod ključem. Jedno selo dvije puške, sasvim dovoljno, ono ti se bilo naoružalo cijelo do zuba, za pojasom pregršt bombi, ide se u ribe, tamo se navata, sto kila iste, napuni se zamrzivač, onda otaj isti izađe na scenu, i kaže, ja sam taj koji će da vas vodi do slobode. Znate dokle nas dovede? Pa do izumiranja, pocrkali bi do zadnjega, samo da smo tako nastavili, sjetio se i Mlađo poslije, zato je ovo i zaboravio, naišao na davno započeto štivo, uradio da smo sadeee, ovdje, na braniku otadžbine, iako sam Marsovac, zavolio sam ovu planetu, i Vrtaču, u njoj inspiracije čudo, mada ti nikad nije jasno da možeš biti toliki debil, pa papir od pojedenog zalogaja, kao amablaže, baciš odmah gdje si i raspakovao, oćeš takav u sveMir, pa da gore prljaš... Aha, baš ćeš, ti si se ljudino pokazao, kad si krenuo u osvajanje Amerike, da, to je sve iz Jevrope stiglo, sasvim malo sa Balkana. Da budemo načisto, kod nas je i danas dani fašizam iz drugog svjetskog rata, to je Mlađo napisao u drugom romanu. Ovo je naš zalog da mu se za poslije života, nikakva bista ne diže niđe, hoće da mu se pepeo baci tamo gdje najviše pišaju cuke, to je od grijeha, za njih nabavljao mesa. E da, tu ćemo stati... hoćemo još, hoćemo još. Pink je u modi. Kad niš" nije s+++vezom, onda i moj tekst, voli bit' raskalašen.

Imaćete, opušćano, tek je devet, nije after, ako nije do podne. To uveliko zavisi jesi li sačuvao samo jednu polu, ili si imao dvije, pa si i na dopuni bio kompletan, smršao za noć cijelu i to teke jutra, četiri kile, eto ti zbog čega sam zgodan, nije samo što sam mlad. Neko voli sportom da se dovede u visine, ali onda kad to učiniš, daj svima na znanje, kako ništa ne znaš neznaš, i tek si počeo sa učenjem. Nemoj se igrati zvijezde sa jahte, dok ti u tvom rodnom mjestu, truju cuku, ubijaju ih lovci iz puške, taman kad djeca putem, idu u školu. Morate imati obzira da mlaDenova priča nastaje kao biografija, pa je poslije naletio na lika koji mu je rekao da on može bolje. Svakako je to korak bio za dalje, vidite li sad koliko je volja jaka – nekad spasonosna? Ko bi se sjetio u po tog ničega, pisati* Moraš biti baš dobro opaljen, još ako se zavoliš sa psom. Misle da si u sekti, čim propišeš, vrebaju te sa ulice, kad ćeš poludjeti. Imati problema sa drogom, ako imaš u džepu dvije bobe, i dva džointa, slavi se istina sine, otkud da si policajac, ako jesi, nisi uvatio Boga za jaja, pa ti tako završim na najjačem festivalu, gost večeri kao neko ko rola tehnažu pisanjem, tamo cajac u ćošku pegla lika, što ga ovaj fotkao aparatom sa aber kutije. Nije to sloboda, niti demokratija, to još nije u nama umro paganizam, nego zatrovan pogrešno shvaćenim komunizmom. Fašizam od brka je ubrzo na planeti Zemlji, postao mala maca, gonjala se kaca u krug, ajd ti više znaj ko je u pravu, a ko nije, pisale se istorije da budu povijesti historijskih dana, e jbg, de ga razmeljajte još nekako, nikako da se dogovorite kako je, meni svjedeno, ja razumijem sve Balkanske jezike, čim na ovom brdu ispdanem iz majke. Cajke me skolile da im dadnem čune, e nećete, još sam mlad, čuvam se za stare dane. Kad budem pri kraju života, neka ozvone zvona, i to je to, i to samo, tinge tange, jedan vez tamo vamo, ostalo tehnaža. Može i pop i hodža, i ne moraju da uzmu ništa, ali da đuskaju. Pozivam svu raju, okupimo se tada, samo mene neće biti, tako neće nikog, onda bi to svaki dan negdje bilo neka partija, e da, to je dozvoljeno, bolje nego što plačemo, svejedno idemo na početak, svako dobiva novu ulogu, ovu mora do padanja na koljena gristi, ma koja ga ona stvar od majčice – izbacila. Isto je to i do oca, samo što je on ko kolac, nije u svih životinja tako. Jako smo povezani sa njima, samo to ne vidimo očima, moramo osjetiti, inače uzalud dumanje i cimanje, moj Radane, i ti i tvoja raketa. Kad si se već dočepao i ti droge prave, de crkni od žutog. Probudiš se jedno jutro bez života, ali nisi mrtav, nego ovisan. Bolestan na smrt, ako nema linije heroina. I kad ju zategneš, nema uživanja, nego samo popravka, ne možeš bez toga, iako ti se to možda, više ne čini. To sa travom nije slučaj, skidanje je lako, samo ako hoćeš, i ako ti smeta, odeš nazad kad se sjetiš, moraš izdržati bez nje, najmanje 60 dana. Pustite šta lueptaju babe po selu, one je nisu nikada pušile. Nije da nije dobra, nego, najbolja biljka, umjesto bosioka - slobodno mogu reći. Umače hedove u vodu rab božiji, ita istu po zidu, crta krst na koji će te razapeti, samo ako izađeš iz tora. Pa ako kažeš da je popac lopina svoje vrste, bićeš za primjer ostalima, Isus. Najbolje to, a pa da te roknu prvi lovci, a pa i mesari, ostaju bez zanimacije, a pa, poneki i bez zarade. E zato _ da toga ne bi bilo, već unaprijed dio prihoda od gandže, proslijedite tim ljudima. I oni su samo mislili da tako treba, sjetite se kako trpate zalogaj u usta mesa, naročito zeca. Da - to je bruka golema, al' šta ćeš, bila takva vremena, da se ne ponavljamo, samo ljubav draga djeco, uz to kad se dodirnete sa onim do ramena, zapnite ka tom da budete barem svjesni posijane pšenice, biće i za životinje, i za ljude, pustite sve na pašnjake božije, neka itaju slobodni do smrti, e tada nam slijedi ozdravljenje, bićemo carevi svih planeta, nema đe nećemo rasturati, odavde nam nema nigdje dok ne postanemo vege izabrani. Onog momenta kad do zadnjeg prestanemo sa tom pričom, staju ratovi zauvijek. I biće sve dobro i birićetno, samo što nas tada, možda biti neće. - Jbg – onaj koji zadnji ostane, neka ne gasi svjetlo, nije to njegova rabota, nego svemirskA. Da, možda smo mi ovdje poslani da sve zaseremo, e onda bi to bilo ok, i Mlađo je trebao šutjeti. Šta ako se sutra ispostavi kako sam propagirao – ne heroin, a na njemu na primjer muzikant, napravi najslušaniju melodiju. Ne bi' vam smio reći ništa provejereno skroz, radije ću šutiti. Nikom neću suditi, nego rolati onako kako ja to umijem. Ne dozvoljavam sebi da budem silan, pa ni kad je pljuvati, na već popljuvanima. Istorija, kao i historija, ti je isto kao i povijest, piše je ko pobijedi. A da nije, kako bi bilo? Da nas je brko natjerao da budemo kao on, i njegova nacija... Možda bi morali biti vegetarijanci. Međutim kad je sebi ulio mišomora, on druge nije htio buditi, nego ajmo ostale pobiti, živjećemo samo mi. U tom i leži sav odgovor na zagonetku. Pogrešno odlučujemo i bez mesa. Uzmite za primjer, da ste za noć pojeli dvadeset boba, uz to dva tri grama koksa, ujutru već imaš u sebi gajbu piva, i pet grama žutog. Možete li da zamislite na šta liči ta zvijer, nema veze ako si svjestan situacije? I što tatrljaš nepovezano.Tad već nisi, uveliko drobiš stazama narkomana. Samo ti to nećeš da priznaš, od prvog dana kad si potegao žuto. Svaki muto vidi isto, i za isto se bori, samo da bude opaljen, ne zna uživati ako nije nadrogiran. I sad ja trebam pametovati njemu kako ne treba, a progutao toga – brdo. Eksperimetisati sa svačim možeš tek kad si dojeban, a tad kad si takav nećeš ni posezati za koksom i herdžom. Ne treba ti ta priča, što se tiče opijata ništa, travu tamo ne svrstavam. Ako jeste to droga, onda sam rado narkoman, neka umrem od toga, vrijedjelo je, nije bilo uzalud. A ne da rekneš poslije dvije decenije duvanja, stekneš tada svu slavu svijeta, promašena stvar. Ne kažem da nije, ali ne seri poslije toga, nego se poklopi ušima. Inače ćete popelješt' Brega, za stih. Idemo do ritma koji obara i te granice, ra'atli motaj, ne boj se milicije, on' više ne privode te, nego one koji loču kavu, one što puše cigare, vode na strijeljanje, i mene treba odmah istog momenta, ako počnem. Ne daj Bože više nikad, znači strašno, mlad ko slika, poznat pisac, sad već evo dobih priliku - da kod najboljeg radim kraj, i to priče nekog našeg pretka, započeto prije mnogo milijardeee godina. Istina je jedna, i tada i sada. Vrijeme ne postoji, osim što smo došli do onoga, kad možemo obrijati bradu. Jednom sa njom, teško bez nje, krene stane tijelo moje, još ćemo, još ćemo. Ožeži rasturanje. Nije prilika svaki dan, postati slavan, nastavi sa pisanjem. I ne drpiši rimu ko Goci.

E da, dobro jutro svima, ja sam još jedna nova nada sa scene pisanja, Balkan je, ne znam koja milijardaaa, u svijetu je već odavno raj. Čak od doba poslije Mladena, nekih par godina. Ni ne slutite šta se desilo. Ajd na brzinu ću vam ispričati. Viljušku i njega ne spominjem više, tu je sve rečeno, bila je lijepa kao anđeo sa nebesa, iako mu je takva bila i Dijana, pa i Ajla... Desi se da veza ne traje dugo, i šta onda ako nam se neko drugi svidi?!! Nemam pojma, odvisi od toga do čega ti je, ako ti je na primjer stalo samo da pišeš, kraj tebe je onaj ko to može da trpi. Zaključan sobičak _ kad su svi nečim zauzeti, opleti po kucanju. E da, tako je to Mlađo činio, poslije je to teke što je stekao upravljajući drumskim krstaricama, dao radnicima kao napojnicu, otišao u neku nebitnu Vrtaču, tu životno djelo završio, poslije se više niko nije usudio reći rat. Nije ga bilo, jer su se izjednačile energije. Svako je dumao dobro, polako se rješavalo mesožderstva, pjesma uveliko pomogla. Da, neka je mukao Mićo, nije uzalud. Isto tako tu nije ni Momir za dž, najebo za cjelokupan doprinos priči. Na kraju završio iza rešetaka, niko ne zna da l' dočeka slobodna dana. Niti će kada znati, i to je već nebitno. Furamo drugim stazama, idemo do raja na drugi način, nije prinošenjem žrtava. Kava je glupost vijeka, ok da se nekad proba, ali taj srk neka bude iljadarka leure, a ne zabava za sirotinju, ubijaš je tako u pojam, vidiš da uživaš, i za ručak imaš mesa. De zapali cigaru, da imaš mir svoj, e jebo te on takav. De se razbudi, nije sve u tom, ima izvan toga – još dosta. Da, i ova priča njegova će da ide u korist pasa, a ne ljudi. Mi smo nebitni, oni su tu da nauče svijet – kako voljeti. Polako ćemo završavati, ajmo sa zadnjim dijelom, za prave – što se kaže i rastura. Živjela Zemlja, ona je moj rodni kraj. Nisam siguran da li ću se rađati ponovo, možda se probudim skroz, sekund prije smrti, ni tad nije kasno, to je ono kad je jasno šta trebamo činiti. Imaš jednom priliku živjeti za ekipu, e pa evo uradak od dobre. Bili smo jednom da zabilježimo neko vrijeme, iz svega ružnog, izvuci najljepše. Eto vidite da se osjetio krah, krenuo je grah da se pretvara u pasulj, do samog vrha loze, obratno, i tako na smicanje dođeš do špica plitke, ono valja mrijeti. Nema veze, to je rađanje novo, ništa me ni onamo lijepo nije čekalo. Na kraju, i koji ću đavo dalje kad izanđijam do kraja mašinu. Našo sebi nekog bakutanera u domu, sa njom do groba duvao. Ma to je bila njemu suđena, ona koja je izdržavala sve – dok on kuca u budućnost pisma. E to je rijetko, mada nije, nisu više ni žene ko što su bile, i one se bude, pa ne lete više samo na pare, nego vole sirote. One što imaju jedne teniske, od prvog do četvrtog. Na kraju kad se izvade svi papiri iz obuće, opruži se noga do petog, pa opet klaparice do osmaka, e tad već može teke normalna opanka. Najbolje patika, da se prije stigne, jer čovjek je u to vrijeme samo laufao, uvijek negdje kasnio. Niko mu izgleda nije objasnio – njegovu namjenu. Uprti zastavu crvenu na rame, poslije primopredaje vlasti nastavi na nacionalnom dresu. Ni opro ga nije, samo nanio nove šare. To je ono naše najgore, sa tim smo se jedno vrijeme ponosili. Bogme, evo dosta koljena, toga više nema, jer je temelje, opucao Mlađo. Kako je bilo Žlici i Dijani, njega nije smjelo puno zanimati. To im je od Boga, dano, nikad ih nije tjerao, samo je išao manjom linijom otpora. Trebalo mu je svo vrijeme svijeta. Imao premale klince za život pisca, samo se tješio kako su stasali, čak je izmijenio svim likovima – imena, da se selu skriju grijesi. On očita autobiogrfska narcisoidna budala, rekao bi neko ko nije pročitao dalje od tog dijela, to je samo bila podloga, za ovo. E sad što je opuštano duvanje, a ne pijenje kave, i pušenje duvana, to se zove svijest, i ona vidi da ne treba jesti meso, odatle sve ide lakše, dalje se uči svaki dan po roman. Novi donosi nastavak. E do tada rolamo, a to je još malo, pa kraj, onda sređivanje napisanog, pa na odmor dva mjeseca, idem da obiđem drugare, poslije nastavljamo sa još boljim pričama, do tada dok Bog kaže – nema dalje, ideš u novi, rodi se ako moraš, ako si progledao do kraja – nema potrebe, plutaj svemiroM. Nosi poruku mira. Sloboda je najbolji osjećaj od svih, maši granice ljubavi. De jednu Bajaga, da svi zaplačemo.

(I tako, evo čiča Mirko slobodan da navrati na polu i sa devedeset, otuče koje kolce, dočeka after, ko momak, nije drogiran, igra mu se tehnaža, a nema tijela, ostao duh da sluša, pa naravno tehno – što se piči

– ćuti. Mutiš ti meni u sebi, slavni pišče, ni to te ne očepi kako valja. Ne ništa, firma bješe, on i kulega. E sad ćete da vidite kako može, zajedničkim snagama do pobjede, i onda na svijetu svi imaju plate fiksne, iste do felinga, to ti je manje od leure puno, na dnu okeana zrno pijeska, e to sam, moja ti poznata faco. Mudonja, što se piči – reći. Pa de reci već jednom, đe ba zapelo, da nije do kornera? - evo tebra izvodi ih do kraja života, raznolikost vidimo kao božiji dar, a ne nešto strašno, svi smo isti do zadnjega, nismo nikom ostali dužni, ako ima ko da kulege nješta privatno tereti, na primjer greškama iz mladosti, neka tereti firmu, i sve njegove članove, zaslužili su - načiniše veoma dobru stvar, ujedini se Balkan, učestvovali su u pričanju ove priče, isto kao i Mlađo, nekad im je bilo na grbači po deset kamiona, dok je ovaj samo derao – ovu već knjižetinu. Da, to smo sve mi, ne treba ničeg' da se stidimo, ali kad sve ovo znaš, šta će ti droga?! Puši vutru čim ti prebačaj u izbačaj iz tijela – zatreba. Nirvana je bez ičega, naročito bez mesa. E sad u te grijehe neću zalaziti puno, i sam sam griješio, stao je pakao, kad sam sebi sve oprostio, krenuo dalje sa nadom, uspjećemo, trebamo svi školovati djecu. Apostol je  taj koji će reći, nema nikome ni više ni manje, do podjednako, cijeloj ekipi, do dukata. Ništa danas seljačka, nju ćemo na proljeće, otresti na Begovnama, idemo do kraja, dajemo ćalcu i stricu ostatak, izdržali su i oni sa nama najgore - bio je Mlađo dužan do guše, ali je priču gonio do samog kraja, iskreno, sve sam ja i takav bio, samo ne na heroinu, učestvovao, da bi danas ovo sve ispričao. Nije lako nikome, očas se otkači razum, pa tijelo tumara po nemilu i nedragu, ko tele pred klanje. Šta mislite kako je njemu, pa tek njegovoj majci?! Jednom se ljudski rod ponosio time, ko fol se stidio – Hitlera. Nema tu razlike, i šta sad, trebamo li mrziti mesare, i te baje?! Ne trebamo, njih i kad se skinemo sa te priče, zvane mesožderstvo, držati ko malo vode na dlanu. Neka što lakše podnesu susretanje sa istinom, pričana je ustima pobjednika, ajd ti sad znaj ko je bio brkati stvor? U mladosti, potpunac isti kao i drugi, osjećaš u sebi umjetnika, svijet te odbacuje. Jeste li vidjeli dokle bol može uništiti čovjeka, počne da naređuje ubijanja, e sad saveznici tvrde da oni nisu ubili nikog, osim jako ko zna kol'ko, do sada je cifra leševa ratova svijeta na planeti Zemlji, pozamašna, niko zapravo ni ne zna, u kakvoj smo Vrtači. To ti je neko omanje selce na sred Balkana, ujedini ga tamo gdje treba, gdje ne, razjedini. Nekad moraš ostati sam sa sobom, i o ovakvim stvarima razmišljati, stati nikad ne treba, uvijek će se znati istina, imao Bog sina jedanput, eto neka bude i tako, mi ga ubili. Da, svi ubijamo po nekog čim se najedemo pečen'ce sa ražnja, ispod sača da ne pričam, problem je najviše te prirode, izgubili kompas sa rođenjem, u početku kad nas Bog stvori, bili smo travari, samo nismo preživali, rod rođeni sa Šaruljom, idemo Bogu ispričati tu moju priču, i ovu koju pišem za sve zajedničku, i za sve istu. Problem riješite olako, oprostite sebi glupave poteze u životu, opičite u sasvim drugom smjeru. To je ono što nam treba, a ne znaje i imanje – politike. Iskren nastup dovede i Mladena do vrha, rodio se u jaslama kraj njuške od Žujke, poslije joj zaklali dijete za maminu sa'ranu. Golem je problem kod nas već odavno, nema šta nemamo u dvorištu, spremno za ubijanja, čudimo se ko fol i vuku. Paščetu naročito, jbo nas onaj ko nas sastavi, vidiš da nas treba nekad rasturiti. Jer ne pašu energije u isto vrijeme svakom, pisac npr zahtijeva samoću. On bi da je kad je pauza, neka ga niko ne dira. Žmira i Špiro idu isto dalje, do smrti tijelu nema predaje, pomoće mu ako hoće uvijek, onaj do ramena, samo ti nešto po njemu pravedno – poželi. Ili si, ili nisi, piši opuštano, šta te piči da imaš reći, i eto ti mnoge stvari na kamaru, a ništa nije složeno, to je nešto novo, o tom ću dalje naširoko, kad završimo ovu priču ja i moji kompanjoni, idemo na selo, posaditi sebi koju biljčicu, uživati u penziji, i poeziji. Da, ajmo pošteno zapeti, ti što odoše dalje, do zapada i istoka, neka idu, mi ćemo odavde u svijet bijeli, sa nastupom, najbolji. I tako se pomiješašmo sa istokom i zapadom, znate kako je bilo kad se buvica na pacovu prošeta svijetom? To nam je zaista i bila kazna, a ne samo priča popova. Međutim, šta ako je ta ispričana morala postojati, onda je to i moje nedjelo za to što se desilo kugom – među ljudima. Mislili, nastavićemo šorati sa krompirićima, pa malo opet dodati sa ražnja vola, zapjeva predsjednik ispod šatora, do rukava umazan. Zasuk'o se preko ramena. Košulja Armani, ali saArizone, podrezane farmerke do muda, na ulici prodaje kondome, daje poslije liste u javnost – ko je korisnik, isto da je samo to bitno, a nije bitno ono o čemu pričamo, damo sebi za volju, i eto nas voljeni pred svima, jb o drogu, to ti ne treba, naročito ako je sjetva došla do kraja, nije počupala zasad milicija. Do penzije će se to legalizovati, pa neće biti bašče sa šljivama, nego zasad kanabisa. Ko se smije kladiti u glavu, ma ne samo u ovu, nego i narednog života?! Znam kud idem, i odakle sam stigao. Došao do toga, samo zapostio momački, onaj čisti, izvinite što ću reći Pravoslavni, da se neko ne uvrijedi, najbolji, samo nema prekidanja, i posti se petkom i nedjeljom, a ostalima može da se gasi roštilj. Za početak smanjimo, dovedimo organizam zvani čovjek na visinske pripreme, poslije jed' sve manje i manje hrane vezane za nečiju bol i patnju. Plod od biljke nije ubijanje cijelog programa, nju ostavi do kasne jeseni, neka sama krene onome od čega je i nastala. Iz pepela, pa zar vam još to nije jasno. Nije ni meni dok sam se mastio kraj ražnja. Umačem u sukrv'cu koja curi odozgora. Danas kad se sjetim sebe iz tog doba, vidim potencijalnog ludaka koji će očas posla dignuti svijet u vazduh, samo da se najede, aman što se piči običaj – reći, neka ima mesine u filižderu spremne, za ručavanja, dotad miran svijet. Čim se doza ludila prelije kao voda preko šolje za kafu, ni nju ne konzumiram ima podosta. E to je tek problem. Mada i ne mora značiti, mislim da sam se baš na toj nekoj probudio, i rekao, pa Bog te dragi, ja ovdje ćurim, umjesto da napišem roman, i osvojim nagradu na globalnom nivou, sjebem Reganeee. Ganjam školu neku, može pravom direktoru mečka, ali neka i ona bude Teslina sluga, e to dopuštam, Jugeru neka ne dignu cijenu, pa on propadne što je zaostao za ostatkom svijeta i bolje, džabe gubiti vrijeme dragocjeno, odati po Razvalama i trošt gorivo, ču selo da će im država i to teke šume oduzeti, pa posiječe do zadnjega cera, motorkom na mješav'nu. Blesa ti je ta naša priča, ona ti je ko novčanik slična, ima i ona koja se voda preko granice država i te zajebane spike, najbolje da se više ne piči – reći. Nego ajmo svako svojoj kući na razmišljanje, kad sve nabrojano prestane da nosi tijelo, ostajemo sami sa sobom, i sa onim do ramena. Opet nas pita, šta želimo, ono smo što jesmo, govno, dok ne zasjamo. Kad sebi oprostimo, učinili smo i drugima, idem dalje čist ko suza, osim po nekad, kad mi se ćefi – džointa. Možeš da se bubaš kol'ko god hoćeš. Uglavnom, nemoj biti baš krkan ko Stole, on je znao navariti njih desetak, samo da se dobro bubne, a uvijek viče - iglicu. Ne kontam ni te, dovoljno ti je dva dima, ideš isto kao i sa cijelo paklo. Sa cigarom u pakao, vidjeo sam se kako stižem dole, to je mnogo gore, nego čini mi se, navući na rakiju. Ota ista ovisnost je mnogo jaka, traži jače i jače, sve se slaže u te priče, samo da ti je biti, što više opičen nikotineeem. I tad se otkači klatno na satu, zvoni, a ne kuca. Puca batina preko leđa, obavija se šiba oko tijela, Isus preuzima na sebe sve grijehe, i kaže, Bože, oprosti im ne znaju šta čine. Istine ćemo se igrati drugačije, i to u skorije vrijeme, neće proći ni neka godina, rodi majka bez sexa blizance, zvaše se Isus i Muhamed. Hoćemo li ići dalje, il' da se ovdje izuvamo? Postojimo da bi živjeli teke slobode, a ne da učestvujemo u napadima i bitkama. Da, trebala je i tu čvrsta ruka, vladavina koja se kitila zakonima iz Juge, a prenosila kapitalizam u najcrnjoj prikazi stanja. Hodao je jednom ljudski rod preko ove planete, samo što nije sve digao u vazduh. To nam je opet od jedenja mesa. Ostalo se lako liječi, de se ti riješi te ovisnosti. To postigneš tako što ukoračiš u to stanje, svijest ne dopušta da više praviš banalce, piči te drugačije skroz. Vozim voz na enrgiju, samo za njih i sijalicu, koristimo hidrocentralu. Imamo i previše, vatajte druge stvorove divne, guraju nas do čistine, davanjem. Dajemo sve što imamo u džepu, malom mačetu, i ono sutra odraste veliki ubica. To ako je Bog rekao da mora, neka ide sa nama, tako isto džukelca bijela, to ti je mala Puta, Aska rutavo klupko, pa se morala ošišati, skače od sreće kad god koga vidi, naročito Pir'la. Po svijetu luta neka tamna sjena, a iza nje zabrinuta faca, šta će biti sa djecom..? Dajte da samo jedno koljeno prevagnemo na bilju, vidjećete gdje ćemo stići. Idemo tamo gdje ne moramo biti ubice. Niko od nas, pa ni Hitler. Olako se omakne svakom svašta kad se i čist nalipaš heroinom, pomiješanim sa mišijom buvom, da nije sa pacova bila bi laž, ovako, eto vam bakterija na zlu glasu. Oćete se i opet najesti mesa. Neka vam je na spasenje post svima, od momenta ovog čitanja, pa do smrti. To je jedini pravi put, i on ima probleme. Ali ćemo se navići, u protivnom, svijet bi opičio i dalje jesti mesarske prerađevine, nego se otkinu i opet. Cijeli izmijeni oblik, dobi obim nerješivog lavirinta. Luta duša po vjetrometini, nosi obična smrtnika da se očisti. Neka nam je naum spasenje svih, a ne samo ljudi. Mi smo sramota neviđena, očas posla svi možemo – postati sveti. Da, osnovni grijeh nam ulazi na usta, isto tako i dobro. Čim zagrizeš voćkicu, neprskanu i nedrndanu stresačem, e toj spikčini možeš dodati da si ljudina, dostojna postojanja. Guraš pravoga, a ne onoga što se nečim bavi, samo radi love. Mora biti u svemu i duša, tijelo samo ne zna tri leure zbrojit' na jednu kamaru, kako god okrene, fali mu pola. Smače još jednu malu, i ode na after aftera. Kod neke bake da se zgrije uz supicu, sutra će ionako pomrijeti. Ostaje duh da se isparava, a ako je kokošija, krečiš ko zeLenko, odmah osjetiš, da se gubi izvor poezije, više i ne pišeš dobro, nego smišljaš nebuloze, dok prdiš. Rek'o bi neko – nervoze ludaka pretočene na nešto što trebate okusiti okom, gledati nosinom, ne liniju droge, nego vazduha. E kad ostaneš bez njega, onda je to drugačije, skroz vidljivo, ponosimo se istinom - Imamo čistinu pred sobom, tamo se trebamo izuti iz ubice, obući odore svetog. Veoma lako, samo poželi, gospod ti je uz rame. Čeka da mu šapneš naredbe, kako poželiš, tako ti je. I onda nam je onako kako zaželimo, ovako je kako smo htjeli, i treba biti tako jer ni bolje ni lošije ne zaslužujemo, sve je po našim prohtjevima. Manite mi se priče - kojekakve razlike, svi smo isti, sad ako neko ima koju leuru u džepu, neko dužan drugome milijarde, ne zamjerite, nije baš ni ovaj olako pustio, da se otaj zaduži. Igra robova na nivou, uhvatiš kojeg na kredu, pa se onda dalje svijet obrće oko svoje ose zbog dukata koji komad ljeba znači. Da, znači baš to, idemo još dalje, priča plaćanje pada u vodu kao status, oto smislio Stole, dok je Radan ganjao raketu, to će biti potreba, i svako će imati dovoljno, svi radimo, i svi istu platu primamo, pa da l' ti bio sa tri fakulteta, ili sa ašovom u ruci, bez da znaš napisati nerezumijem o čemu pričaš jebeni svevišnji pišče, razdvojeno ne, i onda to ne krene prema vakoj prepirci, odupireš se zato što ne znaš zeMljaski. Pa i kako ćeš... tek si sa Marsa stigao, dragi Radane, odaš ko vampir od žutog. Skidaj se sa te rakete, Stole mijenja svijet, Uroš mu pomaže, ne uzdajte se u politiku. Nije tako, marš od mene protuvo, udaraj u drugu stranu muvo, upljuj ucrvak da nestanem, niko nas nije htio zapaliti. Pa nismo to mi, to je lešina što je ostala, primoravala nas na grijehe. Na neke smo pristajali tako što smo mislili da činimo dobro. I tako eto došli smo do nekog jako samog kraja, još samo da skinemo opanke. Moramo doći i do same srži, jer još nam se piše, nije se ekipa okupila bezveze.

Dosta nas je dostupno otoj devizi, bitno je da je na računu gomila leura, ako nema ni jedan za džoint, onda može, pogača i so, dosta, ništa više ne mora, kad i toga nestane – tvoji smo Bože. Poćeraj roMprom Brega, Cigan sam se rodio, tako ću umrijeti, trube dok pisca palite, moliće neka baba iz publike – leepo!

Nemam pojma šta sam htio reći, tako te to opiči nekada ta priča, voljeli se Mladen, Dijana, i Vila, voljeli se usput sa njima, svi ostali, ljudski je griješiti, ali ne prema drugima, udri po sebi, tu je žila kucavica – proggglema u društvu. Naročito muškom, umjesto da do kraja života u čovjeku, pomalo pleše, i piše pisma mira, usput radi neki posao, neko na primjer je rođen, da čini drugima knjige, i usput taksira. E tu je već DŽP na sceni, ima nas svakakvih, ludih, ostavljenih, siromašnih, bogatih, napaćenih, blagodareni mazanjem droge po gujci. Lako se drogirati, ajd ti se uvati bašte. U njoj zasij roda, do poroda okopavaj, moli se nebesima za kišu. De ti pokupi papijere iz korita rijeke, ostalo će Bog zbrinuti, provvvlemi će nestati kad svako nauči, čitati, poslije će pisati pjesme, ako nikad nisi u sebi barem, onda nisi bio dijete. Otkriti ga nije nikad kasno, ni kad si sekund do padanja tijela. Dalje se mora, niko te ne pita smiješ li sjesti u avion... Goni te ta spika – plašiš se leta, a ne plašiš kad treba zaklati ovna. E da, toga se ti plašiš, samo strahove vješto skrivaš. Opusti se, neka, duh nastupi. Rokaj nemilica Mlađo, evo ti posmrtna prilika, do kad budeš tako posmrtno živ, drmaj, poslije ćemo vidjeti šta nas čeka. Neja pojma da je to bitno, imati svinjce, štale, kokošinjce, svakog roba pusti njegovoj svemiRskoj kući. Jeste da, ali kad onda na ulice izađu napušteni, ako ne bude dovoljno vukova, zatrpaće nas ovce, naiće neka njihova bolest, opet nije dobro. Prommmmblemi, jesu ok, ako su te prirode – nekako ćemo. Nećemo ni tako, nego svjesno. Imamo namjenu da širimo ljubav, to kako bude, ima valjda Bog tolike pipke, sve će promijeniti očas posla. Duša naša pluta po nebesima, ali samo ako prestane izjedati leševe drugih – što isto duše nosiše. Ostalo je, nanovo i nanovo rađanje, nikad do kraja ne budeš prosvijetljen. E da _ i to da napomenem, jedan sam od mlađih, kakve sam upoznao kroz pisanja po fejsbuku objava, nemam kod kuće, i opet proglema, svi su dovoljno samostalni, rokam momački, iako su mi na pragu, pedesete. Još kojeg ljeta, i valja umirati, neko ne doživi ni jednoga, a neko stotinu. Ima li tu pravde? kako nema, da je neko smakeo Mlađu kao maloga, otišao bi čist nebesima. On se držao do kraja, pisao je i opet o ovijem provlemima, nije htio samo on da bude u dušu pismen, prenosio je viđenja ostalima. Nikog' nije gonio, samo je rekao da se proba par mjeseci, na primjer dvanaest. Stao rat, niko o tome više ne priča. Jer to kaže nova sveta knjiga, modernija biblija. Ili kuran, natehnani, oboje svejedno, kako hoćete, i dan danas stoje na pola otvorene, te dileme sam dobio rođenjem da razriješim. Nisam poslušao ni jednu ni drugu, jer su prijevodi da Bog sačuva, naročito običnom smrtniku koga ubiše od malena u pojam, svijet je stvoren da šora peke i slanine, čvarke dimi, jervokareka su od ovčijeg sala, čisto da se navuku na čari mirisa, krmetine sa ražnja, opasne po normative ludila. Aroma, suva smreka, plamen se vije do pod krov, dole mati i Mlađo, ne žive u kući, nego V pušnici, otac Momo roka rakiju, i poteke uživa na građevini. Ništa loše za zaraditi kruva, napraviš nekom dom, u njemu žive neki koji se ne rokaju šljivom, nego duvaju vutru, sve bude obratno. Pa ja, ja se nisam nikad drogirao, ako sam duvao. To nema veze sa mozgom, opijat je sasvim nešto drugo, a savim nešto drugo – lula mira. E jesu nam podvalili Indijanci, i treba nam, vidjeli da će od te Jevrope stradati, niko im neće suditi za genocid, pustiše nas da duvan dumagijamo, imamo nikotina u sebi, jebo nas ćalac nenormalne. Jbg, uvijek ga ima i uz duvku, tako da si ti ipak o tu priču ovisan. Ne care, to ti objašnjavam cijelo vrijeme, ona me loži na pisanje, tako da ovo ništa ne shvatite zaozbiljno, to je naš umjetnički dojam, a i ujedno novi roman – koga će potpisati ekipan nastup. Dole u uglu pomagači, sufleraj će biti na nivou, ima da se dočara dojam čarobnog napitka, svi misle od pripovijetke, i jopet neka sapunica, otvori oči kolega kolegi, poslije ovaj postane najpoznatiji. Kume, de mi sredi gram. Da li možete zamisliti iskrene sreće kad čuješ kako ti je drug nastupio na sceni, samo tako. Zaista nema veće, volim to čuti, što se kaže, naš je kad je takav, a ako se naroka rakiješine, nije. Da, i tim oprosti, nisu znali da će upasti u zamku, samo takvu, kad te preuzme alkohol, koks i herdžo, onda ti sretno mili moj. Nadrljo si, džaba ti ja opraštam, i svi ostali, ako sam ne želiš biti čistak sa dva tri dima gandže dnevno u sebi, čisto da ti razbistri vidik. Pones' i dvije bone. Koristi se u razne svrhe, uvedoše nova preduzeća navike da savjet skupštine, obavezno nedjeljom uz sastanke, dune. To treba našim političarima, neka svako da odušak, čisto da se vidi – dokle smo. Milijardu godina poslije, desi se takvih perioda još toliko, sjedi unuk, i čita ovo pismo. „ Ja budala" Ne može da vjeruje sa kakvom ekipom ima posla. Redak po redak _ uživa. Mazi se sa djedom. Sjetite se da je i Adolf jednom bio nečiji mali klinja. Pustite da uživa svako u onom čemu teži, jer ako spriječiš kamiondžiju u njegovom naumu da krstari drumom, ofulo si čovjeku priču, jbt, de pusti da se svako zanima onime što voli, jebo platu, naročito onu – od dvjesta leura, svaki dan dvan'estica, jedan dan slobodan – u mjesecu. Što ne možeš živjeti od pisanja, bješe koljenima inspiracija. To nas napravi najboljima, i pokaza se istina, da nije bitno ko kol'ko ima u džepu, kad krene tijelo na spavanje. Da l' ostao za sanduk dužan, ili ne, nebitno, neka se drma sitno bina ispod nogu, sad kreće tehnaja. Naja ti je tamo dole, drži je Džakan, od milja ga zovemo VreećA, trgovina mješovite robe. Ime selu svakom – Vrtača, gradu Karakondžin Panj. I svako se bori za svoj, cijeli svijet za moj. Ma de nam se skinite sa grbače, imamo i mi nješta za rijeti. Nismo glupi baš kao što misliš djede, mi smo to još više razrokali, harmonija i na Zemlji, otišli sa nje – zauvijek – LJUDI. Ostali opanci prazni, i od drage isto, umrle su sve žene oko Mlađe, samo ne nikada, njegova kćer. Hu, brale, volio ju je mnogo, kad je dobio sina, nije znao ni sa čim se sreće u budućnosti, unuk od njegove uzdanice za prijenos loze Pravoslavne, eto odavde sam, to su i moji. Balkanci, neki Katolici, neki na Islamu. Šta si mogao od njih očekivati, pa bili su na mesu, valjalo je zasukati rukave, i odatle pravac do danas. E da, to je ovo sada, kraj opanka ček za penziju, nije podignut. Neka se vidi od koliko se leura živjelo. Devedeset, mamice vam spalim nenormalne. Da, nije to od mene postalo, niti sam ja tuđu đedovinu spičko na žurke. Jesam, imaš šta protiv, svoju sam, nije mi to ostavila država, neg' stari. Radilo se od nemila do sutra, preko jutra nedraga, došlo se do toga, imaš milionče u šteku, sad ne znaš kuda ćeš. Nebitno, hoću teke toga svašta, da vrnem krede, poslije bi na more. Herceg Novi se smije, skupiš dvije tri stoje leurića, nađeš nekog pivatnog smještaja, tu se odmaraš. Zaboraviš da ijedan drugi Karakondžin Panj, postoji. Sad ćemo živjeti na obali. Naravno da obožavam Crnu Goru, iako sam iz BiH, Srbiju najviše na svijetu, Hrvatsku još više i od ove, do njih Sloveniju, pa volim Tursku Grčku, je Bugarsku, i pomalo Rumuniju, joj kako mi je svuđe bilo lijepo, Amadeus će nas učiti kormilu. Pričao je jedan drugi Mladen, iz društva o tom priču, i tako sve to se drugačije vidi iz nje.

Zaostaliji smo od Albanije, ostala jalijo Balkanska, milijardu godina, sreća nam je, pa oni imaše muda, pustiše da se duva opušteno. Amer - ti stop, marš kuć Ruse, ti Švabo sjedi. E tako, dođi vamo Englez, pa braco ili sele, da te zagrlim. Volim svakoga, naročito onoga ko poštuje druge, ne čekaj da budeš takav, odmah postani. Čiča miča, štaš više pričat', do sljedeće prilike. Idemo malo odmoriti, od partije, bilo nam je lijepo sa vama provesti ovu divnu i predugu noć (tad se kobiva čita), odo ja svojojjjj – dragojjjj. Volimo se potlje, trista milijardi života, nikad nam ne bude – dosta!!! Kosta opet pegla Kurtu, Murtu ne zarezuje.

I naravno _ Ženeeeee, jer one su ženstvene.

He, napriča se ova muškadija o nama svašta, kao mi smo tu da samo rađamo, i zadovoljavamo muškarce. Jesmo vala, baš, ja sam Vila, i to što Mlađo priča da me volio, to vi mačku okačite o rep, ipak je otišao sa suprugom, tu mu lakše bilo skloniti guzicu, a i Dijana je peglala i kuvala, ja nisam htjela njegove gaće ni prismrditi, de ti sebi pobro operi, skuvaj i opeglaj, pa onda lezi na mene, nema jebačine, ako nisi potpunac zreo. Ovako je to samo, daj Vilja pizde, poslije i ženi zaturi, pa ona rodi, jedno za drugim, dvoje. Ćerku i sina. Istina je da je brak profulana investicija, naročito za vomen, one tamo – puše. Nije samo kitu, nego u svemu, rmbače, rade za druge, i svi te na kraju ostave, budeš samo žena. Rodila djecu, otišla preko svijeta, muž u svom, po cijeli dan, naduvan. Ajde da vidite kako je bez ičega, radiš kod privatnika, što se imalo običaj reći, plata dvjesta leura, muž za svoje rmbačenje dobija duplo, nema neke razlike - ni ona koja tom povjeruje, ostaviće djecu – poće za njom. On je bona sam sa sobom već odavno, moš ga izvineš i opet – popišat, kad se okrene pisat'. Od toga ti nemaš nekog vakta, taj oda za svojim snom, ko omamljen. Pa ti ako moš na njega, drvlje i kamenje.

Vila to iz prve ruke zna, a zna i Dijana, nema koja žena se neće naći u ovoj poziciji. Potlačena rečeno najblaže, eto ti ga još jedan oblik fašizma. Niko na to ne obraća pažnju, da se Balkan znao na primjer riješiti te nebuloze, sve bi bilo mnogo bolje, i ranije. Ne bi se ratovali svjetski – trista puta. Dovoljno nam nije bilo dva, bacaj atomsku koja ubija do zadnjeg. Da, muškarca, samo neka se ostavi izvor sperme. Žene će rađati žene. E da, i to je oblik fašizma, samo nije strašan, još kad mi žene ne bi izjele mesine, ne bi trebale muškarčine za klanje. I mi smo iste kao i oni, samo da nam je sita guzica, cijeli ljudski rod je gadost velika. Ali da se ne dozove i taj oblik fašizma, čizma gumena nije loša, kao ona što je od kože jareta. E jbg, oćeš moje rudarce da ukaljaš, ko da mi žene ne znamo ništa, samo da raširimo noge, poslije kad se okupamo, pušenje, i samo pušenje, nekoj je pravo tako, nekoj peglanje veša više, pranje suđa srednje, e usisavanje smo zaboravile, nećemo se razdvajati, bićemo Dijana i Vila – ko jedna, ićemo do cilja skupa, za muškarce nam više svjedno, radije bi da živimo nas dvije zajedno, nego sa Mlađom. Bićemo barem jedna drugoj vrijedne, a ne de Mladene, ustani sa kreveta, da uzmem ispod tebe pustekiju, oću da je isprašim. Poslije ću naturiti ručak, mog'o si ti danas barem nagledati pogaču u reni. Joj kako si mi sladak u toj novoj košulji, nekad kad ti sebi nakupuješ, uzmi neku na sniženju, i meni.

Maaaarš tamo ženo, vidiš da gledam dokumentarac, sad sam vidio na njemu _ da ne treba jesti meso, a ti navalila sa piletinom, pa samo sa piletinom.

A kad si me ti tjer'o da koljemo, od svinje nogu turamo u varivo, to te tad nije znaimalo. Šta si zino, de pokaži svojim nastupom kako treba. Lako je pisati u javnost nebuloze naduvanog jebača kobiva, a kod kuće i kod ljubavnice, među krakovima – paučina. Nestao seks zauvijek, šta ćemo sad raditi zajedno, došla penzija, poklaćemo se, ej moj mili vole, imaš li razreda škole, pa da ne oreš... Ko Bora, a joj _ sory, greška, on drljaA!

Mi smo ti žene zaista najebale, ali o tom se može pričati trista priča, onda kad zatrudnimo, više nismo zanimljive, porodimo se, roše ko tuneli, više se i ne dodirujemo dok jedno na drugom probavamo svršiti. I to ti je sve to što je bilo zajedničko, vrhunac ne stiže. Osta se zarasle pičke, samo zato što se kurčevi oružjem, jedan na drugog – šiljiše. E Bog vas u šumu okreno, muškarčine, znate samo kriviti druge, a ne vidite svoja nedjela. Kad je u pitanju žena, znamo da nismo dobre, ali se od sade – držimo zajedno. Probaćemo se izboriti, da svakakva budala o nama, barem knjige ne piše. Ma da si najslavniji od ne znam koje njive krastavaca, ja sam tu da ti otvorim oči. Jer da ti nije žene muškarče sivi, ko bi rodio to što tebi izleti iz čune. Maune bi nikle same, ali za majmune. Kako nisi postao od njega, ma jok, nemaš ti fige da stegneš za sveopšte zdravlje, tebi je stalo samo do tvoje nacije. A u stvari mrziš kad otvoriš kapak, najradije bi cio svijet pobio, samo zato što ne misli kao ti.

Kraci su razdvojeni, uđi gospodaru, pa me raznesi po polju strasti, samo neka škripe kreveti, ko ga šiša sad smo sami, pojebaćemo se kako bOg zapovijeda, nemoj mi u pola stati, svršavaćemo poslije, de se iznabijamo do kraja, po jedno pet minuta, i tako navrata tri, taman kad misliš da ćeš prsnuti, ti ga izvadi, malo ga protljaj preko brijega na kojeM veNera plete priglavke, pomisli na koprivu žaru, i onda ga opet uturi, rokaj dok ne vidiš da sc sve oko tebe koluta, i još malo, e sađe, malteriši utrobu, još ću sa tobom ostati trudna, muž mi kod kuće ostao usisavajući, e da, to su naši prebačaji, a šta da činiš kad se ga ne možeš riješiti, šta god uradi – dobro je, jer se u selu sramota – razvesti _ bez valjanog razloga. Pritisni ga preko djece i preko obaveza, srušiće se na pola puta Lesi, ostatak snage skupit' za povratak. Ljenost je ona što da izvinete najviše prči muškarce, žene nisu takve, ako ih majka nije razmazila, e da, to je još jedna naša ženska, pored onog što tlačimo muževe. Ma nećeš večeras učiti engLeski naglas, jebala te inogora, ti odeš nema te dva mjeseca, vozaš kamion, ja sama kod kuće. Jeste, ali kad vidimo jedno drugo, ne puštamo se dok put ponovo ne pozove. Onda se ljubimo, i molimo Bogu da na njemu sve bude u redu. Ima i takvih brakova, da ne kažem kako svaki ne valja, ali tada u to doba, bješe rijetki. Ko voli da se zajednicom diči, valja uprijeti. Jeste da, kupiti klincu telefon od iljadarke leura. Šta te briga, nis' ih ti zaradio. On je, žuljajući u šlepi, da uzme to neko vrijeme izgubljeno, ispunjava djetetu želje. Nekad ni tako nije loše. To je, da, poteklo od pisca dijela o čudima. On ga izbacio kao nepotrebno, evo mi danas dogurasmo do ovih strana, a on postavi mnoge zakone koji se poštovaše, kad se siju krastavci, ja l' uradi poso, jes vidio Brega? Preko bijela snijega, prtina od kaljavi čizmi. Poslije se oko njih titra, ali samo kad je vode dovesti kap. Udari suša, pa udari zima, dva tri ljeta, nema nas na svijetu pola. Kojega, ma Zemlja je samo jedna mrvica u cijelom sistemu zbivanja, da zaista i ako odleti, nigdje se neće osjetiti. Naročito u ono vrijeme kad se vođe ganjalo – puškama. Ne znam da li je to od nas žena ili muškaraca, ali je bilo strašno. Da, u pravu je organizator ove igranke, povodom dodjele nagrade, i Cecine ispratnje na mnogaje televidenije, nećemo peći odojka. Ko hoće krstavaca, neka navrati, drugo osim soli i pogače, nećemo imati nič. Zezam se, držimo povrtaljku, zajedničku sa muškarcima, e tu se pregonimo, poslije se plenemo negdje uz motike, to se zove merak. Puši se znoj iz tijela, ajmo još jednom, pa još jednom, pa još jednom, ne silazimo jedno sa drugog, po cijelu noć. Kad ćeš doći jutro blaženo, samo da sklopim oči, bome me izjeba, a jesam i krećala nema od Mlađe ništa, kud mene, kud poslije suprugu. Napendrači, sve se smiri na par dana, dok se opet njemu ne digne, i nas ne zasvrbi. Drpamo se po spolovilu, zagledamo u tuđe guze ko cuke kad se upoznaju. Samo fali da je vrijeme, i eto ti kujice skotne, još ako je u to doba kad se truju paščad napuštena, njoj zaista nije lako – tada biti ženka. Nije lako ni muškom, ali sluša kuju dok određuje gdje će pišat', nema ograditi sebi tor, nego kad ne 'raniš djecu, i oko njih ne brineš, voz, traži sebi druge male. Nema da ti ja donosim rane, nađi je krele, dosta što trovanje čekam sa djecom. Lovci kad progaze, oni se tresu, ko kad Tiki nagazi srndaća. To ti je tada bilo normalno, ubijalo se naveliko, lovačka udruženja u ime zabave i sporta, razvija se velika razonada, nema se potrebe svaki dan – ganjati lopta. Možeš kad ti se digne i opet, otići do obližnjeg šumarka, ubiti nekog od žitelja. E sad neka i nama neko objasni kako je taj ličina, barem malo bolji od Hitlera? Istorija pobjednika je i nas žene ukopala, jer kad uzmeš fiziku, jači su muškarci kad je opaliti nama šamar, iz njih bazdi rakija ko iz fučije, no nisu kad je raditi, raditi, raditi. Jbg, ko nam je kriv što činimo delo, za tih pišljivih nekoliko leura. Dignimo se na noge, i mi u ruke pera, pišimo, u pravu je ipak bio Mlađo, iako nas je obije natakeo, opisano lakše, obična leura, koja se dočepa talenta. E sad ako je htio postati u nečemu savršen, morao je to razraditi, i onda se on usmjerio na krastavce. Neka, hvala bOgu neka je, poslužio je svima, iako ga mi nijedna, ne imasmo za sebe. vEzem neja šta, gobline.

Ljubav je sasvim drugi par opanaka, jer mi majke znamo, rađale smo potomke, muškarcima to ne znači kao nama, oni to vide olako, rodio se sin, il' ćerka, ko da je stigao paket pomoći. Pa će država za svako dati pelena nešta, doće kum i ostala rodbina – darovati kose, ili podrezivanje kitobera. Eto to je ta religija, niđe veze, al' et i to, nas se žena ništa ne pita. Niti kod Islama ide ista u hram, a može u harem, niti je u Hrišćanstvu takva glava, iđe glavna. Znači, eto odakle isto zna izbiti – goli fašizam. Da. To je ta istina, a ne kako to vidi jedna plitka glava, još ako se naloži da je pisac Bogom dan, može odvesti sve u propast. De ti o ovim stvarima malo pričaj Pramenka. Pravas gospoja...

Drage dame, zar ne vdite da imate priliku, evo ostavili smo za kraj – koliko želite stranica, nemojte samo da prećerate dvadeset, sjebaće se after, koga je omladina odradila do jaja, nisu se razdvajali, muški od ženski, svi su se voljeli podjednako, pa je u selu bila glavna, hodžinca i popadija, tukle muževe motikom u leđa, ne uzimaj od sirotinje, odi zaraditi nama, pa poslije prosvjetljavaj od ostatka – cijelo stado božije. Tad si lice koje smije nagovijestiti kako nas je stigla kazna, samo od jedne male buvice, sa pacova. Mi smo svoje rekli, to i od vas očekujemo, opletite po tome šta vaš tišti, sve ćemo objaviti, ne bojimo se nikoga. Ja sam vrlo nezavisan pisac, nema me nijedna stranka, već koljenima, ali ne mrzim da se igra zove politika, želim da bude svjesnija situacije. Kad je u pitanju život životinja, naš neka bude kako Bog zapovidi, onda kad više ne tušimo druge stvorove, možemo reći da smo pravi, bili muški ili ženski, svejedno.

Izvolite, rokajte, nema bolje tehnaže – neG' kad pegla teta sa šiškama, volio bi' je imati sa mnom u krevetu, sise joj ko kruške. Guzovi se ljujaju, a kosa leprša, joj kad razveze o markOvim konacima, prođe partija, ko da nije ni bila. Poli benzina, pa zapali, nema više ni njega, Tesla vozi do posla, merdžo i stojadin – umrli. Shvatili odbjegli sa Balkana, pogriješili smo. Nikad nije kasno da se vratite, mada meni nije jasno što bježite, uhvatite se motike, pa pred firme, proključte njome glavu onome - ko vas nagrađuje za rad svakodnevni do daske, sa pišljivih dvjesta leura. Nije novac loša priča, ali ajde da plate običnih smrtnika se izjednače, a nije muškaracima duplo više, dok žena nema ni za uloške. E da, ajte malo vi obavljajte naše spike, mi ćemo vaše. Vraćaj nazad služenje vojnog roka, ali bez puške, nego sa ašovom, uzimaj u obzir da se treba iskrčiti sva đedovina, istina je, niđe ljepše do vođe. E jest lijepo kad se razjutri, a niko nikog ne mrzi na svijetu. U svemiru sja energija, ako se malo pogleda – izdalje. Ne trebaju nama stranice mnoge za pisanje, iako smo poznate sa proširenim pričanjem neobaveznih tema, može se od toga dio nazvati i trač partija, nego ste vi muškarci pet puta veće tračare, da se skine i ta ljaga sa nas. Čim se kresne sa nekom, nije ako nije ispričao cijelom selu, dok jadna žena ako ikom kaže da se dernula sa Perom i Suljom, biće kurva, muškarac na takvoj poziciji – junačina. Đedinaa naročito. Utukoše babu zajedno, za kilu salame.

Zapravo, sve smo mi žene – Viljuške i Dijane, sa njima Ajle, i naravno druge. Sve do zadnje koja ima utrobu za roditi potomke, i koje ne uspijU u tome, nisu manje – važne, bitne... recite kako hoćete, sve su ravnopravne sa – muškarcima.

Da, žene drage, tu ste i više od nas muškaraca, ali da ja ne duljim bespotrebno, prepuštam vama još koji list. Inače, ne razvlačite te konake, samo recite neku o ljubavi. Sloboda vam dala u naručje dragog, mada vi dobro umijete i bez njega. Koji će vam đavo naduvana londra, koja skoro svako slobodno životarenje koristi za pjevanje?! Napisao mnoge knjige o krstavcima, dragim ženama kraj njega – zaraslo međunožje. I tako se Mladen odbijao od jedne do druge, dok ne skonta, pa on bi radije da živi sam. Malo da odmori od svega. E da, ali tu su djeca, i obaveze prema njima, barem dok ne izđikaju, i onda im priuštimo svašta, naročite majke. Ne kuvajte im i ne peglajte, neka se uhvate rada, čim prohodaju. Nije Mlađo htio pričati kako je or'o somajkom njivu, taman završav'o četvrti, istom nekad oko doba njegovih usranih nogavica, pa kad upadne u brazdu pred volove – pišći, tad ga doduše ona mazi. Takav ne izađe nenaučen, otaj ugađa svima, e kad mu se na listu sredaše tri ženke, sa jednom imade djecu, onda mu neke stvari biše jasnije. Šta je sve u stanju od nas Bog učiniti samo da progledamo.

Probudiš se na kamenu kraj rijeke, u ruci džoint, i razmišljaš, da li da se ubiješ, ili da nastaviš? Kako svima dokazati _ da nikog ne mrzim?! Znam, niko nikog ne voli više od sebe, majke će reći, lažete, volimo svoju djecu. Pa kad ih toliko ljubite, de pravite od njih borce, a ne – plačipičke. Mama skuvaj, mama ispeglaj. Mi muškarci nećemo, i o tome – ako stignete, ako ne, samo će hvaliti taj dio. Inače, drage ste mi kad se ne tučete, kad počnete sljedeći put – iskrvariteeeee!!!

Dobar dan najslavniji, vidiš koje si ti smeće, hoćemo hoćemo, ne bi bile žene _ da sad odustanemo, idemo ukorak saaa vama, čisto - da negdje ne posrnete. Mi to znamo i prije vas, pa se ne naduvavamo da možemo iskazati istinu. Šutimo baš iz tih razloga, vidjećete tek kad kleknete na koljena, ko smo mi zapravo – žene.

Od vas muškaraca smo jače pet puta. Zbog toga je naše tetošenje, pravimo namjerno one – koji se neće znati – oduprijeti. E kad takve pokupi neka ženska prava, i ne mora biti da je ona, može i neka kera bijela, nju na primjer Mladen volješe, više nego nas sve tri. Podjednako kao i svoju kćer. Tu odustade od patnje, prikloni se tamo gdje ga neće šibati batina – pisao pisma godinama do smrti, ona priča odozgora, koja čuda čine mogućim. Svako je božiji sin ili kćerka, samo to treba – otkriti u sebi. Ma ja, uvijek su bitniji muškarci, sve su oni takvi, te sveti ovaj te sveti onaj, jako nijedna sveta. Zeza zeza, u pravu si za sve Mlađo, taman nas iz ovi' stopa - ostavio. E da - to su ti dva luda svijeta, ili ih je milijardu, pa se svako odijeli. Neka, ne moramo na njega zbog tog pucati. Isus je tu bio samo ko figura, čisto prosvijetljena osoba, i ništa drugo, već je takvih milionče, selo sadi travu, i uživa. Barem se možeš naduvati ko čovjek. To vam je dozvoljeno, mnogo bolji ste muškarci, kad ste zviznuti. Trijezni niste neki klinac, nego ajde, ima i nas trijezni'. Ima i nas ovisni o svemu i svačemu, na primjer, nas tri pušimo cigare, i pijemo kafu. Bez toga ne započinjemo dan, tračamo o Jusufu, tračamo o Marku, e i on ti je od prike, drugi brat. Vegetarijanac, ništa ne klopa od mesa. Ponekad smaže jaje od utekle koke, i to je to što on ogleda. Ostalo su mu biljke na izboru, i ostalo su mu svakakvi plodovi koji se ne kolju – za ručak, braći krvolocima – ništa ne zamjeri. Možda on može da tuče do vrhunca. Pristavi đezmu Ajla, ti si danas domahazjajka, iz Moskve ti mama, tata iz Londona. Najviše je Nijemaca na planeti Zemlji. Mislim da su u to vrijeme bili i najjači što se tiče privređivanja. Da, Hitlere, trebao si nas do zadnjeg porobiti, koga ne uspiješ tako – ubij. Eh, da, to je tek fašizam, moraš biti jači od te stepenice, pa i kad nema droge, il' u najmanju ruku, nestalo na tržištu gandže. Reći, ja mogu. Nemojte da se to desi, dobićemo mlakonje koje i opet dolaze do toga, da je jedino rješenje – rat. Neka se baci atomska, pa da jednom za svagda, svi do zadnjeg – poginemo. Isto ko da još nije izmišljen kondom. Žao mi je životinja, nije nas ljudi, mislim, jest nas žena, ko će da se druži ovako, oko jednog muškarca. De ti Dijana šolje, vidiš kako se slažemo. Danas ćemo o našem Mladenu. Ti ga pritegni sa obavezama prema djeci, ti Ajli kukaj da te ostavio. Ja ću navaljivati sa seksom, reću da i ja hoću bebu. Nema mu drugačije buđenja. On još misli kako je princ na zlatnom konju, zato što je otkrio u sebi – poeziju. Tačnije, volio je on jadniče pisati pjesme, od malih nogu. Ubila ga muka, al' baš u pojam. Dajte da mu dignemo moral. I u gaćama ako treba, neka se osjeti da je muškarčina, a ne neka plačipica. Priča, a sve nešto skriva pod jorgan, ispod njega tri žene, on bez alatke, e baš je takav naš Mladen. Umrla mu kita zauvijek. Na nju više, veli, ne računajte. Možda se i desi tako nešto, sa nama neće to biti, fljacnu Ajla već prvi srk - Šta ti kažeš Viljo? – ti si se sa njim zadnja jašala, i to u kolima za koje ja još grcam kredu, ajde pričaj, ima li išta, da se i mi nadamo, il da tešemo klipu? Odjednom cestom grunu samo takva raketa, u Radana belegija preko ramena. Mene je sredio tu veče kako valja, ali od tada, ni da primiri. Moramo ga prodrmati, ako nema baš ništa od njega, pa još nismo u godinama, naćemo nekog jebača. Vid' Radana kurčevitog... Ne mora nas ni guziti, neka vari kuvanje, peče pogaču, i može polizat'. Između krakova, čisto da se makne pauk sa svojom krletkom. Uleti voz u tunel, bućnu posle bačva puna sojina mlijeka, okupa cijelu baščcu. Više u njoj nema šljive za lijeka, sve zasađen kanabis. E da, to njega šiba, piše puno, a uz to duva. Onaj odozgora Mlađo nije znao za te karafeke, za to mu sve bi sa manjkom boja. Ovaj naš ti je londra naduvana, taj zna zbrajati od Mareta konake, po sedamn'est dana – bez prestanka. U sobičku se ne može disati od sagorelog zeleniša. Smrdi zavjesa ko da je bezdan iznad govništa ljudska – očepljen. Ma ja, neka mu pere ta neka mlađa gaće. Mi smo još dobre, imamo dobre guzove i sise, neko će nas sigurno – zakoračiti. Smrači mi se onda kad je svršavao u meni zadnji put, i ja sam sa njim zajedno, samo što sam ja još pet puta, dok ga je onako mlohavog, po brijegu svete Venere – trljo. A ja l' vam nabijam zazubice... Ma ne, uopšte, za mene ne, on me znao tako raznositi – pet dana zaredom, više nisam brojala vrhunce, divlje trešnje slađe od domaćih, i da me tad najružnija smrt uze – ne bi žalila. Nemate vas dvije izgleda pojma o tome, nije samo tucao, nego i volio. Nisam ni ja njega mrzila, naprotiv, mislila sam da ga volim najviše na svijetu. Kad sam upoznala Mladena, promijenilo se samo to što je stigao u moj život još jedan takav muškarac, i da sa njime imam savršen seks, volimo se i kad ga nema. Ne znam u kakvim ste vi sa njime šemama, mislim, neobavezno koja mu je supruga, koja ne, mene je volio. Neću da učestvujem u izazivanju nereda oko njega, naročito ne – kad piše, i viče Ajlice, skidaj gaće. Da ste ga tako voljele, ne bi bježao ni od jedne, i trajao bi seks, sve do duboke penzije. Ovako vam je turati pačorke u vagine, samo da bi se prisjetile. Šta to bi ono kad se prave – bebe, zaprave. Ljubav nema veze sa tim, brak je sasvim nešto treće, sloboda u tim oblicima ne postoji, i samo se okreće oko svoje ose – varanje. Ja sam prije Mladena, mimo braka sa doktorinom Mustafom, bila u vezi sa jednom prelijepom ženom. Mnoge me stvari ta veza naučila, da obožavale smo se, i samo se jednom razišle, ja da ne krivim sliku Islama roditeljima, udam se za pripadnika te vjere, ne htjednem da mi muž bude kršten. I eto me na kraju stiže Mladen, ne žalim ni sekunde što sam sa njim – ljubav vodila. Iako me osim Mladena - sad samo privlače žene, ja mislim kad bi se i sutra našli, probudili bi jedno drugo, samo za nas. Da nije tako, ko bi sve ovo napisao, on nam je najbolji, za njega glasajmo. Sa tri da!!! Ti ko što vičete ne postoje, zna to Mlađo, sunce moje, šta ste na njega cijelo vrijeme napale? I da, takve sve žene nismo. Niti čangrizave, šta ako je ućero drugoj, misliš da će tebi faliti, pa budalice imaćeš još više, ma ne, samo ti njemu oči vadi, i ne daj mu pisati. Ima da te tako svaki pisac ostavi, pa i najslabiji. Mislim na slabiji onomad kad tek skonta – joj – poezija, jednog dana roman, pa drugi, za njim svete knjige – o krastavcima. Klima je takva da smo i mi žene nekad nesnošljive. Pa prije nego što ćemo dobiti, mrzimo sebe, amoli nekog drugog. Onda kad dobijemo, ma pusti nas u tri pičke materine, nismo ni za kojeg kurca, sve bljutavo oko usta, mrzim kad je preko brka – krvav. Al' ajde, mi to ne damo reći da smo takve. Tako da nema potrebe da duljimo, naravno, samo opleti za kraj jedno kolce, niko opet u usta, više od pole. Poslije se vidimo na branju kuruza. Ja sam, Ajla, i samo za sebe mogu reći koju, nikako za sve žene. Da u pravu si, maloprije smo kad si ti bila u vc, ja i Dijana pričale. Pretjerale smo, ali da nismo takve bile, klinac bi se on otisnuo i do tebe, pa do toliko napisanih djela, nijedno mu za života ne bi bilo čitano. Ovako, slava mu se smiješi. Pa da mi ne BI puno razvlačile sa kuknjavom i laganjem narcisoidne zvučine glasa, rećemo, idemo u ime Mićka _ tehnažu do podne, danas neka bude veoma – svečano. Muuu - Poslije najslavniji od svih – pišče, zaključi priču, Društvo Živih Pesnika će je srediti za smotati u novinu, valjda će neko objavit'. Idemo svi, doće i Bog, pa ko nije pročitao istu po nalogu Cece – obro je bostan, sam' ovog puta - žuti. Neće mu ni poznanstvo sa Šemsom pomoći. Moći moći moći moći, još daj moći moći moći, samo naloži naloži naloži, vatricu – da se malo zgrijemo, učetvero, i ti Ajla možeš da povedeš partnerku, ne smeta nam što se ljubite - istospolno, ionako je to samo vaša stvar. Ovamo kad je Mlađo u pitanju – e on je zajednička, moramo barem pročitati cjelokupno zborenje – prve, poslije lekture, u korekturu se ne razmemo, to ćemo kad dignemo u biblioteci romanče, osjetiti kuda je pisac lutao. Bilo nam je drago što smo imale i mi svoj dio, u njegovom životu. Nismo boG zna šta doprinijele, ni ne tražimo ništa, znale smo od kakve je fele. I da nam je sve izdržati – dok nova sveta knjiga ne ispadne iz rodnice. Pice, pice pice pice, može vegetarijane, ni sira ne stavljaj, to ti je isto ko da si koknuo tele, i sa njom Mićka, malac sa dva roga na glavi, ali istom izbili. Kad mu prvi buraz prikin dernu majku preko čelepenke, joj kako bi mu bilo, da nije koji dan prije – na ražnju pečen. E dabogda nam sve tako bilo, kako smo zaslužili. Najtačnije rečeno, ni sekunde ne odstupa sudbina, od takve igranke. Sve nam je kako smo se obratili – onom do ramena. Kažeš mu sjedi, de nas provozaj po ljubavnim drumovima. On kaže da to ljudi brkaju sa seksom. Misle ako se jednom dobro kresnu, eto ga to je to. Udaj se, jer sramota je da te još ko drmne, ne daj bože da dođe i treći, e to ti je u Vrtači – ono za šta se kaže – Kurvetina. Treba je na lomači spaliti. Isto da ti nisu Adolfu do koljena. Pa da je on u njihovo vrijeme od'o, bio bi mala maca. Ovi nisu za bitku nosili oružje, nego krst preko ramena, spaljivali vještice. Da sad ne pričam kakvo je to bilo hrišČanstvo, Pepina i Patrijarčina će se naljutiti, nema odmah njima na slike, propade biznis. E moj brki, što nas do zadnjeg ne slisti za lica ove predivne planete... Neka žive Švabe, svejedno ćemo im poslije druga rata svijeta, ni za pola vijeka, bratski hrliti. Voljećemo ih više nego svoje nabliže. Ako ti je komšo Nijemac, e onda si uspio. Samo da se riješiš balkanŠtine. E da, tu se krije bit problema, rješava se legalizacijom kanabisa. U početku u medicinske svrhe, poslije u svake. Pravimo kolače danas za tu priliku, oćemo sve tri iznenaditi Mlađu. Vidjećete na šta će ličiti kraj. Neće ni znati da je unutra gandžijska mlada, nego će misliti kako je bez ičega u sebi, i da smo mu mi donijele veselje. Inače je kad ga sretnete, vidjećete, neobrijan ko i svaki koji se upusti u pisanje neke opširnije teme, o tome kako se vrti življenje, negdje u sred Svemira, i on je usred saveza njih trista milijardi, a ima ih – ma da ne nabrajam nule. Zavrtiće vam se glava. Nego Ajla, je l' kod tebe trava za kolač? Jesi li ti Vila donijela mašinu za mljevenje? Pričvrsti je za astal. Ajde da počnemo, sad će brzo završetak. U opanke mu nagurajte bona. Neka ima do rupe od dva metra dubine, po koju polu godišnje – izđuskat'. Da, on to ponekad čini, mi mu ne zamjerimo, jer ako bi, on biiii, odmah našao mlađu, a mi već omatorile, iako Ajla kaže da možemo biti nekom dobre kokare. Ja mislim, da smo izanđijane. Nismo ni mi svete, imale smo mnoge zagondžije, e sade što je nama svetrima baš njegova čuna bila draga, jbg, to je valjda do sudbine, za scre ne pitaj, tu je već ljubavi puno. Ponudite ga ako bude htio linijom bijelog, ako ne htjedne, očistio se od tih sranja. Mada sam se ja jednom sa njim navukla, djeca nisu bila kod kuće, umalo nismo pocrkali od nabijanja udova, jedno drugome. E jesmo se ištemali, ni opisati vam ne mogu kako. Ja ne znam Dijana, a ni ti Ajla, šta je taj čovjek htio od života, vidiš ti samo kakvog je on seksa imo na pretek, i nije posustajao sa osvajanjem drugih. Isto da su mu se korijeni ženili po dvadeset puta. Slobodno vrijeme provodili, kod matičara i na sudu. Mi našeg Mlađu volimo onakav kakav je, neka piše, ako kojoj do groba koji put ućera, pisaće se da je sijevnulo. Mada mislim da se bliži vrijeme ono, kad zajedno možemo samo - prditi. Smrdi iz vreće za spavanje, ko da spavašmo u klozetu, zaronjeni do ramena. Mokraća se cijedi niz šiške. Sve je dobro dok ne ostarimo skroz, šta onda kad spadnu sve maske, a mi se ne možemo - gledati očima? Bolje ti prije toga podnesi zahtjev za razvod, pusti tu priču, patiće djeca. Ona se ionako širom svijeta, rane putem sms a.

I trebaju da se pate, a i ne moraju, i razdvojeni roditelji mogu biti efikasni, pošalji puding viberom. Ali ajd ti to njima trema objasni, one bi samo da posjeduju, osim naravno Ajle, za nju lažem, sa njom bi mogao bti u braku, ali ona voli više za takvog druga – imati ženu. Ne zamjerim joj, o tome sam napisao pogolemu teoremu, nju ću u romanu sljedećem. Evo me ždrjebice moje, koja je zucala kako neće da mi se digne? Odite ovamo prika i Momire, da vas nabijem šamarčinom. Ma sve sam ja to vama ta trane – što se kaže kad se hoće nekom dočarati da ste ga zenuli, dok on bulji u neznano, nije mu jasno – šta nam je smiješno. Ko shvati zaozbiljno sve dosad u ovoj knjizi, neka ne zaboravi da sam napomenuo kako je ovo golema zezancija. Malo da iskočimo iz šina, pisaćemo od sada – sasvim drukčije. Bićemo što se tiče čitanja i pisanja knjiga, zauvijek – prvi na svijetu. E da, moj ti je Balkan jedno vrijeme bi takav _ Mali savjet za početnika koji je otkrio u sebi Mladena sa perom, neka što manje pročita dok ne napiše svoje djelo bez skrivke. Otvorene duše pocijepaj po sredini, pa se poslije svačijih – priča načitaj. U al' ste me zeznule, ma je l' u ovim kolačima ima trave? A za ovo ćete mi platiti. Vidim ja da me odnese od teme, mada sam se dobro držao, e sad dajte mi još koji, više neću pisati do daljnjeg. Idem malo obnoviti obuću. Zaraditi koju kintu za preživljavanje, manite me se i vi djeco. Vodite o sebi računa, već ste isklijali dovoljno, mraz vam ne bi smio ništa nauditi. K'o Halidu sijede. Svaka je inače, od dehidracije, niđe veze sa genima.

Nije ni Mladenu, čak se napisao zakona i zakona, o krastavcima. Dosta zaista... e sad ako ne budem imao poslije još kojih pisanija razvučenih preko godina življenja, šta obuti na noge, vraćam se u opanke koje trče po nebu, nikad se više roditi na Zemlji - neću, dosta mi je pakla – za trista milijardi vijekova. Ma daj ne zezaj - tamo ti je sada raj, ove što su se ložili na ubijanje u bilo kojem obliku – preselio svevišnji na golo ostrvooooooo. Otok preko Kupresa.

Kraj, da, kraj, naroljaše me žene kolačima od gandže, nisam naduvan, al' ko da jesam – sa deset džointa. Provlačenje iste biljke, marihuanke, samo je puki slučaj, dobar za šprdanje, svi misle eno ga razvalio se – ne zna šta priča... 24.09. 2017!!! Kakva bolan 7589, i da jeste, ne bi bio septembar, nego rujan. Onaj mjesec kad klinci kreću u školu, ulaganite gas, još mi ne izlazi iz glave plač kćeri, kad su joj drugarice iz škole, poginule zajedno sa roditeljima. Kuću da bi otvorili, prije toga su morali maketi malog čupavca, mahao repom nije, sva je vrata ogulio iznutra, na stolu vrući uštipci. Utihne sva muzika, žalost je, iako znamo da smrt – nije kraj. De ti stavi obezbjeđenje kod kakvog preleta ceste preko masnog, mani se sudbine – gluperdo dosadna. Naročito kad se takvim počeš dičiti, kako si vrli, Srbin, Musliman, Hrvat, a sve ti u haosu. Nema ko ti za to nije kriv, tako ti je to, kad si služio đavlu. Divio mu se dok se fotka sa ubijenim jelenom. E da, to je to, i njemu je oprošteno, nije znao šta čini. Osim što je za to – imao nalog. Jest da nije pismen, nisam ni ja, tako da ga ne svrstavamo tamo gdje treba – najnačitaniji. Izravnali smo se, ja sam samo – metalostrugar, malo druga sorta majstora, iako smo išli sa bravarima u razred. Ajde da se više ne lažemo, daleko je bila Jugoslavija od dobrog'. Nisam to ja rek'o, nego bOgo do ramena poručuje, istrajte do smrti još jednog – koji će da vaskrsne. Izgleda da mi ljudi samo takvom teke nešta priznamo. Čim i to svene, zakoljemo mu u pomen rođenja - Praseeeeeee. Eto to je ono Pravoslavlje kojim se ja ne ponosim, niti prinošenja žrtava ostalih, ni vi na isLamu niste bolji, tačnije, ne razlikuju se ubice što ubijaju za pun tanjir, osim ako im nije u interesu da ista naprava ne bude – tanjur. Stvar je veoma opipljiva za čačkanje, jeste li znali da je Poljska jedna od najvećih dijaspora na svijetu? Ma kakvi, vi u crkvi i džamiji, samo zapomažete. Ali kad iz nje izađete, nabijete u dupe – kerče. Jeste jeste, trovali ih i ubijali čime stigli, nadali se odlasku - za Jevropu. Možeš ti otići gdje god hoćeš iz Vrtače rodne, ona je u tebi gdje gođđđđ da stigneš. Moraš odati korijenima počast, iako znaš da nisu znali kuda će. Oprošteno, ajde da zaboravimo na to, idemo dalje sa znanjem, nema nad – slobodom ništa. Mislim ima, ali je nebitno, samo je to onda raznoličje.

Pa si slobodan reći iako si žena, udajem se se se - za - suprugu. Ma ja, brak će ubrzo da bude prevaziđena institucija. Mnogi ih se uopšte neće - rado sjećati. Oprostite mi ako sam vas opet naveo na shvatanje zaozbiljno, zezam se koji vam je? De Radane sa Kolegom Urošom, i pomoćnikom za rizle, Stoletom, još jednu raketu nabrijte, ko vam je kriv kad ste pregonili. Uglavnom, Stoki je normalan, oslikan bio povazdan, ovi oko njega ludi. Ima ko nije, pa i danas dani smije na partiju dvije godišnje, poderem po dvije tri pole, otresem kola i kola što se praktikovalo dok traje igranka. Ne osjećam nikakvih bolova kad drogom nisam ispravljen. U to ne svrstavajte marihuanu. Ona sa tom pričom nema veze, vidjećete stanje samo naše na Balkanu, da ne duljim šire - 2025 te, istom pred klanje svinja. Niko ih ne lema u čelo, još nas tog podatka sramota. Nije prošla koja tisuća godina, nit' sa njom iljada, nego jedva osam dvanestomjesečnica.

(Dnevnica deset leura, ponesi od kuće roneeeeeeeeee. Bez slobodnog dana u mjesecu) osim kad je veljača prijestupne godine. Može se reći i ------ februar, mjau - snijeg do koljena, samo ga je jedna - voljela zbog mene. Čisto da se ne skrene sa izvorne teme, a ona je - LJUBAVNA!!!

**DOPUNA GLASI** – dižemo unas na noge – karting klub – Monakkoooo.

Od tog trena, ma joj, od tog trena kad sam ovo pis'o, promijenilo se mnogo toga, pričaćemo vam na promocijama – Uroš – komunikacija na šest jezika strane gore, i šest domaćeg, spika i Slo, i Makedonski, ove između – da ne spominjem – 'nači – plaćće na kinesKom, sav se sazdo za ženama, vidjeli se na pet minuta, al' zato Stojan i dalje mota, samo ja duvam – oni ni to ne smiju. Nesibetno rečeno, zaljevaćemo se šampanjcem, čisto što se slavi, drugariiiiii – nazdravlje molitva. Nemamo mi ništa protiv Tita, nego mu se kunemo – nikad nećemo izdati Jugoslaviju. Aj' ne serite – molimo vas lijepo, mi je nismo rušili, sem što smo iz puške pucali, zato što smo bili gladni. Priklonili se kazanima. Trista priča moreš napisati na jednu temu, istina vrišti – kako god okreneš, ma bjež od njih, oni su nabili na kolac, i božijeg sina. Da neće nas par smrtnika. Ija, sad slobodno možžžete, nas, povući, za pertlu teniske, i to je, što morete. Kupujemo za početak tri polovne pile, čisto da počnemo sa reklamom, dojadilo u Vrtači, samo tračat', i ispijat' kave. Akcijeeee, vozi se trka prigrand – Borja. Nema sankcije, ni za ovu Bibliju, iliti Kuran, iliti bilo koju svetu knjigu – nama je svako dobronamjeran – jaran. Dok se Stojan ne nalipa fotografije... nastaviće se – nego šta, tek smo počeli... viđaaamo se nabrzo!!! Diskoton koroziro juGotonovim bojama zvuka, tambura simulira violinu. Na začinu markica akcize. Tako b' on' isto i za mardžu... gas' Uroše wi fi,,,,,,,,,

# ŽELJKO TOPREK

# VRTAČA

**Za izdavača:** Željko Toprek

**Saradnici u pisanju romana:**
Uroš Lazić (Slovenija) i Stojan Marković (BiH)

**Glavni i odgovorni urednik:** Nikola Šipetić Tomahawk

**Grafička priprema:** Vladimir R. Z. Protić

**Dizajn korica:** Nikola Šipetić Tomahawk

**Urednik proznih izdanja:** Jelena Stojković Mirić